Lilli Beck
Wie der Wind und das Meer

Autor

Lilli Beck wurde in Weiden/Oberpfalz geboren und lebt seit vielen Jahren in München. Nach der Schulzeit begann sie eine Ausbildung zur Großhandelskauffrau. 1968 zog sie nach München, wo sie von einer Modelagentin in der damaligen In-Disko Blow up entdeckt wurde. Das war der Beginn eines Lebens wie aus einem Hollywood-Film. Sie arbeitete zehn Jahre lang für Zeitschriften wie Brigitte, Burda-Moden und TWEN. Sie war Pirelli-Kühlerfigur und Covergirl auf der LP »Mit Pfefferminz bin ich dein Prinz« von Marius Müller-Westernhagen. »Wie der Wind und das Meer« ist ihr zweiter Roman bei Blanvalet.

Besuchen Sie uns auch auf www.facebook.com/blanvalet
und www.twitter.com/BlanvaletVerlag

LILLI BECK

Wie der Wind und das Meer

Roman

blanvalet

Sollte diese Publikation Links auf Webseiten Dritter enthalten, so übernehmen wir für deren Inhalte keine Haftung, da wir uns diese nicht zu eigen machen, sondern lediglich auf deren Stand zum Zeitpunkt der Erstveröffentlichung verweisen.

Verlagsgruppe Random House FSC® N001967

1. Auflage
Copyright © 2017 by Lilli Beck
Copyright © der Originalausgabe 2017 by Blanvalet Verlag
in der Verlagsgruppe Random House GmbH,
Neumarkter Straße 28, 81673 München
Copyright © dieser Ausgabe 2019 by Blanvalet Verlag
in der Verlagsgruppe Ramdom House GmbH,
Neumarkter Straße 28, 81673 München
Redaktion: Angela Kuepper
Umschlaggestaltung: www.buerosued.de
Umschlagmotiv: Keystone-France/Hulton Archive/Getty Images
KW· Herstellung: wag
Druck und Einband: GGP Media GmbH, Pößneck
Printed in Germany
ISBN: 978-3-7341-0681-1

www.blanvalet.de

Eine Lüge ist manchmal die bessere Wahrheit.

TEIL I

1945–1948

1

Mittwoch, 25. April 1945

Paul duckte sich instinktiv, als er die zischenden Pfeiftöne hörte, die wieder fallende Bomben ankündigten. Gleich darauf folgte das donnernde Geräusch der Einschläge. Sekunden später das Krachen der Explosionen, begleitet vom Klirren zerberstender Fensterscheiben und dem nachfolgenden Einstürzen der Häuser. Verängstigt presste er die Handflächen auf die Ohren und öffnete gleichzeitig den Mund, wie es alle taten. Ständig wurde gewarnt, dass durch die Wucht des Einschlags schwere Lungenschäden möglich seien, und es hieß, dass man so die mächtigen Druckwellen ausgleichen könne.

Kellerwände vibrierten. Einmachgläser zersprangen. Putz bröselte von den Wänden. Dichte Staubwolken verdunkelten das ohnehin schwache Licht der Petroleumlampen. Jeder der Anwesenden tauchte hastig sein Taschentuch in einen der bereitstehenden Wassereimer und hielt es sich vor Mund und Nase, um nicht am dichten Mauerstaub zu ersticken.

Kurz drauf verebbten die Geräusche. Stille trat ein. Niemand sprach über die ausgestandenen Todesängste. Über die Furcht, verschüttet zu werden. Jämmerlich zu ertrinken, wenn ein Wasserrohrbruch den Keller überflutete. Oder sich wie eines der kleinen Kinder eingenässt zu haben. Viele beteten für das Ende des Krieges. Manche fürs Überleben. Andere für den Einmarsch der Alliierten. Nur verblendete Fanatiker glaubten noch an den Endsieg, den die Volksempfänger verkündeten.

Erneut ertönten die zwei gefürchteten Heulperioden der Sirenen von je acht Sekunden. Paul wusste sehr genau, was sie bedeuteten: akute Luftgefahr! Tiefflieger. Wer sich jetzt noch draußen aufhielt, sollte tunlichst in die Sicherheit der öffentlichen Bunker fliehen. Doch wer zu spät kam, fand keinen Einlass mehr. Manche suchten in ihrer Not Deckung in den noch unbeschädigten Häusern. Wie eine Nachbarin, die letzte Woche vom Hamstern zurückkam und es nicht mehr rechtzeitig in den Keller geschafft hatte. Nach der Entwarnung fand man sie zwischen den Trümmern, den Rucksack noch im Tod umklammernd.

Pauls Stiefmutter ordnete das lange dunkle Haar ihrer zitternden Tochter Rosalie, versuchte ihr Zöpfe zu flechten, um Normalität vorzutäuschen. Andere Hausbewohner lenkten Rosalie mit allerlei Fragen ab.

»Wie heißt deine Puppe?«

»Hat sie ein eigenes Bettchen?«

»Oder schläft sie bei dir?«

Rosalie antwortete nicht, sie hatte schreckliche Angst. Genau wie ihre tapfere Mutter, ihr Bruder Paul, Onkel Fritz, Tante Tilli und die anderen Bewohner des Schwabinger Gebäudes an der Danziger Freiheit.

Die Bombardierungen dauerten nun schon viele Stunden an, und die Sirenen heulten beinahe ohne Unterlass. Wie so oft in den letzten Tagen waren sie um Mitternacht aus dem Schlaf gerissen worden – sie schliefen ohnehin nur noch in Kleidern –, hatten sich die bereitstehenden Koffer und Körbe gegriffen, die Mäntel übergeworfen und waren in die Schutzkeller gehastet. Hier harrten sie nun auf unbequemen Holzbänken und Küchenstühlen aus. Die Erwachsen bezwangen ihre Furcht mit launigen Unterhaltungen oder stellten sich auf einer der wenigen verstaubten Matratzen schlafend. Niemand traute sich zwischen den einzelnen Alarmen nach oben. Nicht einmal, um die

Notdurft zu verrichten. Wer es gar nicht mehr aushielt, musste den Kübel benutzen, der in einer entfernten Ecke stand.

»Keine Angst, kleine Rosie«, tröstete Tante Tilli mit aufgesetzter Fröhlichkeit. »Unser Haus ist nicht in Gefahr. Die werfen ihre vermaledeiten Bomben nur auf ganz besondere Gebäude. Solche wie den Bahnhof, auf Kirchen und sogar auf Krankenhäuser. Außerdem bist du ein Glückskind, wo du doch die schreckliche Flucht aus Pommern bis nach München überstanden hast. So ein paar Bomben können dir nichts anhaben.« Sie selbst stülpte sich bei jeder anrauschenden Bombe den großen Kartoffeltopf über den Kopf, als könne der sie vor dem Tod retten.

»Amen«, sagte Onkel Fritz, der Mann von Tante Tilli, der zum Luftschutzwart der Hausgemeinschaft und zum Hüter der Notfallapotheke bestimmt worden war. Er überprüfte auch regelmäßig, ob im Falle eines Brandes genügend Sandsäcke vorhanden waren.

Paul wollte nichts von alldem hören. Er sehnte sich nach Hause. Nach dem elterlichen Gut in Pommern, den gelben Kornfeldern im Sommer, den kreischenden Möwen über der Ostsee. Vor allem wollte er nicht an die Flucht erinnert werden. An die Kälte, den Hunger und die ekligen Kleiderläuse, die das schreckliche Fleckfieber übertrugen, das seinen Vater und ihn während der Flucht gepackt hatte. Tagelang waren sie mit hohem Fieber auf dem Pferdekarren dahingedämmert. Im Fieberwahn hatte er von zu Hause geträumt. Von warmen Suppen, Kernseife und heißem Wasser, sauberen Nachthemden und seinem dicken Federbett ohne Läuse. Von den geliebten Großeltern, die auf der Flucht an Entkräftung gestorben waren. Im Traum war er im Meer geschwommen, hatte das salzige Wasser auf seinem Gesicht gespürt. Doch es waren die Tränen seiner Stiefmutter gewesen, die weinend über ihn gebeugt war. Sein einst so starker Vater hatte den Kriegstyphus nicht überlebt. Nur er war »dem Tod von der Schippe gesprungen«, wie es der Treckführer genannt hatte. Abgemagert und vollkommen entkräftet, waren er, seine kleine Stiefschwester Rosalie und die Stiefmutter in der bayerischen Hauptstadt angekommen. Dort waren sie von Onkel Fritz, einem Cousin seiner Stiefmutter, aufgenommen worden. Deren Wohnung war wie durch ein Wunder unversehrt. Sogar fließendes Wasser gab es noch.

»Es grenzt an Zauberei, dass uns bis jetzt noch keine einzige Bombe erwischt hat«, hatte der Onkel immer wieder gesagt. »Seit Kriegsbeginn wurden wir von sechsundvierzig Fliegerangriffen heimgesucht. Über siebentausend Brandstellen haben den Himmel über München lodern lassen. Ganze Straßenzüge sind in Trümmerfelder verwandelt worden.«

»Eine unbeschädigte Wohnung ist heutzutage wertvoller als ein frisch geschlachtetes Schwein«, hatte Tante Tilli lachend hinzugefügt. »Wenn ich nach der Entwarnung in die Badewanne steigen und mir den Kellerdreck abwaschen kann, singe ich fröhlich vor mich hin.«

Paul hörte der Tante gerne zu, wenn sie ganz laut das Lied vom Seemann schmetterte, den nichts erschüttern konnte. *Keine Angst, keine Angst, Rosmarie. Wir lassen uns das Leben nicht verbittern, keine Angst, keine Angst, Rosmarie...* Gegen das ständige Loch in seinem Magen half jedoch kein noch so lustiger Gassenhauer.

Seine Stiefmutter hatte sich von ihrer massiv goldenen Halskette, einem wertvollen Hochzeitsgeschenk, getrennt, um Lebensmittel zu schachern. Onkel Fritz wusste, wohin sie gehen mussten. Entweder in die Bogenhauser Möhlstraße, zum Hauptbahnhof oder in diverse Wirtshäuser; überall waren Schwarzmärkte entstanden. Die Reichsmark war wertlos geworden, doch solange man etwas zum Tauschen besaß, gab es alles, wonach einen gelüstete.

»Es ist natürlich streng verboten«, hatte der Onkel erklärt »aber der Mensch muss essen, deshalb pfeifen wir auf Verbote.«

Am Gründonnerstag hatte er Onkel Fritz in ein Wirtshaus begleiten dürfen, um Eier für Ostern zu tauschen. Das Fest war auf den 1. April gefallen, ein echter Aprilscherz, wurde allgemein gelacht. Eier hatten sie keine ergattert, mangels Futter wollten die Hühner nicht mehr legen. Aber einmal hatten sie doch Glück. Ein echter Persianermantel von Tante Tilli hatte zwei Kilo Zucker, ein Kilo Bohnenkaffee und eine ganze Tafel Schokolade eingebracht.

Daran wollte Paul aber jetzt nicht denken. Dem nagenden Gefühl in seinem Bauch nach musste es lange nach Mittag sein, und die letzte Mahlzeit hatte er gestern Abend verspeist. Ein trockenes Stück Brot mit etwas Salz. Butter, Wurst oder gar einen richtigen Sonntagsbraten hatte er seit dem Verlassen des Gutshofs nicht mehr gesehen.

Zur Ablenkung starrte er auf den Wäschekorb, der neben Tante Tilli stand. Ihre zaundürre schwarze Katze kauerte darin mit angelegten Ohren. Ein Zeichen, dass sich die arme Mieze genauso fürchtete wie er. Vor dem letzten Bombeneinschlag hatte sie noch gemaunzt, seitdem aber keinen Mucks mehr von sich gegeben. Ob sie tot war?, überlegte Paul. Vielleicht verhungert, sie war schrecklich abgemagert, weil Tante Tilli kaum was zu fressen für sie hatte. Zum Mäusefangen war das Tier längst zu schwach, wobei Paul bezweifelte, dass auch nur eine einzige Maus die andauernden Bombardements überlebte.

Ob Menschen Mäuse essen konnten? Vielleicht gebraten? In der Not würde er es versuchen. Diese Viecher galten auf dem Gut nicht als Haustiere, denn sie übertrugen Krankheiten, und die Köchin hielt ständig zwei bis drei Katzen, um der Plage Herr zu werden.

Pauls Magen knurrte lautstark in die Stille hinein. Onkel Fritz schubste ihn kumpelhaft an.

»Wenn's hart auf hart kommt, schlachten wir die Katze«, flüsterte er. »Schmeckt wie Kaninchen.«

Paul hielt sich die Ohren zu. Der Onkel liebte derbe Scherze. Er würde niemals ein Haustier essen. Niemals! Lieber würde er hungern. Er liebte Tiere. Alle Tiere, sogar Spinnen oder Schlangen. Hunde waren seine Lieblingstiere. Zum zehnten Geburtstag hatte er Flecki, einen kleinen struppigen Terrier, bekommen.

Paul verdrängte die Erinnerung an den lustigen Spielgefährten mit aller Macht, dennoch hörte er wieder den Gnadenschuss, den sein Vater kurz vor der Flucht abgegeben hatte. Immer und immer wieder gellte dieser grauenvolle Knall durch seinen Kopf. Er schluchzte auf, gleichzeitig schossen ihm die Tränen in die Augen, und Rotz tropfte ihm aus der Nase.

»Hör auf, dem Jungchen Angst zu…«, schimpfte Tante Tilli ihren Mann, wurde aber von einer erneuten Detonation unterbrochen, die heftiger war als alles zuvor.

Die Wände wackelten, als würden sie jeden Moment einstürzen. Steine fielen heraus. Das Regal mit den restlichen Einmachgläsern krachte in sich zusammen. Sauer eingelegte Gurken mischten sich mit süßer Erdbeermarmelade.

»Volltreffer!« Onkel Fritz sprang von der Holzbank auf. »Raus, raus, raus… alle schnell raus hier…«, brüllte er, so laut er konnte, um das Grollen der berstenden Mauern zu übertönen.

Koffer, Taschen und sonstige Bündel wurden zusammengerafft, alle hasteten dem Ausgang zu.

»Paul, nimm Rosalie an die Hand«, rief seine Stiefmutter ihm zu, während sie einen Rucksack schulterte und sich dann nach zwei Koffern bückte.

Paul ergriff zuerst den kleinen Lederkoffer. Darin befanden sich die Lebensmittelmarken, ein Taschenmesser, das seinem Vater gehört hatte, Ausweise, Geburtsurkunden und die Besitzurkunden für den Gutshof.

»Du bist der letzte männliche Nachkomme und Erbe unseres Familienstammsitzes. Eines Tages werden wir in die Heimat zurückkehren, und mit den Papieren kannst du deine Ansprüche belegen«, hatte sein Vater in seiner letzten Stunde zu ihm gesagt.

Paul legte sich Vaters Ledergürtel, der als Trageriemen durch den Griff gezogen war, über die Schulter. Mit der anderen Hand packte er Rosalie am Ärmel.

Doch sie schrie nach ihrer Mama und biss Paul in die Hand. Wütend ließ er sie los.

»Schneller... Leute... lauft... lauft... lauft...« Brüllend trieb Onkel Fritz die Menge zur Eile an, schnappte sich selbst den Katzenkorb und bugsierte Paul Richtung Ausgang.

Paul blickte über die Schulter nach Rosalie, die sich am Mantel ihrer Mutter festklammerte.

Mamakind, schoss es ihm durch den Sinn, während er den Dokumentenkoffer mit beiden Händen fest umklammerte. Gleich drauf wurde er von drängenden und schubsenden Menschen den schlauchartigen Keller entlang zum Ausgang geschoben.

»Scheißführer. Dem haben wir die Sauerei zu verdanken«, hörte er Tante Tilli noch fluchen.

Ein ohrenbetäubender Knall verschluckte Tillis Fluch. Wände stürzten polternd ein. Notlichter erloschen. Panikschreie gellten durch die Dunkelheit. Sekunden später verstummten sie.

Nur das krachende Poltern der einstürzenden Hauswände war noch zu hören.

2

Pauls Augen brannten wie damals im Fieber. Blinzelnd versuchte er sich zurechtzufinden. Riesige Flammen loderten aus den Bombenkratern, züngelten an Häusern hoch, fraßen sich durch die Stockwerke. Dachbalken fielen donnernd herab, schlugen durch Fußböden und zertrümmerten auf ihrem Weg nach unten auch noch die letzten brauchbaren Möbelstücke. Frei gesprengte Ofenrohre und Wasserleitungen ragten aus den Mauerresten wie mahnende Finger. Dazu ertönten die Klagen der Überlebenden, die Schreie der Verwundeten und der Mutlosen, die nach dem Tod riefen.

Paul nahm weder den süßlichen Phosphorgeruch noch den Untergang um sich herum wahr. Wo war seine Schwester, wo die Stiefmutter, wo Onkel und Tante? Hatten sie den Keller rechtzeitig verlassen können? Unter Tränen kniff er die Augen zusammen. Doch die dichten Staubwolken und der Rauch der zahlreichen Feuer ließen ihn nur die Umrisse hastender Gestalten erkennen, die orientierungslos aus dem Feuer flohen.

»Rosaliiie!«, schrie er in alle Richtungen. »Rosaliiie!«

Langsam sanken die Staubwolken nieder und umhüllten die traurige Trümmerlandschaft mit einem grauen Schleier. Gnädig erstickten sie die Flammen, um am Ende doch nur das schreckliche Ausmaß der Verwüstung zu offenbaren.

Wo sich vor wenigen Stunden noch vier- oder fünfstöckige Häuser aneinandergereiht hatten, ragten jetzt Ruinen in diesen grauenerregenden Apriltag. Manche Gebäude standen ohne Frontseite da, boten ungeschützte Einblicke in die Wohnungen. Bei einigen hatten nur die Brandmauern standgehalten. Andere wirkten wie mit einem scharfen Messer durchgeschnitten, umringt von einem gigantischen Steinhaufen. Völlig unversehrt war kein einziges Haus.

Inmitten der Steinwüste wurde Paul allein von der Angst um seine Familie beherrscht. Er spürte sein Herz rasen, sein Magen krampfte sich zusammen, und ihm war speiübel, obwohl er seit vielen Stunden nichts gegessen hatte.

Wo war der Schutzkeller? Er konnte den Zugang nicht ausmachen. Inzwischen war es Nacht, erhellt von Flammen, die ihn bis zur Blindheit blendeten. Wieder und wieder drehte er sich um die eigene Achse, brüllte voller Angst »Rooosaliiie … Rooosaliiie …« und ein verzweifeltes »Muttiii« – Schreie eines Kindes, das die Zerstörung wohl sah, sie aber nicht begreifen konnte. Eines Kindes, das den Anblick der herumliegenden Leichen verdrängte. Das sich mit aller Kraft gegen die Gewissheit wehrte, alles verloren zu haben.

Pauls Schreie aber blieben unbeantwortet. Verhallten mit denen der anderen Rufer, die nach Kindern, Eltern, Nachbarn suchten. Keiner kümmerte sich in den Sekunden des Untergangs um einen weinenden Elfjährigen, der sich in kindlicher Not an einen Koffer klammerte.

Da! Hatte sich dort nicht ein Steinhaufen bewegt? Paul zog die Nase hoch, wischte mit dem Mantelärmel seine Tränen ab und stolperte zwischen den Trümmern zu der Stelle. Ein dumpfes Gluckern war zu hören. Einen Atemzug später bahnte sich eine Wasserfontäne den Weg durch die Ziegelsteine und schoss senkrecht in die Höhe. Eine bislang unversehrte Wasserleitung war geplatzt.

Paul erschrak, wich instinktiv der zischenden Fontäne aus. Als er zwischen den Steinen einen Halbschuh erspähte, füllten sich seine Augen erneut mit Tränen. Seine Stiefmutter hatte solche Schuhe getragen. War es ihrer? Lebten sie und Rosalie noch? Womöglich unter den Trümmern? Schafften sie es nicht, sich allein zu befreien?

Verzweifelt blickte er sich nach einem Werkzeug um, nach irgendetwas, das sich zum Graben eignete. Endlich fand er eine Parkettdiele, wie sie auch in Tante Tillis Wohnzimmer gelegen hatte. Ein Ende war verkohlt, der Rest roch noch ganz schwach nach Bohnerwachs. Vielleicht war es aber auch Einbildung. Nur der Wunsch nach einem Zeichen, die Hoffnung, etwas Vertrautes zu finden. Etwas, das ihm Zuversicht gab.

Die Parkettdiele erwies sich als untauglich zum Graben. Zuerst brachen nur kleine Stücke ab, schließlich zersplitterte der klägliche Rest in Pauls Händen. Den Schiefer, der unter seine Haut gedrungen war, spürte er nicht. Der Wille, seine Familie zu finden, war stärker.

Entschlossen stellte er den Koffer neben sich ab und begann im Schein der Flammen mit bloßen Händen zu graben. Er ignorierte den Zuruf einer Frau, die ihn mit »Des hat doch keinen Sinn, Bub« zum Aufgeben bewegen wollte.

Lange Zeit warf er nur Mauersteine von einem Haufen auf den anderen. Dann fand er den Kartoffeltopf von Tante Tilli, und später lugte der Fuß einer Puppe aus den Trümmern hervor, Rosalies namenloser Stoffpuppe, von der Großmutter für sie genäht und aus der nun Sägespäne herausquollen. Aufgeregt ackerte er sich durch die Trümmer, noch eifriger jetzt, und erfrischte sich nur kurz mit dem Wasser der noch immer blubbernden Leitung. Er schuftete ohne Rücksicht auf die Glasscherben, an denen er sich die Hände zerschnitt, um doch nur Ziegel umzuschichten und endlich zu begreifen, dass er sie niemals finden würde. Dass sie für immer unter den Trümmern begraben waren. Dass er allein zurückgeblieben war.

Die Erkenntnis ließ ihn bewegungslos an Ort und Stelle verharren. Entkräftet saß er auf dem Koffer, mit der Puppe in seinen Armen, den eigenen Tod herbeisehnend. Ohne seine Familie gab es für ihn kein Überleben. Woher sollte er etwas zu essen bekommen? Der leere Topf würde ihm wenig nutzen. Wo sollte er unterkommen, wo schlafen oder sich waschen? Auch wenn er sich ums Waschen am wenigsten sorgte. Den nächsten Winter würde er sicher nicht überstehen.

Er war auf dem Land aufgewachsen, wusste alles über Ackerbau und Viehzucht und scheute keine Arbeit. Er konnte Kartoffelsorten benennen und am Wuchs der Apfelbäume erkennen, wann sie einen Schnitt nötig hatten, damit sie im nächsten Jahr wieder reichlich Früchte trugen. Er hatte ein Gespür für Pferde, konnte Kühe melken und den Rahm der Milch zu Butter schlagen. Er war fähig, mit einem Brennglas Stroh zu entflammen, aber auch mit Steinen Funken zu erzeugen und mit dürren Ästen ein Feuer zu entfachen. In der Heimat hätte er gewusst, wo Karotten, Kartoffeln und Zwiebeln für eine Suppe zu finden wären. Seine Großmutter hatte ihm sogar beigebracht, wie man Apfelstrudel zubereitete. Aber wie man ganz allein in einer fremden Großstadt überlebte, davon hatte er so viel Ahnung wie der Stier vom Tangotanzen. Die Erinnerung an den Lieblingsscherz seines Großvaters ließ ihn aufstöhnen. Nein, es war unmöglich, allein zu überleben. Warum nur stürzte keine Mauer auf ihn herab?

Doch der herbeigesehnte Tod ließ auf sich warten. Der Hunger nicht. Sein Magen knurrte mittlerweile so laut, dass es auch für andere zu hören gewesen wäre. Obwohl keine der herumirrenden Gestalten den verlassenen Jungen wahrnahm. Paul ahnte, dass er bald verhungern oder erfrieren würde, denn die Nächte waren im April noch empfindlich kalt.

»Warum nur hat mich das Fleckfieber nicht dahingerafft«, wimmerte er leise.

Schließlich siegte der Hunger über seine Mutlosigkeit. Vielleicht war es auch die spürbare Kälte. Nachdem die großen Feuer erloschen waren, kam ihm die Nachtluft noch kälter vor, und er fröstelte trotz des Wollmantels. Er träumte vom wärmenden Kachelofen in Pommern, der bis ins Frühjahr angeheizt worden war. Von den duftenden Bratäpfeln zu Weihnachten und von Flecki, der neben ihm auf der Ofenbank gelegen hatte. Sein Hals war wie zugeschnürt, als er mit einem Mal glaubte, ein flackerndes Licht zu sehen.

Lange Zeit starrte er darauf, bis ihm endlich klar wurde, dass es keine Einbildung war. Möglicherweise waren es dicke Dachbalken, die langsam verglommen. Die großen, durch Brandbomben entstandenen Feuer nagten noch lange als Glut an Möbeln, Parkettdielen und Türstöcken. Daran wollte er sich wärmen.

Paul verstaute die Stoffpuppe im Koffer, zog den Schulterriemen über den Kopf und taumelte mit dem Topf in der Hand über die Schutthügel durch die Finsternis. Auch die Straßenbeleuchtung war ein Opfer der Bomben geworden; der zunehmende Mond gab nur wenig Helligkeit ab, und so orientierte er sich an dem Licht in der Ferne.

An der Danziger Freiheit, Ecke Herzogstraße war das Flackern erloschen. Schemenhaft sah er den Milchladen offen stehen. Das Gitter, das Einbrecher abhalten sollte, war durch die Bomben zerfetzt worden, die Scheiben der Auslage zersplittert und die Ladentür aus den Angeln geflogen. Hier hatte er noch vor wenigen Tagen endlose Stunden mit der Blechkanne für Milch angestanden und doch nur ein wenig Magermilch erhalten. Ob sich im Laden etwas Essbares fand? Er zögerte, bevor er sich schließlich doch über die Trümmer ins Ladeninnere tastete.

Nach wenigen wackeligen Tritten bemerkte er, wie etwas an ihm vorbeihuschte. Eine Katze? Vielleicht die von Tante Tilli? Oder hatten Mäuse und Ratten doch überlebt? Was immer es auch gewesen war, es war zu dunkel, um es im Weglaufen zu erkennen.

Paul blieb stehen. Langsam gewöhnten sich seine Augen an die Dunkelheit, und er vermochte die Umrisse der noch vorhandenen Gegenstände zu erkennen. Von der Ladentheke, unter der die großen Milchkannen deponiert waren, aus denen die Ladnerin mit einer Kelle Milch geschöpft hatte, war nur noch ein armseliges Häuflein Holz übrig.

»Wer ist da?«

Eine kratzige Stimme durchbrach die Stille.

»Paul...«

»Ich kenn keinen Paul. Verschwind...«

Paul nahm all seinen Mut zusammen. »Ich hab Hunger.«

»Wer nicht? Und jetzt hau ab, sonst kannst was erleben.«

»Bitte, ich weiß nicht wohin«, bettelte Paul.

Die Antwort war ein Stein, der durch die Nacht flog und Paul am Kopf traf. Er schwankte kurz, dann sackte er lautlos in sich zusammen. Aus der Sekunden dauernden Ohnmacht wurde er durch einen Fußtritt geweckt. Als Nächstes spürte er, wie jemand an dem Koffer zog, der unter ihm lag. Instinktiv strampelte er mit den Beinen und landete einen Treffer.

»Auuu... du kleiner Saukerl... das wirst du mir büßen...«

Paul war schnell wieder auf den Füßen.

Den Koffer fest umklammert, den Topf gerettet, stolperte er mehr, als dass er rannte, über den mit Mauerschutt bedeckten Boden ins Freie.

Das schmerzhafte Erlebnis hatte ihn erschöpft. Müde schleppte er sich über den Platz. Geduckt hinter einem Steinhaufen, verbrachte er den Rest der Nacht, auf dem Koffer sitzend, mit einer Hand einen Ziegelstein umklammert. Beim nächsten Mal wäre er vorbereitet.

3

Paul versuchte sich hochzurappeln, fiel vor Schwäche aber sofort wieder auf den Koffer. Mutlos blinzelte er durch die Ruinengerippe den ersten Sonnenstrahlen entgegen. Flüchtlinge auf der Suche nach Angehörigen zogen mit ihren Karren durch die Straßen. Im Morgengrauen kaum zu erkennende Gestalten kletterten zwischen den Trümmern umher. Mit bloßen Händen buddelten sie in den Steinbergen, wie er es gestern getan hatte. Zwei Männer schleppten einen leblosen Körper davon. Eine in Decken gehüllte Frau wiegte ein schreiendes Bündel. An ihrem Rockzipfel hing ein kleines Mädchen.

Paul dachte an Rosalies Puppe. Ob er sie dem Mädchen schenken sollte? Vielleicht bekam er von der Mutter dafür etwas zu essen. Tränen liefen über seine Wangen bei der Vorstellung, das letzte Andenken wegzugeben. Als er aufsah, war die Frau mit den Kindern verschwunden, die Chance vertan. Er packte den Koffer, legte den Gürtel um seine Schultern, griff nach Tillis Kartoffeltopf und stakste langsam über die Steinwüste, vorbei an der gebrochenen Wasserleitung, die noch leise blubberte.

Er blieb stehen, kniete nieder und schüttete sich kaltes Wasser ins Gesicht. Abrupt war er wach. Er trank einige gierige Schlucke, die ihm derart heftige Magenkrämpfe verursachten, dass er das Wasser vermischt mit Magensäure wieder hochwürgte. Sein Körper reagierte mit einem heftigen Schweißausbruch. Keuchend zog er den Mantel aus und kramte in seiner Hosentasche nach dem Taschentuch, um sich die Säure vom Mund wischen zu können.

Etwas war in das Tuch eingewickelt. Vorsichtig faltete er es auseinander. Ein Stück trockenes Brot.

Seine eiserne Ration!

Wie hatte er die nur vergessen können?

Gierig biss er ein großes Stück ab, um es gleich wieder in die Hand zu spucken. Nein. Er durfte es nicht verschlingen, als besäße er mehr als genug. Er musste sich beherrschen.

Tapfer wickelte er den Brotrest wieder in das Taschentuch. Das abgebissenene Stück teilte er in Krümel und kaute an jedem länger als an einer ganzen Scheibe.

Mit dem Brotrest in der Hosentasche machte er sich auf den Weg. Wo genau er entlanglief, war durch die allgegenwärtige Zerstörung nicht mehr zu erkennen. Unwichtig für ihn, es zählte allein, die Trümmerwüste nach Essbarem zu durchstreifen. Jemand transportierte einen Stapel Geschirr auf einem Leiterwagen. Eine Frau starrte weinend auf einen verkohlten Brotkorb in ihren Händen. Er fand nur Steine, manchmal auch Dachziegel oder zertrümmerte Möbelstücke. Und überall beobachtete er Menschen, die sich nach Parkettdielen oder Holzbalken bückten und sie auf den Schultern wegschafften.

Ob er etwas mitnehmen sollte, falls er etwas Brauchbares fände? Aber wie transportieren? Der Riemen des Koffers drückte bereits schwer auf seine mageren Schultern. Außerdem schleppte er Tillis Kartoffeltopf, und die Sonne schien mittlerweile so warm, dass er den Mantel unter dem Arm trug.

Ein leises Wimmern riss ihn aus seinen Gedanken. Er blieb stehen, versuchte zu orten, woher das Geräusch kam. Es klang wie ein Tier. Ein verletzter Hund? Von herabgefallenen Trümmern eingeklemmt? Zu schwach, um zu bellen?

Pauls Fantasie malte schreckliche, kaum zu ertragende Bilder. Jetzt hörte er es ganz deutlich. Es kam aus dem Haus zu seiner Linken. Die vordere Front war weggerissen, sodass es wie ein riesiges, halb zerstörtes Puppenhaus aussah.

Vorsichtig näherte er sich. Vor dem Erdgeschoss versperrte ein Trümmerberg die Sicht, dahinter musste das arme Tier liegen. Er umrundete das Hindernis – und blieb ungläubig stehen. Es war kein Tier, sondern ein kleines Mädchen. Es hatte ihm den Rücken zugewandt. Im ersten Moment glaubte er an eine Sinnestäuschung. Aber die zerzausten dunklen Locken waren unverkennbar.

Rosalie!

Paul kniff die Augen zusammen, um sicherzugehen, dass er nicht träumte. Doch als er sie wieder öffnete, saß das Mädchen unverändert da. So schnell es ihm über den angehäuften Schutt möglich war, rannte er zu ihm.

»Rosalie... Rosalie... Rosalie...«

Die Kleine reagierte, drehte sich um und sah ihn mit rot verweinten Augen an.

Paul erstarrte ungläubig. Musterte sie sekundenlang. Aber egal, wie eindringlich er sie auch ansah, sie war nicht seine Stiefschwester. Doch sie sah ihr unfassbar ähnlich. Das magere Gesicht, die dunklen Augen und der hübsche Mund. Einzig ihre graue Trachtenjacke über dem karierten Rock unterschied sich von Rosalies dunkelblauem Wollmantel.

Die Enttäuschung schmerzte so sehr, dass er am liebsten laut gebrüllt hätte. Er war endgültig allein, fühlte sich, als habe er seine Familie ein zweites Mal verloren. Entkräftet ließ er den Mantel fallen, setzte sich neben das Mädchen, und sosehr er auch gegen das Gefühl des Verlassenseins ankämpfte, er vermochte seine Tränen nicht zurückzuhalten.

Das fremde Mädchen sah ihn hilfesuchend an. »Ich finde meine Mutti nicht mehr... meinen Vati auch nicht...«

Was sollte er darauf antworten? »Hast du dich verlaufen?«, fragte er schließlich.

»Da war eine Bombe... die Mauer ist eingestürzt... und ich bin weggerannt... immer schneller...«

Paul fragte nicht weiter. Er wusste, was ihr Gestammel bedeutete. Lange Zeit blieb er nur weinend neben ihr sitzen und sprach kein Wort, so sehr schämte er sich seiner Tränen. Wie oft hatte sein Vater ihm gesagt, dass Männer nicht weinten und er, als letzter Mann der Familie Greve, tapfer sein müsse.

»Meine Familie ist auch gestorben...«, sagte er schließlich. »Ich wünsche mir...« Den Rest sprach er nicht aus. Er wollte das Mädchen nicht noch mehr ängstigen. Stattdessen begann er, von Pommern zu erzählen, von Flecki, den Pferden, Weihnachten mit den Großeltern und vom Gutshof. Von den Störchen, die ihre Nester auf den Dächern der Dörfer bauten, die ihre Jungen dann mit Fröschen fütterten, und wie er mit seiner Schwester im Meer um die Wette geschwommen war.

Sie hörte ihm ganz still zu, doch plötzlich fing sie wieder an zu weinen. »Ich hab... so Hunger...«, schluchzte sie.

Paul holte das Stück Brot, das er hatte aufheben wollen, aus seiner Hosentasche und gab es ihr.

Ungläubig starrte sie es an, dann auf Paul.

Er nickte schweigend. Auch wenn sein Magen unablässig knurrte, hatte er zu großes Mitleid mit dem Mädchen, das ihn so sehr an seine kleine Schwester erinnerte.

Sie nahm das Brot, biss ein kleines Stück ab und gab ihm den Rest zurück.

Paul brach für sich ein Stückchen ab, schob es sich in den Mund und wickelte den kläglichen Rest wieder in das Taschentuch. Die eiserne Ration schwand dahin. »Hast du keine Verwandten?«, fragte er.

Sie zuckte zusammen. Von ferne drang das Hupen eines Wagens zu ihnen. Verängstigt sprang sie auf und stolperte über die Trümmer davon, hinein in die Ruine.

Paul schnappte sich Koffer, Mantel und Topf, folgte ihr, holte sie ein und zog sie in eine Ecke, vor der aus sie die Straße nicht mehr sahen. »Was hast du?«

Erst als die Hupe verklang, flüsterte sie ihm zu: »Wenn mich die Nazis erwischen, stecken sie mich ins Gas.«

Paul war schockiert. »Welches Gas?«

Leise antwortete sie: »Weißt du nicht, dass Hitler alle Juden umbringen will? Und dann macht er Seife draus.«

»Aber du bist doch keine Jüdin, du trägst keinen Stern auf deiner Jacke«, wandte Paul ein.

»Mutti hat unsere Sterne abgerissen, als wir wegen der Fliegerangriffe aus unserem Versteck fliehen mussten«, sagte sie und begann von ihrer Mutter zu erzählen und von ihrem Vater. »Als noch kein Krieg war, haben beide am Theater gearbeitet. Meine Mutti ist eine bekannte Volksschauspielerin, und mein Vati ist Spielleiter. Ich durfte immer hinter der Bühne schlafen. Aber das weiß ich nicht mehr genau, weil ich noch zu klein war.«

»Und was ist dann passiert?«

»Als der Krieg angefangen hat, haben meine Eltern bald keine Arbeit mehr bekommen, wie alle Juden, und wir mussten uns vor den Nazis verstecken. Deshalb sind wir aufs Land gezogen, weg von München, wo Mutti noch auftreten konnte, weil sie so bekannt war und die Menschen sie geliebt haben. Aber dann hat ein neidischer Kollege unser Versteck verraten, und ein Freund von Vati hat uns hinter einem Kleiderschrank versteckt, sonst wären wir auch in ein Lager verschleppt worden.«

Wenige Meter entfernt war Donnergrollen zu hören. Einen Augenblick später krachte eine Hausruine mit lautem Getöse in sich zusammen.

Die Kleine fing wieder an zu weinen.

»Hab keine Angst«, tröstete Paul sie und legte einen Arm um ihre mageren Schultern. »Ich beschütze dich.«

Er wusste, dass er gegen Kanonen und Panzer wenig würde ausrichten könne, doch seit er nicht mehr allein war, fühlte er sich wieder stark.

»Vor den Nazis kann mich niemand beschützen«, schluchzte sie.

»Der Krieg ist bald vorbei, und dann kommen die Alliierten und stecken alle Nazis ins Gefängnis«, versicherte Paul. »Mein Onkel Fritz hat mir das genau erklärt.«

»Aber meine Mutti hat gesagt, ich darf niemandem verraten, dass ich Sarah heiße...«, stieß sie weinend hervor.

Paul überlegte. »Hast du denn Papiere mit deinem Namen?«

Sarah schüttelte den Kopf. »Ich hab nichts mehr. Gar nichts. Nur, was ich anhabe.«

Paul überlegte, wie er dem Mädchen helfen könnte. »Sag einfach, dass du meine Schwester bist und Rosalie heißt«, schlug er, einer Eingebung folgend, vor. »Mit Familiennamen heißen wir Greve. Ich bin der Paul. Wir sind die Geschwister Greve. Kannst du dir das merken?«

Sarah blickte ihn verständnislos an. »Nie im Leben können wir Geschwister sein.« Sie schubste ihn weg. »Du bist blond und hast blaue Augen. Ich habe dunkle Augen und fast schwarzes Haar.«

»Doch, du siehst genauso aus wie meine Schwester. Warte, ich zeig dir ein Foto.« Paul öffnete den Koffer und kramte einen Umschlag hervor. »Hier.« Er reichte ihr ein Schwarz-Weiß-Foto. »Das bin ich mit Rosalie, vor drei Jahren an der Ostsee. Ich hab dir doch erzählt, dass wir immer um die Wette geschwommen sind.«

Sarah blickte lange auf das Foto. »Aber warum bist du so blond, und warum hat sie so dunkle Locken?«

Geduldig erklärte Paul ihr, dass seine Mutter bei seiner Geburt gestorben war und sein Vater wieder geheiratet hatte. »Und mit seiner neuen Frau hat er dann ein Mädchen bekommen. Rosalie ist also meine Halbschwester, deshalb sah sie so anders aus. Ich habe sogar Papiere, die das beweisen. Wie alt bist du?«

»Im Juli werde ich zehn«, antwortete Sarah.

»Rosalie wäre Ende September neun Jahre alt geworden. Aber den Unterschied merkt keiner, du bist nämlich genauso klein wie Rosalie«, sagte er.

Sarah war nicht überzeugt, doch Paul ließ sich nicht beirren. Er wollte nicht allein sein. »Das Foto ist ein guter Beweis, dass wir Geschwister sind. Und wir haben jetzt ein Familiengeheimnis. Das ist etwas ganz Besonderes.«

»Wirklich?«

Paul legte ihr Rosalies Puppe in die Arme. »Wirklich«, wiederholte er. »Unsere Familie hat sogar einen Wahlspruch: Wir gehören zusammen wie der Wind und das Meer. Zusammen sind wir stark, zusammen kann uns nichts geschehen.«

»Wie der Wind und das Meer?«, wiederholte Rosalie.

Paul nickte bekräftigend. »Warst du schon einmal am Meer?«

Rosalie überlegte einen Moment. »Ja, am bayerischen Meer.« Ein schwaches Lächeln umspielte ihren Mund.

»Hier gibt es ein Meer? Ja, wo soll das denn sein? Ich hab nur von den riesigen Bergen gehört.«

»Das sind die Alpen. Unser Meer liegt auf dem Weg dorthin und heißt Chiemsee.«

»Ein See ist aber kein Meer, auch wenn er noch so groß sein mag«, belehrte er sie.

»Aber der Chiemsee hat Ebbe und Flut, ganz genau so wie ein richtiges Meer«, beharrte sie.

»Na gut, Rosalie, du hast gewonnen«, lächelte Paul sie an.

Erstaunt blickte sie auf. »Du hast Rosalie zu mir gesagt.«

»Ja, das ist jetzt dein Name, daran musst du dich schnell gewöhnen«, sagte Paul. »Das üben wir gleich mal. Wie heißt du?«

»Sarah Silbermann...«

»Nein, Rosalie Greve«, verbesserte Paul.

Ihre dunklen Augen wurden feucht. »Ich kann nicht denken, weil ich so großen Hunger hab«, erwiderte sie.

Wortlos holte Paul den Rest Brot aus der Hosentasche, teilte ihn und reichte das größere Stück seiner neuen Schwester.

Dankbar blickte sie ihn an.

Der kleine Rest war schnell gegessen. Hatte den Hunger nicht bekämpft, stattdessen die geschwächten Körper daran erinnert, dass sie essen mussten, um zu leben.

Den letzten Krümel noch im Mund, erinnerte Paul sich an die Lebensmittelkarten. Doch mit Marken allein war wenig anzufangen, wenn man kein Geld hatte. Er besaß nicht eine Reichsmark, um auch nur einen Schluck Milch zu erstehen. Die Taschen seiner neuen Schwester waren ebenfalls leer. Ihre gesamte Habe trug sie am Leib.

Paul ließ sich nicht entmutigen. Das Gefühl, nicht mehr allein zu sein, das Mädchen als seine Schwester anzunehmen, verlieh ihm neue Kraft. »Wir stellen uns einfach bei einer Schlange an, vielleicht können wir die Zigarettenmarken von meinem Onkel eintauschen. Die sind nämlich auch in dem Koffer.«

Rosalie schaute ihn unsicher an. »Und wenn jemand fragt, wo unsere Eltern sind?«

»Dann behaupten wir einfach, die stehen in einer anderen Schlange für Brot an«, antwortete Paul.

»Und wenn niemand die Marken will?« Rosalie schien sich nicht so einfach überzeugen zu lassen.

Paul hatte sich aufgerappelt, legte sich den Tragegurt über die Schulter und griff nach dem Kochtopf. »Wir durchsuchen jetzt erst mal die Ruinen. Wirst sehen, wir finden was. Irgendwas finden wir bestimmt.«

Das Mädchen rührte sich nicht von der Stelle.

»Komm mit, Rosalie«, drängte Paul.

»Ich bin nicht deine Schwester!« Trotzig warf sie ihm die Puppe vor die Füße. »Ich heiße Sarah, merk dir das, und ich will zu meiner Mutti.«

Pauls ohnehin wackeliger Optimismus zerfiel wie eine von Sprengbomben getroffene Hausmauer. Nur mit letzter Kraft gelang es ihm, den Kloß in seinem Hals runterzuschlucken und sich die Worte seines Vaters ins Gedächtnis zu rufen: Männer weinen nicht.

»Vielleicht... finden wir deine Eltern. Vielleicht... suchen sie ja auch nach dir...«, sagte er zögernd, ohne wirklich daran zu glauben. Die Möglichkeit, Sarahs Eltern lebend wiederzusehen, erschien ihm geringer als die Chance auf ein warmes Essen.

Doch sein unüberlegtes Versprechen zeigte Wirkung. Die Kleine schien die Hoffnung noch nicht aufgegeben zu haben. Flugs war sie auf den Beinen, griff nach der Puppe und nahm Pauls Hand. »Los, komm... schnell.«

»Wo sind wir jetzt und wo war euer Versteck?«, fragte er, weil er nicht wusste, ob er sich in der Trümmerwüste verlaufen hatte. »Wir brauchen die Adresse, damit wir wissen, wo wir suchen müssen.«

Sarah zog an seiner Hand. »Wir sind in der Ludwigstraße, nicht weit entfernt vom Odeonsplatz, und unser Versteck war hier gleich um die Ecke... und jetzt komm endlich...«

»Ich kenne mich in der Stadt nicht so gut aus.«

»Aber ich«, unterbrach sie ihn. »Auch wenn wir uns drei Jahre lang verstecken mussten, in der Innenstadt finde ich mich gut zurecht.«

4

Sarah zog Paul hinter sich her wie ein störrisches Maultier. Er mochte sich mit dem Tod seiner Familie abfinden, sie aber würde nicht eher aufgeben, bis sie ihre Eltern gefunden hatte.

Langsam stakste sie über die Trümmer der Stadt, den Blick konzentriert auf die Steinberge gerichtet, um auch nicht den winzigsten Hinweis auf ihre Eltern zu übersehen. Ihr glühender Wunsch, sie zu finden, ließ Sarah alles um sie herum ausblenden. Die nahezu völlig zerstörte Altstadt. Menschen, die in Kellern oder in Ruinen hausten. Ausgemergelte Kriegsgefangene, die dazu verdammt waren, den Schutt wegzuräumen. Erschöpfte, zerlumpte Flüchtlinge, die ihre Bollerwagen laut ratternd um die Bombenkrater lenkten. Verletzte Soldaten auf Krücken, mit verbundenen Armen oder Köpfen, die um Zigaretten bettelten. Getrieben von der Sehnsucht nach Mutter und Vater, rannte sie zu jedem leblosen Körper, den sie in den Trümmern entdeckte. Betrachtete Tote nur kurz und gefühllos, als wären es Schaufensterpuppen.

»Das bedeutet, dass sie vielleicht noch leben«, tröstete Paul sie nach stundenlanger vergeblicher Suche. Es klang, als wolle er ihre Hoffnung nicht zerstören.

Erst ein dreimaliger Dauerton innerhalb einer Minute riss Sarah aus ihrer fieberhaften Aktion. Panisch schreckte sie auf, sah sich zitternd nach einem Schlupfwinkel um.

Paul blickte in den wolkenlosen Himmel. »Ungefährlich, nur ein Kleinalarm.«

»Woher weißt du das?«

»Das sind Mosquito-Jagdbomber«, erklärte Paul. »Mein Onkel Fritz hat mir genau erklärt, wenn die in zehntausend Meter Höhe fliegen, sind sie harmlos wie Schmeißfliegen.«

Sarahs Anspannung ließ etwas nach, und mit der Puppe in der Hand stolperte sie weiter durch die Trümmerlandschaft. Paul folgte ihr mit Koffer und Kochtopf. Er suchte nach Essbarem. Löwenzahnblätter oder Gänseblümchen, die sie gegen den quälenden Hunger kauen konnten. Sarah war nicht interessiert an Grünzeug, die Bombenfeuer hatten ohnehin alles verschmort. Überall ragten Äste verkohlter Bäume in den Himmel. Zahlreiche Sträucher waren bis zu den Wurzeln abgebrannt. Wie sollten zarte Pflänzchen solch ein Inferno überlebt haben?

Endlich erspähte sie zwischen den Steinen ein grobes Stück dunkelgrünen Stoff. So eine Jacke hatte ihre Mutter getragen.

»Paul!«, rief sie aufgeregt. Er stellte den Koffer ab und half ihr, den Schutt zur Seite zu räumen.

Sarahs hoffnungsvolle Aufregung wich tiefer Enttäuschung, als ein verdreckter Rucksack mit Ledereinfassungen und braunen Schulterriemen zum Vorschein kam.

»Vielleicht ist was Essbares drin.« Eilig öffnete Paul den Fund und förderte lediglich ein gelbes Buch zutage. Die *Bären-Fibel*, das erste Lesebuch für Schulkinder. Wütend schleuderte er es von sich.

Sarah holte es zurück, blätterte darin und begann zu singen. »*In meinem kleinen Apfel, da sieht es lustig aus, es sind darin fünf Stübchen, grad wie in einem Haus...*«

Kurz lauschte Paul ihrer hellen, klaren Stimme, doch dann schrie er: »Hör auf... hör sofort auf! Wie kannst du nur singen, wenn dein Magen knurrt?«

Sarah blickte ihn mit großen Augen an. »Singen erinnert mich an meine Mutter...« Sie stockte. Tränen rannen über ihre Wangen. »Dann vergesse ich den Hunger.«

»Pfoten weg, das ist meiner!«

Die Hand eines mageren Kerls in schmuddeligen zerfetzten Kleidern versuchte nach dem Fundstück zu greifen. Paul reagierte schneller und zog den Rucksack weg.

Sarah duckte sich hinter Paul und schielte nach oben, zu dem fremden Jungen, der unvermutet neben ihnen aufgetaucht war. Auf seinem Kopf saß eine Schildmütze, unter der fettige blonde Haarsträhnen hervorlugten. Er war einen Kopf größer als Paul und schien auch um einige Jahre älter zu sein.

»Verschwinde!« Paul ballte kampfeslustig die freie Hand zur Faust.

Der fremde Junge sammelte hörbar Speichel im Mund, kniff die Augen zusammen, als visiere er ein Ziel an, und spuckte dann direkt neben Pauls Füße. »Das ist mein Revier, und deshalb ist der Rucksack auch meiner. Kapiert?«, knurrte er. »Also her damit, und dann verzieht euch, aber dalli.«

Sarah blieb hinter Paul stehen, der den Revierbesitzer nur wortlos anstarrte.

»Biste taub?«

Sarah zupfte Paul am Ärmel. »Lass uns lieber gehen.«

»Und was, wenn wir bleiben?« Paul reichte Sarah Kochtopf und Rucksack. Mutig tat er einen Schritt auf den Gegner zu, setzte den Koffer ab, stellte sich breitbeinig davor und verschränkte die Arme.

Der Schmuddeljunge zuckte kurz mit dem ganzen Körper, als habe ihn jemand angerempelt. Beim nächsten Atemzug warf er sich gegen Pauls Schulter. Gemeinsam gingen sie zu Boden. Paul landete unsanft auf dem Koffer und stöhnte auf.

Sarah beobachtete das Gerangel voller Angst. Doch dann überlegte sie nicht länger, brüllte: »Lass meinen Bruder in Ruhe!«, und attackierte den Fremdling mit wütenden Fußtritten.

Sarahs Angriff beendete den Streit, bevor Blut geflossen wäre. Die Kämpfer kamen mit leichten Schrammen davon.

Umständlich rappelten sich beide auf, standen sich dann aber minutenlang unschlüssig gegenüber.

Argwöhnisch fixierte der fremde Junge Paul und Sarah. Keiner sagte etwas, nur Sarahs knurrender Magen war zu hören.

»Wieso rennt ihr zwei allein hier rum?«, fragte der Fremdling. »Wo sind eure Eltern?«

Paul sammelte Speichel, wie sein Gegner es vorhin getan hatte, und spuckte auf die Steine. »Das geht dich gar nichts an.«

»Genau«, setzte Sarah nach, die sich an Kochtopf und Rucksack klammerte.

Der Junge lachte hämisch. »Wer einen Kochtopf mit sich rumschleppt, kann kein Zuhause haben. Logisch, oder?«

Sarah und Paul ließen die Köpfe hängen.

»Los, mitkommen!«, kommandierte der Fremde plötzlich.

Paul rührte sich nicht. »Wohin?«

»Wirst schon sehen. Oder haste die Hosen voll?«

Sarah wusste nicht, ob Paul Schiss hatte; sie selbst fürchtete sich sehr vor diesem Rowdy, zugegeben hätte sie es jedoch nie und nimmer.

Theo, so hieß der schmutzige Kerl, war fünfzehn. »Ich bin der Anführer einer Bande«, verkündete er stolz, während er über die Steinberge voranging. »Ich und meine Kumpels haben einen trockenen Unterschlupf in den Ruinen, aber keinen Kochtopf. Und das ist euer Glück. Kapiert?«

»Logisch«, knurrte Paul, der den Koffer schleppte.

Sarah hatte den Rucksack geschultert, darin die Puppe und das Buch. Den Kochtopf hielt sie in einer Hand, mit der anderen klammerte sie sich an Pauls Ärmel. Das Wort »Bande« klang in ihren Ohren nicht gerade beruhigend, andererseits bekamen sie vielleicht etwas zu essen. Und ihr Hunger war längst größer als ihre Angst vor diesem ruppigen Jungen.

Theo führte sie nach wenigen Metern durch einen halb verschütteten Hauseingang in einen Hinterhof. Auch hier häuften sich die Trümmer, dazwischen eingekeilt zwei verbogene Wäschestangen. Er wandte sich nach rechts zu einem weniger beschädigten Wohnhaus, an dem eine kurze Außentreppe nach unten führte.

»Unser Lager«, sagte er, als sie in einem Waschkeller landeten. »Einigermaßen trocken, hat die Bombardierung unbeschadet überstanden. Manchmal gibt's auch Wasser…« Er zeigte auf den Kupferkessel in der Ecke. »Dort sammeln wir es.«

Sarah fröstelte, als sie sich umsah. In einem ähnlichen Kellerloch hatte sie sich mit ihren Eltern viele Nächte lang versteckt. In solch einem in Stein gemauerten Kessel wie dem in der Ecke hatten sie sich gewaschen. Darunter befand sich eine eiserne Ofenklappe. Sie wusste, dass an den Waschtagen Feuer in dem Ofen gemacht worden war, um das Wasser im Kessel mit der darin eingeweichten Wäsche zum Kochen zu bringen. Jetzt war der Kessel mit einem schweren runden Holzbrett abgedeckt. Ein verdreckter Küchenstuhl, ein Klapphocker, dem die dazugehörige Waschschüssel fehlte, und ein angesengter Polstersessel dienten als Sitzgelegenheiten. Auf dem nackten Fußboden lagen zwei dreiteilige blaue Matratzen. Darauf ein Berg schmutziger Kleider, ein zerschlissenes Brokatkissen, ein gelbliches Leintuch und zwei graue Decken. Es war kalt hier unten, und es roch modrig nach nasser Wäsche, die nicht trocknen mochte.

Theo ließ sich auf die Matratze fallen. »Setzen.« Er wies mit einer Kopfbewegung zu den Stühlen »Und jetzt will ich wissen, wer ihr seid und warum ihr allein zwischen den Trümmern rumrennt.«

»Was sollen wir hier?«, entgegnete Paul feindselig.

Theo verzog den Mund. »Ihr habt doch Kohldampf, oder?«

Sarah senkte den Kopf. Paul blickte zur Seite.

»Sag ich doch«, brummte Theo zufrieden, stand auf und ging zu dem Waschkessel in der Ecke. Er öffnete die Eisenklappe, langte mit der Hand hinein und förderte ein Stück Kommissbrot zutage. Er reichte es Paul. »Mehr hab ich nicht.«

Sarah starrte auf das Brot, überlegte aber nicht lange und griff schnell danach. Es war trocken und bröselte, als sie es auseinanderriss. Aber das kümmerte sie nicht. Es würde den ärgsten Hunger vertreiben. Eine Hälfte gab sie Paul. Gierig biss sie in die andere. Sie hätte weinen können vor Glück. Stattdessen lächelte sie Theo an und sagte höflich: »Danke.«

Auch Paul bedankte sich, und noch während er kaute, erzählte er von der Flucht, dass sie Geschwister wären und die Eltern bei dem gestrigen Fliegerangriff verloren hätten.

»Wenn ihr Bruder und Schwester seid, fress ich 'nen Besen«, sagte Theo, der Paul mit zweifelnder Miene zugehört hatte.

Paul hob trotzig das Kinn. »Dann friss doch!«

»Wir sind die Geschwister Greve«, mischte sich Sarah ein. »Ich heiße Rosalie, und das ist mein Bruder Paul.« Sie lächelte Paul zu. »Zeig ihm das Foto... wo wir im Meer schwimmen waren.« Sie stotterte vor Aufregung. Würde Theo ihnen glauben? Oder würde er sie davonjagen? Zurück in die Trümmer? Auch wenn sie der feuchte, muffige Keller an die Zeiten der Angst erinnerte, bedeutete er doch ein Dach über dem Kopf.

Paul kramte die Bilder aus dem Koffer.

Sarah griff nach seiner Hand, während er Theo erklärte, was es mit dem unterschiedlichen Aussehen auf sich hatte.

»Aha«, brummte dieser, als er das Foto betrachtete. »Aber eigentlich seid ihr nur Halbgeschwister.«

Paul blickte ihn furchtlos an. »Wir haben denselben Familiennamen, und nur darauf kommt es an.«

Sarah war es egal. Halb oder nicht, schon während der Fußtritte gegen Theo war sie unwillkürlich zu Rosalie geworden, und dabei sollte es von nun an bleiben. Wie Paul wollte sie nicht allein sein, wollte eine Familie haben und einen Platz, wo sie schlafen konnte, bis sie ihre Eltern gefunden hätte. Tillis

Topf war sozusagen die Eintrittskarte zur Bande. Theo meinte, er sei schon lange auf der Suche nach einem Kochgeschirr. »Um die Kartoffeln nicht mehr ins offene Feuer schmeißen zu müssen, weil sie dann immer zur Hälfte verbrennen, bis sie fertig sind«, erklärte er und fügte großspurig hinzu: »Und weil ich endlich mal wieder was Warmes essen will.« Als wäre es die normalste Sache der Welt, in einem Waschkeller zu kochen.

»Suppe kochen ist keine große Kunst«, behauptete Paul lässig. »Vorausgesetzt, wir können die Zutaten besorgen.«

Das Wort »besorgen« entlockte Theo die Geschichte, was mit seiner Familie geschehen war. Im März war er wie schon öfter allein aufs Land zum Hamstern gefahren und hatte bei seiner Rückkehr die Eltern und zwei kleinere Geschwister nicht mehr finden können. Sie waren im Bombenhagel umgekommen. Tagelang war er durch die zerbombte Stadt gelaufen, anderen elternlosen Kindern begegnet und hatte sich mit ihnen zu einer Bande zusammengeschlossen. Niemand kümmerte sich in diesen chaotischen Zeiten um ein paar herumstreunende Halbwüchsige oder darum, wer im Waschkeller einer Ruine hauste.

»Das Leben geht weiter«, sagte Theo zwischen den einzelnen Sätzen und zog dabei die Nase hoch.

Rosalie hielt sich an ihrer Puppe fest. Sie spürte, dass Theo mit diesen Worten nur verbergen wollte, wie tieftraurig er war. Auch sie würde den Verlust ihrer Eltern niemals verwinden. Egal, wie glücklich sie über ihren neuen Bruder war.

Theo schloss seine Erklärungen mit der ersten und einzigen Regel der Bande: »Jeder muss am Ende des Tages etwas Essbares ergattert haben. Woher, ist egal.«

»Was meinst du damit?«, fragte Paul misstrauisch.

»Es gibt 'ne Menge Tricks, wie man zu was kommen kann.« Theo schob sich grinsend seine Mütze zurück. »Morgen nehme ich euch mit auf Beutezug.«

Paul öffnete den Koffer, holte die braune Karte mit den

Zigarettenmarken raus und zeigte sie Theo. »Damit müsste doch einiges an Beute zu machen sein. Ohne, dass wir klauen.«

»Nun hab dich mal nicht so«, konterte Theo, sammelte Speichel und spuckte in den Wasserabfluss, der mitten im Steinboden eingelassen war. »Mundraub ist nicht strafbar. Aber die Marken und auch das Taschenmesser sind natürlich Gold wert.«

»Das Messer ist ein Andenken an meinen Vater, das gebe ich niemals her. Nur über meine Leiche«, protestierte Paul.

Theo zuckte mit den Schultern. »Meinetwegen. Hast du auch noch was zum Tauschen, Rosalie?«

Sie schüttelte den Kopf. »Alles, was ich besitze, hat mein Bruder im Koffer.« Sie betonte »Bruder« vielleicht ein wenig zu sehr, aber es klang so schön, fast wie ein Zuhause.

Die anderen Bandenmitglieder tauchten nach und nach auf. Zuerst die Geschwister Klara und Erika, elf und zehn Jahre alt. Die dunkelblonden Mädchen mit den schmalen, traurigen Gesichtern hatten ihre Verwandten auf dem Flüchtlingstreck über das zugefrorene Frische Haff verloren. Mit dem Treck waren sie noch nach München gekommen, wo sie Verwandte hatten, die sie jedoch nicht fanden. Nach Tagen des Herumirrens waren sie verstört und halb verhungert von Theo aufgelesen worden. Sehr viel wohlgenährter sahen sie immer noch nicht aus; barfuß in fleckigen Kleidern, über denen sie zu große, schmutzige Strickjacken trugen, deren Ärmel bis über die Hände hingen.

Als Rosalie die traurige Geschichte der beiden hörte, war sie umso glücklicher, jetzt Pauls Schwester zu sein. Und dass Theo ihnen ihre Geschichte geglaubt hatte, war für sie wie das Bestehen einer schweren Prüfung.

Klara und Erika hatten ein paar schrumpelige Kartoffeln, eine Zwiebel und ein Büschel Radieschenkraut ergattert. Woher, wollten sie nicht verraten. Aber sie würden daraus Suppe kochen, jetzt, wo sie einen Topf hatten.

Später kamen der zwölfjährige Franz mit den Sommersprossen und der dunkelhaarige Georg zurück. Georg war fast dreizehn, ziemlich hochgeschossen, und auf seiner Oberlippe schimmerte bereits ein dunkler Flaum. Die beiden Vettern waren im März von einer Kinderlandverschickung zurückgekehrt, doch die Eltern waren verschwunden. Auch in den elterlichen Wohnungen, die sich im selben Haus befanden, hatten sie keine Nachricht vorgefunden. Die Väter von Franz und Georg waren weder Juden noch in der Partei, aber die Nachbarn hatten etwas von einer Verhaftung wegen Schwarzhandels geflüstert. Das Haus war bald darauf einer Sprengbombe zum Opfer gefallen. Franz und Georg hatten später nur noch Matratzen und Decken retten können.

Die beiden Vettern brachten jeder ein Ei mit, das sie stolz vorzeigten.

Theo, ganz der großmäulige Bandenführer, klopfte den beiden auf die Schultern. »Gut gemacht.«

Rosalie betrachtete die weiße Beute mit ungläubigen Augen. Sie hatte schon ewig kein echtes Ei mehr gesehen. Auch an den Geschmack erinnerte sie sich kaum noch. Während sie sich in München verstecken mussten, waren sie auf die Güte anderer angewiesen, die ihnen von ihren Lebensmitteln etwas abgaben. Oft hatten sie tagelang nichts weiter zu sich genommen als dünnflüssigen Mehlbrei. Auf dem Land hatte ihnen noch manch mitfühlende Bäuerin frische Milch, ein halbes Brot oder auch mal einen Apfel zugesteckt.

»Wo habt ihr die her?«, fragte Paul.

»Möhlstraße, aber nicht geklaut«, sagte Georg mit erhobenem Kopf. »Dort werden jetzt Bretterbuden für den Schwarzmarkthandel aufgebaut, niemand hat was dagegen, und die Befreier schauen zu. Wir haben geholfen, Nägel einzuschlagen, und dafür die Eier bekommen.«

Rosalie schossen Tränen in die Augen. Die Gegend um die

Möhlstraße war ihre Heimat gewesen. Mit ihren Eltern und den Großeltern hatte sie in einer der Villen gewohnt. Die ersten Jahre nach der Machtergreifung Hitlers waren sie durch die Bekanntheit ihrer Mutter noch sicher gewesen. Erst 1941, sie war sechs Jahre alt und mit den Eltern auf einem Gastspiel in Nürnberg, verschleppten die Nazis die Großeltern in ein Lager und beschlagnahmten die Villa. Hätte nicht ein Nachbar die Eltern im Theater benachrichtigt, wären auch sie der Gaskammer nicht entkommen. Trostsuchend griff sie nach Pauls Hand. Wenn Georg nicht log, standen in der vornehmen Bogenhauser Straße keine Villen mehr, sondern nur noch Bretterbuden.

»Morgen gehen wir alle dorthin. Da ist bestimmt noch mehr zu holen«, sagte Theo und verkündete dann der Bande: »Paul und Rosalie gehören jetzt zu uns.«

»Was bringt ihr mit?«, fragte Georg, der Paul von Anfang an mürrisch beäugt hatte.

»Einen Kochtopf!«, erklärte Rosalie hoch erhobenen Hauptes.

»Lebensmittelmarken und ...« Paul machte eine kleine Pause und wurde mindestens einen Kopf größer. »Zigarettenmarken!«

Die anderen musterten ihn wie einen unverschämten Lügner. Als er die Marken vorzeigte, starrten sie darauf, als handle es sich um das Tischleindeckdich. Verständlich, dass in den nächsten Minuten nur noch darüber geredet wurde, was damit alles zu schachern war.

Vorerst wurde im Hinterhof ein Feuer entfacht. Das in den Trümmern gesammelte Holz von zersplitterten Türstöcken, Fensterrahmen oder Parkettdielen hatte die Bande mit Steinen getarnt. Die teilweise lackierten Holzstücke qualmten mehr, als sie tatsächlich brannten. Der Rauch biss in den Augen, brachte alle zum Husten, und es dauerte lange, bis eine Glut entstanden war, auf die Paul den mit Wasser gefüllten Topf stellen konnte.

Paul erklärte, wie lange die Suppe aus den zerkleinerten Zutaten kochen musste. Rosalie erinnerte sich daran, wie er vom Gutshof erzählt und dass er der Köchin regelmäßig über die Schulter geguckt hatte.

»Hätten wir eine Pfanne«, sagten die Schwestern beinahe einstimmig, als sie gemeinsam um das Feuer saßen und in die köchelnde Suppe starrten, »gäb's Bratkartoffeln mit Spiegeleiern.«

Allein die Erwähnung von so etwas Köstlichem ließ alle Kinder still werden und von Bratkartoffel-Zeiten träumen.

Als Rosalie mit Paul und den anderen auf den Matratzen lag, fand sie lange keinen Schlaf. Ihr Magen knurrte immer noch. Die wässrige, fettlose Suppe hatte nicht lange vorgehalten. Von den Eiern hatten Paul und sie als Neulinge nichts abbekommen. Sie mussten sich erst beweisen. Und genau davor fürchtete sie sich. Sie war doch nur ein kleines Mädchen, besaß nur die Kleider am Leib und konnte nichts, außer wunderschön singen. Das jedenfalls hatte ihr Vater gesagt. Der Gedanke an ihn machte sie so traurig, dass sie aufschluchzte. Paul bemerkte es, nahm sie in den Arm und streichelte ihr Haar.

»Warum weinst du?«, flüsterte er.

»Sind meine Eltern tot?«

Paul antwortete nicht.

Rosalie hörte ihn schwer atmen. »Wir haben doch so lange genau an der Stelle gesucht, wo wir unser Versteck hatten, und sie nicht gefunden...«

»Ich weiß«, antwortete Paul. »Ich glaube, sie konnten sich nicht mehr befreien, und deshalb haben sie mich dich finden lassen, damit du nicht allein bist. Wir zwei gehören jetzt zusammen.«

»Wie der Wind und das Meer«, murmelte sie leise, und der Gedanke ließ sie endlich einschlafen.

5

Paul hatte in den letzten Wochen unzählige Ecken und Straßen von München gesehen. Mittlerweile fand er sich gut zurecht in der Stadt. Auch wenn kaum jemand dieses Meer aus Ruinen und Trümmern noch als Stadt bezeichnen mochte. Der Krieg war längst aus, das hatte sich bald auch bis zu den Kindern herumgesprochen, aber unversehrte Gebäude, Straßen ohne Bombenkrater oder intakte Trambahnschienen waren so selten wie ihre vollen Mägen. Nur einmal hatten sie gehofft, für lange Zeit satt zu werden.

Theo war Anfang Mai mit einer schier unglaublichen Nachricht vom Brennholzsammeln zurückgekehrt. »Es herrscht totale Anarchie, die Versorgungslager werden geplündert.«

Keiner von ihnen hatte je das Wort »Anarchie« gehört.

Theo erklärte den anderen die Bedeutung. »München hat momentan keinen Bürgermeister, keine Regierung und auch keine Polizei, und solange die Befreier nicht bestimmen, wer für Ordnung sorgen muss, herrscht eben Anarchie. Das bedeutet, jeder schnappt sich, was er kriegen kann. Los, wir holen uns Käse und Butter aus dem Lager in der Rosenheimer Straße.«

Auf dem Weg nach Haidhausen, wo sich das Vorratslager befand, mahnte Theo alle zur Vorsicht. »Ihr müsst gut aufpassen. Wenn euch jemand schubst oder drängelt, dann wehrt euch, schlagt zurück. Ich habe gehört, es geht zu wie im Kampf. Einer hat mir Geschichten erzählt von Mehlsäcken, die aus den Regalen gerissen wurden und auf dem Fußboden zerplatzt sind. Von zerbrochenen Ölflaschen, die sich mit dem Mehl zu einem gefährlichen Splitterbelag vermischen. Angeblich gibt es immer wieder Verletzte, man müsse sogar um sein Leben fürchten.«

In der Rosenheimer Straße angekommen, mussten sie nicht fragen, wo genau sich das Versorgungslager befand. Eine Menschenschlange zeigte ihnen den Weg. Als sie schließlich mit der Menge zum Eingang gelangten, wurden sie über eine Treppe hinunter in ein endloses Kellergewölbe geschoben.

Paul hielt Rosalies Hand fest. Als sie unten angelangt waren und er die Massen an Butter und Käse erblickte, glaubte er sich im Schlaraffenland.

»Es stinkt nach Limburger«, flüsterte Rosalie ergriffen.

In hohen Regalen lagerten riesige Wagenräder von Schweizer Emmentaler, Gouda aus Holland und kiloweise Butter.

»Schnapp dir, so viel du kriegen kannst«, sagte Paul und langte nach einem Laib Gouda, der direkt vor seiner Nase lag. Doch schon riss eine große Männerhand den Käse aus dem Regal. Die ausgehungerte Menschenmasse war außer Kontrolle. Rücksichtslos wurde um die fettreiche Beute gerangelt. Paul spürte Fußtritte, Ellbogen und Fäuste im Rücken. Jeder kämpfte, um an die bis zur Decke reichenden Regale zu gelangen. Unmengen von Butter und Käse landeten auf dem Boden. In dieser Ausnahmesituation dachte niemand an den Nachbarn und jeder nur an sich selbst. Frauen hatten die Schuhe ausgezogen und standen bis zu den Knöcheln in einer schmierigen Masse, Kinder saßen auf Butterbergen und griffen mit den Händen in das so lange vermisste Fett. Männer stopften sich die mitgebrachten Behältnisse voll und fluchten dabei über die verdammten Nazibonzen, die alles nur für sich gehortet hatten.

Inmitten des Getümmels versuchte Paul nun mit Theos und Georgs Hilfe einer der begehrten Käselaibe zu ergattern. Die Mädchen stürmten die Butterregale. Trotz eines bedrohlichen Ringkampfes gegen zwei fremde Jungs gewann Paul mit den anderen die Schlacht um den Käse. Doch sie kamen nicht weit damit. Auf der Straße wurden sie von zwei erwachsenen Männern mit Fußtritten und Faustschlägen attackiert, die schließlich mit der Beute abhauten.

Die Jungs fluchten, die Mädchen weinten, auch sie waren nur fettverschmiert aus dem Keller entkommen. Paul war, wie seine Großmutter gesagt hätte, vor lauter Wut wilder als ein angeschossener Eber.

Das passiert mir nicht noch einmal, schwor er sich, nicht wissend, dass sie nie wieder die Gelegenheit bekommen würden.

Die Hoffnung auf fettigen Käse und dick beschmierte Butterbrote platzte wenige Tage später, als die Befreier Dr. Karl Scharnagl zum neuen Oberbürgermeister ernannten und dieser die öffentliche Ordnung wiederherstellte.

»Uns bleiben immer noch die Zigarettenmarken«, erinnerte Paul die anderen.

In der Möhlstraße tauschten sie die Marken gegen Kommissbrot und sogar Wurst. Ein, zwei Tage lang würden sie satt werden.

Auf dem Schwarzmarkt hatten sie beobachtet, wie eine noch ungerupfte Ente den Besitzer wechselte. Auf dem Heimweg in den Waschkeller seufzte Theo leise »Entenbraten« vor sich hin.

»Das war eine Wildente«, mutmaßte Paul.

»Woher willst du das wissen?«, fragte Georg.

»Hausenten haben weiße Federn.«

Theo schob seine Schildmütze nach hinten, kratzte sich an der Stirn und grinste dann frech. »Im Englischen Garten schwimmen massenhaft Enten im See rum.«

Wie man so ein Federvieh abmurksen, ausnehmen und zubereiten musste, davon hatten sie zwar nicht die geringste Ahnung, aber erst mal hieß es, eines zu fangen. Der Rest würde sich schon finden. Als die Kinder tags darauf mutig losstürmten, war nicht eine Ente zu sehen und auch kein Schwan –

weder auf dem Kleinhesseloher See noch im Eisbach. »Alle eingefangen und längst aufgefuttert«, knurrte Theo mit seinem Magen um die Wette.

»Oder sie haben sich beim letzten großen Fliegeralarm zu Tode erschreckt und liegen nun auf dem Seegrund«, meinte Franz.

»Ist doch egal, ob sie gefangen wurden oder vor Schreck gestorben sind, jedenfalls gibt's für uns keinen Braten«, sagten die Schwestern.

Noch etwas war heiß begehrt auf dem Markt: Schnürsenkel und Glühbirnen. Schnürbänder rissen schnell, und kaum eine Glühbirne hatte die zahllosen Bombardierungen überlebt.

»Und das Zeugs lässt sich ganz einfach besorgen«, meinte Theo und wusste auch, wo: »In den Trambahnen. Sobald sie wieder fahren.«

»Da können wir lange warten«, unkte der sommersprossige Franz. »Im Moment fährt nämlich überhaupt keine, weil die Schienen vom Bombenfeuer verbogen oder ganz aus der Straße gerissen sind.«

»Am Bahnhof ist auch ein Schwarzmarkt, dort haben sich zwei Trambahnfahrer erzählt, dass es noch ewig dauern wird, weil unser Straßenbahnnetz das am schwersten beschädigte in allen drei Westzonen ist«, ergänzte der schlaue Georg, dessen dunkles Haar wie das der anderen Kinder von einem hellen Staubschleier überzogen war und dringend einer Wäsche bedurfte.

»Irgendwann müssen sie einfach wieder fahren«, entgegnete Theo, der nicht so schnell aufgab. »Und dann sind wir dabei. Die Sache an sich ist völlig ohne Risiko«, versprach er.

Paul verstand nicht. »Du meinst, wir klauen, und das ohne Risiko, erwischt zu werden? Wie soll das gehen?«

»Rosalie soll singen«, antwortete Theo.

»Singen?« Franz und Georg lachten hämisch.

»Ihr braucht gar nicht so blöd zu lachen«, rügte Theo die zwei. »Rosalie hat nämlich eine *hypnotische* Stimme. Ihr Gesang ist so schön, dass niemand auf uns achten wird. Alle Fahrgäste und auch die Schaffner werden nur ihr zuhören.«

Ende Mai sahen die Kinder endlich die erste Trambahn durch die Straßen fahren. Es war die Linie 19, die vom Max-Weber-Platz nach Steinhausen fuhr. Geld für die Fahrscheine hatten Theo, Georg und Paul mit dem Sammeln von Nägeln verdient. Sie hatten eine halb verrostete Zange gefunden, damit die Nägel aus Brettern gezogen, sie flachgeklopft und in der Möhlstraße gegen Bargeld eingetauscht. Mit dem Geld für die Fahrscheine in den Händen ging's los. Bald nach Sonnenaufgang wollten sie am Max-Weber-Platz einsteigen und wurden von einer strengen Schaffnerin zurückgewiesen.

»In den frühen Morgen- und den späten Nachmittagsstunden dürfen nur Personen mit Berechtigungsschein die Bahnen nutzen«, erklärte sie den Kindern.

Natürlich waren sie nicht berechtigt und mussten bis nach zehn warten. Schließlich durften sie in eine der immer noch überfüllten Trambahnen steigen.

Sobald die Bahn Fahrt aufnahm, begann Rosalie zu singen. Paul, Franz und Georg kletterten auf die Lehnen der Holzsitze oder machten Räuberleiter, um an die Decke zu gelangen und die Birnen rauszuschrauben. Das war ziemlich einfach, weil diese nur in schlichten Fassungen hingen und kein Schutzschirm störte. Niemand achtete auf die Jungs. Wer dennoch bemerkte, wie sie herumkletterten, nahm wohl an, sie wollten die kleine Sängerin besser sehen können. Klara und Erika krabbelten derweil zwischen den Beinen der Mitfahrer herum und mopsten Schnürsenkel. Bei Gefahr in Gestalt einer Schaffnerin würde Theo alle mit einem schrillen Pfiff durch die Finger warnen.

Der Plan war *bombig*, wie Theo sich nach drei erbeuteten Glühbirnen und diversen Schuhbändern selbst lobte. Rosalie wurden obendrauf noch einige Münzen zugesteckt. Besonders das Lied *Es geht alles vorüber, es geht alles vorbei, auf jeden Dezember folgt wieder ein Mai* kam allgemein gut an. Mancher Fahrgast sang beim Refrain: »Es geht alles vorbei, auch Adolf Hitler und seine Partei.«

Die Schuhbänder tauschten sie gegen eine Schachtel Zigaretten, für die sie zusammen mit den Glühbirnen ein Stück geräuchertes Bauchfleisch und zwei ganze Laibe Brot erhielten. Kein Mucks war zu hören, als jeder an seinem Stückchen Speck kaute. Es war wie drei Mal Weihnachten mitten im Frühling.

Die Trambahnen erwiesen sich als prima Einnahmequelle – bis die Diebstähle bemerkt wurden. Nicht nur die Kinder hatten gestohlen, auch andere Verzweifelte. Bald wurden sämtliche Glühlampen gegen eine Ausführung mit anderem Gewinde ausgetauscht, die nicht mehr in die Haushaltsfassungen passte. Der Bande blieben also nur noch die Schnürsenkel. Doch schon im Frühsommer war es ungewöhnlich heiß, und viele Fahrgäste trugen nur noch Sandalen oder gingen barfuß, um ihr Schuhwerk für den nächsten Winter zu schonen.

Die Kinderbande musste sich nach neuer »Arbeit« umsehen.

Vor dem Rathaus lümmelten amerikanische Soldaten in ihren Jeeps, rauchten Zigaretten und schnippten die Stummel in die Menge. Wie auf Befehl bückten sich die Umstehenden, um die Kippen aufzusammeln und mit Zeitungspapier sogenannte »Hugos« daraus zu drehen. Amerikanischer Tabak schmeckte selbst beim zweiten Anbrennen um ein Vielfaches aromatischer als das kratzige Kraut, das die Männer jahrelang auf Marken bekommen hatten.

Heute endete die »Verteilung« der Kippen, als ein Uniformierter mit viel Lametta auf der Brust aus dem Rathaus trat, in einen der Jeeps stieg und der Fahrer mit dem Befehlshaber davonbrauste.

Paul und die anderen hatten das englische Wort *orphan* für Waisenkind aufgeschnappt und schnell herausgefunden, wie groß das Mitleid der GIs mit elternlosen Kindern war. Beim Anblick der verwahrlost aussehenden Mädchen und Jungen verteilten die Soldaten sehr viel freigiebiger ihre Zigaretten, die längst als »neue Währung« galten. Für eine *Chesterfield*, *Camel* oder *Lucky Strike* erhielt man auf dem Schwarzmarkt ein halbes Brot. Zehn Zigaretten brachten ein Stück Speck.

Paul hatte miterlebt, wie jemand einhundert *Camel* gegen einen Leiterwagen getauscht hatte. Mit einer Stange Zigaretten hätten sie leben können wie in Friedenszeiten. Doch bislang hatten sie keine ergattern können.

»Wir machen in den Trambahnen weiter«, befahl Theo. »Wer weiß, vielleicht schleppen einige Fahrgäste richtige Schätze in den Taschen nach Hause.«

Paul protestierte heftig. »Glühbirnen und Schnürbänder zu stehlen fand ich schon falsch, auch wenn ich gesehen habe, dass manche um ihre Schuhe dann Einmachgummis wickeln. Aber Einkäufe klauen geht zu weit. Meine Schwester und ich werden dabei nicht mitmachen.« In Wahrheit fürchtete er, erwischt zu werden und auf der Polizei zu landen. Was würde geschehen, wenn ihr Geheimnis aufflog?

Theo stemmte die Fäuste in die Hüften, sammelte mal wieder Spucke und zielte neben Pauls Füße. »Ohne mich und die anderen wärst du mit deiner Schwester längst verhungert, deshalb macht ihr mit. Kapiert?«

Das konnte Paul nicht abstreiten. Widerwillig stimmte er zu.

Dieses Mal hypnotisierte Rosalie die Fahrgäste mit Zarah Leanders populärem Lied *Ich weiß, es wird einmal ein Wunder gescheh'n*, während die anderen versuchten, an die Einkaufstaschen der Hausfrauen zu gelangen.

Eine aufmerksame Schaffnerin sah, wie eines der Mädchen in eine Tasche griff. Schnell war sie bei ihr, packte sie an den Ohren, während die Bestohlene nach der Polizei brülle. Theo warnte die anderen mit einem Pfiff durch die Finger: das vereinbarte Zeichen, sich schnellstens zu verdünnisieren. Klara und Erika gelang es nicht, sich loszureißen, die anderen sprangen an der nächsten Station aus der Bahn und rannten jeder in verschiedene Richtungen – gefolgt von einigen erbosten Fahrgästen.

Rosalie stolperte, als sie durch die Ruinen flohen, und verstauchte sich den Fuß. »Ich kann nicht mehr, es tut so weh«, weinte sie.

»Die kleine Sängerin ist hinter den Trümmern verschwunden«, schrie jemand. »Los, hinterher.«

Paul stützte Rosalie, so gut er es vermochte. Nur wenige Schritte entfernt entdeckte er einen dreirädrigen Lastwagen mit kleiner Fahrerkabine, dessen Ladefläche eine graue Plane überdeckte. »Vielleicht können wir uns dort verstecken«, sagte er und schleppte Rosalie zu dem Wagen. Bis auf ein paar Weidenkörbe hatte der Fahrer nichts geladen. Ein vertrauter Geruch nach Erde schlug Paul entgegen. Er überlegte nicht lange, sprang auf die Ladefläche und zog Rosalie zu sich hoch. Geduckt hinter den Körben, beobachteten sie ihre Verfolger. Nach einer Weile schien die Gefahr vorbei, und Paul half Rosalie aufzustehen.

Im selben Moment sprang der Motor tuckernd an. Sekunden später fuhr der Wagen los, und die Kinder plumpsten in die Ecke der Ladefläche. Der Dreiradler kam unerwartet schnell in Fahrt, und an Abspringen war vorerst nicht zu denken.

6

Vorsichtig lugte Paul hinter den Körben hervor. Versuchte, sich die Ruinen und Straßenecken einzuprägen, die wenigen nicht verbrannten Bäume, die ausgetrieben hatten oder sogar blühten. Wo auch immer sie landeten, sie mussten zurückfinden in den Waschkeller, wo sein Koffer mit den lebenswichtigen Papieren versteckt war.

Der Fahrer kurvte zügig durch die Trümmerstadt, wich Bombenkratern und Trambahnen aus oder umrundete einzelne Radfahrer, als wäre er mächtig in Eile. Rosalie summte leise das Lied von dem Wunder, das einmal geschehen würde, und auch Paul hoffte, dass es eintreten möge und ihnen half zu entkommen.

Der Lastwagen hielt an. Der Motor wurde abgestellt. Eine Tür zugeknallt.

Paul und Rosalie kauerten weiterhin unbeweglich hinter den Weidenkörben. Waren sie in Sicherheit? Konnten sie aussteigen? Oder würde der Fahrer jetzt die Körbe abladen und sie entdecken?

Nach langem Warten wagte sich Paul nach vorne und riskierte einen kurzen Blick.

Der kleine Laster hatte auf einem Platz angehalten, auf dem noch andere Transporter parkten. Auch hier hatten die Bomben keinen Stein auf dem anderen gelassen. Der süßliche Phosphorgeruch hatte sich zwar längst verzogen, doch so weit er sehen konnte, gab es nur Schutthaufen und verbogene Trambahnschienen. Menschen entdeckte er keine, abgesehen von einem vorbeifahrenden Radler. Gleich darauf bellte ein Hund. Erschrocken verzog er sich wieder zu Rosalie hinter die Körbe.

»Sind das Polizeihunde?«, flüsterte sie ängstlich.

Paul schüttelte den Kopf. »Nur ein Spaziergänger mit Dackel«, behauptete er, als habe er ihn mit eigenen Augen gesehen. Obwohl er sich nicht vorstellen konnte, dass überhaupt ein Vierbeiner überlebt hatte. Entweder waren sie an Unterernährung eingegangen, im Bombenhagel umgekommen oder als Braten in der Röhre gelandet, wie der Onkel es Tante Tillis Katze angedroht hatte. Er fürchtete, dass die wenigen noch lebenden Hunde tatsächlich der Polizei gehörten. Aber niemals hätte er das laut ausgesprochen. Nie im Leben hätte er Rosalie unnötig verängstigt. Immer würde er sie beschützen. Egal, wie mulmig ihm selbst zumute war.

Das Bellen verstummte. Paul nahm all seinen Mut zusammen, zog Rosalie hinter den geflochtenen Körben hervor und sprang von der Ladefläche. Er half seiner Schwester beim Aussteigen und schaute sich einmal mehr orientierend um.

Hohe rechteckige Säulen, deren Spitzen an Schornsteine erinnerten, ragten in den blauen Himmel. Nicht weit entfernt entdeckte er eine Ruine, größer als die Pferdeställe auf dem elterlichen Gutshof. Eigentlich war es nur ein riesiges Dach, das so mächtig wirkte, als könnten Züge dort ein und aus fahren. Etwas entfernt reihten sich zweistöckige graue Häuser aneinander. Ob es sich um Wohnhäuser handelte, war auf den ersten flüchtigen Blick nicht auszumachen. Fenster waren eingebaut, nur die Eingangstüren fehlten. Vermutlich handelte es sich um die Rückseiten der Häuser. Was auch immer sich darin verbarg, sich dort zu verstecken war vielleicht gefährlich. Ihm schien die Ruine weitaus sicherer. Dort fanden sie hoffentlich auch einen schattigen Platz, wo Rosalie sich ausruhen konnte. Die Sonne brannte auf der Haut, und es war heiß wie zu Hause im Hochsommer am Ostseestrand.

Er legte einen Arm um Rosalies Taille, sie einen um seinen Hals. So schleppte er sie über den Platz. Ihr verstauchter Fuß war inzwischen stark angeschwollen, und sie stöhnte vor Schmerzen.

Als sie die hohen Trümmerberge erreichten, die vor der Dachruine lagerten, vernahm Paul deutliches Stimmengewirr, das, begleitet von den unterschiedlichsten Geräuschen, die Melodie eines Marktes ergab.

Das war es!

Der Lastwagen. Die Körbe. Der Geruch nach Erde, der ihm auf der Ladefläche in die Nase gestiegen war und den er in der Aufregung nur unterbewusst wahrgenommen hatte. Plötzlich ahnte Paul, wo sie gelandet waren.

»Wo sind wir?« Rosalie setzte sich auf die Steine.

»An einem wundervollen Ort«, antwortete er vage. Trotz des altvertrauten Dufts war er sich noch unsicher. Womöglich trogen ihn seine Hoffnung, sein leerer Magen und die Sorge um Rosalie.

»Ich kann nicht mehr laufen ...«

Paul tastete Rosalies Fuß vorsichtig ab. »Du brauchst einen Verband«, sagte er. In Pommern hatte er seinen Pferden oft genug die verletzten Fesseln mit Spezialsalbe und Mullbinden bandagiert. »Ich werde mal die Gegend ausspionieren. Vielleicht finde ich was.«

»Mach schnell, ich hab Angst«, bat Rosalie.

Paul klopfte sich den Staub des Lastwagens von der ohnehin verschmutzen Hose, spuckte in die Hände und strich sich die Haarsträhnen aus der Stirn. Er hatte schon lange nicht mehr in einen Spiegel gesehen, wusste aber nur zu gut, dass er eher wie ein Herumtreiber denn wie ein ordentliches Kind aussah. Ändern konnte er es nicht. Entschlossen lief er los, immer der Nase nach. Als er den Trümmerberg umrundet hatte, blieb er staunend stehen. Hier wurde tatsächlich ein Markt abgehalten.

Kein Pferdemarkt, die kannte er aus Pommern. Sein Vater

hatte ihn oft zu den Viehmärkten mitgenommen, auf denen auch Kühe, Rinder oder selbst gezogenes Gemüse auf Karren angeboten wurden. Hier waren unter dem riesigen Hallendach Holzkisten mit Deckeln zu einer langen Reihe aufgebaut, in regelmäßigen Abständen getrennt durch große oder kleine Tische, die als Verkaufstheke dienten. Dahinter standen Frauen und Männer in grauen Arbeitsanzügen oder weißen Kitteln. Vor manchen Tischen saßen auf Kisten die Kunden, was Paul aus deren normaler Alltagskleidung schloss.

Sie waren auf einem Großmarkt gelandet, und trotz der abgedeckten Kisten stieg Paul der Duft von Kartoffeln in die Nase. Unmengen von Kartoffeln! So viele, wie er seit dem Verlassen seiner Heimat nicht mehr gesehen hatte. Er, seine Schwester und der Rest der Bande würden wochenlang satt davon werden. Die Vorstellung, nicht mehr zu hungern, trieb ihm die Tränen in die Augen.

Wenn er nur schnell genug rennen und eine Kiste ... Ein patrouillierender Polizist mit Schäferhund stoppte den Gedanken. Es war aussichtslos bei der scharfen Bewachung. Selbst wenn er irgendwo eine verloren gegangene Kartoffel fände, würde er noch im Aufklauben geschnappt werden.

Enttäuscht schlich er zurück zu Rosalie. Sie saß unverändert auf den Trümmern, hatte den Schuh ausgezogen.

Ein dünner Mann, der zwei Marktkisten schleppte, kam auf sie zu und brummte etwas.

Paul verstand das breite Bayerisch nicht genau, aber er enträtselte es als Frage, was sie hier wollten. »Wir warten auf unsere Tante«, sagte er ohne lange Überlegung und verzog den Mund zu einem unschuldigen Grinsen.

»Ich hab mir den Fuß verstaucht«, warf Rosalie ein.

»Oh mei, arm's Madl ...« Der dünne Mann grummelte noch was übers Heiraten, das sich für Paul anhörte wie: »Bis du mal heiratst, is es längst wieder vorbei.«

In einem Atemzug stellte der Mann die Kisten ab, nahm den Deckel von einer hoch, holte zwei Karotten heraus und warf sie ihnen zu.

»Vielen, vielen Dank«, sagte Paul.

»Schon recht«, sagte der Fremde, griff gemächlich nach seinen Kisten, schleppte sie zu einem rostigen Fahrrad und wuchtete sie in den Leiterwagen, der mit Stricken am Gepäckträger des Rads festgebunden war.

Andächtig bissen Paul und Rosalie in das orangerote Gemüse. Es knackte beim Abbeißen, schmeckte saftig und zuckersüß. Einfach himmlisch. Rosalie vergaß über dem unerwarteten Genuss sogar ihre Verletzung.

Aber so langsam sie auch kauten, irgendwann war das letzte Stück verspeist.

»Ob du wieder auftreten kannst?«, fragte Paul, noch die letzten Karottenstückchen im Mund.

Rosalie wollte es versuchen. Sie stützte sich auf seinen Arm, tat einen Schritt und sackte mit schmerzverzerrter Miene zurück auf die Steine. »Es tut immer noch weh«, sagte sie leise.

»Bleib hier sitzen, ich such noch mal nach einem Verband«, versprach er. »Irgendwo muss sich doch ein Fetzen Stoff auftreiben lassen.«

Rosalie nickte erschöpft.

Paul lief die Trümmer in unmittelbarer Nähe ab, ohne etwas Brauchbares zu finden. Nach und nach entfernte er sich immer weiter von Rosalie, bis er schließlich wieder vor der Markthalle landete.

Ich frage einfach jemanden nach einem Stück Stoff, beschloss er, als ihm eine kleine Frau entgegenkam. Unsicher blieb er stehen. Würde sie ihn wegjagen? Als sie näher kam, glaubte er zu fantasieren und meinte, seine Großmutter auf sich zukommen zu sehen. Sie war ungefähr genauso alt und ebenso aufrecht dahergeschritten wie die Frau.

Plötzlich stand sie direkt vor ihm, musterte ihn eingehend und lächelte schließlich.

»Suchst wen?«

»Meine... meine Schwester«, antwortete er stotternd.

Die Frau trug ein rot geblümtes Kopftuch, eine blaue Kittelschürze und hatte einen Henkelkorb in der Hand, dessen Inhalt ein grau-weiß kariertes Tuch verdeckte. Sie blickte ihn mit klaren blauen Augen an und überschüttete ihn mit Fragen.

»Habt ihr euch verloren? Ja, wem gehörst du denn? Bist am Ende ganz allein?«

»Ähm... nein. Rosalie hat... sich den Fuß... verstaucht...«

»Rosalie...« Sie lächelte sanft. »So ein schöner Name. Aber da drin in der Großmarkthalle wirst keinen Doktor finden. Wie heißt du denn, Bub?«

»Paul Greve.« Er neigte den Kopf zu einer angedeuteten Verbeugung, wie er es gelernt hatte.

»Sappalot! Du machst einen Diener vor einer einfachen Marktfrau. Bist am Ende aus einem feinen Stall raus?« Sie strich ihm sanft übers Haar.

Diese zärtliche Geste, die ihn einmal mehr an seine geliebte Großmutter erinnerte, ließ ihn schlucken. Unwillkürlich musste er an Apfelkuchen denken, den sie im Sommer oft gebacken hatte.

»Wir sind Flüchtlinge aus Pommern«, antwortete er ungewollt ehrlich, wobei ihm Tränen über die Wangen liefen.

Sie sah ihn mitfühlend an, sagte: »Und ich bin die Agathe Zirngiebl, darfst Agathe zu mir sagen«, nahm seine Hand und ließ sich zu Rosalie führen.

7

Rosalie glaubte sich in einem wunderschönen Traum, aus dem sie hoffte, nie wieder zu erwachen.

Doch es war die noch viel süßere Wirklichkeit, in der sie auf der *Schäselong* lag, wie Agathe das grün gemusterte Liegesofa mit dem erhöhten Kopfteil bezeichnete. Ihr Fuß ruhte auf einem Kissen, das die rot eingestickte Weisheit *Ohne Fleiß kein Preis* zierte.

Das Sofa stand in der Küche von Agathes Wohnung. Vom Fenster aus blickte man hinunter auf die angekokelten Reste von Agathes Blumenstand.

»Ich bin die Blumen-Oma vom Wiener Platz«, hatte sie den Kindern erklärt. »Doch Blumen gehören wie alles nach Kriegsende zur Mangelware, und so is es ungewiss, wann mein Marktstand wieder aufgebaut wird.«

Wie Rosalie und Paul mit Agathe in die Wohnung gelangt waren, hatten sie dem Eier-Erwin zu verdanken. Erwin besaß einen ähnlichen dreirädrigen Lieferwagen wie den, mit dem sie auf dem Großmarkt gelandet waren. Täglich klapperte er die Bauern ab, die Eier verkaufen wollten, und belieferte damit seine Großmarktkunden. An diesem Mittag war seine Arbeit bereits erledigt, er befand sich auf dem Heimweg zum Max-Weber-Platz, und sie durften mitfahren. Während der holprigen Fahrt im offenen Wagen hatte Paul ein Dankesgebet zum Himmel geschickt. Es schien, als habe er ein Einsehen mit ihnen.

Agathe redete von schicksalhafter Fügung. »Der Krieg hat nämlich auch meine Familie auseinandergerissen und mir obendrauf die Existenz geraubt. Aber die Wohnung, die hat er unversehrt gelassen. Nur deshalb kann ich euch beherbergen. Wie ich den Paul gesehen hab, da hab ich gleich zweimal hinschauen müssen, weil er meinem vermissten Sohn aufs Haar gleicht.« Immer wieder musterte sie Paul, schüttelte kurz den Kopf und seufzte: »Wie mein Gustl.«

Rosalie war überzeugt, dass Agathe sich das nur einbildete. Paul sah dem Gustl kein bisschen ähnlich. Aber wenn Agathe es so haben wollte, würde sie nie das Gegenteil behaupten.

Ein Schwarz-Weiß-Foto von Agathes einzigem Sohn Gustl hing in einem zierlichen Holzrahmen über der *Schäselong*. Das Bild zeigte ihn mit einer Schultüte vor dem Schulhaus. Daneben war eine Fotografie der jungen Agathe als Braut mit ihrem Ehemann Johann aufgehängt. Sie war eine sehr hübsche Frau gewesen, die über den Krieg mit all seinen Kümmernissen aber nur äußerlich alt geworden war. Ihr junges Gemüt und ihr weiches Herz hatte sie behalten, unschwer an den sanften blauen Augen zu erkennen.

Keine Stunde war vergangen, seit sie Rosalies Fuß betrachtet und, ohne lange zu überlegen, entschieden hatte, den Kindern zu helfen. Lange Erklärungen hatten Agathe nicht interessiert, ihr genügte, was sie sah. Zwei hungrige Kinder ohne Eltern. Und sie, als Mutter ohne Kinder, wollte die beiden mit Freuden bei sich aufnehmen.

Zu Hause hatte sie gleich die große Zinkbadewanne aus der Speisekammer geholt. Mangels Vorräten diente die Kammer inzwischen als Abstellraum. Rosalie musste den Fuß hochlegen, während Paul zum Wasserholen in den Hausflur ans Wasserbecken geschickt wurde. Dort befand sich auch das *Häusl* für die gesamte Etage.

Rosalie zögerte, sich vor Paul auszuziehen und mit ihm in die Wanne zu steigen. Sich rauszureden kam jedoch nicht infrage. Was sollte Agathe denken, wenn Geschwister sich voreinander genierten? Um ihr Geheimnis zu bewahren, war sie bereit, sich zu überwinden.

In letzter Sekunde behauptete Paul, dringend Tante Tillis Kartoffeltopf aus dem Versteck holen zu wollen. »Rosalies Puppe ist auch noch dort, mein Mantel und der Koffer mit den Unterlagen. Die Papiere sind lebenswichtig.«

»Hast recht, Bub, Papiere darf man nicht verschlampen«, stimmte Agathe ihm zu.

Erleichtert stieg Rosalie in das kalte Wasser, das bei dieser Hitze herrlich erfrischend war. Als das Radio *Wenn der weiße Flieder wieder blüht* spielte, sang sie vor Glück leise mit.

»Sappalot, du singst aber schön«, lobte Agathe, während sie ihr den Rücken einseifte.

»Die Stimme habe ich von meiner Mutti, sie war Sängerin«, erzählte Rosalie und erschrak über ihr unbedachtes Geständnis. Wie sollte sie jetzt erklären, warum eine Sängerin einen pommerschen Gutsherrn geheiratet hatte?

»Ja, so was, eine Sängerin«, sinnierte Agathe und fragte: »War's berühmt?«

Rosalie fiel keine glaubwürdige Ausrede ein, und bei dem Gedanken, die freundliche alte Frau zu belügen, fühlte sie sich schrecklich elend.

»Wie hat sie denn ausgeschaut? Vielleicht kenn ich sie«, schwatzte Agathe weiter. »Mein Johann und ich, wir sind oft zum Tanzen gegangen. Damals, als wir noch jung warn. Ach mei, des is ja schon sehr lange her…«

Rosalie schluchzte auf. Wie gern hätte sie Agathe die ganze Wahrheit gebeichtet. Von ihren Eltern, den Jahren des Verstecks, der Bombennacht, in der sie alles verloren und wie Paul sie am Ende gerettet hatte. Aber sie durfte das Geheimnis nicht verraten. Niemals.

»Oh mei, armes Hascherl, was hast denn? Tut dir was weh?« Besorgt holte Agathe sie aus der kleinen Wanne.

»Nur... nur der Fuß«, schwindelte Rosalie und ließ sich in das Handtuch einwickeln. Dann zog sie die Nase hoch und schluckte ihre Tränen runter. Lieber lügen, als Paul zu verraten.

Agathe gab ihr ein Hemd von Gustl, das zwar reichlich groß, aber dafür sauber war und nach Kernseife duftete. »Nachher koch i dir ein Supperl, dann vergeht's bald«, versprach sie.

Wenig später löffelte Rosalie die wässrige Grießsuppe, die Agathe mit ein paar Brotstücken angereichert hatte. Als Rosalie den Teller sauber ausschleckte, klopfte es an der Tür.

Auf Agathes »Herein« trat ein junger Mann in die Küche. Er war sehr schlank, beinahe dürr, schwitzte sichtlich, und das kurze blonde Haar klebte ihm am Kopf. »Tach auch, Frau Zirngiebl.«

»Servus, Herr Studiosus«, grüßte Agathe und sagte zu Rosalie: »Des ist mein Zimmerherr, der Jansen Jochen, er kommt aus Ostfriesland und studiert auf Zahnarzt. Momentan muss er aber wie alle Studenten Steine klopfen, weil auch die Studieranstalt ein einziger Schutthaufen ist. Die Sieger haben wirklich nix übrig gelassen.«

»Verzeihung, wenn ich störe.« Verlegen stupste der Student die runde Nickelbrille mit dem rechten Zeigefinger zurecht. »Ich sehe, Sie haben Besuch.« Er lächelte Rosalie freundlich zu. »Ich wollte nur einen Krug ausborgen, um Wasser zu holen...« Er hob kurz die schmutzigen Hände, wobei der Staub auf Hemd und Hose deutlich verriet, dass er wohl kaum aus einem Hörsaal kam.

»Kommen S' nur rein«, sagte Agathe. »Das ist die kleine Rosalie, sie ist... ähm...« Sie stockte.

Rosalie fragte sich, ob und warum Agathe nach einer Erklärung für ihre Anwesenheit suchte.

»Sie ist...« Agathe zupfte an ihrem Kopftuch und grummelte überlegend: »Wie heißt das nur? Fällt mir ums Verrecken nicht ein... die Tochter von meiner Nichte, also meine...«

»Großnichte, oder auch Nichte zweiten Grades«, erklärte Jochen.

»Großnichte!« Agathe strahlte ihn an. »Einen Studierten wenn man im Haus hat, ist man um nix verlegen. Der Rosalie ihr Bruder ist auch zu Besuch...«

Rosalie hätte die Blumen-Oma am liebsten umarmt, geküsst und ihr noch ein Lied vorgesungen, so dankbar war sie, jetzt auch noch eine Großnichte sein zu dürfen.

»Wenn S' wollen, können S' auch gleich hier in die Wanne steigen«, sagte sie zum Zimmerherrn. »Des Wasser wär noch recht sauber.«

Jochen trat verlegen von einem Bein aufs andere. »Vielen Dank. Nur die Hände.« Er kniete sich neben die Wanne und begann zu schrubben. »Ich hätte da noch eine Frage.«

»Immer raus damit«, ermunterte ihn Agathe.

»Nun, denn, vermieten Sie noch weitere Zimmer? Lothar Meier, ein Kommilitone, sucht dringend eine neue Bleibe. Das Haus, in dem er bislang gewohnt hat, ist nämlich gestern eingestürzt. Jetzt steht er praktisch auf der Straße.«

»Ich weiß zwar nicht, was ein Kommili ist, aber wenn er die Miete zahlen kann... Sie wissen schon...« Agathe grinste verschlagen.

»Kommilitone ist nur ein anderes Wort für Studienkollege. Der Lothar studiert hier in München die Juristerei und muss sich wie alle Studenten an den Aufräumarbeiten beteiligen. Wegen der Miete sehe ich kein Problem, Frau Zirngiebl«, versicherte Jochen. »Lothars Eltern betreiben einen Kohlenhandel in der Oberpfalz.«

»Soso, eine Kohlenhandlung, da legst dich nieder.« Vergnügt zwinkerte sie Jochen zu. »Soll er nur kommen, der Kohlen-Lothar. Ich richte ihm ein schönes Zimmer her bis heut Abend.«

Jochen bedankte sich und trocknete Hände und Gesicht mit

dem Handtuch, das Agathe ihm reichte, bevor er sich höflich verabschiedete.

»Siehst, Rosalie, weil ich euch helfen tu, hat mir der Herrgott den Kohlen-Lothar geschickt«, sagte Agathe und klatschte vergnügt in die Hände. »Sonst hätte ich am End' noch meinen Johann für tot erklären lassen müssen, damit ich eine Witwenrente krieg. Manche Frauen machen es, wenn's keinen andern Ausweg mehr sehen. Von der Hoffnung allein wird eben niemand nicht satt.«

Rosalie wusste zwar nicht, was die Blumen-Oma mit »tot erklären« meinte, aber sie half nach Kräften, die Anzüge von Agathes Mann aus dem Schlafzimmerschrank zu räumen. Das Ehebett würde Jochen am Abend demontieren und die nicht mehr benötigte Betthälfte in den Keller verfrachten. Dann war Platz für den Studiertisch, den der Kohlen-Lothar selbst mitbringen würde. Damit waren alle Räume von Agathes Vier-Zimmer-Wohnung vermietet. Jochen bewohnte die ehemalige gute Stube, wie Agathe das Wohnzimmer nannte. In Gustls Kinderzimmer lebte Edeltraud, die im Kaufhaus *Oberpollinger* Hüte verkauft hatte, bis das Haus im Januar abgebrannt war. Danach war sie gegen einen täglichen Laib Brot in einer Bäckerei beschäftigt gewesen. Inzwischen arbeitete sie als Bedienung in einer Kantine der Militärregierung. In dem winzigen Rumpelkammerl, einem handtuchschmalen Kabuff mit nur einem gucklochgroßen Oberlicht, wohnte Bodo Graf von Kreilsheim, ein verarmter Adliger und angehender Assessor. Agathe würde ab sofort in der Küche auf der *Schäselong* schlafen.

Während des Umräumens erfuhr Rosalie, dass Agathe ohne die Vermietungen schon längst verhungert wäre.

»Mit dem Blumenhandel hab ich im letzten Kriegsjahr kaum noch einen Kreuzer verdient«, seufzte Agathe. »Und wer kann schon vorhersagen, ob überhaupt jemals wieder Blumen wachsen. Im Moment schaut es nicht so aus. Außerdem brauchen die Leut ein Stückerl Fleisch auf die Teller und keine Blumen in die Vasen. Jammerschade, wo ich so viele Stammkunden hab.« Sie blickte verträumt ins Leere. »Großkopferte, die sich sogar ohne Grund Blumen schenken, junge Bräute, die gern mit einem Sträußerl vor den Altar treten täten, und wer im Krankenhaus rechts der Isar einen Besuch machen muss, der nimmt doch auch gern eine Blume mit, damit sich das kranke Herz erfreut. An die vielen Beerdigungen möcht ich gar nicht denken. Jaja, es ist ein Elend.« Sie seufzte einmal mehr aus tiefster Kehle, bevor sie weiterschwatzte. »Aber mit dem Kohlen-Lothar ziehen goldene Zeiten bei uns ein. Sonst hätt ich im nächsten Winter am End' noch die traurigen Reste von meinem Blumenhäuserl verheizen müssen.« Sie stemmte die Fäuste in die Hüfte und starrte auf die Fenster. »Mei o mei, die sind ja ganz blind vor Dreck.«

»Darf ich die putzen?« Rosalie sah eine Gelegenheit, sich bei Agathe zu bedanken.

Die wischte sich gerührt eine Träne aus den Augenwinkeln. »Bist ein liebes Mäderl, aber des wäre viel zu gefährlich, wir sind schließlich im dritten Stock«, wehrte sie ab. Doch den Boden wischen, das war ungefährlich. Und weil Paul noch nicht wieder zurückgekehrt war, wurde das Parkett mit einem Teil des Badewassers gewischt und im Rest wurden Rosalies schmutzige Kleider eingeweicht.

Der Holzboden war noch nass, als Paul endlich auftauchte. Warum er für einen Fußweg von einer halben Stunde den ganzen Nachmittag unterwegs gewesen war, hing offensichtlich mit den blutigen Schrammen in seinem Gesicht und an den Händen zusammen.

8

Demonstrativ boxte Paul durch die Luft, um Agathe und Rosalie den Kampf um das Kochgeschirr vorzuführen. »Der Theo hat sich eingebildet, er kann den Kartoffeltopf behalten, bloß weil er uns aufgenommen hatte. Aber da hat er sich geschnitten«, knurrte er, immer noch zornig. »Es ist ein Andenken an Tante Tilli, das verschenke ich doch nicht so einfach.«

»Suppe hat sie damit auch gekocht«, ergänzte Rosalie, die am Küchentisch saß und mit glänzenden Augen zuhörte.

»Recht so, Bub, lass dir nur nie nix gefallen«, lobte Agathe, die nebenbei die eingeweichte Wäsche in der Zinkbadewanne ausdrückte und in einen Emaille-Eimer umschichtete. Die restliche Waschlauge füllte sie mit frischem Wasser auf. »Los, rein mit dir«, forderte sie Paul mit einer unmissverständlichen Handbewegung auf. »Wennst sauber bist, kriegst auch ein Grießsupperl.«

Paul zögerte unmerklich, schaute zu Rosalie, die den Blick abwandte, und stieg dann in voller Montur in die Wanne. »So geht's in einem Aufwasch«, lachte er.

Die Abendsonne blinzelte durch das schmale Fenster im *Speiskammerl,* als Paul und Rosalie, in Kindernachthemden von Gustl, sich hinlegten. Es war ein notdürftiges Lager aus den übrig gebliebenen Ehebettmatratzen, ein paar Sofakissen und einem aussortierten Bademantel von Agathes Mann als Zudecke. Für die Kinder aber war es ein neues Zuhause bei einer großherzigen Frau.

»Ich hab's dir doch versprochen«, flüsterte Paul zufrieden und sog den köstlichen Duft von Obst, Gemüse und erdigen Kartoffeln ein, der noch an den leeren Vorratsregalen haftete. »Wir haben zu essen und ein Dach über dem Kopf.«

»Meinst du, wir dürfen hierbleiben?«

»Wenn wir Agathe fleißig helfen, bestimmt«, entgegnete Paul zuversichtlich. »Außerdem ist es ein gutes Zeichen, dass sie den Kochtopf in ihren Küchenschrank geräumt hat und ich ihrem Gustl ähnlich sehe.«

»Du siehst aber gar nicht so aus wie der Gustl«, flüsterte Rosalie.

»Egal.« Paul lachte leise auf, um Agathe nicht zu wecken, die sich bereits hingelegt hatte. »Hauptsache, sie glaubt es.«

»Aber wenn sie merkt, dass ich sie angelogen ...« Rosalies Stimme erstickte in Tränen.

Paul drehte sich zu Rosalie. »Wann hast du gelogen?«

Stockend berichtete Rosalie, was ihr in einem Moment unbedachter Ehrlichkeit rausgerutscht war. »Wenn Agathe keine Kinder mag, die lügen, und uns deshalb fortschickt, bin ich schuld.«

Paul nahm sie in den Arm und streichelte ihr über das Haar. »Weine nicht, Agathe hat nichts gemerkt, sonst hätte sie uns längst rausgeworfen.«

»Ja, vielleicht. Aber was wird sie sagen, wenn sie merkt, dass wir anders reden?«, wandte sie ein.

Paul verstand nicht sofort, was sie meinte.

»Du sagst *kumm* statt komm, *aaach* statt auch, *mine* statt meine, *frieher* statt früher und was weiß ich noch alles«, erklärte Rosalie.

»So reden wir eben in Pommern«, verteidigte sich Paul.

»Aber ich nicht«, erwiderte Rosalie. »Und Geschwister sollten doch genau gleich reden, oder?«

»Jetzt weiß ich, was du meinst. Du sagst oft *ja mei, halt* oder *gell.* Das finde ich auch komisch, weil es überhaupt nichts bedeutet.«

»Ja mei, des ist halt bayerisch«, antwortete Rosalie bewusst in der Mundart. »Ich kann Dialekte unterscheiden, meine Eltern haben mit mir nämlich schauspielerisches Sprechen mit verschiedenen Geschichten geübt. Das war unsere einzige Beschäftigung im Versteck«, erklärte sie. »Und jetzt habe ich Angst, dass Agathe irgendwann fragt, wie eine Sängerin nach Pommern gekommen ist. Und dann wird sie ganz schnell rausfinden, dass wir keine Geschwister sind und …« Rosalie schluchzte auf.

Paul antwortete lange nicht. Doch an seinen schweren Atemzügen war zu hören, dass er Rosalies Befürchtungen teilte. »Wir müssen uns eine Geschichte ausdenken«, sagte er schließlich, holte tief Luft und bemühte sich, extra langsam zu sprechen und den pommerschen Dialekt zu vermeiden, wie er es im Deutschunterricht in der Schule gelernt hatte. »Also: Deine Mutter, die meine Stiefmutter ist, stammte aus München und war Sängerin. Bis hierher ist es nur ein bisschen gelogen. Unseren gemeinsamen Vater hat sie vor dem Krieg auf einer Konzertreise kennengelernt. Nach der Heirat hat sie ihren Beruf aufgegeben, in Pommern gelebt und nicht mehr gesungen. Nach Bayern sind wir geflohen, weil Mutti hier Verwandte hatte, also Tante Tilli und Onkel Fritz. Und du redest eben manchmal bayerisch, weil Mutti so mit dir gesprochen hat. Das hat sie an ihre Heimat erinnert. Kannst du dir das merken?«

Rosalie seufzte leise und schwieg, als würde sie nachdenken. Wenig später sagte sie: »Wir müssen die Wahrheit gestehen.«

»Unser Familiengeheimnis verraten? Niemals!«

Rosalie machte »Psst!«, weil er laut geworden war. »Agathe hat einem Zimmerherrn erzählt, ich wäre ihre Großnichte.«

»Versteh ich nicht.«

»Sie hat für mich gelogen!«, erklärte Rosalie. »Wer für andere lügt, gehört zur Familie, oder nicht?«

»Schluss jetzt mit dem Getuschel, ihr zwei da draußen, sonst gibt's was«, hörten sie Agathe rufen.

Paul formte seine Hände zu einem Trichter und legte sie an Rosalie Ohr. »Ja ... Agathe gehört zur Familie ... aber wir gestehen die Wahrheit erst, wenn sie fragt.«

Rosalie nickte stumm.

Agathe stellte keine Fragen. Jedenfalls interessierte sie sich weder für Pauls noch für Rosalies Aussprache, umso mehr aber für die Unterlagen im Koffer.

»Hast auch hineingeschaut, ob nix fehlt von den Papieren?« Sie nuschelte, was an den drei Haarnadeln lag, die sie im Mund hatte. Sie stand vor dem offenen Fenster, das ihr als Spiegel diente, flocht ihr langes, teilweise ergrautes Haar zu einem Zopf, rollte ihn im Nacken zu einem Knoten und steckte ihn mit den Nadeln fest.

Paul erschrak. An die Papiere hatte er überhaupt nicht gedacht. Was, wenn darauf etwas eingetragen war, zu dem ihnen keine Ausrede einfiele? Dann war seine erfundene Geschichte nicht mehr wert als billiger Golddoubléschmuck. »Nein, nein, alles da, sogar das Taschenmesser von meinem Vater«, versicherte er, wobei ihm das Blut ins Gesicht schoss. Eilig bückte er sich nach dem Holzscheit in der Ecke. Agathe hatte ihm aufgetragen, das Feuer im Herd anzuzünden, um Wasser für ihren Kaffee zu wärmen.

Prompt bemerkte Agathe, dass etwas nicht stimmte. »Was hast denn, Bub, bist ja ganz rot, hast am End' noch an Sommerkatarrh?« Sie befühlte seine Stirn und ließ ihn die Zunge rausstrecken, um zu kontrollieren, ob sein Hals gerötet war. »Nein, gesund bist. Also sag, was ist los?«

Paul räusperte sich, suchte nach Ausflüchten und erregte durch sein Zögern erst recht Agathes Argwohn.

»Irgendwas stimmt nicht, des spür ich doch mit meine Hühneraugen«, mutmaßte sie, während sie den Milchtopf aus dem Küchenbüfett holte. »Jetzt zeigst mir aber den Koffer. Wenn was fehlt, werden wir diesem Theo schon heimleuchten.«

Paul warf Rosalie einen hilfesuchenden Blick zu. An ihrem zusammengepressten Mund und den Tränen, die über ihre Wangen liefen, sah er, dass sie noch ratloser war als er.

Agathe ließ nicht locker. Schließlich zeigte Paul ihr die Papiere. Sie studierte die Urkunden gleichmütig, wobei sie brummelte: »Aha... soso... jaja... Es fehlt nichts, oder?« Sie musterte ihn eingehend. »Raus mit der Sprache, was habt ihr zwei für ein Geheimnis?«

Paul widerstand ihrem prüfenden Blick mit klopfendem Herzen, bis er es nicht mehr ertrug. Stockend begann er, Agathe zu erklären, wie es zu der neuen Geschwisternschaft gekommen war. »Bitte, bitte, verrate uns nicht, wir wollen doch für immer zusammenbleiben.«

»Ich hab mir schon so was gedacht.« Sie zwinkerte ihm verschwörerisch zu. »Der Krieg ist zwar aus, und eigentlich haben die Nazis nix mehr zum Sagen. Aber Vorsicht ist die Mutter der Porzellankiste. Im Grunde ist es wurscht, ob die Rosalie deine Schwester ist oder nicht. Manchmal ist eine Lüge eben die bessere Wahrheit, und von mir erfahrt niemand nix, da müsst ihr keine Angst haben. Man hört auch immer wieder, dass überall in den Ämtern noch die alten Nazis rumhocken. Wenn ich nur an den Blockwart denke, der uns in den letzten Kriegsjahren das Leben schwergemacht hat, wird mir speiübel. Als der Krieg offiziell aus war, wollte er einen *Persilschein* von mir, na, dem hab ich was gepfiffen. Der hat eine jüdische Familie verraten und wollt' es dann nicht gewesen sein. Jetzt ist er Hausmeister im Rathaus. Möchte nicht wissen, wie der Gauner das gedreht hat. Man kann sich gar nicht genug in Acht nehmen. Es war also gar nicht so blöd, was ich dem Zimmerherrn gestern erzählt hab. Also, habt keine Angst, ihr bleibt die Kinder meiner Nichte«, bestimmte sie, und die Angelegenheit war für sie erledigt.

Nach einer Tasse Mehlbrei zum Frühstück halfen Paul und Rosalie Agathe beim Saubermachen der vermieteten Zimmer. Das Putzen war nämlich in der Miete enthalten. Und gegen drei Mark extra wurden die Studenten verköstigt. Doch in den letzten Wochen seien die Töpfe oft leer geblieben, erzählte Agathe, während sie die Kopfkissen ordentlich durchschüttelte. Heute aber sollte es ein Festmahl geben. Der Kohlen-Lothar hatte die erste Miete bezahlt: zwei Leinensäcke mit Kohlen. Agathe hatte die Säcke einige Minuten lang ungläubig angestarrt, als traue sie der Sache nicht. Als lösten sie sich vor ihren Augen in Rauch auf oder explodierten wie eine verirrte Handgranate. Doch dann hatte sie sich wieder gefangen und dem Eier-Erwin zwei Schaufeln davon abgegeben, wofür er sie zum Großmarkt chauffierte. Dort tauschte sie einen halben Sack Kohlen gegen Äpfel und Kartoffeln. Der Lothar hatte sich nämlich *Dotsch* – das war Oberpfälzisch für Kartoffelpuffer – mit Apfelmus gewünscht und alle Mitbewohner dazu eingeladen. Es fehlte nur noch Fett zum Ausbraten.

Die Kinder begleiteten Agathe in die Möhlstraße, obgleich sie meinte, es sei zu gefährlich. Paul wusste es besser, immerhin war er mit Theo und den anderen oft genug dort gewesen. Ordentlich gekämmt, in gewaschenen Kleidern marschierten sie los. Wer die drei nicht kannte, sah in ihnen eine Großmutter mit ihren beiden Enkelkindern.

Binnen kürzester Zeit hatte Paul einen Sack Kohlen gegen Zigaretten getauscht. Agathe hätte sich mit dem erstbesten Angebot von drei Schachteln zufriedengegeben. Pauls Verhandlungsgeschick war es zu verdanken, dass sie zwei Schachteln mehr, also eine halbe Stange erhielten. Dafür schacherten sie eine Flasche Öl, dazu noch Kaffee, Zucker, eine Dose Gesichtscreme, und für die Studenten sprang noch eine Rasierklinge raus. Damit ihre Untermieter mal wieder wie anständige Menschen und nicht länger wie Landstreicher aussähen, meinte Agathe.

Zu Hause wurden die Kartoffeln gründlich gewaschen, samt Schale gerieben, mit einem Ei und ein paar Löffeln Mehl vermischt und dann in Öl ausgebraten. Die Äpfel wurden zu Mus verkocht. Jeder bekam drei Puffer und einen Klecks Apfelmus.

»Der Paul wird mal ein ganz raffinierter Geschäftsmann«, erzählte Agathe beim Essen mit glänzenden Augen, und dass ihr *Großneffe* sich von keinem noch so ausgefuchsten Händler über den Tisch ziehen lasse.

»Auf dem Pferdemarkt kann das jeder«, wehrte Paul ab, dem es peinlich war, gelobt zu werden. »Außerdem war Mathematik mein Lieblingsfach in der Schule.«

»Wenn meine Marktbude wiederaufgebaut ist, nehm ich dich als meinen Kompagnon ins Geschäft«, sagte Agathe. »Dann machen wir einen riesen Reibach.«

Es sollten noch einige Wochen vergehen, bis Agathe überhaupt wieder ans Blumenverkaufen denken konnte. Vorerst war die Sorge ums tägliche Brot drängender.

Was die Studenten auf ihre Lebensmittelmarken erhielten, gaben sie teilweise bei Agathe ab, die damit sparsamst für alle das Essen zubereitete. Waren die Vorräte verbraucht, wurde aussortiert, was nicht dringend zum Leben gebraucht wurde. So kam Fräulein Edeltraud wegen der andauernden Sommerhitze auf die Idee, sich ihr langes Haar abschneiden zu lassen. Den Haartrockner, mit dem sie bisher ihre hellblonde Haarpracht getrocknet hatte, benötigte sie nun nicht mehr. Paul verhökerte den Föhn an eine vornehme Dame für eine Flasche Kognak, die er gegen fünf Kilo Haferflocken, ein Kilo Zucker und eine Tüte Trockenmilch eintauschte. Bodo, der adelige Assessor, zahlte seine Miete mit einem schwarzen Abendanzug, der noch aus längst vergangenen glorreichen Zeiten stammte. Für den maßgeschneiderten Dreiteiler aus feinstem englischem Zwirn erhielten sie kurze Lederhosen für Paul, ein Sommerkleid für Rosalie und obendrein noch gut erhaltene Sandalen für beide. Jochens Tante, eine Kapitänswitwe, schickte die Uniform ihres verstorbenen Gatten, die eine Monatsmiete wert war. Agathe nähte daraus warme Jacken für die Kinder. »Der nächste Winter kommt so sicher wie das Amen in der Kirch'«, sagte sie, wobei eine steile Falte zwischen ihren Augenbrauen auftauchte. »Dreckswinter, den fürcht ich wie der Teufel das Weihwasser.« Die vergoldeten Uniformknöpfe verwandelten sich in Margarine und Brot. Fett wurde trotzdem keiner. Dennoch kamen sie gut über diesen ungewöhnlich heißen Sommer, in dem auf Agathes Küchenbalkon sogar Tomatenstauden wuchsen, die reichlich Früchte trugen.

Ende Juli wurde endlich wieder der Zugverkehr im Umkreis von fünfzig Kilometern erlaubt. Die Neuigkeit verbreitete sich schnell wie der Wind, der an manchen Tagen durch die Hausruinen fegte.

Jeden Freitag weckte Agathe die Kinder nun um sieben. »Los, ihr Schlafmützen, raus aus den Kissen, wir fahren aufs Land«, rief sie fröhlich in die Schlafkammer.

Nach dem Frühstück wurde die Verpflegung eingepackt: trockenes Brot, zwei mit Wasser gefüllte Feldflaschen und für jeden eine Balkontomate.

Zuerst mussten sie in einer Schlange an der Fahrkartenausgabe anstehen, bevor sie in einen der Züge nach Holzkirchen, Moosburg oder an den Starnberger See steigen konnten. Nicht wie andere Münchner zum Hamstern, sondern mit Henkelkörben zum Blumenpflücken für den Verkauf. Blumen waren nämlich auf keinem Schwarzmarkt zu kriegen. Damit die Blumen auf der Rückfahrt frisch blieben, hatte Agathe Leintuchfetzen eingepackt, die sie in Wildbächen mit Wasser tränkten.

Aber nur wenige Bauern erlaubten der verrückten alten Frau mit den zwei Blagen, auf ihren Wiesen Blumen zu zupfen. Oft wurden sie mit Beschimpfungen wie »Schleicht's euch, elendige Bagage« verjagt und mussten zusehen, wie die Kühe die schönsten Blüten fraßen. Und war eine Blumenwiese erst einmal abgefressen, dauerte es mindestens vier Wochen, bis sie aufs Neue blühte. Fuhren sie mit vollen Körben zurück, sang Rosalie auf der Heimfahrt glücklich vor sich hin. Manch verzückter Mitreisender schenkte ihr dann ein Bonbon, einen Apfel oder sogar eine Münze.

Samstags verwandelte sich Agathe in die Blumen-Oma, die bunte Sträuße arrangierte und mit lautem Singsang die »schönsten Blumensträußerln« anpries. Der Markt am Wiener Platz war nach wie vor ein trauriger Trümmerhaufen, nur bei trockenem Wetter bauten die Händler provisorische Stände mit Biergartentischen und Sonnenschirmen auf.

Anfang August hatten sie große Mengen an lila blühender Taubnessel und die letzten weißen Margeriten gesammelt. Doch die Zeiten waren nicht besser geworden, und selbst die schönsten Wildblumen fanden kaum Käufer. Wer Geld übrig hatte, brauchte es für Lebensmittel.

»Vielleicht kann Rosalie die Kunden mit ein paar Liedern anlocken«, überlegte Paul. »Ihr Gesang ist doch ›hypnotisch‹«, zitierte er Theo.

»Schaden würd's sicher nicht«, befand Agathe.

Rosalies Gesang betörte tatsächlich viele Passanten. Sie hetzten nun nicht mehr am Stand vorbei, sondern blieben stehen und hörten zu. Bei dem Gassenhauer *Wer soll das bezahlen* entstanden regelrechte Menschenansammlungen. Wer zögerte, Blumen zu kaufen, wurde von Paul mit Preisnachlass *überredet*: zwei, drei Pfennige, die er vorher draufgeschlagen hatte. Selten blieb ein Strauß übrig.

Der plötzliche Kundenauflauf entging auch den Nachbarinnen nicht. Die Zenzi vom Zwiebelstand stänkerte: »Die Kinder gehören auf eine Schulbank und nicht an den Marktstand.«

Agathe war um keine Antwort verlegen. »Kümmer du dich lieber um deine fauligen Zwiebeln, du neidische Amsel, du neidische.«

Je öfter die Marktfrauen sich anfauchten, umso mehr sorgte Paul sich um das mühsam aufgebaute Lügengebäude. Schule war für ihn so weit weg wie der elterliche Gutshof in Pommern. Ob er jemals wieder ein Mathematikbuch aufschlagen würde, daran hatte er seit der Flucht keinen Gedanken verschwendet. Wozu auch? Um in Trümmern zu überleben, benötigte er andere Talente als Lesen, Schreiben oder Rechnen. Erst seit Agathe ihn und Rosalie aufgenommen hatte, schien es eine Zukunft für sie zu geben. Vielleicht auch Schulbesuche.

»Keine Angst, Bub«, tröstete ihn Agathe, als spüre sie Pauls Befürchtungen. »Ich habe den Ersten Krieg überlebt, da war ich kaum älter als ihr zwei, und auch die letzten schlimmen sechs Jahre haben mir nur wenig geschadet. Da werde ich mich doch nicht vor dieser Tratschkatel fürchten. Trotzdem hat die Zwiebl-Zenzi nicht unrecht, irgendwann müsst ihr in die Schule gehen und was lernen. Ihr wollt doch nicht dumm bleiben, oder?«

»Aber was geschieht mit Rosalie, wenn unser Geheimnis rauskommt? Werden sie uns dann trennen?«

Agathe strich ihm über den Kopf. »Bist ein guter Bub. Ich pass doch auf euch auf, musst dich nicht fürchten.«

Jochen Jensen brachte eines Tages die *Bayerische Landeszeitung* mit, die erste Zeitung in München, die nach Kriegsende wieder erschien. Darin wurde vermeldet, dass etwa die Hälfte aller Schulgebäude vollkommen zerstört sei und es an Unterrichtsräumen fehle. Weiter hieß es, dass mit Beginn des neuen Schuljahrs im Herbst vorerst Schichtunterricht abgehalten würde. Eine Hälfte der Kinder werde vormittags, die andere nachmittags unterrichtet. Eine Liste der amtlichen Meldestellen für schulpflichtige Kinder war ebenfalls abgedruckt.

Paul bescherte das Wort »Meldestellen« eine schlaflose Nacht. Auch Rosalie warf sich unruhig von einer Seite auf die andere.

»In der Schule werden alle merken, dass wir anders reden. Wir müssen uns eine neue Geschichte ausdenken«, flüsterte Paul.

»Nein, ich hab 'ne bessere Idee«, erwiderte Rosalie.

»Da bin ich aber mal gespannt«, knurrte Paul, der seine Ängste hinter Missmut verbarg.

»Wenn wir beide nach der Schrift sprechen, brauchen wir keine Angst mehr haben wegen der Papiere und deiner... ich meine unserer Mutter«, erklärte Rosalie.

Paul antwortete nicht sofort. Erst nach einer Weile fragte er: »Und wie sollen wir das anstellen?«

»Wir lesen uns gegenseitig was vor. Dabei achten wir darauf, nicht schlampig zu sprechen oder in unseren Dialekt zu verfallen. Mit der Zeit geht es uns in Fleisch und Blut über.«

»Ach, einfach so?«, zweifelte Paul.

»Ja, du wirst staunen.« Rosalie klang sehr zufrieden über ihren Einfall. »Ich kann mich noch gut erinnern, wie meine Mutter Texte gelernt hat. Je öfter man ein Wort wiederholt, desto genauer bleibt es im Gedächtnis.«

»Da wäre nur ein Problem«, wandte Paul ein. »Woher nehmen wir ein Buch? Wir besitzen nur die olle Bären-Fibel, und bei Agathe habe ich noch kein Buch entdeckt.«

»Egal, aus welchem Buch wir lesen. Hauptsache, wir üben«, erklärte Rosalie. »Denn nur die Übung macht den Meister, das hast du sicher schon mal gehört.«

Agathe fand Rosalies »Schlaubergereinfall« pfundig, und sie besaß auch ein Buch. *Grimms Märchen.* »Daraus hab ich meim Gustl jeden Abend vorgelesen«, sagte sie und zog die Nase hoch.

Paul hätte lieber einen der Abenteuerromane von Karl May gelesen, die er in Pommern hatte zurücklassen müssen. Rosalie aber empfand das Buch mit den bunten Märchenbildern als kostbares Geschenk. Die Jahre im Versteck hatte sie nur den Froschkönig lesen können.

9

In jeder freien Minute übten die Kinder nach der Schrift zu sprechen. Bald zeigten sich erste Fortschritte. Agathe meinte sogar, sie höre überhaupt keinen Unterschied mehr und die beiden wären bereit für die Schulanmeldung.

Auf dem Amt waren die Menschenschlangen ähnlich lang wie an den Fahrkartenschaltern am Bahnhof. Als sie endlich an der Reihe waren, nahmen die Formalitäten einiges an Zeit in Anspruch, was sie der begriffsstutzigen Beamtin verdankten. Sie kapierte nicht, dass Paul und Rosalie mit ihren Eltern aus Pommern nach München geflohen waren und nur sie allein die letzten schweren Fliegerangriffe überlebt hatten.

»Die Kinder sind also jetzt Waisen, und deshalb habe ich sie aufgenommen«, wiederholte Agathe zum x-ten Male, wobei sie sich sehr anstrengte, ebenfalls nach der Schrift zu reden. Auch die Frage nach dem Wohnsitz der Kinder beantwortete sie extra laut und überdeutlich: »Jawohl, sie leben bei mir in der Inneren Wiener Straße, Haus Nummero fünfzehn.«

Schließlich hatte die Beamtin alles notiert, unzählige Formulare ausgefüllt und von Agathe unterschreiben lassen. »Der Bescheid, wann und welche Schule die Kinder aufnehmen wird, kommt per Post«, informierte sie Agathe zum Abschluss.

Rosalie fühlte sich trotz der gelungenen Täuschung miserabel.

»Ist doch alles prima gelaufen«, meinte Paul. »Wir haben unsere Geschichte glaubwürdig erzählt, und damit ist sie offiziell.«

Aber warum fühlte sie sich dann so schlecht?, fragte sich Rosalie und seufzte laut: »Wenn das mal gut geht...«

»Mach dir keine Sorgen über ungelegte Eier«, beruhigte Agathe sie mit einer ihrer Binsenweisheiten.

Statt dass Schulbriefe in den Briefkasten geworfen wurden, klingelte es wenige Tage später an der Wohnungstür.

Rosalie öffnete und sah in das schmale Gesicht eines streng dreinblickenden Mannes, dessen akkurater Scheitel wie mit dem Lineal gezogen wirkte. Sein grauer Anzug wies abgewetzte glänzende Stellen auf, und die schäbige dunkelbraune Aktentasche in seiner Hand schien er in einem Trümmerhaufen gefunden zu haben.

Der Fremde starrte sie einige Sekunden düster an, bevor er fragte: »Bist du die Greve Rosalie?«

Rosalie nickte stumm, gleichzeitig krampfte sich ihr Magen schmerzhaft zusammen, obwohl es zu Mittag ihr Lieblingsessen – *Arme Ritter* – mit Apfelsaft gegeben hatte.

»Ich möchte zu Frau Zirngiebl, ist sie zu Hause?«

»Wenn's ein Hausierer ist ... wir kaufen nix«, ertönte Agathes Stimme durch den Flur.

»Ich komme vom Jugendamt«, rief der Mann zurück.

Rosalie hielt sich an der Tür fest. Ihr wurde schwarz vor Augen, alles drehte sich, als habe eine eiserne Hand sie am Genick gepackt und durch die Luft geschleudert.

Agathe tauchte neben ihr an der Tür auf, in der Hand noch den schmutzigen Putzlumpen, mit dem sie den Herd geschrubbt hatte. »Sie wünschen?«

»Es handelt sich um die Waisenkinder, Paul und Rosalie Greve.« Der Mann hob die Aktentasche an, als wären die Kinder darin versteckt. »Dazu muss ich Ihnen noch einige Fragen stellen. Wenn ich hereinkommen ...«

»Das mit der Schulanmeldung haben wir schon letzte Woche erledigt«, unterbrach Agathe ihn unfreundlich.

»Ich bin nicht wegen der Anmeldung zum Schulbesuch hier«, erklärte er.

»Dann kommen S' halt rein, in Gottes Namen«, sagte Agathe. An ihrem Tonfall war deutlich zu hören, dass sie ihn zu gerne mit dem nassen Lappen davongescheucht hätte.

Der Beamte folgte Agathe in die Küche. Rosalie schloss die Wohnungstür und ging mit gesenktem Kopf hinterher.

Paul spülte gerade Geschirr in einer großen Emailleschüssel, die auf dem Küchentisch stand. Zum Abtropfen stapelte er Tassen, Teller und Besteck im Wassereimer.

Agathe schob dem Herrn einen Stuhl an den Küchentisch und sagte mürrisch: »Bitte schön.« Sie überbot sich nicht gerade an Freundlichkeit. Der abgelegte Putzlumpen am Tischrand drückte zusätzlich ihren Unmut aus.

Rosalie half Paul, die Spülschüssel und den Eimer auf den Fußboden zu stellen, um Platz zu schaffen.

»Mein Name ist Bacher.« Der Beamte legte seine Aktentasche auf den Tisch, öffnete sie, holte einige Formulare heraus und setzte sich auf den angebotenen Küchenstuhl. »Ich bin mit der Untersuchung beauftragt.«

Agathe ließ ihn nicht eine Sekunde aus den Augen. »Was denn für eine Untersuchung?«, fragte sie unwirsch.

»Uns wurde gemeldet, dass Sie einen Raum Ihrer Wohnung an eine Dirne vermieten, die mit den Besatzern fraternisiert. Sie wissen, dass so etwas verboten ist, oder? Außerdem lassen Sie die Geschwister Greve an Ihrem Blumenstand harte Männerarbeit verrichten«, erklärte er mit finsterer Miene. »Das Mädchen soll dort auch singen und Geld erbetteln. Stimmt das?«

Rosalie hatte sich neben Paul gestellt und seine Hand ergriffen. Sie fürchtete sich vor diesem unfreundlichen Mann, dessen lange, spitze Nase sie an einen der Bösewichte aus dem Märchenbuch erinnerte.

Agathe, die sich auf der anderen Seite des Tisches aufgestellt hatte, verschränkte die Arme vor der Brust. »Wer sagt des?«

»Es war ein anonymer Hinweis, dem wir aber trotzdem nachgehen.«

»Aha, die Zwiebl-Zenzi, die neidische Amsel, die neidische.« Agathe schnappte nach Luft. »Aber des sag ich Ihnen, die Frau lügt, wenn's das Mau... äh, wenn's den Mund aufreißt. Von wegen Dirne, da hört sich doch alles auf. Das ist eine Beleidigung für die junge Frau, die bei mir wohnt. Sie arbeitet bei den Amis in der Offiziersmesse, ganz offiziell, verstehn S' mich?«

Bacher sah Agathe durchdringend an. »Nun, das liegt ohnehin nicht in meiner Zuständigkeit. Was die Kinder betrifft, würde mich allerdings schon interessieren, wie es sich genau verhält.«

Agathe hob selbstbewusst den Kopf. »Erstens«, begann sie, »gibt's im Moment gar keine Marktstände. Falls Sie es nicht mitgekriegt haben, die Alliierten haben alles niedergebombt und nix stehn lassen. Der Schutt am Wiener Platz ist noch lang nicht weggeräumt, des können Sie sich gern anschaun. Brauchen S' nur zum Fenster hinausschauen. Viel werden S' aber nicht sehen. Denn bis unsere Stände wiederaufgebaut sind, des kann dauern. Wer weiß, ob ich das überhaupt noch erlebe.« Sie kramte ein Taschentuch aus ihrer Kittelschürze und schnäuzte sich lautstark.

Bacher wirkte, als kümmere ihn Agathes leidenschaftlicher Vortrag nicht mehr als die Fliege, die sich auf seiner Aktentasche niedergelassen hatte. »Aber Sie sind beobachtet worden, wie Sie gestohlene Blumen auf dem Platz verkauft haben, oder wollen Sie das leugnen?«

»Oh mei, oh mei... alle Vierzehnheiligen...« Agathe verfiel in einen weinerlichen Tonfall. »Auch wenn mein Stand nicht mehr existiert, bleibt es immer noch mein Stand. Und wenn S' die drei armseligen Margeriten meinen, die ich am Tegernsee auf einer Wiesn gefunden hab, ist das doch kaum der Rede wert. Außerdem war kein Schild dort, wem das Grundstück gehört.«

Herr Bacher notierte etwas auf einem der Formulare. »Nun gut, welche und wie viele Blumen Sie anbieten, ist nicht von Belang. Wie schon erwähnt, bin ich wegen der Geschwister Greve hier.« Er drehte sich auf dem Stuhl nach Rosalie um. »Stimmt es, dass du für Geld gesungen hast?«

Rosalie wagte kaum zu atmen. Sie blickte nach oben zur Decke, deren Anstrich abblätterte, und fühlte sich, als würde sie jede Sekunde einstürzen und sie für immer begraben.

»Jetzt hört sich aber alles auf. Seit wann ist denn Singen verboten?«, schimpfte Agathe hemmungslos. »Oder sind die neuen Machthaber no schlimmer als wie die alten Nazis?«

»Nein, nein...« Der Jugendbeamte räusperte sich. »Mich interessieren lediglich die Fakten...«

Agathe war nicht bereit, klein beizugeben. »Wenn S' meinen, dass ein bisserl Gesang verfolgt werden muss, dann fall ich vom Glauben ab. Und wenn jemand der Rosalie ein paar Reichspfennige zusteckt, wo ist denn da das Verbrechen? Sie wissen doch selber, dass des Drecksgeld genau so viel wert ist wie lausige Hosenknöpfe.«

»Schon gut...« Herr Bacher hob abweisend die Hand. »Es geht wirklich nur um die Feststellung der Tatsachen, respektive, ob die Hinweise ernst zu nehmen sind. Kommen wir nun zu den Personalien. Sie sind Agathe Zirngiebl, richtig?«

»Jawohlja!« Es sah beinahe so aus, als wolle Agathe salutieren. Anschließend sprudelte sie die gewünschten Angaben in einem Atemzug hervor. »Und ich hab eine hochoffizielle Genehmigung für den Blumenhandel. Bei mir hat alles seine hochanständige Ordnung, verstehn S' mich, Herr Jugendamtmann? Deshalb darf ich dort auch verkaufen, mit oder ohne Marktstand. Und wenn ich lustig bin, stell ich mich auf einen Biergartentisch, schrei von oben runter und tanz dazu einen Kannkann.«

Bacher hatte eifrig mitgeschrieben, blickte nun von seiner Arbeit auf und fragte: »Haben Sie Kinder?«

Agathe nickte. Es schien ihr schwerzufallen, darauf zu antworten.

»Wie viele?«, hakte Bacher nach.

»Eins«, antwortete sie leise schniefend. »Mei oh mei, mein armer Gustl... mein armer Bub... er ist in Russland...« Ihre Stimme erstickte in Tränen.

Den Mann schien Agathes Gefühlsausbruch nicht zu kümmern. Ungerührt blickte er sie an. »Und wie ist das verwandtschaftliche Verhältnis zu den Geschwistern Greve?«

Rosalie zog Paul zum Tisch. »Wir sind die Kinder von Agathes Nichte, die mit Anton Greve, meinem Vater, verheiratet war«, sagte sie mit fester Stimme.

»Großnichte und Großneffe«, ergänzte Paul. Dann berichtete er, langsam und in reinstem Schriftdeutsch, von der Flucht und der schlimmen Bombennacht, in der sie ihre Eltern verloren hatten.

»Hmm«, brummelte Bacher und wandte sich wieder an Agathe. »Die Kinder wohnen jetzt also hier bei Ihnen?«

»Freilich«, schnaufte sie. »Soll ich sie vielleicht auf die Straße setzen? Da täte ich mich ja der Sünden fürchten.«

Er überlegte einen Augenblick. »Ich möchte sehen, wo die Kinder schlafen.«

Agathe zögerte. Anscheinend wollte sie ihm das Notlager im Kammerl nicht zeigen.

»Nicht mal ein anständiges Bett?«, schimpfte Bacher beim Anblick des Lumpenlagers. »Das ist doch kein Zustand, Frau Zirngiebl! Leben noch andere Blutsverwandte in München, die bereit wären, die Kinder aufzunehmen?«

Rosalie hielt es nicht mehr aus und schrie so laut sie es vermochte: »Haben S' nicht zugehört? Die sind alle bei der letzten großen Bombardierung Ende April umgekommen.«

Paul griff nach Rosalies Hand. »Die Blumen-Oma ist unsere einzige Angehörige. Und wir möchten bei ihr bleiben.«

»Andere Verwandte, was soll denn der Schmarrn? Da hör ich doch den Amtsschimmel wiehern«, eiferte sich Agathe. »Ich *bin* doch eine Verwandte und stehe *leibhaftig* vor Ihnen. Außerdem habe ich die Kinder schon aufgenommen. Und sie können gerne hierbleiben. Es hat also alles seine Richtigkeit.«

»Moment, so einfach ist das nicht«, widersprach Herr Bacher. »Zuerst muss der Verdacht bezüglich der jungen Untermieterin ausgeräumt werden. Wir sorgen uns auch um das sittliche Wohlergehen der Kinder. Nötigenfalls werden wir sie aus der gefährdenden Umgebung entfernen.«

Agathe starrte ihn verständnislos an. »Dann adoptiere ich die Kinder halt, und alles hat sei' Ordnung.«

»Daraus wird nichts«, widersprach Bacher.

Agathe sah ihn durchdringend an. »Wer sagt des?«

»Das Gesetz!«, antwortete er mit Oberlehrerstimme. »Das Mindestalter für Personen zur Kindesannahme beträgt fünfzig Jahre. Voraussetzung ist jedoch Kinderlosigkeit. Da Sie, Frau Zirngiebl, erst fünfundvierzig Jahre alt und Mutter eines Sohnes sind, kommen Sie für eine Adoption nicht infrage. Laut Gesetz hat eine Kindesannahme zum Ziel, die Beschaffung von Erben zur Daseinssicherung im Alter...«

»Ja, was ist denn das für ein saudummes Gesetz?« Agathes blaugrüne Augen verdunkelten sich.

»Wie ich eben sagte...« Der Beamte klang ungehalten. »Es dient zur Beschaffung von Erben, den Sie ja in Form Ihres Sohnes bereits haben. Er kann also Ihren Blumenhandel erben und Sie im Alter versorgen. Die Gesetzeslage ist eindeutig, da lässt sich nicht dran rütteln.«

»Wenn man will, geht alles«, setzte Agathe selbstbewusst nach.

»Bedaure, ich bin nur ein ausführendes Organ.« Bacher sortierte seine Unterlagen und verstaute sie in der Mappe. Dann erhob er sich und schob den Stuhl wieder ordentlich an den Tisch.

»Und wenn mein Sohn...« Agathe schnappte sich den Lappen und wischte mehrmals über den Tisch, als habe Bacher einen ekligen Dreckhaufen hinterlassen.

»Sie meinen, wenn er nicht zurückkehrt?«

Agathe schluckte. Ihr hingehauchtes »Ja« war kaum hörbar.

»Solange Sie keinen Totenschein in Händen halten, lebt Ihr Sohn. Amtlicherseits. Guten Tag... Ich finde allein hinaus.« Ohne ein letztes Wort über weitere Maßnahmen zu verlieren, verließ er die Küche mit großen Schritten.

Fassungslos blickte Rosalie dem Mann hinterher. »Was wird jetzt aus uns?«, fragte sie die Blumen-Oma, die schockiert ins Leere starrte.

Das Geräusch der ins Schloss fallenden Wohnungstür holte Agathe zurück in die Realität. Sie stürzte aus der Küche, als ginge es um Leben und Tod.

Rosalie hatte Pauls Hand während der ganzen Zeit nicht losgelassen. Jetzt zog sie ihn mit sich, den Flur entlang, Agathe folgend.

Agathe hatte bereits die Wohnungstür wieder geöffnet. »Sie, hallo! Was passiert denn mit die Kinder?«, schrie sie erbost durchs Treppenhaus.

»Dürfen vorerst bleiben«, kam die Antwort aus der zweiten Etage.

»Wir dürfen bleiben?«, wiederholte Rosalie ungläubig.

Paul griff nach ihrer anderen Hand und drehte sich vor Freude mit ihr im Kreis.

»Gibt's was zu feiern?«

Fräulein Edeltraud kam lachend die Treppe herauf. Sie trug ein dunkelgrünes Kleid mit weich fallendem Rock, spitze Schuhe mit Pfennigabsätzen und im Arm eine große braune Papiertüte. Seit sie bei den Amis beschäftigt war, ging sie nach der neuesten Mode und bezahlte ihre Miete mal mit Dollars, mal mit allerfeinsten Lebensmitteln.

Agathe bugsierte sie erst mal in die Wohnung. »Die Nachbarn müssen nicht alles mitkriegen«, wisperte sie.

Zurück in der Küche sahen Rosalie und Paul mit großen Augen zu, wie Edeltraud die Tüte leerte. Einfach atemberaubend, welchen Überfluss sie hervorzauberte. Zuerst eine Tube Zahnpasta.

»Echter Luxus, nach den Jahren, in denen ich mir die Zähne mit der scheußlich schmeckenden Schlämmkreide reinigen musste«, kommentierte Edeltraud und packte als Nächstes eine Packung Bohnenkaffee aus, dessen Anblick Agathe ein verzücktes Lächeln entlockte. Die Tüte enthielt auch Schätze wie Zucker, Butter, Speiseöl, Salzkekse, Zigaretten und Schokolade, die sie an die Kinder verteilte.

Rosalie und Paul probierten sofort ein Stück. Agathe nahm die Kaffeemühle auf den Schoß, um die schwarzbraunen Bohnen zu Pulver zu mahlen.

»Mei, wie des riecht«, schwärmte sie später, als beim Übergießen des Kaffeepulvers ein intensiver Duft die Küche erfüllte.

Rosalie aber nahm nur den Geschmack der Schokolade wahr, die sie sich in kleinen Stücken auf der Zunge zergehen ließ.

»Wer war denn der grimmig dreinblickende Mann im Treppenhaus?«, erkundigte sich Edeltraud, als sie das Radio aufdrehte und nach einem Sender suchte, der amerikanische Schlagermusik spielte.

»Nur einer vom Amt, wegen der Schuleinschreibung«, flunkerte Agathe und kippte einen zweiten Löffel Zucker in ihren Kaffee.

Rosalie schielte zu Paul, der ihr stumm zunickte. Doch sie wusste auch ohne Worte, was er ihr zu verstehen gab. Agathe würde ihr Geheimnis niemals verraten. Sie waren jetzt eine Familie, die zusammengehörte wie der Wind und das Meer.

10

Es war Frühling geworden. Rosalie war seit vergangenem September zehn Jahre alt, und wie Paul besuchte sie die Schule. Aber meist fiel der Unterricht aus, wie im Winter, wenn das Thermometer weit unter null fiel und die Tintenfässer einfroren. Dann waren die Schulen wegen »Kohleferien« geschlossen. In den Zeitungen war zu lesen, es mangle an Klassenräumen und Lehrkräften. Nach der Entnazifizierung stünden noch etwa vierhundert vornehmlich weibliche Lehrkräfte zur Verfügung. Regelmäßig waren die Räume derart überfüllt, dass Kinder wieder nach Hause geschickt und neu eingeteilt wurden.

Rosalie freute sich über jeden Tag, an dem sie nicht über komplizierten Rechenaufgaben schwitzen musste. Tage, an denen sie mit Paul im Haushalt oder beim Blumenverkauf half und dort die Kunden mit ihrem Gesang an den Stand lockte. Agathe hatte der Zenzi den Marsch geblasen; seitdem verzog diese sich hinter ihre Zwiebeln, sofern sie überhaupt welche anzubieten hatte. Paul war von Agathe zum Kassierer ernannt worden. Die Blumen-Oma hatte sein »einnehmendes Wesen« bemerkt und ihm versichert: »Mit dieser Gabe wirst du es eines Tages noch weit bringen.« Der allabendliche Kassensturz bestätigte es. So manche Kundin steckte Paul etwas Kleingeld zu, wofür er sich stets mit einer Verbeugung bedankte. Auch wenn die Reichspfennige kaum den Wert von Hosenknöpfen besaßen, waren sie doch eine Anerkennung. In solch glücklichen Momenten dachte Rosalie nicht mehr an den Mann vom Jugendamt.

Mit dem Aufbau der festen Marktstände am Wiener Platz ging es wie mit der Trümmerbeseitigung allgemein nur schleppend voran. Ein Jahr nach Kriegsende hausten immer noch Menschen zwischen Schuttbergen, schutzlos der Kälte und den Unwettern ausgeliefert. Agathe wurde langsam ungeduldig: »Wenn überhaupt, kann es noch fünfzig Jahre dauern, bis die Stadt wiederaufgebaut sein wird«, knurrte sie gerne an ihrem provisorischen Stand vor sich hin. »Manche möchten München gar dem Erdboden gleichmachen und am Starnberger See neu aufbauen, weil's glauben, dass die fast total zerstörte Altstadt nicht mehr zu retten wär'.«

Mitte April, kurz vor Ostern, tauchte gegen Mittag ein schwarz gekleideter Mann am Wiener Platz auf. Agathe bemerkte ihn nicht sofort. Es hatte zu regnen begonnen, und sie musste schnellstens ihre Ware in Sicherheit bringen. Mit Unterstützung der Kinder schob sie die wenigen Eimer mit den zarten Forsythien- und den empfindlichen Palmkätzchenzweigen unter den runden Biergartentisch, der als Marktstand diente.

»Frau Zirngiebl.« Er hielt sich einen großen schwarzen Schirm über den Kopf.

»Was darf's denn sein?«, fragte Agathe, die ihn für einen Kunden hielt.

»Erkennen Sie mich nicht? Bacher, vom Jugendamt, ich muss mit Ihnen reden«, sagte er, einen strengen Blick auf die Kinder werfend.

»Das passt jetzt aber schlecht, ich muss mich um mei Sach' kümmern«, wehrte Agathe ab. »Kommen S' ein andermal wieder, wenn ich mehr Zeit hab.«

»Nein, sofort.« Sein Tonfall duldete keine weiteren Ausflüchte.

Rosalie ergriff Pauls Hand. Sie fürchtete sich so sehr, dass sie am ganzen Körper zitterte.

Agathe schien Bachers Drängen nicht zu kümmern. Gelassen verschob sie die Blumeneimer, als gäbe es nichts Wichtigeres zu tun.

Bacher unterbrach die Verzögerungstaktik. »Wir sollten das in Ihrer Wohnung besprechen«, sagte er mit Nachdruck.

»Ich schließe den Stand erst um sechs, so lang müssen S' warten«, unternahm sie einen letzten Versuch.

»Dann werden Sie heute eben mal eine Ausnahme machen«, bestimmte Bacher.

Agathe fügte sich widerwillig und bat die Gemüsefrau vom Nachbarstand, ein paar Minuten auf die Blumen zu achten.

»Wir haben Ihre Angaben gründlich geprüft, Frau Zirngiebl«, begann Bacher, als sie in der Wohnküche um den Tisch saßen. »Es wurden keine Übereinstimmungen festgestellt.«

Agathe zog die Brauen zusammen. »Wie, was denn für Übereinstimmungen?«

»Nun...« Bacher öffnete seine Aktenmappe und entnahm ein Formular, das er ihr über den Tisch zuschob. »Diese Unterlagen beweisen, dass Sie keine Geschwister und ergo auch keine Nichte haben.«

Agathe starrte ihn mit offenem Mund an. »Ähm... na ja...«, stammelte sie. »Wenn Sie es so genau nehmen wollen... Die Mutter der Kinder war die Nichte von meinem Mann...«

»Sie lügen«, sagte Bacher kalt. »Und wenn Sie nicht sofort mit der Wahrheit rausrücken, landen Sie noch im Gefängnis. Und die zwei auch.« Er fixierte Rosalie und Paul, die neben Agathe Platz genommen hatten.

»Sie!« Agathe schnappte nach Luft. »Regen Sie sich nicht so künstlich auf.« Schützend legte sie die Arme um die Kinder. »Es ist niemand zu Schaden gekommen, oder?«

»Sie haben die Behörden belogen, absichtlich getäuscht!« Bachers drohende Stimme erfüllte die Küche. »Vorsätzlich die Unwahrheit zu Protokoll zu geben ist ein Vergehen und kann Sie ins Gefängnis bringen.«

»Ach was, ich bin halt ein bisserl durcheinander. Ist doch kein Wunder in den chaotischen Zeiten. Wer weiß denn überhaupt noch was Genaues?«

Bacher beugte sich über den Tisch. »Ich frage Sie jetzt zum letzten Mal: In welchem Verwandtschaftsverhältnis stehen Sie zu diesen Kindern? Sind Sie überhaupt mit ihnen verwandt? Oder sind die beiden nur billige Arbeitskräfte für Sie?«

Rosalie nahm all ihren Mut zusammen. Agathe hatte für sie gelogen, dafür durfte sie nicht bestraft werden. »Nein!«, sagte sie und gestand: »Agathe ist leider nicht unsere Großtante. Aber wir haben die Wahrheit gesagt. Unser Vater ist auf der Flucht gestorben, unsere Mutter und unsere Verwandten sind beim letzten großen Fliegerangriff ums Leben gekommen.«

»Das stimmt«, sagte Paul. »Alles, was wir noch haben, sind Papiere, die unsere Abstammung beweisen.«

»Dann zeigt mir diese Papiere«, verlangte Herr Bacher. Als er sie in Händen hielt, studierte er sie sehr gründlich. »Aha! Ihr seid ja nur Halbgeschwister«, stellte er schließlich fest.

»Wir sind eine *Familie*«, korrigierte Paul, wobei er Rosalies Hand fest drückte.

Der Beamte schob die Papiere der Greves in seine Aktentasche und stand auf. »Ihr seid *keine* Familie. Ihr seid Kinder ohne Eltern, die von einer Marktfrau ausgenutzt werden. Deshalb werde ich euch in einem Waisenhaus unterbringen, wo ihr besser aufgehoben seid. Frau Zirngiebl, packen Sie alles zusammen, was den beiden gehört.«

Schluchzend blickte Rosalie durch die regennasse Fensterscheibe. All ihr Schreien, das Spucken und die Tritte nach Herrn Bacher waren vergebens gewesen. Er war stärker als sie. Unsanft hatte er sie beide am Kragen gepackt und in das klapprige Auto verfrachtet, in dem sie nun ins Unglück fuhren.

»Es wird euch gut gefallen, dort im Bäckerwaldheim«, erklärte er, als wäre es ein Ferienausflug. »Das Heim dient als Ersatz für das Münchner Waisenhaus, das im Juli vierundvierzig zerstört wurde. In Lochham bleibt ihr, bis das Münchner Waisenhaus wiederaufgebaut ist. Wie lange das dauern wird, weiß ich nicht, aber dort müsst ihr weder auf dem Fußboden schlafen noch arbeiten wie bei der Frau Zirngiebl, und ihr dürft in die Schule gehen. Auch das Vergnügen kommt nicht zu kurz. Es gibt eine Theatergruppe, die regelmäßig zu Weihnachten ein Krippenspiel aufführt. Du singst doch so schön, Rosalie.« Er blickte sie über den Rückspiegel an.

Rosalie antwortete nicht. Sie hielt Pauls Hand fest und schaute während der Fahrt stur aus dem Fenster, um sich auffällige Ruinen, Kirchtürme oder Straßennamen einzuprägen. Doch immer wieder wurde ihr Blick von bettelnden Kriegsversehrten mit Krücken oder Händlern mit Bauchläden abgelenkt. Und je länger sie fuhren und je weiter sie sich damit von Haidhausen und von Agathe entfernten, umso schwieriger würde es sein zurückzufinden. Denn eines hatten Paul und sie sich fest versprochen: bei der ersten Gelegenheit heimlich abzuhauen.

Schließlich lenkte Bacher den Wagen durch ein Waldstück und hielt vor einem großen dreistöckigen Gebäude an. Es war ein hell getünchtes Haus mit dunklen Fensterläden und einem spitzen Giebel, der mit braunen Holzlatten verkleidet war.

»Schau mal, die Uhr dort oben unter dem Dach«, flüsterte Paul Rosalie zu. »So ähnlich sah meine ... *unsere* Schule in Pommern aus. Vielleicht ist es gar nicht so schlimm hier.«

Rosalie zog die Nase hoch. »Bei der ersten Gelegenheit bin ich weg«, wiederholte sie leise ihren Schwur. Als sie Pauls Händedruck verspürte, wurde sie ruhiger. Ihr Bruder würde sie niemals im Stich lassen.

Eine Frau in einer bodenlangen schwarzen Ordenstracht mit schwarzer Kopfhaube und monströs großem weißem Kragen packte Rosalie am Arm. Gewaltsam versuchte sie, die Geschwister zu trennen. Rosalie schrie und trat nach der Ordensschwester von den *Englischen Fräuleins*. Schwester Ubaldine riss Rosalie so heftig an den Haaren, dass die vor Schmerz aufschrie.

»Das passiert, wenn du nicht folgst«, raunte sie. »Und wenn du nicht sofort deinen Bruder loslässt, kannst du was erleben.«

Rosalie verstummte. Nur Drohungen, niemand erklärte ihr, was mit ihnen geschah. Wohin Paul abgeführt wurde. Wortlos bugsierte man sie in den ersten Stock in einen düsteren Raum mit hohen Schränken. Dort erhielt sie ein hellgraues Nadelstreifenkleid, das ein weißes Halskrägelchen zierte. Dazu eine weiße Trägerschürze, weiße Kniestrümpfe und schwarze Schnürschuhe.

Schweigend wurde sie ein paar Türen weiter in einen Waschraum geschubst, wo sie sich unter Aufsicht ausziehen und waschen musste. Der Raum war so eiskalt wie das Wasser, das aus dem Hahn in eine Emailleschüssel lief. Rosalie zitterte am ganzen Leib, fühlte sich allein und verlassen, zurückversetzt in die Nacht, die sie, um ihre Eltern weinend, in den Ruinen verbracht hatte.

Schwester Ubaldine schien es nicht zu kümmern. Hartherzig trieb sie Rosalie zur Eile an. »Los, los, und gründlich schrubben«, knurrte sie und überwachte jede ihrer Bewegungen.

Als Rosalie endlich das Kleid übergezogen und bis zum Hals zugeknöpft hatte, kam ihr Haar an die Reihe. Zuerst untersuchte die Schwester sie nach Läusen, die sie nicht fand. Dann verlangte sie von Rosalie, sie solle alles streng nach hinten bürsten und mit Haarklammern zu einem Schopf im Nacken stecken. Der Schopf schien nicht ordentlich genug zu sein, denn die Ordensfrau löste den Haarknoten wieder auf.

»Ich zeige dir jetzt, wie es aussehen muss«, herrschte sie Rosalie an. »Aber nur ein einziges Mal. Also pass gut auf. Wenn ich dich jemals mit einer unordentlichen Frisur erwische, setzt es was.«

»Ja«, antwortete Rosalie artig, fragte sich aber gleichzeitig, wie sie ohne Spiegel etwas sehen sollte.

Fertig angezogen und von harter Schwesternhand nach Vorschrift frisiert, durfte Rosalie noch aufs Klo gehen. *Austreten* müsse sie aber in Zukunft sagen, wenn sie ein *Bedürfnis* verspüre. Danach wurde sie zurück ins Erdgeschoss in ein Büro geführt. *Direktor*, las Rosalie am Schild an der Tür. Die Schwester hatte es ihr nicht verraten. Auch nicht, dass sie Paul hier wiedersehen würde, dessen blondes Haar jetzt am Kopf klebte. Offensichtlich war es mit Wasser glatt gekämmt worden. Wie sie war auch er neu eingekleidet, trug kurze schwarze Hosen mit einem braunen Gürtel, ein kurzärmeliges blaues Hemd und weiße Kniestrümpfe zu schwarzen Schnürschuhen. Überglücklich fiel sie ihrem Bruder um den Hals. Solange sie mit ihm zusammen sein durfte, würde sie alles ertragen.

»So, nun ist es aber genug«, hörte Rosalie den Direktor sagen. »Ich bin der Waisenhausvater und möchte mich ein wenig mit euch unterhalten.«

Paul nahm Rosalie an der Hand und starrte den Mann böse an. Er war fest entschlossen, sich nicht von falscher Freundlichkeit einwickeln zu lassen. »Wir sind die Geschwister Greve, aber das haben wir alles diesem Mann gesagt, der uns hierhergefahren hat. Und wir wollen zurück zu Agathe Zirngiebl«, sagte Paul. »Egal, ob sie eine direkte Verwandte ist oder nicht, sie hat uns gut behandelt und auch versorgt.«

»Schon recht, Paul«, sagte der Direktor und schaute freundlich durch seine runde Nickelbrille. »Im Moment mögt ihr es vielleicht nicht glauben, aber das alles geschieht zu eurem Besten. Hier seid ihr unter Kindern, müsst keine Erwachsenenarbeit verrichten und geht regelmäßig zur Schule. Bei der Frau

Zirngiebl war das offensichtlich nicht der Fall, wie mir Herr Bacher berichtet hat.«

»Er lügt«, platzte Paul heraus. »Wir hatten oft keinen Unterricht, weil zu wenige Lehrer da waren. Und im Winter hat es keine Kohlen gegeben.«

»Was können wir dafür, wenn die Schule dann ausfällt«, beeilte sich Rosalie, Paul zu unterstützen.

»Ist schon in Ordnung«, sagte der Direktor immer noch freundlich und erkundigte sich nach den Lieblingsfächern.

Paul traute dem Direktor nicht und brummelte undeutlich: »Bruchrechnen.«

»Und du, Rosalie?«

Sie schwieg beharrlich.

»Dann lassen wir es für heute gut sein.« Er sah auf seine Armbanduhr. Beinahe gleichzeitig ertönte ein Gong. »Zeit fürs Abendessen.« Er erhob sich von seinem Stuhl hinter dem braunen Schreibtisch. »Ich bringe euch in den Speisesaal.«

Paul hielt Rosalies Hand fest umklammert, als sie dem Direktor durch kaum beleuchtete Gänge folgten.

»Leider ist es hier sehr dunkel, wir haben kaum Glühlampen, also seid am Abend besonders vorsichtig«, erklärte der Direktor die mangelnde Beleuchtung.

Paul musste an die Beutezüge in den Trambahnen denken. Dadurch hatten sie die Blumen-Oma getroffen und waren schließlich hierhergelangt. Auch wenn der Direktor den freundlichen Vater spielte und ihnen vorgaukelte, sie seien im Paradies gelandet, er würde sich nicht täuschen lassen. Das hier war ein Waisenhaus, und niemand hatte jemals etwas Gutes über solche Heime gehört.

Der Direktor blieb vor einer breiten Tür stehen. »Gleich werdet ihr die anderen Zöglinge kennenlernen.«

Ängstlich blickte Rosalie in eine unüberschaubare Menge traurig wirkender Gesichter. An länglichen Tischen saßen auf der linken Seite die Buben, auf der rechten die Mädchen. Alle trugen die gleiche Kleidung, und die Mädchen hatten wie sie das Haar streng nach hinten zum Schopf gekämmt. Keiner sprach, alle starrten stumm zur Tür.

Der Speisesaal wirkte eher wie ein großer Wirtshaussaal mit Achtertischen. In solchen Sälen waren ihre Eltern in den Dörfern rund um München aufgetreten. Rosalies Augen füllten sich mit Tränen, als sie glaubte, die Stimme ihrer Mutter zu hören. Sie spielte die Rolle der grantigen bayerischen Marktfrau, die einer Kundin ein Ganserl verkaufen wollte. *Dann legen Sie sich doch mal mit dem nackerten Arsch in die Kälte, dann werden Sie schon sehn, wie Sie blau anlaufen.* Und sie hörte den Applaus, den Mutti am Ende jeder Vorstellung erhalten hatte. Sie sah, wie sie sich verbeugte und vor Glück strahlte...

Abrupt wurde sie durch das kratzende Geräusch zurückgezogener Stuhlbeine aus ihrer Erinnerung gerissen.

Während Rosalie in ihren Tagtraum versunken war, waren alle Kinder aufgestanden und riefen nun einstimmig: »Grüß Gott, Herr Direktor!«

»Grüß euch, liebe Kinder«, antwortete er und nickte lächelnd in den Raum, während sich alle wieder hinsetzten. »Ich bringe zwei neue Zöglinge, die Geschwister Paul und Rosalie... Paul sitzt dort hinten, an dem freien Platz«, sagte er und wies mit ausgestreckter Hand zum Tisch am Ende des Raums, und zu Rosalie: »Du gleich hier vorne.«

Rosalie schrie, so laut sie es vermochte. »Neiiin... ich will bei meinem Bruder bleiben.«

Schwester Ubaldine packte sie an der Schulter. »Wirst du wohl artig sein«, zischte sie, während sie Rosalie zum Tisch schob und auf den Stuhl drückte.

Neben Rosalie saß ein etwas älteres Mädchen mit hellblonden Haaren und himmelblauen Augen, das sie neugierig musterte. Die ist bestimmt keine Jüdin, schoss es Rosalie durch den Kopf. Die anderen, teilweise älter oder jünger, waren dunkelblond oder braunhaarig. Keine hatte so schwarzes Haar wie sie. Rosalie spürte, wie ihr die Angst den Hals zuschnürte. Würden die Mädchen neugierige Fragen stellen? Würden sie glauben, dass Paul ihr Bruder war? Oder würden sie ihr ansehen, dass sie Jüdin war? Würde man sie eine Lügnerin schimpfen und aus dem Haus werfen? Sie für immer von Paul trennen?

Sie spürte einen leisen Fußtritt. Er kam von der hellblonden Nachbarin.

»Ich heiße Ursula.«

»Wir falten die Hände zum Tischgebet«, ertönte die Stimme einer Ordensfrau.

Rosalie durchfuhr erneut eine Welle der Angst. Gebete waren immer eine Gefahr. Auch in der Schule war jeden Morgen gebetet worden. An ihrem ersten Schultag hatte sie sich beinahe verraten, weil sie den Text nicht kannte. Paul hatte ihr dann die wenigen Zeilen aufgeschrieben, die sie auswendig lernte. Doch jetzt war Paul weit weg, und wer wusste schon, ob sie jemals wieder allein mit ihm reden durfte.

Rosalie sah, dass alle Kinder mit gesenkten Köpfen beteten. *Komm, Herr Jesus, sei unser Gast, und segne, was du uns bescheret hast,* erklang es im Chor. Sie bewegte lautlos die Lippen und hoffte, dass es niemandem auffiel.

Nach dem *Amen* verteilten Schwestern das Abendessen in die bereitstehenden Blechteller. Je eine Schöpfkelle Wassersuppe, in der ein paar Kartoffelstücke und Karottenscheiben schwammen. Dazu erhielten sie ein Stück trockenes Brot.

Rosalie hatte seit dem Frühstück nichts mehr gegessen und griff gierig nach dem Löffel neben dem Teller. Doch Ursula verpasste ihr den nächsten Fußtritt, und Rosalie begriff, dass alle warteten, bis jeder Teller gefüllt war. Endlich war es so weit.

Keiner sprach, während alle über die Teller gebeugt waren und nur das leise Klappern der Löffel zu vernehmen war.

Rosalie hatte die dünne Suppe längst ausgelöffelt, als die umherspazierenden Aufpasserschwestern in die Hände klatschten.

»Das bedeutet ›freies Tischgespräch‹«, erklärte Ursula.

Rosalie verstand nicht.

»Wir dürfen reden«, sagte Ursula. »Warum hast du vorhin nicht mitgebetet?«

Vor dieser Frage hatte sich Rosalie gefürchtet.

»Nun sag schon«, bohrte Ursula. »Und damit du's weißt, wir müssen alle beten. Auch die Neuen. Oder bist du nicht getauft? Das ist eine Sünde.«

Rosalie spürte, wie sie rot anlief. »Das war nur ...« Ihr fiel das Schulgebet ein. »Weil unser Gebet mit *Lieber Gott* begann«, sagte sie und wechselte schnell das Thema. »Wie alt bist du?«

»Zwölf, aber ich werde bald dreizehn«, antwortete Ursula.

»Ich bin zehn«, sagte Rosalie, erleichtert, dass Ursula ihre Ängste anscheinend entgangen waren.

»Ich bin auch zehn Jahre alt und heiße Elfriede«, sagte das Mädchen neben Ursula.

»Und weil ich die Älteste bin, wurde ich zur Tischaufsicht und auch zur Gruppenordnerin gewählt. Deshalb kümmere ich mich auch um alles.« Ursula klang so stolz, als sei sie die große Schwester der anderen Mädchen am Tisch, die zwischen vier und neun Jahre alt waren. »Die Elfriede ist eine Ehescheidungswaise, genau wie ich. Sie ist meine Freundin, unsere Betten stehen nebeneinander.«

Rosalie überlegte. Bedeutete Ehescheidungswaise, dass die beiden Eltern hatten, die sie aber nicht mehr wollten? Gab es wirklich Eltern, die ihre Kinder nicht mehr lieb hatten? Sie in ein Waisenhaus steckten?

Nach dem Essen verschwanden die Ordensschwestern zu ihrer Abendandacht. Die größeren Mädchen mussten das Geschirr abräumen, in die Küche bringen und beim Abwasch helfen. Das gehörte zur Heimordnung. Die Jungs waren für die Sauberkeit im Speisesaal zuständig, legten die Tischtücher zusammen, stellten die Stühle mit der Sitzfläche auf die Tische und säuberten den Fußboden mit dem Besen. Die Kleineren fegten die Dreckhaufen mit Schaufel und Handbesen zusammen.

In der Küche verteilte Ursula die Arbeiten. Die Älteren mussten spülen und abtrocknen. Die Kleinen sortierten das Geschirr in die Schränke. Zum Schluss musste noch der Gemüseabfall auf den Kompost gebracht werden. »Wenn alles erledigt ist, dürfen wir eine Stunde spielen oder lesen«, erklärte sie.

Rosalie konnte es kaum erwarten, endlich wieder mit Paul reden zu dürfen. Aufgeregt stürmte sie im Spielzimmer auf ihn zu. Noch ehe sie zu ihm laufen und fragen konnte, ob er schon einen Fluchtplan hätte, packte eine Aufpasserschwester sie an der Schulter.

»Mädchen und Buben haben getrennte Spielecken«, zischte sie und schob sie von Paul weg. Natürlich beobachtete sie alle Kinder ganz genau, damit die Ordnung auch eingehalten wurde.

In der Freistunde erfuhr Rosalie, was Ursula unter »sich um alles kümmern« verstand: Sie bestimmte, was gespielt wurde – Bauklötze für die Kleinen, *Mensch ärgere Dich nicht* für sie und die Größeren. Sie wählte auch aus, wer mitspielen durfte. Rosalie war nicht dabei. Was für ein Glück, freute sie sich und sagte laut: »Schade.« Sie würde Ursula nicht anhimmeln wie die anderen, aber sie zur Feindin zu haben war ganz sicher unklug, das spürte sie instinktiv.

In einem niedrigen Bücherregal zwischen den beiden Fenstern fiel ihr ein Liederbuch entgegen. Sie setzte sich in eine Ecke und blätterte darin. Zuerst summte sie die Melodie von *Guter Mond, du gehst so stille* vor sich hin, später flüsterte sie den Text, und bald hörte sie ihre Mutter die Zeile singen: *Du sollst es wissen, warum meine Tränen fließen und mein Herz so traurig ist.*

»Hast du in einem Chor gesungen?«

Es war die Aufpasserschwester, die plötzlich vor Rosalie stand und sie aus ihrer Versunkenheit riss.

»Nein, meine Mutter hat oft mit mir gesungen«, antwortete sie ehrlich, um sich gleich darauf zu ärgern, dass sie wohl doch unabsichtlich laut gesungen hatte.

»Deine Stimme klingt wunderschön, *Sopran,* würde ich meinen«, sagte die Schwester unerwartet milde.

Kaum hatte sich die Aufpasserin entfernt, tauchte Ursula neben ihr auf. »Was wollte die von dir?«, fragte sie in lauerndem Tonfall.

»Nichts, nur wissen, welches Buch ich lese«, schwindelte Rosalie. Sie ärgerte sich über Ursulas Neugier.

Ursula schien die Antwort nicht zu gefallen. »Ach, und ich hab mir eingebildet, du hättest gesungen.«

»Ein bisschen gesummt vielleicht, es ist ein Liederbuch«, antwortete Rosalie und zeigte es ihr.

»Singen ist doof«, sagte Ursula.

Rosalie war es egal, in welcher Stimmlage sie sang oder was die Gruppenordnerin mochte oder auch nicht. Für sie zählte nur, wann sie schnellstens mit Paul aus dem Waisenhaus verschwinden konnte. Obwohl sie kaum einen Tag hier war, wusste sie, dass sie sich hier nie im Leben wohlfühlen würde. Niemals.

Niemals, schwor sie sich wieder, als sie später in einem kratzigen Nachthemd in das kalte Bett schlüpfte, das mit vierzig anderen Bettgestellen an den Wänden aufgereiht war. Seit Paul sie in jener Nacht gefunden hatte, war sie keine Minute mehr allein gewesen. Wie sollte sie nur ohne ihn einschlafen? Ohne das Gefühl, in Sicherheit zu sein? Ohne seine tröstenden Worte? Schluchzend verkroch sie sich unter der Decke.

11

Paul kramte ein Taschentuch aus seiner Hosentasche, rieb sich die Stirn trocken und betrachtete die aufgeworfenen Erdhaufen. Die Ordensschwester hatte ihn ungläubig gemustert, als er sich freiwillig zum schweißtreibenden Umgraben der halb gefrorenen Schollen meldete. Keiner der Jungen hatte sich jemals um die schwere Gartenarbeit gerissen, lieber kehrten sie Flure oder wischten die unzähligen Treppen. Paul erklärte ihr, die Arbeit erinnere ihn an den Gutshof seiner Eltern. Mit der Großmutter habe er jedes Frühjahr die Beete umgegraben, Setzlinge eingepflanzt, im Herbst die Früchte geerntet und am Ende der Saison die Rosenstöcke winterfest eingepackt. In Wahrheit hörte er vom Garten aus Rosalies Gesang, die im oberen Stockwerk ein besonders trauriges Lied übte. Dazu der Duft nach frischer Erde, und es ließ sich prima nachdenken über eine mögliche Flucht. Das Vorhaben hatten sie noch nicht aufgegeben, egal, wie schwierig es zu verwirklichen war.

Paul stach den Spaten mit aller Kraft in die Erde. Leider war es ihm bisher nicht gelungen, allein durch die Gegend zu streunen, um den sichersten Weg auszuspionieren. Nur zwei Mal die Woche durften sie unter Aufsicht das Haus verlassen: sonntags zur Messe und mittwochs, wenn alle Kinder morgens um sieben den Schulgottesdienst besuchten. Die Unterrichtsstunden fanden direkt im *Bäckerwaldheim* statt. Eine Fluchtmöglichkeit hätten vielleicht die Lastwagen geboten, die Lebensmittel anlieferten. Sich mit Rosalie auf einer Ladefläche zu verstecken hatte schon einmal hingehauen. Aber die Lieferungen kamen in unregelmäßigen Abständen und ausnahmslos während der ersten Unterrichtsstunde. Sich aus dem Unterricht fortzustehlen war unmöglich, nicht einmal aufs Klo gehen war erlaubt. Sie mussten sich ihr *Bedürfnis* bis zur Pause verkneifen.

Über ein Jahr war vergangen, seit sie ins Waisenhaus verschleppt worden waren. Anfangs hatte er sich jeden Abend in den Schlaf geweint, nur für Rosalie blieb er tapfer. Agathe hatte sie an ihren Geburtstagen besuchen dürfen, und sie kam auch sonst, so oft es ihr möglich war. Beim letzten Besuch hatte sie unter Tränen von ihrem Gustl erzählt, der heimgekehrt war. Mit einem steifen Bein, das er sein Leben lang behalten würde, aber sie war überglücklich, ihren Buben wiederzuhaben. Agathe hatte auch von einem kinderlosen Ehepaar gesprochen, das über eine Adoption nachdächte. Aber es war kein Ehepaar aufgetaucht. Sie hatten wohl aufgehört, darüber nachzudenken.

Paul hingegen hörte nicht auf, darüber nachzudenken, wie sie dem verhassten Waisenhausleben entfliehen konnten. Ein Tag verging wie der andere. Aufstehen, waschen, anziehen, Frühstück, Schule, Mittagessen, Speisesaal aufräumen, Hausaufgaben, nachmittags die zugeteilten Extra-Arbeiten erledigen, wie Treppen wischen, danach Abendessen, wieder den Speisesaal putzen, eine Spielstunde, waschen und ab ins Bett. Aber nicht, ohne vorher zu beten. Auf Knien. Die einzige Abwechslung war das Schachern mit den anderen Jungen um die größten Brotstücke oder die dickeren Wurstscheiben, die nur sonntags zum Abendessen auf den Tisch kamen. Traurig machte ihn das Verbot, nicht neben Rosalie sitzen zu dürfen. So konnten sie sich nur zuwinken und manchmal ein paar Worte im Garten wechseln. War samstags oder sonntags schönes Wetter, wurden sie nach draußen geschickt, an die frische Luft. Die Jungen spielten dann Fußball oder Räuber und Schandi, die Mädchen Seilhüpfen oder Blindekuh. Das Durcheinander der spielenden Kinder war die einzige Gelegenheit, mit Rosalie zu reden. Sich gegenseitig zu versprechen, ihr Geheimnis bis in alle Ewigkeit zu bewahren. Aber die Aufpasserschwestern sahen alles, und lange Unterhaltungen wurden nicht geduldet. Sonderten Paul und Rosalie sich auch nur ein wenig ab, wurden sie sofort in ihre Gruppen zurückgeschickt. Allein hätte er die Flucht längst gewagt, am Sonntag, nach der Kirche. Aber er würde Rosalie niemals im Stich lassen.

Rosalie war erschöpft. Seit mindestens einer Stunde probten sie dieses traurige Lied. Doch Schwester Albertina war einfach nicht zufrieden. Erneut schlug sie die ersten Takte zu *Tut mir auf die schöne Pforte* an.

»Es muss noch feierlicher klingen«, sagte sie. »Der Tod ist nur das Ende unseres irdischen Daseins, aber der Beginn des ewigen Lebens. Ein Grund zum andächtigen Frohlocken.«

»Ja, Schwester«, antwortete sie folgsam, auch wenn sie kein Wort verstand. Die Ordensfrauen hatten die seltsamsten Vorstellungen vom Tod, als wäre er schön. Wie es sich anfühlte, in einer einzigen Minute Vater und Mutter zu verlieren, davon hatten sie keine Ahnung. Wie es sich anfühlte, sich jede Nacht in den Schlaf zu weinen. Wie schrecklich allein sie war, seitdem man sie auch noch von ihrem Bruder getrennt hatte. Doch sie hatte längst aufgegeben zu widersprechen. Das zog nur Strafen nach sich. Zuerst hatte sie nicht für Menschen singen wollen, die sie verschleppt hatten und sie nicht mal mehr mit Paul reden ließen. Ihre anfängliche Weigerung hatte sie mit Arrest und Essensentzug bezahlt. Bei Wasser und Brot war sie in die *Besinnungskammer* eingesperrt worden. Der Hunger war groß und die Nächte auf der harten Holzpritsche ohne Decke waren kalt gewesen, doch sie hätte niemals nachgegeben. Erst als Paul sich nachts an die Tür geschlichen hatte, erwischt und ebenfalls eingesperrt worden war, hatte sie Reue geheuchelt. Hatte einfach falsch gesungen. Auch wenn sie nicht als gläubige Jüdin aufgewachsen war: Katholische Kirchenlieder zu singen, das konnte sie ihren Eltern nicht antun. Doch irgendwann hatte sie aufgegeben. Ihr war einfach keine glaubwürdige Erklärung eingefallen, warum sie plötzlich keinen Ton mehr traf.

Mittlerweile hatte sie unzählige Lieder einstudiert, die sie zu besonderen Festtagen wie Weihnachten in der Messe vortrug. Jetzt im Mai wurde allabendlich eine Maiandacht abgehalten, in der alle Kinder gemeinsam sangen. Dieses Trauerlied, das sie heute einstudierte, sollte sie auf der Beisetzung einer ehrwürdigen Ordensschwester singen. Wegen ihrer außergewöhnlichen Stimme dürfe sie das Lied sogar allein ohne den sonst üblichen Chor vortragen. Und weil die Verstorbene lange das Waisenhaus geleitet hatte, sei das eine besondere Auszeichnung. Darauf hätte Rosalie gerne verzichtet.

Drei Wiederholungen später klappte die Schwester endlich den Klavierdeckel zu. »Das hast du brav gemacht«, lobte sie und holte einen Belohnungsapfel aus der in ihrer Kutte versteckten Tasche.

»Danke schön.« Rosalie knickste. Das hatte sie sich von Ursula abgeguckt, die aller Schwestern liebstes Kind war. Rosalie hatte gut aufgepasst; folgsame Kinder wurden nicht so streng beaufsichtigt. Und je weniger sie unter Aufsicht stand, umso öfter ergaben sich Gelegenheiten, Paul heimlich zu treffen. Die artigen Kinder hatten im vergangenen, schrecklich kalten Winter wegen der andauernden Lebensmittelknappheit zwar auch genauso wenig zu essen bekommen wie die unartigen, aber für die Nacht hatten sie eine Extradecke erhalten. Jeder hatte in Kleidern und mit den Mänteln im Bett gelegen, doch mit einer zweiten Decke hätte sie nicht so bitterlich gefroren in den vielen Monaten, als die Eisblumen an den Fenstern nicht mehr verblüht waren. Im Januar war sogar die Wasserleitung im Waschraum vereist, und niemand hatte bedauert, sich mit einer Katzenwäsche begnügen zu müssen.

Paul lag unbeweglich auf der Bettdecke und lauschte in die nächtliche Stille des Schlafsaals. Seit einigen Tagen strahlte die Sonne von morgens bis abends vom Himmel, und die Nächte waren zu heiß zum Schlafen. Heute hielt ihn zudem eine Idee wach, die er dringend mit Rosalie besprechen musste.

Von den direkten Nachbarbetten waren nur regelmäßige Atemzüge zu vernehmen. Vorsichtig richtete er sich auf und verharrte eine Weile auf der Bettkante. Harald, der neben ihm schlief, plagten oft Albträume, dann schrie er laut im Schlaf, und wenn es ganz schlimm kam, weckte er damit die Schwestern. Der kleine Günther weinte oft nach seiner Mami, die er auf der Flucht verloren hatte. Und Rudi ganz hinten in der Ecke war Bettnässer, bekam deshalb ab Mittag nichts mehr zu trinken und hatte immer einen mörderischen Durst. Er wurde manchmal nachts wach und schlich dann in den Waschraum. Heute aber schienen alle friedlich zu schlafen.

Behutsam stützte Paul sich mit den Händen am Bettrand ab. Es gelang ihm, ohne das kleinste Geräusch aufzustehen. Auf nackten Sohlen schlich er durch den Schlafsaal.

Die nächste Schwierigkeit war die Tür. Die knarrte nämlich ekelhaft laut, wenn man sie langsam öffnete. Tat man es aber mit Schmackes, geschah nichts. Ein Tropfen Öl in die Scharniere hätte das Problem behoben, doch die Schwestern wollten das Knarren hören.

Mutig griff er nach der Türklinke und riss sie auf.

Geschafft!

Wenn er es jetzt noch fertigbrachte, sich ebenso geräuschlos in den Mädchenschlafsaal zu schleichen, war die größte Gefahr überstanden. Flink hastete er durch die verbotenen Gänge. Vor Kurzem hatte der Direktor Glühbirnen ergattert, nun brannte nachts eine Lampe auf dem Weg zum Klo. An der Tür zum Mädchenschlafraum blieb er einen Moment stehen, um seine Augen an die Dunkelheit im Raum zu gewöhnen.

Im letzten Bett in der linken Reihe schlief Rosalie, das hatte sie ihm erzählt.

Auch hier schlich er auf Zehenspitzen an den schlafenden Mädchen vorbei.

In dem Moment, als er an Rosalies Bett trat, drehte sie sich im Schlaf von ihm weg.

Wortlos setzte er sich auf den Fußboden. Nur keinen unnötigen Laut von sich geben, vielleicht würde sie von allein aufwachen. Er wartete endlos lange, und irgendwann war er wohl eingeschlafen, denn er fühlte eine Hand auf seiner Wange.

»Paul, was machst du hier?«

Erschrocken rieb er sich die Augen. Dann richtete er sich auf und bedeutete ihr mit einer Handbewegung, ihm zu folgen.

Doch Rosalie verließ ihr Bett nicht und hob stattdessen die dünne Decke an.

Glücklich schlüpfte Paul zu ihr ins Bett. Noch länger hier zu sein war hochgefährlich, aber seine Schwester umarmen zu können tröstete ihn über alle Qualen und Ungerechtigkeiten hinweg, die er hier erlitten hatte.

»Was ist los?«, flüsterte Rosalie ihm ins Ohr, zog die Bettdecke über ihrer beider Köpfe und drückte sich eng an ihn.

»Ich konnte nicht schlafen und dachte ...«

»Willst du etwa mitten in der Nacht abhauen?« Rosalie redete sehr leise, dennoch klang ihre Stimme entsetzt.

»Nein, nein, ich wollte dir nur sagen, dass ich dich heute bei der Gartenarbeit singen gehört habe. Es war so traurig und auch so schön.«

»Das Lied werde ich morgen auf der Beerdigung singen«, erklärte Rosalie.

»Ich weiß«, sagte Paul. »Und darüber wollte ich mit dir reden.«

Rosalie suchte in ihrer Rocktasche nach einem Taschentuch, um ihre Tränen zu trocknen. Das Trauerlied hatte die Erinnerung an ihre Eltern geweckt, die nirgendwo begraben waren. Längst hatte sie akzeptiert, dass ihre letzte Ruhestätte ein Trümmerhaufen war. Sie lagen in keinem Grab. Nie würde sie ein Steinchen auf ihrem Grabstein ablegen können, zum Zeichen, dass ihre Tochter an sie dachte. Diese traurige Vorstellung ließ sie aufschluchzen. Keiner der Trauergäste, die teils unter Tränen ihrem Gesang gelauscht hatten, ahnte, warum sie weinte.

Wichtige Persönlichkeiten lobten nun die Verdienste der Verstorbenen. Anschließend traten alle Waisenkinder an die offene Grabstelle, warfen eine weiße Nelke auf den Sarg und begaben sich dann zurück zu ihren Gruppen. Getrennt nach Jungen und Mädchen, wie gewöhnlich.

Rosalie nutzte die stumme Geschäftigkeit der Trauergemeinde, um sich mit kleinen Schritten langsam zu entfernen. Niemand achtete auf sie, nicht einmal Ursula. Die widmete sich voller Inbrunst der ehrenvollen Aufgabe, jedem Gast ein Trauerbild der Verstorbenen zu überreichen.

Paul war endlich seine Gedenkblume losgeworden. Er musste sich beeilen. Rosalie war längst hinter einem Grabstein verschwunden. Nur noch ein Schritt, dann hatte er sie erreicht.

Sie tauschten einen verschwörerischen Blick, fassten sich an den Händen und flüchteten im Zickzackkurs von einem Grabstein zum nächsten. Langsam, aber ungehindert erreichten sie schließlich das gusseiserne Tor des kleinen Nymphenburger Friedhofs und rannten so schnell sie es vermochten.

»Einen besseren Tag hätten wir uns nicht aussuchen können. Sogar die Sonne scheint«, sagte Paul, als sie einige Straßen weiter keuchend anhielten.

»Wir… haben… es… geschafft.« Rosalie war noch ganz außer Atem, aber ihre Augen strahlten vor Glück.

Paul riss sich das schwarze Trauerband vom Ärmel seiner dunkelblauen Strickjacke. »Noch sind wir nicht außer Gefahr. Aber es ist ein Glück, dass alle *Englischen Fräuleins* auf diesem Friedhof in München beerdigt werden. Vom Waisenhaus aus in die Stadt zu kommen wäre nicht so einfach gewesen. Blöd nur, dass ich mich in dieser Gegend überhaupt nicht auskenne. Weißt du, wo wir sind?«

»Nein«, gestand Rosalie und nahm ebenfalls das schwarze Band ab, das sie über dem rechten Ärmel des dunkelblauen Sonntagskleids trug. »Wir fragen einfach jemanden.«

Eine junge Frau mit Kinderwagen erklärte ihnen, sie befänden sich ganz in der Nähe des Nymphenburger Schlosses. »Wenn ihr in die Innenstadt wollt, dann am schlausten mit der Tram. Ein Stück weiter, am Rotkreuzplatz, ist die nächste Haltestelle.« Sie zeigte ihnen die Richtung, in die sie gehen mussten.

»Und wie weit ist es zu Fuß zum Ostbahnhof?«, fragte Paul.

»Oh mei«, schnaufte die Frau. »Das ist weit… vielleicht zwei Stunden…«

Enttäuscht bedankten sie sich bei ihr. Sie besaßen nicht einen einzigen Reichspfennig, geschweige denn genug, um zwei Fahrscheine zu erstehen.

»Kein Problem, wir laufen«, sagte Paul entschlossen. »Als wir noch mit Theo unterwegs waren, sind wir auch den ganzen Tag durch die Trümmer gerannt.«

»Oder wir fahren einfach schwarz«, sagte Rosalie. »Ich kann nicht so weit laufen. Meine Schuhe sind zu klein geworden, ich hätte erst im nächsten Herbst neue gekriegt.«

»Und wenn sie uns erwischen?« Paul sah sie besorgt an. »Dann landen wir bei der Polizei.«

»Vielleicht haben wir noch mal Glück.«

»Und wenn nicht?« Paul erinnerte sich an seine Großmutter, die stets gesagt hatte, man solle sein Glück niemals herausfordern. »Dann werden wir der Polizei übergeben, und die bringt uns zurück ins Waisenhaus. Willst du das?«

Rosalie ließ den Kopf sinken. »Nein«, sagte sie leise. Wortlos zog sie die schwarzen Halbschuhe und die weißen Söckchen aus. »Es ist sowieso zu warm«, sagte sie, während sie die Socken in die Schuhe steckte.

Schweigend marschierten sie los. Vorbei an Ruinen, die auch in dieser Gegend von heftigen Fliegerangriffen zeugten. An Kolonnen fleißiger Schuttarbeiter und Trümmerfrauen. An lachenden Kindern, die schneller als Erwachsene vergaßen, was sie hatten durchmachen müssen, und nun in den zerbombten Häusern Verstecken spielten. Und an den Schlangen vor den Bäckereien und Lebensmittelläden, die erste Hungergefühle aufkommen ließen.

»Ich weiß was«, sagte Paul, als der Weg kein Ende nehmen wollte. »Wir teilen die Strecke in kleine Stücke ein. Und wenn wir an diesem Kreuzplatz ankommen, machen wir die erste Pause.«

Sie mussten viel eher pausieren. Rosalies Füße schmerzten. Paul zog seine Schuhe aus und gab sie ihr. Doch sie waren viel zu groß. Trotzdem lief auch er jetzt barfuß.

»Zieh sie wieder an«, verlangte Rosalie nach wenigen Metern. »Ist doch blöd, wenn wir beide am Ende kaputte Füße haben.«

Unwillig schlüpfte er in die schwarzen Halbschuhe. »Ich kann dich ein Stück tragen«, sagte er und nahm sie Huckepack.

Die ungewohnte Last wurde ihm bald zu schwer, und er musste sie absetzen. Auch wenn er seine Schwester am liebsten bis nach Haidhausen getragen hätte, er war einfach nicht kräftig genug.

Erschöpft erreichten sie den Platz. Eine lange Menschenschlange wartete an der Straßenbahnhaltestelle auf die nächste Bahn.

Als sie im Schneckentempo angezuckelt kam, war bereits aus

der Ferne zu sehen, wie überfüllt der Waggon war. Wer keinen Platz im Innern gefunden hatte, stand auf der Kupplung zwischen den Wagen oder auf den Trittbrettern.

»Schau mal, das können wir auch«, sagte Rosalie.

Paul schüttelte den Kopf. »Zu gefährlich. Wenn wir runterfallen, werden wir am Ende noch von einem Lastauto überfahren.«

Rosalie antwortete nicht und beobachtete nur aufmerksam das Gedränge beim Aus- und Einsteigen. Als das Klingelzeichen zur Abfahrt schrillte, rief sie: »Dann fahre ich eben allein«, und sprang auf eines der Trittbretter.

»Neiiin«, schrie Paul, doch die Tram fuhr bereits. Panisch vor Angst um Rosalie lief er hinterher und konnte gerade noch auf die vorstehende Anhängerkupplung des letzten Waggons springen, bevor das Tempo anzog. Mit beiden Händen klammerte er sich an den Hosenbund des Nebenmanns, der es nicht zu bemerken schien, weil er selbst am Fensterrahmen Halt suchte.

Die Fahrt verlief ohne Zwischenfälle – bis aus einer Seitenstraße ein Pferdewagen auftauchte. Quietschend und mit heftigem Ruck kam die Bahn zum Stehen. Die blinden Passagiere purzelten wie betäubte Fliegen von den Freiluftstehplätzen und Trittbrettern. Manche jammerten lautstark, andere fluchten auf den Kutscher, der seine Pferde nicht unter Kontrolle hatte. Die Schuld für die verbotene Trittbrettfahrt wollte keiner auf sich nehmen.

12

Paul war vom Kupplungsbolzen gestürzt, aber nicht verletzt. Das aufgeschlagene Knie, über dem das kurze Hosenbein endete, zählte nicht. Er sorgte sich nur um Rosalie, die reglos auf der Straße lag. Mit wenigen Schritten war er bei ihr. »Rosalie! Was ist mit dir? Rosalie, wach auf!« Sie reagierte nicht auf seine Rufe, bewegte sich nicht und tat nicht den kleinsten Mucks.

Auch schockierte Äußerungen der umstehenden Gaffer wie »JessesMariaundJosef!«, besorgte Fragen wie »Was hat denn das Kind?« oder der realistische Kommentar des Trambahnfahrers »Mir brauchen an Doktor!«, zeigten keine Wirkung.

Rosalies Lider blieben geschlossen.

Jemand hatte ihre Schuhe gefunden und legte sie neben ihren Kopf, was Paul noch mehr Angst einjagte. Auf dem Gutshof waren den Toten auch die Schuhe ausgezogen worden.

Eine junge Frau mit rundem Gesicht und einer schwarzweiß getupften Kochschürze über einem geblümten Sommerkleid drängelte sich durch die Schaulustigen. »Zur Seite, Herrschaften, ich war Lazarettschwester im Krieg.« Ihre Stimme klang so unnachgiebig, wie der Knoten ihres Kopftuchs festgezurrt war.

»Immer die Schwarzfahrer«, schimpfte der Trambahnfahrer jetzt mit zorniger Miene. Neben ihm stand die geschockte Schaffnerin mit offenem Mund.

Die Lazarettschwester stellte ihren Einkaufskorb ab und kniete sich neben Rosalie. »Ich wollte grad in den Milchladen, als ich das Quietschen der Trambahn und die Schreie gehört habe.« Mit sichtlich geübtem Griff fühlte sie den Puls an Handgelenk und Halsschlagader, zog die Augenlider hoch und verkündete gleich darauf erfreut: »Sie lebt!«

Eine Sekunde später schlug Rosalie die Augen auf.

Paul reichte ihr die Hand. »Alles in Ordnung«, beeilte er sich der neugierigen Menge zu versichern.

»Von wegen, in Ordnung!« Der Trambahnfahrer zupfte seine dunkelblaue Uniform zurecht. »Jeder weiß, dass es verboten ist, auf den Trittbrettern mitzufahren. Weil's hochgefährlich ist. Aber keinen kümmert's.«

»Jawohl, verboten!«, zeterte nun auch die Schaffnerin. Sie schien sich von ihrem ersten Schreck erholt zu haben und drohte mit dem Zeigefinger. »Wehe, wenn ich euch noch mal erwische, ihr kleinen Halunken, dann setzt es aber was. Ihr könnt von Glück sagen, dass ihr nicht überfahren wurdet.«

»Wir machen es nie wieder«, versprach Paul.

»Bitte, dürfen wir gehen?«, fragte Rosalie kleinlaut.

»Meinetwegen...« Knurrend stieg der Trambahnfahrer in seine Kabine, die Schaffnerin verkaufte wieder Billetts, und die Bahn fuhr – mit den unverbesserlichen Trittbrettfahrern – weiter.

»Halt!« Die freundliche Krankenschwester hielt Paul am Arm zurück. »Wenn jemand so lange ohnmächtig war, wär's gescheiter, man lasst ihn von einem Doktor untersuchen«, erklärte sie. »Wo wohnt ihr zwei denn?«

»Im...« Er stockte. Um ein Haar wäre ihm »Waisenhaus« rausgerutscht.

»Bei der Blumen-Oma«, meldete sich jetzt Rosalie, die sich ihre Schuhe geschnappt und mit Pauls Unterstützung auf einen ordentlich gestapelten Ziegelsteinberg gesetzt hatte.

»Und wo wohnt die? Bestimmt weiß die Oma nichts von euren gefährlichen Ausflügen, oder?« Die hilfsbereite Frau musterte Paul prüfend. »Habt das Fahrgeld für Schleckereien ausgegeben, gell?«

»Sie wohnt am Wiener Platz«, antwortete Paul, und damit sie die neugierige Kriegsschwester endlich loswurden, fügte er eilig hinzu: »Wir finden allein dorthin.«

»Wiener Platz«, wiederholte sie. »Und was macht ihr dann in Neuhausen?«, wollte sie wissen.

Paul trat verlegen von einem Bein aufs andere. »Wir ...«

»Wir haben eine Tante besucht«, kam Rosalie ihm zu Hilfe. »Und vielen Dank, wir finden wirklich allein nach Hause.«

»Moment, das lässt meine Krankenschwesternehre nicht zu.« Resolut schnappte sie ihren Korb und ergriff beinahe gleichzeitig Rosalies Hand. »Ich bring dich zu meinem Doktor, mit dem war ich im Krieg, jetzt hat er eine Praxis nur ein paar Häusl weiter. Vorsicht ist besser, als dass dir am Ende noch was bleibt. Und dein Knie muss auch behandelt werden.« Sie deutete auf Pauls blutende Schürfwunde.

Paul lief der Angstschweiß über den Rücken. Rosalie sandte ihm flehende Blicke. Leider hatte er nicht die geringste Ahnung, wie er diese zielstrebige Frau aufhalten sollte. Sein Hirn war leer wie sein Magen, der sich an die regelmäßigen Mittagessen gewöhnt hatte – egal, wie karg sie waren.

Der Weg zu besagtem Doktor führte vorbei an einigen Ruinen in eine Seitenstraße zu einem fast unbeschädigten Gebäude. Lediglich das Dach war zerstört und noch nicht wieder repariert worden. Neben dem Hauseingang wies ein weißes Emailleschild mit schwarzen Buchstaben auf *Dr. Schneider, Allgemeinarzt* hin, der im Erdgeschoss zu finden sei.

»Mir geht es schon wieder ganz normal«, sagte Rosalie, lächelte und fügte noch ein »Ganz bestimmt« hinzu.

Die Lazarettschwester tätschelte sanft ihren Kopf. »*Wie* gut es dir geht, überlassen wir lieber dem Doktor.«

Paul schwankte zwischen »Rosalies Hand nehmen und einfach davonrennen« oder »beten«, wie er es im Waisenhaus ständig hatte tun müssen. Aber wegrennen würde die Frau womöglich auf den Gedanken bringen, sie hätten was ausgefressen. Er beschloss, die Geschichte des Tantenbesuchs beizubehalten. Warum sollte irgendjemand daran zweifeln?

Paul zählte zwölf Menschen in einem übervollen Wartezimmer. Einige davon waren Kriegsversehrte, mit dicken Verbänden oder Holzkrücken für fehlende Arme oder Beine. Auch eine Mutter mit zwei kleinen dürren Kindern war darunter, wovon eines unablässig hustete. Erleichtert atmete er auf. Es würde Stunden dauern, bis Rosalie an die Reihe käme, sicher hatte die Lazarettschwester Wichtigeres zu tun, als hier herumzuhocken.

»Setzt euch.« Die Frau deutete auf den einzigen freien Stuhl.

Paul und Rosalie teilten sich den Platz. Wenig später schubste Rosalie ihn unauffällig an und flüsterte: »Ich muss mal wohin.« Paul antwortete leise: »Ich frage, wo das Klo ist. Vielleicht können wir dann verschwinden.«

In dem Moment öffnete sich die Tür mit der Aufschrift *Ordination*. Heraus trat ein hochgewachsener älterer Mann mit Nickelbrille, der einen weißen Kittel trug. Hinter ihm kam ein junger Mann aus der Ordination gehumpelt. Er hatte ein Bein verloren, wie an dem hochgeschlagenen Hosenbein und der Krücke zu sehen war. Der Arzt verabschiedete den Versehrten mit guten Wünschen für die Genesung. Dann wanderte sein Blick durch das Wartezimmer und blieb an der Lazarettschwester hängen.

»Ja, so was, Schwester Inge!« Lächelnd ging er auf sie zu und schüttelte ihre Hand. »Was verschafft mir das Vergnügen?«

Extra laut, damit auch jeder von der Notlage erfuhr, schilderte Schwester Inge den Unfallhergang derart dramatisch, als habe Rosalie nur um Haaresbreite überlebt. Beinahe im gleichen Atemzug entschuldigte sie sich bei den Wartenden für die freche Vordrängelei. »Aber es war wirklich ein schlimmer, schlimmer Sturz, und das arme Ding war lange ohnmächtig. Sehr, sehr lang!«

»Na, dann kommt mal mit«, sagte Doktor Schneider und bat die anderen Patienten um Verständnis.

Paul verfluchte Inge und ihre Schwesternehre. Wenn der Arzt jetzt auch noch Fragen stellte, auf die er keine Antwort wusste, landeten sie schneller wieder im Waisenhaus, als er Atem holen konnte.

Im Behandlungszimmer erkundigte sich der Doktor zuerst bei Rosalie, wie sie sich fühle.

»Ich habe ein Bedürfnis«, sagte sie wohlerzogen.

»Das ist doch schon mal ein gutes Zeichen, wenn alles noch funktioniert«, meinte der Doktor, sichtlich erheitert, und schickte Schwester Inge mit Rosalie auf die Toilette. »Inzwischen sehe ich mir dein Knie an, und du sagst mir, wie deine kleine Freundin heißt und wo sie wohnt.« Er nahm Verbandszeug aus einem cremeweißen Glasschrank, dazu ein braunes Fläschchen und eine Metallzange. »Setz dich auf die Liege.« Er griff mit der Zange nach einem Stück Verbandsmull, schüttete ein paar Tropfen aus der braunen Flasche darauf und drückte es auf Pauls Knie.

»Wir sind Geschw...« Paul biss die Zähne zusammen. Das Zeug brannte wie Feuer.

»Ist nur Jod. Gleich vorbei. Bist ein tapferer Junge.« Er schnitt ein Stück Pflaster von einer Rolle ab, klebte es über das Mullstück und ein zweites Stück quer darüber.

Paul sog die Luft ein und starrte auf den mit Pflaster zusammengeklebten Brillenbügel des Doktors, bis der Schmerz nachließ.

»Bruder und Schwester?« Der Arzt hob erstaunt die Augenbrauen. »Da wäre ich im Leben nie draufgekommen.«

»Genau genommen sind wir Halbgeschwister«, sagte Paul

und bemühte sich, den Arzt geradeaus anzuschauen, während er von den familiären Besonderheiten berichtete und wo sie jetzt wohnten.

Der Arzt hörte schweigend zu und erkundigte sich am Ende, ob die Blumen-Oma eine Krankenversicherung habe.

Paul hielt vor Schreck die Luft an. *Versicherung!* Das Wort erinnerte ihn an den Koffer, in dem alle Urkunden und Fotos waren. Die hatte er über die Fluchtpläne vollkommen vergessen. Eine Katastrophe! Wie sollte er jetzt beweisen, dass Rosalie seine Schwester war? Er vermochte die Tränen nicht zurückzuhalten.

»Kein Grund zum Weinen, dein Kopf bleibt dran«, sagte der Arzt freundlich, als Paul die Nase hochzog. »Omas Adresse genügt vorerst.«

»Agathe Zirngiebl, Innere Wiener Straße«, sagte Paul.

Der Arzt nahm einen Füller zur Hand. »Verrätst du mir auch die Hausnummer?«

»Nummer fünfzehn«, antwortete Paul.

Schwester Inge kam mit Rosalie zurück. Doktor Schneider hob die Patientin auf die schmale Behandlungsliege, leuchtete ihr mit einer Taschenlampe in die Augen, bewegte den Zeigefinger vor ihrer Nase hin und her und befragte sie nach Augenflimmern, Kopfschmerzen oder Schwindelgefühlen. Zum Schluss sollte sie noch ein paar Schritte durch das Behandlungszimmer laufen.

Rosalie lief schnurgeradeaus. »Mir geht es wieder ganz normal«, sagte sie am Ende der Untersuchungen. »Aber ich hab Hunger und Durst.«

Der Arzt verschwand hinter einer mit Stoff bespannten Stellwand. Kurz darauf war leises Wasserplätschern zu hören, und er trat mit einem Glas Wasser in der Hand wieder hervor. »Hier«, er reichte es Rosalie. »Für den ersten großen Durst.«

»Oma wartet bestimmt schon mit dem Essen auf uns«, sagte

Paul. Endlich ein plausibler Grund, warum sie jetzt sofort nach Hause mussten.

Doktor Schneider blickte auf seine Armbanduhr. »Ja, es geht auf Mittag zu. Dann wollen wir die Oma nicht länger warten lassen. Und damit ihr auch heil zu Hause ankommt...« Er knöpfte seinen weißen Kittel auf, griff in die Tasche seiner abgewetzten schwarzen Hose und förderte eine Handvoll Münzen zutage. Einige davon überreichte er Paul. »Damit kauft ihr euch zwei ordentliche Fahrscheine, verstanden? Und sollte dir doch noch schlecht werden, Rosalie, oder der Kopf schmerzen, dann muss die Oma sofort mit dir zu einem Arzt gehen. Auch in der Nacht, dann schnell ins *Rechts der Isar*, das liegt ja gleich ums Eck. Hast du verstanden?«

»Verstanden.« Rosalie knickste.

Paul neigte den Kopf zum Diener. »Danke schön, Herr Doktor. Und vielen Dank auch, Schwester Inge.« Ein erleichtertes *Juhu* schaffte er gerade noch zu unterdrücken.

Schwester Inge schüttelte Doktor Schneider die Hand und gelobte, die Kinder sicher in die Trambahn zu befördern.

»Hast du auch nicht geschwindelt, geht es dir wirklich wieder gut?«, fragte Paul, als sie im Waggon saßen und der Schwester zuwinkten, die an der Haltestelle stand und langsam kleiner wurde.

»Ich war gar nicht ohnmächtig«, sagte Rosalie.

»Was?« Paul starrte sie mit offenem Mund an.

»Ich hab nur so getan«, erklärte sie und grinste ihn an.

»Wohl warst du ohnmächtig.« Paul glaubte ihr kein Wort. »Ich hab jerufen, und jerufen und jerufen, und du hast nich reagiert. Warum hast du nicht jeblinzelt, wenn de mich jehert hast?« Vor Aufregung war er in seinen Heimatdialekt verfallen.

»Weil der Trambahnfahrer so geschimpft hat und ich Angst hatte, dass er noch die Polizei ruft. Aber eine Ohnmächtige würde niemand auf ein Revier schleppen!«

Paul betrachtete seine Schwester, als sähe er sie heute zum ersten Mal. »Wie kommst du nur auf so eine verrückte Idee? Mit dem ganzen Wirbel waren wir kurz davor aufzufliegen.«

»Sind wir aber nicht.« Rosalie zerrte sich die Haarklammern aus dem straff gezurrten Dutt, löste den Knoten und schüttelte ihr Haar aus. »Als ich auf die Straße geflogen bin, habe ich mich plötzlich erinnert, dass Vati meiner Mutti mal gezeigt hat, wie man ohnmächtig wird. Ich wollte gucken, ob ich das auch kann, hab einfach für ein paar Minuten die Augen zugemacht und mich nicht bewegt. Hat doch bestens funktioniert, wir sind frei, haben die Schaffnerin ausgetrickst und müssen nicht mal zu Fuß nach Haidhausen laufen.«

Paul sah sie verwundert an. »Du bist verrückt.«

Rosalie kicherte fröhlich. »Vielleicht.«

»Ooostbahnhooof«, brüllte die Schaffnerin durch den Waggon.

»Los, aussteigen.« Rosalie zog Paul vom Sitz hoch.

Auf der Straße blieb Paul stehen. »Du hast mir einen Riesenschrecken eingejagt«, schimpfte er. »Ich dachte, du wärst tot. Mach das ja nie wieder.«

Rosalie umarmte ihn und drückte ihn an sich. »Das nächste Mal zwinkere ich, bevor ich umfalle.« Sie ging in die Hocke. »Jetzt ziehe ich die Schuhe wieder an, und wenn ich noch so viele Blasen kriege.«

Auf dem Weg vom Ostbahnhof über die Wörthstraße zum Wiener Platz verdichteten sich die dunklen Wolken, die schon am Rotkreuzplatz aufgezogen waren. Als Paul und Rosalie am Blumenstand ankamen, begann es zu tröpfeln.

Agathe war nirgendwo zu sehen. Die Zwiebl-Zenzi meinte, sie wäre mit einem Studenten, vermutlich einem neuen Mieter, nach Hause gegangen.

Unter den ersten dicken Regentropfen rannten Paul und Rosalie die wenigen Meter zu Agathes Wohnung.

»Wir sind gerettet«, kicherten sie einstimmig, als sie in der dritten Etage an Agathes Tür klingelten.

Ein schmalschultriger junger Mann mit angeklatschten blonden Haaren öffnete. In seiner dunkelgrauen Hose, dem klein karierten Sakko und dem gestreiften Selbstbinder unter dem Kragen des weißen Hemds sah er aus wie ein Bruder von Jochen Jensen.

»Ihr seid bestimmt die Geschwister Greve«, sagte er freundlich.

13

Rosalie schlang die Arme um die angezogenen Beine. Leise summend versuchte sie in den Schlaf zu finden. Später stellte sie sich den Garten des Gutshauses in Pommern vor, wie Paul es beschrieben hatte. Die mächtigen Rosenbüsche, die vor drei Generationen gepflanzt worden waren und die in warmen Sommernächten ihren betörenden Duft verströmten. Die Bilder wechselten zu weißen Winterlandschaften, über die ein bitterkalter Ostwind fegte, der den verschneiten Feldern gleichmäßige Wellenmuster verpasste. Der Gedanke an einen prächtig geschmückten Weihnachtsbaum, an dem unzählige Lichter brannten, wärmte sie gleichermaßen, wie er sie traurig machte. Tränen liefen ihr über die Wangen, und die Sehnsucht nach Paul ließ sie laut aufschluchzen. Kein noch so schönes Traumbild, keine Trauer und keine Verzweiflung schenkten ihr Schlaf. Die Holzpritsche war einfach zu hart.

Die erste Nacht auf der Holzliege war die schlimmste. Unerträglich war auch der Eimer für die *Bedürfnisse*. Damals, nach ihrer Weigerung zu singen, hatte sie nach drei Tagen aufgegeben. Dieses Mal würde sie sieben Tage und Nächte ausharren müssen – als Strafe für ihre Flucht. *Entweichungen,* hatte der Direktor gesagt, seien unentschuldbar. Keine noch so ehrliche Beteuerung hatte ihn umgestimmt, und so hatte er ihr eine Woche Besinnungskammer aufgebrummt. Bei Wasser, trocken Brot und Flickarbeiten, wie löchrige Socken stopfen, Knöpfe an Bettwäsche annähen oder Gummis in Unterhosen einziehen.

Der freundliche Mann mit den angeklatschten Haaren, der

ihnen Agathes Wohnungstür geöffnet hatte, war weder Student noch Jochen Jensens Bruder, sondern ein Mann vom Jugendamt, der gekommen war, um sie zurückzubringen.

»*Einfangen*«, hatte Agathe geschimpft, »trifft es genauer.« Doch sosehr sie auch protestierte und verlangte, die Kinder in ihrer »großmütterlichen« Obhut zu lassen, auf diesem Ohr war der Beamte taub.

Pauls und Rosalies Verschwinden war bald nach Beendigung der Trauerfeier bemerkt worden, als die Ordensfrauen die Kinder abzählten, wie sie es auch nach den Gottesdiensten taten.

Augenblicklich war bei der Friedhofsverwaltung um die Benutzung des Telefons gebeten und das Jugendamt verständigt worden. Die Beamten studierten die Akten nach Kontaktpersonen und sandten kurz entschlossen jemanden zu Agathe.

Im Waisenhaus empfing sie ein zorniger Direktor. »Habt ihr überhaupt eine Vorstellung davon, wie viel Sorgen ihr den Ordensschwestern bereitet habt? Ihr solltet dankbar sein, in einem schützenden Haus zu leben. Die Strafe wird nur zu eurem Besten sein. Eines Tages werdet ihr es verstehen.«

Als ihnen das Haar abrasiert wurde, hatte Rosalie verstanden. Kinder mit kahl geschorenen Köpfen waren leichter zu finden. Diese Maßnahme war auch als sichtbare Warnung an die anderen Waisenkinder gedacht.

Hätte sie eine Wahl gehabt, wäre sie lieber verprügelt worden. Die Schmerzen wären bald vergessen gewesen, doch es würde ewig brauchen, bis ihr Haar nachgewachsen war.

Paul biss die Zähne zusammen. Sein Hals war trocken und brannte wie sein kahler Kopf und der gekrümmte Rücken unter der heißen Julisonne, doch das Glas Wasser, das er für den Tag erhalten hatte, war längst geleert. Aber er würde nicht aufgeben. Er würde den Berg Holz bis zum Abend klein hacken. Nur dadurch blieb ihm die Besinnungskammer erspart. Er wollte lieber noch so harte Arbeit verrichten, als eingesperrt zu werden. Die ersten Stunden allein in dieser engen Kammer hatten ihn an die Nächte in den Schutzkellern erinnert. An die Angst bei jedem Bombeneinschlag. An den Verlust seiner Familie. Seine Schreie und die Berichte über die Bombennächte hatten das Herz des Direktors erweichen können, wenn auch nur so weit, dass er das Einsperren in Holzhacken umgewandelt hatte. Mehr zu trinken oder zu essen bekam er nicht.

Beim nächsten Schlag auf das Holzstück träumte er sich in die Geborgenheit von Agathes *Speiskammerl*. Obwohl es ein kleiner Raum war, hatte er sich dort nicht eine Sekunde wie eingesperrt gefühlt, die Tür war niemals verschlossen worden. Der vertraute Duft nach Obst und Gemüse hatte ihm die Kammer als schönsten Ort der Welt erscheinen lassen. Als die Axt ein neues Holzstück spaltete, schwor er sich, eine andere Fluchtmöglichkeit zu finden. Die nächste »Entweichung« würde er genauer planen. Noch einmal würde sie niemand erwischen.

Als er am Abend zur Belohnung für das Holzhacken in seinem Bett schlafen durfte, fielen ihm die Augen zu, kaum, dass er sich niedergelegt hatte.

Mitten in der Nacht wachte er auf. Sein Mund war vollkommen ausgetrocknet, die Zunge klebte am Gaumen, und sein einziger Gedanke war: Wasser.

Geräuschlos schlängelte er sich aus dem Bett. Lauschte in die Stille, versicherte sich, niemanden geweckt zu haben, und schlich zu den Waschräumen. Abgeschlossen. Tränen schossen ihm in die Augen. Dann fiel ihm ein Raum ein, wo es Wasser geben musste. Die Küche! Die Tür stand tatsächlich offen. Endlich konnte er seinen quälenden Durst löschen.

Nach der Strafwoche durften beide zurück in ihre Gruppen. Aber es wurde ihnen jeglicher Kontakt verboten. »Wir werden euch genau beobachten, und beim kleinsten Ungehorsam wisst ihr, was euch blüht«, drohte die Oberin.

Bei den Mahlzeiten tauschten sie flüchtige Blicke und lächelten sich zu in stillem Wissen um die Qual des anderen. Paul gelang es manchmal, im Garten ein paar Gänseblümchen zu pflücken und sie unbemerkt an Rosalies Platz zu legen. Dann steckte sie ihre Nase in die kleinen gelb-weißen Blüten und strahlte ihn an. Sie wusste, dass Paul sie an glückliche Zeiten erinnern wollte, als sie mit Agathe ins Münchner Umland gefahren waren. Als sie lachend über Blumenwiesen gelaufen waren. Als sie geglaubt hatten, eine Familie zu sein, die für immer zusammengehörte.

Den Sommer über fügten sich Paul und Rosalie in die starren Tagesabläufe des Heims. Gehorsam folgten sie dem Unterricht und verhielten sich unter den stets wachsamen Augen der Schwestern wie unschuldige Kleinkinder.

An den Nachmittagen erledigte Rosalie mit den anderen Mädchen die ihr zugeteilten Flickarbeiten, wie aufgerissene Nähte schließen, Knöpfe annähen oder Monogramme auf Kleider, Wäsche und Socken sticken. Jedes Waisenkind bekam bei seinem Einzug die gleiche Anstaltskleidung, nur das Monogramm unterschied sie voneinander. Paul gelang es meist, seine Socken persönlich bei Rosalie in der Nähstunde abzuliefern, und sie versteckte ihm dann eine kurze Nachricht darin.

Wie der Wind und das Meer.

Die größeren Jungen hatten die Aufgabe, samstags die Schuhe aller Kinder zu putzen. Damit jedes Kind seine eigenen Schuhe wiedererkannte, wurden die Initialen mit Tafelkreide auf die Schuhsohlen gemalt. So war es Paul möglich, auch in Rosalies Schuhe kleine Botschaften zu stecken.

An Nikolaus hielt der Direktor eine kleine Ansprache. »Liebe Kinder, heute habe ich sehr erfreuliche Nachrichten zu vermelden. Für den nächsten Sonntag haben sich einige Ehepaare angemeldet, die kinderlos sind. Gutsituierte Ehepaare, teils mit eigenen Betrieben und sogar unbeschädigten Häusern, die über eine Adoption nachdenken.«

Ursula kontrollierte ihren Dutt im Nacken, als kämen die Paare jeden Augenblick zur Tür herein. »Ich habe mir zu Weihnachten neue Eltern gewünscht, und jetzt bekomme ich welche«, zischelte sie aufgeregt.

Rosalie wollte weder Ursula noch dem Direktor zuhören und warf Paul einen verstörten Blick zu. Getrennt voneinander adoptiert zu werden war schlimmer, als einen Monat lang in der Besinnungskammer eingesperrt zu werden. Würden sie sich dann jemals wiedersehen? Würde man ihnen sagen, wo der andere lebte? Würde man ihnen erlauben, einander zu besuchen?

Sonntag, nach dem Mittagessen, versammelten sich alle Kinder im Spielzimmer. Jeder wartete gespannt auf die möglichen neuen Eltern, träumte plappernd und lachend von einem besseren Leben. Die Lautstärke war unerträglich. Um die Ruhe wiederherzustellen, drohten die Ordensfrauen sogar mit Schlägen. Rosalie und Paul hatten die ausgelassene Stimmung genutzt, um sich in einer Ecke zu treffen und einander zu versprechen, diesen fremden Menschen gegenüber sehr, sehr unfreundlich zu sein, wenn möglich nicht mit ihnen zu sprechen und sie stattdessen böse anzusehen.

Dann war es soweit. Die Ordensfrauen führten die Besucher herein. Zur Enttäuschung aller waren nur fünf Paare erschienen. Allein Rosalie und Paul atmeten auf. Fünf Eltern für mehr als hundert Kinder. Die Bedrohung war gering.

Der Direktor hielt wieder eine kurze Ansprache, dann wurde den Kindern warme Milch und den Erwachsenen Kaffee serviert. Echten Bohnenkaffee und fünf Napfkuchen hatte ein dickliches Ehepaar mitgebracht. Sie besaßen eine große Bäckerei und konnten sich solchen Luxus offensichtlich leisten, was nicht zuletzt ihre ungewöhnliche Leibesfülle verriet. Nicht verwunderlich, dass sie während der Begrüßung von den Kindern mit offenen Mündern angestarrt wurden. Solch wohlgenährte Menschen waren in diesen mageren Zeiten so selten wie ein reich gedeckter Tisch.

Während sich ausnahmslos jedes Kind auf das schmale Stück Rührkuchen stürzte, saß Rosalie missmutig vor ihrem Teller. Ursula neben ihr lächelte so angestrengt, als wäre dümmliches Grinsen ein Garant, um adoptiert zu werden.

Als der Kuchen verzehrt und auch noch der letzte Krümel mit den Fingern aufgetippt worden war, stellte sich der Chor auf, um Weihnachtslieder für den Besuch singen.

Rosalie versuchte sich in den Hintergrund zu mogeln, doch die leitende Chorschwester zog sie nach vorne und verkündete den Besuchern obendrein, dass dieses Mädchen eine außergewöhnlich schöne Stimme habe. Nun war sie zum Singen verurteilt, wenn sie nicht bestraft werden wollte.

Zwei der interessierten Paare verabschiedeten sich nach den Weihnachtsliedern. Scheinbar hatten sie ihr Wunschkind nicht entdecken können. Das Bäckerehepaar suchte sich tatsächlich Ursula aus, die frech behauptete, schon als kleines Mädchen am liebsten *Kuchen backen* gespielt zu haben. Dass sie nur eine Ehescheidungswaise war, hatte Ursula vergessen. Rosalie traute Ursula aber durchaus zu, gar nicht adoptiert werden zu wollen, sondern dem Waisenhaus wenigstens einen Tag lang zu entkommen. Die Bäckersfrau streichelte über Ursulas hellblondes Haar und versprach, sie am nächsten Sonntag abzuholen. Um sich zu »beschnüffeln«, wie sie es ausdrückte. Fridolin, einer der sechzehnjährigen Jungen, erlangte die Sympathie des sehr alt wirkenden Paares, dessen einziger Sohn gefallen war. Der Mann war Zahnarzt und wünschte sich einen neuen Sohn, der einmal die Praxis übernehmen sollte. Fridolin gab ehrlich zu, noch nie über einen Beruf oder gar ein Studium nachgedacht zu haben, aber er gehe gerne in die Schule, und das Lernen falle ihm leicht. Fridolins Ehrlichkeit und die guten Noten überzeugten den Zahnarzt. Und dann war da noch das Ehepaar Feldmann, die Rosalie während des Singens beobachtet hatten. Der Mann war klein, hatte eine bedächtige Stimme, dunkles Haar, ein schmales Gesicht und trug eine Brille. Er unterrichtete Deutsch und Mathematik, seine Frau Musik an der Musikhochschule.

»Wir hatten eine Tochter«, erzählte Frau Feldmann, als sie Rosalie zur Seite nahm, um sich ein wenig mit ihr zu unterhalten. »Sie wurde nur sechzehn Jahre alt, erkrankte während des Krieges an einer Lungenentzündung und verstarb, weil es an Medikamenten fehlte. Sie hat die Musik geliebt und wollte Sängerin werden. Nicht nur mit deiner schönen Stimme, auch mit deinem Bubikopf erinnerst du mich an meine Miriam.« Die Musiklehrerin blickte traurig ins Leere, als sie den Namen ihrer Tochter aussprach.

Rosalie zuckte zusammen. Miriam war ein hebräischer Mädchenname, ihre Großmutter hatte so geheißen. Waren die Feldmanns Juden? Aber sie zu fragen wäre verräterisch gewesen. Wie hätte sie erklären können, warum sie sich für die Religion dieser Familie interessierte? Deshalb schwieg sie, auch wenn sie die freundliche Lehrerin mochte. Sie roch so wunderbar nach frischer Seife, hatte lockiges dunkelblondes Haar und blickte sie liebevoll mit ihren goldbraunen Augen an. Rosalie gefielen auch das elegante dunkelgrüne Wollstoffkostüm und der kleine schwarze Hut, der mit einer Stoffblume und einem Stückchen Schleier dekoriert war.

Rosalies Missmut störte Frau Feldmann anscheinend kein bisschen. »Ich verstehe deine Zurückhaltung«, sagte sie. »Wir sind schließlich Fremde für dich. Aber wir werden uns besser kennenlernen, und wer weiß, vielleicht werden wir eines Tages darüber lachen.«

Rosalie antwortete nicht. Stattdessen suchte sie Paul, der

allein in einer Ecke saß. Sie zwinkerte ihm zu, wie sie es vereinbart hatten. Jetzt wusste er, sie würde niemals auch nur ein einziges Wort mit dem Ehepaar reden.

Zu Rosalies Erstaunen erschien das Lehrerehepaar tatsächlich am darauffolgenden Sonntag, um sie abzuholen. Sie brachten einen warmen Mantel aus grau-schwarzem Wolltweed mit, den Miriam in Rosalies Alter getragen hatte, dazu eine selbst gestrickte rote Mütze und rote Handschuhe.

Widerstrebend gestand sich Rosalie ein, dass sie den Mantel schön fand und sie traurig war, dass er viel zu groß war. Gleichzeitig hätte sie es als Verrat an ihrem Bruder empfunden, wenn sie ihn hätte tragen müssen. Nun guckte nur die Musiklehrerin ein wenig traurig, meinte aber, eines Tages würde er Rosalie wie angegossen passen. Als sei eine Adoption bereits ausgemachte Sache.

Das Ehepaar besaß ein Auto, mit dem sie eine Spazierfahrt unternehmen wollten.

»Wir möchten dir gerne zeigen, wo wir wohnen«, sagte der Lehrer, als sie eingestiegen waren.

Rosalie überlegte, ob sie das böse Kind spielen sollte und sagen, sie habe keine Lust, eine Lehrerwohnung anzuschauen. Aber wenn die beiden das dem Direktor petzten, würde sie bestraft werden. Und sie hatte sich geschworen, nie mehr in der Besinnungskammer zu landen. Also war es klüger zu schweigen, wie sie es mit Paul verabredet hatte, aus dem Fenster zu gucken und Miriams Mantel zu streicheln, der neben ihr lag. Wirklich schade, dass er nicht passte. Er war viel weicher als der kratzige Waisenhausmantel, auch viel wärmer und hatte einen wunderhübschen Samtkragen.

»Wir wohnen in Pasing, etwa fünf Kilometer vom Waisenhaus entfernt«, erklärte Frau Feldmann unterwegs und plauderte weiter über ihre Tätigkeit an der Musikhochschule.

Herr Feldmann unterrichtete an einem Gymnasium. »Aber nur noch ein paar Jahre, dann werde ich pensioniert«, sagte er, wobei er in den Rückspiegel blickte und Rosalie zunickte. »Möchtest du auch einmal eine höhere Schule besuchen und später studieren?«

Rosalie antwortete nicht.

»Bedränge sie doch nicht, Siegfried«, sagte Frau Feldmann.

»Entschuldige, Gundula, das war voreilig«, sagte er zu seiner Frau und über den Rückspiegel zu Rosalie: »Schule ist nicht dein Lieblingsthema, oder?«

Rosalie antwortete nicht. Schwer fiel es ihr nicht, denn sie hasste die Schule nach wie vor, und das einzige Fach, das ihr wirklich Freude bereitete, war Singen. Sogar, wenn sie dazu gezwungen wurde. Selbst wenn die Lehrerin sie aufstehen hieß und die Mitschülerinnen sie als Streberin verspotteten.

Nach kurzer Zeit parkte Herr Feldmann den Wagen vor einer unversehrten hellgrau getünchten Villa. Hier war nicht eine Bombe gefallen. Auch die Nachbargebäude hatten den Krieg schadlos überstanden. Rosalie erinnerte die Umgebung unweigerlich an Bogenhausen. Auch wenn dieses Haus kleiner und nicht so prachtvoll war wie das ihrer Großeltern in der Möhlstraße.

»Wir wohnen oben, im ersten Stock«, erklärte Frau Feldmann, als sie durch den mit Raureif bedeckten Garten voranging und dann die Haustür aufschloss. »Im Erdgeschoss leben meine Schwiegereltern. Bitte sei leise, manchmal halten sie Mittagsschlaf.«

Schweigend folgte Rosalie ihr auf Zehenspitzen hinauf in die obere Etage.

Die Wohnung schien sehr groß zu sein, wie der breite Flur vermuten ließ. Frau Feldmann half ihrem Mann aus dem Mantel, den sie auf einen Kleiderbügel an die Garderobe hing. Anschließend tat sie das auch mit Rosalies Mantel und mit ihrer Kostümjacke. Den Hut legte sie auf die antike Kommode aus goldgelbem Holz, warf einen Blick in den darüber hängenden großen Spiegel und strich sich kurz übers Haar, bevor sie Rosalie aufforderte, ihr zu folgen. »Zuerst zeige ich dir dein Zimmer... ich meine, das, welches deines werden könnte.«

Rosalie schwieg weiter, obwohl es ihr mittlerweile hart vorkam, das ihrem Bruder gegebene Versprechen einzuhalten und nicht mit dem freundlichen Lehrerehepaar zu reden. Es gefiel ihr, dass beide sie wie eine Erwachsene behandelten und auch so mit ihr sprachen. Nicht so, als wäre sie ein dummes Kind, wie es die Ordensschwestern taten.

Frau Feldmann führte sie ans Ende des Flurs, wo sie eine hell gestrichene Tür öffnete.

Rosalie presste die Lippen aufeinander, damit ihr nicht doch ein Begeisterungslaut entschlüpfte. Was für ein wunderschönes Zimmer! Ihr erster Blick fiel auf das gusseiserne Bett unter der Dachschräge, dessen Kopfteil aus Blumenranken bestand. Ein dickes Deckbett wölbte sich unter einer geblümten Tagesdecke, auf der drei Zierkissen in zarten Farben drapiert waren. Vor dem Bett lag ein ovaler Teppich, daneben stand ein kleines Tischchen mit einer Lampe in Form einer Blume.

»Gefällt es dir?«

Rosalie schwieg.

»Tritt ein, schau dich um«, forderte Frau Feldmann sie auf.

Zögernd betrat Rosalie das Zimmer, in das durch ein doppelt breites Fenster helles Licht fiel. Direkt neben der Tür entdeckte sie einen weißen Kleiderschrank mit einem ovalen Spiegel in der Tür und einen zierlichen weißen Stuhl mit einem Sitzkissen, das zur Tagesdecke passte. Dem Fenster gegenüber stand ein niedriges Regal mit zahlreichen Büchern. Obwohl keine Spielsachen herumlagen, hätte sie zu gerne gefragt, ob es das ehemalige Kinderzimmer von Miriam war. Aber im Grunde ist es unwichtig, dachte sie, ich werde niemals hier wohnen. Jedenfalls nicht ohne meinen Bruder. Traurig verließ sie den Raum.

»Gefällt es dir nicht?«, fragte Frau Feldmann leise.

Rosalie schwieg. Aber längst kam sie sich sehr gemein vor und wäre am liebsten weggelaufen.

Frau Feldmann schloss die Tür. »Dann lass uns rüber in den Salon gehen, es gibt Kaffee und Kakao für dich.«

Als sie das Zimmer betraten, schlug ihr warme Luft entgegen, als sei tüchtig eingeheizt worden. So warm war es im Waisenhaus noch nie gewesen. Rosalie spürte einen dicken Kloß in ihrem Hals. Wenn nur Paul hier wäre. Ach, wenn sie doch mit ihm auf dem dunkelgrünen Samtsofa sitzen könnte. Das Ehepaar schien reich zu sein, sehr reich, da konnten doch auch zwei Kinder keine Last für sie sein.

Herr Feldmann erhob sich vom Sofa. »Na, wie war die Schlossbesichtigung?«, scherzte er, während er einen Knopf seines Jacketts schloss.

Rosalie schwieg.

»Ich denke, wir müssen Rosalie Zeit lassen, es ist alles ein wenig viel für sie«, sagte Frau Feldmann, und zu Rosalie gewandt: »Wir setzen uns erst einmal gemütlich zusammen, du trinkst deinen Kakao, und dann wird das schon werden.«

Rosalie nahm auf einem der dunkelgrünen Sessel Platz, der mit zwei weiteren zu dem Sofa gehörte. Als sie in das weiche Polster sank, kamen ihr die Tränen. Eilig wischte sie sich mit dem Kleiderärmel über die Augen. Warum war die Frau so freundlich zu ihr? Warum konnten sie nicht einfach gemein sein, so wie es die bösen Stiefmütter in Märchen waren? Wusste sie denn nicht, dass sie ihren Bruder niemals allein im Waisenhaus zurücklassen würde? Plötzlich war ihr, als höre sie ihre Großmutter auf Jiddisch flüstern: *Da biste in een scheenes Schlamassel geraten, Sarah.* Ungewollt schluchzte sie auf.

Erschrocken erhob sich Frau Feldmann von ihrem Platz auf dem Sofa, setzte sich auf die Sessellehne und legte Rosalie den Arm um die Schultern. »Mein armes Kind. Was ist denn los mit dir?«

Rosalie zog die Nase hoch, holte Luft, und dann platzte es einfach aus ihr heraus. »Ich möchte so gern Ihr Kind sein, nichts wäre ich lieber, und ich möchte auch in dem schönen Zimmer wohnen. Aber ...« Ein Weinkrampf schüttelte sie.

Herr Feldmann reichte ihr ein Stofftaschentuch. »Arme kleine Rosalie, was ist denn mit dir?«

Rosalie putzte sich die Nase und schwieg.

Das Ehepaar wartete geduldig auf eine Antwort. Als sie keine erhielten, befühlte Frau Feldmann Rosalies Stirn. »Nein, Fieber hast du keines. Tut dir was weh? Wenn du Schmerzen hast, sag es mir bitte.«

Schließlich hatte sich Rosalie beruhigt. Sie aß ein Plätzchen, nahm einige Schlucke von dem warmen Kakao, und noch während sie das köstliche Getränk genoss, erzählte sie erst stockend, dann immer schneller die Geschichte, die sie sich mit Paul zurechtgelegt hatte und die ihr schon so oft geglaubt worden war. »Mein Bruder ist meine Familie, ohne ihn will ich von niemandem adoptiert werden«, endete sie.

14

Rosalie griff nach einem Butterplätzchen, um es Paul zu geben. Kaum hatte sie es in der Hand, zerbröselte es ihr in den Fingern. Erleichtert atmete sie auf, als die Feldmanns nicht böse wurden und nur lachend den Kopf schüttelten. Paul sammelte die Krümel vom Teppich auf und schob sie sich in den Mund.

»Schmeckt«, sagte er grinsend, fasste Rosalie bei den Händen, und gemeinsam hopsten sie laut lachend durch den Salon, bis ihnen vor Glück ganz schwindlig wurde.

Ihr eigenes Lachen riss Rosalie aus dem schönsten aller Träume, in dem Paul und sie von den Feldmanns adoptiert worden waren. In dem sie eine gute Schülerin war, weil ihr neuer Vater ihr die schwierigen Mathematikregeln so lange geduldig erklärte, bis sie alles begriff. In dem Paul und sie eine neue Familie hatten.

Solange ich träume, bin ich glücklich, dachte sie unendlich traurig wie jeden Morgen, wenn sie erwachte. Oft wollte sie nach diesem Traum gar nicht aufstehen. Wollte für immer liegen bleiben, weil sie nicht wusste, wie sie die kommenden Stunden überstehen sollte. Wenn sie wie jeden Tag bei den Mahlzeiten nach Paul suchte. Obwohl er das Bäckerwaldheim vor über vier Wochen verlassen hatte.

Niedergedrückt schleppte sie sich durch die Tage, zornig auf das Schicksal, das ihr kein Glück gönnte. Das so grausam gewesen war, sie für kurze Zeit spüren zu lassen, wie sich Glück anfühlte. Nicht nur im Traum, auch an dem Nachmittag mit den

Feldmanns hatte sie es gespürt. Das Ehepaar hatte mit Bestürzung zugehört, als sie ihnen von Paul erzählt hatte.

»Wir wussten nicht, dass du einen Bruder hast«, sagte Herr Feldmann an jenem Nachmittag, wobei er verlegen seine Brille putzte und mit bekümmerter Miene erklärte: »Meine Eltern sind schon alt, mein Vater ist sehr krank und braucht Ruhe. Sie sind gegen eine Adoption, und wir mussten ihnen versprechen, wenn überhaupt, nur ein liebes, ruhiges Mädchen, aber keinesfalls einen Jungen aufzunehmen. Zwei Kinder im Haus würden mir meine Eltern niemals verzeihen.«

Unter Tränen bat Rosalie, zurückgebracht zu werden. Zum Abschied bekam sie Miriams Mantel geschenkt, der sofort von den Schwestern einkassiert wurde. Genau wie Pauls Koffer und die Puppe, die sie seit ihrer Ankunft nie wieder gesehen hatte. Geschenke und alles Mitgebrachte wurden verwahrt. Wie lange und wo, wusste niemand.

Rosalie hatte den Mantel inzwischen fast vergessen und erinnerte sich nur noch daran, wenn sie aus dem Traum erwachte.

Wie erleichtert war sie gewesen, nach dem Tag bei den Feldmanns wieder im Waisenhaus, in Pauls Nähe zu sein. Da hatten sie noch geglaubt, nicht mehr getrennt zu werden. Doch wenige Monate später geschah es. Es zerriss ihr das Herz, wenn sie an den Moment des Abschieds dachte; dann vermisste sie Paul so sehr, dass sie Bauchweh bekam. Ohne ihn fühlte sie sich so verlassen wie in jener Bombennacht, als ihre Eltern umgekommen waren und sie allein in den Trümmern saß. Und ohne seinen Brief, den sie jeden Abend im Bett noch schnell vor dem Lichtlöschen las, wäre sie längst vor Kummer gestorben.

Mai 1948

Liebe Schwester,

endlich kann ich Dir schreiben.
Zuerst will ich Dir berichten, wie es hier ausschaut. Du erinnerst Dich bestimmt noch an die Ansprache des Direktors, als er uns letztes Weihnachten von den Spenden der Schweizer Bürger erzählt hat, mit denen Baracken erbaut werden sollten. Inzwischen stehen zwei Holzbaracken, die aber viel schöner sind, als das hässliche Wort einen glauben lässt, deshalb nenne ich sie lieber Holzhäuser. In einem wohnen wir großen Buben, und in dem anderen findet der Unterricht statt. Wir sitzen an ganz neuen Tischen und Stühlen, und die Tafel ist zum Ausklappen, darauf kann der Lehrer lange Aufgaben schreiben, ehe der Tafeldienst alles wieder abwischen muss. Eine Küche haben wir auch, dazu eine Nähstube und eine Schuhwerkstätte. Und im Garten steht eine Schaukel zwischen zwei Bäumen, die von den Bomben verschont geblieben sind.

Am Nachmittag, wenn die Hausaufgaben erledigt sind, helfen alle Jungs beim Steineklopfen, damit das Waisenhaus recht schnell fertig wird und auch die Mädchen einziehen können. Aber bis das zerbombte Haus vollständig wieder aufgebaut und vorzeigbar ist, fehlt noch einiges. Noch haben wir nicht einmal in den Holzhäusern Wasser, wir holen es von einem Brunnen, und weil es auch keine Waschbecken gibt, waschen wir uns in Schüsseln. Dafür steht im Aufenthaltsraum ein Kanonenofen, der uns tüchtig wärmt, weil es an manchen Abenden noch kalt ist.

Aber jetzt habe ich genug von mir berichtet. Wie geht es euch Mädchen da draußen in Gräfelfing, ohne uns große Buben? Ich vermisse Dich und kann es kaum erwarten, bis endlich auch alle Kinder nach München umziehen können. Im Herbst soll es so weit sein, lange kann es also nicht mehr dauern. Dann kann uns nichts und niemand mehr trennen.

Es umarmt Dich
Dein Paul
PS: Schreib mir bald zurück

Traurig faltete Rosalie das Blatt zusammen, steckte es in das Kuvert und schob es unter die Matratze.

Obwohl der Brief sie ein wenig tröstete und Paul fest an ein baldiges Wiedersehen zu glauben schien, fürchtete sie sich vor all dem Ungewissen, das bis zum Herbst geschehen konnte. Niemand vermochte in die Zukunft zu blicken.

TEIL II

1952–1955

15

»Erdbeeren im Winter«, sagte Paul verträumt, als Rosalie eine der roten Früchte verspeiste. »Klingt das nicht wie der Anfang eines Gedichts?«

»Spinner.« Rosalie lachte. »Draußen ist Hochsommer.«

»Ja, draußen vielleicht. Hier in den Kühlräumen herrschen Temperaturen wie im tiefsten Winter.« Paul legte den Arm um Rosalie. »Erinnerst du dich, als wir einmal an einem heißen Tag mit Agathe auf dem Schwarzmarkt waren und die ersten Erdbeeren nur mit den Augen verzehren konnten? Der Kerl wollte über einhundert Mark für ein Pfund.«

Rosalie griff nach der nächsten Beere. »War das nicht im Juni fünfundvierzig? Ich weiß noch, dass ich zu gerne eine geklaut hätte, mich aber nicht getraut habe.«

Paul drückte sie an sich. »Wir haben schlimme Zeiten überlebt. Aber solange wir zusammenbleiben dürfen, ertrage ich alles.«

Vier Jahre waren vergangen, seit im November 1948 alle Kinder ins Münchner Waisenhaus umgezogen waren. Zum ersten Weihnachtsfest im neuen Haus war ein bis zur Decke reichender Tannenbaum aufgestellt und mit selbst gebastelten Strohsternen und Papierengeln geschmückt worden. Heiligabend erhielt jedes Kind einen eigenen Plätzchenteller mit einer Orange.

Paul erinnerte sich genau, was ihm damals durch den Kopf gegangen war, als Rosalie mit dem Mädchenchor Weihnachtslieder sang: Vorbei die Zeiten, in denen sie sich in den Schlaf geweint hat. Vorbei die Trennung von Geschwistern. Und vorbei endlich auch die Erziehung durch die strengen Ordensfrauen. Im neuen Haus schliefen sie nur noch so lange in getrennten Schlafsälen, bis alle Bauarbeiten beendet waren. Dann würden Familiengruppen gebildet werden. Große und kleine Kinder, insbesondere Geschwister, würden zusammen in einer Sechs-Zimmer-Wohnung mit eigener Küche und Badezimmer leben, betreut von jeweils einer weltlichen Erzieherin, die wie eine richtige Mutter für ihre Schützlinge da wäre. Mit den versprochenen Familiengruppen dauerte es zwar noch, weil die Fertigstellung der Wohnungen nicht so schnell voranschritt, wie alle hofften. Dennoch summte Rosalie den ganzen Tag glücklich vor sich hin. Sie durften gemeinsam essen, die Hausaufgaben erledigen und in den freien Stunden miteinander spielen.

Das Leben in den Familienwohnungen hatten sie nicht mehr erlebt. Vorher war etwas geschehen, das sie nicht zu träumen gewagt hatten.

Rosalie legte den Kopf auf Pauls Schulter und ließ sich mit Erdbeeren füttern.

Paul liebte die kleinen Pausen und die Gespräche, aber noch viel mehr liebte er Rosalies Kopf auf seiner Schulter. Es erinnerte ihn an jenen Tag im April 1945, als er sie in den Trümmern gefunden hatte. Als er den kläglichen Rest seiner eisernen Ration mit ihr geteilt hatte. Als sie seine Schwester geworden war.

»Wir profitieren vom Tod«, sagte Rosalie plötzlich in die Stille hinein. Ihre Stimme klang ebenso traurig wie wütend.

Paul ließ den Arm von ihrer Schulter gleiten, rückte ein wenig ab und sah sie irritiert an. »Warum sagst du das?«

»Weil es die bittere Wahrheit ist.«

»So ein Quatsch. Magst du die letzte Erdbeere?« Er hielt sie ihr direkt vor die Nase.

Rosalie drehte den Kopf zur Seite. »Du kannst die Tatsachen nicht leugnen.«

Insgeheim musste Paul ihr zustimmen, ihre melancholische Stimmung teilte er jedoch nicht. Ab und an wurde sie ohne Anlass traurig, als traue sie ihrem Glück nicht. Aber er wollte sich nicht von ihrer Furcht anstecken lassen. »Nüchtern betrachtet mag das so sein, aber hätten wir unsere Eltern nicht durch den Krieg verloren ...«

»... dann wären wir nicht im Waisenhaus gelandet, und das Ehepaar Hummel hätte uns nicht adoptieren können, ich weiß«, fiel Rosalie ihm ins Wort.

»Weißt du auch, was *unsere* pommersche Großmutter immer sagte?«

»Nein, was denn?«, erwiderte Rosalie.

»Der Tod gehört zum Leben, und irgendwann sind wir alle wieder vereint.«

Rosalie griff nach der letzten Erdbeere. »Und weißt du, was unsere *andere* Großmutter immer sagte?«

Paul schmunzelte. »Was?«

Rosalie sah ihn düster an. »Am Ende sind wir nichts weiter als eine Erinnerung im Leben eines anderen, bis auch sie mit dessen Tod verblasst und wir endgültig gestorben sind.«

Paul legte den Arm wieder um sie. »Mag sein, dass ich so manch schlimmes Erlebnis vergessen werde. Aber *dich* werde ich niemals vergessen. Nicht einmal, wenn ich tot bin. Das Meer lebt nicht ohne Wind, und ich kann nicht ohne dich leben.« Er umfasste ihre Taille und zog sie im Aufstehen hoch. »Jetzt aber los, die Eltern vermissen uns sicher schon.«

In der Großmarkthalle, am Verkaufsstand der *Obst-und-Gemüse-Großhandlung Hummel,* wartete ein junges Mädchen. Ihr halblanges dunkelblondes Haar war so akkurat in Locken gelegt, als käme sie eben aus dem Friseursalon. Die gestärkte weiße Bluse mit den kleinen Puffärmeln spannte über ihrem Spitzbusen, und der eng geschnürte lilafarbene Glockenrock war denkbar ungeeignet für den Einkauf in einer Großmarkthalle, in der es überall staubte und schmutzte. Sie war nicht nur unpassend, sondern auch nicht warm genug angezogen. Die Gänsehaut auf ihren Armen zeigte es deutlich.

»Servus, Paul.« Sie strahlte ihn mit ihren großen blauen Augen an.

»Servus, Emma«, erwiderte Paul freundlich.

»Ich hab auf dich gewartet...«

»Brauchst noch was?«, fragte Paul, ihre Andeutung übergehend. »Hoffentlich keine Äpfel, die haben wir eben in die Kühlkammer eingelagert.«

»Nein, nein, nur Knollensellerie, Kartoffeln und wennst noch einen Spargel hast...«

Rosalie fand Emmas Wünsche so spannend wie eine leere Obstkiste. »Es ist gleich Feierabend, ich muss eine Lieferung in den Keller räumen«, erklärte sie und verschwand eilig hinter einem Stapel Zitronenkisten. Sie mochte die Tochter des Feinkosthändlers Nusser aus der Theresienstraße nicht und hatte sie vom ersten Moment an durchschaut. Dass sie jeden Tag mit dem Tempo-Dreiradler des Vaters zum Großmarkt tuckerte, war an sich nicht ungewöhnlich. Viele Inhaber der kleineren Kramerläden besaßen weder Kühlkammern noch Kühlvitrinen für verderbliche Lebensmittel und kamen täglich, manch einer sogar zweimal. Die ambulanten Händler, die ihre Waren auf den Straßen in Karren anboten, nahmen nur mit, was sie den Tag über an die Frau zu bringen hofften. Die Tochter des Feinkosthändlers kaufte natürlich auch frische Ware ein, aber hauptsächlich kam sie wegen Paul. Warum sonst brezelte sich der Trampel so auf?

Dass die Hummels ein Geschwisterpaar adoptiert hatten, war schnell das Gesprächsthema auf dem Großmarkt geworden. Die Händler waren zur Begutachtung vorbeigekommen und um zu gratulieren. Aber niemand hatte sich jemals für einen Händedruck oder Glückwünsche dermaßen herausgeputzt wie Emma. Mittlerweile erschien sie regelmäßig kurz vor Torschluss in der unübersehbaren Hoffnung, dass kein anderer Kunde störte, wenn sie mit Paul schäkerte. Sie kicherte affig, fragte, was er ihr denn Schönes anbieten könne, und poussierte ganz ungeniert mit ihm. Gestern erst hatte Rosalie es mit eigenen Ohren gehört.

»Hast du eigentlich schon einen Tanzkurs gemacht?«, hatte Emma süßlich gefragt.

Paul hatte höflich geantwortet: »Ich muss leider in jeder freien Minute für die Prüfung zum Großhandelskaufmann büffeln.«

Ihn abfragen oder bei den Aufgaben behilflich sein wollte sie. Paul hatte sich bedankt und erklärt, dass er mit seiner Schwester lerne.

Rosalie fand, es war eine eindeutige Botschaft an die dumme Trine. Verstanden schien diese sie aber nicht zu haben, oder warum hörte sie nicht auf, Paul anzuschmusen?

Vielleicht erwarte ich einfach zu viel von einer Salatverkäuferin, sagte sich Rosalie. Genau das war Emma in ihren Augen.

Bei ihrer ersten Begegnung mit Paul, vor einem Jahr, hatte Emma mit ihren Feinkostsalaten geprahlt, als wären es die allerhöchsten Delikatessen. »Ich stehe jeden Morgen um vier Uhr auf und bereite drei verschiedene Salate zu. Pünktlich um acht stelle ich dann alles in die neuen Linde-Kühlvitrinen, die wir uns gerade angeschafft haben. Mein Wurstsalat ist einsame Spitze, komm doch mal vorbei auf eine Kostprobe.«

Als wär's eine seltene Kunst, Wurst, Zwiebeln und Essiggurken klein zu schneiden, in eine Schüssel zu schmeißen und zu vermischen. Wurstsalat kam in ihrer Familie auch regelmäßig auf den Tisch. Zubereitet von Paul, der sogar noch klein geschnittenen Schweizer Käse dazugab. Rosalie lief bei dem Gedanken das Wasser im Mund zusammen. Wie jeden Tag war sie hungrig von der körperlich anstrengenden Arbeit und freute sich aufs Abendessen um fünf Uhr. Freute sich auf die ruhige Abendstunde, in der sie nach getaner Hausarbeit Radio hören durften. Die Eltern erlaubten sogar, den amerikanischen Soldatensender AFN einzuschalten. Und sie hörten Rosalie gerne zu, wenn sie Schlager mitsang. Doch jetzt war noch Arbeit zu erledigen.

Heute Morgen war auf dem Lebensmittelbahnhof eine größere Zwiebellieferung aus Italien angekommen. Das lose im Waggon transportierte Gemüse war zuerst vom Zoll und danach von der Lebensmittelkontrolle abgefertigt worden. Anschließend hatte ihr Vater die Ware mit Paul begutachtet, bevor sie von den Klauberweibern per Hand in Fünfundzwanzig-Kilo-Holzkisten sortiert und für den Transport zum Großmarkt vorbereitet wurde. Rosalie fiel nun die Aufgabe zu, die Lieferung in einen gekühlten Kellerraum zu schaffen. Normalerweise half Paul ihr, aber der musste sich ja um Madame Emma kümmern. Rosalie holte tief Luft und hob eine Kiste an.

»Rosiekind, das ist viel zu schwer für dich, nimm doch die Sackkarre.«

Wilma Hummel deutete auf die Transportkarre neben dem Berg Kartoffeln, die in Zentnersäcken verpackt waren. »Warte, ich helfe dir.« Mühelos hob Wilma die schwere Zwiebelkiste hoch.

»Danke, Mutti«, antwortete Rosalie, die den eisernen Helfer absichtlich nicht hatte benutzen wollen, um sich durch körperliche Anstrengung abzuregen.

In den ersten Tagen nach der offiziellen Adoption hatte Rosalie es vermieden, eine fremde Frau *Mutti* und den Mann *Vati* zu nennen. Es fühlte sich an wie ein Verrat an ihren leiblichen Eltern. Ohne Pauls Zureden hätte sie es womöglich nie getan.

»Im Grunde sind es doch nur Wörter«, hatte er gesagt. »Wir sind von einem liebevollen Ehepaar angenommen worden, die wir eines Tages auch noch beerben werden. Wir haben für alle Zeiten ausgesorgt und müssen dankbar sein.«

Rosalie war dankbar und vor allem glücklich, dem Waisenhaus und dem kargen Leben mit den unzähligen Verboten entkommen zu sein. Die Arbeit auf dem Großmarkt war bestimmt kein Zuckerschlecken, aber sie verdiente jetzt im zweiten Lehrjahr ihrer Ausbildung zur Großhandelskauffrau stolze dreißig Mark monatlich. Ein kleines Vermögen, das sie ganz allein für sich ausgeben durfte. Für Schokolade, Eiscreme oder Kino. Im Frühjahr hatten sie sich *Heut' gehen wir bummeln* angesehen, ein amerikanisches Musical mit Frank Sinatra, in das sie zu gerne mitten hineingesprungen wäre.

Die Eltern waren mit allem einverstanden, sogar mit Lippenstift und Nagellack, wenn sie mit Paul ins Kino ging. Sie waren die besten Adoptiveltern, die sich ein Waisenkind nur wünschen konnte. Nie würde Rosalie das erste Treffen mit ihnen vergessen...

»Die Blumen-Oma hat uns von euch erzählt«, sagte Wilma Hummel, als sie einander die Hände reichten.

Die blonde Frau mit dem runden rotbackigen Gesicht sah sie mit ihren freundlichen dunkelblauen Augen an und zauberte aus der Handtasche in der Armbeuge eine Tüte Himbeerbonbons. Schüchtern nahm Rosalie eines und steckte es sich in den Mund, während sie das auf Taille gearbeitete graue Kostüm von Wilma Hummel bewunderte. Und wie hübsch der hellblaue Hut mit der gleichfarbigen Stoffblume auf der kinnlangen Dauerwellenfrisur aussah. Albert Hummel erinnerte sie ein wenig an Bundeskanzler Konrad Adenauer, hatte silbrig schwarzes Haar und trug den dunklen Nadelstreifenanzug mit Hemd und Krawatte offensichtlich nur selten, denn er versuchte unablässig, den Hemdkragen mit dem Zeigefinger zu lockern. Er verstand sich auf Anhieb mit Paul und war sehr interessiert am Alltag auf dem Gutshof in Pommern.

Paul berichtete von seinen geliebten Pferden und den riesigen goldenen Weizenfeldern im Sommer, doch am meisten beeindruckte er den Großhändler mit seinem Wissen über Gemüse und Obst.

»So ein gescheiter Bub, einen besseren Erben können wir uns gar nicht wünschen«, sagte Albert zu seiner Gattin, die eifrig nickte.

Noch am selben Tag durften Paul und Rosalie den Stand auf dem Großmarkt und das Wohnhaus der Hummels in Sendling ansehen. Das Haus lag in der Karl-May-Straße, und Paul wusste sofort, dass sie in einer Straße, die nach seinem Lieblingsdichter benannt war, glücklich würden.

Es gab Streuselkuchen mit Kakao für Rosalie und Paul und Kaffee für die Hummels. Sie zeigten ihnen auch ein Fotoalbum, in dem sich ein Bild ihrer kleinen Elisabeth befand. Sie war gerade mal ein Jahr alt gewesen, als sie an Diphtherie verstorben war.

»Das war vor zwanzig Jahren, und ihr Haar war so dunkel wie deines, Rosalie«, erzählte Wilma, wobei sie einen traurigen Blick auf das Foto warf und sich erst die Nase putzen musste, bevor sie weiterreden konnte. »Ein paar Jahre später bekamen wir dann endlich einen Buben, unseren ersehnten Erben. Er hieß Heinrich, nach seinem verstorbenen Großvater, der den Großmarkthandel in den Zwanzigerjahren gegründet hat. Wir haben uns natürlich gewünscht, dass Heinrich den Betrieb...« An dieser Stelle seufzte Wilma und wischte sich mit dem Taschentuch über die Augen.

Weder Paul noch Rosalie wagten zu fragen, was genau mit Heinrich geschehen war. Die Blumen-Oma hatte ihnen nur erzählt, dass er nicht mehr am Leben war und das Ehepaar den Schmerz noch immer nicht überwunden hatte.

Albert trank hastig eine zweite Tasse Kaffee. »Er ist in der Kriegsgefangenschaft umgekommen«, brummte er schließlich mit düsterer Miene. Und auch er zog nun ein Taschentuch aus der Jacke, um sich lautstark zu schnäuzen, bevor er leise und stockend weiterredete. »Ohne den Buben... wollten wir den Betrieb aufgeben... Die Großmarkthalle ist ja im Krieg stark beschädigt worden, es fehlte an Verkaufs- und Lagerplätzen, und in den ersten Nachkriegsjahren gab es fast nichts, was wir hätten verkaufen können...« Er blickte zu Paul, als wolle er sicher sein, dass der Junge wahrhaftig existierte.

»Aber was wurde dann verkauft?«, fragte Paul. Es interessierte ihn und auch Rosalie tatsächlich, denn die Zeit der Lebensmittelknappheit hatten sie schließlich miterlebt.

»In den ersten zwei Jahren nach dem Krieg nur Steckrüben, Kartoffeln und Zwiebeln... oder Zwiebeln, Kartoffeln und Steckrüben...« Im Rückblick konnte Herr Hummel darüber lachen.

»Es war recht armselig«, stimmte seine Frau ihm zu. »Jeden Tag das Gleiche. Ich esse Kartoffeln wirklich gern, aber nicht drei Mal täglich...« Demonstrativ legte sie jedem noch ein Stück Kuchen auf den Teller. »Esst nur, Kinder.«

Albert blickte aus dem Fenster, durch das man in den Garten sah. »Wir haben sogar selbst gezogenes Obst und Gemüse verkauft. Radieschen, Stangenbohnen, Gurken, Himbeeren, Stachelbeeren und Äpfel, allerdings nur in kleinen Mengen«, erklärte er. »Ab September, Oktober kamen dann die Kohlsorten auf den Markt, Blumenkohl, Weißkraut, Blaukraut und Wirsing...«

Wilma schnaufte. »Das war vielleicht eine Plackerei, und keiner wusste, wie lange die Rationierung der Lebensmittel noch dauern würde. Das erste Weihnachten nach Kriegsende gab es gerade mal eine Sonderzuteilung von hundert Gramm Trockenfrüchten und einer Tüte Backpulver. Wer Kinder hatte, erhielt pro Kind eine armselige Kerze, die mehr rußte als brannte.«

Paul und Rosalie nickten zustimmend. Sie hatten dieses erste Friedensweihnachten bei Agathe verbracht, die ihnen aus einem alten Pullover Stirnbänder, Schals und Pulswärmer gestrickt hatte.

»Wir konnten in den Wintermonaten manchmal Kokosflocken, Nüsse und Rosinen für die Weihnachtsplätzchen auftreiben. Sogar Tomatenmark in Dosen hatten wir im Sortiment, um überhaupt ein wenig Umsatz zu machen. Wir waren kurz davor, alles aufzugeben, aber im Juni achtundvierzig nach der Währungsreform war plötzlich alles wieder zu haben. Obst, Gemüse und sogar Südfrüchte. Und als Agathe von euch beiden erzählte, wussten wir, dass es einen neuen Anfang für uns geben konnte.«

Rosalie liebte ihren neuen Familiennamen: Hummel. In ihren Augen waren die pelzigen Insekten glückliche Tierchen. Flogen nur an Sonnentagen in einen blauen Himmel und verschliefen den kalten Winter. In den ersten Wochen als *Rosalie Hummel* fühlte sie sich manches Mal wie ein neuer Mensch. Neuer Name, neue Eltern und ein Leben ohne Sorgen, wie Paul versprochen hatte. Trotzdem lag sie oft schlaflos in ihrem kleinen Dachzimmer auf dem Klappsofa und starrte in die Dunkelheit. Sie fragte sich, ob ihr Geheimnis, der Betrug, die Täuschung der Behörden nicht doch eines Tages herauskommen würden. Ob sie ihr neues Zuhause verlieren und im Gefängnis landen würden. Jeden Morgen nahm sie sich fest vor, die strebsame Tochter zu sein, die das Ehepaar sich wünschte. Ihnen nur Freude zu bereiten. Sie glücklich zu machen. Mit der Zeit schwand ihre Furcht und kam immer seltener zurück.

In den vergangenen Wochen aber störte ein anderes Gefühl ihre Zufriedenheit: Abscheu gegen Emma. Die Salatverkäuferin war einfach nicht gut genug für ihren Bruder, dazu noch zwei Jahre älter. Emma war mit zwanzig vielleicht noch keine alte Jungfer, aber es hatte den Anschein, als suche sie händeringend einen Mann, gerade so, als wäre schon aller Tage Abend. Warum sonst stolzierte sie im luftigen Sommergewand auf dem Großmarkt herum, wo es hier das ganze Jahr über winterlich kalt und jeder warm eingepackt war? Warum sonst prahlte eine junge Frau mit dem vierstöckigen Miethaus ihrer Eltern und dem erfolgreichen Feinkostladen? Noch eindeutiger konnte man nicht mit einer Mitgift angeben. Aber Paul würde sie nicht kriegen, das hatte sich Rosalie geschworen, nicht solange sie lebte.

Paul erzählte beim Abendessen von Emmas Vater, der von einer Italienreise zurückgekehrt war. »Er hat Olivenöl eingekauft und eingelegte Oliven und verschiedene Weine. Auch einen Chianti, aber das sagt mir nichts.«

»Chianti ist ein Rotwein aus der Toskana. Ich mag lieber ein Bier«, erklärte Albert Hummel und hob sein Glas. »Aber deshalb hätte sich der Nusser nicht über den Brenner quälen müssen. *Unser* Italiener, der mit seiner Export-Import-Firma drüben im Kontorhaus sitzt, führt nämlich sämtliche Erzeugnisse aus dem Mittelmeerraum.«

»Auch diesen Chianti in den mit Stroh umwickelten Flaschen?«, fragte Paul. »Emma sagt, die seien zurzeit äußerst beliebt bei der vornehmen Kundschaft.«

»Ein fleißiges Mädel, die Emma, kommt aus einem guten Stall«, sagte Wilma Hummel und drehte sich ein wenig zu Paul. »Wer die mal kriegt, kann sich glücklich schätzen. Vielleicht ist sie nicht die Schönste, aber Schönheit vergeht, Besitz besteht.«

»Oder er muss doppelt so viel arbeiten, weil die Madame den ganzen Verdienst für Sonntagskleider verprasst«, grummelte Rosalie und machte sich sogleich ans Tischabräumen.

Paul ahnte, warum Rosalie ärgerlich war. Aber er unterhielt sich mit Emma doch nur über geschäftliche Angelegenheiten. Ihr ständiges Geplapper war anstrengend und ihr zu lautes Lachen peinlich, wenn ihm das ostpreußische *Toffle* für Kartoffel rausrutschte. Besonders peinlich waren ihre Komplimente.

»Wie du deine Kartoffeln anbietest, man könnte glauben, es wären Edelsteine«, hatte sie unlängst gesagt. Andererseits schien sie eine einfallsreiche Köchin zu sein, und das gefiel ihm. Auch, dass sie zahlreiche raffinierte Rezepte kannte, von denen er noch nie gehört hatte. Wie den Waldorfsalat, der aus Sellerie, säuerlichen Äpfeln und gehackten Walnüssen zubereitet und mit einer Sauce aus Zitronen-Mayonnaise gemischt wurde. Eine ihrer adeligen Stammkundinnen hatte in New York im Hotel Waldorf Astoria logiert und ihr das Rezept von dort mitgebracht. Emma hatte versprochen, es für ihn aufzuschreiben. Wenn Rosalie das wüsste ...

»So, Kinder, dann lasst uns mal ins Wohnzimmer umsiedeln, ich möchte was mit euch besprechen«, sagte Albert Hummel, als der Tisch in der rustikal eingerichteten Essecke abgeräumt war.

»Warum so geheimnisvoll, Albert?«, fragte seine Frau.

»Nur Geduld, Wilma.«

Paul beschlich ein ungutes Gefühl. Erst kürzlich hatte der Adoptivvater ihn seltsam offiziell gelobt. »Paul, ich bin außerordentlich stolz auf dich. Mittlerweile beherrschst du sämtliche Abläufe im Schlaf, du könntest den Laden glatt allein schmeißen«, hatte er gesagt und ihm auf die Schulter geklopft, wo Paul doch bislang immer nur ein knappes »Gut gemacht« als Lob erhalten hatte. Und steife Worte wie »außerordentlich« hatte er überhaupt noch nie von ihm gehört. Natürlich freute sich Paul über die Anerkennung, hatte sich aber insgeheim gefragt, ob sein Vater krank war. Er war nicht mehr der Jüngste und hatte sein Leben lang schwer geschuftet, da lag solch eine Vermutung nahe. Ungewöhnlich war auch, dass er alle ins Wohnzimmer bat, wo sie sich sonst nur an Sonn- und Feiertagen aufhielten.

Paul musste sich beherrschen, seinen Vater nicht anzustarren, als der sich mit leisem Stöhnen in den sperrigen Ohrensessel fallen ließ. Waren seine Wangen nicht schmaler als sonst? Die Augenringe beinahe dunkelblau? Warum rauchte er keine seiner geliebten Zigarren? Litt er etwa an Auszehrung? Auf dem Gut war einer der Pferdeknechte an dieser entsetzlichen Krankheit gestorben. Der Doktor hatte gemeint, es sei Krebs gewesen.

Als Wilma und Rosalie auf dem moosgrünen Sofa mit den geschnitzten Löwenfüßen Platz genommen hatten – in Erwartung der Neuigkeiten auf der vordersten Kante –, musste Paul plötzlich an Herrn Bacher denken. Wie er Agathe wegen der Lüge mit einer Gefängnisstrafe gedroht hatte. War der Vater hinter ihr Geheimnis gekommen? Vielleicht in einem Gespräch mit Agathe? Sie könnte sich unabsichtlich verplappert haben.

Nein, dachte er dann, Agathe würde sie niemals verraten, nicht mal unabsichtlich.

»Paul, mach nicht so ein Gesicht, als würde dir gleich der Kopf abgerissen werden«, begann Albert Hummel.

»Und du mach's nicht so spannend«, mahnte ihn seine Frau.

Albert richtete sich in seinem Sessel auf. »Also gut... Paul, das Schuljahr geht bald zu Ende und damit auch deine Ausbildung...«

»Falls ich den Abschluss schaffe«, scherzte Paul, um seine trüben Gedanken zu vertreiben. Er sorgte sich nicht um seine schulischen Leistungen, der Notendurchschnitt im Zwischenzeugnis hatte knapp über einer Zwei gelegen, und die Abschlussprüfungen waren nicht schwer gewesen.

»Nie im Leben verpatzt du die Prüfungen«, meinte Rosalie.

»Eher trocknet die Isar aus«, sagte sein Vater. »Und deshalb bekommst du jetzt schon die Belohnung.«

Paul verstand nicht.

»Es ist ein wenig eigennützig«, redete er weiter. »Du weißt, Paul, die Geschäfte laufen seit der Währungsreform wie geschmiert. Das Land ist im Aufschwung, viele Menschen haben wieder Arbeit und Geld für Lebensmittel. Ich habe dich beobachtet, mein Sohn, unzählige Kunden verhandeln am liebsten mit dir.«

»Ja, die Nusser Emma ist auch ganz begeistert«, mischte sich Rosalie ein. »Sie kommt jeden Tag.«

»Sie ist nur eine Kundin«, versicherte Paul ihr.

»Die Nussers sind seit vielen Jahren treue Stammkunden, und wenn die Emma gerne mit Paul verhandelt, warum nicht«, sagte Wilma. Eine leichte Rüge lag in ihrer Stimme.

»Sie bekommt aber keine Vorzugspreise«, versicherte Paul.

Rosalie pustete sich eine Haarsträhne aus der Stirn. »Das wäre ja noch schöner. Im Feinkostgeschäft kalkuliert sie garantiert alles mit tausend Prozent. Oder wie glaubst du, kommt man zu einem Mietshaus?«

»Vergesst mal die Nusser«, ergriff Albert wieder das Wort. »Wie gesagt, der Laden läuft, die Wirtschaft floriert allgemein, was wir Ludwig Erhard, unserem Wirtschaftsminister, zu verdanken haben. Aber das bedeutet auch mehr Arbeit, und wir zwei«, er warf einen Blick auf seine Frau, »werden leider immer älter.«

Paul erschrak und platzte dann einfach heraus: »Bist du krank?«

Sein Vater klopfte drei Mal auf den dunklen Holztisch, der vor dem Sofa stand. »Unkraut vergeht nicht. Ich sehe zwar nicht mehr gut«, er nahm die Brille ab und strich sich mit den Fingerspitzen über die Lider, »aber sonst fühle ich mich kerngesund.«

Paul atmete erleichtert auf. Die Vorstellung, noch einmal den Vater und gar die Familie zu verlieren, hätte er nicht ertragen.

»Damit wir die zunehmende Arbeit auch zukünftig noch schaffen, werde ich zwei Hilfskräfte einstellen. Rosalie muss dann nicht mehr so schwer arbeiten, und sobald sich alles eingespielt hat, kann sie die Büroarbeit übernehmen. Die Telefonbestellungen werden in den nächsten Jahren noch zunehmen, das sagt mir mein siebter Sinn«, redete Albert weiter. Dann legte er zwei Schlüssel auf den Tisch. »Für dich, Paul, der Wagen steht in der Garage.«

»Ein Auto?«, platzte Rosalie aufgeregt heraus, als wäre sie die Glückliche.

»Es ist nur ein kleiner Kombi«, erklärte Albert.

»Ich ... ich weiß gar nicht ... was ich sagen soll«, stammelte Paul vollkommen überrascht. »Danke schön, Vati, vielen Dank, aber ...«

»Kein Aber.« Der Gemüsehändler stützte sich beim Aufstehen mit den Händen an den Sessellehnen ab. »Der Wagen läuft auf die Firma, wir werden ihn also auch geschäftlich nutzen.«

»Ich habe mir schon oft überlegt, ob wir den kleinen Krämerläden anbieten sollten, die Waren kostenlos zu liefern«, erwiderte Paul. »Einige haben keine Autos, radeln mit dem Fahrrad auf den Großmarkt und transportieren den Einkauf im Anhänger nach Hause, um die Lieferkosten für den Spediteur zu sparen. Wenn sich so ein Service rumspricht, werden uns die Kunden sicher die Bude einrennen.«

»Was haben wir für einen klugen Sohn«, sagte Wilma und lächelte ihn liebevoll an.

»Leider gibt's aber ein kleines Problem«, erwiderte Paul. »Ich habe noch keinen Führerschein.«

»Das weiß ich, aber du brauchst nur ein paar Fahrstunden, das sollte kein Problem werden«, winkte sein Vater ab. »Ich hab dich bereits in einer Fahrschule angemeldet. Und jetzt kommt alle mit, wir nehmen das Vehikel in Augenschein.«

Paul konnte es kaum fassen. Die Eltern waren so fürsorglich und liebevoll. Er und Rosalie waren sofort nach der offiziellen Adoption komplett neu ausgestattet worden, sie hatten sogar Wünsche äußern dürfen. Seit dem ersten Lehrjahr hatte er den Verdienst, damals zwanzig Mark, behalten dürfen. Auch die vierzig Mark, die er im dritten Jahr verdiente, konnte er für jeden Unsinn ausgeben, der ihm in den Sinn kam. Und jetzt schenkten sie ihm auch noch ein Auto, einfach so! Es war wie im Schlaraffenland.

»Dabei habe ich noch nicht mal Geburtstag«, sagte er auf dem Weg in die Garage.

Dort stand ein tomatenroter Kastenwagen, mit kreisförmigen Scheinwerfern, einer bauchigen Kühlerhaube und sanft gerundeten Kotflügeln. Verchromte Details wie die Stoßstange, die Türgriffe, der Außenspiegel und die Scheinwerferringe verliehen dem praktischen kleinen Fahrzeug eine etwas edlere Optik. Der Innenraum und die beiden Vordersitze waren dunkelgrün wie Tomatenblätter. Die Rücksitze fehlten, stattdessen war ausreichend Ladefläche vorhanden. Trotz der Aufschrift *Hummel – Obst-und-Gemüsehandel* wirkte das Fahrzeug aber eher wie ein nettes Spielzeugauto.

»Es ist ein Hansa Lloyd LS dreihundert, zwei Zylinder, Zweitaktmotor, zehn PS«, erklärte Albert. »Wie ihr seht, in unserer Firmenfarbe. Damit machst du bei jeder Fahrt Werbung.«

Paul war sprachlos und sah sogleich sich und Rosalie damit durch München düsen. Mit zehn PS vielleicht nicht im schärfsten Rennfahrertempo, aber wer in seinem Alter besaß schon einen eigenen Wagen? Er kannte niemanden. Zwei Angeber in der Berufsschule prahlten zwar mit ihren Führerscheinen, fuhren aber mit den Wagen ihrer Väter.

»Ich hoffe, du bist nicht enttäuscht wegen der Schrift«, sagte Albert.

»Enttäuscht? Ich werde mich wie der Firmenchef fühlen!«, antwortete Paul hoch erhobenen Hauptes.

Sein Vater klopfte ihm auf die Schulter. »Der wirst du eines Tages auch sein.«

»Dürfen wir damit auch mal einen Ausflug machen?«, fragte Rosalie und suchte Pauls Blick.

»Vielleicht an unser bayerisches Meer«, sagte Paul und legte kumpelhaft den Arm um sie.

16

Paul bestand die Fahrprüfung nach zehn Fahrstunden. Rekordverdächtig, meinte der Prüfer, der natürlich keine Ahnung davon hatte, dass sein Vater an zwei Sonntagen mit ihm auf den leeren Straßen geübt hatte.

Die Jungfernfahrt im *Leukoplastbomber*, wie der Wagen im Volksmund wegen der kunststoffbezogenen Sperrholzkarosserie hieß, unternahm Paul mit Rosalie.

Unterwegs auf Münchens Straßen verschwendete Paul nicht einen Blick an die am besten vom Schutt geräumte Großstadt Deutschlands, wie eine Zeitung ausführlich berichtet hatte. Er sah weder die Ruinen noch die leer geräumten Grundstücke oder die riesigen Löcher in den Straßen, die von der zerstörerischen Wucht der Bomben zeugten. Heute kümmerte ihn nicht, wann oder ob München jemals wieder vollständig aufgebaut sein würde. Er war einfach nur stolz, mit seinem ersten eigenen Auto spazieren fahren zu dürfen.

Es herrschte wenig Verkehr, die Schulferien hatten vor einer Woche begonnen, und die Sonne schien von einem tiefblauen Himmel, der mit den einzelnen weißen Wattewölkchen aussah wie die bayerische Rautenflagge.

Der florierende Obst- und Gemüsehandel hatte es den Eltern ermöglicht, zum Monatsanfang zwei Flüchtlinge einzustellen. Paul und Rosalie erhielten einen freien Tag – mitten unter der Woche. Paul hatte für diesen besonderen Tag die hellgrauen Sonntagshosen mit einem kurzärmeligen Hemd angezogen, Rosalie trug ihr blumenbedrucktes Sommersonntagskleid.

Paul lenkte den Wagen zum Wiener Platz, um Agathe zu besuchen. Sie kam zwar manchmal am Großmarktstand vorbei, wenn sie nach ihrem Blumeneinkauf nicht in Eile war, aber seit dem letzten Treffen waren einige Wochen vergangen.

Paul hielt direkt vor dem Platz. Die verkohlten Holzreste der Marktstände waren längst verschwunden. An ihrer Stelle waren neue kleine Markthäuser aus Holz aufgebaut und grün gestrichen worden. Vor einem günstig gelegenen Häusl direkt an der Straße hockte Agathe in einer dunkelblauen Schürze inmitten ihrer bunten, duftenden Ware.

»Jesses, die *Großnichte* und der *Großneffe*.« Agathe lachte, als sie erkannte, wer aus dem tomatenroten Auto stieg. Noch im Sitzen breitete sie die Arme aus, ehe sie sich schwerfällig erhob. »Was für eine Freud'. Gut schaut ihr aus…« Sie stemmte die Fäuste in die Hüften und lächelte Rosalie an. »Und du wirst immer hübscher.«

Rosalie wurde rot. »Du übertreibst.«

»Gar nicht«, beharrte Agathe. »Deine schwarzen Locken glänzen wie Seide, und du hast eine Figur wie ein Mannequin. Würdest jeden Schönheitswettbewerb gewinnen.«

»Wo würde sie gewinnen?«, fragte Paul, der ein Geschenk für Agathe anschleppte.

»Bei einer Misswahl«, sagte Agathe. »Deine Schwester ist eine echte Schönheit, bald wird einer kommen und sie heiraten wollen.«

»Ich heirate nie«, erwiderte Rosalie sofort.

»Ich auch nicht«, stimmte Paul ihr spontan zu.

»Ihr seid sowieso noch zu jung. Und wohin willst du mit dem Zeugs da?« Sie deutete auf die Kiste in Pauls Händen.

»Meine Eltern haben mir beigebracht, einer Dame Blumen mitzubringen, wenn man sie besucht. Aber das wäre wie…«

»…Bier nach Bayern tragen«, ergänzte Rosalie. »Und deswegen bekommst du eine Kiste mit Obst und Gemüse.«

»Danke schön, aber das wär' doch nicht nötig gewesen«, sagte Agathe und deutete auf ihr Markthäusl. »Am besten, du stellst die Sachen hinein in den Schatten.«

»Das bisschen Gemüse ist kaum der Rede wert«, sagte Rosalie. »Was du für uns getan hast, können wir niemals wiedergutmachen. Ich möchte mir gar nicht ausmalen, was aus uns geworden wäre …«

»Jetzt hörst aber auf mit dem Schmarrn«, unterbrach Agathe Rosalies kleine Dankesrede. »Wenn du nicht so schön gesungen hättest, wär ich oft genug auf meinen Blumen sitzen geblieben. Also sind wir quitt. Singst du auch im Großmarkt?«

»Manchmal zu Hause, wenn mich ein Lied im Radio an meine Mutter erinnert.« Die letzten Worte waren beinahe geflüstert.

Paul trat aus Agathes Holzhaus. »Jetzt, wo ich Autobesitzer bin, beliefere ich verschiedene Kunden, und dir bringe ich ab jetzt auch jede Woche eine Kiste vorbei.«

»Da werden sich meine Studenten, die ewigen Hungerleider, mächtig freuen. Ich verlang zwar nur dreißig Mark für Wohnen und Essen, aber wer die Nasen in die Bücher steckt, verdient halt nichts und hat deshalb auch nichts«, scherzte Agathe. »Was meint ihr, sollen wir uns eine Brotzeit und eine kühle Radlermaß genehmigen, drüben unter den alten Kastanien im Biergarten vom Hofbräukeller? Ist eh zu heiß, da mache ich gern eine halbe Stunde Mittagspause.«

»Und ich lade euch ein«, sagte Paul, dem sein Vater einen Zehner zugesteckt hatte.

Eine Stunde später fuhren Paul und Rosalie wieder die Innere Wiener Straße entlang. Nach wenigen Metern zwang ein mit Holzfässern beladenes Pferdefuhrwerk Paul zum Schneckentempo. »Du bist so still«, bemerkte er.

Rosalie blickte schweigend geradeaus. »Agathe ist krank«, sagte sie schließlich.

»Wie kommst du denn auf die Idee? Ich fand, sie war fröhlich wie immer«, entgegnete Paul.

»Das schon, aber sie hat die Hälfte der Maß stehen lassen, kaum was von dem Brotzeitteller gegessen und außerdem bei jedem Bissen das Gesicht verzogen, als hätte sie Schmerzen.«

Paul hatte nicht drauf geachtet, doch als Rosalie es so deutlich benannte, erinnerte er sich an ihr lebhaftes Gespräch. »Hat sie nicht gesagt, dass sie keinen großen Appetit hätte? Und sie hat sich die Reste von Käse und Wurst einpacken lassen.«

»Das beweist doch nichts«, beharrte Rosalie. »Woher willst du wissen, ob sie nicht alles an ihre Studenten verschenkt? Ich hab Angst, dass sie...«

»Was?«

»Ernsthaft krank ist.« Rosalie schniefte leise. »Sie ist doch unsere Familie, unsere Großtante, unsere Retterin.«

Der Biertransporter bog in die Preysingstraße ein, das Manöver zwang Paul erneut zum Anhalten, danach war die Straße wieder frei, und er konnte Gas geben.

»Du siehst Gespenster. Niemand hat gleich eine tödliche Krankheit, wenn er mal keinen Hunger hat«, versuchte Paul sie zu beruhigen und wechselte das Thema. »An so heißen Tagen wie heute vermisse ich das Meer. Man sieht bis zum Horizont und fühlt sich unendlich frei.« Sehnsüchtig blickte er die nun bergab führende Rosenheimer Straße entlang, als wäre sie der Weg zum Strand. »Ich würde so gerne schwimmen. Wie weit ist es zum Chiemsee?«

»Ich weiß nicht, wir waren nie mit dem Auto dort«, sagte Rosalie. »Für einen Nachmittagsausflug ist es jedenfalls zu weit. Aber ich weiß eine schöne Stelle an der Isar, ganz in der Nähe...«

Paul sah sie zweifelnd an. »Ohne Badehose und Badeanzug?«

»Ist doch egal, wir nehmen ein Fußbad und stellen uns vor, wir wären an der Ostsee«, sagte Rosalie.

»Wie auf dem alten Foto«, meinte Paul.

Paul folgte Rosalies Wegbeschreibung, überquerte die Ludwigsbrücke, bog rechts ab in die Steinsdorfstraße und parkte den Wagen der Nähe der Praterinsel. Von dort führte der Weg über den Kabelsteg hinunter zum steinigen Ostufer der Isar. Ein klarer blauer Augusthimmel färbte das sonst so grüne Wasser bläulich. Einzelne Steininseln, vom Fluss in gleichmäßigem Plätschern umschlängelt, waren von Sonnenhungrigen belegt.

Paul krempelte die Hosenbeine hoch, Rosalie raffte ihr Kleid, und schon nach wenigen Schritten ließ die eiskalte Isar sie nach Luft schnappen.

»Ohne den steinigen Untergrund wäre es wie an der Ostsee. Im Frühjahr ist die See genauso kalt«, sagte Paul.

Übermütig spritzte Rosalie mit einem Fuß Wasser in Pauls Richtung. »Und genauso erfrischend«, kreischte sie vor Vergnügen.

»Na, warte...« Mit beiden Händen schaufelte Paul ihr eine Ladung Eiswasser entgegen.

Als Rosalie ebenfalls die Hände zu Hilfe nahm, rutschte sie auf einem glitschigen Stein aus und landete im Wasser.

Paul verkniff sich einen Lachanfall und zog sie hoch. »Super, jetzt sind wir beide nass bis auf die Haut.«

Rosalie drehte ihr Haar zusammen, um es auszuwringen. »Wir müssen uns irgendwo in die Sonne legen. Klatschnass können wir schlecht ins Auto steigen.«

Hand in Hand liefen sie zwischen den Sonnenbadenden am Ufer entlang, bis sie einen windgeschützten Platz fanden.

»Das Kleid klebt mit der Unterwäsche zusammen, trocknen wird es jedenfalls nicht.« Sie rappelte sich hoch. »Ich zieh's aus.«

»Bist du übergeschnappt?« Paul sah sie fassungslos an. »Wir sind doch nicht allein hier, was sollen die Leute von uns denken?«

»Dass ich mein Kleid trocknen will«, entgegnete Rosalie und hatte bereits den seitlich eingenähten Reißverschluss geöffnet.

»Warte«, versuchte Paul sie aufzuhalten. »Dort drüben...« Er deutete auf einen Weidenstrauch, dessen biegsame Äste bis auf die Steine reichten. »Ich ziehe meine Sachen auch aus, wir hängen alles auf die Zweige und gehen dahinter in Deckung.«

Schließlich saßen beide in Unterwäsche im Gebüsch, spielten mit den Steinen und sahen ihren Kleidern zu, wie sie sanft im Wind flatterten.

Es war kühl im Schatten, Rosalie empfand ein leises Frösteln, aber es kümmerte sie nicht weiter. Sie liebte den Duft nach Sonne auf ihrer Haut, liebte es, Pauls Nähe zu spüren und von niemandem gestört zu werden. Selten genug gelang es ihnen, sich in die Kühlräume davonzustehlen, nur für ein paar Minuten, dann musste sie ihn wieder mit irgendeinem Kunden oder der verhassten Salatverkäuferin teilen. Auch zu Hause waren sie stets mit den Eltern beisammen, nur nachts nicht, aber da schliefen sie in getrennten Räumen.

Anfangs hatten sie in einem Zimmer schlafen dürfen, um sich einzugewöhnen. Bis Rosalie zum ersten Mal blutige Flecken in ihrem Schlüpfer entdeckt hatte. Die zusätzlichen Bauchschmerzen hatten ihre Furcht geschürt, bald sterben zu müssen. Paul hatte bemerkt, dass sie nachts weinte, und so lange gebohrt, bis sie ihm gestanden hatte, dass sie todkrank sei.

Er hatte nur gegrinst und gemeint: »Ich weiß zwar nicht genau, wie das bei den Frauen ist, bei Hündinnen heißt es läufig sein, und ab sofort kannst du Junge, also Babys kriegen.«

Aber sie war doch erst fünfzehn und wollte keine Babys. Als es nicht aufgehört hatte zu bluten, hatte sie ihrer Adoptivmutter unter Tränen gestanden, was passiert war. Die Mutti hatte sie in den Arm genommen und getröstet.

»Du musst keine Angst haben, das ist alles ganz natürlich, du bist jetzt eine junge Frau«, hatte sie gesagt. »Aber nimm dich vor den Jungs in Acht, damit du uns keine Schande bereitest.«

In einem Wäschegeschäft hatten sie größere Unterhosen und einen speziellen Hüftgürtel erstanden, an dem sich zwei Strapse befanden, woran die Monatsbinden befestigt wurden. Auch Büstenhalter, Strapsgürtel, Seidenstrümpfe und Unterröcke hatte Mutti für sie ausgesucht. Langsam hatte Rosalie sich an das Frausein gewöhnt, nur nicht daran, nachts allein zu sein. Den Umzug in ihr eigenes Zimmer empfand sie als Strafe und nicht als Belohnung. Deshalb nächtigte sie auch noch immer auf dem Klappsofa, das als vorübergehende Lösung gedacht war, bis sie ihre Einrichtungswünsche äußerte. Das hätte sie tun können, als sie ein ordentliches Zeugnis nach Hause gebracht hatte. Doch wozu? Ihr sehnlichster Wunsch waren keine neuen Möbel, sondern wieder ein Zimmer mit ihrem Bruder zu teilen. Doch das sei vorbei, hatte Mutti gesagt, für immer. Sie waren nun mal keine Kinder mehr. Rosalie war eine junge Frau, die eines Tages heiraten und eine Familie gründen würde. Das zumindest glaubte Mutti. Wie sehr sie sich doch täuschte.

»Paul?«

»Ja?«

»Hast du das vorhin ernst gemeint?

»Was?«

»Dass du nie heiratest.«

»Und du?«, fragte Paul.

»Todernst.«

»Ich auch.« Paul legte seinen Arm um Rosalies Schultern, zog sie sanft an sich und küsste sie zärtlich auf die Stirn.

Rosalie schlang beide Arme um Pauls Körper. Aneinandergeschmiegt saßen sie noch lange unter den Zweigen. Nur bei ihm fühlte sie sich geborgen. Aber seit einer Weile war da noch ein anderes Gefühl. Ein inneres Brennen, das sie noch nie zuvor empfunden hatte. Seit Paul versprochen hatte, nie zu heiraten, war ihr gleichzeitig heiß und kalt, wenn sie allein waren. Sie wusste nicht genau, was mit ihr geschah, aber etwas zwischen ihnen hatte sich verändert.

17

Ungläubig lächelte Rosalie ihrem Spiegelbild zu. Aber das war tatsächlich sie, in diesem Traum aus hellgelber Chiffonseide, mit dem eng anliegenden Oberteil und dem Glockenrock, der durch den gestärkten Unterrock beinahe waagerecht stand. Der weitschwingende Rock ließ ihre Taille um ein vielfaches schmaler wirken, sodass sie ebenso zerbrechlich wie eine Porzellanpuppe wirkte.

Vorsichtig hob sie die Stoffmenge an, um auf dem runden Hocker vor der Kommode Platz zu nehmen. Ihr Haar hing noch formlos auf die Schultern, und es war bereits Zeit zum Aufbruch.

Prompt klopfte es an der Zimmertür. Dann öffnete sie sich einen Spalt breit. Es war Paul, der im Türrahmen stehen blieb. Fremd sah er aus, in dem dunklen Anzug, dem weißen Hemd, der getupften Krawatte und dem weißen Einstecktuch in der Brusttasche des Jacketts.

»Ich bin noch nicht fertig«, gestand Rosalie, als er sie nur schweigend anstarrte.

»Du... siehst... wunderschön aus«, stammelte Paul und strich sich verlegen über das mit Frisiercreme gebändigte Haar.

»Spinner.« Lachend fasste Rosalie ihr Haar zusammen. »Ich sehe aus wie ein gerupftes Huhn mit diesen Zotteln. So kann ich auf keinen Fall dort auftauchen. Nun komm schon rein und setz dich.« Sie blickte über den dreiteiligen Spiegel der Frisierkommode auf das vorbildlich gemachte Bett.

Ihr Zimmer war neu renoviert, die Wände schmückte eine

Tapete mit zarten Fliederrispen. Sie schlief jetzt in einem richtigen Bett aus honigfarbenem Holz, in dessen Kopfteil eine Rosenranke eingeschnitzt war. Tagsüber deckte sie das flauschige Federbett mit einer fliederfarbenen Taftdecke ab, die farblich mit der Tapete harmonierte. Der zierliche runde Hocker vor der Frisierkommode war mit dem gleichen Stoff überzogen wie die Zierkissen auf dem Bett und die Vorhänge am Fenster.

Auslöser für die Verwandlung ihres Zimmers war jener Nachmittag an der Isar, der sie vollkommen aufgewühlt hatte. Unablässig hatte sie sich gefragt, was mit ihr geschah. Warum sie sich nach Pauls Umarmungen sehnte? Warum ihr kotzübel wurde, wenn sie an Emma dachte? Warum sie sich im Traum leidenschaftlich geküsst hatten, wie sich nur Liebespaare küssten? Solange sie träumte, war sie glücklich. Erwachte sie dann im wirklichen Leben, war er ihr Bruder, die Liebe zwischen ihnen verboten und sie unendlich traurig. Aber sosehr sie sich auch bemühte, die süßen Träume zu verscheuchen, sie vermochte es nicht. Schließlich hatte sie sich eingestanden, dass sie diese Liebe niemals würde leben können. Dass sie todunglücklich werden würde, wenn sie nicht dagegen ankämpfte. Wie sie ihre verbotenen Gefühle überwinden sollte, wusste sie nicht, aber ein verändertes Zimmer war eine Mahnung, dass sie niemals wieder einen Raum mit Paul bewohnen würde. Es war vorbei. Für alle Zeiten. Die Stoffpuppe der echten Rosalie, die auf dem Bett saß, war das einzig Alte hier. Den Koffer mit allen Papieren verwahrte Paul in seinem Zimmer, und Tillis Kochtopf stand nun in Wilmas Küchenschrank.

Eines Nachts, als sie nicht hatte einschlafen können, hatte sie sich an eine Weisheit ihrer Großmutter Miriam erinnert: *Gleiches bekämpft man am erfolgreichsten mit Gleichem.*

Zu ihrem Geburtstag im September hatte sie sich einen Tanzkurs gewünscht. Die Eltern erfüllten ihren Wunsch, versteiften sich jedoch darauf, dass Paul sie begleitete. Ein anständiges junges Fräulein sollte nie ohne Begleitung sein, gerade in einer Tanzschule. Wo sie fremden jungen Männern begegnen würde. Genau das war Rosalies Plan: so viele junge Männer wie möglich kennenzulernen. Sich neu zu verlieben. Sie hatte sich im Großmarkt unter den anderen Lehrlingen umgesehen. Hatte mit ihnen poussiert und sogar das Rauchen angefangen, um Zigaretten schnorren und flirten zu können. Aber nie hatte sie auch nur das kleinste Herzklopfen verspürt, während ihr Herz vor Glück geradezu raste, wenn Paul sie umarmte.

Der heutige erste Tanzkursabend war ihre große Hoffnung. Dort würde sie bestimmt einen jungen Mann kennenlernen, der ihr gefiel. Der sie auch mochte. Mit dem sie glücklich werden konnte. Der im besten Fall nichts mit Obst und Gemüse zu tun hatte und der sie in eine andere Welt entführte. Weit weg von Paul, der nicht ihr Bruder war, für den sie aber nur schwesterliche Gefühle empfinden durfte.

»Viel Zeit hast du nicht mehr.« Paul hatte sich auf der Bettkante niedergelassen. »In einer knappen Stunde müssen wir da sein. Es macht sicher keinen guten Eindruck, wenn wir zu spät kommen.«

»Zuspätkommen ist das Privileg einer Frau, um aufzufallen.« Rosalie sandte ihm über den Spiegel einen herausfordernden Blick. Warum sie gedachte aufzufallen, würde sie ihm natürlich nicht verraten.

Zwischen Pauls Augenbrauen bildete sich eine tiefe Falte. »Was ist los mit dir?«

»Was meinst du?« Rosalie fuhr sich einige Male mit der Bürste derart kräftig durch ihr langes Haar, dass es schmerzte.

»Du bist in letzter Zeit ... wie soll ich sagen ... irgendwie gereizt.«

Er hatte es gemerkt. Ja, sie war gereizt. Und nicht zu wenig. Sie musste doch ständig gegen ihre Gefühle ankämpfen. Oft war sie kurz davor, aus der Haut zu fahren. So wie jetzt gerade wieder. Verstohlen blickte sie zu Paul, der so lässig auf ihrem Bett saß, und ihr wurde heiß, wenn sie sich vorstellte... Stopp!, ermahnte sie sich und war erleichtert, dass Paul die Zimmertür offen gelassen hatte.

»Quatsch, das bildest du dir nur ein.« Sie drehte ihre Mähne zu einer Banane, wie sie es in einer Zeitschrift gesehen hatte, und steckte sie mit Klammern fest. Noch ein Paar cremeweiße Ohrclips in Blütenform und die spitzen Schuhe mit den Pfennigabsätzen. Sie griff nach dem Parfümflakon, zog ihre Hand aber wieder zurück. Paul hatte ihr die Flasche *Mouson Lavendel* zum Geburtstag geschenkt. Sie würde es lieber nicht benutzen.

Paul schien ihre Unschlüssigkeit bemerkt zu haben. Er rutschte von der Bettkante, sah sie einen Augenblick fragend an, bevor er sich zur Tür wandte. Erst im Gehen sagte er: »Ich warte unten.«

Auf der Fahrt summte Rosalie *Ich weiß, es wird einmal ein Wunder geschehen* vor sich hin. Für sie und Paul würde es keines geben. Umso gespannter war sie, welchen flotten Tänzern sie heute begegnen würde. Womöglich waren Sprösslinge aus den besseren Kreisen darunter. Die Chancen standen nicht schlecht. Die seit vierzig Jahren bestehende Tanzschule des Tanz- und Benimmprofessors Peps Valenci war stadtbekannt. Wie einige Tageszeitungen anlässlich des Jubiläums berichtet hatten, waren berühmte Persönlichkeiten, wie der König von Portugal, der Herzog von Cumberland oder Viktoria Luise, die Tochter von Kaiser Wilhelm II., unter Valencis Anleitung übers Parkett geschwebt. Auf solch renommiertem Tanzboden in den Armen eines bayerischen Adelssprosses zu landen war nicht abwegig. Zehn Sonntage hatte sie dazu Gelegenheit, so lange dauerte der Kurs, in dem nicht nur klassische Gesellschaftstänze unterrichtet wurden, sondern auch korrektes Benehmen, gepflegte Konversation und der formvollendete Handkuss.

»Hat sich deine Laune gebessert?«, fragte Paul, als sie vor der Tanzschule anhielten.

»Mmm...« Vergnügt betrachtete Rosalie ihre kurzen Handschuhe. Sie war sogar übermäßig gut gelaunt, würde es ihm aber nicht auf die Nase binden. Er könnte Verdacht schöpfen, und sie hatte sich geschworen, heikle Themen zu vermeiden, um ihm die Stimmung nicht zu verderben.

Paul legte seine Hand auf Rosalies Rücken, wie um sie in den Tanzsaal zu schieben. In kleinen Gruppen hatten sich etwa vierzig junge Tanzschüler versammelt, alle dem Anlass entsprechend gekleidet. Junge Männer in dunklen Anzügen, weißen Hemden, Krawatten, ein paar Fliegen, ausnahmslos mit kurzem, akkurat gescheiteltem Haar. Junge Damen in festlichen Kleidern, Spitzenhandschuhen, Absatzschuhen, mit ondulierten Frisuren, Haarreifen oder wippenden Pferdeschwänzen.

Paul fühlte sich reichlich unwohl in der feinen Pelle. Er war kein Tänzer, das wusste er, ohne es je versucht zu haben. Dem Unterricht sah er mit gemischten Gefühlen entgegen. Um Rosalie den Spaß nicht zu verderben, hatte er behauptet, sich darauf zu freuen; immer nur mit Karotten und Kartoffeln zu hantieren wäre auf Dauer doch recht eintönig. Er hatte sich bemüht und ärgerte sich jetzt über ihre wankelmütige Stimmung. Seit einigen Wochen war sie streitsüchtig, ging ihm aus dem Weg oder verschwand nach dem Abendessen flugs in ihrem Zimmer. Dann lief bis spät in der Nacht das Radio, und am nächsten Morgen war sie umso knurriger. Er hoffte sehr, dass sich ihre Laune mit der blöden Tanzerei tatsächlich besserte und sie sich wieder normal benahm. Er hasste Zwistigkeiten.

Ein älterer Herr betrat den Saal. »Guten Abend, meine Damen und Herren. Mein Name ist Peps Valenci, und ich freue mich, Sie zu diesem Tanz- und Benimmkurs begrüßen zu dürfen.«

Trotz seiner sechzig Jahre war er eine stattliche Erscheinung mit vollem Haar, Hornbrille, Blume im Knopfloch und der Grandezza eines Zeremonienmeisters, der alles im Blick hatte.

Paul folgte der kleinen Ansprache des Tanzlehrers nur mit halber Aufmerksamkeit. Er versuchte sich von den Anwesenden ein Bild zu machen. Schwierig – im dunklen Abendanzug oder pastellfarbenen Cocktailkleid sahen Bauer oder Baron gleich vornehm aus. Wenn sich an Weihnachten auf dem Gutshof das Gesinde fein herausgeputzt in der guten Stube versammelt hatte, war es von der Familie nicht zu unterscheiden gewesen. *Kleider machen Leute*, nie war ihm das so aufgefallen wie heute. Aber sosehr er sich auch umsah, kein Mädchen war so schön wie Rosalie. Sie sah so erwachsen aus mit den hochgesteckten Haaren. Gar nicht mehr wie seine kleine Schwester. Er konnte sich an ihr nicht sattsehen. Der schlanke Hals, das perfekte Profil, die zierliche Figur, alles an ihr war makellos. Wie sie den Kopf drehte, die Hand hob oder lachte. Einfach vollkommen. Manchmal, wenn er nicht einschlafen konnte, musste er daran denken, dass sie in Wahrheit nicht seine Schwester war und auch nicht Rosalie hieß, sondern Sarah. Dann flüsterte er leise ihren Namen.

»Du musst dich dort aufstellen, uns Mädchen gegenüber.«

Paul schrak aus seinen Träumereien hoch. Rosalie hatte ihn angeschubst. Die Tanzschüler hatten sich in einer Reihe aufgestellt, nach Größen gestaffelt, wie in der Schule. Ebenso die jungen Damen. Ob es so angeordnet worden war oder sich in alter Gewohnheit ergeben hatte, war ihm entgangen. Er selbst war inzwischen auf eins fünfundachtzig hochgeschossen – wie Spargel im Mai, hatte Albert gesagt – und musste sich wohl oder übel an den Reihenanfang zu den Großen gesellen. Rosalie mit ihren eins sechzig stand am Ende der Mädchenreihe. Was soll's, dachte er, ich tanze ohnehin nur mit ihr.

Peps Valenci klatschte in die Hände. »Meine Herren, ich

bitte um Ihre Aufmerksamkeit. Als Erstes üben wir, wie man eine Dame zum Tanz auffordert. Sie schreiten auf die Dame zu... verbeugen sich, nicht zu tief... damit mir keiner auf der Nase landet...« Er ließ das allgemeine Kichern verklingen, bevor er die Verbeugung vorführte. »Und sagen dann mit einem Lächeln: ›Darf ich bitten...‹ Musik!« Er klatschte erneut in die Hände und wandte sich zu der jungen blonden Frau, die an der Stirnseite des Saals an einem Plattenspieler auf sein Kommando wartete.

Nach den ersten Takten von *Man kann sein Herz nur einmal verschenken* war ein leises Scharren auf dem Fischgrätparkett zu vernehmen.

»Keine Drängeleien bitte«, rief Valenci laut genug, um die Musik zu übertönen. »Jeder Herr fordert die Dame ihm gegenüber auf.«

Sofort stürmten die Herren los. Schnurgeradeaus.

Pauls Versuch, an der Konkurrenz vorbeizurempeln, scheiterte. Frustriert musste er mit ansehen, wie sich ein pickeliger blasser Hänfling vor Rosalie verbeugte. Er musste sich mit einer Bohnenstange im blauen Kleid trösten, deren Bubikopf die Farbe von Pellkartoffeln hatte. Wenigstens trug sie keine Brille. Eine Neunmalkluge, die sich womöglich unterhalten wollte, hätte ihm gerade noch gefehlt. Einen Augenblick später schämte er sich für seine gedankliche Unhöflichkeit. Das Mädchen hatte sich die Haarfarbe schließlich nicht ausgesucht. Die Natur war eben ungerecht. Er verbeugte sich mit einem besonders freundlichen Lächeln. »Darf ich bitten.«

»Nicht so stürmisch, meine Herren!« Peps Valenci verhinderte mit seinem Einwand die ungeschickten Versuche einiger Herren, die Auserwählte an sich zu reißen. »So weit sind wir noch nicht.«

Verschrecktes Grummeln war zu hören, während jeder in seiner Bewegung erstarrte wie bei einem Kinderspiel.

»Ich werde Ihnen nun die korrekte Führung der Dame sowie die ersten Schritte des Foxtrotts zeigen«, erklärte Herr Valenci weiter und verbeugte sich vor der Blondine, die den Plattenteller bedient hatte. »Alle Augen zu mir.« Es folgte eine Erklärung, wo Herrenhände nichts zu suchen hatten. »Weder an den Hüften noch am Nacken packen«, sagte er mit bitterernster Miene, während er am Rücken seiner Tanzpartnerin vorführte, was sein Verslein aussagte. »Der korrekte Platz für Ihre Hand ist die Rückenmitte der Dame. Mit der anderen umklammern Sie aber bitte nicht die Hand der Dame. Das hier ist kein Ringkampf.« Wieder Gelächter. »Und nun beginnen wir mit den ersten Schritten des Foxtrotts. Aufgepasst, Herrschaften! Sehen Sie mir genau zu. Vor-seit-und-drehen.« Leichtfüßig tippelte er mit seiner Tanzpartnerin übers Parkett. Wiederholte die Schritte mehrmals, bevor er mit dem Kommando »Bitte schön« seine Schüler zum Tanz aufforderte.

»Aua«, wisperte die Bohnenstange, als Paul ihr bei der ersten Drehung auf die weißen Stöckelschuhe stieg.

Paul lief rot an. »Entschuldigung, es tut mir sehr leid.«

»Schon gut. Wie heißt du eigentlich?« Sie strahlte ihn an.

»Paul. Und du?« Sie hat schöne grüne Augen, dachte Paul, als er sie ansah.

»Bärbel... aua...«

»Tut mir leid... Vielleicht sollten wir uns mehr auf die Schritte konzentrieren und weniger reden.«

Bärbel nickte stumm.

Doch Paul gelang es nicht, seine Aufmerksamkeit auf die alberne Tanzerei zu lenken. Sein Blick ruhte auf einem zierlichen dunkelhaarigen Mädchen, das sich in eine wunderschöne begehrenswerte Frau verwandelt hatte.

Rosalie ließ sich schwungvoll in den Autositz fallen. »Ein herrlicher Abend!« Sie stieß einen tiefen Seufzer aus. »Ich bin total alle. Ganz schön anstrengend, dieses Vor-seit-und-drehen-seit-und-rück-seit-und-Schluss.«

Schweigend startete Paul den Wagen und fuhr los.

»Hat es dir denn gar nicht gefallen?«, versuchte sie ihn aus der Reserve zu locken.

Er reagierte nicht. Blickte stur auf die nächtliche Straße, auf der um neun Uhr noch einiges los war. Das Nachtleben wuchs mit dem Wirtschaftswunder, wer wieder satt war, wollte tanzen, sich vergnügen, wieder leben, nicht nur *überleben*.

»Aber du scheinst dich prächtig amüsiert zu haben«, platzte Paul plötzlich heraus.

»Geradezu phänomenal, und ich kann den nächsten Sonntag kaum erwarten«, lachte Rosalie, obwohl es gelogen war. Ihr pickeliger Tanzpartner war nicht von Adel, sondern ein schnöder Tankwart. Mit Schmierölresten unter den Nägeln und im Anzug einem »Hauch von *Eau de Sprit*«, wie er gescherzt hatte, als sie die Luft anhielt. Er stellte sich zwar als klasse Tänzer heraus, ansonsten war er der totale Reinfall. *Spazieren gehen* hatte er wollen, nicht mal Geld fürs Kino schien er zu haben. »Ich bin mit Paul verlobt«, hatte sie frech behauptet. Zu spät war ihr eingefallen, dass er Paul womöglich darauf ansprechen würde, und dann wäre sie blamiert. Nicht mehr zu ändern. Falls es rauskam, war sie auf Pauls Reaktion gespannt.

Knurrend attackierte Paul den Schalthebel.

Dicke Regentropfen knallten auf die Windschutzscheibe.

Ein Blitz erhellte die Dunkelheit.

Gleich darauf donnerte es.

Rosalie ärgerte sich über seine Einsilbigkeit. »Du hast dich doch auch prächtig amüsiert«, bohrte sie weiter.

Wortlos schaltete er den Wischer ein.

Rosalie war auf dreihundert und kurz davor zu explodieren. Aber solange er noch den Wagen lenkte, würde sie sich beherrschen.

Vor dem Haus der Eltern stellte Paul den Motor ab und öffnete sofort die Wagentür. Rosalie hielt ihn am Arm zurück.

»Warte.«

»Worauf?«

»Ich will wissen, warum du so grantig bist«, sagte sie fordernd. »Hab ich dir was getan?«

Paul zog die Wagentür wieder ins Schloss. »Du bist doch seit Wochen schlecht gelaunt, gehst mir aus dem Weg und...«

»Und was?«

»Schmeißt dich diesem Pickelheini an den Hals!« Paul war laut geworden.

Rosalie schnappte nach Luft. »Ach, hast du denn die ganze Zeit einsam in der Ecke gestanden? Ich kann mich jedenfalls nicht erinnern, dass du mit mir getanzt hättest«, schrie sie ihm ihre Eifersucht entgegen. »Und die große Dürre habe ich mir auch nur eingebildet, oder wie?« Sie funkelte ihn wütend an, auch wenn er im Dunkel höchstens das Weiße ihrer Augen sehen konnte. »Ihr habt euch angegrinst wie zwei Honigkuchenpferde. Jawohl, zuckersüß habt ihr gegrinst. Habt verliebte Blicke getauscht.«

Paul starrte sie entgeistert an. Sagte nichts. Nur sein Blick veränderte sich. Wurde sanfter. Zärtlicher.

»Du bist ja eifersüchtig«, flüsterte er, beugte sich zu ihr und küsste sie.

18

Noch im Tanzkleid warf sich Rosalie aufs Bett.

Paul hatte sie geküsst.

Ihr Herz raste.

Paul hatte sie geküsst.

Ihre Hände zitterten.

Paul hatte sie geküsst.

Es war nur ein schneller Kuss gewesen, aber so leidenschaftlich, als wären sie ein Liebespaar. Und er hatte sie Sarah genannt.

Paul hatte sie geküsst.

Aufgewühlt starrte sie an die Zimmerdecke. Sie konnte nicht schlafen. Unaufhörlich musste sie an ihn denken. An seine Umarmung. An seinen Mund. Daran, dass sie etwas Verbotenes getan hatten. Ihr Gesicht und ihr ganzer Körper waren heiß, als habe sie gefährlich nahe an einem Feuer gestanden. In ihrem Kopf verdrehten sich die Gedanken zu einem Wirbel aus Fragen.

Paul hatte sie geküsst.

Wie sollte sie das jemals wieder vergessen? Aber das musste sie. Und er auch. Unbedingt.

Sie durften sich nicht lieben. Sie waren Geschwister. Offiziell adoptiert von einem Ehepaar, das ihnen so viel Zuneigung schenkte. Das sie mit Geschenken verwöhnte. Dessen Betrieb sie eines Tages erben würden. Wilma und Albert hatten es nicht verdient, hintergangen zu werden.

Paul hatte sie geküsst.

Was würde geschehen, wenn es rauskäme?

Rosalies Herz raste mit ihren Gedanken um die Wette. Sie war verwirrt. Konnte sich nicht entschließen, aufzustehen und das Cocktailkleid auszuziehen. Würde sie mit dem Kleid die Erinnerung an diesen Tag ablegen? Pauls Kuss vergessen? Wären sie dann wieder nur Bruder und Schwester?

Rosalie drehte sich so weit zur Wand, dass sie die Tagesdecke unter sich hervorziehen und damit zudecken konnte. Sie wollte im Kleid schlafen. Auch die Schuhe anbehalten. Sie wollte nicht vergessen. Wollte ihren wahr gewordenen Traum festhalten. Beim nächsten Atemzug überfiel sie die Angst, dass die Eltern Verdacht schöpfen konnten. Wie sollte sie sich morgen beim Frühstück benehmen? Wie würde Paul sich verhalten? Würde er einfach nur Guten Morgen sagen? Als wäre nichts geschehen?

Aufstöhnend befreite sie sich von der Decke. Rappelte sich hoch. Feuerte die Schuhe in die Ecke. Riss sich das Kleid vom Leib und schlüpfte weinend ins Bett.

Paul zog an der Zigarette. Inhalierte. Hustete den Rauch aus. Er hatte noch nie geraucht. Abgesehen von den Stummeln, die sie in dem Sommer mit Theo gepafft hatten. Aber nie auf Lunge. Jetzt hatte er aus lauter Verzweiflung die Schachtel Ernte 23 aus Mutters Küchenschrank gemopst, stand um Mitternacht auf der Terrasse und hustete und verfluchte sich. Was hatte er getan?

Sarah.

Er hatte Sarah geküsst. Konnte nicht aufhören, an ihre Lippen zu denken. Als würde Glück durch seine Adern strömen. Er fand keinen treffenderen Vergleich für das Gefühl, das ihn glauben machte, er könne alle Probleme überwinden. Sich wie ein Vogel in die Lüfte schwingen oder einfach durch den Gewitterregen rennen, ohne nass zu werden.

Sarah.

Allein ihren Namen zu flüstern machte ihn schwindelig, ließ seine Knie weich werden, sein Blut in den Ohren rauschen. Er wollte zu ihr. Sie in den Armen halten. Ihr sagen, dass er sie liebte.

Sarah.

Aber sie war seine Schwester. Er musste seine Gefühle unterdrücken, sie tief in seinem Herzen vergraben. Sie waren falsch. Falsch. Falsch. Es war eine verbotene, unheilvolle Liebe, die Sarah und ihn ins Unglück stürzen und die Familie zerstören würde.

Er zündete sich die nächste Zigarette an, trat von der überdachten Terrasse auf den Rasen und blieb im Regen stehen, bis die Nässe durch den Anzug auf die Haut gedrungen war. Reckte sein Gesicht in den Nachthimmel, um die fallenden Tropfen auf seiner Haut zu spüren. Langsam kam er zu sich. *Das* war die Wirklichkeit. Das wahre Leben. Wenn es regnete, wurde man nass. Verlöschten Zigaretten. Und wenn man sich in seine Schwester verliebte, wurde man bestraft. Alles andere waren Illusionen. Verbotene Träume.

Zögernd lief Rosalie die Treppe nach unten. Sie hatte kaum geschlafen, nur ihr Kissen nass geweint. Unschlüssig blieb sie an der Tür stehen, als sie Paul am Küchentisch sitzen sah. Sie wagte nicht, ihn anzusehen, blickte an ihm vorbei. Wäre am liebsten in ihr Zimmer zurückgerannt. Um sich für alle Zeiten unter ihrer Bettdecke zu verkriechen. Aber dann würde den Eltern auffallen, dass etwas nicht in Ordnung war. Bestimmt fänden sie in kürzester Zeit heraus, was geschehen war.

»Guten Morgen, Rosiekind«, sagte Wilma und lächelte sie an. »War wohl anstrengend, euer Tanzkurs, du hast verschlafen. Paul hängt auch etwas in der Kurve.«

Zögernd ging Rosalie auf den Tisch zu. »Tut mir leid, Mutti«, entschuldigte sie sich, wusste aber, dass ihre Mutter nicht böse war, weil sie *Rosiekind* gesagt hatte.

»Kann ich eine Tasse Kaffee haben?«, fragte sie leise und fügte noch ein »Bitte« hinzu.

»Ausnahmsweise.« Mutti schenkte ihr eine halbe Tasse ein. »Vati ist um vier Uhr zum Großmarkt geradelt, wie jeden Morgen«, plauderte sie weiter. »Ist es nicht herrlich, dass wir jetzt zusammen frühstücken können? Seit die Flüchtlinge mithelfen, genügt es, wenn wir drei um sechs dort antreten. Und du fühlst dich mit der Büroarbeit doch auch wohler, oder?«

Rosalie nickte stumm, kippte zwei Löffel Zucker in die Tasse und konzentrierte sich mit gesenktem Blick aufs Umrühren. Sie war verzweifelt, wusste nicht, wie es weitergehen sollte. Wie den Tag überstehen.

»Die Neuen sind wirklich sehr fleißig und stellen sich gut an, obwohl sie noch nie so schwer gearbeitet haben«, sagte Paul plötzlich. »Der Jüngere hat mir erzählt, dass er kurz vor Kriegsbeginn sein Medizinstudium abgeschlossen hatte und dann eingezogen wurde. Er sagt, er sei so froh, überlebt und jetzt Arbeit gefunden zu haben.«

»Dieser verdammte Krieg«, schimpfte Mutti. »Es wird noch ewig dauern, bis alle Wunden verheilt sind. Manche werden vielleicht ein Leben lang schmerzen.«

Rosalie kämpfte mit den Tränen. Ihr gebrochenes Herz würde auch niemals verheilen. Hastig trank sie ihren Kaffee in einem Zug aus und entschuldigte sich dann. Zurück in ihrem Zimmer fiel sie laut schluchzend auf ihr zerwühltes Bett.

»Weine doch nicht.«

Überrascht hob Rosalie den Kopf. Paul saß neben ihr, legte sanft seine Hand auf ihre Schulter.

»Geh weg«, zischte sie leise.

»Wir müssen los«, sagte er mit ganz normaler Stimme, als sei gestern Abend überhaupt nichts geschehen.

Rosalie zog die Nase hoch, schluckte ihre Tränen runter und sagte kühl: »Ich komme gleich.« Wenn er es so haben wollte, bitte schön. Dann würde sie sich auch benehmen, als wäre alles in bester Ordnung.

Paul schleppte Bananenkisten von der Reiferei zum Verkaufsstand. Die Holzkisten mit den ganzen Stauden wogen um die fünfzig Kilo. Normalerweise beförderte er die Kisten mit der Transportkarre von A nach B. Heute packte er sich die Last direkt auf die Schultern. Er wollte unter dem Gewicht keuchen. Sich bis zum Umfallen müde arbeiten. Den Tanzabend vergessen.

Mittags waren die Hände aufgeschürft, Hemd und Pullover durchgeschwitzt, der Rücken schmerzte. Geändert hatte die Schufterei nicht das Geringste. Seine Gedanken wurden von einem einzigen Namen beherrscht.

Sarah.

Die Pause mit den Helfern lenkte ihn nur eine Zigarettenlänge ab. Womöglich half Flucht. Raus aus dem Großmarkt. Einfach in den Lloyd steigen, davonfahren und nicht zurückkehren. *Wer den Tod nicht scheut, fährt Lloyd,* brüllte ihm so mancher Lausebengel im Vorbeifahren zu. Aber Paul war nicht lebensmüde, nur unglücklich, außerdem würde er den Eltern niemals so etwas Schreckliches antun. Sie hatten ihn und seine Schwester in ihrer Familie aufgenommen, dafür war er dankbar und wollte sich als würdiger Erbe erweisen. Einer, dem die Firma wichtig war. Der sich um den Umsatz ebenso wie um die Kunden bemühte. Auch um die säumigen Kunden. Der Krumbiegel Horst, Besitzer eines Krämerladens in der Entenbachstraße, zahlte schleppend oder gar nicht. Redete sich gerne mit »Hab kein Geld dabei« raus. Auch die Mahnungen per Post zeigten wenig Wirkung. Paul hatte dem Vater vorgeschlagen, die Außenstände vor Ort zu kassieren. Mit dem alten

Krumbiegel persönlich zu verhandeln würde seine volle Konzentration fordern. Dann blieb keine Muße, sich nach einem Mädchen zu sehnen, das er nicht hätte küssen dürfen. Und wenn das alles nicht fruchtete, gab es eine letzte Möglichkeit: Emma Nusser zu besuchen und den Feinkostladen zu begutachten, was er seit Langem versprochen hatte. Emmas aufgedrehtes Geplapper würde seine verbotenen Gedanken in Windeseile zerstreuen.

Doch unterwegs packte ihn die Sehnsucht nach Sarah, trieb ihn an die Isar, wo sie halb nackt nebeneinander gesessen hatten. Eine Zigarette lang träumte er von einem verbotenen Glück. Überlegte ernsthaft, den Eltern die Geschichte über ihre wahre Identität zu erzählen. Ja, warum eigentlich nicht, murmelte er halblaut. Sie waren zwei verängstigte Kinder gewesen, die nicht über die Folgen nachgedacht hatten. Es war doch nichts weiter als eine Notlüge, die sie sich ausgedacht hatten, um nicht getrennt zu werden. Wie hätten sie ahnen können, dass sie sich ineinander verlieben würden.

Er zündete sich die nächste Zigarette an und suchte in Gedanken nach Gründen, warum sie ausgerechnet jetzt mit der Wahrheit rausrückten. Halblaut formulierte er Ausflüchte, Erklärungen und Entschuldigungen, um am Ende alles zu verwerfen. Warum sollten die Eltern ihnen glauben? Würden sie nicht fragen, warum sie sich mit einer Lüge bei ihnen eingeschlichen hatten? Warum sie die Umstände nicht vor der Adoption gestanden hatten? Die Erinnerung an den Tag der Kindesannahme, wie es auf dem Amt formuliert worden war, jagte ihm einen Schauer über den Rücken. Hier lag das eigentliche Problem – die Eltern hatten amtliche Formulare unterschrieben. Kämen er und Sarah ins Gefängnis, weil sie vorsätzlich die Unwahrheit zu Protokoll gegeben hatten? Immerhin waren sie damals schon einige Jahre älter und sich ihrer Lügen durchaus bewusst gewesen.

Mit dem Ausdrücken der Zigarette wurde ihm klar, dass die Wahrheit auch für die Eltern gefährlich werden konnte. Am Ende würde man sie noch beschuldigen, die Ämter wissentlich getäuscht zu haben. Und das war eine Straftat, wie dieser Bacher damals Agathe erklärt hatte.

Krumbiegels Krämerladen erreichte er wenige Minuten vor Ladenschluss. Als er das Geschäft mit den spärlich gefüllten Holzregalen betrat, war die Frischware von der Straße bereits abgeräumt und Frau Krumbiegel dabei, die Tageseinnahmen zu zählen.

»Da komme ich ja im richtigen Moment«, scherzte Paul. Deutlicher musste er nicht werden, die Ladnerin war nicht auf den Kopf gefallen.

Kleinlaut blätterte sie den schuldigen Betrag auf den Verkaufstisch und spendierte eine Schachtel Zigaretten als Säumniszuschlag.

Inzwischen war es für den Besuch bei Emma Nusser zu spät geworden, die einkassierten Krumbiegel-Schulden gehörten in die Firmenkasse. Der Vater würde staunen.

Paul fand die Großmarkthalle im Feierabendstillstand. Niemand warnte lautstark »Achtuuung«, weil er eine sperrige Ladung durch die Gänge schob. Keiner grüßte »Servus, Hummel Paule« oder lud ihn auf ein Haferl Kaffee ein. Sämtliche Stände waren geschlossen. Die Waren abgebaut, die Plätze sauber gefegt, die Gitter heruntergelassen, wie jeden Tag nach Betriebsschluss. Er blickte auf seine Armbanduhr, ein Geschenk zu seinem achtzehnten Geburtstag von Sarah... Nein! Von meiner *Schwester*, rügte er sich vehement, sodass die Worte als Echo in seinen Gedanken widerhallten.

Schwer atmend verließ er die Großmarkthalle und lief rüber ins Kontorhaus, wo sich das Büro mit dem Schreibtisch und die Rollladenschränke für Aktenordner befand. Dort erledigten die Eltern gewöhnlich die allabendliche Abrechnung.

Statt der Eltern saß Rosalie am Schreibtisch und hackte eifrig mit zwei Fingern auf die Schreibmaschine ein.

Paul musste unwillkürlich lächeln. Trotz der drei Jahre Unterricht, in denen sie auch zu Hause mit zehn Fingern geübt hatte, tippte sie am liebsten mit den Zeigefingern. Ihr Pferdeschwanz wippte dazu im Takt. Mit aller Kraft wehrte er sich gegen den Wunsch, sie in die Arme zu nehmen und nie wieder loszulassen.

Rosalie blickte mürrisch auf. »Lach nicht.« Offensichtlich hatte sie sein Grinsen bemerkt.

»Überstunden?«, fragte er so sachlich wie möglich, als er sich bewusst wurde, dass er allein mit ihr war. Vielleicht waren sie sogar die Letzten im ganzen Kontorhaus.

»Mist, jetzt hab ich mich vertippt.« Trotzig blickte sie ihn an.

»War nicht meine Absicht«, sagte Paul, die Schuld auf sich nehmend, kramte das kassierte Bargeld aus der Hosentasche und legte es auf den Schreibtisch.

Rosalie nahm die Hände von den Tasten. »Was soll ich damit?«

»Ins Kassenbuch eintragen und Krumbiegels Außenstände streichen.« Paul setzte sich auf den Hocker. »Aber ich kann das auch gerne für dich erledigen.« Er hörte sich reden, fand seine Stimme auch völlig normal klingend und fragte sich dennoch, ob sie seine Nervosität bemerkte. Ob sie an den gestrigen Abend dachte? An den Kuss? Ich muss aufhören, ständig daran zu denken, mahnte er sich insgeheim. Um sich abzulenken, angelte er das Päckchen Zigaretten aus seiner Jackentasche.

»Kriege ich auch eine?«

Paul zögerte. Gemeinsam zu rauchen war vielleicht alles, was sie jemals zusammen haben würden. Er schüttelte zwei Zigaretten aus der Packung und zündete beide an. Dann stand er auf und reichte eine davon Rosalie über den Tisch.

Sie öffnete leicht den Mund und sah ihm dabei tief in die

Augen, als er ihr die Zigarette zwischen die Lippen schob. Einen Atemzug lang glaubte er, sie habe seine Finger geküsst. Verzehrte sie sich genauso sehr nach ihm wie er nach ihr?

Als Rosalie die erste Rauchwolke ausstieß, öffnete sich die Bürotür. Wie ertappt versteckte sie die Hand mit der Zigarette unter dem Schreibtisch.

Ihr Vater schob sich in den Raum. »Da seid ihr ja«, sagte er und strahlte über das ganze Gesicht.

Paul musterte ihn erstaunt. Er hatte sich in Schale geworfen. Statt seiner Arbeitskleidung – Cordhosen mit kariertem Hemd, dickem Pullover und seiner an den Ärmeln geflickten Jacke – trug er seinen besten dunklen Anzug. »Wo willst du hin mit Schlips und Kragen?«

»Frag lieber, wo ich gewesen bin«, verbesserte Albert Hummel. »Und gib mir auch eine Zigarette... Rosalie, du musst deine nicht verstecken, du bist doch schon sechzehn, und solange du nicht wie eine Bordsteinschwalbe auf der Straße qualmst, habe ich nichts dagegen.«

»Hab mich grad vertippt«, murmelte Rosalie verlegen, als sei das der Grund für die Zigarette.

Paul hielt seinem Vater die Packung hin. »Und, wo warst du?«

»Rechts der Isar.«

»Was fehlt dir?« Paul war blass geworden.

»Keine Bange, nichts...«

»Aber was macht man in einem Krankenhaus, wenn man gesund ist?«, beharrte Paul.

Albert Hummel lachte. »Mir geht's wirklich gut, mein Sohn.« Er ließ sich Feuer geben und nahm einen tiefen Zug, bevor er weitersprach. »Ich war bei der Verwaltung. Agathe hat das eingefädelt. Der Küchenchef kauft ab und zu Blumen bei ihr, und sie hat ihn so ganz nebenbei gefragt, wo er seine Waren einkauft. Ab sofort beliefern *wir* die Klinik mit Obst und Gemüse. Na, was sagt ihr?«

Rosalie verschluckte sich am Rauch.

»Mensch, Vati, das ist spitze«, freute sich Paul.

»Du sagst es.« Albert Hummel ließ sich auf den Hocker fallen. »Es lief ja nicht schlecht in letzter Zeit, aber jetzt geht's wirklich steil bergauf.« Mit der flachen Hand deutete er die Richtung an.

»Das ist klasse, Vati. Und was sagt Mutti dazu?«, fragte Rosalie.

»Wo ist sie eigentlich?«, wollte auch Paul wissen.

»Zu Hause, bereitet uns ein extrafeines Abendbrot zu. Zur Feier des Tages war sie bei Nussers groß einkaufen.« Albert Hummel drückte seine Zigarette aus. »So, und jetzt macht mal Schluss für heute, Mutti wird schon warten.«

Wilma Hummel servierte besten Parmaschinken aus Italien, Ölsardinen aus Spanien, feinsten Käse aus Frankreich und geröstetes Weißbrot statt des alltäglichen Graubrots. Mit eiskaltem Sekt wurde auf den Erfolg angestoßen.

Aber Paul gelang es nicht, sich aufrichtig zu freuen. Dachte er an seine ganz persönliche Zukunft, überfiel ihn eine seltsame Trauer. Er suchte Rosalies Blick, die damit beschäftigt war, Butter auf das geröstete Brot zu streichen. Sie schien großen Appetit zu haben, was er von sich nicht behaupten konnte. Es drängte ihn, sich bis zur Ohnmacht zu betrinken, um die verbotenen Gedanken zu betäuben. Wenigstens für ein paar Stunden. Nur zu gerne ermunterte er den Vater, eine zweite Flasche Sekt zu öffnen.

Albert Hummel sprach einen Toast aus: »Auf unsere Kinder! Ihr habt uns Glück gebracht.« Wilma Hummel wischte sich verstohlen ein paar Tränen aus den Augenwinkeln und fragte ablenkend: »Wer möchte etwas von dem Quarkauflauf mit eingeweckten Kirschen? Ausnahmsweise habe ich ihn unter der Woche gebacken.« Nur Albert hatte Appetit darauf.

Gegen zehn, zwei Stunden später als gewöhnlich, begab man sich fröhlich-angesäuselt zu Bett. Pauls Laune war unverändert düster. Seine Gedanken drehten sich in hohem Tempo um die Frage, ob Rosalie eines Tages heiraten würde. Sich vorzustellen, dass sie in den Armen eines anderen Mannes lag, bereitete ihm spürbare körperliche Schmerzen. Dann wieder fragte er sich, ob ihm tatsächlich eine *goldene* Zukunft beschieden war. Es war ein Familienabend im Glück gewesen, genau so, wie er es sich immer gewünscht hatte. Wie er es Rosalie versprochen hatte, damals in den Trümmern, als sie von einem Zuhause träumten. Davon, eines Tages in einer richtigen Wohnung zu leben, in warmen Betten zu schlafen und sich jeden Tag satt zu essen. Er hatte sein Versprechen gehalten. Und doch zweifelte er plötzlich daran.

Irgendwann schien er eingeschlafen zu sein. Als er mit ausgetrockneter Kehle erwachte, standen die Zeiger des Weckers auf kurz nach Mitternacht. Benommen schlich er ins Bad, vorbei an Rosalies Zimmer. Er blieb stehen, lauschte in die Stille und glaubte, sie weinen zu hören. Mit aller Macht wollte er zu ihr, sie trösten, doch er zwang sich, ins Bad zu gehen.

Auf dem Weg zurück sah er Licht unter der Tür durchscheinen. Und hörte deutlich ihr Schluchzen. Von Sehnsucht getrieben, legte er die Hand auf die Türklinke, zog sie wieder zurück, suchte nach Gründen, warum er das Zimmer betreten musste oder es auf keinen Fall tun sollte.

Unschlüssig stand er da, den Kopf an den Türrahmen gelehnt, flüsterte leise »Sarah«, als es plötzlich knarrte und die Tür sich öffnete.

19

Rosalie war aus ihrem stetig wiederkehrenden Sehnsuchtstraum erwacht.

Die Arme um die angezogenen Beine geschlungen, lag sie weinend da und wünschte sich eine Welt ohne Verbote, um sich schließlich eine dumme Närrin zu schelten.

Ratlos stand sie auf, öffnete das Fenster, beobachtete die Mondsichel am klaren Nachthimmel und überlegte zu springen. Aber was brächte ihr ein Sprung aus dem ersten Stock ein, außer Knochenbrüchen?

Unter Tränen legte sie sich wieder ins Bett. Gleich darauf hatte sie Durst. Vielleicht ein Bier, das würde sie beruhigen. Als sie die Tür öffnete, stand Paul vor ihr. Als käme er direkt aus ihrem Traum. Atemlos starrte sie ihn an. Ertrug es kaum, ihm so nahe zu sein. Hob hilflos die Arme, um ihn wegzustoßen, ließ sie wieder sinken.

Sekundenlang standen sie sich wortlos gegenüber. Zwei verzweifelte Verliebte, die sich in stummer Übereinstimmung fragten, wie es weitergehen sollte.

»Ich halte das nicht mehr aus«, flüsterte Paul schließlich und zog sie an sich.

»Ich auch nicht.« Selig schlang sie die Arme um seinen Hals und ließ sich von ihm in ihr Zimmer drängen. »Ach, Paul, was soll nur werden?«, seufzte sie, als sie gesittet auf dem Bett lagen und sich einfach nur in den Armen hielten. In diesem Moment war sie unendlich glücklich. Wenigstens für eine Nacht wollte sie glauben, die Sterne erreichen zu können.

»Ich weiß es nicht«, antwortete Paul. »Ich weiß nur, dass ich dich liebe, dass ich ohne dich nicht leben, nicht atmen, nicht denken kann, dass ich ... ach, ich wünschte ...« Er brach ab, um sie zu küssen.

»Was wolltest du sagen?«, fragte Rosalie später.

»Nichts.«

»Bitte, ich will es wissen.«

»Ich wünschte, dass wir die Geschwisterlüge nicht erfunden hätten«, sagte Paul so leise, dass es kaum zu verstehen war.

Die Ausweglosigkeit raubte Rosalie den Atem. »Wir waren doch noch Kinder ... woher hätten wir wissen sollen ...«

Er schloss sie fest in die Arme. »Ja, woher ...«

Bald drangen aus dem Erdgeschoss die typischen Geräusche des Morgens und der Duft von Kaffee zu ihnen. Wie jeden Morgen kochte Wilma Kornkaffee mit Zichorie für die »Kinder« und echten Bohnenkaffee für sich selbst. Albert war längst aus dem Haus, mit einem Butterbrot in Pergamentpapier und Kaffee in der Thermosflasche.

Auf Rosalies Nachttisch schrillte der Wecker. Fünf Uhr, die Nacht war vorbei, die Liebe gestärkt mit Schwüren. Paul versprach ihr, eine Lösung zu finden. Irgendeinen Ausweg gab es. Musste es geben.

Rosalie wollte ihm so gerne glauben, schluckte ihre Zweifel hinunter wie bittere Medizin. Alle Welt hielt sie für Geschwister, schwarz auf weiß stand es in den Adoptionspapieren, war es offiziell registriert. Was sollte sich daran ändern?

Kurz nach sechs waren beide zurück in der Realität. Zurück in der ablenkenden Geschäftigkeit des Großmarktes, die Liebesschwüre tief in ihren Herzen vergraben.

Paul begutachtete mit seinem Vater neu angekommene Ware auf dem Güterbahnhof. Rosalie betrat indessen das Büro, nahm die Abdeckung von der Schreibmaschine, legte den Bestellblock zurecht und spitzte die Bleistifte an.

Bei den kleineren Krämerläden hatten sich die kostenlosen Lieferungen von Hummel junior herumgesprochen. Und wer selbst kein Automobil besaß, sparte nicht nur die Speditionskosten, sondern wurde auch schneller beliefert. Seitdem nahmen die telefonischen Bestellungen stetig zu, wie Paul es vorhergesagt hatte.

Rosalie liebte ihre Tätigkeit im Büro. Rechnungen schreiben, Kassenbuch führen oder mit den Kunden schwatzen empfand sie nicht als richtige Arbeit. Gegenüber der Schlepperei in der Großmarkthalle war es ein angenehmer Zeitvertreib. Noch dazu telefonierte sie für ihr Leben gern. Seit Mitte November häuften sich auch die Weihnachtsbestellungen, die Maroni-Verkäufer orderten Ware für den Christkindlmarkt, und besonders oft wurde der frische Rosenkohl von der Insel Reichenau verlangt. Schnell hatte sie herausgefunden, dass die meisten Kunden noch ein, zwei Artikel mehr bestellten, wenn sie frisch eingetroffene Waren erwähnte, nachfragte, wie es ihnen und der Familie ging oder einfach nur belanglos übers Wetter schwatzte. Wenn sie die Anrufer nicht persönlich kannte, stellte sie sich gerne vor, was für ein Gesicht zu der jeweiligen Stimme gehörte und wie alt sie waren. Aus dem Tonfall hörte sie heraus, wer Sorgen hatte oder vielleicht nur einen Katarrh.

Gegen Mittag hatte Rosalie eine beachtliche Liste mit Aufträgen für Paul, die er am Nachmittag erledigen würde. Und sie suchte nach einem Grund, um mitzufahren, als das Telefon läutete.

»Rosalie Hummel, Obst und Gemüse.«

»Grüß dich, Rosalie, hier ist Edeltraud... Ich habe auch bei Agathe gewohnt...«, redete sie weiter, als Rosalie nicht sofort antwortete.

»Oh, ja, natürlich. Bist du auf Besuch in München?« Rosalie erinnerte sich, dass Edeltraud einen GI geheiratet hatte und nach Amerika ausgewandert war. Zum Abschied hatte sie ihr einen Packen Romanhefte geschenkt.

»Äh... nein... der Jeff... also... ich bin nicht verheiratet...«

Rosalie horchte auf. Edeltrauds Stimme klang traurig, nach unterdrückten Tränen. Nach unglücklicher Liebe. Nach verlassen werden. »Ich auch nicht«, entgegnete Rosalie und hoffte, nicht allzu traurig geklungen zu haben. Denn mit demselben Atemzug erinnerte sie sich an ihr Versprechen, niemals zu heiraten.

»Na, du bist ja noch zu jung dazu, oder?«, meinte Edeltraud.

»Stimmt, ich bin noch nicht mal achtzehn, und was das Heiraten angeht, na ja...« Rosalie brach ab, bevor ihr etwas Unüberlegtes rausrutschte, und wechselte das Thema. »Arbeitest du noch bei den Amerikanern?«

»Nicht direkt«, antwortete Edeltraud. »Ich habe einen kleinen Sohn, bin Kellnerin in der *Cracker Box,* einem Musiklokal in der Leopoldstraße, in dem ausschließlich amerikanische Soldaten verkehren. Die GIs haben die Taschen voller Geld und geben reichlich Trinkgeld. Du weißt, ein Dollar ist vier Mark wert, davon können der kleine Freddie und ich gut leben, wenigstens das«, lachte sie. »Wir wohnen wieder bei Agathe, daher weiß ich auch von der Adoption. Das freut mich sehr für euch.«

»Wir haben großes Glück gehabt, die Eltern sind die liebsten und besten der Welt«, sagte Rosalie mit fester Überzeugung und fragte nach dem Alter des kleinen Freddie. Sein Vater war vermutlich dieser Jeff, der Edeltraud sitzengelassen hatte – eine wacklige Stimme war eben verräterisch.

Edeltrauds Sohn war inzwischen fünf, würde nächstes Jahr eingeschult. »Agathe hütet ihn, wenn ich abends arbeiten muss. Kommt uns doch mal besuchen, vielleicht am Sonntagnachmittag zu Kaffee und Kuchen«, sagte Edeltraud. »Agathe freut sich bestimmt auch... Ach, warum ich überhaupt anrufe... wir brauchen massenhaft Orangen und Zitronen in der Kneipe... da habe ich gedacht, die kaufen wir jetzt bei euch.«

»Ja, Südfrüchte haben wir *massenhaft*«, sagte Rosalie, und dann lachten sie beide. »Wenn du magst, liefern wir an die gewünschte Adresse.«

Nachdem Rosalie die Bestellung notiert, sich verabschiedet und aufgelegt hatte, beschloss sie, möglichst bald mit Paul in Haidhausen vorbeizuschauen. Danach könnten sie noch ein wenig spazieren fahren. Auf der Ladefläche war es mit Decken ganz gemütlich. Kleine gestohlene Glücksmomente...

Das Telefon schrillte in ihre Tagträume.

»Rosalie Hummel, Obst und...«

»Servus, Rosalie. Hier ist Emma.«

Die Salatverkäuferin! Rosalie schluckte. Ihre gute Laune war futsch. »Servus«, antwortete sie knapp. Dennoch war ihr Emma als Kundin am Telefon hundert Mal lieber als in Person. »Was kann ich für dich tun?«, fragte sie süßlich.

»Ja... also... mir ist das Auto verreckt«, begann Emma. »Meinst, der Paul könnt mir was liefern?«

Rosalie glaubte ihr kein Wort. Ob Emmas Wagen tatsächlich den Geist aufgegeben hatte, war ja übers Telefon nicht zu kontrollieren. »Heute noch?«, sagte sie leicht geschockt. »Das schaut schlecht aus, die Lieferliste ist ellenlang.«

»Er kann auch gerne noch nach Geschäftsschluss kommen. Ich tät dann im Laden auf ihn warten.«

Ah, daher wehte der Wind. Nach Ladenschluss noch ein wenig Süßholz raspeln. Na, die Suppe würde sie ihr gründlich versalzen. Rosalie unterlegte ihre Stimme mit einer doppelten Portion Verbindlichkeit. »Ja, wenn es so dringend ist, für eine gute Kundschaft macht der Paul doch gerne Überstunden.«

Paul lenkte den Wagen einhändig, mit der anderen hielt er Rosalies Hand fest. »Sollen wir einfach weiterfahren?«

»Und Emma Nusser nicht beliefern?« Rosalie sah ihn irritiert an. »Das würde sie dir niemals verzeihen.«

»Nein, ich meine einfach abhauen. Nach Italien meinetwegen, ins Land, wo die Zitronen blühen. So sagt man doch.«

»Spinner.« Rosalie drückte zärtlich seine Hand. »Aber ein Urlaub wäre traumhaft. Vielleicht in den Bergen, wo meine Eltern aufgetreten sind. Unlängst habe ich in der Auslage eines Reisebüros ein Plakat gesehen. Eine Woche in den Chiemgauer Alpen kosten pro Person inklusive Vollpension nur neunzig Mark.«

»Vielleicht könnten wir tatsächlich ein paar Tage verreisen«, überlegte Paul. »Ich frage die Eltern.«

»Die werden es nicht erlauben, solange so viel zu tun ist.«

Als er in der Theresienstraße vor *Feinkost Nusser* anhielt, war es nach halb sieben, also Ladenschluss. Rechts neben dem Feinkostladen wurden Schallplatten und Plattenspieler angeboten. In der Mitte des hell erleuchteten Schaufensters präsentierte der Händler ein Fernsehgerät im Teakholzgehäuse auf zierlichen Füßen für 1199 Mark. Daneben eine Werbetafel: *Leisten Sie sich zu Weihnachten etwas Besonderes.* Dass es zurzeit noch an regelmäßigen Fernsehsendungen fehlte, wurde verschwiegen. Ohnehin war es fraglich, wer sich solch ein Gerät leisten konnte. Ein Arbeiter mit vierhundert Mark monatlich jedenfalls kaum.

Zur linken Seite des Feinkostgeschäfts war eine Bürstenfabrik ansässig. Wobei die Bezeichnung »Fabrik« mehr als geprahlt war. Dem schmalen, prall gefüllten Schaufenster nach zu urteilen handelte es sich eher um einen fleißigen Handwerker mit Ladengeschäft.

Paul stellte den Motor ab, strich Rosalie übers Haar und küsste sie eilig. »Man wird doch noch träumen dürfen.«

»Ja …«, seufzte Rosalie sehnsuchtsvoll.

Paul öffnete die Wagentür und war kaum ausgestiegen, da stürzte Emma aus dem Laden. Strahlend lächelnd stöckelte sie auf Paul zu. Als sie Rosalie auf der Beifahrerseite auftauchen sah, erstarb ihr breites Grinsen, und ihre Lippen verschlossen sich zu einem missmutigen Strich.

Rosalie winkte Emma über das Autodach zu. »Servus, Emma.«

Emma nickte sichtlich angefressen.

»Tut mir leid, wir sind spät dran«, entschuldigte sich Paul. »Und wenn mir meine Schwester nicht geholfen hätte, wäre ich immer noch nicht da.« Das war gelogen, sie hatten unterwegs mehrmals angehalten, Zigaretten geraucht, sich in den Armen gehalten und geküsst.

»Hätte mir nichts ausgemacht, noch länger auf dich zu warten.« Emma legte den gelockten Kopf schief wie ein kleiner Pudel.

»Schöner Laden«, sagte Paul freundlich, als er die beiden reichlich bestückten Auslagen neben dem in der Mitte liegenden Eingang betrachtete.

»Heute erst dekoriert«, verkündete Emma. Ihr Besitzerstolz war nicht zu überhören. »Frisch eingetroffene Bonbonnièren aus Paris, gefüllt mit Luxuspralinés im rechten Fenster, edle Delikatesskonserven im anderen. Gefällt's dir?«

Paul nickt anerkennend. »Respekt.«

Emma strahlte. »Magst mal den Kaviar probieren?«

Rosalie zog eine angewiderte Grimasse. »Igitt, Fischeier.«

»Die Verkostung ist freiwillig«, sagte Emma spitz, und es klang deutlich nach: *Wer hat dich denn eingeladen.*

Paul beeilte sich, die Ladefläche des Lloyds zu öffnen. »Danke, ein andermal sehr gerne, heute reicht die Zeit nicht.« Wie Emma sich wieder zurechtgemacht hatte, zeigte überdeutlich ihre Absichten. Statt des in der Lebensmittelbranche üblichen weißen Kittels trug sie eine blasslila Langarmbluse, dazu einen brombeerrot-lila karierten Glockenrock. An ihren Ohren baumelten alberne Weintrauben-Klips, und ihr Haar wirkte frisch onduliert. Sie war nicht wirklich hässlich, vielleicht etwas zu mollig für seinen Geschmack, aber er sah in ihr nun mal lediglich eine gute Kundin, die er nicht verärgern wollte. Er hatte es Rosalie auf der Fahrt genau erklärt und sie gebeten, freundlich zu Emma zu sein. Leider sah es im Moment nicht danach aus, als dächte sie auch nur im Traum daran, ein einziges nettes Wort an Emma zu verlieren.

»Ich rauche noch eine hier draußen«, verkündete Rosalie überraschend, als er die Orangenkiste aus dem Kombi nahm. »Aber wehe, du flirtest mit der Salatmamsell, dann kratze ich dir die Augen aus«, flüsterte sie ihm noch zu.

»Sie ist gar nicht mein Typ«, sagte Paul leise. Er hatte nicht vor, sich länger als nötig bei Emma aufzuhalten.

Emma schritt hoch erhobenen Hauptes voran, als habe sie die Rivalin besiegt, und öffnete für Paul die Tür. »Ein paar Minuten hast du doch sicher, oder?«

»Wohin mit der Kiste?« Paul sah sich suchend um. Emma verschlang ihn auch heute wieder mit Blicken. Ihm aber war jede Sekunde Augenkontakt zu viel.

»Hier entlang.« Emma deutete auf einen offenen Durchgang hinter der breiten Ladentheke. »Ich geh mal voran und schalte das Licht ein.«

Paul folgte ihr die drei Stufen hinauf in die hinteren Räume. Aus Gesprächen wusste er, dass hinter dem Laden weitläufige Lagerräume lagen. Das gesamte Anwesen war im Besitz ihrer Eltern, mit denen sie in der ersten Etage wohnte. Es gab auch noch eine ältere Schwester. Soweit er wusste, studierte sie irgendwo. Nachgefragt hatte er nie, auch das kleinste Interesse konnte falsche Hoffnungen wecken.

Emma öffnete eine Tür. Licht flammte auf.

Kalte Luft schlug Paul entgegen. Der Raum schien nach Norden ausgerichtet zu sein, dementsprechend kühl war es jetzt im Spätherbst. Vermutlich auch in den wärmeren Monaten.

An zwei Wänden standen bis zur Decke reichende Holzregale. Eines der Regalbretter war gefüllt mit kolumbianischem Kaffee in goldfarbenen Dosen. Darüber großblättriger englischer Tee in silbrig glänzenden Lacktüten, nicht der staubige Abfall in den Aufgussbeuteln. Darunter Mixed Pickles in Gläsern und golden beschriftete Dosen mit Schildkrötensuppe. Angewidert schüttelte er sich und stellte eilig die Kiste ab. Als er sich umdrehte, stand Emma dicht neben ihm. Unwillkürlich wich er zurück.

»Ein Glaserl Sekt?«, hauchte sie. »Um deinen ersten Besuch bei mir zu feiern. Ich habe einen Piccolo kalt gestellt. Wir könnten ein wenig ratschen und ...«

»Vielen Dank«, unterbrach er sie. »Es ist schon spät, und die Eltern machen sich immer noch Sorgen, wenn wir mit dem Wagen unterwegs sind.«

Kichernd näherte sie sich ihm. »Ach, geh, du bist bestimmt ein ganz pfundiger Fahrer ...« Unvermutet schlang sie die Arme um seinen Hals.

Paul hielt die Luft an. Sie roch intensiv nach einem Parfüm, das er als viel zu süß und schwer empfand. Sein Körper versteifte sich, er trat einen Schritt zurück.

»Hallo, wo seid ihr?« Es war Rosalies Stimme. »Dauert's noch lange, es ist saukalt draußen.«

Paul atmete erleichtert auf. Eine Sekunde später, und Emma hätte ihn abgeknutscht.

Emma drehte sich abrupt um und stöckelte hoch erhobenen Hauptes in den Verkaufsraum. Dass sie beleidigt war, musste sie nicht erwähnen, Paul konnte es förmlich spüren.

»Wirst es wohl noch erwarten können«, fauchte Emma Rosalie an und verschanzte sich hinter ihrem Ladentisch.

»Nix für ungut, wenn ich bei was Wichtigem gestört habe.« Rosalie klang höflich, ihrer Miene war der Spott nicht anzusehen. Ganz wie eine unschuldige Lieferantin ging sie auf den

Ladentisch zu und hielt Emma ein gelbes Blatt Papier entgegen. »Wenn ich dann bitte schön auch gleich kassieren dürfte.«

»Der hast du es aber gegeben«, lachte Paul, als er den Wagen startete.

Rosalie zuckte die Schultern. »Die mopsige Salatverkäuferin ist doch hinter dir her wie der Teufel hinter der armen Seele...«

»Du übertreibst«, wiegelte Paul ab, um keine Diskussion zu provozieren. »Emma macht allen Jungs schöne Augen, das habe ich zumindest beobachtet.«

»Ach, du beobachtest sie?« Rosalie kramte in ihrer Manteltasche und förderte eine Schachtel Zigaretten zutage. »Darf man fragen, warum?«

Paul antwortete nicht, fuhr stattdessen bei der nächsten Gelegenheit rechts ran und stellte den Motor ab. Ohne lange Erklärungen zog er Rosalie an sich und küsste sie innig. »Oh, Sarah, ich liebe doch nur dich«, flüsterte er ihr dann ins Ohr.

Rosalie schmiegte sich in seine Arme. »Ehrlich?«

»Ganz ehrlich. Wir gehören zusammen, wie der Wind...«, versicherte Paul.

»...und das Meer«, seufzte Rosalie.

»Genau. Und außerdem kann Emma sich mit zehn Pfund Schmuck behängen, mit Parfüm überschütten und stundenlang mit den Wimpern klimpern, gegen dich wird sie immer ein Mauerblümchen bleiben.« Er strich ihr eine dunkle Locke aus der Stirn, die vorwitzig aus der selbst gestrickten dunkelroten Wollmütze hervorlugte. »Selbst in deiner Arbeitskluft bist du tausend Mal schöner als sie. Und Millionen Mal verführerischer.« Leidenschaftlich riss er sie an sich.

»Ach, Paul«, seufzte Rosalie, als er sie wieder losgelassen hatte. »Manchmal fürchte ich, dass Wind und Meer auch Sturmfluten und Verderben bedeuten.«

»Ich würde dich retten, keine Angst«, versprach Paul

»Warum nur sind wir in dieser blöden Lüge gefangen.«

Paul sah sie ernst an. »Wir finden einen Ausweg, irgendwann sind wir frei, versprochen. Aber wir wollen doch die Eltern nicht verletzen, oder?«

»Nein, natürlich nicht, dazu hab ich sie viel zu lieb.«

»Deshalb müssen wir Geduld haben.«

»Wie lange noch?«

»Manchmal liegt die Lösung ganz nahe, wir sehen sie nur noch nicht.«

»Welche Lösung, wo?« Rosalie blickte ihn zweifelnd an.

Paul küsste sie sanft. »Geduld ist nicht deine Stärke, oder?«

»Deine vielleicht?«

20

Acht Jahre nach Kriegsende war die bayerische Hauptstadt von den meisten Trümmern beseitigt. Der Stadtrat hatte die abstrusen Ideen einiger Fachleute, München abseits der Ruinen am Starnberger See völlig neu aufzubauen, inzwischen verworfen und den an der Tradition orientierten Wiederaufbau der Stadt beschlossen. Mit jedem neuen Tag normalisierte sich das Leben der Menschen. Die Rationierung der Lebensmittel war seit 1950 aufgehoben, der Schwarzmarkthandel in der Möhlstraße wurde nun regelmäßiger von Polizisten oder Zollbeamten gestört und gehörte hoffentlich bald der Vergangenheit an. Auf dem Nockherberg wurde wieder Starkbier ausgeschenkt, in München-Freimann sollte bis zum Jahresende ein Fernsehstudio errichtet werden und im September das fünfte Oktoberfest seit Kriegsende stattfinden. Just in diesem Jahr feierte die Fischer-Vroni ihr fünfzigjähriges Jubiläum. Familie Hummel gedachte, kräftig mitzufeiern, lieferten sie doch die Zwiebeln für Vronis beliebte Fischsemmeln.

Im Frühjahr fanden Rosalie und Paul endlich die Zeit, Edeltraud abends in der *Cracker Box* zu besuchen. Als sie auf das Lokal zusteuerten, kam ihnen eine Gruppe stark angeheiterter GIs entgegen, und noch ehe Paul reagieren konnte, drängten sie ihn zur Seite. Zwei der Soldaten hakten Rosalie unter und wirbelten sie mit einem *»Hey, pretty baby«* herum. Es dauerte nur wenige Sekunden, doch Rosalie kam es wie eine Ewigkeit vor, in der sie panisch nach Paul rief. Mutig stürmte er auf die ausgelassenen Befreier zu und schleuderte ihnen gleichzeitig ein wütendes »Stopp!« entgegen. »*Don't worry!*«, lachten sie, ließen Rosalie los und tippten sich zum Abschied an ihre Mützen.

Aufgelöst fiel Rosalie Paul in die Arme. »Ich will wieder nach Hause.«

»Ist doch nichts passiert, die waren einfach nur angesäuselt und ziemlich übermütig«, tröstete er sie. »Außerdem bin ich neugierig auf den Laden. Du nicht?«

Rosalie atmete noch schwer und zögerte. »Bist du sicher, dass auch Normalsterblichen der Zutritt erlaubt ist? Ich habe keine Lust auf noch mehr Ärger mit betrunkenen Soldaten.«

»Musst keine Angst haben«, er legte den Arm um ihre Schultern. »Ich würde für dich durchs Feuer gehen. Außerdem liefern wir die Südfrüchte für den Laden, und notfalls kassieren wir halt die letzte Rechnung ab. Beruhigt, mein *Marijellchen?*«

Rosalie liebte es, wenn er das ostpreußische Wort für Mädchen gebrauchte. Seit sie sich ihre Liebe gestanden hatten, waren es diese Kleinigkeiten, die sie unendlich glücklich machten. Wenn er sie Sarah nannte oder ihr Kosenamen ins Ohr flüsterte, fühlte sie sich noch enger mit ihm verbunden. Wenn das überhaupt möglich war. Mit Paul allein etwas zu unternehmen war einfach himmlisch. In solchen Stunden kam sie sich vor wie eine ganz normale junge Frau an der Seite ihres Geliebten. Doch immer wieder packte sie die Angst, erwischt zu werden, wenn sie in der Öffentlichkeit Zärtlichkeiten austauschten. »Was, wenn uns jemand von unseren Kunden sieht? Die Eltern glauben doch, wir sind im Kino.«

Paul blickte Rosalie amüsiert an. »Hier verkehren nur GIs, die weder in der Großmarkthalle einkaufen noch unsere Eltern kennen.«

»Wir sollten aber auch wegen Edeltraud vorsichtig sein«, mahnte Rosalie noch unsicher.

Paul küsste sie auf die Wange und öffnete die Tür zum Lokal. Laute Musik schallte ihnen entgegen, und nach wenigen Schritten standen sie inmitten von Soldaten in sandfarbenen Ausgehuniformen. Alle hatten Gläser und Zigaretten in den Händen, lachten, schwatzten, schienen sich prächtig zu amüsieren und kein bisschen an der stickigen Luft zu stören.

Rosalie blinzelte durch die Rauchschwaden. Die Gaststätte war mit schlichten Holztischen und Stühlen ausgestattet. Seitlich erblickte sie auf einer wackelig wirkenden Holzempore eine fünfköpfige Band mit Trompeten und Saxofonen. Gegenüber, hinter einem Tresen, entdeckte sie Edeltraud, die mit einem Cocktail-Shaker hantierte, als habe sie nie etwas anderes getan.

»Endlich kommt ihr mal am Abend und nicht immer nur am Nachmittag, um die Zitronen abzuliefern«, brüllte Edeltraud über die Blechinstrumente hinweg. Für längere Unterhaltungen war es zu laut, also deutete Edeltraud auf zwei Barhocker und spendierte ihnen eine Cola-Rum mit viel Eis und Zitronenscheiben. In einer Musikpause erklärte sie ihrem Kollegen hinter dem Tresen, dass die *Kids* Verwandte seien.

Paul half Rosalie aus dem Mantel, zog auch seinen aus, legte sie mangels Garderobe über die Barhocker, und sie setzten sich einfach drauf.

Rosalie nahm einen großen Schluck aus dem Glas und dachte an Agathe, die ebenfalls ohne langes Nachdenken für sie gelogen hatte. Es schien, als folgten ihnen die Lügen auf Schritt und Tritt. Ihr ganzes Leben war ein einziges Lügengebäude, und nicht zum ersten Mal fürchtete sie, dass es eines Tages über ihnen einstürzen und nichts als Unglück bringen würde. Bedrückt lauschte sie den leiser gewordenen Saxofonklängen, während Paul sich mit Jim, einem Soldaten, unterhielt. Jim war hellblond und hatte sehr helle Augen, die selbst im Halbdunkel der Kneipe leuchteten. Er war seit 1945 in München, sprach inzwischen ein wenig Deutsch und bot Paul amerikanische Zigaretten an.

Edeltraud servierte ihr eine frische Cola-Rum. Rosalie

mochte das süßliche Getränk, und mit jedem Schluck schmolzen ihre trüben Gedanken wie die Eiswürfel im Glas.

»Über was hast du dich mit diesem Jim unterhalten?«, fragte Rosalie, als sie eine Stunde später über die Leopoldstraße Richtung Innenstadt fuhren.

»Unterhalten ist zu viel gesagt, wir haben uns eher einzelne Worte zugerufen.« Begeistert erzählte Paul von dem etwas holprigen Gespräch mit dem GI. »Jim stammt aus Florida. Soweit ich kapiert habe, besitzen seine Eltern eine Erdbeerfarm. Zwei bis drei Ernten im Jahr. Schier unvorstellbar, aber wenn es stimmt, ist Florida ein Paradies. Er meinte, wir seien jederzeit willkommen.«

»Willkommen, was soll das heißen?«

»Ihn zu besuchen«, erklärte Paul. »Jim glaubt, wir wären ein junges Ehepaar. Anscheinend hat Edeltraud von uns nur als Verwandte gesprochen, aber nicht erwähnt, dass wir Geschwister sind. Weiß sie etwa um unser Geheimnis?«

»Nein, auf keinen Fall. Ich habe ihr nichts erzählt und Agathe bestimmt auch nicht.«

In Sendling, kurz vor ihrem Zuhause, bog Paul in einen Seitenweg. Eng umschlungen saßen sie für unzählige letzte Küsse im Wagen. Nur hier im Dunkeln wagten sie, sich ganz ihren Gefühlen hinzugeben. Ihre Liebe war wie ein Kind der Nacht, das sich im ersten Morgenlicht an einem geheimen Ort verkroch.

Allzu selten fanden sie Gelegenheit, allein zu sein. Der Tanzkurs war lange vorbei, manchmal erlaubten die Eltern einen Kinobesuch, und einmal hatten sie gemeinsam eine Vorstellung im *Platzl* besucht. Das Restaurant mit Bühne war ein sogenanntes Lederhosentheater, in dem bayerische Volksschauspieler auftraten. In der Pause hatte Rosalie Magenschmerzen vorgetäuscht, die Erinnerung an ihre Eltern, die dort vor dem Krieg gespielt hatten, war zu schmerzhaft gewesen. Im Büro trödelte sie absichtlich bei ihren Arbeiten, und wenn Paul ihr bei dem Papierkram half, stellten sie sich vor, sie wären ein junges Paar, das gemeinsam etwas aufbauen wollte. Das vielleicht ein eigenes Schlafzimmer auf Raten kaufte, wie so viele jung Vermählte, die auf der Welle des Wirtschaftswunders schwammen.

Zu Hause waren sie übervorsichtig. Wilma hätte sie einmal beinahe in Rosalies Zimmer erwischt. Zum Glück hatten sie ihre Schritte auf der Treppe vernommen. Sie hatten zwar angezogen, aber eng umschlungen im Bett auf der Tagesdecke gelegen – eine plausible Erklärung dafür hätten sie ihr nicht geben können. Gerade noch rechtzeitig hatte Rosalie das Radio angestellt und Wilma gegenüber behauptet, sie hätten dem Hörspiel gelauscht.

Kaum hatten sie nun das Haus betreten, kam Wilma in einem geblümten Morgenmantel und grauen Wollsocken aus dem Wohnzimmer. »Kinder, wo bleibt ihr denn? Das Kino war doch längst aus. Ich konnte nicht schlafen, war ganz verrückt vor Sorge, weil ich dachte, ihr hättet einen Unfall gehabt. Der Wetterbericht hat Nachtfröste und Straßenglätte gemeldet.«

»Nicht böse sein«, sagte Paul und gestand den Besuch bei Edeltraud. »Wir hätten es dir sagen müssen, es tut uns leid.«

Kleinlaut nahm Rosalie die Schuld auf sich. »Ich wollte unbedingt Edeltraud in diesem Lokal besuchen. Paul kannte es ja von den Lieferungen ...«

»Schon gut ... jetzt seid ihr ja da.« Wilma schnaufte erleichtert. »Ich bin froh, dass ihr gesund und munter seid. Das nächste Mal sagt vorher Bescheid. Noch mal überlebe ich solche Todesängste nicht.«

Am nächsten Morgen marschierte Paul neben seinem Vater zum Lebensmittelbahnhof. Es war noch einmal kalt geworden, seit Wochen wütete eine heftige Grippewelle, die über einhundert

Tote gefordert hatte. Albert trug seinen warmen Filzhut, Paul selbst gestrickte Ohrenschützer, und Wilma hatte auf Schals bestanden. Zum Glück verfügte das Gelände des Großmarktes über einen eigenen, direkten Bahnanschluss, der Weg zum Lebensmittelbahnhof war also nicht sehr weit. Der Gleisanschluss war eine wichtige Voraussetzung für ein schnelles und reibungsloses Umschlagsystem verderblicher Waren. So kamen beispielsweise die frischen Produkte aus Süditalien über Bologna und Verona nach München direkt zu den Markthallen.

Heute erwarteten sie die ersten Karotten aus Süditalien, die per Schiff über Triest und dann per Bahn nach München kamen. Als Nächstes dann Gemüsepaprika, Tomaten und Zucchini, eine längliche grüne Unterart der Gartenkürbisse, hierzulande noch gänzlich unbekannt. Emma hatte Paul davon vorgeschwärmt. Auch wenn sie eine echte Nervensäge war, ihr Fachwissen fand er verblüffend.

Die Geschäfte liefen hervorragend, doch Paul versäumte keine Gelegenheit, neue Kunden zu gewinnen, um die Umsätze zu steigern. Letzten Sommer hatte er an trüben Tagen Biergärten besucht, da hatten die Wirte Zeit und Muße für ein Gespräch. Auch die Gaststätte *Chinesischer Turm*, die noch in den letzten Kriegsmonaten abgebrannt und inzwischen wieder errichtet worden war, wurde nun von ihm beliefert. Es fühlte sich einfach großartig an, den Kundenstamm zu vergrößern, Erfolg zu haben. Und gestern, bei dem Gespräch mit Florida-Jim, war ihm ein genialer Gedanke gekommen. Sein vorherrschender Wunsch war natürlich, mit Sarah einen Florida-Urlaub zu verbringen. Allerdings kostete ein Flug dorthin ein Vermögen, und ob die Eltern es erlauben würden, bezweifelte er. Vor allem in Wilmas Augen, die zwei eigene Kinder verloren hatte und deren Nervenkostüm deshalb schon beim ersten Frost Alarm schlug, waren Flugreisen gewiss eine lebensgefährliche Unternehmung.

Unterwegs berichtete Paul seinem Vater von dem Gespräch mit Jim. Er entschuldigte sich auch für das späte Nachhausekommen und versprach, zukünftige nächtliche Exkursionen anzukündigen.

»Schon recht, Sohn, ich will dich nicht auf Schritt und Tritt kontrollieren, du bist ein junger Mann, der seine Freiheit braucht, ich war auch mal jung und weiß, wie das ist. Aber wir machen uns halt Sorgen, wenn wir nicht wissen, wo ihr euch aufhaltet. Ihr seid doch unsere ganze Freude.« Albert Hummel schnaufte und zog gleichzeitig die Nase hoch. Lange gefühlvolle Ansprachen lagen ihm nicht.

Paul war erleichtert über das Verständnis seines Vaters und schwor sich wieder einmal, ihn niemals zu enttäuschen. »Was hältst du davon, wenn ich mit diesem Jim Kontakt aufnehme?«

Albert lupfte den Hut und grüßte einen Standnachbarn. »Servus, Schorsch.«

Paul nickte dem Mann zu. »Servus, Herr Schönleber... Soweit ich Jim verstanden habe, ernten sie drei Mal pro Jahr, wir könnten die Früchte also auch im Winter anbieten. Das wäre eine echte Sensation.« Er konnte seine Begeisterung kaum bremsen. »Bisher sind wir doch wie die anderen Händler auf die relativ kurze Erntesaison angewiesen. Selbst aus Italien kommen sie frühestens im April zu uns.«

»Ja, Erdbeeren im Winter würden einschlagen wie eine Bombe.« Albert klopfte seinem Adoptivsohn anerkennend auf die Schulter. »Leider muss ich deine Euphorie dämpfen. Diese Früchte können nicht unreif geerntet und über lange Strecken transportiert werden wie Bananen.«

»Das weiß ich...«

»Dann sollte dir auch klar sein, dass wir derart empfindliches Obst wie Erdbeeren per Luftfracht ranschaffen müssten, und die Kosten...«

»...wären utopisch«, erkannte Paul in diesem Moment und

wurde sich gleichzeitig bewusst, dass er immer noch eine Menge zu lernen hatte über den Handel mit Obst und Gemüse.

Albert war trotzdem mächtig stolz auf Pauls Idee. »Im Moment ist sie zwar noch nicht realisierbar, aber niemand kann in die Zukunft sehen.«

»Leider«, seufzte Paul, denn die Chance auf eine Reise nach Florida war damit geplatzt.

Rosalie blickte aus dem Bürofenster. Draußen wütete ein heftiges April-Schneegestöber, und in dem UKW-Radio, das sie zu Weihnachten fürs Büro bekommen hatte, sang Hans Albers *Nimm mich mit, Kapitän, auf die Reise.*

Ach, seufzte sie, einfach auf und davon, wenn das nur möglich wäre. Sie stellte sich vor, Hand in Hand mit Paul durch eine fremde Stadt zu laufen, wo sie völlig unbekannt waren und wo jeder sie für ein ganz normales Paar halten würde.

Das Telefon beendete ihre Fantasien. Sie drehte Hans Albers leiser, legte ihre Hand auf den Hörer, ließ es läuten und wünschte, es wäre jemand am anderen Ende der Leitung, der die Lösung für ihre Probleme parat hätte.

Ein kleiner Lebensmittelhändler aus Bogenhausen bat um eine Lieferung von Äpfeln und Wirsing oder Weißkohl, je nachdem, was noch zu haben sei. Automatisch notierte sie die Bestellung, erkundigte sich nach den Geschäften und verabschiedete sich besonders freundlich. Als sie aufgelegt hatte, waren die Sehnsuchtsträume wieder da.

Sie griff nach der Liste mit den Bestellungen und verließ das Büro, um nach Paul zu suchen, damit er die Waren noch heute auslieferte.

Paul breitete eine Decke auf der Ladefläche aus. Nach dem Ende seiner Lieferfahrten hatte er Rosalie vom Büro abgeholt und konnte sie endlich in seine Arme schließen. »Ich liebe den

Geruch nach Erde, der dem Wagen noch lange anhaftet«, sagte er. »Das erinnert mich an Natur und ...«

»Pommern?«

»Hmm ...« Paul küsste sie zärtlich. Eigentlich hatte er sich den Strand in Florida vorgestellt und wie es wäre, mit Sarah im Sand zu liegen. »Unter dem Gutshaus war ein riesiger Keller, wo auch die *Wrunken*... ich meine, die Steckrüben lagerten«, sagte er stattdessen.

»Immer, wenn du ostpreußische Wörter sagst, hast du Heimweh, oder?«, vermutete Rosalie.

»Kein Heimweh«, verneinte Paul. »Eher eine schöne Erinnerung, die ein angenehmes Kribbeln in der Magengegend verursacht«, vervollständigte er die angefangene Schwindelei.

»Meine Bauch-Schmetterlinge flattern, sobald wir zusammen sind.« Rosalie flüsterte, als fürchte sie, dieses Gefühl durch zu lautes Reden zu vertreiben.

»Meine süße Sarah«, seufzte Paul, bevor er sie leidenschaftlich küsste.

In den letzten Monaten war es bei Küssen geblieben. Aus Angst vor einer Schwangerschaft war es ihnen bisher gelungen, sich zu beherrschen, und sie hatten sich nur Berührungen und Liebkosungen erlaubt. Meist war es Rosalie, die Pauls fordernden Händen Einhalt gebot.

»Ich möchte auch, aber die Folgen wären eine Katastrophe«, flüsterte Rosalie ihm auch heute wieder zu, bat um eine Zigarette und erzählte von dem Hans-Albers-Lied, das am Nachmittag ihr Fernweh geweckt hatte.

»Ein Beweis, wie sehr wir eins sind«, entgegnete Paul und schilderte nun seinen Floridatraum in den buntesten Farben. »Dort, wo uns keiner kennt, könnten wir glücklich werden ...«

»Keiner wüsste um unser Geheimnis«, ergänzte Rosalie und schmiegte sich eng an ihn.

Unzählige Küsse später sagte Paul: »Wir sollten auswandern.«

»Du meinst, die Eltern, das Land und überhaupt alles verlassen? Koffer packen und für immer verschwinden?« Rosalies Stimme zitterte vor Aufregung.

»Ganz genau, das meine ich mit auswandern. Wir müssten zwar noch einmal neu anfangen, aber es wäre auch eine Chance.«

Rosalie entgegnete lange nichts. »Das wäre eine unmögliche… verrückte… vollkommen wahnsinnige Idee«, murmelte sie nach einer Weile.

»Ja, vielleicht ist die Idee vollkommen verrückt«, bestätigte Paul. »Aber was ist falsch daran zu hoffen, dass wir uns eines Tages nicht mehr verstecken müssen? Sich zu wünschen, dass sich etwas ändert?«

Doch wie wenig Hoffnungen bewirkten, wurde ihnen in den nächsten Wochen und Monaten bewusst. Und dass selbst die glühendsten Wünsche nichts daran änderten.

21

Kurz vor Weihnachten landete ein Luftpostbrief auf Rosalies Schreibtisch. Edeltraud hatte überraschend geheiratet, einen Oberst der US-Armee, den sie in der *Cracker Box* kennengelernt hatte. Ein Foto zeigte sie in einem cremefarbenen Kleid, mit ihrem Ehemann in Uniform. Der kleine Freddie stand frech grinsend vor dem Brautpaar. Ein Bild vom neuen Zuhause lag ebenfalls bei: ein zweistöckiges weißes Haus in Burlington, Vermonts größter Stadt in der Region Neuengland, Amerikas Ostküste. Freddie kriege sich gar nicht mehr ein über die Straßenkreuzer und Schiffe, die er im Hafen bestaunen könne, schrieb Edeltraud. Der Brief endete mit: *Kommt uns besuchen, wir würden uns freuen.*

Rosalie las die Worte mit klopfendem Herzen. Wieder und wieder und wieder. Weder sie noch Paul hatten die *verrückte* Idee noch einmal erwähnt. Nun, beim Lesen, sah Rosalie sich als Braut an Pauls Arm. Ein Traumbild, das sich nicht mehr verscheuchen ließ.

Tagelang rang sie mit sich, Paul den Brief zu zeigen, schloss ihn dann aber in eine der unteren Schreibtischschubladen weg. Damit er ihr nicht wieder in die Hände fiel, packte sie zur Sicherheit noch einen dicken Stapel Bestellblöcke obendrauf. Doch selbst wenn sie ihn verbrannt hätte, Edeltrauds Einladung wirkte wie ein Stein im Schuh, den sie bei jedem Schritt spürte.

Als Paul wenige Tage später am Abend ins Büro kam und zwei Tassen Glühwein mitbrachte, schloss Rosalie die Tür ab.

»Edeltraud hat geschrieben.« Sie holte das Kuvert aus seinem Versteck und zeigte ihm den Brief.

Paul las den Brief, betrachtete die Fotos und sagte lange nichts.

»Denkst du das Gleiche wie ich?«, fragte er schließlich und sah sie dabei ernst an.

Rosalie nickte. »Einfach weglaufen. Sofort!«

»Endlich ein neues Leben anfangen, frei von der Angst, entdeckt zu werden.« Pauls leise Stimme war wie zärtliches Streicheln.

»Ich wünsche es mir so sehr«, seufzte Rosalie.

»Es fehlt nur noch etwas Startkapital«, sagte Paul.

»Und ich habe noch keinen Personalausweis.«

Paul legte den Brief auf den Schreibtisch. »Zuerst brauchen wir einen Plan, genügend Bares, und danach kümmern wir uns um deinen Ausweis.«

Rosalie spürte einen dicken Kloß in ihrem Hals, der sich auch nicht mit Glühwein runterspülen ließ. »Und wenn es schiefgeht? Ich mag mir gar nicht vorstellen, was für Schwierigkeiten uns erwarten, wenn wir auffliegen.«

Paul strich ihr sanft über die Stirn, als könne er ihre Sorgen einfach wegwischen. »Mach dir keine Gedanken über Probleme, die noch weit weg sind, vielleicht niemals auftauchen. Denk lieber daran, wie sehr ich dich liebe«, sagte er zwischen zärtlichen Küssen. »Meine Liebe zu dir ist unendlich groß und tief wie alle Weltmeere zusammengenommen. Sie wird niemals versiegen... Ohne dich gibt es kein Glück für mich... Ganz egal, wie es ausgeht, wir versuchen es.«

»Oh, Paul, ich liebe dich so sehr.« Rosalie schmiegte sich in seine Arme. »Ich kann an nichts anderes mehr denken als an ein Leben mit dir. Jeden Abend stelle ich mir vor, in deinen Armen zu liegen, mit dir einzuschlafen, mit dir aufzuwachen. Stattdessen weine ich, allein in meinem Bett, weil ich mich so sehr nach dir sehne.«

Paul stöhnte auf, während seine Hand unter ihren Pullover schlüpfte. »Ich träume jede Nacht davon, mit dir zu schlafen. Ich begehre dich so sehr, ich kann nicht länger warten.« Er suchte ihre Lippen und drang mit seiner Zunge in ihren Mund, während seine Hände in nicht mehr zu bändigender Begierde über ihren Körper wanderten.

Rosalie wehrte sich nicht mehr. Sie zitterte am ganzen Körper und sehnte sich danach, endlich mit ihm vereint zu sein. »Ich will auch nicht mehr warten«, flüsterte sie heiser vor Verlangen.

Während sie keuchend ihre Kleider auszogen und ihrer allzu lange unterdrückten Begierde nachgaben, heulte ein heftiger Schneesturm ums Haus.

Atemlos lagen sie sich später in den Armen. Würden sie für ihre Zügellosigkeit bestraft werden? Ohne es auszusprechen, wussten sie, es gab kein Zurück.

Weihnachten sollte groß gefeiert werden. »Das vergangene Geschäftsjahr war das beste seit Kriegsende«, hatten die Eltern voller Stolz den Kollegen an den Nachbarständen erzählt.

Rosalie und Paul rätselten lange, wie sie den Eltern eine Freude machen könnten. Ein Geschenk zu kaufen hatten die beiden untersagt, und so kam Paul auf die Idee, ihnen »Ferien vom Betrieb« zu schenken. »Keine große Reise, aber ein paar Tage, in denen wir beide uns ganz allein ums Geschäft kümmern«, sagte Paul. »Zugleich wäre es eine Art Probelauf für die Zukunft.«

Rosalie glaubte, sich verhört zu haben. »Wieso Probelauf? Ich dachte, wir wollen so bald wie möglich nach Amerika. Oder hast du es dir anders überlegt?«

»Nein, nein, es ist nur...«

Rosalie meinte, Unsicherheit in Pauls Stimme zu hören. »Was?«

»Wir sollten keinen Verdacht aufkommen lassen und uns so normal wie möglich verhalten«, erklärte er.

»Hmm... stimmt schon«, gab sie ihm recht. Aber es war eine weitere Lüge. Rosalies Angst vor dem immer höher und wackeliger werdenden Lügenturm meldete sich zurück.

»Es wäre doch auch ein Geschenk für uns beide«, redete Paul weiter. »Wenn die Eltern weg sind, müssen wir uns zu Hause nicht verstecken. Können ein paar Nächte nebeneinander einschlafen, miteinander aufwachen. Würde dir das nicht gefallen, meine süße Sarah?«

»Was für eine Frage! Natürlich würde mir das gefallen.« Die Aussicht, wenigstens ein paar Tage mit Paul wie ein richtiges Paar leben zu können, ließ Rosalie ihre Ängste vergessen. Niemand wusste um ihr Geheimnis, und wenn sie es nicht verrieten, was sollte schon groß geschehen?

An Heiligabend bewunderten Paul und Rosalie zuerst die neue Teakholzkommode, die neben dem stattlichen Tannenbaum stand. Beim Öffnen der beiden Türen entpuppte sie sich als Fernsehgerät.

»Ich will dabei sein, wenn unsere Spieler nächstes Jahr im Juli bei der Fußballweltmeisterschaft antreten«, sagte Albert zu Paul. »Außerdem sollten wir regelmäßig die *Tagesschau* ansehen, mein Sohn. Es schadet nicht, politisch auf dem Laufenden zu sein, schließlich hängt die gesamte Wirtschaft an dem, was die Politiker entscheiden.«

Nachdem sie das neue Gerät ausprobiert hatten – inzwischen wurden täglich zwei Stunden Programm gesendet –, überreichten Paul und Rosalie den Eltern ein Kuvert. Darin steckte eine Weihnachtskarte, auf der stand, dass sie sich zu einer Woche selbstständiger Geschäftsführung verpflichteten. Die Eltern waren begeistert und versprachen, das Geschenk schon bald in Anspruch zu nehmen.

Rosalie hatte für Paul einen Bildband über Amerika erstanden. Auf die verwunderten Blicke der Eltern hin erklärte sie, dass Paul sich wegen Florida-Jim für das Land und ganz speziell dessen Erdbeeren interessiere. Albert lobte Pauls Eifer und war einmal mehr stolz auf seinen Sohn.

Paul überreichte Rosalie ein Päckchen, in dem sich ein echt silberner Rahmen befand, mit dem Foto von ihm und seiner Schwester am Meer. »Eine Erinnerung an Pommern«, meinte er augenzwinkernd.

Rosalie verstand die stumme Botschaft und freute sich sehr über das Foto, verdankte sie ihr Überleben doch der wahren Rosalie.

Von den Eltern bekamen sie goldene Uhren mit elastischen Armbändern geschenkt, die gerade groß in Mode waren.

»Ich weiß gar nicht, was ich sagen soll. Vielen Dank, Mutti... Vati...«, flüsterte Paul mit brüchiger Stimme.

»Das habt ihr verdient«, sagte Albert. »Fleiß muss belohnt werden.«

Rosalie brach in Tränen aus.

Wilma nahm ihre Tochter in den Arm. »Ist doch nur eine Kleinigkeit, Rosiekind.«

»Ihr verwöhnt uns viel zu sehr. Danke«, sagte Rosalie. Wieso waren die Eltern nur so freundlich und großzügig? Mit jeder Geste, jedem Geschenk und jedem lieben Wort würde es unendlich viel schwerer werden, sie zu verlassen. Es zerriss ihr das Herz bei dem Gedanken, sie zu hintergehen. Doch wenn sie in Pauls Armen lag, schmolzen alle Skrupel unter seinen Küssen dahin.

Trotz ihrer Gewissensbisse wussten sie beide, dass es nur im Ausland eine Chance für ihre Liebe gab. In den folgenden Monaten malten sie sich aus, in Amerika glücklich zu werden. Überall wurde davon geredet, es sei das Land der unbegrenzten Möglichkeiten. Auch Edeltraud hatte geschrieben, jeder könne es mit Fleiß dort zu etwas bringen. In Burlingtons Hauptstraße habe ein deutscher Bäcker vor fünf Jahren mit einem kleinen

Ladengeschäft begonnen und besitze inzwischen vier weitere Filialen.

Eisern sparten sie ihr kleines Gehalt und schmiedeten Pläne. Rosalie hatte sich in einem Reisebüro erkundigt, was eine Reise über den großen Teich kosten würde. Die Schiffspassage käme für beide auf ungefähr zweihundert Mark, wenn sie bereit wären, im stickigen Unterdeck zu reisen. Dort wurden für Auswanderer Massenquartiere angeboten, wo alle in Hängematten schliefen. Die zweihundert hatten sie bereits auf dem Sparbuch. Doch für den Start in ein neues Leben waren mindestens viertausend Mark oder eintausend Dollar nötig. Es war zum Verrücktwerden. Ihr Traum war einfach zu teuer.

Waren sie allein in der Kühlkammer oder im Büro, kam es manches Mal zum Streit über die Frage, ob sie sich heimlich aus dem Hause stehlen und den Eltern nur eine Nachricht hinterlassen sollten. Oder die Wahrheit gestehen, sich für den Verrat entschuldigen und um Verständnis bitten.

Rosalie war gegen eine Erklärung. »Würden sie mir glauben, dass ich nur ein verängstigtes Kind war, als ich die falsche Identität annahm? Oder würden sie uns in ihrer Enttäuschung als Betrüger sehen und uns von der Polizei suchen lassen? Schließlich haben sie viel Geld in uns investiert, und bei der Adoption waren wir nicht mehr ganz so klein und hätten den Schwindel aufklären können.«

Paul schälte in aller Ruhe eine Orange und zitierte seine Großmutter, die in schwierigen Lebensfragen immer auf Geduld gesetzt hatte: »Kommt Zeit, kommt Rat. Im Moment reicht unsere Barschaft gerade so für den Bananendampfer. Ganz zu schweigen von der Ausweis-Frage. Aber das findet sich alles, da bin ich ganz sicher.« Eilig drückte er ihr einen Kuss auf die Wange.

Rosalie fragte sich, ob Paul ihre Pläne genauso ernst nahm wie sie. »Manchmal habe ich den Verdacht, du bereust unseren

Entschluss inzwischen. Ständig vertröstest du mich, behauptest, eine Lösung zu finden. Vielleicht möchtest du inzwischen gar nicht mehr auswandern, sondern lieber hier bei deinem Gemüse bleiben.«

Paul kaute an einem Stück Orange. »Wie ... kommst du nur ... auf solchen Blödsinn?«

»Das ist kein Blödsinn«, entgegnete Rosalie angriffslustig. »Glaubst du, ich merke nicht, wie sehr dir die Arbeit gefällt, wie du den Erfolg genießt und fast platzt vor Stolz, wenn die Eltern dich loben?«

»Sarah, bitte hör auf, Gespenster zu sehen.« Er zog sie an sich. »Aber ja, ich liebe den Großmarkt, unsere Kartoffeln, die Zwiebeln und das Leben mit den Eltern. Ich liebe es, mit den Kunden zu verhandeln, und ich werde das alles vermissen. Aber du musst mir glauben, dich liebe ich noch viel mehr, und egal, womit ich gerade beschäftigt bin, ich denke mit jedem Atemzug nur an dich«, raunte er unter leidenschaftlichen Küssen. »Niemand und nichts kann uns trennen.«

22

Im Juli 1954 gewann das deutsche Team die Fußballweltmeisterschaft. Das ganze Land fiel in einen Freudentaumel, und die Münchner Bevölkerung bereitete den Spielern eine triumphale Heimkehr. Die Menschen standen Spalier vom Hauptbahnhof bis zum Rathaus und jubelten den Helden von Bern mit Fähnchen zu. Bald darauf, im August, verlangsamte sich das Tempo in der Stadt wie jedes Jahr während der Schulferien. Als läge nach arbeitsreichen Monaten eine wohlverdiente Ferienträgheit über allem. Auch auf dem Großmarkt wich die Hektik einem normaleren Tempo, und die Eltern lösten den Gutschein für die Ferientage ein.

Endlich.

»Wir sind keine fünfzig Kilometer von München entfernt«, sagte Wilma beim Abschied im Bahnhof. »Notfalls wären wir schnell wieder vor Ort.«

»Ihr meldet euch, sobald Probleme auftauchen«, setzte Albert mit unglücklicher Miene hinzu und stieg endlich in den Zug.

»Macht euch bitte keine Sorgen, wir haben alles im Griff«, versicherte Paul zum wiederholte Male. »Genießt euren wohlverdienten Urlaub.«

Erleichtert sahen sie den Eltern nach, die beide noch lange mit Taschentüchern aus dem Abteilfenster winkten.

Paul übernahm zusammen mit den beiden Hilfskräften den Verkauf. Rosalie erledigte wie üblich sämtliche Büroarbeiten und kümmerte sich um die telefonischen Bestellungen.

Mittags transportierte Paul eine telefonisch bestellte Ladung

Gemüse mit dem Handkarren zum Kundenparkplatz. Dort wartete der Gansel Horst, ein junger Lebensmittelhändler aus der Stadtmitte, bei seinem neuen Wagen auf die Ware.

»Da staunst, was? Neunzig Sachen, Zweifarbenlackierung, Chromleisten und locker Platz für neun Leut' plus Hund.« Breitbeinig stand Gansel vor dem grün-weiß lackierten VW-Bus, dessen seitliche Schiebetür das Einladen der Gemüsekisten enorm vereinfachte. Nachdem Paul das tolle Gefährt ausgiebig bewundert und auch den Einkauf verstaut hatte, überreichte ihm Gansel einen Fünfzig-Mark-Schein.

»Die Rechnung schickst mir per Post, ich hab's eilig, weil die Franzi wartet.« Mit großen Schritten umrundete er den Wagen.

Paul folgte ihm. »Moment, ich schulde dir noch drei Mark und fünfzig Wechselgeld.«

»Für die Kaffeekasse … ich hab heut meine Spendierhosen an.« Gansel schwang sich hinters Lenkrad, startete den Motor und rauschte hupend davon.

Auf dem Weg zurück in die Halle wurde Paul von einem Landwirt aus Peißenberg angesprochen, der ein Feld Blumenkohl zum Kauf anbot. Erntereif Anfang Oktober. Es folgte eine kurze Preisverhandlung, dann war das Geschäft perfekt. Die Eltern würden staunen, wie lässig er den Betrieb führte, lobte er sich insgeheim.

Zufrieden zündete Paul sich eine Zigarette an und schlenderte zum Kontorhaus, um die Mittagspause mit Sarah zu verbringen. Sie telefonierte. Die üblichen Mittagsschließzeiten zwischen halb eins und halb drei nutzten viele Kaufleute für telefonische Bestellungen. Kaum hatte sie aufgelegt, läutete es erneut.

Paul sah ein, dass es wohl nichts werden würde mit der gemütlichen Mittagspause, küsste sie auf die Wange und kehrte in die Halle zurück.

Am späteren Nachmittag war es wie auf den Gongschlag vorbei mit Geschäften in der Großmarkthalle. Die Händler begannen ihre restlichen Waren in den Kühlräumen zu verstauen, die Plätze mit den Scherengittern abzusichern und sich den täglichen Abrechnungen zu widmen.

Paul begab sich an das alte Stehpult aus Holz, das noch von Hummel Senior, dem Gründer des Geschäfts, stammte und wo die Rechnungsblöcke verwahrt wurden. Manche Kunden rechneten pro Monat ab, dann erhielten sie eine ordentlich getippte Rechnung von Sarah. Für Sofortzahler wie Gansel schrieb Paul die Rechnungen direkt nach dem Verkauf. Über Gansels Autoschwärmerei und dessen bevorstehende Hochzeit hatte er es völlig vergessen.

Wenn Sarah und ich doch auch heiraten könnten, grübelte Paul, während er in der schmalen Schublade des Stehpults nach dem Kugelschreiber suchte. Einen Moment später griff er nach dem Fünfzig-Mark-Schein in seiner Hosentasche. Was, wenn ich keine Rechnung schreibe und den Schein einfach behalte? Der Gedanke durchfuhr ihn wie ein Blitz, und einen Augenblick später fragte sich Paul, ob er noch ganz bei Trost war. »Nein, ich bin kein Betrüger!«, knurrte er zornig über seine abwegigen Ideen und gab sich große Mühe, ordentlich zu schreiben.

Als er Original und Durchschlag abriss und das Blaupapier zwischen die nächsten beiden Seiten schob, musste er daran denken, wie glücklich Gansel ausgesehen hatte. Genauso erging es ihm, wenn er an Sarah dachte.

Ich würde alles für sie tun.

Auch die Eltern bestehlen?

Niemals!

Paul fasste in seiner Hosentasche nach dem Geldschein. Er fühlte sich eigenartig an. Beinahe, als brenne er in seiner Hand.

Fünfzig Mark.

Ihr Erspartes würde auf zweihundertfünfzig anwachsen.

Tu es für Sarah, hämmerte es in seinem Kopf.

Paul betrachtete die beiden Blätter in seiner Hand. Würde Gansel deren Fehlen in seinem Hochzeitswahn überhaupt bemerken? Frühestens nach der Hochzeit, sagte sich Paul. Er würde sich mit Vergesslichkeit herausreden, in aller Form entschuldigen und die schriftliche Abrechnung nachreichen. Niemand käme zu Schaden.

»Für unsere Liebe«, flüsterte Paul beschwörend, als er die Rechnungsblätter in tausend kleine Fetzen riss.

Rosalie tänzelte singend durch die Küche zum Kühlschrank. Heute waren sie und Paul den letzten Abend, die letzte Nacht allein, bevor die Eltern am morgigen Sonntag aus ihrem Urlaub zurückkehrten. Sie konnte es kaum erwarten, in Pauls Armen zu liegen, ihn zu küssen und seine Hände auf ihrem Körper zu spüren. Seine Lippen an ihrem Ohr, die zärtliche Worte flüsterten, während er sich langsam in ihr bewegte. Allein der Gedanke daran jagte einen Schauer über ihren Rücken, der in einem Kribbeln zwischen ihren Beinen endete. Seit jenem Dezembertag im Büro, als sie zum ersten Mal all ihre Ängste um eine Schwangerschaft vergessen und sich vereint hatten, war ihre Liebe zu ihm ins Unendliche gewachsen. Jeder Gedanke drehte sich nur noch um Paul, und während des Tages war es oft nicht einfach, sich auf die Arbeit oder auf was auch immer zu konzentrieren. Auch jetzt stand sie vor dem offenen Kühlschrank und hatte vergessen, was sie wollte. Die Lust auf Paul, auf seinen muskulösen Körper raubte ihr die Sinne. Sie ging in die Hocke, hielt ihr Gesicht in die Kälte und atmete rief ein. Die Abkühlung tat gut.

»Sarah?«

»Küche!«, rief sie, und jetzt fiel es ihr wieder ein. Sie hatte Hunger.

Eilig nahm sie eine Scheibe Käse aus der Verpackung und

biss hinein. Eigentlich hatte sie Appetit auf ein warmes Essen. Aber ihre Kochkünste waren lächerlich. Obwohl in den letzten beiden Schuljahren an der Volksschule Hauswirtschaft unterrichtet worden war, lagen ihr Kochen und Putzen einfach nicht. Mit Schürze und Kochlöffel kam sie sich albern vor, und eines Tages als braves Hausmütterchen zu enden gehörte nicht zu ihren Zielen. Sie hatte schon als kleines Kind auf die Bühne gewollt, singen und spielen wie ihre Eltern. Heimlich träumte sie immer noch davon. Aber noch mächtiger war ihr Wunsch, mit Paul zusammen zu sein. Für ihn würde sie vielleicht sogar lernen, mit Kochtöpfen und Pfannen zu jonglieren, obwohl Paul ihr mangelndes Talent am Herd egal war, er war ja der Koch in der Familie.

»Meine Süße hat Hunger«, stellte Paul fest, als er sie vor dem offenen Kühlschrank sah. »Da komme ich mal wieder im richtigen Moment.« Stürmisch zog er sie in seine Arme, und erst nach einem leidenschaftlichen Kuss redete er weiter. »Ich hab eine Überraschung für dich.«

»Wo?«

»Im Flur.«

Rosalie löste sich aus der Umarmung und rannte in den rechteckigen Vorraum. Aber außer einem Einkaufskorb auf der Flurgarderobe, der mit einem blau-weiß karierten Geschirrtuch abgedeckt war, konnte sie nichts entdecken, das auch nur im Entferntesten nach einem Geschenk aussah. Unter dem Tuch waren sicher Obst oder Gemüse vom Großmarkt, das brachte er jeden Tag mit. Nachzusehen war unnötig.

»Wir machen einen Ausflug ins Grüne«, sagte Paul, der ihr gefolgt war.

Ein wolkenloser blauer Himmel spiegelte sich im ruhigen Wasser des Chiemsees. Weit draußen kreuzten Segelboote, die aus der Ferne wie weiße Farbtupfer auf einem Gemälde wirkten.

Möwen zogen kreischend ihre Runden auf der Suche nach Futter. Es war ein Sommertag wie aus einem Reiseführer.

Hand in Hand standen Paul und Rosalie am Ufer des Sees. Sanfte Wellen umspülten ihre Füße, und ein leichter Wind verfing sich in ihren Haaren, bevor sie sich lachend ins kühle Nass stürzten.

»Es ist nicht das große Meer«, sagte Paul, als sie nach dem Schwimmen aus dem Wasser kamen.

»Es ist *unser* Meer«, entgegnete Rosalie. »Und sollten wir uns einmal trennen müssen, warum auch immer, werde ich mich an diesen Tag erinnern.«

Paul blieb stehen und strich sich das nasse Haar aus der Stirn. »Wie kommst du nur auf solch dumme Gedanken, Sarah? Wir uns trennen? Niemals! Eher sterbe ich...« Fassungslos sah er sie an.

Rosalie schlang die Arme um Pauls Hals und blickte ihm tief in die Augen. Sie liebte ihn so sehr, dass es beinahe wehtat, und allein die Vorstellung, ihn zu verlieren, machte ihr Angst. Vielleicht war es unnötig, auf die weibliche Kundschaft eifersüchtig zu sein, wenn sie ihn lachen hörte oder sah, wie zuvorkommend er bediente oder die Waren persönlich zu den Fahrzeugen schleppte. Aber es gab keine Garantie auf Glück, das hatten der Krieg und auch die Zeit im Waisenhaus sie gelehrt. Sie verdrängte die leise mahnende Stimme und küsste ihn sanft. »Nur ein kurzer melancholischer Moment, hat nichts zu bedeuten...«

Nachdem sie sich abgetrocknet hatten, holten sie den Korb aus dem Auto und breiteten die Decke etwas entfernt vom Ufer im Schatten der Bäume aus. Paul hatte sogar an das Kofferradio gedacht, das er sich von seinem ersten Lehrlingsgehalt angeschafft hatte. Auch Brötchen hatte er eingepackt. Sie waren mit einem Salatblatt, Tomatenscheiben, einem Fleischpflanzerl und einer Scheibe Schmelzkäse belegt.

Rosalie beäugte sie verwundert. »Und was ist das jetzt genau?«

»Nennt sich Hamburger, und eigentlich müsste der Käse überbacken werden«, erklärte Paul. »Angeblich stammt das Rezept aus Deutschland. Drüben in Amerika soll es sogenannte Fast-Food-Restaurants geben, die über die Straße verkaufen. Wie bei uns das Bier über die Gassenschänke. Die Amis essen das ständig. Wir könnten auch irgendwas aufmachen...« Er blickte Rosalie fragend an. »Wie würde dir ein Restaurant mit deutscher Küche gefallen? Ich koche, du servierst und kassierst. Wie wollen wir es nennen?«

Rosalie zwang sich zu einem Lächeln. Teller durch die Gegend zu tragen entsprach überhaupt nicht ihrem Traum von einem Leben mit Paul. Doch er schien ihre Zukunft genau vor Augen zu haben. Vielleicht könnte ich singen beim Servieren, überlegte sie. Womöglich als singende Kellnerin berühmt werden. Absurde Idee, ich will nicht kellnern, sondern einfach nur singen. »Woher weißt du das alles?«, wechselte sie das Thema.

»Die Fleischpflanzerln sind aus der Großmarktgaststätte. Der Wirt hat mir auch diese Stelle hier am See verraten. Was alles zu einem Hamburger gehört, weiß ich von Emma, die solche Rezepte von einer Stewardess erfährt, die regelmäßig nach Amerika fliegt.«

Rosalie durchfuhr ein schmerzhafter Stich. Er hatte mit Emma über *ihren* Ausflug geredet? Es war, als habe sich die Salatverkäuferin plötzlich dick und fett auf die Decke gepflanzt. Hunger auf deren Kreationen hatte sie jedenfalls keinen mehr.

Paul schaltete das Radio ein und suchte den AFN, der am Wochenende die amerikanische Hitparade brachte.

»Fühlt sich beinahe so an, als säßen wir irgendwo in Amerika an einem Strand beim Picknick«, schwärmte Paul und biss mit großem Appetit in den Hamburger. »Ach, Sarah«, sagte er kauend, »ich kann es kaum erwarten.«

Auch Rosalie wünschte sich nichts mehr, als alle Probleme überwunden zu haben und weit weg zu sein von dieser... dieser Salatmamsell. Selbst für den Preis, den Amis Schweinebraten mit Knödeln servieren zu müssen.

In der Ferne donnerte es. Regenschwere dunkle Wolken hingen über dem See. Wind kam auf, die Segelboote flitzten über das sich kräuselnde Wasser.

»Sieht nach Gewitter aus«, sagte Rosalie und verschwieg, dass sie sich bei jedem Donner noch immer an die schreckliche Bombennacht erinnerte, in der sie ihre Eltern verloren hatte.

»Das verzieht sich wieder, ich kenne das aus Pommern. Die Wolken scheinen mir noch nicht tief genug«, behauptete Paul und nahm sie in die Arme. »Keine Angst, ich beschütze dich, und falls es tatsächlich gleich regnet, verziehen wir uns ins Auto.«

Ja, solange Paul bei ihr war, konnte ihr nichts geschehen, dachte sie, und ein warmes Gefühl durchströmte sie, als sie sich erinnerte, wie er damals sein letztes Stück Brot mit ihr geteilt hatte.

Das Gewitter verzog sich tatsächlich nach kurzer Zeit, aber es blieb drückend schwül, und die Luft flirrte. Seeschwalben jagten knapp über dem Wasser nach Mücken. Irgendwo läutete eine Kirchenglocke den Feierabend ein, und der AFN wurde von einem Rauschen überlagert.

Paul drehte am Einstellknopf. Er fand ein Hörspiel, das gerade zu Ende ging.

Eine männliche Stimme bat um Aufmerksamkeit für eine Meldung in eigener Sache. Für die Produktion von Hörspielen würden junge weibliche Sing- und auch Sprechstimmen gesucht. Bei Interesse solle man sich im Funkhaus melden. Es handle sich um eine bezahlte Tätigkeit.

Rosalie drehte den Ton lauter.

Der Sprecher empfahl, die folgende Telefonnummer zu notieren, und wiederholte sie nach der ersten Durchsage.

»Möchtest du dort anrufen?«, fragte Paul »Ich hab mir die Nummer gemerkt.«

Rosalies Wangen waren vor Aufregung gerötet. »Sie wollen fürs Singen bezahlen!« Ihre dunklen Augen funkelten vor Begeisterung. Sie sprang auf, zog den noch nassen Badeanzug aus und griff nach ihrem Kleid. »Lass uns sofort zurückfahren...«

Aufgeregt knetete Rosalie ihre Finger. Es hatte einige Wochen gedauert, bis man sie zu einer Sprechprobe eingeladen hatte. Nun stand sie in einem halbdunklen Raum vor einem Mikrofon und blickte auf das Pult, wo der Text lag, beleuchtet von einer Klemmlampe. Ihr Herz schlug so heftig, dass es in ihren Ohren hämmerte. Die Aussicht, bald sehr viel Geld zu verdienen, war der eigentliche Grund für ihre Nervosität.

»Wenn du so weit bist, fang einfach an zu lesen«, forderte eine freundliche Dame sie auf.

Rosalie holte Luft. Sie war gut vorbereitet, hatte Stimmübungen gemacht und sich an ihre Mutter erinnert, die beim Vorlesen niemals durch den Text gehetzt war und manchmal sogar Pausen eingelegt hatte, um so die Spannung zu erhöhen.

Rapunzel, das in einem Turm eingeschlossene Mädchen mit den langen Haaren, hatte Ähnlichkeit mit ihrem eigenen Leben. Seit sie sich in Paul verliebt hatte, fühlte sie sich auch wie eingesperrt – wenn auch nicht in einem hohen Turm, so doch in das Leben von *Rosalie Greve* aus Pommern. Aber sie war Sarah Silbermann, und sie wünschte, jemand könne sie aus diesem fremden Leben befreien.

Als sie die erste Seite gelesen hatte, hörte sie die weibliche Stimme sagen: »Das war ausgesprochen schön gelesen, danke, Rosalie. Kannst du noch etwas singen? Vielleicht ein Weihnachtslied? Ich habe dir ja erzählt, dass wir eine Weihnachtssendung planen.«

Rosalie nickte, summte einige Sekunden und stimmte dann

Schneeflöckchen, Weißröckchen an, ein fröhliches Winterlied. Am Ende ihres Vortrags flackerte das Deckenlicht in der Sprechkabine auf.

»Danke, das reicht für heute. Komm bitte zu uns«, sagte die Stimme.

Benommen von der Anstrengung und Konzentration, verließ Rosalie den halbdunklen Raum mit weichen Knien und trat durch eine Verbindungstür in das sich anschließende Zimmer. Verwundert blickte sie in ein Gesicht, das sie sofort wiedererkannte.

Paul marschierte ruhelos auf und ab. Die Hände in den Manteltaschen vergraben, die Nase gesenkt, trotzig gegen den Septemberwind ankämpfend. Das Wetter war denkbar ungeeignet, um spazieren zu gehen. Aber im Wagen zu warten war ihm unerträglich geworden.

Seit zwei Zigarettenlängen war Rosalie im Funkhaus. Unaufhörlich fragte er sich, ob sie ihre Nervosität überwunden hatte oder ob sie am Ende gar etwas vortragen musste, was ihr schauspielerisches Talent überforderte. Obwohl er sich das nicht vorstellen konnte. Rosalie war ein gefühlvoller Mensch, und wenn es die Situation erforderte, war sie sanft oder auch wild. Wie damals in den Trümmern sah er vor sich, wie sie Theo mit Fußtritten attackiert hatte. In dieser Gefahrensituation war sie von einer Sekunde zur anderen von einem hilflosen Kind zu einem zornigen Mädchen geworden, das sich vor nichts fürchtete.

Paul zündete sich die dritte Zigarette an. Ich hätte darauf bestehen sollen, sie zu begleiten, murmelte er vor sich hin. »Du bleibst hier, ich bin kein kleines Kind, das den großen Bruder als Beschützer benötigt« – mit diesen Worten war sie aus dem Wagen gesprungen und davongeeilt.

Als er die Kippe auf dem Pflaster ausdrückte, trat sie aus der Tür.

Aufatmend nahm er sie in die Arme. »Wie war's? Was musstest du lesen, sprechen, vortragen? Wann geht's los?«

»Lass mich erst mal Luft holen«, lachte Rosalie und zog ihn zur anderen Straßenseite, wo der Lloyd parkte.

Im Wagen bat Rosalie um eine Zigarette. »Die letzte«, sagte sie. »Rauchen schadet der Stimme.«

»Das heißt, es hat geklappt? Nun sag doch endlich.«

Sie pustete den Rauch durch das geöffnete Fenster und warf den halben Stummel hinterher. »Ja!«

»Ich hab's gewusst, ich hab's gewusst...« Pauls Gesicht lief rot an vor Aufregung. »Niemand kann deiner Stimme widerstehen. Aber jetzt erzähl, ich will alles ganz genau wissen, jede Kleinigkeit, damit ich mir vorstellen kann, wie es war.«

Rosalie beschrieb den kleinen schalldichten Raum, in dem sie leicht zittrig vorgelesen und gesungen hatte. »Es war so aufregend! Ein wenig hatte ich auch Angst, dass es nicht klappt.«

»Wäre nicht nötig gewesen, oder?«, warf Paul ein.

Rosalie strahlte ihn an. »Ich bin für ein weihnachtliches Singspiel engagiert. Und weißt du, wer das leiten wird?«

»Woher? Ich durfte ja nicht mitgehen«, beschwerte er sich, drückte aber gleichzeitig ihre Hand. »Also, erzähl schon.«

»Erinnerst du dich an das Ehepaar Feldmann, das mich allein adoptieren wollte?«

Paul schluckte. Als wäre es gestern gewesen, sah er sie mit diesen freundlichen Leuten das Waisenhaus verlassen. Wie gelähmt war er zurückgeblieben, hatte gehofft und gebangt und geweint aus Angst, dass sie für immer fort wäre.

»Frau Feldmann leitet seit Kurzem den Kinderchor des Bayerischen Rundfunks und studiert das Singspiel für den Heiligabend ein, bei dem ich mitmachen darf. Sie hat sich gefreut, mich wiederzutreffen, und meinte, dass ich mich sehr verändert hätte, aber meine Stimme sei noch so schön wie damals. Ach,

Paul, es ist einfach wundervoll. Ich kann es immer noch nicht ganz fassen. Kneif mich mal.«

Paul zog ihre Hand an seine Lippen und küsste sie sanft. »Ich könnte dir niemals wehtun.«

Rosalie lehnte sich zurück und blickte auf die Straße. »Leider wird es doch nicht so übermäßig gut bezahlt, wie ich gehofft hatte.«

Paul war viel zu neugierig, um nicht nachzufragen. »Wie viel?«

»Für die zwei angesetzten Probentage gibt es leider nichts, für jeden Aufnahmetag fünf Mark.« Rosalie seufzte. »Eigentlich lohnt sich der ganze Aufwand gar nicht.«

»Eben warst du total begeistert, und jetzt hört es sich an, als hättest du kein Interesse mehr.« Paul starrte sie erwartungsvoll an. Als er keine Antwort erhielt, hakte er nach. »Irre ich mich, oder irre ich mich?«

»Ach, ich weiß nicht...« Rosalie klang zögerlich. »Erst mal müssen es die Eltern erlauben. Womöglich finden die Aufnahmen mitten unter der Woche statt, und wer kümmert sich dann um den Bürokram und das Telefon?«

Paul wunderte sich über ihre Wankelmütigkeit. Tagelang hatte sie vor Erwartung kaum geschlafen, und jetzt, da sie es geschafft hatte, schien es, als sei ihre Begeisterung geplatzt wie eine überreife Tomate. Er fand es auch bedauerlich, dass die Rundfunkheinis so wenig bezahlten, aber fünf Mark waren besser als in die hohle Hand gespuckt. »Ich habe zwar nicht die geringste Ahnung, wie so ein Hörspiel zustande kommt, aber mit einer Aufnahme ist es doch sicher nicht getan«, sagte er überlegend, um Rosalie aufzumuntern. »Angenommen, es werden zehn Tage, dann summiert sich das Ganze auf fünfzig Mark, und das macht doch was her. Und angenommen, nach diesem Hörspiel darfst du auch beim nächsten mitwirken und so weiter... Es ist ein Anfang, niemand kann vorhersagen, wie sich die Sache entwickelt.« Er dachte immer positiv. »Und warum die Eltern dagegen sein sollten, leuchtet mir nicht ein. Wenn du willst, rede ich mit ihnen«, schlug er vor.

»Nein, nein... schon gut... danke... Lass uns fahren...«

Paul bot ihr noch eine Zigarette an.

»Danke, nein...« Rosalie klang ungehalten. »Ich hab doch gesagt, dass ich aufhöre.«

»Tut mir leid, ich hatte es vergessen.« Paul musste innerlich lachen. Ihre Unschlüssigkeit war also nur gespielt.

23

Sonntags waren die Männer auf dem Fußballplatz. Seit Deutschland Weltmeister geworden war, sahen sie sich jedes Spiel der einheimischen Mannschaften an. Eine günstige Gelegenheit für Rosalie, mit ihrer Mutter zu reden.

»Du bist so still heute, Rosiekind. Fehlt dir was?«, fragte Wilma beim Geschirrspülen.

»Nein ... aber ich muss dir was erzählen«, begann Rosalie stockend und dachte an das Gefühl beim Vorsingen im Rundfunkhaus. Das wollte sie wieder spüren, jeden Tag.

»Rosalie, bist du etwa ...?« Wilma Hummel wurde blass. Entsetzt ließ sie den Spüllappen ins Wasser platschen und starrte mit weit aufgerissenen Augen auf Rosalies Bauch, als könne daraus der Teufel entweichen. »Himmel nein, das kannst du uns nicht antun. War es einer von den Kerlen, mit denen du manchmal Zigarettenpausen machst? Weißt du, was das für uns alle bedeuten würde? Für die Familie und auch für den Betrieb?«

Rosalie ahnte, wovor ihre Mutter sich fürchtete, und erinnerte sich mit Schrecken an das erste Mal, als sie selbst vor dem Schlimmsten gezittert hatte. Tagelang hatte sie auf ihre Periode gewartet, nächtelang nicht geschlafen und sich mit Schuldgefühlen gequält.

Aber es bestand keine Gefahr. Paul hatte von anderen jungen Männern erfahren, wie man sich vor ungewolltem Nachwuchs schützte. »Abspringen« war eine der riskanteren Möglichkeiten, Pariser schon viel zuverlässiger. Rosalie war es peinlich, und sie drehte sich immer zur Seite, wenn Paul sich ein Gummi überzog.

»Mutti, was denkst du denn von mir?«, entrüstete sich Rosalie ein wenig zu laut. »Ich würde euch doch niemals enttäuschen.«

Wilma seufzte laut. »Dem Himmel sei Dank!« Ihre Erleichterung machte Rosalie deutlich, wie sehr Wilma sich vor einem unehelichen Kind fürchtete. Um wie viel grausamer ein solcher Schicksalsschlag wäre, wenn die adoptierte Tochter mit einem Bankert ankäme und den Ruf einer anständigen Firma beschädigen würde, statt die in sie gesetzten Hoffnungen zu erfüllen.

»Es geht ums Singen«, sagte Rosalie, erzählte von der Radiodurchsage und was sie im Funkhaus erlebt hatte.

»Du machst ja Sachen«, lachte Wilma, deren Hände wieder im Spülwasser steckten. »Aber ich verstehe nicht, was daran so aufregend sein soll...«

»Vielleicht ist es das Erbe meiner...« Rosalie zögerte, das Wort Mutter auszusprechen. Sie wollte Wilma nicht verletzen. »...der Frau, die mich geboren hat. Und ich werde auch nicht ewig in der Firma arbeiten können...«

Wilmas Spüllappen klatschte zum zweiten Mal in das schon leicht abgestandene Wasser. »Meine Güte, Rosiekind, was ist denn heute mit dir los?«

»Ich denke, dass ich mich nach einem anderen Beruf umsehen sollte. Paul wird eines Tages heiraten, eine Familie gründen, Kinder bekommen und den Betrieb mit seiner Frau leiten wollen. Dann bin ich doch nur das fünfte Rad am Wagen.« Rosalie spürte einen schmerzhaften Stich. Es war nichts weiter als eine Fantasie, aber einmal ausgesprochen, machte sie ihr Angst. »Und wenn ich keinen Mann finde, will ich nicht die geduldete Schwester sein, die...« Als ihr bewusst wurde, dass sie sich für Paul ein reales Leben ausgedacht hatte, in dem es für sie keinen Platz gab, rannen ihr die Tränen über die Wangen. Eine weitere Lüge auf dem immer höher werdenden Lügengebäude. Lebenslügen. Konnten sie darauf ihr Glück bauen? Waren sie immer noch eine Einheit wie der Wind und das Meer? Oder rollte bereits der große Sturm an, der sich zum Orkan auswuchs und haushohe Brecher gebar, in denen sie beide jämmerlich ertranken?

Wilma trocknete eilig ihre Hände und nahm Rosalie in die Arme. »Nun weine doch nicht, mein Kind.« Tröstend streichelte sie ihr über den Rücken. »Wenn *du* keinen Mann findest, fresse ich einen Besen und den Schrubber hinterher. Aber wenn dir so viel an der Singerei liegt, rede ich mit Vati, ob du darfst.«

Sie durfte.

Das Lügengebäude hielt stand.

Anfang Oktober saß Paul wieder im Wagen vor dem Funkhaus. Ein Blick auf seine Armbanduhr sagte ihm, dass er noch länger auf Rosalie warten musste, er war zu früh losgefahren. Aber es dämmerte jetzt bereits um fünf, und er wollte sicher sein, dass sie nicht allein auf der Straße stand. Schließlich war sie jetzt ein Star – oder würde es bald sein. Spätestens an Heiligabend, wenn das Hörspiel um eine Münchner Familie und deren Festtagsbraten gesendet wurde.

Ihrer Stimme zuliebe hatte er ebenfalls mit dem Rauchen aufgehört. Leicht war es ihm nicht gefallen, Kaffee ohne Zigarette schmeckte irgendwie fade. Aber für Rosalie würde er alles tun. Alles aufgeben. Alles riskieren. Wie zum Beispiel illegale Ausweise zu beschaffen.

In der Großmarktgaststätte verkehrt ein zwielichtiger Nachtclubbesitzer, den hatte er »nur mal so aus Neugier« nach falschen Papieren gefragt. »Nichts Genaues weiß ich zwar auch nicht«, hatte der hinter vorgehaltener Hand genuschelt. »Aber falls ich *saubere Scheine* benötigen würde, tät ich mich in den Nachtclubs am Bahnhof umschauen.«

Paul hatte sich in Schale geworfen, dem Vater vorgemacht, sich mit einem alten Schulfreund zu treffen, und an einem Samstagabend in zwielichtigen Clubs herumgedrückt. Mit Muffensausen hatte er sich in eine schummrige Bar gewagt, unglaubliche fünf Mark für ein Glas Bier bezahlt und war mit einem grantigen »Schleich dich, du Rotzbub« abgefertigt worden. Aber aufgeben kam nicht infrage. Ohne neue Papiere konnten sie in keinem Land der Welt heiraten. Am darauffolgenden Samstag hatte er mehr Glück gehabt. Er war mit einer älteren Barfrau ins Gespräch über Hörspiele gekommen – jeder liebte Hörspiele – und hatte von einer Sendung erzählt, in der sich ein junges Mädchen einen neuen Pass besorgen müsse. Ob es realistisch sei, wenn man sich in Bars erkundige. »Zuerst brauchst ein Passbild, mein Süßer, und ganz umsonst ist so ein Lappen nicht zu kriegen«, hatte sie gegrinst und auf seine Nachfrage, wie viel so etwas koste, geantwortet: »Unter fünfhundert Mäusen geht nix. Hast denn so viel bei dir?« Einen Hunderter hatte er einstecken, den kassierte die platinblonde Sexbombe als Vermittlungsgebühr. »Kommst nächsten Samstag mit dem Rest und einem Passbild wieder, dann läuft des Geschäft.«

Das »Geschäft« war letzten Endes ein Schlag ins Wasser gewesen. Die hinterhältige Barfrau behauptete nämlich, ihn nie gesehen zu haben, und er solle sich schleichen, sonst hole sie den Wirt. So viel zu seinem Glück.

Rosalie wusste nichts von der Pleite. Wozu auch. Knapp dreihundert Mark hatten sie aber immer noch auf einem extra dafür angelegten Sparbuch. Ihren monatlichen Lohn, der Fünfziger von Gansel und ein paar Zehner von Auslieferungen. Sein Griff in die Kasse war bislang unbemerkt geblieben. Gansel schien die Rechnung tatsächlich vergessen zu haben. Zumindest hatte er bei den letzten Einkäufen kein Wort darüber verloren. Den Krämerleuten hatte er weisgemacht, die Rechnungsblöcke vergessen zu haben, und Quittungen ausgestellt. Er fasste in der Innentasche seines Mantels nach dem Sparbuch; er trug es immer bei sich, damit Wilma es nicht beim Putzen fand.

Ein Schatten huschte über die Straße. Die Beifahrertür wurde aufgerissen. Oktoberfrische wehte ins Wageninnere.

Rosalie küsste ihn flüchtig auf die Wange. »Ich bin erledigt!« Sie zog die Handschuhe aus, riss sich die Strickmütze von den dunklen Locken und lehnte sich mit einem tiefen Seufzer zurück.

»Aber es gab doch keine Probleme, oder?«

»Ganz im Gegenteil. Alle waren hochzufrieden mit mir, und sobald wieder ein junges Mädchen zu besetzen sei, würden sie sich melden.« Rosalies Stimme überschlug sich. »Leider hat die Mädchenrolle wenig Text und nur zwei Lieder, deshalb werde ich für dieses Singspiel nicht mehr gebraucht.«

Paul versuchte, sich seine Enttäuschung nicht anmerken zu lassen, als er fragte: »Du bist fertig?«

»Fix und fertig«, lachte Rosalie. »Aber die zehn Mark für die beiden Aufnahmetage habe ich bekommen.« Sie griff in die Tasche ihres dunkelroten Wollmantels und förderte zwei Fünfmarkstücke zutage.

Ein lächerlicher Zehner. Paul hatte auf zahlreiche Engagements gehofft. Wenn ihm nicht bald einfiel, wie er schneller zu Geld käme, würden sie ihr Ziel bis auf den Sankt Nimmerleinstag verschieben müssen. Mit negativen Äußerungen hielt er sich jedoch zurück. Warum sollte er Rosalie die Laune verderben? Auf ihren wunderschönen Lippen lag ein zufriedenes Lächeln. Und als er losfuhr, summte sie leise vor sich hin, als wären sie bereits auf dem Schiff, das sie über den großen Teich ins Glück brachte.

Mitte Oktober, früher als in den Jahren zuvor, setzte das Weihnachtsgeschäft ein. Jeder blickte wieder hoffnungsvoll nach vorn, die größte Not war beinahe zehn Jahre nach Kriegsende gelindert und München von Trümmern befreit. Die sichtbaren Wunden waren verheilt. Die Stadt hatte drei große Flüchtlingslager schließen können. Der Aufbau der Frauenkirche inklusive einem modernen elektrischen Aufzug für den Südturm war vollendet. Am Marienplatz war der im Krieg zerstörte, wiedererrichtete Fischbrunnen enthüllt worden. Und in Kürze würde der Aufbau des Christkindlmarktes beginnen.

Jeder wollte die schlimme Zeit endlich vergessen, wieder feiern und sich etwas gönnen. Äpfel, Orangen und Zitronen wurden nicht mehr pfund-, sondern kiloweise gekauft. Auch Nüsse, Datteln und Rosinen für die Weihnachtsbäckerei konnten viele sich wieder leisten. Wenn vor den Fenstern die Schneeflocken leise zu Boden fielen, wurde der Küchenherd angeheizt, Teig ausgerollt und das Radio aufgedreht, um den Weihnachtssendungen zu lauschen.

An einem Novembernachmittag chauffierte Paul Rosalie ins Funkhaus, wo sie das Gedicht *Knecht Ruprecht* von Theodor Storm aufnehmen sollte. Er würde weiterfahren, um etliche Lieferungen zuzustellen. Die erste war für Nusser.

»Viele Grüße an meine Rivalin«, sagte Rosalie, als sie ihm einen Abschiedskuss auf die Wange drückte. »Sollte ich jemals erfahren, dass du sie auch nur angelächelt hast, wirst du es bereuen. Und ihr kratze ich die Augen aus.«

»Emma interessiert mich weniger als eine leere Kartoffelkiste«, versicherte Paul und hielt Rosalie zurück, um ihr einen letzten langen Kuss zu geben.

Ein Leben ohne sie ist unvorstellbar, dachte er, als er ihr hinterhersah, wie sie im Funkhaus verschwand. Allein der Gedanke, etwas könnte sie trennen, ließ blanke Panik in ihm aufsteigen.

Die Chance, Emma *nicht* im Feinkostladen anzutreffen, war gleich null. Telefonisch bestellte Waren nahm sie ohne Ausnahme selbst in Empfang. In letzter Zeit rief sie täglich an, orderte aber nur wenig Ware, damit sie ihn umso öfter sehen konnte. Längst hatte er sie durchschaut. Deshalb fuhr er auf seiner Liefertour meist zuerst zu ihr und hatte mit der vollgepackten Ladefläche ein triftiges Argument für seine Zeitnot. Rosalies Eifersucht hatte sich deswegen zu Spott gewandelt.

»Überanstrenge dich nicht«, hatte sie auch heute wieder beim Einladen der halb leeren Kiste für Emma gesagt.

Zwölf Kilo Orangen, die packte er mit einer Hand. Locker. Emma gebärdete sich gerne, als wäre er der stärkste Mann der Welt. Er grinste nur. Vor Antworten hütete er sich, denn Emma drehte ihm ständig das Wort im Munde um. Derzeit traktierte sie ihn mit Vermutungen.

»Du hast eine andere, gib es doch zu.« Gern wäre er ihr ausgewichen, aber es half nichts, er musste die Ware ausliefern. Geschäft war Geschäft.

Die Straßenbausaison war auch in den kalten Monaten auf dem Höhepunkt. Einerlei, welches Ziel er hatte, welche Route er nahm, überall gab es Umleitungen, die ihm den letzten Nerv raubten. Die anliegenden Geschäftsleute litten nicht weniger. Bagger häuften die Erdwälle direkt vor den Schaufenstern an und verscheuchten so die Kunden. Unlängst hatten die Nachrichten gemeldet, dass zurzeit an fünfzig verschiedenen Stellen der Stadt gebaut wurde und kein Ende abzusehen sei.

Emma wartete mit verschränkten Armen vor der Ladentür. Sie trug eine dicke Strickjacke über dem weißen Kittel. Es war überraschend frühzeitig bitterkalt geworden, und nur Verrückte hielten sich heute draußen auf.

»Da bist du ja endlich«, sagte sie im Tonfall einer Ehefrau, den er so nur von seinen Eltern kannte. Dass Emma nicht nur auf eine freundschaftliche Geschäftsbeziehung spekulierte, dazu bedurfte es keines Hellsehers.

Nie im Leben würde ich was mit Emma anfangen, dachte Paul, als er die Kiste in den Laden trug.

Emma stöckelte auf hohen Absätzen hinter ihm her. »Hast du schon mal den Fernsehkoch gesehen?« Sie blinzelte ihn an.

Fernsehkoch? Jetzt spinnt sie völlig, dachte Paul und musterte sie argwöhnisch. »Du willst mich wohl veräppeln?«

»Wo denkst du hin.« Emma strahlte ihn an wie immer, wenn sie seine Aufmerksamkeit gewonnen hatte.

Paul drehte sich eilig weg und versorgte die Lieferung im Lagerraum. Der Weg dorthin war ihm wohlvertraut.

Emma lief neben ihm her, während sie weiterplapperte. »Er kocht jeden zweiten Freitag im Fernsehen. Der hat Ideen, da würden dir vor Staunen die Augen übergehen. In einer Sendung hat er Arabisches Reiterfleisch zubereitet. Ein richtiges Männeressen. Wenn du magst, mache ich das mal für dich. Wann tät es dir denn passen? Vielleicht am Sonntag? Dazu öffnen wir eine Flasche Wein, und als Nachtisch …«

Paul setzte die Orangenkiste ab. »Mir pressiert's, es warten noch mehr Kunden auf ihre Bestellung«, unterbrach er den Anbandelversuch, griff in die aufgesetzte Tasche seines dunkelgrauen Mantels und zog den Lieferschein hervor. »Unterschreibst bitte.«

Rosalie hatte für Nusser ein Konto angelegt, das von Emma automatisch zum Monatsanfang ausgeglichen wurde. Paul musste sich nun nicht mehr mit Kassieren aufhalten. Emma hatte das gerne ausgenutzt und endlos lang nach passenden Münzen gesucht. Bargeld zog er normalerweise vor, um nach Möglichkeit ein paar Mark abzuzweigen. Aber von Emmas Geld würde er niemals auch nur einen Pfennig einstecken.

Dass er noch von anderen Kunden erwartet wurde, war geschwindelt, denn heute war er wegen einer weiteren Baustelle eine andere Route gefahren und hatte fast alles ausgeliefert. Die letzte Kiste mit frischen Äpfeln, Blumenkohl und Karotten war für Agathe gedacht.

Agathes Marktstand war geschlossen. Die Zwiebl-Zenzi vom Nachbarstand war gerade dabei aufzuräumen.

»Die Zirngieblerin? Die war heute den ganzen Tag nicht am Stand«, erklärte sie Paul. »Eine Schand' für den Markt is des, mitten unter der Woche einfach blaumachen.«

Paul trug seine Gemüsekiste über die Straße zu Agathes Wohnung. Auf sein Klingeln hin wurde die Tür von Hilde, Agathes neuer Untermieterin, geöffnet.

»Agathe geht es gar nicht gut«, informierte sie ihn leise.

»Was ist los?«

Hilde zuckte die Schultern. »Keine Ahnung, sie will partout nicht zum Arzt. Der würde sie noch kränker machen, sagt sie. Ich wohne ja erst seit ein paar Tagen hier, daher kenne ich sie nicht gut genug, um mir ein Urteil zu erlauben.«

Paul erschrak, als er Agathe in einer Strickjacke und mit einer Decke auf der *Schäselong* liegen sah, klein und kalkweiß wie die Wand hinter dem Sofa. Sie war in den letzten Wochen abgemagert, hatte aber bei jedem seiner Besuche behauptet, das sei normal, im Alter würde man einfach schrumpfen.

»Was machst du denn für Sachen?«, sagte er so fröhlich, wie es ihm nur möglich war angesichts ihres Zustands.

»Mir fehlt nichts, nur der Magen zwickt ein bisserl. Zwei Tage Haferschleimsuppe, und ich bin wieder ganz die Alte.« Agathe streckte Paul die magere Hand entgegen. »Schön, dass du mich besuchst. Magst einen Kaffee? Hilde, wärst...« Sie brach ab, legte beide Hände auf ihren Leib und atmete schwer.

»Ich koch gern eine Tasse«, bot Hilde an.

»Danke, nicht nötig«, sagte Paul, griff nach einem Stuhl und setzte sich neben das Sofa. »Du hast doch einen Freund im *Rechts der Isar*. Ich begleite dich gern zu einer Untersuchung.«

»Falls ihr mich braucht, ich bin nebenan«, verabschiedete Hilde sich.

»Der ist doch kein Arzt, sondern Koch.« Agathe lachte kurz auf. »Über Krankenkost weiß er sicher Bescheid, aber von Krankheiten hat er keine Ahnung.«

»Wie auch immer – ich möchte wissen, warum du dir dauernd die Hand auf den Bauch legst«, sagte Paul in strenger Milde. »Eher wirst du mich nicht los.«

Agathe zögerte einige Sekunden, in denen sie schwerer atmete als beim Umstellen ihrer Blumenkübel, bevor sie mit der Sprache rausrückte. »Bauchkrämpfe hab ich. Könnt aber sein, dass es nur ein Magenkatarrh ist. Ich mach grad eine Rollkur, die hilft.«

Paul ließ sich nicht täuschen. Agathe bemühte sich zu sehr, die Fröhliche zu spielen, doch ihre Miene war deutlich von Schmerzen gezeichnet. »Seit wann machst du die Rollkur?«

Agathe druckste verdächtig herum, dass sie vergessen habe, wie lange sie die Tropfen nähme, aber ja, es würde schon besser.

Paul glaubte ihr kein Wort. Agathe war ernsthaft krank, das spürte er deutlich. Und der Gedanke, sie könnte sterben, machte ihm Angst.

»Ich muss dir was gestehen«, wechselte er das Thema, weil er plötzlich eine Idee hatte, wie er sie doch zu einem Arztbesuch bewegen könnte.

»Noch ein Geheimnis?« Agathe hob den Kopf, sank aber keuchend auf das Kissen zurück.

»Rosalie und ich...« Er brach ab, vermochte es nun doch nicht in die richtigen Worte zu fassen.

Agathe musterte ihn gespannt. Nach wenigen Sekunden nahm sie seine Hand in die ihre und sagte leise: »Ihr seid verliebt!«

Paul nickte. »Woher weißt du es?«

»Seinerzeit im Biergarten, da hab ich es gesehen und gespürt, zwischen euch...«

»Aber da war noch gar nichts«, protestierte Paul. »Erst im November, nach einem Tanzkurs... da ist es dann... also, da haben wir uns zum ersten Mal geküsst.« Ihm wurde heiß, als habe er eine schwere Sünde gebeichtet.

»Ach, du armer Bub. Wie kann ich denn helfen?«

»Du musst dich untersuchen lassen und schnell wieder gesund werden«, sagte Paul. »Außer dir kann doch niemand bezeugen, dass wir *keine* Geschwister sind. Ich meine, vielleicht ändern sich die Zeiten, und wir bekommen eines Tages die Möglichkeit, alles aufzuklären...«

»Oh mei, oh mei«, stöhnte Agathe. »Ob ich das noch erlebe, dass sich die Zeiten ändern. Des wär' fast ein Wunder. Aber glauben kann ich's nicht. Erinnerst du dich an den Blockwart, von dem ich dir erzählt habe? Vor ein paar Jahren hab ich einen Film gesehen, *Die Mörder sind unter uns* hat er geheißen, mit der Hildegard Knef, da ging es auch darum, dass die alten Nazis kein Schuldbewusstsein haben und oft wieder angesehene Geschäftsleute wurden...« Sie wand sich stöhnend auf dem Sofa. Ihr kleiner Vortrag hatte sie angestrengt.

Paul ahnte, dass Agathe dankbar für den Themawechsel war, der sie von ihrem Zustand ablenkte. »Trotzdem soll man die Hoffnung nicht aufgeben«, versuchte er einen neuen Anlauf. »Ich meine, vielleicht hast du wirklich nur eine Magenverstimmung, aber das sollte ein Arzt feststellen. Der wird dir auch eine wirksamere Medizin als die Rollkur verschreiben.«

»Gut, morgen geh ich zum Doktor. Heut ist es eh schon zu spät...« Schmunzelnd über den erkämpften Aufschub, schloss sie die Augen und verabschiedete ihn mit den Worten: »Bis morgen, Bub.«

Paul war ratlos. Er zögerte, sie allein zu lassen, und als sein Blick auf die gerahmten Fotos über dem Sofa fiel, wusste er, was Agathe umstimmen würde.

»Du hast immer gesagt, ich sähe deinem Gustl ähnlich, und wenn er noch leben würde...«, begann er.

Agathe rappelte sich ruckartig auf. »Mein armer Gustl...« Schniefend zog sie ein Taschentuch aus dem Ärmel ihrer schwarzen Strickjacke und putzte sich umständlich die Nase. »Überlebt die Kriegsgefangenschaft, kommt glücklich heim und stirbt nach ein paar Monaten an so einem saudummen Granatsplitter. Kaum größer als ein Fingernagel. Wandert von seinem Oberschenkel bis zum Herzen und bringt ihn um. Ein Splitter. Sag selbst...« Sie blickte Paul vorwurfsvoll an. »Ist das nicht eine himmelschreiende Ungerechtigkeit? Mein Leben tät ich geben, wenn ich das ungeschehen machen könnt.«

»Ich weiß, wie sehr du ihn vermisst.« Paul streichelte ihren Arm.

Schluchzend presste sie das Taschentuch auf ihre Augen. »Mein armer Bub...«

»Dein armer Bub schaut gewiss auf dich runter und würde wollen, dass du auf mich hörst.«

Agathe schnäuzte sich kräftig. »Meinst wirklich?«

»Ja, ganz bestimmt«, versicherte Paul.

Mit einem Mal war sie bereit, sich von ihm in die Notaufnahme der Klinik bringen zu lassen.

24

Paul vernahm das zornige Organ seines Vaters schon von Weitem. Als er sich dem Hummel'schen Verkaufsplatz in der Großmarkthalle näherte, sah er ihn: Albert hatte die Fäuste in die Hüften gestemmt und brüllte den im vergangenen Herbst eingestellten Hilfsarbeiter an, als habe der jemanden umgebracht. Der Mann stand da wie ein Sünder, mit gesenktem Kopf und hängenden Schultern.

»Ist das der Dank für meine Gutmütigkeit?«, schrie Albert Hummel. »Körbeweise habe ich dir Obst und Gemüse gegeben, ohne etwas dafür zu verlangen. Jawohl, geschenkt habe ich es dir! Und dafür bestiehlst du mich?! Du bist entlassen, und zwar fristlos.«

»Aber…«, begann der Mann eingeschüchtert, doch Albert unterbrach ihn schnaufend.

»Nichts aber. Sei froh, dass ich dich nicht anzeige.« Er riss sich den Wollschal vom Hals, den er gegen die ständig herrschende Kühle in der Großmarkthalle trug. Sein Blut kochte vor Wut, aber ihm war heiß.

»Was ist denn los?«, mischte Paul sich ein. Er konnte sich nicht vorstellen, dass der Mann etwas angestellt hatte. Er war fleißig, pünktlich und beschwerte sich nie, wenn Überstunden anfielen. Und er bewältigte allein die ganze Arbeit, die vorher von den beiden Flüchtlingen erledigt worden war.

»Dieser Hundling greift seit Monaten in unsere Kasse.« Sein Vater fuchtelte mit den Händen dicht vor dem Gesicht des Beschuldigten herum.

Paul fühlte sich, als habe ihm jemand einen Faustschlag in die Magengrube verpasst. Ihm wurde schwindelig. Schuldgefühle schossen durch seinen Körper wie eine heiße Welle.

»Das ... kann doch nicht sein ...«

»Leider doch. Etliche Kunden haben nach den Rechnungen für ihre bar bezahlte Ware gefragt. Aber dieser hinterhältige Schurke streitet vehement ab, das Geld eingesteckt zu haben. Rosalie und Mutti haben alle Lieferscheine nachgeprüft. Demnach fehlen dreihundert Mark und ein paar Zerquetschte. Hier, schau selbst ...« Er reichte Paul einen Zettel, auf dem die Namen der Kunden notiert waren.

Paul kannte die Namen, er musste sie nicht nachlesen. Der Boden unter seinen Füßen schwankte. Was sollte er tun? Froh sein über den Sündenbock und für alle Zeiten mit der Schuld leben, dass seinetwegen ein Mann die Arbeit verloren hatte? Oder die Wahrheit gestehen und die Eltern enttäuschen? Seine Hände zitterten, und sein Mund war trocken. Sein Hals war wie zugeschnürt. Wie er es auch drehte und wendete, das war es, wovor Sarah sich so gefürchtet hatte: Wind und Meer bedeuteten auch Sturmfluten und Verderben.

Paul spürte das Gebrüll seines Vaters bis ins Mark. Verzweifelt suchte er nach einer glaubwürdigen Ausrede, aber da war nur ein einziger Gedanke: Wenn ich die Diebstähle gestehe, bin ich geliefert.

»Zum letzten Mal, sag endlich die Wahrheit!«, bellte Albert den Arbeiter an.

»Ich hab das Bargeld Ihrem Sohn gegeben. Das schwöre ich, bei allem, was mir heilig ist ... beim Grab meiner Mutter ...«

»Lügner! Pack dein Zeug und ...«

Paul holte tief Luft. Der Mann sollte nicht den Kopf für sein Vergehen hinhalten müssen. »Er ... hat die Wahrheit gesagt!«, platzte er heraus und spürte kalten Schweiß auf seiner Stirn.

Albert starrte seinen Sohn an wie einen Fremden. »Was redest du für einen Unsinn?«

Paul zwang sich, dem bohrenden Blick seines Vaters standzuhalten. »Ich ... ich kann es erklären.« Mit welchem Argument er die Unterschlagungen begründen sollte, wusste er jedoch nicht.

»Da bin ich aber mal gespannt«, brummte sein Vater.

»Was ist denn hier los? Man hört euch ja durch die ganze Halle.« Wilma stand plötzlich neben ihnen. »Paul, du bist ja wieder da. Alles ausgeliefert?«

»Alles erledigt.«

Albert, sichtlich verärgert über die Unterbrechung, fuhr seine Frau an: »Und wo kommst du her, aufgebrezelt in Kostüm, Handschuhen und Hut, mitten unter der Woche?«

»Ich war bei der Blumen-Oma im Krankenhaus, das habe ich dir doch heute Morgen gesagt«, antwortete Wilma hörbar bedrückt. »Agathe geht es gar nicht gut. Der Krebs hat sich rasend schnell ausgebreitet. Sie ist nur noch Haut und Knochen. Aber was ist hier los, warum schreist du so?«

»Unser Sohn behauptet, er wüsste etwas über die fehlenden Gelder«, informierte Hummel seine Gattin.

Der Hilfsarbeiter straffte die Schultern. »Sehen Sie, ich bin unschuldig. Nehmen Sie die Entlassung zurück?«

Anstelle einer Antwort schickte Hummel ihn in die Bananenreiferei, wo er eine Staude in Fünferhände zerteilen sollte. Damit war die Angelegenheit erledigt, die Kündigung hinfällig.

Paul nickte dem Mann in stummer Entschuldigung zu. Jetzt kann ich nicht mehr zurück, dachte er resigniert, bevor er zu seinen Eltern sagte: »Ich werde alles erklären ... aber bitte nicht hier ...« Er deutete zu dem verglasten Holzbau in der Ecke des Marktstandes.

Vier mal vier Meter im Quadrat maß die einstige Schreibstube. Seit sie den komfortableren Büroraum im Kontorhaus angemietet hatten, wurde der von Hummel Senior erbaute Verschlag nur noch genutzt, um an dem runden Tisch Kaffee zu trinken oder sich an den glühenden Drahtspiralen der elektrischen Heizsonne die Hände zu wärmen. Das Radio lief oft den ganzen Tag, auch wenn niemand zuhörte. Im Moment dudelte es: *So ein Tag, so wunderschön wie heute.* Ein schöner Tag sah definitiv anders aus, aber vielleicht besänftigte der Schlager die Eltern ein wenig.

»Schieß los«, knurrte Albert, als sie Platz genommen hatten.

Wilma nahm den Hut ab, zog die Handschuhe aus und steckte sie in die Handtasche. »Was hast denn angestellt, Bub?« Besorgt sah sie ihn an.

Paul suchte fieberhaft nach einer Erklärung für seine Diebstähle. »Ich wollte…«

Nach der Schlagermusik meldete sich ein Sprecher mit Nachrichten aus München.

»Schalte das ab«, wies Hummel seine Frau an und wandte sich dann wieder an Paul. »Also, warum hast du in die Kasse gegriffen?«

Die kurze Galgenfrist hatte Paul zu keinem rettenden Einfall verholfen. Was sollte er tun? Auf jeden Fall erst mal alles zurückgeben. Eilig kramte er das Sparbuch aus der Innentasche der Tweedjacke, die er unter dem grauen Kittel trug. »Es ist auf diesem Sparbuch… Ich wollte…« Er streckte es seinem Vater entgegen. »Es tut mir leid.«

Albert und Wilma warfen sich einen fragenden Blick zu, als rede Paul wirres Zeug. Dann riss Albert das dünne rote Büchlein an sich. »Warum machst du lange Finger?«, brüllte er ihn an.

Paul sackte in sich zusammen. Wie sollte er das Ganze nur erklären, ohne sein Geheimnis zu verraten?

»Du hast doch alles«, wetterte Albert weiter. »Wir haben dich nie geschlagen, haben dich gefördert, wo es nur ging, und dir keinen einzigen Wunsch abgeschlagen. Von dem Wagen will ich gar nicht erst reden. Euch beiden fehlt es an nichts. Was immer ihr braucht, ihr bekommt es. Aber stehlen, das geht zu weit. Ich bin tief enttäuscht von dir, Paul. Und eines kann ich dir versichern, das hat Konsequenzen. Also rück endlich mit der Sprache raus: Warum hast du in die Kasse gegriffen?«

»Ich...« Paul vernahm das dumpfe Brummen eines rangierenden Lastwagens, und plötzlich fiel ihm eine Ausrede ein. »Ich wollte ein schnelles Motorrad.«

»Ja, bist du denn von allen guten Geistern verlassen?« Albert knallte das Sparbuch auf den Tisch.

Wilma presste die Hand vor den Mund. Ihre Augen waren vor Schreck geweitet. »Willst du dich umbringen?« Tränen traten ihr in die Augen.

»Nein.« Paul senkte den Kopf. »Es war nur...«

»Die Mutter hat es schon richtig gesagt«, unterbrach ihn Albert. »Du greifst in die Firmenkasse, um dir so eine Höllenmaschine anzuschaffen, mit der du am nächsten Baum landen könntest? Warum? Sind wir so schreckliche Eltern, die man betrügen und belügen muss? Ich dachte, du bist glücklich bei uns, liebst deine Arbeit und weißt, was wir von dir erwarten. Hat deine Schwester davon gewusst? Sie muss ja mitgemacht haben, sonst wäre das Ganze viel früher aufgeflogen.«

»Nein, nein, nein!«, rief Paul. »Rosalie hat keine Ahnung... Ich ganz allein... ich habe...«

»Zum Donnerwetter noch eins!« Alberts Faust landete auf dem Tisch, er lief knallrot an. »Kannst du keine anständige Antwort geben?« Kleine Spucketröpfchen flogen aus seinem Mund, während er schrie.

»Ich... ich wollte wirklich nur ein schnelles Motorrad«, wiederholte Paul. »Es tut mir leid, es kommt nicht wieder vor. Ich verspreche es.«

»Das ist ja wohl das Mindeste«, knurrte Albert. »Aber glaub

ja nicht, damit wäre die Geschichte vom Tisch. Zuerst wirst du sämtliche Rechnungen schreiben, dich persönlich bei den betroffenen Kunden entschuldigen, und zur Strafe wirst du drei Monate keinen Lohn bekommen.«

»Albert, jetzt übertreibst aber«, wandte Wilma leise ein.

»Nix da! Drei Monate sind eigentlich noch viel zu wenig«, bestimmte Albert. »Sollte ich dich noch mal erwischen, geht's nicht so glimpflich ab, das garantiere ich dir.«

Paul schluckte. Amerika rückte in weite Ferne.

Irritiert hörte Rosalie sich Pauls Geständnis an. »Du hast dich ja wirklich oberdämlich angestellt«, sagte sie am Ende seiner Beichte. »War dir denn nicht klar, dass du irgendwann auffliegen musstest? Großhandelskaufmann mit Einser-Abschlusszeugnis, aber sich benehmen wie ein Hilfsschüler.«

Paul riss zwei Blätter vom Rechnungsblock ab, legte einen Bogen Kohlepapier dazwischen und spannte die drei Blätter in die Schreibmaschine ein. Rosalie saß neben ihm, und während er die angemahnten Rechnungen tippte, beschriftete sie die Umschläge mit den Adressen. Gemeinsam war die Arbeit bald erledigt, und die Rechnungen steckten in den Kuverts.

»Es tut mir so leid, Sarah.« Er beugte sich zu ihr und küsste sie zärtlich. »Ich hab nicht nachgedacht, wollte einfach nur möglichst schnell unser Startkapital zusammenkriegen. Und ein neuer Pass für dich wird auch einiges kosten.«

»Was?« Rosalie erschrak. »Woher weißt du das?«

»In der Großmarktgaststätte sitzt oft der Besitzer einer Bar am Bahnhof...« Paul malte mit dem Zeigefinger kleine Herzen in Rosalies Ausschnitt.

Rosalie schob seine Hand weg. »Bist du wahnsinnig? Wenn dich jemand beobachtet hat, wird er sich fragen, was du in so einer verrufenen Gegend zu suchen hattest. Auf dem Markt wird doch getratscht...«

239

»Liebe macht eben blind.« Paul blickte sie schuldbewusst an. »Ohne neuen Ausweis kein gemeinsames Leben. Auch wenn es vielleicht nicht besonders clever von mir war, nimm es als Beweis, dass ich jedes Risiko für dich eingehen würde.«

»Ach, Paul«, seufzte Rosalie. »Der nächste Liebesbeweis ist hoffentlich keiner, für den du im Knast landen wirst. Versprich mir, dass du keine Dummheiten mehr machst.«

»Hoch und heilig.« Paul hob grinsend die rechte Hand. »Ich schwöre, dass ich dir mit dieser Hand höchstens Liebesbotschaften schreiben würde. Trotzdem bekommst du auf legale Weise keinen neuen Pass.«

Zögernd stimmte Rosalie ihm zu. »Und was kostet ein falscher Pass?«

»Fünf Blaue.« Den verlorenen Hunderter verschwieg er tunlichst.

Rosalie schnappte nach Luft. »Fünfhundert Mark? Das ist...«

»Ein kleines Vermögen«, gab Paul geknickt zu. »Nicht zu vergessen, dass uns außerdem noch ein paar tausend Mark fehlen. Bis wir so viel gespart haben, vergehen Jahre, wo ich jetzt drei Monate keinen Lohn kriege.«

Rosalie sagte eine ganze Weile lang nichts. Sie dachte über einen Anruf nach, den sie vor zwei Tagen erhalten hatte und der ihre Träume verwirklichen könnte. Lange hatte sie überlegt, aber dann den Preis für zu hoch befunden. Nun würde sie das Opfer doch bringen müssen. Sie atmete tief ein und verkündete: »Dann werde ich das Angebot annehmen.«

»Wovon redest du?« Er sah sie eindringlich an. »Sarah, doch nichts Unanständiges?«

Rosalie schnaufte empört. »Was hast du nur für eine verdorbene Fantasie. Ein Synchronstudio hat mich angerufen, ich soll eine amerikanische Schauspielerin synchronisieren. Und die Bezahlung ist geradezu fürstlich. Die Hälfte von dem, was wir brauchen, aber...«

Paul hörte auf zu tippen. »Aber was? Mach's doch nicht so spannend.«

»Ich müsste für eine Woche nach Berlin...«

Paul starrte sie entsetzt an.

»Ja, ich weiß«, redete Rosalie weiter. »Ich habe auch keine Ahnung, wie ich sieben Tage ohne dich ertragen soll. Aber im Moment ist es die einzige Möglichkeit, auf legale Weise an Geld zu kommen.«

»Berlin?« Paul klang fassungslos. »Du willst...« Er schnappte nach Luft. »Du willst weggehen?« Fahrig griff er nach der Schachtel *Ernte*.

»Gib mir auch eine«, bat Rosalie, wartete, bis Paul zwei davon angezündet und ihr eine gegeben hatte. »Vorausgesetzt, die Eltern erlauben es...«

Pauls Miene hellte sich auf. Zufrieden blies er eine dicke Rauchwolke in das kleine Büro.

»Das wäre schade«, sagte Rosalie. »Dann fahre ich nämlich ohne Genehmigung.«

»Dir scheint eine Trennung nicht viel auszumachen.« Pauls Stimme klang mit einem Mal fremd, beinahe aggressiv.

»Trennung? Spinnst du jetzt komplett? Dort kann ich ein kleines Vermögen verdienen.« Rosalie war laut geworden. »Oder hast du unsere Amerikapläne aufgegeben? Möchtest du lieber hierbleiben, der gute Sohn sein, der den Eltern nur Freude bereitet, den Kartoffelkönig spielen und unsere Liebe für immer geheim halten?«

»Aber...«

Das Telefon läutete.

Rosalie nahm den Hörer ab, meldete sich und hörte dann still zu. Als sie aufgelegt hatte, stammelte sie: »Das war Mutti... Wir sollen ins Krankenhaus kommen. Agathes Zustand hat sich verschlechtert.«

Agathe war seit der ersten Untersuchung, zu der Paul sie geschleppt hatte, nie wieder richtig gesund geworden. Nun lag sie auf der Schwerkrankenstation, wo jeder nur auf Zehenspitzen durch die Flure schlich und flüsterte. Rosalie oder Paul hatten ihre Retterin schon oft besucht, und dass Agathe keinen Lebenswillen mehr besaß, war nicht zu übersehen. Ihre blasse Haut spannte sich wie dünnes Seidenpapier über das knochige, von Schmerzen gezeichnete Gesicht, in dem nur noch das strahlende Blau ihrer Augen an die ehemals so fröhliche Blumen-Oma erinnerte. Der Krebs hatte schon fast gesiegt.

Paul und Rosalie setzten sich links und rechts neben das Bett und nahmen jeder eine Hand ihrer »Großtante«.

»Wie geht es dir?«

»Mei, jeder muss mal sterben, aber es ist schon eine elende Ungerechtigkeit. Jetzt, wo sich alle wieder satt essen können, krieg ich nur ein fades Zuckerwasser«, schimpfte sie mit schwacher Stimme und warf einen zornigen Blick auf die über ihrem Kopf hängende Infusionsflasche.

Paul versprach, etwas Deftiges vorbeizubringen, sobald es die Ärzte erlaubten.

»Meine Findelkinder.« Sie lächelte sanft. »An euch zwei hab ich ein gutes Werk vollbracht, dafür krieg ich bestimmt einen Platz im Himmel neben meinem Gustl und meinem Mann.« Ihre Stimme klang heiser wie im Winter, wenn sie bei Eiseskälte ihre Waren angepriesen hatte.

Agathes Atem wurde flacher. »Vielleicht bekommt ihr eines Tages…« Sie stockte, ihre Lider flatterten ein wenig, schließlich entspannten sich ihre Gesichtszüge, und ein feines Lächeln umspielte ihre ausgetrockneten Lippen.

Agathe wollte sich ausruhen, dachten sie, blieben bei ihr sitzen und hielten weiter ihre Hände. Sie bemerkten nicht, dass Agathe für immer eingeschlafen war. Eine Krankenschwester, die später ins Zimmer kam, um den Tropf zu wechseln, sah es mit fachkundigem Blick.

»Sie ist erlöst«, flüsterte sie ihnen zu.

»Was sie uns wohl noch sagen wollte«, murmelte Rosalie leise.

Paul dachte lange nach, ehe er mutmaßte: »Dass wir eines Tages die Chance bekommen, die zu werden, die wir waren.«

25

Rosalie verstaute ihren Koffer in der Ablage über den Sitzen, nahm Platz und lehnte den Kopf an die Trennwand hinter ihr. Neun Stunden würde die Fahrt nach Berlin dauern, in denen sie sich für die kommende Woche ausruhen konnte. Aber alles in ihr drängte sie dazu, an der nächsten Station auszusteigen und zurückzufahren. Sie sehnte sich nach Paul, seinen Küssen, seiner Leidenschaft, seinen Umarmungen. In seinen Armen wollte sie die Welt vergessen und glauben, die Zeit würde stillstehen in dem karg eingerichteten Büroraum, dem einzigen Ort, an dem sie sich lieben konnten. Sie wünschte sich nichts sehnlicher, als mit Paul für alle Ewigkeit dem Vogelgezwitscher lauschen zu können, das gestern durchs geöffnete Fenster zu ihnen gedrungen war.

Im Dezember vor zwei Jahren, nach Edeltrauds Brief aus Amerika, hatten sie zum ersten Mal miteinander geschlafen. An diesem Abend war ein Feuer entzündet worden, das niemals verlöschen würde. Sie spürten es jedes Mal aufs Neue, wie sehr sie einander begehrten und brauchten. Sie beide waren bereit, alles zu tun, um sich niemals trennen zu müssen.

Müde blickte sie aus dem Zugfenster in die vorbeifliegende Landschaft. Grasende Kühe, reifes Korn oder bereits abgemähte Felder, in deren Stoppeln ein Schwarm Krähen Nahrung suchte. Sonnenlicht, das auf idyllische Dörfer an Bachläufen und vereinzelte größere Anwesen mit umzäunten Pferdekoppeln schien, auf der Mutterstuten mit ihren Fohlen tobten. Alles erinnerte sie an Pauls Erzählungen über das Gutshaus der

Greves in Pommern. Sie schloss die Augen und träumte sich in das Leben mit Paul, in dem sie wieder Sarah Silbermann sein durfte. »Einhundertundsechzig Stunden, zehntausend Minuten und achthundert Sekunden, bis wir uns wiedersehen«, hatte Paul beim Abschied geflüstert. Wie lange es wohl dauerte, bis sie endlich wieder Sarah Silbermann sein durfte?

Ein schleifendes Geräusch und ein heftiger Ruck schüttelten sie. Der Zug hatte angehalten. »Nürnberg«, hörte sie die schnarrende Lautsprecherstimme. Der Blick auf ihre Armbanduhr sagte ihr, dass sie knapp zwei Stunden geschlafen hatte.

Träge richtete sie sich auf. Es war heiß und stickig im Waggon, ihr Rücken klebte an dem braunen Kunstlederbezug der Sitzbank. Der Hüftgürtel zwickte, die Strümpfe und das sommerliche Reisekostüm aus roter Popeline waren viel zu warm. Zumindest hatte sie ihr Haar in einzelnen Lockenpartien hochgesteckt, wie es jetzt modern war, und mit diesem neuen flüssigen Haarnetz aus der Dose fixiert, das man einfach über die Frisur sprühte.

Sie zog die taillierte Jacke aus. »Darf ich das Fenster öffnen?«, fragte sie das Ehepaar, das ihr gegenüber Platz genommen hatte.

Die Frau las in einem Romanheftchen. Der Mann blickte von seiner Zeitung auf. »*Is jut, kleenet Frollein...*«

Rosalie hatte den Berliner Tonfall zum ersten Mal in dem Telefonat gehört, als jemand fragte: »Spreche ick mit det Frollein Rosalie Hummel?« Es war Herr Schümann von der Berliner Synchronfirma gewesen. »Ick habe Sie in einem Radio-Hörspiel gehört und mich sofort in Ihre Stimme verliebt. Sind Sie ausgebildete Schauspielerin?« Rosalie war einen Moment lang versucht gewesen, von ihren Eltern und den Sprechübungen in der Zeit ihres Verstecks zu erzählen, erinnerte sich aber in letzter Sekunde an die Legende, die Paul sich ausgedacht hatte. Daran wollte sie festhalten. Jede neue Variante würde Verwirrung stiften oder sie am Ende noch auffliegen lassen. So hatte sie Schümann einfach nur zugehört, was er über den Film und die ihr zugedachte Rolle erzählte.

Ein Zischen der Dampflok und ein lang gezogener Pfeifton kündigten die Weiterfahrt an.

Rosalie schloss das Fenster und nahm die Tageszeitung zur Hand, die sie am Münchner Bahnhof erstanden hatte.

Das oberste amerikanische Berufungsgericht hatte seine Tätigkeit in Deutschland offiziell beendet, es galt nur noch der Entscheid der deutschen Justiz.

War es ein neues Land ohne Judenhass?, überlegte Rosalie. Sie fragte sich, ob zehn Jahre nach Kriegsende immer noch ehemalige Nazis auf wichtigen Posten saßen. Ein verwegener Gedanke überkam sie. Sollte sie versuchen, ihre wahre Identität wiederzuerlangen? Sie würde mit Paul darüber reden, vielleicht hätten alle Heimlichkeiten dann ein Ende.

Konrad Adenauer wurde von der Opposition beschuldigt, um der Westintegration willen bereitwillig den Preis für die Teilung Deutschlands zu zahlen.

Rosalie dachte an Wilma, der ziemlich unwohl dabei war, sie in eine geteilte Stadt ziehen zu lassen. »Niemand weiß, wo die Uneinigkeit zwischen den vier Siegermächten noch hinführt. Aber wenn du glaubst, das Sprechen wäre dein Glück, werden wir dir keine Steine in den Weg legen«, hatte sie eingeräumt.

Weiter hinten im Blatt wurden das Wirtschaftswunder und die damit einhergehende *Fresswelle* thematisiert, die mitverantwortlich für den Anstieg von tödlichen Herz-Kreislauf-Erkrankungen sei. Agathe hatte vor ihrer Erkrankung auch einiges an Gewicht zugelegt. Wer hätte es ihr nach den Jahren am Rande des Hungertodes missgönnt? Ihrem Herz hatte es nicht geschadet, das war ebenso stark wie gütig gewesen. Nur ihrem Magen war die Masse an üppigen Gerichten nicht bekommen.

Der Artikel über die landesweite Fresswelle erinnerte Rosalie unwillkürlich an Emma, die mit ihren fettigen Salaten auch noch daran verdiente, und an die Brotzeit, die Paul ihr in eine Blechdose eingepackt hatte.

Auf dem Käsebrot lag ein zusammengefalteter Zettel. Gespannt öffnete sie ihn. *Wie der Wind und das Meer,* stand da, eingerahmt von einem Herzen. Ihre Augen füllten sich mit Tränen, die sie nur mit großer Mühe wegzublinzeln vermochte. Den Herrn gegenüber veranlasste das zu einem mitleidigen »Ham Se wat ins Auje jekriegt?«. Hastig biss sie in das Brot.

Später widmete sie sich wieder der Tageszeitung. Paris propagierte die figurbetonte A-Linie. Mode interessierte sie mehr als Politik. Das Diktat für die elegante Dame lautete Handschuhe, Hut, Handtasche und Stockschirm. Hut und Schirm hatte sie zu Hause gelassen. Eine Handtasche war praktisch, Handschuhe dagegen nur lästig. Im Sommer trug man sie in Weiß. Wie unsinnig. Kaum angezogen, schon schmutzig. Sie hatte sich gleich beim Einsteigen schwarze Finger an der Zugtür geholt.

Gegen sieben erreichte der Zug Berlin, Bahnhof Zoo. Gespannt verließ Rosalie die Ankunftshalle und gelangte an eine Straßenkreuzung mit Trambahnen und brausendem Verkehr. Nicht unähnlich dem Münchner Karlsplatz.

Suchend blickte sie sich um. Auch hier waren noch nicht sämtliche Wunden des Krieges verheilt, doch überall wurde gebaut. Fußgänger, Autos und Straßenbahnen wurden um Baustellen herumgeleitet, Hunde nutzten die Schutthaufen, um eine Markierung zu setzen, Mütter mit Kinderwagen fluchten, weil den Babys das Rütteln überhaupt nicht behagte, und ein Zeitungsverkäufer brüllte gegen den Baulärm an: »Tiergarten wiedereröffnet!«

Die Synchronfirma hatte für sie ein Zimmer in einer Etagenpension gebucht. Sie lag in der Fasanenstraße im westlichen Stadtteil Charlottenburg, unweit vom Bahnhof.

Eine Rentnerin erklärte ihr den Weg. »Det is een Klacks«, meinte sie.

Von wegen Klacks, die Strecke zog sich, der Koffer war schwer und die Stöckelschuhe ungeeignet für weite Strecken. Zwischen den wenigen unversehrten Häusern klafften große Löcher, Bagger räumten Schuttberge weg, und Hausgerippe waren weiträumig umzäunt. Ein Müllmann nannte ihr endlich die richtige Adresse, und bald darauf stand sie vor einer breiten, mit Ornamenten verzierten Haustür. Zur *Pension Maschke* in die vierte Etage gelangte der Gast mit dem Aufzug, einem Holzkasten mit Glasfenstern in einem schwarzen Eisenkäfig.

Unschlüssig stand sie davor. Solch ein Ungetüm hatte sie noch nie gesehen. Darin stecken zu bleiben wünschte sie niemandem. Doch sie war müde von der langen Zugfahrt, und die einladende Sitzbank im Aufzug verleitete sie dazu, den unheimlichen Käfig doch zu besteigen. Nachdem sie den Knopf für das vierte Stockwerk gedrückt hatte, geschah nichts. »Blöder Kasten«, schimpfte sie, griff nach ihrem Koffer und öffnete die Aufzugtür.

»Moment, nehmen Sie mich mit«, hörte sie eine sonore Männerstimme.

Ein älterer Herr mit rötlichen Haaren und Vollbart in einem grauen Flanellanzug kam angelaufen. Offensichtlich glaubte er, Rosalie wäre eben eingestiegen.

»Ich wollte aussteigen, er ist kaputt«, murmelte Rosalie.

»Tatsächlich?«, wunderte er sich. »Vor zehn Minuten ging er jedenfalls noch. Gestatten, dass ich es mal versuche?«

Rosalie nickte schwach. »Sicher.«

Zu ihrer Verwunderung schloss er zuerst das äußere Eisengitter und dann die innere Tür, wobei er weiterredete: »War eben nur zehn *Salem* holen, bevor die Preise weiter steigen. Fünf Pfennige kostet inzwischen das Stück. Wohin darf ich Sie bringen?«

»Vierter Stock.«

»Na, denn wollen wir mal...«

Sobald er auf den Kopf gedrückt hatte, ruckelte es kurz, und schon wurden sie sanft nach oben befördert. »Glück gehabt«, grinste er.

Die Pension wurde von Frieda und Lene Maschke, zwei älteren Schwestern, geführt. Beide trugen das ergraute Haar im Nacken zum Knoten gesteckt, schwarze Kleider mit weißen Spitzenkrägen und begrüßten Rosalie herzlich wie eine nahe Verwandte.

Lene führte sie in einen großen Raum mit einer langen Tafel, auf der ein weißes Tischtuch lag. »Hier servieren wir ab sieben Uhr Frühstück. Sonstige Mahlzeiten werden nicht angeboten, kochen in den Zimmern ist nicht gestattet.« Anschließend ging es zum Ende des langen Flurs, wo sich die Toilette und daneben ein geräumiges Badezimmer befanden. »Hier können Sie sich waschen. Samstags heizen wir den Ofen für den Warmwasserkessel an, dann können Sie das im Zimmerpreis enthaltene Vollbad nehmen. An der Tür hängt eine Liste, in die Sie bitte die gewünschte Uhrzeit für Ihr Bad eintragen. Für jedes weitere Badevergnügen würde ein extra Feuerholzbeitrag fällig werden. – Hoffentlich jefällt es Ihnen«, sagte sie, als sie Rosalie schließlich das Zimmer zum Hinterhof zeigte. »In den Goldenen Zwanzigern, als Berlin noch eine Weltstadt mit Varietés, Tanzpalästen und einer blühenden Kunstszene war, wurde es von einer bekannten Sängerin bewohnt. Damals stand auch das *Romantische Café* noch, ein bekannter Künstlertreff in Charlottenburg. Leider wurde das Gebäude bis auf die Grundmauern zerbombt.«

Rosalie verliebte sich sofort in den von Schicksalen flüsternden Charme des Zimmers und versuchte sich vorzustellen, wie jene Sängerin in dem schlauchartigen Raum gelebt hatte. Welche Kleider und Kostüme in dem schmalen Schrank aus dunklem Holz wohl gehangen hatten? Ob die Sängerin ihre Augen in dem Spiegel über der Kommode geschminkt hatte? Oder den Tonkrug benutzt hatte, um sich Trinkwasser aus der Küche zu holen? Hatte sie jemals auf dem abgewetzten Sessel an dem niedrigen Tisch gesessen oder lieber im Bett gelegen? Wie spät in der Nacht hatte sie den fünfarmigen Kristalllüster gelöscht, der von der hohen Decke hing? Wann hatte sie die Tischlampe auf dem Schubladenkästchen daneben ausgeknipst? Die gelbweiß gestreiften Vorhänge waren vermutlich noch nicht so verwaschen gewesen wie heute, die Blümchentapete an den Wänden hatte noch in frischen Farben erstrahlt, und die Perserbrücke auf dem Fischgrätparkett hatte noch keine fadenscheinigen Stellen gehabt...

Hier werde ich mich sehr wohlfühlen, dachte Rosalie beim Auspacken. Als sie den Silberrahmen mit dem Geschwisterfoto auf den Nachttisch stellte und dann zwischen ihren Kleidern die alte Puppe fand, mit der Nachricht *Damit Du nicht so allein bist*, kamen ihr die Tränen. Sie vermisste Paul jetzt schon so schmerzlich, dass es kaum zu ertragen war. Schniefend wusch sie sich im Badezimmer den Reisestaub aus dem Gesicht und schlüpfte in ein Hemd von Paul, das nach seinem Rasierwasser roch.

Mit einem Kopfkissen im Rücken saß sie im Bett, nahm die Zeitung als Schreibunterlage und schrieb zuerst den Eltern die am Bahnhof erworbene Ansichtskarte und danach einen Brief an Paul.

Berlin, 2. Juli 1955

Mein Liebling,

wir sind noch keine vierundzwanzig Stunden getrennt, und ich vermisse Dich schon jetzt so sehr, dass ich am liebsten sofort wieder zurückfahren würde. Wie soll ich nur diese Woche

überstehen? Ein wenig tröstet mich Dein Hemd, in dem ich auf dem Bett sitze. Ich atme Deinen Duft ein und wünsche mir, statt der Hemdärmel würden mich Deine Arme umfangen.
Ich sehne mich nach Deiner Nähe, Deinen Küssen, Deinen Berührungen. In Deinen Armen spüre ich weder Angst noch Hunger oder Kälte. In Deinen Armen kann mir nichts geschehen. Nur in Deinen Armen bin ich glücklich. Jeder Herzschlag schreit nach Dir. Wenn ich die Augen schließe, stelle ich mir vor, wie Du mein Gesicht streichelst, höre die zärtlichen Worte, die Du mir ins Ohr flüsterst, und Dein Versprechen, dass unsere Liebe jede Gefahr überwinden wird. Dass es nicht mehr lange dauert, bis wir uns nicht mehr verstecken müssen. Ständig blicke ich auf den kleinen Reisewecker, den du mir geschenkt hast, in der Hoffnung, die Zeit liefe schneller und ich könnte bald zurück zu Dir, obwohl ich doch ganz sicher weiß, dass gerade meine Reise nach Berlin unseren Traum wahrer werden lässt.
So, jetzt muss ich Schluss machen und das Dialogbuch lesen, um vorbereitet zu sein. Vergiss mich nicht, mein Liebling, und halte Dich von der Salatverkäuferin fern. Obwohl ich Hunderte Kilometer weit weg bin, ich würde es erfahren, wenn Du ihr auch nur ein kleines Lächeln schenktest.

In ewiger Liebe, Sarah

Sie faltete das Blatt zusammen und steckte es in ein Kuvert. Abschicken würde sie es nicht. Um jedes Risiko zu vermeiden, hatte sie mit Paul vereinbart, nur die Postkarte an die Eltern zu schreiben. Leider war es schwierig, nach München zu telefonieren. Ferngespräche mussten beim Fräulein vom Amt angemeldet werden, zu Hause nahm ihr Vater und im Büro die Mutter den Hörer ab. Bekäme sie Paul zufällig an den Apparat, müssten sie sich auf Belanglosigkeiten beschränken. Nicht zuletzt waren Gespräche von Stadt zu Stadt unfassbar teuer. Und sie brauchten doch jeden Pfennig für ihre Zukunft.

Rosalie hatte unruhig geschlafen, das Ergebnis waren dunkle Schatten unter den Augen, die sie mit etwas Schminke abdeckte. Weil sie womöglich lange stehen würde, schlüpfte sie in den von französischen Modezaren genehmigten Freizeitdress für junge Mädchen: wadenlange Hosen, ihre war dunkelblau, dazu eine weiße Hemdbluse, ein breiter Gürtel für die Taille, ebenfalls dunkelblau, und bequeme Ballerinas in Rot. Das Haar band sie zu einem Pferdeschwanz.

Henry Schümann, der Synchronregisseur, würde sie abholen. Der leicht untersetzte Mann mit den freundlichen graublauen Augen und dem kurzen Armeehaarschnitt kam mit einem VW-Käfer. Auf der Fahrt zum Studio nach Lankwitz erklärte er ihr die Sehenswürdigkeiten, wie die traurige Ruine der Gedächtniskirche am Kudamm, für die 1953 eine Zuschlag-Briefmarke herausgegeben wurde, um den Wiederaufbau zu unterstützen.

Nach einer guten halben Stunde erreichten sie das Synchronstudio, ein neu erbautes niedriges Gebäude, umringt von Rasen, Büschen und Bäumen, das wie eine Villa im Grünen aussah.

»Bis achtundvierzig war ich in Hamburg als Synchronregisseur tätig«, erzählte Henry, als er Rosalie hineinführte. »Aber bald nach Kriegsende wurden die Synchronaufträge vermehrt nach Berlin vergeben. Damit wollte man die von der Blockade bedrohte Stadt unterstützen. Nach und nach verlegte sich das Synchrongeschäft beinahe zur Gänze hierher. Als mir das klar wurde, packte ich meine Koffer und eröffnete mit unserem Tonmeister eine eigene Firma. Berlin war aber bereits lange vor dem Krieg eine Stadt des Films. Vielleicht hast du schon mal von Potsdam gehört. Dort steht das berühmte Studio Babelsberg, mit riesigen Aufnahmeräumen, einem gigantischen Kostümfundus, unzähligen Tonstudios und Schnittateliers. Es ist eine richtige Filmstadt, in der die UFA viele berühmte Streifen wie *Der blaue Engel* mit Marlene Dietrich oder während des Krieges die Zarah-Leander-Filme gedreht hat.«

»Wurden die nicht *Durchhaltefilme* genannt?«

»Stimmt«, sagte Henry und öffnete die Tür zum Synchronstudio. Eine junge Frau saß an einem mit Drehbüchern übersäten Schreibtisch. Ihr hochtoupiertes platinblondes Haar, das kräftig geschminkte Gesicht und ein Kleid, dessen Ausschnitt die üppige Oberweite kaum zu bändigen vermochte, vermittelte eher das Bild eines Starlets als das einer Empfangsdame. Der Stapel an Papieren, der Telefonapparat und eine Schreibmaschine aber widersprachen dem ersten Eindruck.

»Das ist Karin, unsere hoch geschätzte Aufnahmeleiterin und Mädchen für alles«, stellte Henry sie vor. »Karin ist perfekt im Erstellen von Dispo-Listen, im Tippen von Dialogbüchern, Organisieren von Besetzungen, Telefonieren und Kaffeekochen. Noch dazu ist sie eine echte Berliner Göre und kennt die halbe Stadt.«

»Oller Charmeur«, lachte Karin, während sie Rosalie die Hand entgegenstreckte. »Aber so janz unrecht hat er nicht, unser Chef. Also, wenn de wat brauchst, wat wissen willst oder mal nich weiter weißt, einfach Karin fragen. Egal, ob es sich um wat Jeschäftliches handelt oder ob de dir mal ausheulen willst. Und wir duzen uns hier alle. Aber det hat Henry dir bestimmt schon verklickert.«

»Danke, Karin«, sagte Rosalie, erleichtert über die lockere Atmosphäre, die hier vorzuherrschen schien. Ihre Furcht vor dem Neuen, dem Ungewissen, die sie in der vergangenen Nacht so unruhig hatte schlafen lassen, schien völlig unnötig. Und ausheulen musste sie sich bestimmt nicht.

»Dann wollen wir mal ...« Henry wies mit der Hand zu einer weißen Doppeltür mit der Aufschrift *Aufnahme*.

An der Stirnseite war eine große Leinwand angebracht. Ein Drittel des Raums war mittels zweier Glaswände über Eck abgetrennt, wodurch eine extra Kabine entstand.

»Hier sitze ich mit dem Tonmeister, um unsere Atemgeräusche abzugrenzen«, erklärte Henry. »Über Mikro sind wir mit dem Studio verbunden und sagen dir, falls Wiederholungen nötig sind oder du zu dicht oder nicht nahe genug an deinem Mikrofon warst.«

Rosalie nickte. Sie kannte das bereits aus der Arbeit beim Radio. Dort gab es für die Sprecher einen hohen Hocker vor dem Stehpult, dazu eine Klemmlampe und den unerlässlichen Kopfhörer; hier würde sie an einem Tisch neben der Schnittmeisterin sitzen.

Eine dunkelhaarige Frau Ende vierzig betrat den Raum. »Guten Morgen, ich bin Adele Schneider, die Schnittmeisterin«, begrüßte sie Rosalie und blickte sie freundlich durch eine eckige Hornbrille an. »Aufgeregt?«

»Ein bisschen«, gestand Rosalie.

»Musst du nicht«, winkte Adele ab. »Alles halb so wild. Wir werden das Kind schon schaukeln, oder, Henry?«

»Selbstredend!«, entgegnete Henry. »Ich erkläre dir den Ablauf, Rosalie, der sich nur unwesentlich von Hörspielaufnahmen unterscheidet. Also, wir arbeiten uns chronologisch durch den gesamten Film und sehen uns jeweils zuerst die Szene im Original an. Ich weiß, du sprichst kein Englisch, aber die Szenen erklären sich von selbst, wenn du auf den Tonfall hörst. Dialogbuch gelesen?«

»Ja, hab ich«, versicherte Rosalie und war gespannt auf die fremde Sprache. Sie würde sehr genau aufpassen, denn schon bald würde sie in ein Land auswandern, wo Englisch gesprochen wurde.

»Gut, dann konzentriere dich einfach auf die Emotionen, und es wird dir leichtfallen, in die Rolle zu schlüpfen, die von Hollywoods Neuentdeckung Violet Jones gespielt wird. Die Szenen sind auf der Tonspur in Schleifen angelegt, umfassen einen oder höchstens zwei Sätze, wenn einer sehr kurz ist, wie zum Beispiel *Ja, bitte*. Für die zweite Hauptrolle, also für dich, sind es insgesamt dreihundertzwölf Schleifen. Normalerweise wären wir damit in drei Tagen durch, aber wir haben eine Woche eingeplant, können also ohne Druck arbeiten und natürlich auch Pausen einlegen.«

Rosalie nickte, während sie insgeheim grob überschlug, was sie verdienen würde. Für die Anreise erhielt sie fünfzig Mark sogenanntes »Komm-Geld«. Dazu fünf Mark pro Schleife. Rosalie durchströmte ein Kribbeln, als sie die Summe überschlug: ungefähr tausendsechshundert Mark. Ein echtes Vermögen.

»Bevor du dran bist, erscheinen auf der Leinwand die Zahlen eins, zwei und drei«, erklärte Henry weiter, »du beginnst auf der Vier. Allet Klärchen, wie der Berliner sagt?«

»Alles verstanden.« Rosalie holte tief Luft. Ihr Herz schlug schnell, sie war aufgeregt und freute sich sehr auf die Arbeit.

»Sehr schön.« Henry nickte ihr aufmunternd zu. »Jetzt warten wir noch auf Martin, unseren Tonmeister.«

»Redet ihr über mich?«

Ein hagerer Mann in Henrys Alter hatte das Studio betreten. Er trug eine schwarze Lederjacke und dunkelblaue Drillichhosen.

»Eines Tages ...« Keuchend zog er die Lederkappe vom Kopf, auf der eine Sonnenbrille mit Gummizug saß. »... werden sämtliche Baustellen verschwunden sein, dann bin ich mit meinem ollen Drahtesel schneller als jeder Sechstagerennfahrer im Zwischenspurt.«

»Ob wir das noch erleben?«, murmelte Henry, schien aber keine Antwort zu erwarten. »Bitte alle auf ihre Plätze. Der Text für die erste Schleife liegt auf dem Pult, Rosalie.« Er verschwand hinter der Glasscheibe. Martin folgte ihm.

Karin brachte eine Karaffe mit Wasser und Gläser auf einem Tablett, das sie in dem halbhohen Regal an der rechten Wand abstellte. Sie wünschte »Alles Gute« und war wieder draußen.

»*Mazel tov*«, sagte Adele leise, als sie und Rosalie sich an ihre Plätze begaben und dann die Kopfhörer aufsetzten.

Rosalie zuckte zusammen. Das vertraute Jiddisch für »viel Erfolg« musste nicht zwingend bedeuten, dass Adele Jüdin war. Aber genau diese Worte hatte ihr Vater den Schauspielern vor den Auftritten zugeflüstert, und in ihren Ohren klang es so vertraut, als wäre sie bei Verwandten angekommen.

26

Rosalie fühlte sich nach fünf Wochen Synchronarbeit total erschöpft. Henry hatte ihr gleich nach dem ersten Engagement den Part einer Sprecherin angeboten, die überraschend an einem Blinddarmdurchbruch verstorben war. Wie hätte sie ablehnen können, wo es sich um eine Hauptrolle handelte und mit diesem Verdienst ihr Traum in greifbare Nähe rückte? Obgleich sie einmal mehr vom Tod eines Menschen profitierte.

Gestern war der letzte Arbeitstag gewesen. Sie hatte kurze Sätze wie »Ich lüge nicht« mit einem Lachen unterlegt. Längere wie »Allein der Korridor in dieser Wohnung ist so prächtig wie ein Tanzsaal« gesprochen, wobei das letzte Wort mit den aufeinanderfolgenden Konsonanten z und s ein echter Zungenbrecher war. Sie hatte mit einem jungen Berliner Schauspieler Dialoge erarbeitet und erleichtert »Mir geht es gut« gesagt. Hatte Salzletten geknabbert, Schluckgeräusche fabriziert, zwischen den Worten mal laut und mal leiser geatmet oder in einer Partyszene Sätze mit fröhlichem Lachen beendet. Geseufzt, geschnauft, gehustet, gehechelt und aufgeregt geflüstert: »Marvins Frau hat ein Baby.« War sie zu nahe am Mikrofon, wurde die Schleife wiederholt. Nuancen in der Aussprache hatten von ihr und auch von den anderen reichlich Geduld erfordert. Sätze etwas in die Länge zu ziehen, damit es auf das Original passte, etwas kürzer oder schneller auszusprechen, das waren die Feinheiten, die sie inzwischen alle beherrschte. Nach diesen intensiven Wochen hatte Henry sie als echten Profi bezeichnet und von weiterer Zusammenarbeit gesprochen. Fast bedauerte sie, dass es nicht dazu kommen würde.

Zum Abschied hatte Henry sie zur Berlinale eingeladen. Im Wettbewerb um den *Goldenen Bären* lief *Das verflixte siebte Jahr*, eine Komödie des Regisseurs Billy Wilder, mit Marilyn Monroe in der Hauptrolle. Es wurde gemunkelt, die Monroe würde anwesend sein. Rosalie ärgerte sich maßlos über die Bauchkrämpfe und die Übelkeit, die der Besuch von *Tante Rosa*, wie ihre Mutter die monatlichen Blutungen nannte, mit sich brachte. Normalerweise biss sie die Zähne zusammen und trank starken Kaffee, bis es mit den ersten Blutflecken im Schlüpfer besser wurde. Heute hatten weder Kaffee noch der von den Maschke-Schwestern verordnete Kamillentee etwas bewirkt. Ihr war immer noch flau im Magen, und die *Tante* ließ auf sich warten. Sie war zwei Wochen überfällig, womöglich war das der Grund. Es war nicht das erste Mal, ihre Tage kamen oft unregelmäßig und dann mit heftigen Krämpfen, nur ausgerechnet heute passte es ihr überhaupt nicht, wo sie sich so sehr auf die Filmpremiere freute. Darauf, sich zwischen Schauspielerinnen in festlichen Roben zu mischen. Die Helden der Leinwand im dunklen Anzug mit Fliege und polierten Schuhen zu bewundern. Sie selbst hatte sich beim Friseur eine extravagante Hochsteckfrisur verpassen lassen. Für satte zwanzig Mark. Und Karin hatte von einer befreundeten Kostümbildnerin ein blassrosa Cocktailkleid mit passenden Stöckelschuhen besorgt.

Aber in ihrer momentanen Verfassung würde sie keine zehn Minuten in einem Kinositz aushalten. Statt sich zu amüsieren, musste sie sich ins Bett legen.

Der Versuch, sich zu übergeben, brachte keine Besserung. Inzwischen hatte sie auch starke Kopfschmerzen, die ihre Übelkeit noch verstärkten. Langsam befiel sie die Angst, ernsthaft krank zu sein. Als die Beschwerden am Nachmittag heftiger wurden, suchte sie einen Frauenarzt auf, den die Schwestern Maschke ihr empfohlen hatten.

Während im Kinosaal gerade Marilyn Monroe auf dem roten Teppich erschien, starrte Rosalie mit brennenden Augen aus dem Fenster in den Hinterhof.

Ein Mann mit Pudel an der Leine trat aus einer der drei Hinterhofhaustüren. Ein Scherenschleifer sortierte ein Bündel Messer, als wolle er sie gleich gegen die Wand werfen wie ein Zirkusartist. Der Wind wehte den Mörtelgeruch der Baustellen zu ihr hinauf. Wenig später vernahm sie das leise Quietschen einer Straßenbahn. Ein Pärchen betrat Hand in Hand den Hof. Fenster wurden geöffnet und wieder geschlossen. Als die Dämmerung eintrat, flammten Deckenlampen auf.

Das Pärchen umarmte sich vor einem der erleuchteten Fenster im Erdgeschoss, als wolle es sein Glück hell beschienen wissen.

Wehmütig beobachtete Rosalie die beiden. Der Anblick des glücklichen Paars versetzte ihr einen schmerzhaften Stich. Sekunden später füllten sich ihre Augen mit Tränen. Sie würde niemals glücklich werden, und Tränen würden daran auch nichts ändern. Keine einzige konnte ihr helfen. Das Weinen würde sie nicht vor den Schwierigkeiten bewahren, die sie erwarteten, wenn sie nichts gegen ihren Zustand unternahm.

»Der Urintest wird in einigen Tagen bestätigen, was die Untersuchung jetzt schon ergeben hat: Sie sind guter Hoffnung!«, hatte der Arzt ihr mit einem sanften Lächeln eröffnet, als wäre es das Normalste der Welt.

Für ihn vielleicht. Er verkündete sicher nicht zum ersten Mal einer jungen Frau, dass sie im Januar ein Kind zur Welt bringen würde. »Sie müssen keine Angst haben, Kopfschmerzen, Übelkeit und auch Krämpfe sind in den ersten drei Monaten völlig normal und harmlos.«

Rosalie hatte ihn angestarrt, als habe er eine tödliche Krankheit diagnostiziert; gleichzeitig wusste sie, dass er sich irrte. Irren musste. Sie hatten immer verhütet. Und ihre letzte Blutung war doch ganz normal gewesen. Na ja, etwas schwach war sie gewesen, aber sie hatte geblutet.

Leichte Blutungen in den ersten Wochen seien ebenfalls nicht ungewöhnlich, und nicht jedes Kondom halte sein Versprechen im Sturm der Leidenschaft, meinte der Arzt schmunzelnd. Ob sie denn keine Veränderung bemerkt habe. Nein, eigentlich nicht, vielleicht habe sie zugenommen, aber daran sei die gute Versorgung des Studios schuld.

»Hervorragend«, sagte der Mediziner. »Ausreichend und nahrhaft zu essen ist in der Schwangerschaft äußerst wichtig. Ansonsten freuen Sie sich einfach auf Ihr Kind, Sie sind jung und gesund, alles ist in Ordnung.«

Nichts war in Ordnung.

Sie war schwanger von Paul.

Von ihrem Bruder.

Und das war Inzucht! Man würde sie anklagen. Verurteilen. Ins Gefängnis stecken. Liebe zwischen Bruder und Schwester war eine Straftat.

Wie sollten sie das Gegenteil beweisen?

Das Lügengebäude war über ihr eingestürzt.

Wind und Meer, Sturm und Verderben.

Sie kletterte auf den Fenstersims. Wozu sich noch länger mit Fragen und Vorwürfen quälen?

Rosalie beugte sich vor. Wie lange es wohl dauerte, vier Stockwerke zu fallen? Schätzungsweise vier Sekunden. Oder länger? Vielleicht sieben oder höchstens acht.

Acht Sekunden, und es wäre vorbei.

Acht Sekunden und nie mehr lügen.

Acht Sekunden, und sie wäre erlöst.

Ein Name blitzte hinter ihrer Stirn auf wie eine Neonschrift am Kudamm. Karin!

Rosalie kletterte vom Sims, schaltete die Nachttischlampe ein und setzte sich aufs Bett. Hatte Karin nicht angeboten, ihr bei Schwierigkeiten zu helfen? Ob sie vielleicht jemanden kannte, der ihren Zustand ohne Fragen beenden würde? Dann könnte sie zurück zu Paul, zurück nach Hause. Mit einem unehelichen Kind im Bauch war sie doch eine Schande für die Eltern. Und nicht nur für sie, alle würden mit dem Finger auf sie zeigen, sie als Schlampe bezeichnen, sich von ihr abwenden. Sie würde das Leben einer Ausgestoßenen führen. Oder enden wie Gerlinde, eine Mitschülerin in der Berufsschule. Gerlinde war mit siebzehn schwanger geworden und bald darauf verschwunden. Es hieß, man habe sie in ein Heim für ledige Mütter gebracht, wo ihnen die Kinder weggenommen und in ein Waisenhaus gesteckt würden. Und wie Kinder dort behandelt wurden, wusste sie nur allzu genau.

Von draußen drang fröhliches Lachen zu ihr in den vierten Stock. Rosalie trat zum Fenster, sah das Liebespärchen in einer der Haustüren verschwinden.

Nichts macht einen Menschen so einsam, wie das Glück anderer zu sehen, während man selbst am Abgrund steht, dachte Rosalie. Sie erinnerte sich, wie Paul gesagt hatte: »Niemand wird uns jemals trennen, solange du an unsere Liebe glaubst.« Aber wie würde er reagieren, wenn er erführe, dass er Vater wurde? Wie ein Held, der sich zu seiner Tat bekannte, egal, was mit ihm geschah? Wie er es immer getan hatte … Würde er dafür ins Gefängnis kommen? Würde auch sie dort landen? Und was geschah dann mit dem Kind? Würde man es ihr wegnehmen? Nein, der Gefahr würde sie weder ihn noch sich oder das Ungeborene aussetzen. Sie musste allein damit zurechtkommen.

Gegenüber flammte ein Deckenlicht auf. Rosalie konnte in das Zimmer sehen. Eine junge Frau betrat den Raum, verschwand aus ihrem Blickfeld, um wenige Sekunden später mit einem Baby im Arm ans offene Fenster zu treten. Sie sah die Mutter und ihr Kind nicht zum ersten Mal. Noch am Tag ihrer Ankunft hatte sie beobachtet, wie die Frau das Kleine herzte, es wiegte und küsste.

Heute wurde Rosalies Hals eng. Sie schluckte. Tränen liefen über ihre Wangen. Verzweifelt blickte sie nach unten.

Springen.

In die dunkle Tiefe.

Die einfachste Lösung.

Egal, wie man es betrachtete.

Sie stieg zurück auf den Sims.

»Hallo, junget Frollein...«

Rosalie taumelte. Ergriff in letzter Sekunde den Fensterflügel.

Die Frau winkte mit der freien Hand. »Ick weiß ja nich, wat Se vorhaben, aber wenn Se nach unten wollen, uff dem Wege kommen Se nich heil an. Ick an Ihrer Stelle tät lieber die Treppe nehmen.«

Es war ein typischer Berliner-Schnauze-Kommentar, der an Rosalies Ohren drang. Bis er ihren Panzer aus Hoffnungslosigkeit und Verzweiflung durchbrach, dauerte es einige Sekunden.

Sie registrierte erst jetzt, dass die Nachttischlampe wie ein Scheinwerfer für ihre Kopflosigkeit war: Die junge Frau musste sie so deutlich sehen, als stünde sie auf einer Bühne. Vorsichtig kletterte sie vom Sims.

»Jut so«, rief die Frau. »Und falls Se Sorgen haben, kommen Se rüber und nehmen Se meen kleenen Sonnenschein in de Arme, det macht jute Laune.«

Schlaflos lag Rosalie auf ihrem Bett. Ihre Gedanken drehten sich im Kreis. Was, wenn sie das Kind behielte? Niemand durfte erfahren, von wem sie ein Baby bekam. Aber wen sollte sie als Vater benennen? Wie sollte sie der Frau von gegenüber erklären, warum sie so verzweifelt war, dass sie hatte springen wollen?

Als die Junisonne über die Dächer kroch und den Hinterhof ein wenig erhellte, fiel Rosalie endlich in einen tiefen Schlaf. Geweckt wurde sie vom Weinen eines Babys. Einen Moment lang glaubte sie an einen Traum, um schließlich zu realisieren, dass es von draußen kam.

Sie schaute aus dem noch offen stehenden Fenster in den Hof und sah die junge Mutter aus dem Nachbarhaus, die ihr Kind auf dem Arm wiegte. Neben ihren Füßen ein Korb mit Wäsche. Auf der zwischen zwei Stangen gespannten Leine hingen winzige Hemdchen.

Ohne sich um ihr verheultes Aussehen zu kümmern, rannte Rosalie nach unten. An der Tür zum Hinterhof hielt sie inne und überlegte, was sie zu der Frau sagen sollte, bis ihr einfiel, dass sie ihr Hilfe beim Wäscheaufhängen anbieten konnte.

»Det is aber nett«, sagte die Frau, der es gelungen war, das Baby zu beruhigen. Einen Moment lang musterte sie Rosalie, dann schien der Groschen zu fallen. »Sind Se nich jestern Abend uff dem Fensterbrett jestanden?«

Rosalie nickte schwach, bückte sich eilig nach einem Hemdchen und griff nach den Wäscheklammern, die vereinzelt auf der Leine klemmten.

»Jut, reden wir nich mehr davon«, sagte die Frau. »Schnee von jestern. Ick bin Kläre.« Sie war ungefähr in Rosalies Alter, hatte wache blaugraue Augen und das dunkelblonde Haar zu einem nachlässigen Zopf geflochten. Sie trug ein hellgrünes, weiß getupftes Sommerkleid und darüber eine schwarze Schürze, die derart viele Flecken aufwies, dass das weiße Blümchenmuster kaum noch zu erkennen war.

»Ich heiße Rosalie.«

Wenig später flatterte die Babywäsche im Juniwind, und Rosalie saß in einer großen Wohnküche, die sie an ihr Zuhause bei der Blumen-Oma erinnerte. Kommentarlos drückte Kläre ihr das Baby in den Arm.

»Ick koch uns erst mal Kaffee. Echten Bohnenkaffee, keen Muckefuck«, betonte sie, nahm aus dem Küchenbüfett eine Dose und füllte eine Handvoll brauner Bohnen in eine hölzerne Kaffeemühle. Während sie, ans Büfett gelehnt, energisch die Handkurbel drehte, bedachte sie Rosalie mit neugierigen Blicken.

»Wie heißt er, oder ist es ein Mädchen?«, fragte Rosalie ablenkend. Sie ahnte, dass Kläre darauf brannte, Näheres über sie und ihr Problem zu erfahren. Von wegen: Schnee von gestern.

»Rudi, wie sein Erzeuger«, sagte Kläre, wobei eine unwillige Falte zwischen ihren Augenbrauen erschien.

Klein Rudi lag zufrieden in Rosalies Armen und griff immer wieder nach ihren über die Schultern hängenden Haaren. Rosalie war hingerissen von dem wonnigen Kerl, der sie mit seinen braunen Augen fixierte. Gleichzeitig befiel sie ein diffuses Gefühl der Angst bei der Vorstellung, für solch ein hilfloses Wesen verantwortlich zu sein.

Kläre hatte den Kaffeefilter auf eine blassgelbe Melittakanne gesetzt, Filterpapier und Kaffeemehl eingefüllt und war damit an den gusseisernen Küchenherd gegangen. Trotz der sommerlichen Temperatur brannte ein Feuer im Herd.

»Und wie alt ist Rudi?« Eigentlich wollte sie nach dem Vater des Jungen fragen, wagte es aber nicht, da sie Kläre bislang nur allein in der Wohnung gesehen hatte.

Kläre nahm den silbrig schimmernden Deckel des seitlich eingelassenen Wassertanks ab und legte ihn auf der Herdplatte ab. Mit einer großen Suppenkelle schöpfte sie dampfendes Wasser aus dem Tank und goss es über das Kaffeemehl. Sekunden später zog ein köstlicher Duft durch die Wohnküche. »Sechs Monate und zwee Wochen, und ick könnte mir mein Leben ohne den kleen Scheißer nich mehr vorstellen. Nach Rudis Geburt...« Kläre schnaufte schwer, goss eine weitere Kelle mit heißem Wasser auf. »...ist sein Erzeuger spurlos verschwunden. Ick kann dir sagen, dass ick mit die Nerven zu Fuß war, so janz alleene mit eem schreienden Plag.« Kläre lächelte ihr Kind zärtlich an. »Een Monat lang hab ick Rotz und Wasser jeheult, weil ick nich wusste, wovon leben und de Miete bezahlen. Ick habe ja keene Ahnung, warum du jestern Abend... na ejal...« Sie stockte.

»Ich bin schwanger«, gestand Rosalie leise.

Kommentarlos goss Kläre weiter Wasser in den Filter und stellte zwischendurch zwei Tassen, Untertassen und eine angeschlagene Zuckerdose auf den Tisch.

»Keen Vater dazu, oder? Ick wees, wie sich det anfühlt«, redete Kläre weiter, ohne auf Rosalies Antwort zu warten. »Ick wollte damals och ins Wasser jehen. 'ne halbe Nacht stand ick uff der Oberbaumbrücke. Mit dem kleen Hosenscheißer in de Arme.«

Rudi begann zu weinen, als erinnere er sich an die ausweglose Situation seiner Mutter. Kläre nahm ihn hoch, roch an seinem dick eingepackten Po. »Einjekackt haste dir nich...« Sie drückte ihn an ihre Brust und drehte eine Runde um den Küchentisch, worauf er sich beruhigte. »Dort uff der Brücke hat mir die Idee ereilt, mich als Hausangestellte zu verdingen, solange Klein Rudi noch in de Windeln liegt. Aber niemand wollte mir mit dem Kleen einstellen. Als ick die Miete schuldig jeblieben bin, hat die Hausmeisterin mir 'ne Stelle als Putze in eem Büro verschafft.«

»Und Rudi?«

»Ick habe nach Dienstschluss jeputzt, wo ick Rudi mitnehmen konnte. Er hat im Kinderwagen jepennt, und ick hab dee Böden jewienert. Ideal war's nich, aber denn hat mir der Bürovorsteher, ein alleinstehender Herr, jefragt, ob ick seine Oberhemden waschen und bügeln wollte. Zehn Pfennige pro Hemd hat er jelöhnt, dafür konnte ick een Viertelliter Milch kofen. Später kamen och noch die Hemden anderer Junggesellen und kleenere Näharbeiten dazu, wie Socken stopfen, aufjeplatzte Nähte schließen und so wat allet. Ick sage immer, es iss nich alles so düster, wie et dir ankieckt. Und wie isset bei dir?«

»Nicht mehr ganz so düster«, antwortete Rosalie, die aufmerksam zugehört hatte. Ihre Verzweiflung war einer noch schwachen Zuversicht gewichen und schließlich dem Bild von sich selbst mit Pauls Baby im Arm. Mehr und mehr wurde ihr bewusst, dass ein Kind das Einzige war, was sie jemals von Paul haben würde. Das Kind einer Liebe, die nie eine Chance gehabt hatte.

Als Rosalie sich von Kläre verabschiedete, hatte sie neuen Mut gefasst. Wie die ersten Sonnenstrahlen eines Sommertages langsam alles erhellten, sah sie ihre Zukunft nicht mehr ganz so schwarz. Sie würde in Berlin bleiben, in der Stadt, die sie freundlich aufgenommen hatte und toleranter war als das erzkatholische München. Sie würde Karin nicht nach einem Arzt, sondern nach einer kinderfreundlichen Unterkunft fragen. Und sie würde an Paul schreiben.

Berlin, im Juli 1955

Lieber Paul,

erinnerst Du dich, dass Wind und Meer auch Sturm und Verderben bedeuten könnten? In den Wochen hier in Berlin ist etwas geschehen, das alles verändert hat, und der Grund ist, warum ich Dir entgegen unserer Abmachung nun doch schreibe.
Während der Arbeit im Synchronstudio habe ich einen jungen Schauspieler kennengelernt. Er ist Jude, hat mit seinen Eltern im Exil gelebt und kam erst vor fünf Jahren nach Berlin zurück. Wir haben nicht nur die Liebe zur Schauspielerei, zur

Sprache gemeinsam, auch unsere Abstammung verbindet uns, obwohl er nichts von meiner Vergangenheit weiß und ich niemals darüber sprechen werde. Wer ich wirklich bin, bleibt für immer unser Geheimnis. Vielleicht war es Schicksal, dass ich einem anderen Mann begegnet bin und mich in ihn verliebt habe. Seit gestern weiß ich nun, dass ich ein Kind von ihm erwarte.

Lieber Paul, bitte glaube mir, dass ich Dir niemals wehtun wollte, es ist einfach passiert. Und wenn Du ehrlich bist, wirst Du mir zustimmen: Die Zeiten waren immer gegen uns. Wir hatten niemals eine Chance.

Rosalie

PS: Ich schreibe auch an die Eltern.

27

Paul umklammerte das Lenkrad, als wäre es ein Blitzableiter für seine Verzweiflung. Für den bohrenden Schmerz, der ihn quälte, seit er Sarahs Brief in den Händen gehalten hatte. Er vermochte nicht zu sagen, wie oft er ihn gelesen, fassungslos auf die Schrift gestarrt, aber kein einziges Wort geglaubt hatte. Es war, als stammte der Brief von einer Frau, die er nicht kannte. Oder hatte sich Sarah in Berlin derart radikal verändert? War diese riesige Stadt mit ihrem uferlosen Nachtleben ohne Sperrstunden ein verschlingender Sündenpfuhl, wie die Eltern meinten, als sie über das Unfassbare redeten und versuchten, es zu begreifen?

»Sie ist in der Gosse gelandet. Ich hab es von Anfang an befürchtet«, knurrte Albert, der sich mit einem Bier zu beruhigen versuchte. Entgegen seiner sonstigen Abstinenz unter der Woche, so sehr hatte ihn die Nachricht aufgewühlt.

Wilma saß weinend auf der Wohnzimmercouch. »Ein uneheliches Kind, was für eine Schande. Warum tut sie uns das an?«, schluchzte sie, während ihre Tränen auf den Brief tropften, den Rosalie an sie geschrieben hatte.

Paul dachte nicht daran, einfach aufzugeben. Er würde um Sarah kämpfen. »Wir müssen was dagegen unternehmen.«

Sein Vater knallte das Bierglas auf den Wohnzimmertisch. »Was willst du denn *dagegen* unternehmen? Das Unglück ist bereits geschehen. Nicht mehr zu ändern.«

»Wenn das die Kundschaft erfährt, eine Katastrophe«, jammerte seine Mutter weiter. »Der ganze Markt wird über uns tratschen. Kein Mensch wird mehr bei uns einkaufen wollen. Am Ende gehen wir noch pleite.«

»Jetzt übertreibst du aber, Mutti.«

»Im Gegenteil.« Wilma schnäuzte sich lautstark, bevor sie weiterredete. »Sie schreibt nicht mal, ob dieser Nichtsnutz sie heiratet. Als Ledige mit Kind aber wird sie von allen gemieden. Erinnere dich an die Weber Theresia, die Tochter vom Käsehändler, der Betrieb und die ganze Familie wurden plötzlich von allen gemieden, und obwohl dieses Kind schon fast ein Jahr ist, werden sie immer noch angefeindet. Mit einem Bankert versaut man sich doch die ganze Zukunft! Es wäre besser, sie würde es ...«

Paul starrte seine Mutter an. »Meinst du wegmachen lassen? Das ist doch verboten, oder nicht? Abgesehen davon glaube ich ihr kein Wort. Da muss was anderes dahinterstecken.«

Albert schüttelte unwillig den Kopf. »Du meinst, sie ist gar nicht schwanger? Dann verstehe ich nicht, warum sie es behauptet.« Brummend griff er zum Bierglas und leerte es in einem Zug.

»Ich weiß es nicht, aber ich werde es herausfinden«, antwortete Paul. »Ich fahre nach Berlin. Darf ich den neuen Wagen nehmen? Der muss doch ohnehin eingefahren werden. Dafür eignet sich eine lange Strecke bestens.«

»Nein, der Wagen ist bereits eingefahren«, behauptete Albert.

»Bitte, Vati, sie ist doch meine Schwester«, bettelte Paul. »Vielleicht steckt sie in Schwierigkeiten und braucht meine Hilfe.«

»Na, gut, aber erst am Wochenende«, grummelte Albert wenig begeistert.

Paul ging vom Gas. Es war zum Aus-der-Haut-Fahren. Er hatte dem Vater versprechen müssen, nicht schneller als neunzig zu fahren. Laut Tacho würde der VW-Käfer mit seinem Dreißig-PS-Motor hundertzehn Sachen schaffen, aber es war gefährlich, den Motor zu überhitzen. Das hieße womöglich, auf halber Strecke liegen zu bleiben, und wie schnell er dann nach Berlin käme, wollte er gar nicht erst ausprobieren. »Verdammtes Schneckentempo«, fluchte er trotzdem laut vor sich hin, um ein wenig Dampf abzulassen.

Es dämmerte, als Paul endlich den berühmten Kurfürstendamm entlangfuhr. Der Stadtplan, den er in München gekauft hatte, half ihm, sich einigermaßen in dieser Riesenstadt zurechtzufinden. Trotz zahlreicher Lücken zwischen den Häuserzeilen, die ihn an ein löchriges Gebiss erinnerten. Beklemmende Erinnerungen an die erste Zeit nach Kriegsende befielen ihn. Zehn Jahre waren seither vergangen, doch noch immer war das Ausmaß der Zerstörung unverkennbar. Und der Wiederaufbau schritt hier offenbar wesentlich langsamer voran als in München. Flüchtig nahm er die wenigen beeindruckenden Gebäude wahr, die den Krieg überstanden hatten. Ignorierte die hupenden Fahrer, die ihn wegen des auswärtigen Nummernschilds und des gemäßigten Tempos als Behinderung empfanden. Er wollte sich auf keinen Fall verfahren, keine Zeit vergeuden, so schnell wie möglich zu Sarah. Herausfinden, was tatsächlich los war.

Endlich bog er in die Fasanenstraße ein. Hoffentlich wohnte Sarah wirklich noch dort und hatte die Pension nicht nur als Alibiabsender angegeben.

Dass sie in der Pension Maschke untergekommen war, hatte sie ihm vor ihrer Abreise erzählt, die Hausnummer entdeckte er zwischen Ruinen und Schuttbergen. Schwieriger war es, einen Parkplatz zu finden.

Hinter einer Mauer aus geschichteten Steinen fand er eine Möglichkeit, den Wagen abzustellen. Aufatmend stieg er aus und betrachtete den schmutzig weißen Altbau, dessen ornamentale Verzierungen nur noch mit viel Fantasie zu erkennen waren. Aber Paul interessierten architektonische Details ohnehin nicht. Er stürmte die drei Stufen zum Eingang nach oben, stoppte einen Atemzug lang vor dem ungewöhnlich aussehenden Aufzug und entschloss sich, die Treppe zu nehmen.

Keuchend erreichte er die vierte Etage.

Rosalie lag im Schlafanzug auf dem Bett. Vor einer Stunde hatte sie das wöchentliche Vollbad genommen, danach eine halbe Bulette mit drei Essiggurken gegessen, und nun las sie in *Fricks Baby-Buch.* In dem Ratgeber für junge Mütter stand, ein mit Muttermilch aufgezogener Säugling habe einem Flaschenbaby gegenüber eine Reihe von Vorteilen.

Wie es sich wohl anfühlt, ein Baby zu stillen?, überlegte sie, als ein forderndes Klopfen sie aufschreckte.

Eilig legte sie das Buch zu Seite und ging zur Tür.

Lene Maschke stand im Flur. »Sie haben Besuch. Ein junger Mann. *Angeblich* Ihr Bruder.«

Rosalie fühlte sich, als würde der Boden unter ihr schwanken. Instinktiv hielt sie sich am Türgriff fest. Wie kam Paul hierher? Hatte er den Brief nicht bekommen? Oder war er der Grund für sein überraschendes Auftauchen? »Er... er ist... mein Halbbruder«, fand sie endlich eine Erklärung für die misstrauische Pensionswirtin.

»Wer auch immer, er wartet im Frühstückszimmer. Und Sie wissen, Herrenbesuch nur dort. Aber so...« Frau Maschke musterte sie abfällig von oben bis unten, »werden Sie ihn wohl nicht empfangen wollen.« Mit dieser unmissverständlichen Ermahnung stolzierte sie davon.

Rosalie atmete einige Male tief durch, um sich zu beruhigen, schlüpfte dann in die dunkelblaue Caprihose und eine weiße Hemdbluse. Ihr war, als sei der Weg von ihrem Zimmer zum Frühstücksraum ein Lauf über glühende Kohlen.

Wie soll ich mich nur verhalten?, überlegte sie, fand aber keine Antwort. Mit rasendem Herzklopfen öffnete sie die Tür, trat in den Raum und zog sie hinter sich zu.

Paul stand am Fenster, den Rücken zu ihr gewandt, aber sie hätte ihn immer und überall erkannt. Seine schlanke Gestalt, die breiten Schultern in dem gestreiften Hemd, die Hände in den Taschen der grauen Hose vergraben und leicht breitbeinig, als gelte es, sich gegen einen kräftigen Wind zu stemmen. Nie war ihr diese Eigenart so aufgefallen wie heute.

»Paul«, flüsterte sie.

Er drehte sich um und kam mit schnellen Schritten auf sie zu. »Sarah«, sagte er leise, hob die Arme, als wolle er sie an sich ziehen, ließ sie aber wieder fallen und sah sie nur mit flackerndem Blick an.

Rosalie senkte die Lider, es war ihr unmöglich, seinem Blick standzuhalten. Auch nur eine Sekunde in seine vertrauten blaugrünen Augen zu sehen wäre wie eine Wahrheitsdroge. Sie würde in Tränen ausbrechen, ihm alles gestehen, ihn bitten, bei ihr zu bleiben. »Was machst du denn hier?«

»Das fragst du noch?« Er klang feindselig, fast aggressiv. »Dachtest du etwa, ich nehme deinen Brief so einfach hin, und das war's dann? Die Eltern sind fassungslos, Wilma ist vollkommen verzweifelt, fürchtet, wir machen Pleite, wenn rauskommt, was du angestellt hast. Aber ich glaube dir kein Wort. Deshalb bin ich hier, um rauszufinden, was passiert ist. Vor fünf Wochen haben wir uns geschworen, dass uns nichts trennen kann, und jetzt hast du angeblich einen anderen? Kriegst ein Kind von ihm? Der kleine Streit vor deiner Reise kann doch nicht der Grund sein, oder? Sarah, bitte...« Er atmete schwer, sah sie traurig an. »Was ist los? Erkläre es mir.« Er war näher gekommen, stand jetzt dicht vor ihr.

Rosalie hielt die Lider gesenkt, spürte aber seinen Blick beinahe körperlich. Ohne ihn anzusehen, setzte sie sich an die lange Frühstückstafel. »Ich kann es nicht erklären«, sagte sie und fixierte die Kaffeeflecken auf dem vergrauten Tischtuch, verzweifelt nach einer glaubwürdigen Lüge suchend. Der nächsten Lüge, die der Grundstein für einen neuen Lügenturm sein würde. »Es ist... es ist einfach geschehen... genauso wie...«

Paul kam an den Tisch, setzte sich neben sie und versuchte ihre Hand zu ergreifen, die sie ihm hastig entzog. »Wie was?«, fuhr er sie daraufhin an. »Du lügst, ich spüre es ganz deutlich, du bist nervös, siehst mich nicht an, suchst nach Ausreden. Dein ganzer Brief war eine einzige Lüge. Jedes einzelne Wort war gelogen.«

Rosalie holte tief Luft, um ihre Stimme zu stützen. Sie durfte sich jetzt keinesfalls versprechen, nicht zögern, nicht wackeln. Sie musste bei ihrer Geschichte bleiben, zu seinem Schutz. »Nein, ich lüge nicht«, begann sie ohne Hast. »Ich wollte sagen, dass es zufällig passiert ist, genau wie damals, als du mich in den Trümmern gefunden hast. Das war auch nichts weiter als Zufall.«

»Zufall?!« Paul sprang auf und stöhnte laut, als habe ihn jemand geschlagen. »Wie kannst du so etwas sagen? Es war Schicksal, gerade weil du meiner Schwester ähnlich sahst, waren, sind wir füreinander bestimmt. Deshalb bin ich hier, weil ich einfach nicht glauben kann, dass du einen anderen liebst und wirklich schwanger bist.«

»Es ist wahr.« Instinktiv legte sie ihre Hand auf den Bauch.

Entsetzt beobachtete Paul ihre Geste, als würde er ihr endlich glauben. Wortlos schritt er zum Fenster. Nach endlosen Minuten des Schweigens, in denen er nur auf die Straße geblickt hatte, drehte er sich um.

»Ist es von mir?«

Seine Frage klang, als böte er ihr eine Möglichkeit, alles bisher Gesagte zu widerrufen. Die Lügen zu gestehen. Ihre Liebe zu retten.

»Neiiin...«, schrie sie, biss sich auf die Lippen und dachte nur daran, nicht schwach zu werden.

»Warum nicht?« Paul schien einfach nicht glauben zu wollen.

Rosalie erinnerte sich, was der Gynäkologe über die Kondome gesagt hatte. »Wir... wir haben doch immer aufgepasst, ich meine... du hast...«

Die Tür öffnete sich, die beiden Schwestern betraten unaufgefordert das Zimmer und sahen Rosalie streng an.

»Gibt es irgendwelche Probleme?«

Erschrocken fuhr Rosalie hoch, legte eine Hand an den Ausschnitt ihrer Bluse wie zum Schwur. »Nein, nein, es ist alles in Ordnung«, versicherte sie. »Es ist nichts, nur... nur eine kleine Meinungsverschiedenheit.«

»Hörte sich aber nicht so an.« Den Schwestern war anzumerken, dass sie Rosalie nicht glaubten, dennoch verließen sie das Zimmer und ließen die Tür offen stehen.

Paul wartete, bis die Wirtinnen außer Hörweite waren, und trat dann auf sie zu. Dicht vor ihr blieb er stehen. »Für dich ist es also *nichts weiter* als eine Meinungsverschiedenheit, wenn du mir ein Messer in die Brust stößt.«

Verzweifelt rang sie um Fassung, hielt sich am Stuhl fest, um ihre zittrigen Hände zu beruhigen. »Tut mir leid, ich wollte keine Diskussion mit den beiden.«

»Sarah, bitte sag mir endlich, dass du mich noch liebst, dass alles nur ein böser Traum ist. Wir gehören doch zusammen wie der Wind und...« Er griff nach ihren Händen, hielt sie fest.

»Hör auf, hör auf«, schrie sie und riss sich los. »Hör endlich auf damit.« Ihre Stimme wurde heiser, kippte, in heller Panik, schwach zu werden. Sie musste die Wahrheit um jeden Preis geheim halten, musste verhindern, dass er sich zu einem Kind bekannte, das sie alle ins Verderben stürzen würde. Als wäre es ein Drama, das sie gerade synchronisierte, holte sie Atem und sagte gefasst: »Wir sind *keine* Familie. Wir sind nur zwei Waisenkinder, die damals hochgradig verstört und verzweifelt waren. Erst hier in Berlin, als ich allein war, wurde mir klar, dass es keine Chance für uns gibt, niemals geben wird. Und weil dir diese Wahrheit nicht gefällt, glaubst du, ich würde lügen.«

28

Später erinnerte Rosalie sich nicht mehr, wie viele Tage sie vollkommen aufgewühlt im Bett gelegen hatte, nachdem Paul ohne ein weiteres Wort davongestürmt war.

Unfähig, sich zu bewegen oder gar einen klaren Entschluss zu fassen, lag sie mit angezogenen Beinen da und schluchzte ins Kopfkissen. Es war, als stünde sie bis zum Hals in einem Schlammloch der Verzweiflung, umkreist von einem einzigen Gedanken: *Ich habe Paul verloren*. Dann wieder fror sie, als habe sie jemand nackt in eine Kühlkammer eingesperrt. Schloss sie die Augen, um zu schlafen und wenigstens für kurze Zeit den quälenden Gedanken zu entkommen, überfielen sie Erinnerungen an glückliche Tage. An Küsse, Zärtlichkeiten und an tausend Liebesschwüre, die sie gebrochen hatte. Nachts, wenn das Ticken des Reiseweckers von Pauls Liebe flüsterte, drängte es sie, nach München zurückzufahren, alles aufzuklären, Paul um Verzeihung zu bitten – um bei Sonnenaufgang sich wieder auf die Realität zu besinnen. Sie war schwanger von ihrem Bruder, und er würde sich dazu bekennen, das hatte sie in seinen Augen gesehen. Aber die hochmoralische Gesellschaft verbot es.

Vielleicht wäre sie doch noch gesprungen, hätte nicht Klein Rudi sie davon abgehalten.

Kläre klopfte unvermutet an ihrer Zimmertür und hielt ihr das lachende Baby entgegen.

»Jut, dass de da bist. Haste Zeit? Ick muss mir bei eene neue Putzstelle vorstellen, da will ick nich gleich mit dem Hosenscheißer in die Türe fallen.«

Rosalie fürchtete sich vor der Verantwortung. »Ich habe noch nie auf ein Baby aufgepasst. Ich weiß nicht, wie man es wickelt, füttert oder was man sonst noch alles tun muss«, erklärte sie.

»Det is keene Kunst«, versicherte Kläre. »Komm mit rüber, denn erklär ick dir allet.«

In Kläres Küche nahm Rosalie Klein Rudi in die Arme und wiegte ihn sanft hin und her. Anfangs schien es ihm zu gefallen, doch plötzlich begann er jämmerlich zu weinen, um bei seiner Mama sofort aufzuhören.

»Vielleicht denkt er, du willst ihn verlassen«, überlegte Rosalie.

»Wer weiß schon, wat in so een kleenen Kopf vorjeht. Aber det is keen Problem, ick packe ihn in den Kinderwagen, du begleitest mir, und solange ick mir vorstelle, drehste 'ne Runde mit ihm. Det kann er jut leiden, da is er stille.«

Bei diesem ersten Spaziergang mit Rudi, als der Kleine glucksend auf jeden Hund zeigte und eine alte Frau im Vorbeigehen sagte: »Wat ham Se für een hübschet Kind«, freute Rosalie sich auf ihr Baby. Es war das unlösbare Band ihrer Liebe zu Paul.

Mit nie gekannter Energie begab sie sich wenige Tage später nach Lankwitz ins Synchronstudio. In der U-Bahn überlegte sie, ob es klug war, gleich mit den Tatsachen ins Haus zu fallen, oder ob sie sich einen Grund ausdenken sollte, warum sie nicht nach München zurückgekehrt war.

Sie entschied sich für die Wahrheit. Zumindest, was ihren Zustand betraf, denn der würde sich nicht ewig verbergen lassen.

»Kindchen, du machst Sachen, aber setz dich doch«, sagte Henry und dirigierte sie besorgt zu einem Stuhl. »Also dann, alles Gute, und ich freue mich riesig, dass du in Berlin bleibst.«

Karin brachte Kaffee, Milch, Zucker und Butterkekse. »Auch von mir herzlichen Glückwunsch, Rosalie. Also, ick bin erst mal total platt, du hast uns ja völlig verschwiegen, dass es einen Mann in deinem Leben gibt.«

Rosalie erschrak. Sekundenlang saß sie schweigend da, starrte auf das Tablett und grübelte über eine neue glaubwürdige Lüge nach.

»Wohnst du immer noch in der Pension?«, wechselte Karin von sich aus das Thema.

Dankbar lächelte Rosalie sie an. Wie immer auch Karin ihr Schweigen deutete, sie war froh, keinen Vater erfinden zu müssen. »Ja, aber ich suche mir natürlich was Eigenes. Mit einem Baby könnte ich dort nicht bleiben, und auf Dauer wäre es auch viel zu teuer. Obwohl ich mit den Wirtinnen einen günstigen Monatspreis aushandeln konnte. Ich darf sogar in die Küche, Tee oder auch Kleinigkeiten kochen. Sie sind wirklich sehr lieb zu mir.« Letzteres war gelogen, und die Schwestern hatten keine Ahnung von ihrer Schwangerschaft.

»Hmm... eine Wohnung zu finden ist beinahe unmöglich.« Karin knabberte an einem Keks und füllte gleichzeitig die Tassen mit heißem Kaffee. »Berlin ist durchlöchert wie ein Schweizer Käse. Was an Wohnungen noch übrig geblieben ist, darum prügeln sich die Leute. Es wurde ja noch nicht sehr viel wiederaufgebaut, und was auf dem Markt ist, verwaltet die sogenannte Wohnungszwangswirtschaft.«

Rosalie hatte noch nie davon gehört. »Das klingt nicht gerade ermutigend.«

Karin reichte ihr eine Tasse. »Du müsstest dich beim Wohnungsamt melden und dort mit Familien konkurrieren, die immer noch in Notunterkünften leben. Noch dazu bist du eine Zugezogene.«

Enttäuscht rührte Rosalie Zucker in den Kaffee.

»Lass den Kopf nicht hängen, vielleicht findest du was zur Untermiete bei einer Kriegerwitwe, da hast du weitaus mehr Chancen«, versuchte Karin sie aufzumuntern. »Du solltest dir auch überlegen, wer sich um den Säugling kümmert, wenn du arbeitest.«

»Unbedingt«, stimmte Henry ihr zu. »Denn wir werden auf jeden Fall wieder zusammenarbeiten, das ist so sicher, wie Hollywood weiter Filme dreht.«

Rosalie war erleichtert. Sie würde sich keine Sorgen ums Geld machen müssen, aber wo sie ihr Baby während der Arbeit unterbringen sollte, daran hatte sie überhaupt noch nicht gedacht.

Adele kam später dazu und stellte ihr den Kinderwagen ihrer Tochter in Aussicht. »Die hat schon drei, da kommt keins mehr nach.«

Als Rosalie an jenem Abend aus dem Fenster in den Hinterhof blickte, summte sie zuversichtlich vor sich hin.

Inzwischen hatte sie sich eine neue Notlüge ausgedacht, um nicht noch einmal in Verlegenheit zu geraten. Der Vater ihres Kindes sei kurz vor der Hochzeit gestorben, erzählte sie, wenn sie ein Zimmer besichtigte, und hatte den Eindruck, man glaube ihr. Höflich versprachen die jeweiligen Vermieter, ihr am nächsten Tag Bescheid zu geben. Doch immer wartete sie vergebens, und je mehr ihr Bauch wuchs, umso öfter schlug man ihr einfach die Wohnungstür vor der Nase zu.

Nach solch einem Erlebnis am Nollendorfplatz tröstete sie sich in einer Konditorei mit einem Stück Sahnetorte. Es war Oktober geworden, und sie wohnte immer noch in der Pension. In dem Moment spürte sie, wie sich das Kind bewegte.

Noch drei Monate, um bis zum Geburtstermin eine Bleibe zu finden!, schoss es ihr panisch durch den Kopf. Auch wenn sie noch nicht in den Wehen lag: Die Besichtigungen und die darauffolgenden Absagen zerrten an ihren Nerven.

Eine freundliche Bedienung servierte ihr den gewünschten dünnen Kaffee genau in dem Moment, als Rosalie gähnen musste und sich die Hand vor den Mund hielt.

»Sie brauchen doch 'nen richtigen Kaffee«, bemerkte die Kellnerin.

»Ich brauche vor allem eine Unterkunft für mich und mein Baby«, rutschte es Rosalie unbeabsichtigt heraus.

Die rothaarige Serviererin strahlte. »Da kann ick behilflich sein.«

An einem kalten Samstagabend bewunderte Rosalie einen imposanten Altbau in der Bülowstraße nahe einer U-Bahn-Station. Hier, das hatte die hilfsbereite Kellnerin namens Greta ihr verraten, warteten zwei möblierte Zimmer auf neue Bewohner.

Lulu Paschulke, eine ehemalige Tänzerin, führte sie lebhaft gestikulierend zuerst in die geräumige Küche mit einem modernen Kühlschrank und danach ins Badezimmer, beides zur Mitbenutzung. Anschließend präsentierte sie Rosalie die ineinander übergehenden, unterschiedlich großen Zimmer mit Parkettboden.

Der kleine Raum war bis auf einen dreitürigen Kleiderschrank unmöbliert. Im großen Zimmer dominierte eine ausladende blassgrüne Polstergruppe im Art-déco-Stil. Davor ein niedriger Wurzelholztisch, gegenüber eine Anrichte mit Vitrinenaufsatz.

Rosalie fühlte sich auf Anhieb wohl, glaubte sogar, Theaterluft zu riechen, und musste unwillkürlich an ihre Eltern denken.

»Es gefällt mir sehr gut, Frau Paschulke, aber...« Sie legte die Hände auf ihren Bauch. »Sie sehen, ich bekomme ein Baby und bin nicht verheiratet. Der Vater des Kindes starb kurz vor unserer Hochzeit.«

Lulu Paschulke fuhr mit der Hand durch die Luft, als wolle sie weitere Einwände von vornherein unterbinden. »Ick habe nichts gegen abwesende Väter und erst recht nichts gegen Kinder, im Gegenteil...«

Rosalie schöpfte Hoffnung. »Und die wertvolle Einrichtung? Ich meine, falls was kaputt ginge, würde ich es natürlich ersetzen.«

»Keene Sorge wegen det Zeuch, da sind überall schon Schrammen«, wehrte Lulu ab. »Stammt alles aus den Dreißigern. Damals war ick een Star im Varieté, und die Verehrer standen Schlange. *Das* waren noch Männer.« Verzückt blickte sie ins Leere. »Ein Stahlfabrikant hat mir diese Sechs-Zimmer-Wohnung jeschenkt, een russischer Adliger hat se eingerichtet, andere haben mir mit Schmuck überhäuft. Ick hab immer großes Glück gehabt, selbst im Krieg. Det Haus hier wurde kaum beschädigt, nur das Dach hat gebrannt. Aber runterbeißen kann ick weder von Möbeln noch von Mauern und noch weniger von meene schicken Klamotten.« Seufzend spielte sie mit der langen Perlenkette, die sie zu einem Samtkleid trug, dessen glamouröse Zeiten weit zurücklagen. »Damit kann ick keen Hund mehr hinterm Ofen vorlocken. Rente hab ick och nich, und solange mir keen Millionär den Hof macht, muss ick von meiner glorreichen Vergangenheit zehren und vermieten.« Sie strahlte Rosalie an, trotz der scheinbaren Tristesse ihrer Situation. »Allerdings...«

»Ich könnte die Miete einen Monat im Voraus bezahlen«, versicherte Rosalie in Sorge, dass es daran scheitern könnte.

»Sehr jut«, freute sich die Vermieterin. »Aber ick frage mir, ob es das Richtige für dich wäre. Außer mir wohnen hier zwei junge Schauspielerinnen, eine alte Barfrau sowie ein verfressener Bauarbeiter, und wir sind alle, wie soll ick sagen... etwas überkandidelt.«

TEIL III
1960–1970

29

Paul hasste Erdbeeren. Selbst ihr Geruch bereitete ihm Übelkeit. Er mied alle neuen Lieferungen und beauftragte die Lehrlinge, die nicht verkauften Beeren am Abend in die Kühlräumen zu verfrachten. Denn dort in der Kälte lauerten die Erinnerungen. Wie gefährliche Bestien sprangen sie aus den Ecken, quälten und schüttelten ihn heftiger als das Fleckfieber auf der Flucht. Damals hatte er nach zwei Wochen das Schlimmste überstanden. Die Aversion gegen Erdbeeren würde er für den Rest seines Lebens nicht mehr loswerden.

Fünf Jahre waren vergangen seit dem Tag, an dem er diesen Brief erhalten hatte. Als ihm nach dem Lesen schwarz vor Augen geworden war. Als er wütend nach Berlin gerast war und sich nach dem Streit wie jemand gefühlt hatte, dessen Pulsadern aufgeschnitten worden waren, sodass langsam das Blut aus seinen Adern tropfte und alle Lebensenergie aus seinem Körper wich. Als der Schmerz ihn wochenlang in ein tiefes Loch gezogen hatte, in dem er kaum zu atmen vermochte. Jedes einzelne Wort, das sie ihm ins Gesicht gesagt hatte, war wie mit einem scharfen Messer in sein Gehirn geritzt und hatte all seine Empfindungen gelähmt.

Monatelang hatte er versucht, die Erinnerung an sie auszulöschen. Monate, in denen er sich in jeder Minute gefragte hatte, wie er sich so hatte täuschen können. Monate, in denen er niemals eine Antwort fand, wenn er schweißgebadet aus quälenden Albträumen erwacht war. Aus Träumen, die mit süßen Versprechungen begannen und in denen sie am Ende das Kind eines anderen in den Armen wiegte. Monate mit Nächten voller Verzweiflung, die auch am Tage nicht mit Alkohol zu vertreiben waren.

»Paul, magst wirklich keinen Erdbeerkuchen?«

Es war Emmas Stimme, die ihn aus seinen düsteren Gedanken holte. »Lieber von der Ananasbombe«, antwortete er lächelnd, um in die Realität zurückzufinden. In den Sonntagnachmittag seiner Verlobung mit Emma.

»Die ist unserem Konditor aber auch besonders fein gelungen«, sagte sie, ganz die stolze Geschäftsfrau, und legte ihm ein Stück auf den Teller.

Die Feier fand im Elternhaus der Braut statt. Die weitläufige Sechs-Zimmer-Wohnung über dem Feinkostgeschäft Nusser in der Theresienstraße hätte auch Platz für eine große Abendgesellschaft geboten, die Emma sich gewünscht hatte. Aber er hatte auf einer schlichten Nachmittagsfeier mit Kaffee und Kuchen bestanden. Nur die Eltern, Emmas Schwester mit Mann und zwei Kindern, die Verkäuferinnen von Nusser und die drei Großmarkt-Hilfskräfte, das waren für seinen Geschmack genug Gäste. Auch wenn der Hummel'sche Betrieb florierte, er durch die Heirat praktisch zum Großunternehmer avancierte und ein protziges Fest aus der Portokasse hätte finanzieren können – die Angeberei lag ihm einfach nicht. Ärgerlich genug, dass er einem Hochzeitsfest mit über hundert Gästen hatte zustimmen müssen.

»Bitte, Paul, der schönste Tag meines Lebens muss in der Zeitung stehen«, hatte Emma gebettelt. »Der Waldbauer hat schon zugesagt, in seiner Kolumne darüber zu berichten.« Waldbauer war der Klatschreporter bei der größten Münchner Boulevardzeitung. Unter dem Aspekt der kostenlosen Werbung für beide Betriebe hatte Paul eingewilligt. Vergnügen würde ihm der ganze Zauber nicht bereiten, aber er würde es überleben. Wie so vieles in seinem Leben. Selten hatte er eine Wahl gehabt.

Hatte Schicksalsschläge machtlos hinnehmen müssen. Davon hatte er jetzt genug. Ab sofort würde er selbst über sein Leben bestimmen. Den Anfang machte die Verlobung mit Emma. Sie zu heiraten war eine rationale Entscheidung. Von der »großen Liebe« hatte er genug, sie war etwas für hoffnungslose Romantiker. Er hatte geliebt, über alle Maßen geliebt, und war bitter enttäuscht worden.

Albert und Wilma Hummel waren fassungslos gewesen, als er an jenem Sonntagabend ohne erlösende Neuigkeiten aus Berlin zurückgekehrt war. Paul erinnerte sich daran, als sei es gestern geschehen...

»Will der Mann sie wirklich nicht heiraten?«, fragte Wilma immer wieder. »Er muss doch wissen, was solch ein Zustand für eine Frau bedeutet...«

»Nein«, antwortete Paul, verschwieg aber, dass ihn dieses Thema überhaupt nicht interessierte. Er hatte Sarah verloren.

»Dann werden wir den Kontakt zur ihr abbrechen«, beschloss Albert, der ruhelos im Wohnzimmer auf und ab marschierte. »Ein uneheliches Kind, noch dazu von einem Schauspieler, ist nicht nur für die Familie, sondern auch für das Ansehen des Betriebs ein großer Schaden.«

Wilma brach in Tränen aus. Minutenlang wurde ihr Körper von heftigem Schluchzen geschüttelt. Wer sie kannte, wusste, dass sie an diesem Tag ihr drittes Kind verlor.

Offiziell erklärten sie ihre Adoptivtochter für »gestorben« – im Ausland, bei einem tragischen Autounfall verbrannt –, und baten auch Paul, den Kontakt für immer abzubrechen. Dazu hätten ihn die Eltern gar nicht erst auffordern müssen. Er würde keinen einzigen Gedanken mehr an eine Frau verschwenden, für die er durchs Feuer gegangen wäre und die ihn verraten hatte.

»Liebe Gäste, erheben wir unser Glas auf das Brautpaar!«

Alberts Toast erinnerte Paul daran, warum er um Emmas

Hand angehalten hatte. Dass er sich geschworen hatte, sein Streben allein dem geschäftlichen Erfolg zu widmen. Harte Arbeit hielt ihn davon ab, sich ständig das Hirn zu zermartern, und verschaffte ihm obendrein Anerkennung. In Verbindung mit dem Obst- und Gemüsehandel würde Feinkost Nusser in absehbarer Zeit der exklusivste Laden mit den frischesten und ausgefallensten Delikatessen der ganzen Stadt sein, und demnächst auch der größte.

Der alte Bürstenbinder aus dem Laden neben Nusser litt an Lungenkrebs, verursacht durch das jahrzehntelange Einatmen von herumfliegendem Holzstaub. Sein Sohn hatte das traditionelle Handwerk zwar auch erlernt, aber bereits angekündigt, den Betrieb nicht weiterführen zu wollen. Niemand könne mit so einem Hungerleiderhandwerk noch seinen Lebensunterhalt verdienen. Emma wollte die Räume nicht wieder vermieten, sondern das Stammgeschäft vergrößern, da es längst nicht mehr genug Platz für das ständig größer werdende Sortiment an Luxuswaren bot.

Paul war es nicht entgangen, wie in den letzten Jahren der Wohlstand gestiegen war, die Menschen wieder gutes Geld verdienten und sich öfter mal etwas Besonderes leisteten, das ruhig etwas mehr kosten durfte. Seit drei Jahren führte er im Großhandel verschiedene Exoten wie Auberginen, Avocados oder Ananas im Sortiment, die noch vor ein paar Jahren argwöhnisch beäugt worden waren. Emma dagegen hatte Freude an ausgefallenen Produkten und war für jedwede Gaumenfreuden zu begeistern. Neugierig kostete sie unbekannte Früchte und ließ sich vom italienischen Großhändler ausgefallene Käsespezialitäten wie den *Gorgonzola due paste* empfehlen, einen norditalienischen Blauschimmelkäse, den der deutsche Normalbürger als verdorbene Ware ansah. Emma entwickelte auch eigene Rezepte, die sie an ihre Kunden weitergab. Und an ihren freien Sonntagen standen sie gemeinsam in der Küche und probierten mit viel Spaß Neues aus. Sie zogen an einem Strang und hatten dieselben Ziele. Was konnte er sich mehr wünschen?

Paul, der sich in dem dunkelblauen Anzug, dem blütenweißen Hemd und der silbernen Krawatte unwohl fühlte, betrachtete Emma aus den Augenwinkeln. Sie war keine strahlende Schönheit, der die Männerwelt zu Füßen lag, aber sie hatte Verstand und war eine gewiefte Geschäftsfrau, die auch mit den schwierigsten Kunden umzugehen wusste. Sie achtete auf ihr Äußeres, war stets gut frisiert und verstand, sich vorteilhaft zu kleiden. Für die Verlobung hatte sie ein dunkelblaues Kleid anfertigen lassen, das ihre etwas zu üppigen Formen vorteilhaft überspielte. Dazu trug sie Ohrringe aus blassrosa Perlen, Pauls Verlobungsgeschenk. Angeblich bedeuteten Perlen Tränen, hatte Emmas Schwester behauptet, der fürs Verlobungsfoto bestellte Fotograf war jedoch anderer Meinung: »Jeder kann sehen, wie glücklich die zwei sind und es bestimmt auch bleiben.«

»Gemeinsamkeiten sind ein Garant für eine glückliche Ehe«, hatte Emma Paul zugeflüstert, während sie in die Kamera strahlte.

Paul hatte lange gezögert, Emma einen Antrag zu machen. Sein Vater war es gewesen, der ihn bei jeder Gelegenheit nach einer Freundin gefragt hatte.

»Langsam wird's Zeit, dass du dich nach einer Frau umschaust. Immerhin wirst du eines Tages einen großen Betrieb leiten, und eine tüchtige Frau an der Seite erleichtert das Leben. Nicht zuletzt hätten wir auch gerne ein paar Enkelkinder.«

»Ich würde ja heiraten, aber ich habe noch keine Frau gefunden, mit der ich... na ja... Enkelkinder fabrizieren möchte«, hatte er jedes Mal ausweichend geantwortet.

Emmas Name fiel mehr als einmal während dieser Unterhaltungen, wobei Wilma gerne die Vorteile betonte. »Du verstehst dich doch so gut mit ihr, obendrein hat sie auch noch eine anständige Mitgift, Köpfchen und einen Riecher fürs Geschäft.«

Über Liebe wurde nicht gesprochen. Aber wer hätte auch geahnt, dass er um die große Liebe seines Lebens trauerte? Emma jedenfalls nicht. Damals glaubten alle, er weine um seine Schwester, mit der er schwere Zeiten durchgemacht hatte. Jeder brachte Verständnis auf, sprach ihm Mut zu, wenn es schien, als wolle seine Trauer nicht enden.

Emma hatte ihn nach Rosalies »Tod« lange Zeit verschont mit ihren vorher so eindeutigen Avancen, war freundlich geblieben und hatte ihn dann vor zwei Jahren zu ihrer Geburtstagsparty eingeladen. »Wenn es dir nicht gefällt, kannst jederzeit wieder verschwinden«, hatte sie gesagt. Aber er hatte sich sehr wohlgefühlt, seit langer Zeit wieder einmal gelacht und Sarah für ein paar Stunden vergessen. Da war ihm bewusst geworden, was Emma für eine tüchtige Frau war. Eine, die gut zu ihm passte. Eine, die ihn nie betrügen würde.

Den Heiligabend 1960 feierten Paul und Emma im Hause Hummel. Vor der Bescherung wurde ganz traditionell gespeist, mit Karpfen blau, Butterkartoffeln und einem fruchtigen Riesling, den Emma mitgebracht hatte. Zum Espresso wurden die feinen Weihnachtsplätzchen vom Konditor gekostet und die Präsente verteilt.

Pauls Geschenk für seine Braut war eine Perlenkette, passend zu den Ohrringen. Von ihr bekam er goldene Manschettenknöpfe mit seinen Initialen aus schwarzem Onyx. Albert und Wilma hatten sich Präsente verbeten und stattdessen gewünscht, das junge Paar möge baldmöglichst heiraten. Als fürchteten sie, es könne etwas dazwischenkommen. Zu Pauls Erleichterung wurde das Thema Hochzeit aber nicht angesprochen.

Am ersten Feiertag versammelten sich Paul und Emma, Wilma und Albert in der Küche bei leiser Weihnachtsmusik. Paul bereitete die Füllung aus der Gänseleber, Schwarzbrot und Majoran für den Gänsebraten zu, Emma rieb Kartoffeln für die

Knödel und kostete zwischendrin immer mal wieder vom Blaukraut, das leise vor sich hin köchelte.

Wilma schnitt ein Brötchen vom Vortag in kleine Würfel, die zur Knödelfüllung in Butter geröstet wurden. »Wie ist es, Kinder, wollen wir nicht endlich den Hochzeitstermin festlegen?«

Emma blickte von der Kartoffelreibe auf. »Paul, was meinst du?«

Paul grummelte missmutig vor sich hin, während er die Gans von außen mit Salz und Pfeffer einrieb.

»Wie wäre Ende März?«, schlug Emma vor, als sie keine erschöpfende Antwort erhielt. »Wenn die Faschingszeit vorbei ist.«

Die Radiomusik verstummte. Ein Sprecher kündete ein beliebtes weihnachtliches Singspiel an. Minuten später erklang eine engelsgleiche Stimme, die Paul sofort erkannte. Nach wenigen Takten ertrug er es nicht mehr.

»Mir ist heiß, ich muss ... an die Luft«, stammelte er benommen und rannte aus der Küche durch die Terrassentür in den Garten, wo er sich eine Zigarette anzündete.

Alles, was er hoffte, vergessen zu haben, war plötzlich wieder da. Die gestohlenen Stunden auf der Ladefläche im Wagen. Küsse im Kühlhaus, Liebesschwüre und Leidenschaft. Das Warten vor dem Funkhaus und die Hoffnung, bald genug für einen Neuanfang gespart zu haben. Der Nachmittag am Chiemsee, als sie sagte: *Es ist unser Meer.*

Wie sollte er das jemals vergessen? Gab es doch in jeder Minute unendlich vieles, was ihn an sie erinnerte. Regennächte und den ersten Kuss nach der Tanzstunde. Erdbeeren bei winterlichen Kühlhaustemperaturen. Ja, selbst ein steinharter Kanten Brot.

Nein, er konnte Emma nicht heiraten.
Er liebte eine andere Frau.
Würde sie immer lieben.

Zwischen den Jahren erlitt Albert Hummel einen Schwächeanfall. Alarmierende Vorboten, meinte der Hausarzt und riet ihm, er solle unbedingt kürzertreten. Ansonsten drohe das Schlimmste.

»Des täuscht«, wiegelte Albert vehement ab. »Ich bin vielleicht etwas erschöpft, weil im Dezember ziemlich viel zu tun war. Wie jedes Jahr. Schließlich sind die Regale der Lebensmittelgeschäfte nach Weihnachten und erst recht nach Neujahr ziemlich leer und müssten sofort wieder beliefert werden.«

»Leider ist es tatsächlich so, Herr Doktor«, versicherte auch Paul. »Wir arbeiten seit dem zweiten Weihnachtsfeiertag. Frische Ware beim Zoll auslösen, Bestellungen annehmen und dergleichen mehr. Die Münchner Kühlschränke sind nach den Festtagen leer gefuttert, die Restaurants müssten andernfalls schließen, und wir als Großhändler sind dafür verantwortlich, die Bedürfnisse der Bevölkerung zu decken.«

Trotz seiner beschwichtigenden Worte nahm Paul die Mahnung des Arztes sehr ernst. In den letzten Wochen war ihm aufgefallen, wie der Vater selbst bei der kleinsten Anstrengung keuchte und schnaufte. Obwohl die Angestellten den Großteil der schweren körperlichen Arbeit übernahmen, packte der Vater in alter Gewohnheit mit an.

»Ich bin jetzt knapp siebenundzwanzig, über zehn Jahre im Betrieb und kenne jeden Handgriff, Vater. Du kannst mir vertrauen«, sagte Paul. »Erinnerst du dich nicht, wie du mit Mutti verreist warst und ich den Betrieb allein mit…«

Alberts Gesicht lief rot an. Es war nicht zu übersehen, dass er sich aufregte. »Sprich ihren Namen nicht aus!«, fuhr er Paul ungewöhnlich scharf an. »Aber ja, ich weiß es noch sehr gut, und auch, dass du den Betrieb eben *nicht* ganz allein geleitet hast. Daher mache ich deine Heirat mit Emma zur Bedingung, sämtliche Geschäfte in voller Gänze auf dich zu übertragen. Auch für die Kunden wäre es ein Signal meines Vertrauens in dich. Deine Mutter und ich, wir fragen uns ohnehin schon die ganze Zeit, warum du noch zögerst. Hast du etwa Zweifel an Emma, oder dass sie dir keine tüchtige Ehefrau sein würde?«

Paul zweifelte nicht an den Qualitäten seiner Braut. Er kämpfte gegen verbotene Gefühle, die beim geringsten Anlass wieder hochkamen. Die in ihm brannten wie ein nicht zu löschendes Feuer.

30

Über fünf Jahre lebte Rosalie nun bei den *Überkandidelten* in der Bülowstraße. Den kleinen Raum hatte sie mit Bettchen, Teppich und Regalen für Bücher und Spielsachen zu einem Kinderzimmer umgestaltet. Der Kleiderschrank stand jetzt in ihrem Zimmer, verdeckt von einem Paravent. Sie selbst schlief auf der bequemen Couch.

Lulu residierte im Kaminzimmer, das mit zahlreichen Fotos und Plakaten aus ihrer Bühnenzeit wie ein Museum wirkte. Lediglich das Fernsehgerät zwischen zwei Kleiderpuppen in Paillettenroben störte. Nach eigener Aussage war Lulu sechzig und ein paar Zerquetschte. In ihrer Glanzzeit sei sie oft mit Louise Brooks verglichen worden, und noch heute hatte sie die schwarz gefärbten Haare zu einem kessen Bubikopf frisiert.

Eines der Hinterhofzimmer bewohnten die dreiundzwanzigjährigen Zwillingsschwestern Bärbel und Birgit, beide Schauspielerinnen ohne festes Engagement. Die zierlichen Blondinen mit den wasserblauen Augen fuhren täglich nach Babelsberg, um wenigstens Statistenrollen zu ergattern. Hatten sie dort kein Glück, verdingten sie sich als Garderobieren im *Tanzpalast Prälat* in Schöneberg.

Dann war da noch Trudi, eine rundliche Bardame in den Vierzigern, die ihr dunkles Haar toupierte und wie Farah Diba am Hinterkopf hochsteckte. Im kleinsten Zimmer hauste der dicke Oskar, Trudis Neffe, der nach Berlin geflohen war, um die Wehrpflicht zu umgehen. Zurzeit schuftete er als Gelegenheitsarbeiter auf Baustellen.

In den ersten Wochen hatte Rosalie sich jede Nacht gefragt, ob der Einzug bei den Überkandidelten nicht doch ein Fehler gewesen war.

Trudi kam regelmäßig gegen drei oder vier Uhr nach Hause, polterte durch den Flur wie ein Müllkutscher und weckte alle mit Schmerzensschreien, wenn sie aus Rücksicht kein Licht angeschaltet und sich an der Flurgarderobe gestoßen hatte. War sie angesäuselt, zankte sie sich auch gerne mit Oskar ums Badezimmer.

»Hau ab, Fettsack, ich war zuerst da, und außerdem bin ich eine Dame!«

Worauf Oskar nicht weniger laut Kontra gab: »Wenn du eine Dame bist, dann bin ich Marlene Dietrich. Also verschwinde, du alte Rauschkugel, ich muss auf die Baustelle...«

Die Zwillinge waren ohne Alkohol fröhlich und hopsten laut trällernd durch die Wohnung, wenn sie reichlich Trinkgelder kassiert hatten.

Lulu, die in alter Gewohnheit lieber tagsüber schlief, vornehmlich nachts lebte und alte Schellackplatten auf dem Grammofon hörte, steckte dann den Kopf aus der Tür und brüllte: »Wer möchte Kaffee?«, und zwar in einer Lautstärke, die jeden Straßenhändler vor Neid erblassen ließe.

Mitte Januar 1956, knapp drei Monate nach ihrem Einzug, fühlte Rosalie sich unbeweglich wie ein Walfisch auf dem Trockenen und kam kaum noch vom Sofa hoch. Am Samstagabend, als die anderen auf einem Faschingsball tanzten, genoss Rosalie die seltene Ruhe und schlief tief und fest. Gegen fünf weckte sie ein drückendes Gefühl im Unterleib. Sie rollte von der Bettcouch, doch da lief ihr das Wasser auch schon die Beine entlang.

Die Fruchtblase war zwei Wochen zu früh geplatzt.

Draußen wütete ein Schneesturm.

Und sie stöhnte unter der ersten Wehe.

Beim Antrittsbesuch in der Charité, wo sie ihr Kind auf die Welt bringen wollte, hatte die Hebamme geraten, in diesem Fall schnellstens in die Klinik zu fahren.

Rosalie zog sich an, schnappte den bereitstehenden Koffer und rief ein Taxi. Als sie aus der Haustüre auf die Straße trat, kamen ihr die maskierten Mitbewohner entgegen. Warum sie bei diesem Schneesturm nicht in der warmen Stube geblieben war, musste sie nicht erklären, der Koffer in ihrer Hand genügte.

Die Hebamme staunte nicht schlecht, als Rosalie mit dem kunterbunten Hofstaat eintraf. Lulu als Varietéstar im Glitzerkostüm, die Zwillingselfen in hauchdünnen Tüll-Tutus, Trudi im hochgeschlitzten Kleid als Freudenmädchen Dolly aus der Dreigroschenoper und Oskar als Pirat mit Augenklappe. Den Kreißsaal durften die »Narren« zwar nicht betreten, aber für Rosalie waren die Freunde im Wartesaal wie eine schmerzstillende Spritze.

Als sie eine Woche später mit dem »Faschingsprinzen«, wie die Hebamme das Baby genannt hatte, nach Hause zurückkehrte, sorgte von nun an Daniel für nächtliches Gebrüll. Niemand beschwerte sich über die Heulboje, alle waren verliebt in den Kleinen. Wenn er weinte und Trudi gerade von ihrer Schicht nach Hause kam, packte sie das Baby in den Kinderwagen. »Frische Luft tut mir auch gut.«

Als Daniel drei Monate war und seine Milch aus der Flasche trank, arbeitete Rosalie wieder im Synchronstudio, und die Zwillinge versorgten ihn. Sie hatten ihren kleineren Bruder großgezogen und wussten eine Menge über Säuglingspflege, Windelwechseln oder das Fläschchen-Zubereiten. Rosalie fuhr guten Gewissens nach Lankwitz, während die Schwestern mit Daniel durch die Parkanlagen spazierten und später, als er größer wurde, darauf achteten, dass er nicht von der Schaukel fiel.

Oskar spielte »Baustelle« mit Daniel, verschob Möbel, verhüllte sie mit Lulus bestickten Varietéklamotten, und fertig war ein halbes Haus. Daniel versteckte sich, Oskar musste suchen. Manchmal krochen auch beide in die glitzernden Zelthäuser, und Oskar erzählte von der Zeit, als er noch ein kleiner Junge war und mit seiner Mama in einem düsteren Kellerloch hauste.

Rosalie hätte es kaum besser treffen können. Daniel war ein sonniges Kind, bei den Zwillingen in guten Händen, und sie verdiente genug, um sich keine Sorgen für die Zukunft machen zu müssen. Sie war glücklich.

Trudi war anderer Ansicht. Mindestens einmal wöchentlich redete sie auf Rosalie ein. »Du lebst wie eine Nonne, das ist unnatürlich in deinem Alter. Komm doch mal in die Bar, ich könnte dich mit vielen netten jungen Männern bekanntmachen.«

»Danke, Trudi, ich bin zufrieden, so wie es ist«, versicherte Rosalie jedes Mal.

»Du kannst nicht ewig allein bleiben.« Trudi wollte nicht aufgeben. »Der Kleene braucht einen Vater, und du bist viel zu jung, um für den Rest deines Lebens die Witwe zu spielen.«

Doch Rosalie hatte ihr Herz in einen eisernen Käfig gesperrt, der jeglichem Angriff standhielt. Das Thema Mann hatte sich erledigt.

Wie jeden Abend beim Vorlesen kuschelte sich der kleine Daniel an seine Mutter.

Rosalie liebte das tägliche Ritual ebenso wie ihr Sohn, den sie nach ihrem Vater benannt hatte. Ihren kleinen Schatz im Arm zu halten bescherte ihr auch fünf Jahre nach seiner Geburt dasselbe unbeschreibliche Gefühl wie in den ersten Minuten. Als sich die Tränen des Glücks mit denen der Sehnsucht nach Paul vermischt hatten. Als sie darum geweint hatte, ihm seinen Sohn nicht in die Arme legen zu können.

Daniel war Paul wie aus dem Gesicht geschnitten; blaugrüne Augen, feines, noch etwas spärliches blondes Haar, und wie er sie schelmisch ansah, wenn er bettelte: »Mami, noch mal Struwwelpeter lesen...«

Der Junge liebte Bücher, hatte mit einem Jahr angefangen, in Bilderbüchern zu blättern, und als Dreijähriger zum ersten Mal gefragt: »Mami, wie geht lesen?« Es war einer der Momente, in denen sie unendlich glücklich war, sich gegen den Sprung in die Tiefe entschieden zu haben. Daniel hatte ihrer grau gewordenen Welt die Farben zurückgegeben.

Vergessen war die Verzweiflung nach dem schrecklichen Streit mit Paul, als er wütend davongerannt war und sie nicht gewusst hatte, wie weiterleben. Vergessen die Unsicherheit, ob es falsch war, ihm die Wahrheit zu verschweigen. Vergessen die Angst, es allein nicht zu schaffen, keine Wohnung zu finden, trotz Henrys Zusage doch nicht genug zu verdienen und schlussendlich in irgendeinem Heim für ledige Mütter zu landen, die ähnlich grausam waren wie Waisenhäuser.

Mitte Januar feierte Daniel zum letzten Mal Geburtstag mit Bärbel und Birgit. Die Schwestern waren an ein Theater in Heidelberg engagiert worden, und zwar als eine Person. Falls eine krank würde, konnte die andere einspringen, dafür erhielten sie zusammen eineinhalb Gagen.

Lulu wollte das frei gewordene Zimmer natürlich sofort wieder vermieten, sagte im Café an der Ecke Bescheid, und kurz nach dem Auszug der Zwillinge stand ein großer Mann mit Vollbart und kinnlangen Haaren vor der Tür.

Lulu betrachtete ihn misstrauisch durch ihre Brille. Verwildert wirkende Männer mit roten Bärten, in Jeans und Parka waren ihr nicht ganz geheuer.

»Tach, Gnädigste, mein Name ist Bernd Ricks. Vom Bäcker habe ich erfahren, dass Sie vermieten.«

»Soso«, sagte Lulu nicht gerade freundlich. »Ich hoffe, Sie gehören nicht zu diesen *Gammlern*, die man jetzt auf Parkbänken oder vor Kaufhäusern beobachten kann und die den Leuten ›Jesus war der erste Gammler‹ zurufen?«

»Nicht doch«, sagte der Langhaarige. »Ich würde niemals den Tag verplempern, vor der Gedächtniskirche Passanten um eine Mark für Essen anschnorren und sie stattdessen in Zigaretten investieren.«

Nach dieser Beteuerung durfte er eintreten und wurde in der Küche weiter ausgefragt.

»Rauchen Sie Marihuana oder nehmen andere Drogen und feiern dann wilde Feste?« Lulu hatte Derartiges in ihrer Varietézeit erlebt und erinnerte sich mit Grausen dran. Sie hatte ein weiches Herz für Kinder und Mütter ohne Väter, aber Drogen ließen es zu Stein werden.

»Ich trinke gerne mal ein Bier«, gestand Bernd kleinlaut, als sei auch das etwas Verbotenes.

Lulu war noch nicht beruhigt, unschwer an ihrem kritischen Blick zu erkennen. »Und womit verdienen Sie Ihr Geld?«

»Oh, um Ihre Miete müssen Sie sich nicht sorgen«, sagte Bernd. »Meine Großmutter hat mir etwas hinterlassen.«

Bernd durfte einziehen, und beim ersten Sonntagsessen wurde er von den anderen unter die Lupe genommen.

»Philosophische Anthropologie«, erklärte er auf die Frage nach seinem Studium.

»Klingt ja ziemlich mysteriös«, sagte Trudi und begutachtete Bernd vom langen Haar bis zu den Cordhosenbeinen. »Hat das was mit Seefahrern zu tun, Meeresrauschen, Wind und Wellen? Wenn ich dich nämlich so ansehe, mit deinem Rauschebart, deinen wilden Haaren und der hünenhaften Größe, siehst du eher aus wie ein Seebär, der wochenlang kein Land gesehen hat.«

Rosalie zuckte zusammen. Wie kam Trudi nur auf Wind und Wellen?

Bernd lachte polternd auf. »Seebär hat noch niemand gesagt. Ich kann nicht mal schwimmen, weil ich Angst vor Wasser habe.« Dann erklärte er, was es mit seinem Studium auf sich hatte. »Vereinfacht ausgedrückt befasst sich die philosophische Anthropologie mit dem Wesen des Menschen, dem Sinn des Lebens, dem freien Willen, dem Stellenwert von Egoismus und Altruismus. Mit Fragen nach Gut und Böse.«

Oskar, der andächtig seine Rindsroulade zerteilte, ließ das Besteck sinken. »Ah, Gut und Böse, dann wirst du Polizist?«

»Lehrer«, antwortete Bernd.

Oskar schob sich ein Stück Fleisch zwischen die Zähne. »Guten und bösen Kindern was beibringen«, entgegnete er kauend.

»Gar nicht übel«, grinste Bernd und erklärte, was der Philosoph Kant dazu gesagt hatte: »›Der Mensch kann nur Mensch werden durch Erziehung. Er ist, was die Erziehung aus ihm macht.‹«

Oskar tätschelte seinen Bauch. »Der Mensch ist, was er isst.«

»Denn bist du 'ne Rindsroulade uff zwee Beenen«, meinte Lulu.

In Bernd hatte Daniel einen neuen Freund gefunden, und die Tränen über den Auszug der Zwillinge waren schnell getrocknet. Der große Mann mit Bart war nämlich genauso verrückt nach Büchern wie er, besaß mehrere Meter davon und schenkte ihm *Max und Moritz*. Sein geliebter *Struwwelpeter* war plötzlich »doof«.

Eines Abends erfuhr Rosalie, wie es zu diesem Sinneswandel gekommen war.

»Mami, wirst du böse, wenn ich mal Daumen lutsche?«, fragte Daniel und sah sie mit großen Augen an. »Schneidest du mir dann auch beide ab?«

Rosalie war geschockt. »Aber nein, mein Liebling, wie kommst du nur auf so eine schreckliche Idee?«

»Der Bernd hat gesagt, es sind böse Eltern, die so was machen... Daumen abschneiden. Mami, was ist denn mit meinem Papi passiert?«

Rosalie spürte einen dicken Kloß in ihrem Hals. Noch nie hatte Daniel nach den genaueren Umständen gefragt. Stammelnd errichtete sie ein weiteres Lügengebäude. »Ein Lastwagen ist zu schnell in eine gefährliche Straßenkreuzung gefahren«, sagte Rosalie und strich Daniel über den blonden Haarschopf.

»Lastwagen sind blöd«, schnaufte Daniel.

»Ja, das stimmt, und du musst mir versprechen, immer gut aufzupassen.« Sie gab ihm einen Gute-Nacht-Kuss auf die Stirn. »Und jetzt wird geschlafen.« Eilig erhob sie sich vom Bettrand, löschte die Nachttischlampe und hastete in ihren Wohnraum.

Schluchzend ließ sie sich auf das Sofa fallen. Weinte über das Lügenmärchen, dass Daniel ohne Vater aufwachsen musste, und einmal mehr über die Liebe, die sie für immer verloren hatte.

31

Zufrieden betrachtete Emma die Tabletts mit den Canapés. Die kleinen runden Salzkräcker mit Shrimps, Gänseleberpastete oder bayerischem Obatzdem, die sie heute zum Verkosten anbot, waren ein voller Erfolg. Paul hatte sie auf die Idee gebracht. Im Großmarkt wurde von jeher alles probiert, das kurbelte den Verkauf an. Und bei den appetitlich glasierten Häppchen griff jeder doppelt zu. Zwei Mal hatte sie schon aufgefüllt.

»Guten Morgen, Herr Professor«, grüßte Emma freundlich. Professor Doktor Neumann war Chirurg am Schwabinger Krankenhaus und ihr Lieblingskunde, weil er sich nur für Delikatessen und nicht für Preise interessierte.

Der Fünfzigjährige klopfte sich die Schneeflocken vom Kamelhaarmantel. »Scheußliches Wetter.«

»Sie sagen es, wir hatten Weihnachten im Klee und kriegen vermutlich Ostern im Schnee«, plauderte Emma. »Was darf's denn sein?«

»Erst einmal meine herzlichen Glückwünsche zur Verlobung, ich habe die Anzeige in der Zeitung gesehen«, entgegnete Professor Neumann.

Emma strahlte. Die teure Anzeige hatte sich also gelohnt. »Vielen Dank, Herr Professor.«

»Und wann wird geheiratet, wenn man fragen darf?«

»Wenn alles nach Plan läuft, im Mai.« Emmas Stimme zitterte leicht bei der Schwindelei. Dass Paul sie tatsächlich zur Frau nehmen würde, kam ihr immer noch wie ein wunderschöner Traum vor, aus dem sie niemals wieder erwachen wollte.

Jeden Abend sandte sie ein heimliches Vaterunser gen Himmel, dass sie endlich Frau Hummel würde.

»Schön, schön, das freut mich sehr. Bleiben Sie nach der Heirat im Geschäft, oder hören Sie auf zu arbeiten, wie so viele junge Frauen, sobald sie Ehefrau sind?«

»Oh mei, Herr Professor«, lachte Emma. »Des wär' ja genauso, als würde ich aufhören zu atmen. Das Geschäft ist mein Leben, und mein Zukünftiger und ich, wir haben noch viel vor.«

»Soso, na, das klingt ja spannend«, erwiderte der Professor schmunzelnd.

»Sie sagen es. Wir erweitern nämlich das Ladengeschäft mit den Räumen der vormaligen Besenbinderei. Die Umbauten, Regaleinbauten und die Malerarbeiten werden sich noch eine Weile hinziehen, aber wenn alles steht, gibt's eine Einweihungsparty, die so schnell keiner vergisst.« Emma hob stolz den Kopf und wuchs um einige Zentimeter hinter ihrem Ladentisch. »Außerdem bieten wir ab sofort einen Partyservice an. Wir liefern alles, was zu einem gelungenen Fest gehört. Nicht nur Delikatessen und Getränke, sondern auch Gläser, Teller, Besteck, die Dekoration und das Servicepersonal, je nach Anzahl der Gäste. Unsere Kunden müssen nicht einen Finger rühren.«

Professor Neumann blickte sie neugierig an. »Sie bringen alles mit und würden auch noch bei mir dekorieren?« Er klang, als hielte er es für ein Ding der Unmöglichkeit.

Emma nickte heftig und spürte, wie vor Aufregung diese verdammten hektischen Flecken auf Hals und Gesicht erblühten, die sie wie ein dummes Lehrmädel erscheinen ließen. Aber darauf konnte sie jetzt keine Rücksicht nehmen. »Ganz recht, Herr Professor. Zu jedem großen oder auch kleinen Ereignis. Wenn's kein spezieller Anlass wie eine Abiturfeier, Geburt oder Hochzeit ist, dann überlegen wir gemeinsam ein Motto. Da hätte ich massenhaft Ideen. Wie zum Beispiel einen Herrenabend im kleineren Kreis, den wir unlängst für fünfzehn Gäste organisiert haben.« Die Veranstaltung hatte Emma soeben erfunden, um den Professor zu beeindrucken. Der Zweck heiligte die Mittel. »Lustig könnte auch eine Party zum Frühlingsanfang sein. Im Sommer tät' eine italienische Nacht passen, quasi *La dolce Vita*...« Sie stockte, hoffentlich war der Professor jetzt nicht schockiert, weil sie diesen Skandalfilm kannte. Dabei hatte sie ihn gar nicht selbst gesehen, nur das Foto von der badenden Sexbombe in diesem römischen Brunnen.

»Donnerwetter, das lässt sich hören«, sagte Professor Neumann, die Erwähnung des Films ignorierend. »Ich werde meiner Frau davon berichten, sie stöhnt oft über die viele Arbeit, wenn wir Gäste haben.« Zufrieden schmunzelnd verlangte er dreihundert Gramm vom schottischen Wildlachs, dazu das französische Baguette, das ein Münchner Bäcker nach Originalrezept exklusiv für Feinkost Nusser herstellte, und eine Flasche Sauvignon Blanc.

Nachdem Emma die Ware verpackt und kassiert hatte, überreichte sie dem Professor noch die Karte, die sie extra für den neuen Service hatte drucken lassen.

Partyservice Nusser
Sie feiern – wir erledigen den Rest

Wohlwollend las er den Text, bevor er das Kärtchen in die Manteltasche steckte. »Wenn ich das meiner Frau zeige, wird sie nicht mehr zu halten sein und sofort zu Ihnen eilen.«

Emma blickte ihrem Lieblingskunden mit gestrafften Schultern nach. In den letzten zwei, drei Jahren ließ sich am stetig steigenden Umsatz ablesen, dass die Menschen nach der langen Zeit der Entbehrungen wieder öfter feierten: Hochzeiten, Taufen oder runde Geburtstage. Sie selbst hingegen war ganz begeistert vom Fernseher, den heutzutage viele auf Raten erstanden. Lief die neueste Folge von *Stahlnetz*, lud man die Verwandtschaft ein, knabberte Salzstangen oder leistete sich eine Tüte Kartoffelchips. Dazu wurden Bier, Cola oder eine Flasche Wein getrunken, um den mühseligen Alltag zu vergessen.

Nussers Kundschaft – die oberen Zehntausend – gab sich natürlich nicht mit Cola und Chips zufrieden. Sie veranstalteten auch ohne Anlass Grillpartys nach amerikanischem Vorbild und gaben während der Ballsaison elegante Abendgesellschaften mit exquisitem Champagner und allerfeinsten Delikatessen. Die meisten verfügten über Personal, aber kaum jemand hatte genug Bedienstete, um ein größeres Fest zu bewältigen. Darauf spekulierte Emma, denn auf einen Hunderter mehr oder weniger kam es den besser Betuchten nicht an, und sie hatte schon als junges Mädchen gern gekocht. Mit vierzehn hatte sie ihr erstes Kochbuch geschenkt bekommen, seitdem sammelte sie Rezepte und Kochbücher aus aller Welt.

Ende der Woche hatte Emma über einhundert Karten verteilt und von der Gattin des Professors den ersten Auftrag erhalten. Sie konnte es kaum erwarten, die Einzelheiten zu besprechen, und wenn die Frau Professor es wünschte, würde Werner Waldbauer, Kolumnist von *Der Flaneur,* darüber berichten. Waldbauer war ein gern gesehener Gast bei der Oberschicht. Er porträtierte den Münchner Geldadel mit Wohlwollen, und wer in seinen launigen Texten erwähnt wurde, gehörte ab sofort zur Hautevolee, selbst wenn seine Hosentaschen Löcher hatten oder seine Herkunft im Dunkeln lag. Neben Playboys, die das Vermögen ihrer Familie mit schönen Frauen verplemperten, tummelten sich echte Blaublütige, seriöse Geschäftsleute und allerlei Paradiesvögel in seiner Kolumne. Nicht zu vergessen die Vögel, die sich gern mit fremden Federn schmückten – etwa in Form eines CC-Schilds, obwohl sie noch nie eine Botschaft von innen gesehen hatten. Dergleichen Schilder kosteten oft mehr als der dunkelblaue Mercedes, den sie schmückten, waren aber eine Investition, die sich lohnte, da sie den angeblichen Konsuln verschlossene Türen öffneten. Für Emma war der Kontakt zu Waldbauer eine unbezahlbare Investition, und die zwei, drei Flaschen Wein, die sie ihm regelmäßig zusteckte, verbuchte sie unter »Reklame«. Den Firmennamen in Zusammenhang mit der Münchner Prominenz zu lesen zog Kunden an, und das war mehr wert als ein paar Flaschen vom besten Wein.

Kurz vor Ladenschluss um halb sieben betrat Paul das Geschäft. Wie jeden Abend um diese Uhrzeit war Emma gerade dabei, die Nachbestellungen zu notieren. Frischware bezog sie vom Großmarkt, wo mittlerweile ein beachtliches Angebot an ausländischen Spezialitäten herrschte. Allein schon die italienische Eselsalami, der würzige Schafskäse oder die in Öl eingelegten Tomaten waren Besonderheiten, die man in der deutschen Küche vergeblich suchte. Paul lieferte ihr mit dem neuen Opel-Caravan, was sie an Obst und Gemüse benötigte. Nur nach exotischen Gemüsesorten und Früchten sah sie sich gern persönlich auf dem Markt um. Dabei bekam sie von den italienischen oder spanischen Händlern oft Tipps für die Zubereitung, die sie an ihre Kunden weitergeben konnte. Nussers Klientel waren weit gereiste Feinschmecker, denen deutsche Salzkartoffeln mit Bratensauce ein Gräuel waren. Bei ihr suchten sie edle Knollen wie die Blaue Annelies, die wohlschmeckende Dänische Spargelkartoffel oder die längliche französische La Ratte mit ihrem nussigen Aroma.

In der Erinnerung an die erste Unterhaltung mit Paul über die Besonderheit der Erdknollen wurde Emma jedes Mal ganz warm ums Herz. Es war im November 1952 gewesen, und nie würde sie vergessen, wie er von seinen *Toffle* geschwärmt hatte. Bei ihr war es Liebe auf den ersten Blick gewesen, als sie ihm in seine blaugrünen Augen geschaut hatte. Und als sie erst seine niedlichen Wangengrübchen bemerkte, war es vollends um sie geschehen. Paul hingegen war viele Jahre nur freundlich gewesen. Sie hatte immer das Gefühl gehabt, Rosalie sei der Grund gewesen. Wenn seine Schwester eher gestorben wäre, wer weiß... Emma erschrak über diesen Gedanken. Es war eine Sünde, so zu denken. Rosalie war alles, was Paul von seiner Familie geblieben war. Es musste sehr schmerzhaft für ihn gewesen sein, als sie plötzlich verstorben war. Danach schien es lange, als wäre er mit seinen Gedanken ganz weit weg, wenn man mit ihm sprach. Was genau mit seiner Schwester geschehen war, darüber schwieg er, aber auf dem Markt hatte es sich längst herumgesprochen, dass sie im Ausland bei einem Autounfall verbrannt war. Was auch immer Paul nach fünf Jahren noch beschäftigte, für Emma zählte nur, dass sie heiraten würden. Wenn Paul nur endlich bereit wäre, einen Termin festzulegen.

Während Paul die Kiste mit den ausgewählt-makellosen Ananas im Vorratsraum verstaute, lobte Emma die drei Verkäuferinnen für ihren Fleiß am heutigen Tag und bat sie mit einem freundlichen Lächeln, noch die täglichen Aufräum- und Putzarbeiten zu erledigen. Die jungen Frauen kannten ihre Aufgaben, aber Emma hatte von ihren Eltern gelernt, dass niemand allein für Geld arbeitete. Gutes Personal musste gelobt werden, sonst wanderte es irgendwann zur Konkurrenz ab. Üblicherweise erledigten das Loben ihre Eltern, doch die waren für ein paar Tage ins Burgenland zu einem Weinhändler gereist. Die Gelegenheit für Emma, um etwas Zeit allein mit Paul zu verbringen und ihn dabei auf die Hochzeit anzusprechen.

Nachdem Emmas Angestellte in den Feierabend entlassen worden waren, begab Paul sich mit ihr nach oben in die elterliche Wohnung, wo sie ihm einen *Toast Hawaii* zubereitete. Das geröstete Toastbrot, belegt mit Schinken, einer Scheibe Ananas und mit Schmelzkäse überbacken, war für ihn nur ein kleiner Imbiss. Nach der schweren körperlichen Arbeit im Großmarkt hatte er abends Hunger für zwei. Aber mit einem Piccolo zum Toast gab er sich vorerst zufrieden.

Entspannt lauschte er Emmas Bericht über die Ereignisse des Tages. Und die klangen in der Tat höchst erfreulich.

Eine Professorengattin hatte telefonisch eine Party bestellt, um ihren Freunden das neu erworbene Gemälde eines französischen Malers zu präsentieren. Eine Feier zu Ehren eines Bildes fand er reichlich dekadent, aber wenn daran etwas zu verdienen war, warum nicht.

»Ich hab ihr einen französischen Abend empfohlen, da war sie hellauf begeistert«, erzählte Emma weiter. »Sobald die Frau Professor die Anzahl der Gäste bestimmt hat, besuche ich sie in der Villa, um die Auswahl der Speisen und Getränke zu bereden. Ich muss schließlich wissen, wie es dort ausschaut, wie groß die Küche ist, wo wir das Büfett aufstellen und so weiter. Das Gemälde schau ich mir natürlich auch an. Auf das Wunderbild bin ich echt gespannt. Kommst mit?«

Paul blickte auf. Er hatte nicht zugehört, weil ihm plötzlich bewusst wurde, dass er allein mit Emma in der Wohnung war. Zum ersten Mal, seit sie verlobt waren. Er fragte sich, ob sie auf eine gemeinsame Nacht spekulierte, ihn verführen wollte? Bisher hatten sie nur Küsse ausgetauscht, und die Initiative war immer von ihr ausgegangen.

»Kommst du mit?«, wiederholte Emma ihre Frage, als er nicht antwortete.

»Wohin?«

»In die Villa Neumann«, wiederholte Emma geduldig. »Es wäre sicher von Vorteil, wenn wir ... ähm ... als Paar auftreten würden ...«

Paul ahnte, was Emma beschäftigte. Der Hochzeitstermin. Mal wieder. Seit einem guten halben Jahr waren sie verlobt, nach seinem Empfinden eigentlich nicht übermäßig lange. Warum nur waren alle um ihn herum so ungeduldig? Er wollte noch warten, um Emma besser kennenzulernen. Schließlich beabsichtigten sie, den Rest ihres Lebens miteinander zu verbringen. Da spielten ein paar Monate hin oder her keine Rolle. *Drum prüfe, wer sich ewig bindet,* hieß es doch. Eine Sekunde später fiel ihm ein, wie der Spruch weiterging: ... *ob sich nicht was Bessres findet.* Was bin ich für ein Narr, schalt er sich. Emma ist eine liebe Frau, wir haben dieselben Ziele, es gibt überhaupt keinen Grund, warum wir nicht glücklich werden sollten, auch wenn es nicht das ganz große Glück sein wird wie mit...

Er unterbrach seinen Gedanken mit der hastig ausgestoßenen Frage: »Was hältst du von Mai?«

»Die Party soll in zwei Wochen stattfinden«, entgegnete Emma und räumte Pauls Teller ab, um ihn in das Spülbecken zu stellen.

»Ich meine unsere Hochzeit. Wir könnten im Mai heiraten.«

Emma war so überrascht, dass ihr der Teller aus der Hand fiel.

Hoffentlich bringen uns die Scherben Glück, dachte Paul, als er Emma beim Aufsammeln half.

32

Ratlos umklammerte Rosalie den Schein in ihrer Manteltasche. Einhundert Mark. Das war alles, was sie diesen Monat verdient hatte. Seit gut einem halben Jahr hatte Henry nur noch sporadisch Arbeit für sie. »Tut mir sehr leid«, hatte er bedauernd gesagt, als er ihr vorhin die Gage ausbezahlt hatte. »Die Amis drehen im Moment nur Western. Frauenrollen muss man mit der Lupe suchen …«

Wie sollte es nur weitergehen? Ihre Ersparnisse waren aufgebraucht, die Mietschulden bei Lulu wuchsen mit jedem Tag, und wenn kein Wunder geschah, würde sie Trudi ihre zweihundert auch nicht so bald zurückgeben können. Daniel brauchte dringend neue Hosen und Schuhe, der Junge schoss in die Höhe wie gut gedüngtes Gemüse.

Wie gerne würde sie sich unter der Bettdecke verkriechen, das Leben anhalten, bis Henry ihr wieder eine große, lukrative Rolle anbot. Aber alles Jammern half nichts. Sie musste in den sauren Apfel beißen und Lulu nochmals um Zahlungsaufschub bitten.

Müde schleppte sie sich durch das nasskalte Märzwetter nach Hause.

Kaum hatte sie die Wohnungstür aufgeschlossen, stürmte Lulu aus ihrem Zimmer. In einem mit rosa Kirschblüten bestickten schwarzen Kimono und einer Perlenkette aus Jade wirkte sie wie eine Geisha aus dem fernen Japan.

»Da biste ja endlich.«

»Ist was mit Daniel?« Ohne Trenchcoat und Schuhe auszuziehen, lief sie auf ihre Vermieterin zu, die ihren Sohn beaufsichtigt hatte.

»Ick muss doch bitten.« Lulu klang beleidigt. »Der Kleene is putzmunter, vergnügt sich mit meene Federboas. Er will später auch auf die Bühne, hat er mir verraten. Kiek selber.« Lulu trat einen Schritt zur Seite.

»Entschuldige.« Rosalie atmete erleichtert auf, als sie sah, wie Daniel durch Lulus Zimmer hopste, die schwarze Federschlange im Schlepptau. Er war so vertieft in sein Spiel, dass er sie nicht bemerkte. »Aber wieso *endlich?*«

»Weil ick gute Neuigkeiten für dich habe. Genauer gesagt...« Lulu nahm ihre lange Kette in eine Hand und wirbelte sie im Kreis, wie für einen Tusch.

»Nun sag schon«, drängte Rosalie.

»Es geht um ein neues Engagement. Ick war so frei und habe gleich für dich zugesagt. Es kommt wieder Geld ins Haus!« Triumphierend warf sie beide Arme in die Luft, als stünde sie auf der Bühne.

Rosalie wusste, dass Lulu die ausstehende Miete nie direkt ansprechen würde, aber sie war drauf angewiesen.

»Eigenartig... Ich war doch gerade in Lankwitz. Wieso hat Henry nichts gesagt?«

»Nee, nee, meine Kleene, es war jemand vom Rundfunk, die Nummer steht uff dem Block.« Lulu wies mit einer Handbewegung zu der zierlichen Kommode im Flur, über der das Telefon an der Wand angebracht war. »Du sollst schnellstens zurückrufen. Aber wie jesagt, ick habe denen versichert, dass du frei bist.«

»Danke, Lulu, das war clever«, freute sich Rosalie und war gespannt, was auf sie zukam. Für den Berliner Rundfunk hatte sie bislang noch nicht gearbeitet, womöglich gab es dort reichlich zu tun, dann wäre die Durststrecke endlich vorbei.

»Immer gerne«, flötete Lulu. »Wenn es um Engagements

geht, darf man niemals zögern. Die Konkurrenz schläft nich, det weeß ick noch sehr jut. Los, los, mach hinne. Ick applaudiere unserem kleen Prinzen, während du telefonierst.«

Rosalie eilte zum Telefon, nahm den Block zur Hand – und starrte entsetzt auf die Nummer.

Eine Münchner Vorwahl.

Die kannte sie auswendig, stand sie doch auf dem Rechnungsblock der Firma Hummel. Es musste also der Bayerische Rundfunk sein, dem Lulu zugesagt hatte.

Nein, nein, nein.

Ich kann nicht.

Unmöglich.

München. Allein die Erwähnung ihrer Heimatstadt trieb ihren Herzschlag in die Höhe. Im Vergleich zu Berlin war die Stadt ein Dorf, wo man garantiert jenen Menschen begegnete, denen man aus dem Weg gehen wollte.

Ihre Gedanken liefen Zickzack. Ich muss absagen. Ich brauche das Geld. Ich kann unmöglich nach München. Ich habe Schulden. Ich habe Angst, Paul zu begegnen, ich kann nicht. Die Miete ist überfällig. Es muss noch andere Möglichkeiten geben, etwas zu verdienen.

In einem Büro, fiel ihr schließlich ein. Ich kann in einem Büro arbeiten. Immerhin habe ich eine Lehre im Großhandel abgeschlossen. Tippen gehört zwar nicht zu meinen Stärken, aber am Telefon bin ich unschlagbar.

Ich werde einen Job finden, dachte sie zuversichtlich, nahm den Hörer ab, um das Ferngespräch beim Amt anzumelden, legte aber wieder auf. Sollte sie einfach die Stimme verstellen, eine Halsentzündung vorschützen? Nein, das hätte Lulu ja sofort erwähnt. Aber welches Argument war glaubwürdig genug für eine Absage? Daniel! Ja, man würde verstehen, dass sie ihr Kind nicht allein lassen konnte.

Während Rosalie sich eine passende Formulierung überlegte,

klingelte der Apparat. Wenn das der BR war, schienen sie es eilig zu haben. Sie atmete tief ein und nahm ab.

Der Anruf war für Trudi.

Die lag wie jeden Nachmittag noch im Bett. Knurrend schälte sie sich aus dem Plumeau, zündete sich aber erst mal eine Zigarette an, bevor sie zum Telefon schlurfte. Minuten später dröhnte eine Litanei unflätiger und nicht zu überhörender Flüche durch den Flur.

Später, als Daniel schlief und sie mit Lulu und Trudi in der Küche noch ein Glas Wein trank, erfuhr Rosalie, worüber Trudi sich so aufgeregt hatte. Ihr Chef war angezeigt und die Bar geschlossen worden.

»Reine Schikane.« Wütend zog Trudi an ihrer Zigarette. »Wegen ›unsittlicher Umtriebe‹, und ich stehe jetzt auf der Straße, nur weil bei uns hauptsächlich Männer verkehren. Selbst wenn, es will mir einfach nicht in den Kopf, wieso Liebe zwischen zwei Männern verboten ist.«

»Eine echte Gemeinheit«, befand auch Lulu. »Aber du findest sicher was anderes.«

»Und wenn nicht?«

»Irgendwie geht es immer weiter.« Lulu lächelte zuversichtlich. »Auch einer Pechsträhne geht mal die Luft aus. Frag Rosalie.«

»Ehrlich?« Trudis Miene hellte sich auf. »Du hast wieder was zu tun?«

»Genau weiß ich es noch nicht«, antwortete Rosalie. »Lulu hat den Anruf angenommen, aber ich konnte noch nicht zurückrufen...«

»Worauf wartest du?«, fuhr Lulu sie an.

Rosalie krallte ihre Fingernägel in die Handflächen, suchte verzweifelt nach Ausflüchten. »Der Anruf kam aus München, und...«

»Was, und?«

»Es würde bedeuten, dass ich nicht in Berlin arbeite. Was mache ich dann mit Daniel? Ich kann doch meinen Sohn nicht allein lassen.«

»Allein lassen?«, wiederholten Lulu und Trudi entrüstet im Chor.

»Rosalie, willst du etwa ausziehen?« Bernd tauchte unerwartet in der Küche auf. Als er von Rosalies Problem hörte, war er sofort bereit, sich gemeinsam mit Lulu und Trudi um Daniel zu kümmern. »Wir werden Daniel jede Sekunde wie unsere Augäpfel hüten, du kannst also beruhigt fahren«, sagte er.

Zehn Tage sollten die Aufnahmen zu dem Hörspiel dauern, erfuhr Rosalie, als sie endlich zurückrief, und ihrer Ausreden beraubt, musste sie annehmen – oder ihren Freunden ihr Geheimnis verraten. Aber das war für immer in ihrem Herzen verschlossen. Es schien, als sei es Schicksal, in ihre Heimatstadt zurückzukehren.

»Unser Schicksal steht nicht in den Sternen, und ich glaube auch nicht, dass es von einer höheren Macht gelenkt wird. Zum größten Teil ist es die Summe unserer Entscheidungen, die unser Leben bestimmt«, hatte Lulu einmal gesagt, als sie bei Rotwein über Lebensfragen diskutiert hatten.

Ihr Schicksal war die Folge der Entscheidungen *für* Daniel. Aber wie verhielt es sich dann mit der Liebe?, fragte sich Rosalie. War es überhaupt möglich, sich *nicht* zu verlieben? Verbotenes Verlangen zu unterdrücken? Oder sich in einen bestimmten Menschen verlieben zu *wollen?* In der Hoffnung, die Liebe käme mit den Jahren, so wie in längst vergangenen Zeiten, als Ehen noch arrangiert wurden? Wäre es möglich, sich ganz bewusst in Bernd zu verlieben? Bernd war ein sanfter Mann, der für Daniel ein wundervoller Ersatzvater wäre. Je öfter sie sich diese Fragen stellte, umso klarer war die Antwort: Ihre Liebe zu Paul war unsterblich. Und sie wuchs mit der Entfernung.

In München regnete es. *Jeder Regentropfen, jede Schneeflocke, jeder Windstoß trägt meine Liebe zu dir,* hatte sie in einem der Briefe geschrieben, die sie nie abgeschickt hatte. Hätte Paul mit den Briefen in Händen ihre Lügen geglaubt? Und was würde geschehen, wenn Paul ihr tatsächlich über den Weg lief?

Aber das war unmöglich. Sie hatte den Sender um ein Zimmer in Schwabing gebeten, und die Aufnahmen fanden im Rundfunkhaus unweit des Hauptbahnhofs statt. Sie war also rund um die Uhr weit genug entfernt vom Großmarkt.

Ein Taxi war momentan nicht drin, also nahm sie die Straßenbahn, die vom Bahnhof direkt zum Siegestor fuhr, wo die Pension lag. Neben einem älteren Herrn, der sich hinter der *Abendzeitung* versteckte, war ein Platz frei. Zwei Stationen weiter faltete er das Blatt zusammen und hielt es ihr hin. »Bitt schön. Steht allerdings nur Schmarrn drin.«

Rosalie hatte im Sommer 1955, während der ersten Wochen in Berlin, regelmäßig Münchner Tageszeitungen gegen ihr Heimweh gelesen. Später waren Nachrichten aus der alten Heimat einfach zu schmerzvoll gewesen. Jetzt konnte sie nicht widerstehen. »Danke schön.«

München sollte heller werden, wurde berichtet, mittels 5000 neuer Straßenleuchten. Bilder aus der Zeit mit Theos Bande tauchten vor ihr auf, als sie Glühbirnen gestohlen hatten, um zu überleben.

Ein Bericht ließ Rosalie an den dicken Oskar denken, der sich erfolgreich vor dem Wehrdienst gedrückt hatte. Die ersten Wehrdienstverweigerer traten ihre Ersatzdienste in Altenheimen, Krankenhäusern oder Jugendheimen an. Oskar beim Dienst in einem Krankenhaus? Unvorstellbar. Es sei denn, man steckte ihn in die Küche. Dort wäre er zweifellos glücklich.

Eine Seite später stieß Rosalie auf die Klatschkolumne des Boulevardblattes. *Der Flaneur* berichtete über den Playboy Gunter Sachs, den er beim Après-Ski in St. Moritz gesichtet hatte. Onassis und die Callas schipperten auf einer Yacht durch die Ägäis. Curd Jürgens sei mit einer Tüte Tomaten über den Münchner Viktualienmarkt geschlendert. Der letzte Absatz des Beitrags war einer bevorstehenden großen Hochzeit gewidmet.

Rosalie stockte der Atem.

Paul und Emma.

Ausgerechnet.

Rosalies Herz klopfte wie verrückt. Ihre Augen wurden feucht. Sie legte die Zeitung beiseite. Nahm sie wieder an sich. Las die quälenden Sätze erneut. Sie veränderten sich nicht. Da stand es schwarz auf weiß. Paul würde mit Emma vor den Altar treten.

Die Arbeit am Hörspiel war wegen der mitwirkenden zehn- und elfjährigen Kinder zeitraubender, als Rosalie das bisher erlebt hatte. So dauerten die Aufnahmen für sie oft bis in den späten Abend und hinderten sie am Nachdenken. Aber wenn sie erschöpft ins Bett sank und die Anspannung langsam von ihr wich, kamen die Tränen. Die Erinnerung an jenen Nachmittag an der Isar, als sie sich versprachen, niemals zu heiraten. An die heimlichen Stunden im Kühlkeller, an den Sonntag am Chiemsee, die Meldung im Radio, mit der ihre Karriere als Sprecherin begann. Wie wäre ihr Leben verlaufen, wenn kein Gewitter aufgezogen wäre und sie weiter AFN gehört hätten?

Freitagmittag war das letzte Wort gesprochen. Am frühen Nachmittag, als Rosalie den Koffer packte, rief der Regisseur in der Pension an. Wegen einer technischen Panne mussten einige Szenen wiederholt werden.

Rosalies Heimreise verschob sich auf den Samstagmorgen. Der ausgewählte Zug aber fuhr ohne sie ab, denn sie hatte verschlafen. Die nächste durchgehende Verbindung nach Berlin bot sich gegen Mittag an. Ohne Hast nahm sie ein Frühstück ein und stieg eine halbe Stunde vor Zugabfahrt in ein Taxi, das sie sich nun wieder leisten konnte. Die Strecke zum Bahnhof führte über die Ludwig- und Briennerstraße. Trudi würde es Schicksal nennen, dass Rosalie den frühen Zug verpasst hatte, der Fahrer jetzt am Odeonsplatz an der roten Ampel halten musste und ihr Blick zur Theatinerkirche wanderte, wo auf dem Vorplatz ein Brautpaar aus einer blumengeschmückten weißen Limousine stieg. Aber es war Rosalies Entscheidung, den Taxifahrer zu bezahlen, auszusteigen und auch den Mittagszug zu versäumen. Es war ihre Entscheidung, die Trauung von Paul und Emma ansehen zu wollen. Zusehen zu wollen, wie er »Ja« zu einer anderen Frau sagte.

Unbemerkt schlüpfte sie mitsamt dem Koffer durch den Seiteneingang in eine der schönsten Kirchen Münchens und suchte nach einem Platz, wo sie alles beobachten konnte, aber selbst nicht gesehen wurde. Die letzte der mächtigen weißen Säulen bot ausreichend Schutz und Sicht.

Aus der Zeit im Waisenhaus erinnerte sie sich noch an die Regeln, die Besucher in einem katholischen Gotteshaus zu befolgen hatten. Aber sie würde sich weder bekreuzigen noch die Hände falten oder gar auf die Knie fallen. Sie glaubte nicht an Gott, nicht einmal an Jahve, den Gott der Juden. Wenn er existierte, hatte er sein Volk mit den Novemberpogromen im Jahr 1939 verraten. Der angeblich so allmächtige Gott der Juden hatte es geduldet, dass das NS-Regime in der Reichskristallnacht systematisch Geschäfte, Wohnungen, jüdische Friedhöfe und Synagogen zerstörte. Hatte mit angesehen, wie über sechs Millionen Juden ermordet wurden. Sollte sie sich täuschen, so war heute der Tag, an dem der Gott *dieser* Kirche seine Allmacht beweisen konnte, indem er die Heirat verhinderte.

Die Reihen der Kirchenbänke waren auf beiden Seiten dicht gefüllt mit festlich gekleideten Menschen. Männer in dunklen Anzügen, Frauen in Kostümen oder Kleidern aus hellen Stoffen, mit breitrandigen Hüten auf den Häuptern. Rosalie nahm es kaum wahr. Sie achtete auch nicht auf die feierliche Zeremonie. Lauschte nicht dem salbungsvollen Vortrag des Geistlichen. Suchte nicht nach den Adoptiveltern unter den Hochzeitsgästen. Nicht nach ehemaligen Großmarktkollegen.

Sie kämpfte gegen das brennende Verlangen, laut zu schreien. Diese lächerliche Zeremonie zu beenden. Gegen die Erinnerung an seine Liebesschwüre, die mit jedem Herzschlag lauter wurden. *Wir gehören zusammen wie der Wind und das Meer... Meine Liebe zu dir ist unendlich groß und tief wie alle Weltmeere zusammengenommen... Sie wird niemals versiegen...*

Sie sah sich neben Paul im Auto sitzen, an jenem Abend nach dem Tanzkurs, spürte seine Lippen auf ihren, als er sie zum ersten Mal geküsst hatte. Fühlte seine Hände ihren Körper erforschen, als sie sich geliebt hatten. Spürte den salzigen Geschmack Tausender Tränen, die sie um ihn geweint hatte.

Zitternd harrte sie an ihrem Platz aus. Starrte mit brennenden Augen zum Altar, wo Paul im dunklen Anzug auf einer rot gepolsterten Bank saß. Neben ihm Emma im weißen Kleid, das rotblonde Haar zur Hochsteckfrisur getürmt, verziert mit einem zarten Spitzenschleier.

Wie sollte sie dieses Bild jemals wieder vergessen? Vergessen, dass er eine andere liebte? Sein Leben mit einer anderen teilte?

Endlich, nach einer ermüdend langen Predigt, ertönte Johann Sebastian Bachs Toccata und Fuge in d-Moll. In Rosalies Ohren klang das bombastische Orgelwerk nach Wind und Wellen, die schnellen Passagen nach Sturm und Verderben. Bis zu diesem Augenblick hatte sie gehofft, Paul fühle ihre Anwesenheit, erinnere sich an seine Versprechen und ändere seine Meinung in letzter Sekunde.

Aber er sagte »Ja«.

Zu Emma.

Sie hatte ihn endgültig verloren.

Ein Weinkrampf schüttelte sie. Es gab keine Hoffnung mehr. Gott existierte nicht. Sie spürte die Enttäuschung wie Schläge, die auf sie niederprasselten. Unfähig, sich zu bewegen, verharrte sie an der Säule. Beobachtete, wie sich die Hochzeitsgäste erhoben, das Brautpaar sich umdrehte und zwischen den Bänken dem Ausgang zustrebte.

Arm in Arm schritt das junge Ehepaar in ein gemeinsames Leben.

Vergiss ihn, vergiss ihn, vergiss ihn endlich, mahnte sie sich und griff nach dem Koffer, den sie neben sich abgestellt hatte. Als sie sich wieder aufrichtete, war das Brautpaar auf ihrer Höhe angelangt.

Paul blieb einen Augenblick lang stehen, drehte den Kopf, als habe er Rosalies Bewegung gesehen, und sah sie direkt an.

Nur einen Atemzug lang.

Verschmolzen ihre Blicke.

In ewiger Liebe.

Er liebt mich noch immer. Nur dieser eine Gedanke beherrschte Rosalie während der Rückfahrt. In dieser Sekunde, als sich ihre Blicke getroffen hatten, da hatte sie es gespürt. *Wie der Wind und das Meer...* Unwichtig, dass er mit einer anderen vor dem Traualtar gestanden hatte. *Er* kannte ja die Wahrheit nicht, wusste nichts von seinem Sohn, musste glauben, sie habe ihn verraten.

Ich liebe dich, flüsterten die Zugräder unablässig, wie vor fünf Jahren bei ihrer ersten Fahrt nach Berlin. Aber dieses Mal war die Ankunft in der quirligen Stadt eine Rückkehr in eine neue Realität, in der sich Rosalie eingestand, dass es trotz ihrer unendlichen Liebe zu Paul keine Hoffnung für sie beide mehr gab. Niemals gegeben hatte. Gesetze und Konventionen waren unüberwindliche Hürden.

33

Erleichtert, aber auch ein wenig traurig bemerkte Rosalie bei ihrer Rückkehr, wie wenig Daniel sie vermisst hatte.

»Hast du mir was mitgebracht?«, lautete seine erste Frage nach einem hingehauchten Wangenkuss und einer flüchtigen Umarmung.

Aufgeregt beobachtete er sie beim Auspacken des Koffers, bis das Mitbringsel hervorkam. Als sie ihm das Büchlein reichte, strahlte er überglücklich. »Danke, Mami, der Bernd kann es mir gleich vorlesen.«

Rosalie schluckte. Es schmerzte sie, einmal mehr zu erkennen, wie sehr Daniel ein Vater fehlte, als er atemlos erzählte, was Bernd alles mit ihm unternommen hatte.

»Wir waren im Park... Schnecken und Würmer suchen... und... wir spielen Pferderennbahn... und... ich darf bei Bernd auf den Rücken klettern... und... dann rennt er im Flur hin und her... Und wenn die Trudi kommt... dann schreie ich: ›Aus der Bahn!‹... und wiehere wie ein Rennpferd.«

Zärtlich strich Rosalie ihm über den blonden Strubbelkopf. »Das klingt ja aufregend, mein Schatz.«

»Hmm.« Daniel nickte eifrig. »Das sind gaaanz echte Männerspiele, aber du darfst zuschauen.« Er umarmte seine Mutter kurz, nahm sein Geschenk und verkündete: »Das will ich jetzt ganz schnell dem Bernd zeigen.«

An den nächsten Abenden wurde das Rennbahnspiel zum festen Ritual. Nach einigen Runden im Flur beendete Bernd das Spiel, indem er Daniel im Bett *abwarf,* was einen letzten übermütigen Lachanfall auslöste. Zu hören, wie glücklich er war, nährte Rosalies Angst, ihr Sohn könne eines Tages fragen, ob sie Bernd nicht heiraten wolle. Schon letzten Sommer hatte Daniel sehnsüchtig jeden Mann beobachtet, der seinem Sohn Schwimmen beibrachte oder Fußball spielte. Mit Mama zu kuscheln oder zu lesen war natürlich sehr schön, aber ihr Rücken war zu schmal, um draufzusteigen, und zum Bällekicken brauchte es auch einen Männerfuß.

Rosalie fasste den Entschluss, die Liebe zu Paul für alle Zeiten in die dunkelste Ecke ihres Herzens zu verbannen. Das Leben musste weitergehen, es hatte keinen Sinn, ewig zu trauern. Daniel brauchte eine lebensfrohe Mutter und möglichst bald einen Vater.

Als äußeres Zeichen der Veränderung ließ sie sich ihr langes Haar abschneiden, das Paul so geliebt hatte. Extrem kurz, wie Jean Seberg in *Außer Atem*. Mit jedem Blick in den Spiegel verblasste das Mädchen aus den Trümmern. Hervor kam eine junge Frau, die eines Tages die Tragödie vergessen und sich hoffentlich wieder verlieben konnte.

Bernd war vom ersten Moment an hingerissen von Rosalie. Noch nie war ihm eine Frau begegnet, die so einsam und verletzlich wirkte. Aber auch stark und unabhängig. Er hätte schwören können, dass dieses zerbrechlich wirkende Wesen ein Geheimnis umgab. Ein trauriges Erlebnis, das ihre dunklen Augen so melancholisch schimmern ließ, selbst wenn sie lachte.

Als er sie zum ersten Mal Schlaflieder singen hörte, hatte er sich rettungslos in sie verliebt. Ihre magische Stimme drang direkt in sein Herz. Fortan hatte er nur noch das Ziel, sie zu beschützen, sie glücklich zu machen und ihrem Sohn ein guter Vater zu sein.

Die Zuneigung des Jungen hatte er ebenso schnell erobert, wie der Kleine ihm ans Herz gewachsen war. In den Tagen, in denen Rosalie verreist war, wuchs sein Wunsch nach einem Leben mit ihr. Er liebte sie und ihren Sohn, fand sie noch schöner, seit sie ihr Haar kurz trug, und es drängte ihn, ihr seine Gefühle zu gestehen. Aus Angst, sie nach den Monaten des freundschaftlichen Miteinanders mit einer Liebeserklärung zu erschrecken, bat er Lulu um Rat.

»Ick würde nich zu forsch rangehen. Rosalie wohnt seit über fünf Jahren hier, und in der janzen Zeit war se mit keem Mann aus, womöglich trauert se immer noch um Daniels Vater.« Über die genaueren Umstände des tödlichen Unfalls wusste Lulu leider nichts zu berichten. »Aber es kann nich schaden, wenn de dir den Bart abnimmst. Die wenigsten Frauen mögen haarige Gesichter.«

Sich zu rasieren erwies sich als kluge Entscheidung, denn als Rosalie sein glattes Gesicht bemerkte, sagte sie überrascht: »Meine Güte, du hast dich aber verändert! Beinahe hätte ich dich für einen neuen Mieter gehalten.«

»Darf der *neue* Mieter dich zu einem Kinobesuch einladen?«

»Geht auch Theater?«, entgegnete Rosalie und schlug vor, ein Stück von Bertolt Brecht anzusehen.

Am nächsten Abend fragte Daniel ihn: »Heiratest du jetzt meine Mami?«

»Würde dir das gefallen?«, entgegnete er.

»Hmm«, nickte Daniel mit leuchtenden Augen. »Dann wärst du doch mein Papi.«

Auch Trudi traf eine Entscheidung, die für Verwunderung sorgte.

»Vor euch steht eine der ersten Avon-Beraterinnen des Landes«, verkündete sie eines Sonntagnachmittags beim Kaffee.

Keiner von ihnen hatte je davon gehört, und jeder war neugierig, womit Trudi reich zu werden gedachte.

Aber sie behauptete: »Das ist so sicher, wie die Spree durch Berlin fließt.«

Oskar hoffte, die Tante handle ab sofort mit Essbarem. Seine Enttäuschung, als sie die Ware auf dem Küchentisch präsentierte, war mitleiderregend. »Wer braucht denn Lippenstifte?«

»Wir«, sagten Lulu und Rosalie sogleich. Aber wie man damit seinen Lebensunterhalt bestreiten, geschweige denn reich werden sollte, vermochten auch sie sich nicht vorzustellen.

»Jede Frau interessiert sich für den Erhalt ihrer Schönheit, und ich kenne keine, der es egal wäre, wie sie aussieht«, erklärte Trudi zuversichtlich, und dass sie massenhaft Bekannte und Freundinnen habe, die sie alle zu einer Schönheitsparty einladen werde.

Von den geladenen fünfzig Frauen kamen knapp dreißig. Zwischen Kaffee und dem von Oskar gebackenen Streuselkuchen mit Schlag wurden Make-up, Puder, Lippenstifte und Lidschatten vorgeführt, und zwar an Rosalie, die zum Modell erkoren worden war. Mit der neuen Kurzhaarfrisur sei sie bestens dafür geeignet, behauptete Lulu, die sich als Spezialistin anbot. »Immerhin habe ich mich jahrelang für den großen Auftritt geschminkt.« Sie besaß tatsächlich Talent fürs Verschönern, auch wenn Rosalie das nicht nötig habe, wie sie ihr versicherte.

Auf der ersten Avonparty verkaufte Trudi nicht nur Lippenstifte und alles, was zu einer, wie Oskar es ausdrückte, »Kriegsbemalung« nötig war; auch Parfüms, Schaumbäder und jede Menge Rasierwässerchen für den Ehemann, Liebhaber oder Vater wurden eingepackt. Es hatte den Anschein, als würde Trudi sich tatsächlich eine gold-gepuderte Nase verdienen.

Der Juni 1961 schien ein Monat der Entscheidungen zu werden. Roland, ein alter Schulfreund von Bernd, hatte beschlossen, Ost-Berlin mit nichts als einem Schreibblock für immer zu verlassen, und bat um Unterschlupf in der Bülowstraße.

»Die Stasi beobachtet jeden Journalisten rund um die Uhr,

verwanzt unsere Wohnungen, und beim kleinsten Verdacht landen wir sofort in Bautzen«, berichtete Roland.

»Also ick könnte das nicht, einfach alles hinter mir zu lassen und wieder bei null anzufangen«, sagte Lulu, die bereit war, ihn mietfrei bei Bernd nächtigen zu lassen, bis er eine Anstellung fand.

»Lieber nackt und ohne Arbeit in Freiheit, als ständig unter Aufsicht zu leben. Das ist, als wäre man im Gefängnis«, erklärte er leidenschaftlich. »Aber ich habe gründlich nachgedacht, bevor ich mich zu diesem drastischen Schritt entschlossen habe. Ausschlaggebend war das bedrohlich laut gewordene Geflüster über Grenzschließungen. Demnächst ist es nämlich vorbei mit der Fluchtmöglichkeit, dafür verwette ich meinen einzigen Kugelschreiber.«

Mit Rolands Einzug drehten sich die Tischgespräche nur noch um Politik. Brisante Themen, wie der seit April 1961 in Jerusalem begonnene Prozess gegen den SS-Obersturmbannführer Adolf Eichmann, wurden von allen mit großem Interesse verfolgt. Nicht nur Sarah Silbermann wünschte den NS-Verbrecher für seine millionenfach begangenen Morde an den Galgen.

Nun fanden allabendlich nach der *Tagesschau*, zu der sie sich in Lulus Kaminzimmer versammelten, hitzige Debatten über die neuesten Meldungen statt.

Sämtliche Medien berichteten über das Treffen der zwei mächtigsten Protagonisten des Kalten Krieges, die sich am 3. Juni in Wien bei einem Gipfeltreffen begegneten. Während die Berliner nach einer langen Regenperiode ein Wochenende bei herrlichstem Sonnenschein genossen, verhandelten Nikita Chruschtschow und John F. Kennedy die sogenannte Berlin-Frage.

»Wie sollen sich ein Arbeitersohn und ein Millionär jemals einigen?«, fragte Roland in die Runde.

»Kaum vorstellbar, dass bei einer derart ungleichen Konstellation zufriedenstellende Ergebnisse rauskommen«, unkte auch Bernd. »Die Weltpresse munkelt bereits, der Kalte Krieg drohe verdammt *heiß* zu werden.«

Wie später in diversen Blättern nachzulesen war, endete das »freundliche Treffen« ergebnislos. Kennedy lehnte Chruschtschows Forderungen nach Abzug der Westmächte aus West-Berlin ab. Und die Gerüchte um eine Schließung der Grenzen von Ost nach West wurden lauter.

Wie Roland aus seiner Pressearbeit wusste, hatte die Massenflucht zu einem gravierenden Fachkräftemangel im Osten geführt. »Wenn das so weitergeht, bricht die gesamte Wirtschaft im Arbeiter- und Bauernstaat zusammen«, prophezeite er. »Mittlerweile sind fünfundvierzigtausend junge Menschen und gut ausgebildete Fachkräfte in den Westen geflohen. Ein schmerzhafter Verlust, bei einer so geringen Bevölkerungszahl von siebzehn Millionen. Ulbricht muss dringend etwas unternehmen, sonst steht er am Ende noch allein da…«

»Tut er das nicht sowieso?«, fragte Trudi und füllte ihr Glas auf. Sie hatte drei Flaschen Wein spendiert und eine bereits selbst ausgetrunken, weil sie bei Lulu nicht rauchen durfte – der Qualm hänge ewig in den Federn.

»Doch, doch, er versucht verzweifelt die Flüchtlinge mit Versprechungen zur Rückkehr zu bewegen. Wohnungen und attraktivere Arbeitsstellen sollen sie bekommen«, antwortete Roland. »Aber da sehe ich schwarz für Ulbricht. Vor allem die zigtausend Ost-Berliner und Leute in der näheren Umgebung, die ganz legal in West-Berlin arbeiten, pfeifen auf seine Versprechen.«

Bernd nickte zustimmend. »Wer würde das nicht?«

»Und deshalb sind die sogenannten Grenzgänger den Machthabern in der DDR ein Dorn im Auge.«

»Weshalb das denn?«, wollte Lulu wissen.

»Sie bekommen ihren Lohn zum Teil in D-Mark, was den

fünffachen Ost-Mark-Wert darstellt«, erklärte Roland. »Im Gegensatz zu ihren armen Mitbürgern können sie sich die heiß begehrten Westwaren und sogar exotische Urlaubsreisen leisten.«

»Gäste aus dem Osten waren mir immer die liebsten«, schwärmte Trudi, während sie die dritte Flasche Wein entkorkte. »An den Wochenenden stürmten sie unsere West-Kneipen ohne Sperrstunde und knauserten nie mit Trinkgeld.«

Roland war der Überzeugung: »Die DDR-Regierung empfindet diese Grenzgänge als ernsthafte Bedrohung für den Sozialismus, was die Situation in der Viersektorenstadt noch mehr verschärft.«

Am 15. Juni schmuggelte sich Roland in die Pressekonferenz, zu der der Staatsratsvorsitzende Walter Ulbricht alle Westberliner und andere West-Journalisten geladen hatte und auf der es um die »Berlin-Frage« gehen sollte.

Die anderen saßen mit Spannung vor dem Radiogerät, um der Direktübertragung des Deutschlandfunks zu lauschen. Ulbrichts langer Einleitung war zunächst nichts historisch Bedeutendes zu entnehmen. Spannend wurde es, als die Journalisten Fragen stellen durften und Annemarie Doherr, eine Journalistin der *Frankfurter Rundschau,* wissen wollte, ob es beabsichtigt sei, die Staatsgrenze am Brandenburger Tor zu errichten. Jeder hielt den Atem an, als Ulbrichts umständlich formulierte Äußerung ein Wort enthielt, das vorher von keinem der Anwesenden ausgesprochen worden war: MAUER!

Wenige Tage nach der Pressekonferenz bemerkte Rosalie, dass Bernd kaum noch zu Hause war. Sie überlegte, ob er Verwandte im Osten habe, denen er bei der Flucht half. Dass er darüber nicht reden wollte, war verständlich. Hin und wieder tauchte er kurz auf, wechselte seine Kleider, grüßte im Vorbeigehen und verschwand kommentarlos.

»Warum spielt Bernd nicht mehr mit mir? Ist er böse mit mir?«, fragte Daniel.

»Nein, er ist bestimmt nicht böse«, beruhigte Rosalie ihn. »Du weißt doch, dass Bernd an der Universität studiert. Manchmal muss er eben sehr viel lernen, und da bleibt keine Zeit zum Spielen.«

Für sich selbst fand Rosalie nur eine Antwort für Bernds abweisendes Verhalten: Er war verliebt. Dafür sprachen seine dunklen Augenringe, die auf wenig Schlaf und lange Liebesnächte hindeuteten. Bernd hatte ihr nie Anlass gegeben zu glauben, er empfinde mehr als Sympathie für sie. Die Einladung ins Theater und der Versuch, ihre Hand zu halten, mochten Anzeichen gewesen sein. Doch sie war einfach noch nicht bereit für eine neue Liebe und hatte sein Ansinnen durch das erschrockene Zurückziehen ihrer Hand im Keim erstickt.

Rosalie beschloss, Bernd bei nächster Gelegenheit auf sein verändertes Verhalten anzusprechen, auch Daniels wegen.

»Hast du einen Moment Zeit?«, fragte sie ihn, als er ihr am nächsten Tag im Flur über den Weg lief. Verwundert bemerkte sie den schwarzen Anzug und dass er offensichtlich beim Friseur gewesen und frisch rasiert war. Den letzten Mann in festlicher Kleidung hatte sie in der Kirche neben einer Braut gesehen.

»Tut mir leid, ich bin sehr in Eile«, entschuldigte er sich gehetzt und rannte davon.

Enttäuscht nahm sie sich vor, den nächsten sympathischen Mann nicht so schnell ins Herz zu schließen.

Am selben Abend klopfte es zu später Stunde an Rosalies Tür. Es war Bernd, immer noch in seinem schwarzen Anzug.

»Kann ich dich sprechen?«

Rosalie nickte schweigend, bereute es aber Sekunden später, als sie seine Alkoholfahne roch.

»Eigentlich ist es schon ziemlich spät und ich bin müde«, sagte sie, um ihn wieder loszuwerden.

»Bitte, ich muss dringend mit dir reden«, beharrte er. »Falls du denkst, ich bin betrunken, kann ich es erklären. Ich komme nämlich von einem Leichenschmaus...«

»Das tut mir leid, meinetwegen können wir reden, aber lass uns in die Küche gehen, ich mach dir einen Kaffee«, startete Rosalie einen neuen Versuch.

Bernd trat einen Schritt auf sie zu. »Bitte, Rosalie, setz dich«, sagte er leise.

Rosalie gab nach und nahm auf dem Sofa Platz. »Was gibt es denn so Wichtiges?«

»Ich möchte dir die Geschichte von zwei Schwestern erzählen. Die meiner Großmutter und Großtante«, begann er.

Rosalie stand abrupt wieder auf. »Entschuldige, Bernd, aber es ist schon spät, ich muss morgen ins Studio, und mir ist wirklich nicht nach Familiengeschichten.«

»Ein *Familiengeheimnis*«, verbesserte er sie, als rechtfertige das seine Hartnäckigkeit.

Rosalie rang nach Luft. Sie trug schwer genug an ihrem eigenen Geheimnis, auf das anderer konnte sie gut verzichten.

Bernd griff nach ihrer Hand. »Bitte, hör mich an«, sagte er, zog sie zu sich auf die Couch, und ohne ihre Antwort abzuwarten, begann er zu erzählen. »Zuerst möchte ich mich entschuldigen, dass ich euch in letzter Zeit vernachlässigt habe. Der Grund ist meine Großtante Erna, die mit meiner Familie verfeindet war. Von ihrer Existenz habe ich erst vor einigen Wochen erfahren, als sie im Sterben lag.«

Rosalie entzog ihm ihre Hand, war aber neugierig geworden. »Also gut, ich höre dir zu.«

»Es begann vor dem Ersten Weltkrieg, als sich meine Großmutter und ihre jüngere Schwester Erna in denselben Mann verliebten. Als er dann meine Großtante Erna heiratete, sprachen die Schwestern nie wieder ein Wort miteinander...«

»Hör auf damit«, fiel Rosalie ihm ins Wort. »Ich habe genug von tragischen Liebesgeschichten.«

»Warte, das Ende ist versöhnlich«, sagte Bernd. »Großtante Erna hat mich über viele Ecken ausfindig gemacht, als sie im Sterben lag. Deshalb war ich in letzter Zeit so häufig unterwegs. Ich konnte ihr noch viel über ihre große, zornige Schwester erzählen, was sie ein wenig versöhnte. Ich war auch in den letzten Nächten bei ihr, und sie schlief in meinen Armen für immer ein.«

Rosalie entschlüpfte ein Seufzer. »Ich dachte, du...«

Bernd sah sie zärtlich an. »Ich ahne es, aber nein, ich habe keine andere, denn...« Er holte tief Luft. »Ich bin in dich verliebt, Rosalie. Unendlich verliebt, seit dem Tag, als ich dich zum ersten Mal sah. Um dir das zu sagen, musste ich mir erst mal Mut antrinken...« Er griff nach ihrer Hand.

»Bernd... ich kann nicht...«, unterbrach sie ihn.

»Bitte, Rosalie, lass mich zu Ende reden«, beschwor er sie. »Seit dem Tag, an dem wir die Nachrichten über dieses Gipfeltreffen gehört haben, weiß niemand zu sagen, ob es nicht verschlüsselte Drohungen waren, ob die Russen nicht vielleicht schon längst die Hand am Zünder einer Atombombe haben und wie lange wir noch in Frieden leben. Aber solange es mir möglich ist, will ich dich lieben, beschützen und Daniel ein Vater sein.«

Rosalie fand keine Worte. Nach den letzten verwirrenden Tagen hatte sie alles andere als einen Antrag erwartet.

»Wenn du Zeit brauchst, um dich zu entscheiden, ich kann warten.« Zaghaft griff Bernd nach ihrer Hand. »Erna hat mir übrigens ihre Drei-Zimmer-Wohnung vermacht...« Er lächelte verlegen. »Auch wenn es vielleicht berechnend klingt, ich wäre keine schlechte Partie...«

Rosalie lächelte ebenfalls, blickte tief in seine dunkelgrünen Augen, die trotz der dunklen Schatten so viel Zärtlichkeit ausstrahlten. Verlegen senkte sie die Lider, sah auf seine Hand, die ihre streichelte. Ein sanftes Kribbeln kroch über ihren Arm hinauf zum Rücken. Ein angenehmes Gefühl, das sie erschauern ließ. Aber was sollte sie einem Mann antworten, den sie sehr mochte, aber nicht so liebte, wie er es verdiente? War es nicht vermessen, Ja zu sagen, nur weil ihr Sohn einen Vater brauchte? Würde sie lernen, ihn zu lieben?

34

Paul zog die Schuhe in der Diele aus und schlich durch den Flur in die Küche. Die Uhrzeiger standen kurz vor Mitternacht, da schlief Emma hoffentlich schon. Er war todmüde nach der anstrengenden Jubiläumsparty, wollte aber noch ein Bier trinken, eine letzte Zigarette rauchen und die Tageszeitung lesen. Ohne diese ruhige halbe Stunde hatte er nicht die nötige Bettschwere, dann schwirrten seine Gedanken weiter um den Betrieb.

Knapp drei Jahre führte er nun gemeinsam mit Emma den Feinkostladen und war Eigentümer der Hummel'schen Obst- und Gemüsegroßhandlung. Wie versprochen hatten die Eltern ihm nach der Hochzeit den Betrieb überschrieben. Beide arbeiteten zwar noch mit – »Wir wollen nicht einrosten« –, aber als Chef der Firma trug er die Verantwortung. Der Vater hielt sich mit Kritik zurück, war jedoch zur Stelle, wenn er Unterstützung oder Rat benötigte, was Paul ihm hoch anrechnete.

Erst vor zwei Tagen hatte er mit dem Vater lange über eine Bestellung Orangen diskutiert, damit es ihm nicht erging wie letztes Jahr im Dezember, als er übermäßig viele Ananas geordert hatte. Die tropische Frucht war ein Verkaufsschlager zu Weihnachten und Silvester, nach den Feiertagen aber hatte sie wie Blei auf dem Stand gelegen. Emma hatte ihm aus der Verlegenheit geholfen. Sie hatte die frischen Früchte für Salat Hawaii verwendet, mit gebratenem Geflügelfleisch, gehackten Walnüssen und einem Dressing aus Mayonnaise, Sahne, Tomatenketchup, Zitronensaft, Salz und Pfeffer. Die Zubereitung mit der frischen

Ananas anstelle von Dosenobst war *der* Renner gewesen. Ganz zu schweigen von der üppigen Mayonnaise, die bei keinem Abendbrot und erst recht keinem Partybüfett der Münchner Society fehlen durfte. Emma hatte ein feines Gespür für die verwöhnten Gaumen der Reichen. In edlen Kristallschalen präsentierte sie ihre Spezialitäten, denen sie so klangvolle Namen verlieh wie *Pariser Apfelsalat*. Verzehrfertige Lebensmittel lagen im Trend bei *Feinkost Nusser*, dessen renommierten Namen sie beibehalten hatten. Dass Emma jetzt Hummel hieß, störte niemanden. Ohnehin wurde sie von den Angestellten und auch von einigen Kunden als »die junge Chefin« angesprochen.

Ja, ihre Ehe war ein großer Erfolg – beruflich gesehen. Emma war wie erhofft eine treue, zuverlässige Partnerin, und zusammen hatten sie es in der kurzen Zeit zu großem Ansehen gebracht. Wer zur besseren Gesellschaft gehörte oder gehören wollte, der ließ seine Feierlichkeiten von Feinkost Nusser ausrichten. Der Name war bis über die Stadtgrenze hinaus in aller Munde. Wenn Emma nur nicht so versessen gewesen wäre auf Kinder. Die kleinste Gelegenheit war für sie Anlass zu schlüpfrigen Bemerkungen. Gestern hatte sie ihm tatsächlich zugeflüstert, kein Höschen zu tragen. Eine billige Masche, ihn zu erregen, die ihn eher abstieß, genauso wie die eindeutigen Zungenküsse, sobald sie sich im Laden unbeobachtet fühlte.

Das kalte Weißbier schmeckte herrlich erfrischend. Paul genehmigte sich ein zweites und eine weitere Zigarette, während er die Sportseite studierte. Im lokalen Teil blieb er an einem kleinen Artikel hängen, der ihm das Blut durch die Adern jagte. An der Thalkirchnerstraße war ein Heim für junge ledige Mütter eröffnet worden. Die Ein-Zimmer-Wohnungen mit kleiner Küche und Loggia kosteten 70 Mark Miete.

Nach dem kurzen Text war Paul aufgewühlt wie seit Langem nicht mehr. Stöhnend drückte er die Zigarette im Aschenbecher aus. Ein uneheliches Kind hatte sein Leben in eine komplett andere Richtung gelenkt. Wie so oft fragte er sich, ob Sarahs Kind nicht doch seines war. Ob sie ihn angelogen hatte. Ob er zu früh weggerannt war. Als wäre es gestern gewesen, sah er sich im Frühstückszimmer dieser Pension auf sie warten. Hörte, wie sie einander anschrien. Brüllten, als ginge es um Leben und Tod. Wut stieg in ihm hoch. Wut über die Ungerechtigkeit des Lebens. Wut über dieses Unglück, ohne das er Emma nicht geheiratet hätte. Er wäre mit Sarah nach Amerika ausgewandert. Würde jede Nacht in ihren Armen liegen. Allein die Vorstellung bereitete ihm körperliche Qualen. Beim nächsten Atemzug wurde er derart wütend, dass er sich einen doppelten Birnenschnaps genehmigte. Wie oft schon hatte er sich mit aller Klarheit gesagt, dass es vorbei war. Dass alles nur ein schöner Traum war. Sie einander niemals wiedersehen würden. Doch sobald er die Augen schloss, sah er Sarah in der Kirche stehen. Fühlte erneut den messerscharfen Stich in seinem Herzen, als ihre Blicke verschmolzen und er wusste, sie würden einander ewig lieben.

Wie der Wind und das Meer...

Emma lauschte in die Dunkelheit. Die Wohnungstür. Endlich. Paul war nach Hause gekommen. Solange er nicht neben ihr lag, vermochte sie nicht einzuschlafen. Obwohl er es hasste, wenn sie wach blieb. Und meist stellte sie sich auch schlafend. Aber wie sollte es jemals etwas werden mit dem Nachwuchs, wenn sie nur nebeneinander statt *miteinander* schliefen? Wenn er im Dunkeln ins Bett schlich und sofort wegsackte. Sprach sie das Thema vorsichtig an, reagierte er sofort übellaunig. Allein das Wort »Kinder« wirkte auf ihn wie ein rotes Tuch auf den Stier. »Wir sind doch praktisch rund um die Uhr im Betrieb eingespannt, wer sollte sich denn um ein Kind kümmern? Und überhaupt sind wir schon viel zu alt«, waren seine Gründe. Was für ein Schmarrn. Er war knapp dreißig und sie gerade mal zwei

Jahre älter. Der Arzt hatte gesagt, sie könne problemlos Babys bekommen, sie sollten nur fleißig üben. Mindestens zwei bis drei Mal die Woche. Der hatte gut reden. In ihrer Verzweiflung hatte sie über eine Illustriertenanzeige den *Ratgeber für die gesunde und harmonische Ehe* bestellt, den sie fleißig studierte. Inzwischen hatte sie herausgefunden, was Paul erregte: geschäftliche Neuigkeiten oder lukrative Partyaufträge. Letztes Jahr, zum fünfzigjährigen Jubiläum der Großmarkthalle, hatte er sie sogar um Ideen für ein Frühstücksbüfett gebeten, das er seinen Kunden über den ganzen Vormittag anbieten wollte. An diesem Abend war er beinahe leidenschaftlich gewesen. Privates hingegen ließ ihn kalt. Die neue Einrichtung in dem jetzt so modernen skandinavischen Stil für die von ihren Eltern übernommene Sechs-Zimmer-Wohnung hatte er keines Blickes gewürdigt. Der Versuch, ihn im Lagerraum zu verführen, war auch gründlich danebengegangen. »Du benimmst dich wie eine Professionelle«, hatte er geknurrt. Dabei stand in dem Ratgeber, dass es Männer erregte, wenn auch die Frau einmal die Initiative ergriff.

Von langjährigen Stammkunden kamen schon neugierige Fragen. »Und, wie schaut's mit Nachwuchs aus?«, waren die harmlosesten. Oft wusste sie nicht, was sie antworten sollte. Eine der Lebedamen, die gerne zwei Minuten vor Ladenschluss noch Champagner benötigte, hatte ihr zu schwarzer Reizwäsche geraten und zugeflüstert, wo sie derart Sündiges bekäme. Emma war knallrot angelaufen, so peinlich war es ihr gewesen. Nicht das Gespräch, immerhin war sie verheiratet, und sie mochte die attraktive Frau, trotz der dicken Schminke. Doch der Gedanke, eines dieser zwielichtigen Geschäfte in der Bahnhofsgegend aufzusuchen, trieb ihr den Schweiß auf die Stirn. Womöglich begegnete sie dort einem ihrer Stammkunden aus der Halbwelt, die regelmäßig Kaviar bei ihr kauften. Offiziell wusste sie natürlich nicht das Geringste über deren Tätigkeiten.

Sobald ein Kunde ihren Laden betrat, behandelte sie ihn, als wäre er in direkter Linie mit dem englischen Königshaus verwandt.

In die Bahnhofsläden hatte sie sich nicht getraut und stattdessen bei *Parisienne* in der Residenzstraße ein hellblaues Negligé aus sündig durchsichtiger Chiffonseide erstanden. Es hing an zwei dünnen Trägern auf den Schultern und ließ sich schnell ausziehen. Leider hatte es bislang keine Wirkung auf Paul gehabt. Doch sie würde nicht aufgeben. Heute war Vollmond, angeblich ein guter Zeitpunkt, um den ersehnten Sohn zu zeugen. Freifrau von Dahlwitz hatte behauptet, ihre sechs Kinder wären alle in Vollmondnächten gezeugt worden. Emma war es einerlei, welcher Mond am nächtlichen Himmel stand. Aber ein wenig romantisches Mondlicht schadete sicher nicht. Deshalb hatte sie die Vorhänge auch nicht zugezogen, vorhin ein Schaumbad genommen, das Seidenhemd angezogen und sich parfümiert. Ein weiterer Rat aus dem Buch: Man solle dem liebenden Gatten seinen Körper frisch gewaschen und duftend präsentieren. Über Intimes hatte sie nie mit Paul geredet, das schickte sich nicht für eine anständige Frau. Sich um diese »Sachen« zu kümmern war Männersache. Der Ratgeber sprach in den meisten Kapiteln direkt den Mann an, was Emma erst irritierend, dann aber lustig fand. Auf diese Weise erfuhr man als Frau, wie Männer dachten. Sehr aufschlussreich.

Als sie Paul das Schlafzimmer betreten hörte, schlug sie die Decke zurück, schob einen Träger über die Schulter und räkelte sich ein wenig. Wie befürchtet fiel er mit einem leisen Seufzer ins Kopfkissen, als sei sie gar nicht anwesend.

Emma seufzte ebenfalls und legte zaghaft ihre Hand auf seinen Arm. »Paul?«

»Warum schläfst du denn nicht? Es ist schon spät.«

»Wie lief es denn mit der neuen Serviererin?« Eine rhetorische Frage. Emma wusste, dass die Studentin oft in einer Disco servierte und ebenso gut war wie eine professionelle Kraft. Auf einer privaten Geburtstagsfeier zum Fünfzigsten Getränke und Speisen anzubieten war für die junge Frau kein Zaubertrick. Aber so gelang ihr der Einstieg in ein erotisches Geflüster.

»Alles bestens, und jetzt schlaf.«

»Schatzi«, schnurrte Emma zärtlich, während sie näher rückte. »Ich wollte dir noch von einem neuen Auftrag erzählen.« Damit würde sie ihn jetzt richtig wild machen.

»Kann das nicht bis morgen warten?« Brummend drehte er sich um. »Ich bin wirklich müde.«

Emma wusste sehr gut, dass Paul als Chef mit anpacken musste. Auch kleinere Festivitäten bedurften der gründlichen Vorbereitung, der Überwachung während des Abends und am Ende des Aufräumens. Selbst der kleinste Krümel musste beseitigt, Dekorationen, Gläser, Teller, Servierplatten, Tischdecken und was sonst noch geliefert worden war, mussten abtransportiert werden. Der Gastgeber blieb nur mit der Erinnerung an einen gelungenen Abend zurück. Trotzdem ignorierte sie Pauls Einwand. Sie wollte endlich ein Baby. Kinder gehörten zu einer Ehe, und Betriebe wie die ihren brauchten einen Erben.

»Frau Professor Neumann, du weißt schon, die von dem Chirurgen am Schwabinger, war heute bei mir ...« Emma hielt inne. Sie roch Alkohol und freute sich. Wenn Paul getrunken hatte, war er eher zu Zärtlichkeiten bereit. In der Hochzeitsnacht hatte er reichlich intus gehabt und sich förmlich auf sie geworfen. Lange hatte es zwar nicht gedauert, aber es war ja auch das erste Mal gewesen. Inzwischen waren sie fast drei Jahre verheiratet, und dank des schlauen Ratgebers wusste sie, was Männern gefiel. Als Vorspiel hauchte sie ihm einen Kuss aufs Ohrläppchen. »Neumanns erwarten rund siebzig Gäste aus Norddeutschland und möchten einen Stehempfang geben, mit zünftigem bayerischem Essen. Ich kenne die Villa mit der riesengroßen Terrasse ja von der letzten Einladung, deshalb habe ich mir überlegt, wir könnten mit Holzstapeln, Strohballen und Sonnenblumen eine ländliche Szenerie herstellen. Fürs Büfett nehmen wir urige Bierfässer aus Holz, darüber rustikale Holzbretter, und darauf präsentieren wir dann die Spezereien. Nicht das Übliche, sondern alles in Miniaturausgabe.« Sie legte eine Pause ein, leckte an seinem Ohrläppchen und stöhnte leise: »Minibratwürstl, Fleischpflanzerln, kaum größer als Glasmurmeln, Kartoffelsalat mit Speckwürfeln in Eierbechern, Leberkäse in Herzform, Obatzden auf Kräcker, und von unserem Bäcker lass ich ganz kleine Brezn backen, wie für einen Kinderkaufmannsladen. Alles, was man aus der Hand essen kann. Bier vom Fass im steinernen Maßkrug, und wer nicht so viel verträgt, kriegt eine Radlermaß.« Sie zupfte an seinen Brusthaaren. »Selbstverständlich kredenzen wir auch was Süßes. Ich red mal mit unserem Pralinenhersteller, ob er was mit einer Bayerisch-Creme-Füllung zaubern kann. Als Kuchen einen Scheiterhaufen mit Äpfeln und einen Zwetschgendatschi – das würde den Preußen bestimmt auch schmecken, beides in mundgerechte Stücke aufgeschnitten und in Pralinenförmchen serviert. Das sind natürlich nur Ideen, so quasi für den Anfang. Was meinst?« Ihre Finger malten kleine Kreise auf seine Brust.

»Ja, ja, sehr schön... Hmm...«

Emma vernahm ein tiefes Seufzen. Oder war es bereits ein lustvolles Stöhnen? »Ach, und der Waldbauer, weißt schon, der Kolumnist, hat heut eine ganze Kiste von unserem teuersten französischen Chardonnay mitgenommen.« Zärtlich küsste sie ihn. »Der *Waldi* lässt schön grüßen, und wir sollen uns gleich melden, wenn Nachwuchs unterwegs ist. Er meint, die Leut' lesen am liebsten so ganz private Geschichten. Eine bessere Werbung könnten wir uns gar nicht wünschen.« Zaghaft wanderte ihre Hand in seine Schlafanzughose, krabbelte langsam dorthin, was der Ratgeber erogene Zone nannte, und endlich, endlich vernahm sie das erhoffte lustvolle Stöhnen.

35

Im Juni 1964 ging Emmas größter Wunsch in Erfüllung. Sie schenkte Paul einen gesunden Stammhalter von viertausend Gramm und den Großeltern den seit Jahren erwarteten Enkel.

Wenige Stunden nach der Geburt glich die Wöchnerinnen-Station einem Blumenladen. Nicht nur die Verwandtschaft, auch Professor Neumann hatte Glückwünsche gesandt. Die Lebedame, der Emma den wertvollen Tipp mit der Reizwäsche verdankte, war vier Tage nach der Geburt persönlich zu einem kurzen Besuch erschienen.

Emma war auch am fünften Tag noch zu geschwächt von den qualvollen Wehen, um die farbenfrohe Pracht zu genießen. War sie allein in ihrem Privatzimmer, döste sie in den weißen Kissen und wartete auf die Säuglingsschwester, die alle vier Stunden das Baby zum Stillen brachte. Sehnte sich nach ihrem wunderschönen Sohn mit dem zarten blonden Flaum auf dem niedlichen Kopf, der ihn wie einen aus dem Nest gefallenen Vogel aussehen ließ. Sie war ganz verliebt in dieses zerbrechliche Wesen, das beim Stillen selig in ihren Armen lag und sie den Schmerz aushalten ließ, der angeblich bald nachlassen und dann ganz aufhören würde. Die empfindlichen Brustwarzen reagierten nur anfangs gereizt, behauptete jedenfalls die Hebamme. Emma glaubte ihr, biss die Zähne zusammen und ertrug das schmerzhafte Ziehen. Für ihren Sohn, für Paul. Lange musste sie ohnehin nicht durchhalten, der Kleine würde bald mit der Flasche gefüttert werden. Emma plante höchstens sechs Wochen Stillzeit, um sich baldmöglichst wieder den Geschäften zu widmen. Babys sollten nicht verwöhnt werden, zudem sagte jeder, es ruiniere die Figur. Eine beängstigende Vorstellung, fand Emma. Schlaffe Brüste gefielen doch keinem Mann. Selbst wenn Paul bei ihren seltenen Liebesnächten kein Licht duldete, wollte sie jedes Risiko vermeiden.

An einem Freitagvormittag, sieben Tage nach der Geburt, wurden Emma und ihr Sohn entlassen. Das Stillen klappte inzwischen fast schmerzfrei, und sie war so glücklich wie noch nie in ihrem Leben, als Paul sie abholte. Die unzähligen Blumensträuße verschenkte sie an die Schwestern, nur Pauls Rosen nahm sie mit nach Hause.

Zuvorkommend öffnete Paul ihr die Beifahrertür des neuen dunkelblauen Mercedes und reichte ihr eine Hand, damit sie mit dem Baby im Steckkissen bequem einsteigen konnte.

»Wie gefällt dir Wolfgang für unseren Sohn?«, fragte Emma auf der Fahrt. Es war der Name ihres Vaters.

»Ich habe gedacht, wir nennen ihn Friedrich, nach meinem leiblichen Vater«, sagte Paul. »Du weißt, er hat die Flucht aus Pommern nicht überlebt.«

Ein Argument, dem sie kaum etwas entgegensetzen konnte. »Wie du meinst, Schatz.« Ihr war der Name nicht so wichtig. Für sie zählte allein, dass sie und Paul jetzt eine Familie waren.

Zu Hause erwartete sie Hermine, eine gelernte Säuglingsschwester, die in den ersten drei Monaten bei ihnen im Gästezimmer wohnen würde. Ihre Arbeitskleidung war ein hellblauweiß gestreiftes Hemdblusenkleid, über dem sie eine weiße Schürze trug. Auf dem kurz geschnittenen dunkelblonden Haar saß ein weißes Häubchen. Emma fand es etwas übertrieben, andererseits vermittelte ihr die Tracht das Gefühl von Professionalität.

Die vierzigjährige Hermine war eine Empfehlung der Freifrau von Dahlwitz. Emma hatte die Schwester zwei Wochen vor dem errechneten Geburtstermin eingestellt, damit sie sich um fehlende Kleinigkeiten für die Babyausstattung kümmerte – Nuckelflaschen, die schnell zu Bruch gingen, Schnuller, Puder, Spucklätzchen und was sonst noch gebraucht wurde. Nicht zu vergessen die neumodischen Wegwerfwindeln, die das lästige Auskochen der Stoffwindeln und ihrem Sohn hoffentlich den gefürchteten Windelausschlag ersparten.

Schwester Hermine strahlte über das rundliche Gesicht. »Ja, wen haben wir denn da?« Verzückt musterte sie den Säugling, der, eingepackt in den von Wilma gestrickten hellblauen Anzug mit passender Mütze, friedlich in seinem hellblauen Steckkissen schlummerte. »Ich nehme den kleinen Schatz gleich mal mit in sein Zimmer.« Beherzt griff sie zu. »Es ist alles bereit, Frau Hummel. Wenn Sie dann bitte nachkommen, damit wir die Zeiten eintragen.«

Emma nickte erschöpft. »Ich will mich nur umziehen.« Das Umstandskleid, mit dem sie vor einer Woche in die Klinik gefahren war, hing wie ein viel zu großer Sack an ihrem Körper. Sie musste sich auch ein paar Minuten hinlegen, letzte Nacht hatte sie kaum geschlafen, vielleicht vor Aufregung, was nun alles auf sie zukam.

Im Schlafzimmer war es angenehm kühl. Emma legte sich auf die gesteppte hellgelbe Tagesdecke und träumte davon, Paul käme wenigstens für ein paar Minuten zu ihr. Sie sehnte sich nach einer Umarmung, ein paar zärtlichen Worten, einer Geste der Liebe, die er für sie und seinen Sohn empfand. Sicher, er hatte den Kleinen nach der Geburt bewundert, ganz offiziell mit seinen und ihren Eltern, aber er hatte ihn noch nicht einmal im Arm gehalten. Vielleicht erwartete sie auch zu viel, die Hebamme hatte sie vorgewarnt, Männer seien mit Säuglingen eher ungeschickt. Trotzdem füllten sich ihre Augen mit Tränen.

Wild entschlossen, ihre Melancholie zu bezwingen, wählte sie ein rosafarbenes Sommerkleid, das im fünften Monat der Schwangerschaft noch gepasst hatte. Im Badezimmer wusch sie sich das Gesicht, schminkte sich dezent und eilte ins Kinderzimmer.

Zufrieden wanderte Pauls Blick über die festlich gedeckte Tafel. Weißes Porzellan, Silberbesteck und Kristallgläser auf zartblauer Damastdecke waren eine kostbar wirkende Kombination, vervollständigt von silbernen Kerzenleuchtern und Bouquets aus weißen Nelken. Der Entenbraten, von ihm selbst mit Äpfeln und Rosinen so zubereitet, wie er zu Hause in Pommern auf dem Gutshof bei allen Feierlichkeiten serviert worden war, hatte vorzüglich geschmeckt. Dazu hatte er Serviettenknödel und Selleriesalat gereicht und vollmundigen französischen Rotwein angeboten. Alles in allem war es ein angemessener Rahmen für die Taufe seines Sohnes Friedrich, der mit zweitem Vornamen Wolfgang und mit drittem Albert hieß. Emma hielt ihn in den Armen. Ihr Gesicht glühte vor Glück, während sie immer wieder zärtlich über das Köpfchen des schlafenden Kindes strich.

Nur die nähere Verwandtschaft und ihre Eltern waren zu dem zwanglosen Mittagessen geladen worden. Emma war noch geschwächt von der Geburt, die zehn Stunden gedauert hatte, wie der leitende Oberarzt anschließend berichtet hatte. Die Schmerzen schien Emma längst vergessen zu haben, zumindest hatte sie ihm gegenüber nicht ein einziges Wort darüber verloren. Er hatte ja nichts tun können, als im Wartezimmer zu hocken, zu rauchen und sich mit einem Flachmann zu beruhigen. Was konnten Väter auch schon anderes tun, als ausharren? Hoffen, dass alles gut ging und das Kind gesund zur Welt kam. Emma hatte nie schädigende Medikamente eingenommen, wie dieses grauenvolle Schlafmittel *Contergan,* das längst nicht mehr verkauft wurde. »Aber ein winziger Rest Unsicherheit bleibt doch immer«, hatte Wilma gemeint.

Albert Hummel klopfte mit dem Messer an sein Weinglas.

Die ohnehin leisen Gespräche verstummten. »Lieber Paul«, begann er. »Ich bin kein großer Redner, und mir fehlen die Worte, um auszudrücken, was mich bewegt. Du hast uns immer nur Freude bereitet...« Er sah seine neben ihm sitzende Frau an. »Nun dürfen wir uns auch noch über ein prächtiges Enkelkind freuen.« Mit sichtlich bewegter Miene hob er sein Glas. »Auf dich, deine liebe Frau Emma und den kleinen Friedrich. Möge er euch ein Leben lang so viel Freude bereiten, wie du uns gemacht hast.« Feierliches Klirren von aneinanderstoßenden Gläsern, die Glückwünsche für das junge Elternpaar und für das Neugeborene erfüllten den Raum.

Wie auf Kommando wachte Klein Friedrich auf und brüllte los. Die Gäste kommentierten lachend: »Hat eine gesunde Lunge, der Bub... Babys müssen schreien... Jetzt schon unüberhörbar...« Schwester Hermine, die in ihrer gestreiften Tracht mit der weißen Haube etwas abseits gesessen hatte, schnellte von ihrem Stuhl hoch und war mit drei großen Schritten bei Emma. Ein geübter Griff, und sie hatte das Steckkissen mit dem Baby im Arm. »Der Kleine benötigt ein frisches Höschen«, verkündete sie halblaut und marschierte mit dem schreienden Bündel aus dem Wohnzimmer. Übersetzt hieß das, Fritzchen, wie sie ihn liebevoll nannte, hatte Hunger und musste gestillt werden. Laut ausgesprochen hätte sie es niemals, das war nicht ganz *comme il faut*. Emma kannte den Geheimcode und folgte ihr.

Die Gespräche wurden wieder aufgenommen, Wein nachgeschenkt und Verdauungsschnäpse gekippt. Dem Anlass entsprechend, servierte Paul einen der exquisitesten Tropfen, die im Feinkostladen zu finden waren: Wildkirsche Edelbrand aus einer Traditionsbrennerei am Main, deren hochwertige Luxusprodukte bis nach Übersee verkauft wurden. Die Flasche zu unfassbaren 100 Mark, doch heute war ihm nichts zu teuer. Er war glücklich, einen Sohn gezeugt zu haben, und dass die Umsätze beider Firmen weiter stiegen. Warum also sollte er nicht jubeln, feiern, trinken?

Wegen dieser lästigen Stimme in seinem Hinterkopf? Die ihn jede Nacht quälte. Die ihm auch jetzt zuflüsterte, er bilde sich nur ein, glücklich zu sein. Die darauf bestand, er lebe eine Lüge.

Entschlossen, nicht hinzuhören, griff er nach dem Obstbrand.

Nur zu, besauf dich bis zur Besinnungslosigkeit, es wird dir nichts nützen, flüsterte die Stimme. *Du wirst sie niemals vergessen.*

36

Du weißt, wie sehr ich dich liebe... Willst du meine Frau werden?«

»Aber... ich...«

»Kein Aber und auch nicht lange überlegen, sag einfach Ja.«

»Aber... ich... ich habe mich in einen anderen Mann verliebt.«

»Du lügst!«

Rosalie rezitierte den Text für die morgige Synchronarbeit. Die Erfahrung hatte sie gelehrt, dass es nicht schadete, auch die Dialoge der Partner zu kennen. Es half, sich genauer auf die Emotionen der anderen einzustellen.

Sie freute sich sehr auf die Arbeit an der überdrehten englischen Komödie, bei der es viel zu lachen geben würde. Bereits beim ersten Lesen hatte sie schmunzeln müssen. Die Geschichte handelte von einem verarmten alternden Gigolo, der ein junges reiches Hippiemädchen erobern wollte und hoffte, mit ihr einen aufregenden, sorgenfreien Lebensabend verbringen zu können. Doch sie verliebte sich in seinen unehelichen Sohn...

»Mami, wo bist du?«

Rosalie legte das Drehbuch auf dem Esstisch ab. »Im großen Zimmer...« Sie drehte sich zur Tür, wo Daniel auftauchte. Ein schlaksiger Junge in weiten Schlagjeans, graublauem Shirt und einem olivfarbenen Bundeswehrparka. Das zerzauste blonde Haar hing ihm über die Ohren und stieß im Nacken auf das schwarzweiße Palästinensertuch, das er momentan ständig um den Hals trug. »Ja, mein Kleiner?«

»Sag nicht Kleiner, Mami, ich bin zwölf!«, protestierte er.

»Entschuldige. Was gibt's, Großer?«, verbesserte sie sich, vermochte aber kaum ihr Grinsen zu verbergen. Er würde für alle Zeiten ihr Kleiner bleiben, ihr ganzes Glück, das Kind ihrer großen Liebe. Und je älter er wurde, umso ähnlicher sah er Paul. Im Gegensatz zu vielen Eltern, die wahre Kämpfe mit ihren Kindern ausfochten, ließ sie Daniel gewähren. Die Zeit im Waisenhaus und die brutalen Behandlungen hatten sich tief in ihr Gedächtnis eingegraben. Ihr Sohn sollte spüren, wie sehr sie ihn liebte, ihn in allem unterstützen und nicht gängeln wollte. Autoritäre Erziehungsmethoden waren ein Relikt vergangener Zeiten. Davon zeugten die ersten autonomen Kinderläden, die in Berlin gegründet wurden. In diesen Einrichtungen wurden die Kinder nicht unterdrückt, sondern gefördert. Sie bedauerte sehr, dass sie Daniel nicht in solch einem Kinderladen hatte unterbringen können.

»Ich zisch ab«, verkündete Daniel.

»Wohin?«

Wortlos hob Daniel die Kleinbildkamera in seiner rechten Hand, richtete sie direkt auf seine Mutter und drückte ab.

»Daniel«, mahnte Rosalie mit liebevoller Strenge, während sie sich instinktiv ins Haar griff, das längst nachgewachsen war. Sie mochte nicht ungefragt fotografiert werden. »Beantworte bitte meine Frage.«

»Ach, nur so... einfach durch die Gegend laufen.« Er ließ die Kamera sinken. »Mal gucken, was mir ins Auge springt.«

Rosalie ging zu ihm und gab ihm einen Kuss auf die Stirn. »In Ordnung, aber vergiss nicht, was du versprochen hast, und bitte sei zum Abendbrot zurück.«

»Nur Spießer essen *Abendbrot.*« Mit diesem Statement drehte er sich um und verließ den Raum.

Trotz seiner Jugend wusste Daniel schon jetzt, was er werden wollte: Fotoreporter. Seine Leidenschaft für Bücher war nicht völlig erloschen, er las inzwischen Romane, Anspruchsvolles wie *Deutschstunde* von Siegfried Lenz oder Fachliteratur über Fotografie. Doch sein Traum war, ein Bild zu schießen, das um die Welt ging. Eines, das die Menschen bewegte. Wie das des jungen DDR-Soldaten, der am 15. August an der Bernauer Straße Streife ging, plötzlich über den Stacheldraht in die Freiheit sprang und dabei die Kalaschnikow wegwarf.

»Denk dran, Demos zu meiden... hörst du«, rief Rosalie ihm nach.

Daniel winkte lässig mit der Hand. Sein großes Ziel verleitete ihn oft zu unvorsichtigen Streifzügen. Wie im Juni 1967, als die Studenten gegen den Besuch des Schahs von Persien demonstrierten. Da war Daniel erst elf gewesen, und sie hatte ihn im letzten Moment an der Tür erwischt. Noch heute lief es ihr kalt den Rücken runter, wenn sie an den Menschenauflauf und die willkürliche Polizeigewalt gegen die Demonstranten dachte, bei denen der Student Benno Ohnesorg erschossen worden war. Nach dessen Tod war es bei radikalisierten Demos immer häufiger zu Gewaltexzessen gekommen. Nicht auszudenken, wenn Daniel in solch einen Tumult hineingeraten wäre. Damals hatte sie ihm das Versprechen abgenommen, keine Demos mehr ohne ihre oder Bernds Begleitung zu besuchen.

Nachdenklich trat Rosalie an das mittlere der drei großen Fenster des Wohn- und Esszimmers. Eingerichtet war es mit einem Sammelsurium von Flohmarktmöbeln aus allen möglichen Stilepochen und einem Fernsehgerät als einzigem modernem Gegenstand. Hier studierte sie ihre Drehbücher, weil der Raum mit knapp vierzig Quadratmetern groß genug war, um dabei herumzulaufen. Von hier aus konnte sie auch auf die Straße blicken und beobachten, in welche Richtung Daniel ging. Doch der wirklich spektakuläre Blick aus der vierten Etage war die direkte Aussicht auf den Checkpoint Charlie und *das* Schandmal der Stadt: die Mauer.

Als sie mit Bernd und Daniel in die von Tante Erna geerbte Drei-Zimmer-Wohnung zog, ahnte keiner von ihnen, dass zwei Monate nach Ulbrichts Pressekonferenz eine Mauer errichtet werden würde. Quer durch die Stadt! Trotz der besorgten Medienberichte über die ansteigende Flüchtlingswelle hatte sich niemand eine derart brutale Teilung vorstellen können. In der Nacht zum Sonntag, dem 13. August 1961 waren Militärlaster vorgefahren, beladen mit Stacheldraht und hölzernen Spanischen Reitern. Im Laufe des Sonntags wurde über sämtliche Radio- und Fernsehsender von der Schließung des Brandenburger Tors berichtet. Von einer Schlange ostdeutscher Soldaten, die den wichtigsten Kreuzungspunkt zwischen Ost und West abriegelten. Vom Potsdamer Platz, dem belebtesten Ort in Berlin, über den täglich sechshundert Trambahnen verkehrt waren und der über Nacht wie der Platz einer Geisterstadt wirkte. Fassungslos hatten Bernd, Daniel und Sarah vom Fenster aus beobachtet, wie Ostberliner Bauarbeiter einen Ziegel auf den anderen setzten. Wie der durchlässige Stacheldraht von einer unüberwindlichen Mauer ersetzt wurde. Wie Fenster und Türen von Häusern zugemauert wurden, weil sie zu dicht an der immer höher werdenden Mauer standen und eine Fluchtmöglichkeit boten. Hatten verzweifelte, weinende Menschen auf Leitern oder Laternenmasten hinaufklettern sehen, um ein letztes Mal Freunden und Verwandten auf der anderen Seite zuwinken zu können.

Berlin stand unter Schock.

Ob sich die Stadt jemals davon erholen würde – niemand wusste das zu beantworten.

Bernd fand Rosalie am Fenster stehend. Er ahnte, dass sie Daniel hinterherschaute, denn er hatte ihn noch von Weitem davoneilen sehen. Der Junge war wieder auf Motivjagd, schätzte Bernd, und Rosalie ließ ihn nur ungern ziehen, obwohl sie es niemals zugeben würde. Wenn es um Daniel ging, kannte er ihr Gefühle zu tausend Prozent. Leider betraf das nicht ihre Gefühle für ihn. Obgleich sie zusammenlebten, in einem Bett schliefen, in dem sie sich auch liebten, war er bis heute nicht hinter ihr Geheimnis gekommen. Er rätselte darüber, warum sie manches Mal traurig wirkte, wenn sie sich unbeobachtet fühlte. Wenn sie wie jetzt aus dem Fenster blickte und ihre Körperhaltung durchlebte Enttäuschungen vermuten ließ.

Er machte sich mit einem »Hallo« bemerkbar.

Rosalie zucke kurz zusammen, bevor sie sich umdrehte. »Hallo. Stehst du schon lange da?«

Bernd schüttelte leicht den Kopf. »Eben erst gekommen.« Er hob den Strauß roter Rosen hoch.

»Für mich?«

Er schritt auf sie zu. »Alles Liebe zum fünften Jahrestag.«

Sie nahm den Strauß entgegen und drückte ihre Nase in die Blüten. »Oh, Bernd, die sind herrlich und duften himmlisch. Danke, das ist so lieb von dir.«

Wie schön sie war. Und wie sehr er sie liebte. Bernd durchlief ein Schauer. Seine Liebe zu Rosalie war mit den Jahren gewachsen, und die Vorstellung, sie könne ihn eines Tages verlassen, bedrückte ihn mehr als die Existenzängste, die ihn manchmal nachts überfielen. Wenn er fürchtete, die Stelle an der Waldorfschule zu verlieren. Wieder von vorn anfangen zu müssen. Völlig mittellos zu sein, wie nach dem Krieg, als er seine Eltern verloren und nur noch seine Großmutter gehabt hatte. Doch nichts davon wäre so schrecklich wie ein Leben ohne Rosalie und Daniel. Anzeichen für eine Trennung hatte er weder gefühlt noch gesehen. Nur dieses geheimnisvolle Etwas, das er auch jetzt ganz deutlich spürte, bescherte ihm regelmäßig Albträume.

»Tut mir leid, über das Textlernen habe ich unseren Jahrestag vergessen«, gestand Rosalie. »Deshalb habe ich kein Geschenk für dich. Aber ich könnte dich in ein schickes Restaurant einladen. Wir waren lange nicht mehr aus. Hast du Lust?«

»Ich möchte dich etwas fragen«, wechselte Bernd das Thema. Rosalie sah ihn neugierig an.

Er griff in seine Jackentasche und förderte ein kleines Schmuckkästchen hervor. »Rosalie«, sagte er, während er es öffnete und ihr den goldenen Ring mit dem Diamanten entgegenstreckte. Es war nur ein kleiner Stein, mehr war bei seinem Lehrergehalt nicht drin. Hoffentlich gefiel er ihr. »Ich liebe dich über alles...«, er räusperte sich, »und ich möchte den Rest meines Lebens mit dir verbringen. Bitte, werde meine Frau.«

Rosalie sah ihn mit großen Augen an. »Oh, Bernd, du verrückter Kerl.«

»Verrückt nach dir, mein Liebling.« Erwartungsvoll blickte er sie an. »Was sagst du?«

»Ich bin sprachlos«, antwortete Rosalie schließlich. »Aber ich verstehe nicht, warum... ich meine, wo wir doch schon so lange zusammenleben wie Mann und Frau...«

»Gerade deshalb... Nenn mich altmodisch, wenn du magst«, argumentierte er hilflos.

»Aber...« Rosalie suchte nach triftigen Gründen, alles zu belassen, wie es war. »Wir sind doch glücklich, ich meine, brauchen wir diese Bürgerlichkeit?«

Bernd sah sie lange an. Obgleich sie seinen Antrag nicht mit Worten ablehnte, machte ihn ihre ausweichende Antwort traurig. »Warum *nicht*? Bitte, erkläre es mir.« Er wollte wenigstens wissen, ob es an ihm lag und ob er etwas ändern konnte, um sie umzustimmen.

Rosalie hielt sich verzweifelt an den Rosen fest. Vor dieser Frage hatte sie sich schon in den ersten Monaten ihres Zusammenlebens gefürchtet. Seit sie zusammengezogen waren, führten sie ein harmonisches Leben, wie es in einer guten Ehe nicht hätte besser sein können, und ihre Angst hatte sich verflüchtigt. Bernd war ein zärtlicher Liebhaber, sie genoss seine Berührungen, und sie hatte ihn sehr lieb. Sie liebte ihn nicht, wie sie Paul geliebt hatte... für immer lieben würde, das wusste sie seit der Sekunde, als sich ihre Blicke in der Kirche begegnet waren. Doch ihre Gefühle für Bernd waren ehrlich, nur sanfter, ruhiger. Sie liebte ihn für seine Zuverlässigkeit, weil er für Daniel ein fürsorglicher Ersatzvater war, für seine liberale Weltanschauung, seine Ansicht, Kinder hätten keine Verpflichtungen, sondern Eltern schuldeten ihnen ein glückliches Leben, und für seine unermüdlichen Versuche, die Welt damit ein wenig zu verbessern. Und sie liebte ihn, wenn er sie stürmisch umarmte und küsste, wie gerade eben. Aber seine Frau werden? Sie hatte doch Paul und sich selbst geschworen, niemals zu heiraten. Sie würde den Schwur nicht brechen. Irgendwo tief in ihr drin sagte eine Stimme, dass sie eines Tages wieder zueinander finden würden.

»Rosalie...«

Bernds drängende Stimme holte sie aus ihren Gedanken.

»Ich will versuchen, es dir zu erklären... Du weißt, dass Daniels Vater kurz vor der Heirat umkam«, begann sie leise.

»Ja, und das tut mir auch sehr leid, aber was hat das mit uns zu tun?« Bernd klang irritiert.

Rosalies Augen füllten sich mit Tränen. »Ich habe Angst, wenn ich Ja sage, dass auch dir etwas Schreckliches geschieht...«

Bernd klappte das Schmuckkästchen zu. »Niemand kann in die Zukunft blicken. Und nach dem Gesetz der Wahrscheinlichkeit ist kaum anzunehmen, dass mir genau das Gleiche passiert.«

Rosalie legte den Rosenstrauß zur Seite, schlang die Arme um seinen Hals und flüsterte zwischen zärtlichen Küssen: »Du lieber, kluger Mann.«

37

Unschlüssig betrachtete Rosalie beide Roben, die ein Page frisch aufgebügelt zurückgebracht hatte. Das dezente Schwarze oder das Rote mit dem auffälligen Rückendekolletee? Um Pressefotografen anzulocken, war ein klassisches Abendkleid die falsche Wahl, damit erregte man in Zeiten von Aufklärung und freier Liebe kein Aufsehen. Wollte sie ein Blitzlichtgewitter auslösen, müsste sie als flippiges Hippiemädchen erscheinen: barbusig in durchsichtiger Flatterbluse, Flickenjeans, Plateauschuhen, Schlapphut und runder Sonnenbrille.

Sie hatte noch eine gute Stunde Zeit; also schob sie die Entscheidung auf und nahm ein heißes Bad. Danach schaltete sie den Fernseher ein. Willy Brandt vor dem *Ehrenmal der Helden des Warschauer Ghettos* beim Richten der Kranzschleife. »Er bekennt sich für eine Schuld, an der er selbst nicht zu tragen hat, und bittet um Verzeihung«, sagte ein Sprecher im Off, als der Bundeskanzler auf die Knie sank und schweigend verharrte. »Willy Brandt kniet für Deutschland!«

Was für eine Geste, dachte Rosalie. Sekunden später schluchzte sie hemmungslos, wie ein verlorenes Kind. Sie weinte um ihre Eltern, um die Großeltern, um Sarah Silbermann, die gerettet worden war und doch nicht leben durfte. Die ihre große Liebe gefunden hatte, aber niemals glücklich werden würde. Warum nur bin ich nicht mit meinen Eltern ums Leben gekommen, dachte sie schluchzend.

Das Schrillen des Telefons riss sie aus ihrer düsteren Stimmung. Sie zog die Nase hoch, atmete tief ein und meldete sich.

»Ich bin's, Henry...«

Rosalie sah auf die Uhr. Sie hätte längst unten sein müssen. »Entschuldige... Ich muss eingeschlafen sein. Gib mir zehn Minuten...«

»Kein Problem, lass dir Zeit, ich wollte nur hören, ob alles in Ordnung ist«, sagte Henry. »Du findest uns im Saal. Bis später.«

Um sich zu beruhigen, rauchte Rosalie eine der Zigaretten, die sie sich ab und zu genehmigte. Zum Abschluss einer gelungenen Arbeit, an Sarah Silbermanns Geburtstag oder wenn sie extrem nervös war. Wie heute, wo sie in München war, und das bedeutete, in Pauls Nähe zu sein. Auch wenn eine Begegnung mit ihm so unwahrscheinlich war wie Eisberge in der Wüste. Die Premierenfeier im Hotel *Bayerischer Hof* war eine geschlossene Veranstaltung. Aus ihrem früheren Leben würde sie garantiert niemanden treffen. Geladen waren nur die üblichen Promis, Mitarbeiter des Verleihers und die Synchronsprecher der deutschen Fassung des amerikanischen Zeichentrickfilms um eine ausgesetzte Katzenfamilie. Rosalie hatte in der zu Herzen gehenden Geschichte die Katzenmama gesprochen. Der ebenso rührselige wie romantische Film würde über die Weihnachtstage und noch lange danach Millionen Familien in die Kinos locken. Er war schon jetzt ein echter Kassenschlager, wie die Premierenvorstellung im *Filmcasino* am Odeonsplatz gezeigt hatte. Trauben von Schaulustigen hatten im Novembernieselregen ausgeharrt, um zumindest ein Autogramm zu ergattern. Ein Verdienst der Verleihfirma, die in Tageszeitungen unzählige Artikel zum Film lanciert, prominente Münchner Schauspieler samt Kindern und die Pressefotografen geladen hatte.

Der große Ballsaal des Hotels war in mildes Licht getaucht, mit zahlreichen Porträts der Katzenstars dekoriert und erfüllt von Stimmen, die dem aufgeregten Summen eines Bienenschwarms auf der Jagd nach süßem Nektar glichen. Manch einer der

Münchner Schickimickis jagte nur nach dem Schaumwein oder den köstlich aussehenden Häppchen, die an Rosalie auf silbernen Tabletts vorbeischwebten. Die Kollegen aus der Filmbranche hingegen jagten nach Kontakten und dem neuesten Klatsch.

Rosalie war über eine Stunde zu spät, es hatte zwei weitere Zigaretten gedauert, sich zu beruhigen, für ein Kleid zu entscheiden und ihr Gesicht in Ordnung zu bringen. Die rote Robe verlangte nach mehr Augen-Make-up, nach mehr Dramatik als gewöhnlich. Beim letzten Blick in den Spiegel war sie sich reichlich fremd vorgekommen. Erkennen würde sie in dieser Aufmachung jedenfalls niemand.

Suchend schlenderte sie durch den Festsaal. Es dauerte, bis sie Henry in der von einer dichten Rauchwolke umhüllten Menge fand.

»Wahnsinn, was für ein Kleid! Und du siehst völlig verändert aus.« Er küsste sie zur Begrüßung auf die Wange, trat einen Schritt zurück und musterte sie eingehend. »Eindeutig der Star des Abends. Komm mit, ich möchte dir ehemalige Kollegen aus Hamburg vorstellen. Sie schwärmen von der ›aufregendsten, facettenreichsten, sensibelsten Stimme der ganzen Branche‹ – O-Ton! – und können es kaum erwarten, dich persönlich kennenzulernen.«

Auf dem Weg durchs Getümmel griff Rosalie eilig nach einem Glas Sekt, das ein junger Kellner auf einem Tablett jonglierte. Während der Unterhaltung über die Arbeit am Katzendrama, in der sie einige der Miaus und Schnurrlaute aus dem Film noch einmal zum Besten gab, ergatterte sie auch ein Häppchen. Zu wenig, um satt zu werden, und erst recht keine Grundlage für den inzwischen reichlich genossenen Alkohol. Bald lachte sie etwas lauter, als es ihre Art war, und sah ihre Umgebung verschwommen, teilweise sogar doppelt. Glaubte schließlich, Paul stünde neben ihr. Jedenfalls sah er ihm verdammt ähnlich. Er war einige Jahre älter, als sie ihn in Erinnerung hatte, und auch der schicke Smoking war höchst irritierend. Ohne Frage eine Sinnestäuschung. Kein Wunder. Alkohol auf nüchternen Magen wirkte doppelt stark. Anders war es nicht zu erklären, dass sie einen Kellner für ihre große Liebe hielt. Ihr war danach, diesen Fremdling, den sie nun auch noch doppelt sah, frech anzugrinsen. »Na, du!«, kicherte sie übermütig.

»Sarah, du bist es wirklich. Ich musste zweimal hinsehen.«

Doch keine Einbildung.

Nur Paul nannte sie Sarah.

Nach all den Jahren plötzlich neben ihm zu stehen, in seine Augen zu sehen und seine Stimme zu hören, war so schmerzhaft wie ein Stich mitten ins Herz.

»Komm weg hier«, flüsterte Paul, nahm ihre Hand und schlängelte sich mit ihr durch die Menge Richtung Ausgang.

»Wohin?«, raunte Rosalie, noch während er sie hinter sich herzog.

Im Foyer bugsierte er sie zu einer Sitzgruppe in einer Nische, wobei er sich unablässig nervös umsah.

»Wirst du verfolgt?«, lachte sie überdreht.

»Nein«, entgegnete er, als wären sie lediglich ein zerstrittenes Paar. Als hätten sie sich nicht vor fünfzehn Jahren getrennt. Als hätte keiner ohne den anderen weitergelebt. »Aber es muss ja nicht sein, dass wir alten Bekannten über den Weg laufen.«

»Quatsch, hier sind nur Filmleute, und auf den Plakaten werden die Synchronsprecher nicht genannt. Aber was ...« In ihrem Kopf drehte sich alles. »Was machst du hier?«

»Den Sekt, den du getrunken hast, haben wir geliefert. Feinkost Nusser bietet seit Jahren auch einen Partyservice an«, erklärte Paul.

»Partyservice«, wiederholte Rosalie tonlos. Plötzlich tauchte eine Erinnerung in ihren Gedanken auf: die Amerikapläne! Ein Lokal wollte er eröffnen, für Gäste kochen, und sie sollte Teller durch die Gegend tragen. »Dann hast du deinen Traum also mit der Salatmamsell verwirklicht«, platzte sie heraus. »Ist sie auch anwesend, serviert sie Schnittchen? Ich habe sie nirgendwo gesehen.« Rosalie lachte laut. »Ah, deshalb drücken wir uns hier in einer dunklen Ecke rum.«

»Du bist eindeutig betrunken«, sagte Paul ruhig. »Ich bring dich auf dein Zimmer. Welche Nummer?«

»Das geht dich gar nichts an ... du ... du Ehemann«, knurrte sie, stand auf und lief in Richtung Aufzug davon. Das Blöde war, sie konnte sich nicht an ihre Zimmernummer erinnern. Den Schlüssel hatte sie an der Rezeption abgegeben, oder doch nicht? Schöner Mist.

Als Paul sich wortlos umdrehte und Richtung Rezeption marschierte, beeilte sich Rosalie, in den Ballsaal zurückzukehren. Henry konnte ihr gewiss helfen. Aber vor allem wollte sie Paul nicht mehr sehen. Nicht mehr hören, wenn er sie Sarah nannte. Nicht mehr ihr Herzrasen spüren, das ihr bewusst machte, wie sehr sie sich nach ihm verzehrte. Seit damals in der Kirche hatte sie es unmenschliche Kraft gekostet, nicht mehr an ihn zu denken und sich ein Leben ohne ihn aufzubauen. Mit aller Macht hatte sie versucht, an eine neue Liebe zu glauben. Aber noch ehe sie in der Menge untertauchen konnte, stand Paul wieder neben ihr.

»Ich hab den Schlüssel.«

»Woher ...« Alles wackelte, sie schwankte, hielt sich an seinem Arm fest. »... hast du meinen Schlüssel?«

»Der Concierge an der Rezeption ist ein guter Freund ...«

»Gib her!« Sie griff mit der freien Hand danach, langte aber ins Leere und geriet ins Schwanken.

Reaktionsschnell umfasste Paul ihre Taille und dirigierte sie geschickt aus dem Saal. Widerstrebend ließ sie sich zum Lift bringen. Paul fuhr mit ihr nach oben, begleitete sie bis zur Tür, sperrte auf und blieb im Flur stehen.

»Los, komm rein«, sagte Rosalie. »Ich muss dich was fragen.«

Paul rührte sich nicht vom Fleck. »Das kannst du auch hier.«

Rosalie zog an seinem Ärmel. »Mir ist schlecht.« Ihr war hundeelend, und ihr Magen fabrizierte gluckernde Geräusche, aber diese eine Frage wollte sie noch klären.

Paul führte Rosalie ans Bett, wo sie sich einfach fallen ließ. »Du solltest etwas essen«, sagte er und griff zum Telefon neben dem Bett.

»Danke, ich ...« Rosalie richtete sich auf und fiel sofort wieder zurück. »Ich verzichte auf die Kost deiner Salatmamsell«, grummelte sie im Liegen.

Paul musterte sie ernst, doch einen Wimpernschlag später wurde sein Blick so unendlich zärtlich wie in ihren glücklichsten Tagen.

Sie hörte, wie er sich erkundigte, was die Küche jetzt noch zubereiten könne, um schließlich zwei Eier im Glas, Toastbrot mit Butter und eine Kanne Kaffee zu bestellen.

»Ich frühstücke doch nicht mitten in der Nacht«, beschwerte sich Rosalie, nach wie vor auf dem Bett liegend, weil sie ahnte, warum er Eier mit Buttertoast bestellt hatte. So hatten sie in jener glückseligen Woche gefrühstückt, als die Eltern an den Tegernsee gereist waren. Noch eine Erinnerung, die ihr die Luft zum Atmen nahm.

»Der Kaffee ist für mich«, entgegnete er. »Und wer sagt, dass man abends keine Eier essen darf? Oder ist das in Berlin verboten?«

Rosalie rappelte sich hoch, blieb aber auf dem Bett sitzen und funkelte ihn zornig an. Sie war stinksauer auf ihn, auf seine lässige Art und wie er versuchte, sie zum Lachen zu bringen. Wie er einfach so dastand in diesem Smoking, in dem er so verdammt attraktiv aussah. Fühlte er denn gar nichts?

»Also, was wolltest du mich fragen?«

Stimmt, jetzt erinnerte sie sich wieder, weshalb sie ihn überhaupt hereingebeten hatte. »Warum hast du diese... na, du weißt schon... geheiratet?«

Paul hob die Augenbrauen, als sei die Frage völlig albern.

»Warum hast *du* unser Versprechen gebrochen?«, hakte Rosalie nach. »Wir haben uns damals an der Isar geschworen, niemals zu heiraten. Oder hast du das vergessen?«

Seine Miene wirkte mit einem Mal düster, beinahe feindselig. »*Ich* habe nichts vergessen. Vor allem eines nicht: *Du* hast ein Kind von einem anderen. Warum hast du mich... hast du *uns* betrogen?«

»Weil...«

Es klopfte an der Tür. Paul ging öffnen und kam mit einem Tablett zurück. Er stellte es auf dem runden Tisch ab, zu dem zwei zierliche Sessel gehörten, und drehte sich zu ihr. »Weil was?«, griff er ihre Antwort auf.

»Das habe ich dir alles in dem Brief erklärt.«

»Und ich habe dir in Berlin erklärt, dass ich kein einziges Wort davon glaube«, sagte er, während er sich Kaffee eingoss. »Auch heute nicht. Ich spüre doch, dass du lügst. Sag mir, ob...«

»Was?«, schrie sie dazwischen. Bloß nicht über Daniel reden... nicht über Daniel reden, hämmerte es in ihrem Kopf.

Paul stand plötzlich dicht vor ihr. »Sarah«, flüsterte er. »Sag mir ins Gesicht, dass du mich nicht mehr liebst.«

Rosalie holte tief Luft, um nicht loszuheulen. Sie wünschte sich nichts sehnlicher, als ihm mit jedem Atemzug ihre Liebe zu versichern, ihr Leben mit ihm zu teilen, doch er hatte sich an eine andere gebunden. Sie musste ihre Sehnsucht überwinden. Ihn vergessen. Aber wie? Mit einem Mal kam sie sich vor, als müsse sie einen Film synchronisieren, dessen Drehbuch sie nicht gelesen hatte. »Du bist verheiratet«, schleuderte sie ihm schließlich entgegen.

»Meine Ehe ist... sie hat keine Bedeutung...« Seine Stimme klang heiser, ratlos, verzweifelt.

Rosalie hatte genug von Erklärungen, denen Entschuldigungen und am Ende Tränen folgten. Vielleicht war die heutige Zufallsbegegnung eine Fügung des Schicksals. Und wenn sie ihr Schicksal durch eine Entscheidung beeinflussen konnte, dann nur durch Vernunft. Er war an eine andere gebunden, und sie durfte nicht schwach werden. Doch als sich ihre Blicke begegneten, spürte sie, dass ihr Herz etwas anderes sagte. Sie wollte Paul noch einmal lieben. Nackt in seinen Armen liegen. Alle Probleme vergessen. Wenigstens für diese eine Nacht. Sie hob den Kopf. »Ich habe nie aufgehört, dich zu lieben.«

»Sarah, mein Liebling.« Zärtlich zog er sie an sich. »Meine Liebe zu dir ist unsterblich.« Zwischen sanften Küssen wanderte eine Hand über ihren Hals und schob einen der Träger von ihrer Schulter.

Rosalie erzitterte unter seinen Berührungen. Endlich. Viel zu lange hatte sie diesen Moment herbeigesehnt.

Ungeduldig half Paul ihr, das Kleid auszuziehen, unter dem sie nichts als einen Slip trug. Rosalie zerrte an seinem Jackett, fingerte an den Knöpfen seines Hemdes, am Reißverschluss der Hose. Gegenseitig dirigierten sie sich aufs Bett, sanken in die Kissen, wurden nicht müde, einander ihre Liebe zu gestehen.

Rosalies Körper drängte sich Pauls Händen entgegen, die sanft ihre Brustwarzen streichelten. Langsam ihr Verlangen steigerten. Ihren Atem beschleunigten. »Ich habe dich so schrecklich vermisst.« Im schwachen Licht der Nachttischlampe suchte sie seinen Blick. »Lass mich nie wieder los.«

»Nie wieder.«

Behutsam fuhr er mit der Hand über ihren Bauch, tastete sich weiter zur Innenseite ihrer Schenkel und entfachte ein Feuer in ihr, das sie kaum noch ertrug. Stöhnend gruben sich ihre Fingernägel in seinen Rücken, als er in sie eindrang.

Ausgehungert gaben sie sich ihrer Begierde hin, versanken in Wellen der Leidenschaft, genossen das Spiel ihrer fordernden Zungen, nur unterbrochen vom Atemholen.

Verschwitzt lagen sie später in den Kissen, rauchten gemeinsam eine Zigarette.

Überglücklich schmiegte sich Rosalie an Pauls Brust. Sie wollte sich nie wieder von ihm trennen, endlich mit ihm zusammenleben. Deshalb würde sie die Wahrheit bekennen. Jetzt, genau in diesem Augenblick. »Paul...«

»Hmm...« Er hielt ihr die Zigarette an die Lippen.

Sie nahm einen tiefen Zug. »Ich muss dir etwas sagen«, begann sie und sah der Rauchwolke nach. Ja, sie würde alles gestehen. Jede Lüge erklären. Wenn er von seinem Sohn erfuhr, würde er sich scheiden lassen, sie würde sich von Bernd trennen und... An dieser Stelle tauchte ein schier unüberwindlicher Gedankenberg vor ihr auf: Wie sollte sie Daniel erklären, dass sein Vater lebte und warum sie ihn all die Jahre belogen hatte?

»Ich muss dir auch etwas sagen«, entgegnete Paul und küsste ihre Fingerspitzen, als sie ihm die Zigarette in den Mund steckte.

Erleichtert über die Galgenfrist, atmete sie auf. »Dann du zuerst.«

TEIL IV

1975–1980

38

Es war ein Fest für die Liebe. Unbeschwert wie ein Urlaub am Meer. Wie eine Nacht im Paradies, wo auch leibliche Genüsse nicht zu kurz kamen.

Auf einem Teppich aus feinstem weißem Sand ragten hohe Palmen aus mächtigen Pflanzkübeln, dekoriert mit Plüschaffen und Papageien aus glänzendem Satin.

Cocktailkellner mixten farbenfrohe Drinks an Strandbars, deren Palmblattdächer und bunte Lämpchen eine karibische Stimmung verbreiteten.

Über offenen Flammen köchelten kreolische Eintöpfe, brutzelte scharf gewürztes Fleisch am Spieß. Kartoffeln garten in Folie, und in Bananenblättern waren exotische Salate angerichtet.

Über der Tanzfläche in der Mitte des Filmstudios schwebte ein dunkelblauer Baldachin mit glitzernden Sternen und einem silbernen Halbmond. Dunkelhäutige Musiker spielten *Rum and Coca-Cola,* einen zum Tanzen animierenden Calypso.

Das männliche Servicepersonal arbeitete in Shorts mit nacktem Oberkörper, die Mädchen trugen knappe Bikinis und Blüten im Haar.

Paul war in weißen Jeans und Hawaiihemd angetreten. Als veranstaltender Organisator war Anwesenheit Pflicht, um den reibungslosen Ablauf des Abends zu überwachen, und wenn Not am Mann war, betätigte er sich als »Springer«, räumte benutztes Geschirr ab oder half am Salatbüfett.

Für Feinkost Nusser gehörte das Ausrichten großer Partys mit mehreren hundert Gästen zum Tagesgeschäft. Eine derart wilde Sause hatte Paul jedoch noch nie erlebt. Martin Mender, ein erfolgreicher Modefotograf, hatte für die Hochzeit mit einem berühmten Fotomodell eine schillernde Karibikparty bestellt und dafür dieses fünfhundert Quadratmeter große Studio angemietet. Emma war bei der Besichtigung wie berauscht gewesen und hatte sich mit ihren Dekorationsideen mal wieder selbst übertroffen. Die Rezepte stammten aus ihrem Kochbuch, das dem Partyservice zu landesweiter Popularität verholfen hatte. Werner Waldbauer, der zu den dreihundert Gästen gehörte, würde wohlwollend über die *Karibische Nacht* berichten und Emma Nusser einmal mehr als »Königin der Events« bezeichnen.

»Herr Nusser, haben Sie genügend Schampus vorbereitet?« Der Fotograf, der nur ein buntes Tuch um die Hüften und sonst nichts als karibische Bräune trug, holte Paul aus seinen Betrachtungen. »Um Mitternacht ist es so weit.«

»Die Wanne ist gefüllt, und im Wagen sind noch zehn Kisten auf Vorrat«, antwortete Paul, ohne die fälschliche Anrede zu korrigieren. Ein Kunde, der mit seiner frisch Angetrauten in ein Champagnerbad springen wollte, allein wegen der tollen Erinnerungsfotos, und ihm mit diesem Späßchen einen Umsatz in knapp sechsstelliger Höhe garantierte, durfte ihn gerne Nusser nennen.

Die Aprilsonne kroch träge über die Dächer, als Paul bei Tagesanbruch endlich den Wagen in der Theresienstraße parkte.

Kaum hatte er die Wohnungstür aufgeschlossen, kam Fritzchen im Schlafanzug durch den Flur gelaufen und wollte auf den Arm genommen werden.

»Papa, spielen wir heute mit der Carrera-Bahn?«, bettelte er seinen geliebten Vater an, der so selten zu Hause war.

Emma, im dunkelblauen Hosenanzug, geschminkt und frisiert, tauchte aus der Küche auf. »Friedrich, der Papa ist bestimmt sehr müde nach so einer anstrengenden Nacht«, mahnte sie sanft. »Magst was essen?«, fragte sie, an Paul gewandt. »Frühstück steht auf dem Tisch.«

»Danke«, sagte Paul und trug seinen Sohn in die Küche. »Wir spielen am Nachmittag, versprochen.«

»Ooch, immer bist du müde«, beschwerte sich der bald Elfjährige. »Bitte, bitte, Rennen spielen, du hast es versprochen.«

»Lass uns erst frühstücken«, versuchte Emma ihren Liebling abzulenken.

Friedrich saß genau zwei Sekunden manierlich auf seinem Stuhl, bevor er wütend den Teller mit dem Honigbrot wegschubste. Emma bekam ihn gerade noch zu fassen, bevor er über die Tischkante gesegelt wäre. »Ich will aber jetzt ...«

»Wir besuchen nachher Oma und Opa, dort kannst du mit deinem Cousin im Garten spielen«, versprach Emma.

Fritzchen überlegte einen Moment. »Dann will ich die Bahn mitnehmen.« Wie im Jahr zuvor hatten auch letztes Weihnachten Erweiterungsteile für die elektrische Autorennbahn unterm Tannenbaum gelegen. Aufgebaut hatte Friedrich sie ohne Hilfe, aber sein sehnlichster Wunsch war, mit seinem Vater Autorennen zu spielen.

»Wie sollen wir denn die vielen Kartons allein schleppen?«, wandte Emma ein, die ihm liebevoll eine blonde Strähne aus der Stirn strich. »Außerdem hast du bei den Großeltern jede Menge Spielsachen.«

»Die sind alle doof und alt und nur für Babys, und überhaupt sind die doof ...« Zornig schob er die Unterlippe vor, verschränkte die Arme vor der Brust und sandte seinem Vater einen beleidigten Blick.

»Heute Nachmittag«, wiederholte Paul sein Versprechen. »Sei ein lieber Junge und mach der Mama keinen Ärger. Ich muss mich hinlegen.« Damit stand er auf und verdrückte sich ins Badezimmer.

Dort nahm er einen kräftigen Schluck aus der Halbliterflasche Aftershave, die er mit Whisky gefüllt hatte. Nach einer anstrengenden Veranstaltung benötigte er etwas zum Einschlafen und um sein schlechtes Gewissen zu beruhigen. Die Kämpfe mit seinem Sohn gingen ihm an die Nieren, und ihn einmal mehr enttäuscht zu haben schmerzte ihn. Aber was sollte er tun? Zwei florierende Betriebe mit knapp fünfzig Angestellten und einem Jahresumsatz in Millionenhöhe verlangten nun mal Opfer, von jedem. Wie sollte man einem Kind in Fritzchens Alter das begreiflich machen? Wie erklären, dass es trotzdem geliebt wurde? So sehr, dass man seinetwegen die große Liebe nicht leben, nur an sie denken, von ihr träumen konnte.

Damals im Bayerischen Hof hatte er Sarah von Friedrich erzählt. Sobald er die Augen schloss, spürte er sie in seinen Armen, erinnerte sich an die gemeinsamen Zigaretten und hörte, wie die Unterhaltung plötzlich eskalierte.

Rosalie hob den Kopf. »Du hast einen fünfjährigen Sohn?« Sie sah ihn spöttisch an. »Scheint eine erfolgreiche Ehe zu sein. Und dein Versprechen von vorhin, dass du mich nie wieder verlässt, war nichts weiter als Liebesgeflüster ... was man halt so sagt, wenn das Blut kocht.«

Natürlich wusste er, worauf sie anspielte, und genoss ihre Eifersucht. »Nein, Sarah, ich liebe dich über alles, und ich wünsche mir nichts mehr, als mit dir zusammen zu sein, aber ...«

»Aber du schläfst auch mit deiner Frau, ehelicher Beischlaf gehört eben dazu.« Abrupt löste sie sich aus seinen Armen und setzte sich mit dem Rücken zu ihm auf die Bettkante.

»Sarah, bitte, lass uns in Ruhe darüber reden.« Er vermied es, an die Avancen seiner Frau zu denken, die unbedingt ein zweites Kind wollte.

»Was gibt es da noch zu reden? Du bist verheiratet, das wusste ich ja bereits, aber jetzt hast du auch noch ein Kind.«

Sie drehte sich zu ihm, Tränen liefen über ihre Wangen. »Hört das denn nie auf?«

Er griff nach ihrer Hand, zog sie in seine Arme und küsste die Tränen von ihrem Gesicht. »Und was ist mit deinem Sohn?«

Sie seufzte aus tiefstem Herzen. »Willst du mir etwa sagen, wir wären quitt?«

»Sei nicht albern, Sarah. Aber kannst du dir nicht vorstellen, dass ein Kind mit sechs Jahren eine Scheidung nicht verkraften würde?«

»Und wann ist ein Kind deiner Meinung nach alt genug?« Sie war laut geworden, klang angriffslustig. »Mit zehn oder erst mit fünfzehn Jahren? Oder willst du warten, bis er selbst heiratet und dich zum Großvater macht? Es reicht, Paul, ich ertrage das einfach nicht.« Sie schob seine Arme weg, sprang aus dem Bett und stürmte ins Bad.

Als er nach einigen Minuten das Wasser rauschen hörte, folgte er ihr. Sie versöhnten sich unter der Dusche und versprachen einander, nichts unversucht zu lassen, um sich so oft wie möglich zu treffen.

Fünf Jahre waren seither vergangen, ganze sieben Mal hatten sie sich treffen können. Ein achtes Treffen war vom Öl-Embargo der OPEC im Jahr 1973 verhindert worden, als im ganzen Land die Autos an zwei Sonntagen stehen bleiben mussten, sämtliche Flüge ausgebucht und in den Zügen nicht mal auf dem Gang noch Platz war, ähnlich wie nach dem Krieg bei Hamsterfahrten.

Er war vier Mal für je zwei Tage nach Berlin geflogen, hatte zu Hause behauptet, Spitzenrestaurants an den bayerischen Seen zu besuchen, wo er alkoholische Getränke nicht ablehnen konnte und leider übernachten musste. Sarah kam drei Mal nach München für Engagements vom Bayerischen Rundfunk. Sie trafen sich in Hotels, auch in Berlin, und waren einmal am Chiemsee, wo sie eine heiße Sommernacht am Strand verbrachten. In den Hotelzimmern fielen sie ausgehungert übereinander her, liebten sich mit verzehrender Leidenschaft und versprachen sich jedes Mal, dass die Heimlichkeiten schnellstens ein Ende haben müssten. Dass sie ohne einander nicht leben konnten. Dass die Sehnsucht unerträglich war. Aber das Schicksal schien permanent neue Hindernisse für sie bereitzuhalten.

Albert war einem Herzinfarkt erlegen, Wilma im Winter auf vereistem Trottoir ausgerutscht und mit einer gebrochenen Hüfte im Krankenhaus gelandet. Man hatte ihr ein künstliches Hüftgelenk eingesetzt, seither war sie auf eine Gehhilfe angewiesen. Die einst so zupackende Frau war ein körperliches Wrack, das im alltäglichen Leben kaum noch allein zurechtkam. Emma hatte Wilma schließlich überzeugen können, in eine Seniorenresidenz umzuziehen. Paul war zu sehr in beiden Betrieben eingespannt und vermochte seiner Mutter nicht so viel Zeit zu widmen, wie sie es verdient hätte. Allein Sarahs Liebe und die Telefonate, die sie so oft wie möglich führten, gaben ihm die Kraft, das alles durchzustehen. Und die Hoffnung, dass sie eines Tages zusammenleben würden.

Rosalie versuchte sich auf ihren Text als Notärztin zu konzentrieren. Es war einer dieser Katastrophenfilme in der Machart von *Erdbeben* und *Flammendes Inferno*, dem neuesten Trend aus Hollywood. Beim Einsturz einer Autobahnbrücke war es zu einer Massenkarambolage unfassbaren Ausmaßes gekommen. Sicher ein mit allen technischen Raffinessen hergestellter Film, in dem eine großartige Action-Szene der nächsten folgte, aber Unfälle, schreiende Verletzte oder gar Opfer im Todeskampf waren nicht nach ihrem Geschmack. Sie brauchte keine Katastrophen auf der Leinwand, davon hatte sie genug in der Realität.

»Kleine Pause«, hörte sie Henry übers Mikrofon. »Geh an die frische Luft, du scheinst mir heute nicht ganz bei der Sache zu sein. Oder hast du Sorgen?«

»Nein, nein, alles in Ordnung«, versicherte Rosalie. »Tut mir leid.« Sie nahm den Kopfhörer ab, verließ das Studio und setzte sich auf die Bank im Windschatten eines riesigen Fliederstrauchs, der leider noch nicht blühte. Die Aprilsonne kam hinter den Wolken hervor, und es war angenehm warm. Das fröhliche Geschrei spielender Kinder war zu hören, aus den offenen Fenstern der angrenzenden Wohnhäuser drangen Musikfetzen herüber, die nach Abbas *Waterloo* klangen.

Fahrig kramte sie die Packung Zigaretten aus der Hosentasche ihres schwarzen Overalls und zündete sich eine an.

Daniel war der Grund für ihre Nervosität. Seit einigen Tagen war er nicht nach Hause gekommen. Im Januar war er neunzehn geworden und nach dem neuen Gesetz volljährig. Sie musste es hinnehmen, dass er nicht mehr über jeden Schritt Rechenschaft ablegte. Auch mal eine Nacht bei seiner Freundin schlief. Ja, *eine* Nacht, aber gleich vier Nächte? Und wer war diese ominöse Freundin, die er nie mit nach Hause brachte?

Daniel hatte sich in der Pubertät vom leidenschaftlichen Büchernarren in einen zornigen jungen Mann verwandelt, der auf einen Meter neunzig in die Höhe geschossen war und oft nicht wusste, wohin mit sich. Versuche, in einem ruhigen Gespräch an ihn heranzukommen, blockte er mit einem aggressiven »Lass mich in Ruhe« ab. Er versäumte Verabredungen, schwänzte den Unterricht, hatte ein Schuljahr wiederholen müssen und redete, wenn überhaupt, nur mit Bernd. Er als Mann verstand Daniels Verhalten. »Hab Geduld, es ist nur eine Phase der Abnabelung, die mit Ablehnung, Anarchie und Protesten einhergeht«, erklärte er. »Jungs rebellieren heftiger als Mädchen.« Rosalie war Bernd unendlich dankbar, dass sie diese zermürbende Phase der Pubertät nicht allein durchstehen musste. Daniels Leben jetzt durch eine Trennung auf den Kopf zu stellen und ihm obendrauf die Wahrheit über seinen »toten« Vater zu gestehen wäre ein unkalkulierbares Risiko für ihr Verhältnis. So nahm sie es als Schicksal hin wie die Nächte, in denen er als Baby gezahnt und geschrien hatte. Und so, wie irgendwann alle Milchzähne durchgebrochen waren, würde auch seine Ablehnung ihr gegenüber verschwinden.

Wenn er heute wieder nicht nach Hause kommt, werde ich sein Zimmer durchsuchen, beschloss sie. Vielleicht finde ich etwas, das auf die Adresse seiner Freundin hinweist. Denn ein anderer Gedanke beunruhigte sie noch mehr. Falls dieses Mädchen bereits in einer eigenen Wohnung lebte, durfte er dort nur heimlich übernachten. Sollte der Vermieter Wind davon bekommen, könnte er beide der Unzucht beschuldigen. Rosalie erinnerte sich noch gut daran, wie sie mit Daniel und Bernd in die Wohnung seiner Großtante einzogen war. Bis heute stand nur Ricks, Bernds Familienname, an Tür und Briefkasten. Sie hatten den Nachbarn weisgemacht, sie wären verheiratet.

Es war spät, als Rosalie nach Hause kam. Bernd saß auf der braunen Cordsamtcouch vor dem neuen Fernseher. In der Hand hielt er die Fernbedienung, eine technische Raffinesse, die einem zur Lautstärkeregelung oder zum Programmwechsel das Aufstehen ersparte. Vor einem Jahr hatte sie ihn endlich überzeugen können, den alten Flimmerkasten zu entsorgen. Nicht ganz so einfach war es, Bernd verständlich zu machen, dass es nur gerecht sei, sich sämtliche Kosten zu teilen, schließlich lebten sie und ihr Sohn in seiner Eigentumswohnung.

Eine Welle der Zärtlichkeit für ihren sanftmütigen Lebensgefährten durchströmte sie. Sie hauchte ihm ein Küsschen auf die Wange. »Hat Daniel sich gemeldet?«, fragte sie leise.

Bernd reagierte nicht auf ihre Frage, nahm sie aber in den Arm, wobei er weiter wie gebannt auf den Bildschirm starrte.

»Heute haben sechs RAF-Terroristen die deutsche Botschaft in Stockholm überfallen«, sagte er. »Sie haben zwölf Geiseln genommen und sich im Gebäude verbarrikadiert. Offenbar verlangen sie, dass sechsundzwanzig Mitglieder der RAF frei gelassen werden.«

Rosalie hörte die schockierende Meldung, aber sie drang nicht wirklich in ihr Bewusstsein. Keine noch so scheußliche Gewalttat, keine noch so weltbewegende Katastrophe vermochte die Sorge um Daniel zu verdrängen. Wortlos erhob sie sich, um in seinem Zimmer nach Hinweisen für seinen Verbleib zu suchen.

Der rechteckige Raum mit den hohen Decken und dem breiten Fenster zum Hinterhof wirkte penibel aufgeräumt. Daniel schlief auf einer Matratze am Boden. Das Bett war gemacht, mit einem schwarz-weiß gemusterten Tuch abgedeckt, und davor lagen zwei nicht mehr ganz weiße Flokatis. Daneben war eine Stereoanlage aufgebaut, gegenüber zwei Lautsprecherboxen postiert. Auf dem Plattenspieler lag eine LP der deutschen Gruppe *Can*, die den Titelsong zu dem TV-Thriller *Spoon* komponiert und damit auch im Ausland Ruhm erlangt hatten. Neben dem Plattenspieler stapelten sich LPs, obenauf eine von *Kraftwerk*. Synthie-Pop hieß die elektronische Musikrichtung dieser Band, mit der Rosalie ebenso wenig anzufangen wusste wie mit Daniels momentaner Vorliebe für die Farbe Schwarz. Er hatte sogar die Wände schwarz streichen wollen, darauf kämen seine Fotos besser zur Geltung. Bernd hatte ihn mit der Frage umstimmen können, ob er tatsächlich in einer Dunkelkammer leben wolle.

Was habe ich falsch gemacht?, fragte sich Rosalie. Bin ich eine schlechte Mutter? Wann habe ich den Kontakt zu meinem Sohn verloren? Andere Teenager hingen Poster von Popstars oder Che Guevara an ihre Wände, hier war es eine düstere Fotoserie von besetzten Häusern. Die Serie war beachtlich gewachsen und bedeckte eine halbe Wand. Die ersten Bilder von einer Hausbesetzung hatte Daniel 1973 in Kreuzberg geschossen. Alle in Schwarz-Weiß. Damals war er oft stundenlang verschwunden. Mit Bernd war sie auf die Suche gegangen und hatte ihn, mit der Kamera auf der Straße liegend, gefunden. Zutiefst erleichtert hatte sie Daniels Erklärung vernommen, er würde nur nach speziellen Perspektiven suchen, um die Gebäude wie Hochhäuser wirken zu lassen. Der angehäufte Müll auf dem Trottoir oder die vereinzelt herumliegenden Möbeltrümmer im Vordergrund, aber vor allem die zugenagelten Haustüren erweckten Assoziationen eines Ghettos. Mit Schaudern erinnerte sie sich, als er eines Nachts nicht nach Hause gekommen war, sie wieder mit Bernd auf die Suche gegangen war und Daniel in einer verkommenen Wohnung eines besetzten Hauses in Schöneberg aufgestöbert hatte. Schlafend, auf einer verdeckten Matratze. Daniel bestand darauf, bleiben zu dürfen, weil er nur so die authentische Atmosphäre einzufangen vermochte, und hielt eine flammende Rede über Revolutionen und Steine, die gegen Mächtige geworfen werden sollten, um die Wellen der Veränderungen auszulösen.

Das ging über Monate, und immer wieder musste sie ihn aus einer dieser Bruchbuden rausholen. Wäre Bernd nicht gewesen, der durch sein ehrenamtliches Engagement in Jugendzentren genauer über die neuesten Hausbesetzungen informiert war, wäre sie vor Sorge durchgedreht.

Im Flur knarrten die Parkettdielen. »Daniel?«

»Er wird schon zurückkommen.« Bernd trat ins Zimmer. »Mach dir nicht so viel Sorgen.« Er umfasste sie von hinten, presste sie an sich und küsste sie zärtlich auf den Hals. »Ich vermisse dich so sehr ...«, raunte er heiser.

»Bitte, Bernd, nicht jetzt.« Rosalie wand sich aus seiner Umarmung. Wie konnte er jetzt nur an Sex denken? Sie ahnte, dass er noch immer auf ein gemeinsames Kind hoffte, aber sie schützte sich mit der Pille.

Rosalie ging hinüber zum Fenster, wo auf zwei Böcken eine Holzplatte lag, darauf ein Stapel Kontaktabzüge von Kleinbildfilmen. Daniel hatte ihr erklärt, dass er mit einer Lupe die Qualität beurteilte, um seine Auswahl für Vergrößerungen zu treffen.

Sie nahm einen der Bogen in die Hand. Verwundert erkannte sie den Bahnhof Zoo, davor eine Gruppe Jugendlicher, die auf der Straße lagen. Fotografiert waren sie aus den unterschiedlichsten Perspektiven. Auf einem anderen Bogen derselbe Bahnhof, bei Regen aufgenommen. In den Pfützen der Straße spiegelte sich die Neonschrift, Passanten eilten mit Regenschirmen vorbei, und die Autos wirkten wie auf Hochglanz poliert. Es waren Szenen bei Nacht, und Rosalie empfand die Stimmung auf den schwarz-weißen Kontaktbögen beinahe romantisch. Ähnlich wie in alten Hollywoodfilmen aus den Fünfzigern.

»Das ist die Drogenszene am Bahnhof Zoo«, erklärte Bernd, der sich die Bilder ansah. »Teilweise an der rückseitigen Jebensstraße, wo sich noch halbe Kinder prostituieren, um an Stoff zu gelangen.«

Rosalie sah ihn entsetzt an. »Du meinst, er ...« Sie vermochte es nicht auszusprechen. Die Vorstellung, Daniel würde Drogen nehmen oder gar an der Nadel hängen, war unerträglich.

»Ich meine gar nichts, das war lediglich eine Information und besagt absolut nichts«, antwortete Bernd ruhig. »Deine Fantasie geht mal wieder mit dir durch. Du synchronisierst zu viele schlechte Filme.«

Rosalie überhörte den versteckten Vorwurf. »Aber wozu diese Fotos von Junkies und Strichern?«

»Das geht euch gar nichts an«, ertönte plötzlich Daniels zornige Stimme. »Und jetzt raus hier. Verschwindet!«

39

Emma jubelte innerlich. Endlich wurden die Geschäftsräume erweitert und damit auch das Warensortiment aufgestockt. Die Pläne von Architekt Haunsteiner, der bereits die ehemaligen Geschäftsräume des Bürstenbinders umgebaut hatte, sahen fantastisch aus. Genauso stellte sie sich den Umbau vor.

Der Elektroladen von nebenan hatte Konkurs gemacht. Die Kauf- und Versandhäuser, die den Kunden eine schier unendliche Auswahl an Fernsehern, Stereoanlagen und natürlich auch Haushaltsgeräten anboten, hatten das kleine Geschäft in die Knie gezwungen. Natürlich tat es ihr leid um den gelernten Elektromeister, der auch einen Reparaturservice angeboten hatte, aber mit siebzig war er eben der Konkurrenz nicht mehr gewachsen.

»Wie lange rechnen Sie für die Umbauarbeiten?«, fragte Emma den Architekten.

Ein junger Mann in weißem Hemd, schokoladenbrauner Hose und weißer langer Schürze betrat die Baustelle. Atemlos stürzte er auf sie zu. »Frau Nusser, Telefon für Sie, drüben im Büro…«

Emma musterte den Lehrling. »Und?« Sie wartete auf die Mitteilung, *wer* sie sprechen wolle. Der Lehrling blieb unbeweglich an der offenen Tür stehen. »Wer am Apparat ist, würde ich gerne wissen.«

»Weiß nicht«, brummelte er mit gesenktem Kopf.

»Dann geh zurück und frag«, befahl Emma gnadenlos und wandte sich wieder an Haunsteiner. »Diese Jugend heutzutage… also, was sagen Sie?«

Der Architekt ließ sich von Emma Nussers Kommandoton nicht irritieren. »Zwei Monate bis zur Fertigstellung.«

Emma nickte. »Gut, die Eröffnung findet am ersten Adventssamstag statt.« Ihr bestimmender Tonfall duldete keinen Widerspruch. »Ich muss mich verabschieden.« Lächelnd streckte sie Haunsteiner die Hand entgegen. Sie schätzte den fähigen Architekten, nicht zuletzt, weil sein Glatzkopf sie an den charmanten amerikanischen TV-Kommissar *Kojak* erinnerte. Die Serie lief im Abendprogramm, und wenn es passte, saß sie mit Fritzchen vor dem Fernseher. Leider kam es viel zu selten vor, und oft hatte sie ein schlechtes Gewissen, sich zu wenig um ihren Sohn zu kümmern. Deshalb hatte er zu Weihnachten einen eigenen Fernseher und einen Videorecorder bekommen. Mit diesem neuartigen Gerät konnte er die Serie aufnehmen und sie immer wieder ansehen. Und wenn es in der Schule nicht so gut lief, wie im Moment, dann kam ein Student zur Nachhilfe. Paul hatte ja auch dazu keine Zeit.

Dieser unfähige Lehrling war nicht zurückgekehrt, also bemühte sie sich selbst ins Büro.

»Was gibt es?«, fragte sie die dunkelblonde Frau mit dem wenig kleidsamen bräunlichen Kassengestell auf der Nase.

»In Ihrem Büro wartet der Vertreter von der Firma Ötting.« Sie hielt ihr den Telefonhörer hin. »Und Ihre Haushälterin ist am Apparat. Ich habe sie gefragt, worum es sich handelt, aber sie will nur mit Ihnen sprechen.«

Emma war wütend. Johanna wusste genau, dass sie während der Geschäftszeiten nicht gestört werden wollte. Wenigstens war sie nicht aus der Wohnung nach unten in den Laden gestürmt, wie sie es schon einmal getan hatte. »Was ist los?«, fragte sie barsch.

»Friedrich muss nachsitzen, der Klassenlehrer hat eben angerufen, Sie möchten ...«

Emma hatte keine Zeit für langweiliges Geschwätz. »Warum?«

»Hat er nicht gesagt. Aber Sie sollen in die Sprechstunde kommen, heute um drei Uhr...«

Emma legte auf. Das fehlte ihr noch. Sie war im Terminstress. Egal, was Friedrich ausgefressen hatte, das Schulhaus hatte er wohl nicht angezündet. Sie überlegte... Paul sollte das erledigen. Er kümmerte sich ohnehin viel zu wenig um seinen Sohn. Sie rief im Großmarkt an, erreichte aber nur die Bürokraft. Sie hinterließ eine Nachricht, dass Friedrich *dringend* aus der Schule abgeholt werden müsse, das würde ihn aufschrecken.

Sie verließ das Büro, wusch sich auf der Toilette die Hände und überprüfte Haare und Make-up. Sie war nicht zufrieden mit ihrem Gesicht, war es noch nie gewesen. Egal wie modisch ihre Frisur und wie perfekt die Schminke war oder wie makellos das Kostüm von *Chanel* saß, das sie heute trug: Mit knapp siebenundvierzig war der Lack einfach ab. Die Wechseljahre lugten bereits ums Eck, und bis in die Grube war es dann auch nicht mehr weit. War das der Grund, warum es in ihrem Ehebett kälter geworden war als in Sibirien? Sie holte tief Luft. Reiß dich zusammen, ermahnte sie sich, mit Jammern ist kein Ehemann zu verführen. Entschlossen straffte sie die Schultern und war bereit, neues Terrain zu erobern.

Emmas Privatbüro war ein kleiner Raum hinter dem ehemaligen Besenbinderladen, eingerichtet im Stil einer bayerischen Stube mit wertvollen antiken Bauernmöbeln.

Als sie das Büro betrat, erhob sich ein korpulenter Mittdreißiger in Anzug und Krawatte von der Eckbank. Mit einem Kopfnicken stellte er sich vor. »Dr. Mittermeier, der Schwiegersohn vom alten Ötting.«

»Nusser.« Emma reichte ihm die Hand. »Freut mich, Sie kennenzulernen.«

»Angenehm.« Höflich wartete Mittermeier, bis Emma Platz genommen hatte. »Darf ich Ihnen zuerst unser Sortiment vorstellen?«

»Nur die neuesten Produkte«, entgegnete Emma. Eigentlich sollte er wissen, dass sie Stammkundin war und Öttings Pizzen gut verkaufte. Der Hersteller von Backzutaten, Kartoffelpüree und Backmischungen aus der Tüte führte seit einigen Jahren auch Tiefkühlprodukte im Sortiment. Die Sparte hatte sich in ihrem Betrieb zur Goldgrube entwickelt. Nussers Kundschaft schob die italienische Spezialität gerne am Wochenende ins Rohr, wenn das Personal frei hatte.

»Gewiss doch.« Er grinste servil. »Da hätten wir zum Beispiel Semmelknödel aus dem Kochbeutel. Flugs in kochendes Wasser geworfen, fünf Minuten ziehen lassen, Beutel aufschneiden, und zack auf den Teller. Da ist das Sonntagsessen im Nu auf dem Tisch, und es bleibt mehr Zeit für die Familie.«

»Aha.« Emma schauderte, sie hatte die Dinger bei ihrer Schwester gekostet, und sie schmeckten wie Gummi, aber der Durchschnittskunde schien verrückt danach zu sein. Man *speiste* jetzt auch bei *McDonald's,* einem Schnellrestaurant, das 1971 in München eröffnet hatte und in dem nur *Hamburger* verkauft wurden: Fleischpflanzerln in einer Semmel wie in den USA. Dergleichen würde sie ihren Kunden nie anbieten, aber Emma führte ihren Betrieb getreu dem uralten Kaufmannsgesetz: Wer nicht mit der Zeit geht, *geht* mit der Zeit. Die Schließung des Elektroladens kam im richtigen Moment, denn ohne die Erweiterung wäre es schwierig geworden, dieses Gesetz einzuhalten. Sie konnte es kaum erwarten, die neuen Räume in Besitz zu nehmen, die Regale und Tiefkühltruhen zu füllen – und darin war auch Platz für ein neues Warensortiment.

Dr. Mittermeier blätterte weiter im Katalog.

Emma hatte genug gesehen. Was ihr vorschwebte, hatte sie noch in keinem Tiefkühlsortiment gefunden. »Nun, ich habe Sie heute zu mir gebeten, um der Firma einen Vorschlag zu unterbreiten.«

Der junge Mann blickte neugierig auf.

»Minitorten nach meinem Rezept, mit unserem Logo auf der Verpackung, die Sie ins Sortiment aufnehmen und landesweit vermarkten. Wie Ihnen bekannt sein dürfte, gehört gerade bei den gut verdienenden Singles Luxus inzwischen zum Alltag. Der Name Nusser dürfte gesteigerten Absatz garantieren. Sollte Interesse bestehen, wären Konditionen respektive Gewinnbeteiligung noch auszuhandeln.«

Öttings Schwiegersohn schnappte nach Luft. »Ein interessantes Angebot, Frau Nusser«, sagte er. »Ich werde es im Hause besprechen und mich dann umgehend wieder melden.«

Zufrieden komplimentierte Emma den Mann hinaus. Sie würde wieder mal als Erste eine Neuheit auf den Markt bringen und die Konkurrenz vor Neid erblassen lassen. Wie damals, als sie fertig gegarte Weißwürste in Dosen abfüllen ließ, die ihre Kunden begeistert angenommen hatten. Als Vorrat für überraschende Gäste waren die Dosenwürstel außerordentlich praktisch – oder auch als Souvenir aus Bayern. Natürlich prangte auf der Dose das Firmenlogo unübersehbar auf der abgebildeten Schüssel, in der die Würste schwammen.

Als Emma gegen acht Uhr nach Hause kam, saß Paul am Küchentisch, in einem Aktenordner blätternd. Schon wieder? Sie verstand einfach nicht, warum er Arbeiten übernahm, die eigentlich seine Sekretärin zu erledigen hatte. Sie hätte diese unfähige Person längst ausgetauscht. Oder – dachte sie nicht zum ersten Mal – steckte da etwas anderes dahinter? Ihrem Gefühl nach arbeitete er auffällig oft zu Hause und schlief dann auf dem Wohnzimmersofa. Angeblich war er beim Schlummertrunk weggekippt. *Gekippt* traf eher auf die vielen Drinks zu, die er regelmäßig am Abend konsumierte. Auch jetzt stand eine Flasche Rotwein auf dem Tisch. Sein exzessiver Alkoholkonsum war ihr nicht entgangen, doch bisher hatte sie dazu geschwiegen.

»Guten Abend, Paul«, sagte sie und setzte sich ihm gegenüber an den Tisch. »Was war denn los mit Friedrich?«

Paul blickte kurz von seinen Papieren auf. »Abend... Friedrich ist in seinem Zimmer, er hat Hausarrest, frag ihn selbst...«

Emma musterte ihn möglichst unauffällig. Was war nur aus ihrer Ehe geworden? Gut, sie waren nie eines der Paare gewesen, das sich den ganzen Tag verliebt anschmachtete. Aber in den ersten Jahren hatten sie oft miteinander gelacht und sich wenigstens flüchtig geküsst, wenn sie gemeinsam neue Rezepte ausprobierten oder sich nach der Arbeit in der Wohnung einfanden. Inzwischen war sie froh, wenn er nicht durch sie hindurchsah, als wäre sie aus Glas.

»Du sollst doch nicht so viel arbeiten«, sagte sie mit aller Sanftmut, zu der sie fähig war. Er sah müde aus, abgearbeitet, und das lag nicht allein an den grau gewordenen Schläfen, die für einen Mann von Mitte vierzig nicht ungewöhnlich waren. Plötzlich meinte sie den Grund zu erkennen. Vielleicht hatte er geschäftliche Sorgen.

»Wie läuft es denn so auf dem Großmarkt?«, fragte sie und hoffte, es klänge nach beiläufigem Geplauder.

»Alles bestens«, knurrte Paul, ohne die Arbeit zu unterbrechen.

Emma gab auf und verließ die Küche, um Friedrich auf den Zahn zu fühlen. Noch ehe sie das Zimmer am Ende des langen Flurs erreichte, hörte sie dröhnend laute Musik. Der Arrest scheint ihn nicht groß zu bedrücken, dachte sie, während sie an die Tür klopfte. Friedrich war jetzt vierzehn, also schon fast ein junger Mann, deshalb respektierte sie seinen Wunsch nach einem ungestörten Reich. Aber die Musik überdeckte ihr Klopfen. Also trat sie einfach ein.

Ihr Sohn hockte im Schneidersitz auf seinem Bett und starrte auf den Fernseher, in dem *Kojak* mit seinem Streifenwagen, begleitet von aufpeitschender Musik, durch Manhattan jagte.

Emmas Herz krampfte sich in einem Anfall von Mutterliebe zusammen. Wie gerne hätte sie ihren über alles geliebten Sohn einfach in die Arme genommen und nicht mehr losgelassen. Aber sie musste stark bleiben, er hatte etwas angestellt oder sich schlecht benommen, also waren erzieherische Maßnahmen fällig. Sie war ohnehin zu nachsichtig. Und er war nicht so unschuldig, wie seine schönen blaugrünen Augen vermuten ließen. Die Farbe hatte er von Paul, genau wie das blonde Haar, das er sich hatte lang wachsen lassen, und die Grübchen in den Wangen, wenn er lachte.

Emma wartete, dass er den Ton mit der Fernbedienung leiser stellte. Als nichts geschah, wurde sie streng. »Mach den Kasten aus, und dann will ich hören, was heute in der Schule los war.«

»Nichts«, maulte Friedrich, ohne sich zu bewegen.

Emma wurde laut. »Zum Donnerwetter!«

Friedrich drückte gelangweilt auf die Fernbedienung, der hämmernde Ton verklang. Ohne Hast streckte er die Beine aus, rappelte sich auf und war mit zwei Schritten am Fenster, wo er sich anlehnte. Weit genug entfernt von seiner Mutter, mit der offensichtlich nicht gut Kirschen essen war.

Emma hatte mittlerweile auf dem orangefarbenen Sofa Platz genommen. »Ich warte...«

»Ach, unser Klassenlehrer ist bescheuert...« Friedrich drehte den Rücken zum Raum, um aus dem Fenster zu sehen.

»Und weiter?«

Friedrich schwieg.

»Nun gut, wenn du in der Schule nicht zurechtkommst, reden wir noch mal über das Internat«, sagte Emma, wohl wissend, dass die Drohung bislang hervorragend gewirkt hatte.

»Meinetwegen.«

Emma stutzte. Keine Abscheu gegen das Internat wie gewöhnlich? Oder stellte er bloß auf stur? Sie kannte ihren Sohn nur zu gut, in diesem Fall war absolut nichts aus ihm rauszukriegen. Sie versuchte es mit der verständnisvollen Methode. »Fritzchen, bitte, wenn ich nicht weiß, was du angestellt hast, kann ich dir nicht helfen. Und ich helfe dir immer, solang du unschuldig bist.«

»Ich wurde ... mit einer Flasche Schnaps erwischt ...« Er sah seine Mutter kurz an, drehte sich aber sofort wieder zum Fenster.

Emmas Herz begann zu rasen. Hatte er Schnaps gesagt? Was wollte er denn mit Hochprozentigem, er war doch noch im Wachstum. »Friedrich, um Himmels willen.«

»Entspann dich, er war nicht für mich«, erklärte Friedrich.

Emma verstand nicht, suchte den Blick ihres Sohnes und stellte beruhigt fest, dass seine Augen nicht glasig waren und er auch keine Alkoholfahne hatte. »Das musst du mir erklären.«

Friedrich berichtete, eine Horde älterer Jungs hätte ihn als Feinkost-Fuzzi beschimpft, verprügelt und Schnaps verlangt. Er käme doch kostenlos an alles ran. »Ich hab mich natürlich gewehrt, aber sie waren zu dritt. Gestern hab ich dann eine Flasche aus dem Laden geklaut. Doch der blöde Zenker wollte mir nicht glauben ...« Er zog sein Hemd hoch, zeigte seinen Rücken mit den blauen Flecken und schluchzte laut auf.

»Mein armer Bub.« Emma schloss ihren Kleinen in die Arme. »Gleich morgen rede ich mit dem Lehrer.«

Als Emma ins Wohnzimmer zurückkehrte, saß Paul immer noch bei seinem Ordner, ein Glas Rotwein in der Hand. »Du musst mit Friedrichs Lehrer reden«, verkündete sie und erzählte, was geschehen war.

»Schönes Personal hast du, merken nicht, wenn geklaut wird«, konterte Paul, ohne sich weiter zu Emmas Anliegen zu äußern.

Sie hob die Augenbrauen. »Mein Personal steht hier nicht zur Debatte. Es geht um unseren Sohn, der in Schwierigkeiten steckt. Du als Vater solltest die Angelegenheit klären.«

»Das kannst du genauso gut«, entgegnete Paul. »Ich habe morgen wichtige Termine.«

Emma glaubte, sich verhört zu haben. Sie hoffte, dass Paul sich eines Besseren besann. Doch er widmete sich wieder seinem Papierkram. »Was ist denn bitte schön wichtiger als unser Sohn?«, herrschte sie ihn an.

»Und du?« Paul musterte seine Frau feindselig. »Auch was Besseres vor?«

Emma überging den Angriff. »Ich war einmal dort, dieser Zenker ist noch einer von der alten Schule – steife Manieren, antiquierte Ansichten und obendrein ein Snob. In seinen Augen bin ich nur eine Verkäuferin, arbeitende selbstständige Frauen empfindet dieser Mann anscheinend als Beleidigung. So direkt hat er es zwar nicht gesagt, aber durchblicken lassen, dass Frauen an den Herd gehören. Vielleicht glaubt er ja, wir vernachlässigen Friedrich...«

»Schon gut, ich gehe. Aber nur, weil ich nicht glauben kann, dass Fritz was angestellt hat.«

Paul war der grauhaarige Lehrer mit der Nickelbrille, durch die er ihn mit kalten grauen Augen anstarrte, auf Anhieb unsympathisch. Er schätzte Zenker auf ungefähr sechzig; die leicht gebückte Körperhaltung und wie er sich ständig die Hände rieb, vermittelten Paul zudem den Eindruck, einem Nervenbündel gegenüberzusitzen.

»Wie gesagt, Herr Hummel, wir dulden weder Alkohol noch Zigaretten an der Schule. Und Ihr Sohn ist bereits mehrmals auffällig geworden...«

Paul hörte kommentarlos zu. War dieser alte Knochen denn niemals jung gewesen? Hatte er nie im Schulhof in den Ecken rumgehangen, um zu rauchen? Er würde sich jetzt gerne selbst eine anzünden, zur Beruhigung, aber damit täte er Friedrich keinen Gefallen.

»Wie oft?«

Zenker nahm die Brille ab und rieb sich die Nasenwurzel. Der Brillenbügel schien ihn zu schmerzen. »Was meinen Sie mit ›wie oft‹?«

»Wie oft wurde Friedrich erwischt?«, antwortete Paul. »Wenn Sie meinen Sohn anklagen wollen, hätte ich gerne exakte Angaben.«

Zenker richtete sich in seinem Stuhl auf. »Da müsste ich im Klassenbuch nachsehen, aber bereits einmal ist einmal zu viel! Wehret den Anfängen, sage ich immer. Gerade in diesem Alter sind Jungen sehr anfällig für jegliche Art von Drogen…«

»Stopp, stopp!« Paul unterbrach Zenker aufgebracht. »Ich habe Ihnen doch erklärt, wie sich die Sache verhält. Friedrich wurde angegriffen, er hat sich quasi nur freigekauft. Warum bestehen Sie darauf, dass mein Sohn den Schnaps selbst getrunken hat?«

»Weil es den Tatsachen entspricht«, behauptete Zenker. »Ihr Sohn hat Ihnen einen Bären aufgebunden. Ich selbst habe Friedrich während einer Pausenaufsicht in einer Ecke erwischt, wie er trank. Und von anderen Schülern wurde mir zugetragen, dass Ihr Sohn mit Spirituosen handelt.«

Paul zuckte innerlich zusammen angesichts dieser schwerwiegenden Beschuldigung. Hatte Zenker womöglich recht? Doch dann fiel ihm ein gewichtiges Argument ein. »Mein Sohn bekommt monatlich einhundert Mark Taschengeld, er muss also nicht mit Schnaps *handeln*, wie Sie behaupten.«

Auf Zenkers Stirn zeigten sich tiefe Unmutsfalten. Hektisch rieb er sich die Hände.

Paul schloss daraus, dass Zenker nicht einverstanden war mit dem Hunderter. »Nun gut, gehen wir einmal davon aus, dass sich alles so zugetragen hat, wie Sie behaupten. Wie geht es jetzt weiter?«

Zenker sah Paul fragend an. »Ich kann Ihnen nicht ganz folgen.«

Paul hatte genug von der Inquisition. Er würde Friedrich zwar zur Rede stellen, aber bei den heutigen aufmüpfigen Teenagern war nicht viel auszurichten. Sein Sohn durchlebte eben diese Phase des Mannwerdens, früher oder später würde er sich wieder fangen. Aus seiner Erfahrung im Umgang mit schwierigen Kunden ahnte er, dass der Lehrer vor allem seine Autorität bestätigt wissen wollte. Nun gut, den Gefallen konnte er ihm tun.

»Was würden Sie tun, Herr Zenker, wenn es Ihr Sohn wäre?«

Zenker schien überrascht. »Ähm... nun... wenn Sie meine Meinung dazu wirklich interessiert... Ich würde meinem Sohn mindestens einen Monat Hausarrest aufbrummen und ihm sechs Monate lang das Taschengeld verweigern.«

Paul erhob sich und reichte Zenker die Hand. »Vielen Dank. Ich werde mir Ihren Rat zu Herzen nehmen«, sagte er diplomatisch und dachte insgeheim, dass der Mann nicht mehr alle beisammenhatte. Teenager einzusperren hatte noch nie den gewünschten Effekt gebracht. Dann verließ er das Schulgebäude im Laufschritt. Nicht, weil er so schnell wie möglich fort wollte aus dieser höheren Lehranstalt, deren Lehrkräfte offensichtlich nicht mit schwierigen Jugendlichen zurechtkamen, sondern weil er eine Verabredung hatte, die ihn jeglichen Ärger vergessen ließ.

Sarah war in der Stadt.

Während des einstündigen Flugs nach München fasste Rosalie einen Entschluss: Diesmal würde sie Paul endlich von ihrem gemeinsamen Sohn erzählen. Sie hatte lange genug geschwiegen.

Daniel hatte sich mit den Bildern der besetzten Häuser an der Münchner Hochschule für Film und Fernsehen für das Studienfach Kamera beworben und war angenommen worden. Er würde also in der Nähe seines Vaters studieren. Rosalie empfand diesen Schachzug des Schicksals – es war Daniels alleinige Entscheidung gewesen – wie einen sanften Zwang, endlich Ordnung in ihr Leben zu bringen. Klare Verhältnisse zu schaffen. Und auch Bernd nicht mehr zu hintergehen.

Am Flughafen wurde Rosalie von Paul erwartet. Stürmisch flog sie in seine Arme.

»Ich hab dich so sehr vermisst«, raunte ihr Paul zwischen Küssen ins Ohr.

»Ich dich auch«, erwiderte sie glücklich.

Paul lenkte den Mercedes mit einer Hand, die andere hielt Rosalie fest. So fuhren sie über das kurze Stück Autobahn auf den Mittleren Ring und erreichten fünfzehn Minuten später den Stadtteil Bogenhausen. Vor einem futuristisch wirkenden Hochhaus hielt er an.

»Das Arabellahochhaus, dreiundzwanzig Stockwerke, Gesamthöhe fünfundsiebzig Meter, erbaut von neunzehn sechsundsechzig bis neunundsechzig«, erklärte er im Tonfall eines Reiseführers. »Laut SPD fehlen der Stadt München nämlich siebzigtausend Wohnungen in den nächsten Jahren. Hier siehst du die ersten fünfhundert, mit einem Schwimmbad auf dem Dach. Moderner kann man nicht wohnen.«

Rosalies Blick wanderte über den innovativ anmutenden Quader. »Beeindruckend«, sagte sie. »Hast du hier was zu erledigen?«

Paul küsste sie zärtlich. »So ungefähr. Bitte aussteigen«, antwortete er verschmitzt grinsend.

Mit dem Aufzug fuhren sie in die fünfzehnte Etage. Paul führte sie einen langen Flur entlang, blieb vor einer hellblau lackierten Tür stehen und übergab ihr ein kleines schwarz lackiertes Holzkästchen, das mit einem roten Band umwickelt war. »Statt Blumen, falls du dich gewundert hast, warum ich heute ohne Strauß am Flughafen stand.«

»Du machst es ja spannend.« Aufgeregt löste Rosalie die Schleife und öffnete den Deckel. Darin lagen ein Namensschild aus Metall, auf dem in schwungvoller schwarzer Schrift *Silbermann* eingraviert war, und ein Schlüssel. »Paul ... du bist ...« Ihre Stimme versagte vor Rührung.

Mit zitternder Hand sperrte Rosalie die Tür auf, die sich zu einem Apartment öffnete. Von einem winzigen Vorraum führte eine Tür zum Duschbad mit Toilette. Zwei Schritte weiter standen sie in der integrierten Kochnische, die vom Hauptraum durch einen kurzen brusthohen Tresen abgegrenzt wurde. Das Zimmer beherrschte eine moosgrüne Wohnlandschaft, dekoriert mit Kissen in warmen Herbstfarben. Gegenüber an der Wand stand ein Bücherregal mit wenigen Büchern, einem Telefon, einem tragbaren Fernseher auf dem unteren breiten Bord und dem alten Koffer daneben. Das Fenster über die gesamte Wandbreite ließ die Oktobersonne in den Raum.

Stolz breitete Paul die Arme aus. »Unsere erste gemeinsame Wohnung!«

»Du bist wahnsinnig und obendrein ein Geldverschwender«, lachte Rosalie. »Dass du an den Koffer gedacht hast. Ich liebe dich.«

»Wahnsinnig verliebt in dich, meine geliebte Sarah.« Er zog sie in seine Arme. »Für dich ist mir nichts zu teuer, kein Berg zu hoch, kein Fluss zu tief, kein Feuer zu heiß. Aber sag, wie gefällt dir unser geheimes Paradies? Es ist noch nicht perfekt, und außer dem Taschenmesser meines Vaters gibt es in der Kochnische nur zwei Gläser ...«

Rosalie war hin- und hergerissen zwischen Glück und Überraschung. »Ich bin sprachlos.«

»Wenn du in Berlin bist, kann ich mich hierhin zurückziehen und in Ruhe mit dir telefonieren«, schwärmte Paul weiter.

Sie ließ sich auf den nach Westen gelegenen Balkon führen, genoss die wärmende Herbstsonne und war selig. Ihr geliebtes München aus dieser Perspektive zu betrachten war einfach unbeschreiblich. Genau jetzt fühlte es sich an, als wären all ihre

Wünsche wahr geworden. Als wäre sie wieder zu Hause und lebte glücklich mit Paul zusammen. Für den Anfang war es nur eine winzig kleine Wohnung, aber sie würden sich ohnehin nur im Bett aufhalten. »Oh, Paul, ich bin überwältigt.«

»Womöglich ist es auch ein Spiel mit dem Feuer«, meinte Paul nachdenklich. »Wäre es nicht ein Wink des Schicksals, wenn uns jemand ertappt? Sozusagen in flagranti. Zum Beispiel *Der Flaneur*. Im Untergeschoss befindet sich nämlich ein renommiertes Tonstudio, in dem bereits die *Stones* eine LP aufgenommen haben. In diesem Gebäude verkehren jede Menge Promis. Stell dir vor, der Waldbauer entdeckt uns Arm in Arm und berichtet darüber in seiner Kolumne. Es wäre wie ein bösartiger Sturm, der allen Heimlichkeiten ein Ende setzen würde.«

Das war der Moment, auf den Rosalie gewartet hatte. Sie war wie berauscht von der Vorstellung, Vater und Sohn endlich zu vereinen. »Was hältst du davon, wenn wir diesen *Sturm* selbst erzeugen? Ich muss dir nämlich...«

Er umarmte sie stürmisch. »Oh, Sarah, mein Liebling, ich denke an nichts anderes, aber...«

»Aber?«, wiederholte sie in banger Vorahnung, als er stockte. Sie beschlich das vage Gefühl, sich bereits mitten in einem bösartigen Sturm zu befinden.

»Nicht so wichtig«, wiegelte Paul ab. »Wir wollen doch unsere kostbare Zeit nicht mit Problemen vergeuden. Lachend zog er sie auf die Wohnlandschaft.

Rosalie sehnte sich genauso nach seinen Liebkosungen und seiner Leidenschaft wie er. Als er sich fahrig eine Zigarette anzündete, war nicht mehr zu ignorieren, dass er ihr etwas verheimlichte. »Was ist los? Ich spüre doch, dass dich etwas bedrückt.«

Zögernd begann Paul, von Friedrich und der geklauten Schnapsflasche zu erzählen. »Als mir dieser Zenker eröffnete, mein Sohn würde saufen, dachte ich, der Mann übertreibt maßlos. Viele Halbwüchsige betrinken sich mal, und mit vierzehn sind die Kinder heutzutage doch frühreif. Nach dem ersten Vollrausch haben sie meist genug. Bis ich von Emma erfuhr...« Er stockte.

Mit einer nervösen Geste fuhr Paul sich durchs Haar und zündete sich die nächste Zigarette an. »Ich habe Fritz beobachtet, sein Zimmer durchsucht, bin ihm sogar heimlich am Sonntag gefolgt, habe aber nichts Auffälliges entdecken können. Wir hatten bereits die absurde Idee, einen Detektiv zu engagieren, da fand unsere Haushälterin in Friedrichs Jeans ein klebriges schwarzes Bonbon, jedenfalls dachte sie, es wäre eines. Tatsächlich war es Haschisch. Du kannst dir sicher vorstellen, wie schockiert wir waren. Unser Sohn drogensüchtig? Doch er stritt es ab, schwor, ein Freund hätte es ihm wohl bei einer Fete in die Tasche geschoben. Würdest du ihm glauben?«

Rosalie vergaß ihr Vorhaben. Es war der falsche Zeitpunkt. Sie holte tief Luft und besann sich auf die Realität. Pauls Problem war jetzt wichtiger. »Ja, ich würde meinem Sohn immer glauben, er hat mich noch nie belogen«, antwortete sie und erzählte von den Fotos am Bahnhof Zoo. »Daniel hat sie an eine Zeitung verkauft, um auf die katastrophalen Zustände aufmerksam zu machen. Dass es sich bei den Bildern um ernsthafte Arbeit handelte, lag außerhalb meiner Vorstellungskraft – bis er mir die Hintergründe erklärt hat. Wofür Schnaps gut sein könnte, weiß ich leider nicht, aber wenn *wir* damals welchen für den Schwarzmarkt gehabt hätten, wären wir reich geworden. Wäre es möglich, dass er die Flaschen verkauft, weil er Geld braucht?«

Paul lachte auf. »Sicher nicht, Fritz bekommt reichlich Taschengeld. Und jetzt lass uns endlich zu einem Thema wechseln, das ohne Worte auskommt.« Er zog sie wieder an sich. »Ich liebe dich, und nichts anderes zählt.«

Rosalie war nur zu gerne bereit, mit ihm der Gegenwart zu

entfliehen. Das große Geständnis einmal mehr zu verschieben. Sich stattdessen in seine Umarmung fallen zu lassen. In Leidenschaft aufzulösen.

Hastig, weil sie den jeweils anderen eine Ewigkeit lang entbehrt hatten, zerrten sie einander die Kleider vom Leib. Erhitzt vor Begierde wollten sie nicht mehr reden, sich nur noch spüren, versäumte Stunden nachholen.

40

Verdammt noch mal. Fluchend knallte Rosalie den Hörer auf die Gabel und blickte auf ihre goldene Armbanduhr, die sie sich vor drei Jahren zu Sarahs vierzigstem Geburtstag geschenkt hatte. Es war kurz nach fünf, aber Paul war trotz ihrer Verabredung nicht erreichbar. Weder im Büro, wo er um diese Zeit normalerweise allein war, noch im Arabellahaus.

Zwei Wochen waren seit ihrem letzten Besuch in München vergangen. Die traumhaften Tage und leidenschaftlichen Nächte mit Paul hatten der Sehnsucht nach einem gemeinsamen Leben neue Nahrung gegeben. Übermütig hatten sie das Schicksal herausgefordert: hatten gemeinsam Geschirr eingekauft, die Blumen-Oma und Albert auf dem Friedhof besucht. Rosalie hatte im Stillen gehofft, vielleicht sogar Wilma zu begegnen. Es wäre eine Gelegenheit zur Versöhnung gewesen. Aber seit der Hüftoperation kam ihre Adoptivmutter nur noch sehr selten ans Grab, wie sie von Paul erfahren hatte.

Wo war er nur? Beim nächsten Versuch ertönte wieder nur das verdammte Freizeichen. Es war zum Verzweifeln. Ob er krank zu Hause lag? Sie wählte die Nummer in der Wohnung. Tuuut, tuuut, tuuut... Versuchte es wieder und wieder und war nach drei Tagen verrückt vor Sorge, malte sich die unmöglichsten Szenarien aus, womöglich einen Autounfall... In den Nächten fror es bereits, und sie sah Paul von einem Lastwagen überfahren auf der Straße liegen. Ganz genau so, wie sie es Daniel weisgemacht hatte. Eine sich selbst erfüllende Prophezeiung. In ihrer Ratlosigkeit schrieb sie einen kurzen Brief, adressiert an Sarah Silbermann, deren Name ja am Briefkasten ihrer Wohnung stand. Auch der blieb ohne Antwort. Sie war drauf und dran, den Job hinzuschmeißen, bereit, eine hohe Strafe zu bezahlen und Hals über Kopf nach München zu fliegen, als in der Wohnung endlich abgehoben wurde.

Allein aus dem leisen »Ja«, mit dem er sich meldete, und seiner belegten Stimme war herauszuhören, dass etwas passiert sein musste.

»Paul, ich habe mir solche Sorgen gemacht, was ist denn los? Bist du krank?«

»Nein ... Fritz ...«

Rosalie vernahm das Aufflammen eines Streichholzes, das typische Anziehen an einer Zigarette und Schluckgeräusche. Ein diffuses Unbehagen ließ sie den Atem anhalten. »Ist er krank?«

»Fritz ... ist tot.« Die Worte knallten wie Bombeneinschläge durch den Hörer. »Überdosis ... Heroin ... Er hat tatsächlich Schnaps an Schulfreunde verkauft und damit seinen Drogenkonsum finanziert.«

Unter schweren Atemzügen, die seinen ganzen Schmerz enthielten, erzählte Paul von dem Moment, als die Polizei in der Theresienstraße geläutet und die erschütternde Nachricht überbracht hatte, Friedrich sei in der Wohnung eines Dealers gefunden worden.

»Es tut mir so unendlich leid«, sagte Rosalie. »Kann ich irgendetwas für dich tun?«

»Nein ... aber ... es tut gut, mit dir zu reden ...« Paul stöhnte auf. »Emma ist überzeugt, dass wir Fritz vernachlässigt haben, weil wir rund um die Uhr gearbeitet haben. Sie steht unter Schock, hört überhaupt nicht mehr auf zu heulen, deshalb war ich in den letzten Tagen nur bei ihr zu Hause. Auch die Schwiegereltern und Wilma geben uns die Schuld. Wo auch immer ich bin, überall wird getuschelt, und ich werde angesehen, als wäre ich der Mörder meines Sohnes. Und je länger ich darüber nachdenke, umso deutlicher erkenne ich... dass ich mich zu wenig um ihn gekümmert habe... Ich hätte mehr mit ihm reden müssen... ihm bei den Matheaufgaben helfen... gemeinsam was unternehmen... ein Fußballspiel anschauen, wie Albert und ich früher jeden Sonntag...« Er brach ab.

Rosalie hörte das leise Klirren eines Glases. »Oh, Paul, niemand weiß, ob es nicht ein Unfall war. In den Berliner Zeitungen liest man beinahe täglich von verunreinigtem Stoff, der zu solchen Katastrophen führt«, sagte sie, auch wenn ihre Worte nur ein hilfloser Versuch war, ihn zu trösten.

»Ja, vielleicht war es ein Unfall. Aber warum hat er überhaupt Drogen genommen? Warum haben wir nichts davon bemerkt?« Paul keuchte laut. »Weil wir nie da waren, immer nur auf der Jagd nach dem Erfolg. Genau da liegt doch meine Verantwortung...«

Rosalie konnte nichts weiter tun, als zuzuhören. Das eigene Kind begraben zu müssen war grausamer als alles, was Eltern geschehen konnte. Geduldig riet sie Paul, sich um Emma zu kümmern. Wie hätte sie von ihm erwarten können, sich in dieser Situation von ihr zu trennen?

Auch sie fühlte sich schuldig. Und je länger sie darüber grübelte, umso klarer wurde der Gedanke, dass Paul seine Familie ihretwegen vernachlässigt hatte. Wegen ihrer Gefühle füreinander war ein junger Mensch gestorben. Diese Erkenntnis brannte wie Feuer. Sie durfte Paul niemals wiedersehen.

Mein Liebling,

tausend tröstende Worte schicke ich Dir mit diesem Brief, auch wenn sie Friedrich nicht zurückbringen. Ich möchte Dir sagen, dass ich seit unserem Gespräch ständig darüber nachdenke, was Du über Deine Schuld gesagt hast. Wenn Du wirklich davon überzeugt bist, dann muss auch ich mir einen Teil davon

anlasten. Nicht Du allein hast Deine Familie betrogen, ich habe es ebenfalls getan, indem ich bereit war, Dich zu treffen, Zeit mit Dir zu verbringen, die ich, die wir Deiner Familie gestohlen haben. Hätten wir nicht an einem unerfüllbaren Traum festgehalten, wärst Du mit Deiner Familie glücklich geworden.
Auch wenn Du mir vielleicht nicht zustimmen magst, dürfen wir uns nicht mehr sehen und müssen unsere Beziehung beenden. Sie hat zu viel Leid verursacht. Würde Emma von uns erfahren, wage ich mir nicht vorzustellen, was geschehen könnte. Emma war nie meine Freundin, dennoch kann ich nachempfinden, wie sich eine Mutter fühlen muss, die ihr einziges Kind verloren hat. Es gibt nichts, was schmerzhafter sein kann. Ihr jetzt auch noch den Ehemann wegzunehmen wäre zu grausam. Bitte verstehe meinen Entschluss. Ich werde Dich nicht mehr anrufen und mich auch sonst nicht mehr melden.
Kümmere Dich um Emma. Bitte. Sie braucht Dich jetzt.

Sarah

Unter Tränen warf sie den Brief ohne Absender ein. Tapfer hielt sie an ihrem Entschluss fest, Paul nicht mehr anzurufen. Tagsüber war sie durch ihre Arbeit im Synchronstudio abgelenkt. Nachts lag sie schlaflos in den Kissen. Ohne Bernds Fürsorge hätte sie die Schuldgefühle nicht ertragen. Er fragte nicht, warum sie deprimiert war, ständig rote Augen hatte, brachte ihr morgens Tee ans Bett, kochte abends für sie und schien geduldig auf eine Erklärung zu warten.

Bei einem Abendessen, als sie wie all die Tage zuvor schweigend vor sich hin starrte, sagte er: »Ich ertrage dieses Schweigen nicht mehr. Was stimmt nicht mehr zwischen uns? Ich liebe dich immer noch wie am ersten Tag, aber wenn sich deine Gefühle verändert haben und du unsere Beziehung beenden willst, dann rede mit mir. So kann es jedenfalls nicht weitergehen.«

Rosalie erschrak. Ihr wurde bewusst, dass sie Bernd ausnutzte. »Es tut mir so leid«, sagte sie und erzählte von Paul, einer Jugendliebe. Es war nicht die volle Wahrheit, aber sie wollte Bernd nicht verletzen, und ihre Gefühle für ihn hatten sich nicht geändert. Er war Daniel immer ein fürsorglicher, liebevoller Freund gewesen, und während ihres gemeinsamen Lebens war auch sie mit ihm zusammengewachsen. »Wir haben uns zufällig in München getroffen, einen Abend miteinander verbracht, Erinnerungen ausgetauscht und ...«

»Hast du mit ihm geschlafen?«

Rosalie nickte.

»Wirst du ihn wiedersehen?«

Traurig schüttelte sie den Kopf. »Nein, es ist vorbei, und er ist verheiratet«, antwortete sie, froh, nicht lügen zu müssen. Doch als sie die Wahrheit aussprach, füllten sich ihre Augen mit Tränen.

»Und wenn er das nicht wäre?«

Dann wäre so vieles nicht geschehen!, wollte sie schreien, doch sie putzte sich nur die Nase und sagte leise: »Aber er ist es ...«

In dieser Nacht schliefen sie seit langer Zeit wieder miteinander.

Paul war es unmöglich, sich auf den Papierkram zu konzentrieren, den er mit nach Hause genommen hatte. Emmas anhaltende Trauer schmerzte ihn körperlich. Seit Friedrichs Beisetzung, die Emma nur mit starken Beruhigungspillen überstanden hatte, verbrachte sie Stunden an seinem Grab. Sobald der Friedhof geschlossen wurde, verzog sie sich schluchzend in sein Zimmer. Teilnahmslos lag sie da, kümmerte sich nicht mehr um ihr Aussehen wie früher, nicht mehr um ihren Betrieb oder den Umbau, der sie noch vor wenigen Wochen in Euphorie versetzt hatte.

»Für wen?«, hatte sie geschrien. Ihr über alles geliebter Sohn und Nachfolger war tot, ihr Leben sinnlos geworden. Alles, was sie aufgebaut hatte, war nicht mehr wichtig.

»Er war auch mein Sohn«, hatte Paul sie angebrüllt wie niemals zuvor. Später tat es ihm leid, aber warum glaubte sie, er würde nicht trauern? Das Leben nahm nun mal keine Rücksicht auf Tränen um geliebte Verstorbene, und zu seiner Arbeit auf dem Großmarkt musste er sich jetzt auch noch um den Feinkostladen kümmern. In seiner Not hatte er Barbara, eine Frau um die vierzig und langjährige erste Verkäuferin, zur Geschäftsführerin ernannt. Sie war der Firma treu ergeben und kannte sämtliche Abläufe. Notfalls wollten die Schwiegereltern einspringen. Neue Aufträge für Partys oder Veranstaltungen wurden mit der Begründung der Überlastung abgelehnt. Großer Andrang war allerdings nicht zu verbuchen. *Der Flaneur* hatte ausführlich und mit »allergrößter Anteilnahme« über den Drogenskandal im Hause Nusser berichtet. Der Negativeffekt machte sich bereits bemerkbar. Im Feinkostladen stöhnten die Verkäuferinnen nun nicht mehr über den unablässigen Kundenandrang oder die fehlende Zeit für eine Kaffeepause. Selbst die Halbwelt blieb fern in der irrigen Annahme, die Polizei wäre ständig anwesend. Dabei waren die Ermittlungen längst abgeschlossen.

Fritz war in einer Fixerwohnung gefunden worden. Paul hatte in der Illustrierten *Stern* Artikel über eine Fixerin gelesen, die mit dreizehn angefangen hatte, Heroin zu spritzen. In ihren Berichten war von vernachlässigten Jugendlichen die Rede. Von jungen Menschen wie Fritz, die Probleme mit Drogen zu bewältigen suchten und im schlimmsten Fall an einem »Goldenen Schuss« starben. Von Abschiedsbriefen, in denen sie die Qualen eines Junkies schilderten und vor Heroin warnten. Fritz hatte keinen Brief hinterlassen, nicht mal eine kurze Nachricht. Er hatte seine Eltern in Ratlosigkeit und Selbstvorwürfen zurückgelassen. Deshalb wollte Paul wenigstens den Ort kennenlernen, an dem Fritz seine letzten Stunden verbracht hatte, und herausfinden, wer einem Vierzehnjährigen harte Drogen verkaufte. Die Polizei bedauerte, weder Namen noch Adresse herausgeben zu können, und warnte Paul vor Racheaktionen, die seinen Sohn auch nicht wieder zum Leben erwecken könnten.

Waldbauer, den Schuldgefühle wegen des diffamierenden Artikels plagten, fand über seine weit verzweigten Kontakte das Gewünschte heraus.

Heute hatte er ihm die Adresse zukommen lassen, und jetzt würde Paul der Sache auf den Grund gehen.

Als er sich zum Gehen wandte, bemerkte er die plötzliche Stille in der Wohnung. Emmas Schluchzen war verstummt. Er fand sie in ihren Kleidern auf Friedrichs Bett, das Gesicht verquollen, die Nase gerötet, das Haar verklebt. Er zog ihr die Schuhe aus, deckte sie mit einer Wolldecke zu und setzte sich eine Weile zu ihr auf die Bettkante.

»Emma, ich muss noch mal weg«, flüsterte er leise. Sie reagierte nicht, schien fest zu schlafen. Er holte ein Glas Wasser aus der Küche, stellte es auf das niedrige Tischchen neben dem Bett und schrieb einen Zettel: *Bin bald zurück*.

Paul musterte den vierstöckigen gelb verputzten Neubau, dessen Balkone ab dem ersten Stockwerk die nüchterne Fassade unterbrachen. Ein unauffälliges Gebäude in einer Nebenstraße, umrundet von einem kurz geschnittenen schmalen Rasenstreifen. Ein Hund bellte, aus einem offenen Küchenfenster drang das Geklapper von Töpfen, ein Radfahrer fuhr vorbei. Nichts als Bürgerlichkeit in Reinkultur, Drogen oder Dealer waren das Letzte, was man hier vermuten würde.

Die gesuchte Wohnung lag im Erdgeschoss, wie auf der

Nachricht vermerkt war. Sein minutenlanges Läuten blieb ohne Reaktion. Wenig später verließ jemand das Haus, und er schlüpfte durch die Tür. Drei Stufen führten zu einem quadratischen Hausflur, von dem vier Wohnungstüren abgingen, eine ohne Namensschild. Er klingelte. Wartete. Verlor die Geduld und trat wütend gegen die Tür – die aufsprang. Offensichtlich war sie nicht richtig ins Schloss gezogen worden.

Ein kurzer Flur mündete in einer rechteckigen Diele, von der aus die Zimmer abgingen.

»Hallooo...«

Ekelerregender Gestank aus Schweiß, Zigarettenrauch und saurer Milch schlug Paul entgegen. Von irgendwo vernahm er leises Gemurmel. Er folgte den Stimmen, trat durch eine der Türen und erblickte fünf völlig abgemagerte junge Menschen. Weiblich oder männlich, das war bei der düsteren Beleuchtung und dem dichten Zigarettenqualm nicht im Einzelnen zu erkennen. Apathisch lungerten sie auf verdreckten Matratzen in nicht weniger verdrecktem zerwühltem Bettzeug herum. Die Wände waren voller dunkler Flecken, vielleicht Blutspritzer. Auf dem schmierigen Linoleumboden lagen schmutzige Spritzen, Kerzenstummel, verrußte Löffel, volle Aschenbecher, zwei, drei Milchtüten, klebrige Kaffeetassen, Gläser mit trübem Wasser und jede Menge offener Konservendosen – alle aus dem Hause Nusser. Eine Sekunde lang glaubte Paul, Fritz tot in den dreckigen Laken liegen zu sehen. Seine Beine begannen zu zittern, er schwitzte und fühlte sich, als drücke ihm jemand den Hals zu.

»Wer von euch ist Hanno Laufer?«, brüllte er zornig. Keine Reaktion. »Verdammt noch mal, ich suche Hanno«, schrie er zornig. Dieser Hanno, das hatte Waldbauer herausgefunden, dealte mit Heroin. Angeblich hatte sein Sohn in dieser Wohnung seit etwa einem Jahr verkehrt.

Ein langer dürrer Kerl mit fettigen Haaren erhob sich träge und kam auf ihn zu. »Hey, Mann, haste das Dope dabei?«

Paul schoss das Blut ins Gesicht. Er war so wütend wie noch nie in seinem Leben und kurz davor, die Bude auseinanderzunehmen. Aber dieser Schatten eines menschlichen Wesens schien die drohende Gefahr nicht zu spüren.

»Bist du Hanno?«

Der Dürre starrte ihn mit leeren Augen an, fasste in seine Jeanstasche und förderte einen zerknüllten Hunderter zutage. »Hier, Mann, die Kohle. Gib mir den Shit. Los.«

Paul hatte genug. Er packte den Fixer an seinem vergammelten Pullover und schubste ihn unsanft mit seinem Dreckgeld zurück auf die Matratze. »Verrecken sollt ihr alle!«, schrie er seinen Schmerz heraus. Obgleich er deutlich sah, dass diese Halbtoten völlig außerhalb der Realität vor sich hin vegetierten, trat er den Dürren noch kräftig in den Hintern. Die ersehnte Erleichterung hielt gerade mal ein paar Sekunden an.

Wieder auf der Straße musste er mehrmals tief Luft holen, um wenigstens den entsetzlichen Gestank aus der Nase zu kriegen und den Würgereiz zu überwinden. Doch das Elend, das er eben gesehen hatte und in dem sein geliebter Sohn auf jämmerliche Weise gestorben war, würde er niemals vergessen können.

Zu Hause sah er sofort nach Emma. Sie lag unverändert in Friedrichs Bett. Wieder setzte er sich zu ihr, wollte von seiner »Racheaktion« berichten, doch sie bewegte sich nicht einmal. Er blieb lange bei ihr, den Kopf in die Hände gestützt, gegen Schuldgefühle und die Sehnsucht nach Sarah ankämpfend.

Kümmere dich um Emma…

Das hatte Sarah geschrieben. Worte, die nach Bestrafung klangen.

Kümmere dich um Emma…

Spät in der Nacht verließ er das Kinderzimmer, suchte im Wohnzimmer nach dem Whisky, kippte eine halbe Flasche und fiel mit einem einzigen Gedanken in einen schweren Schlaf.

Kümmere dich um Emma…

Die Vorweihnachtszeit forderte Paul alle Konzentration ab, die er aufzubringen vermochte. Wären nicht fünf Arbeiter und zwei Büroangestellte nebst ihren Familien von seinem Betrieb abhängig gewesen, er hätte alles hingeworfen. So machte er weiter, immer weiter, betäubte sich mal mit Wodka, mal mit Whisky, während der Arbeitszeiten mit Bier und kaute Kaugummi gegen die Fahne. Niemand bemerkte seine aufgesetzte Freundlichkeit, und alle bewunderten ihn für seine Kraft. Er funktionierte wie ein zuverlässiger Gabelstapler, aß wenig, rauchte dafür zwei Schachteln Zigaretten am Tag, und eine ordentliche Dosis Alkohol verschaffte ihm traumlose Nächte.

Emma erstarrte trotz seiner Fürsorge förmlich in ihrer Trauer, reagierte weder auf Zuspruch, noch rührte sie die von Johanna liebevoll gekochten Mahlzeiten an. Sie wurde von Tag zu Tag schmaler, und als sie auch noch den Tee verweigerte, rief Paul den Hausarzt.

»Ihre Frau zeigt Anzeichen einer schweren Depression«, erklärte er und riet, sie in die private Nervenklinik eines bekannten Spezialisten einzuweisen.

Jeden Tag nach dem Großmarkt besuchte Paul das Grab seines Sohnes und anschließend Emma in der Klinik. Egal, wie lange er bei ihr saß, sie blickte nur teilnahmslos aus dem Fenster des hübsch eingerichteten Einzelzimmers und murmelte unablässig: »Es war Schicksal. Es war Schicksal. Es war Schicksal...«

Der behandelnde Psychologe versicherte Paul, dass sie zu ihrer eigenen Sicherheit mit Medikamenten ruhiggestellt sei, damit sie sich nicht selbst etwas antun könne. »Mit dem Tod ihres Sohnes hat sie den Sinn ihres Lebens verloren, und ihre Seele schützt sich sozusagen selbst durch eine Schockstarre. Die Zeit heilt Wunden, heißt es, und ich versichere Ihnen, dass sie ihren Verlust eines Tages verarbeitet haben wird.«

»Aber wann?«, fragte Paul, der Emmas Schmerz nicht mehr

mit ansehen konnte und sich mit jedem Atemzug wünschte, sein Leben gegen das von Friedrich eintauschen zu können.

»Niemand kann vorhersagen, wie lange so eine Trauerphase dauert und wie sie verläuft«, erklärte der Therapeut. »Jeder Mensch verarbeitet tragische Ereignisse anders. Und der Tod des eigenen Kindes ist für Mütter besonders traumatisch. Sie können nichts weiter tun, als Ihre Frau wie bisher zu besuchen. Auch wenn sie keinerlei Reaktion zeigt, sie spürt Ihre Anwesenheit, die ihr bei der Verarbeitung hilft. Und wenn ich Ihnen einen Rat geben darf«, fügte er mit besorgter Miene hinzu. »Auch für Sie war es ein schwerer Schock. Denken Sie darüber nach, ob Sie sich nicht einem Facharzt anvertrauen möchten.«

Paul vertraute sich seiner Flasche an, die ihn zuverlässig durch die qualvollen Nächte navigierte. Durch die Stunden, in denen er allein in der Dunkelheit lag und das Leben verfluchte.

»Guten Rutsch, Mama«, wünschte Daniel seiner Mutter. »Ich feiere mit meinen alten Schulfreuden und werde sicher erst im Morgengrauen nach Hause kommen. Mach dir also bitte keine Sorgen.«

»Nein, nein«, schwindelte Rosalie.

»Und zieh nicht so ein trauriges Gesicht. Vielleicht wird es ja ganz lustig bei Trudi. Gib ihr einen dicken Kuss von mir und sag Oskar einen ganz lieben Gruß.« Er umarmte sie kurz und küsste sie auf die Wangen. »Wir sehen uns im neuen Jahr wieder.«

»Viel Spaß, mein Schatz.« Sehnsüchtig blickte sie ihm hinterher. Wie erwachsen er doch war. Die Filmhochschule hatte ihn zu einem ernsthaften Studenten gemacht, der fleißig arbeitete, auch wenn er mit dem Bart, den langen Haaren und in den Schlaghosen eher wie ein herumgammelnder Hippie aussah.

Rosalie hasste den letzten Tag des Jahres. Abgesehen vom Besuch ihres geliebten Sohnes, der über die Feiertage nach Berlin gekommen war, geschah an diesem Tag nie etwas Außergewöhnliches. Außerdem war es ihr ein Rätsel, warum sich aus seltsam geformten Bleiklumpen ein gutes oder schlechtes neues Jahr vorhersagen lassen sollte. Alles Humbug, nichts als Aberglaube. Es begann lediglich ein neuer Monat, die Probleme rutschten mit über die Datumsgrenze. Man erwachte in einem neuen Jahr und war immer noch die Alte – mit allen Seelenqualen. Sie verzichtete auch gerne auf diese alberne Knallerei, die mit jedem Jahr länger dauerte. Jeder einzelne Böller weckte Erinnerungen an den Tag, als sie mit ihren Eltern auch ihre Identität verloren hatte. Bei jeder Rakete sprangen die längst vergangenen Geschehnisse sie wie blutrünstige Monster an, ließen sie erneut den Bombenhagel durchleben. Bilder eines weinenden kleinen Mädchens quälten sie an jedem Silvester seit dreiunddreißig Jahren und wollten einfach nicht verblassen. Ließen sich auch nicht in Alkohol ertränken. In düsteren Momenten hatte sie sich manchmal gewünscht, Paul hätte sie nicht gefunden. Viel Leid wäre ihnen allen erspart geblieben.

Lustlos schleppte sie sich ins Badezimmer. Bernd und sie waren bei Trudi zu Kartoffelsalat, Würstchen und Schampus eingeladen. Die Jahre davor hatte Lulu Silvesterpartys veranstaltet, nun war sie Ende November mit dreiundachtzig sanft entschlafen. Als hätte sie es geahnt, zog sie ein letztes Mal ihr schönstes Tanzkostüm an, legte sich bei leiser Musik ins Bett und wachte nicht mehr auf. Trudi hatte Lulu gefunden. Inzwischen hatte sie auch die Wohnung mitsamt den Untermietern übernommen. Die Silvesterfeier war als Gedenkabend für Lulu gedacht, nur deshalb würde Rosalie sich in die sibirischen fünfzehn Minusgrade wagen, die draußen herrschten. Obendrein hatte sie Kopfschmerzen und fühlte sich so schlapp, als sei eine Grippe im Anmarsch. Sie wusste, wo sie sich etwas eingefangen hatte: beim Ausladen der Weihnachtsgeschenke, die sie mit Karin fürs Frauenhaus gesammelt hatte.

Als sie sich die Wimpern tuschte, entdeckte sie neue Fältchen in den Augenwinkeln, einige silbergraue Fäden leuchteten aus ihren dunklen Haaren, und sie fühlte sich uralt. Von einer Sekunde zur anderen wurde ihr heiß. Bin ich am Ende schon in den Wechseljahren?, fragte sie sich. Wann war ihre letzte Periode gewesen? War sie nicht sehr schwach gewesen? Kaum spürbar? Hieß es nicht, das seien die ersten Anzeichen für die Menopause? Schmerzlich wurde ihr bewusst, dass Daniel sie vielleicht bald zur Großmutter machen würde. Die Jahre, ach was, Jahrzehnte waren an ihr vorbeigerast, als säße sie in einer Zeitmaschine.

Ein Schwall kaltes Wasser brachte ihr kurzzeitig Kühlung. Einen Wimpernschlag später erinnerte sie sich an genau die gleiche Situation vor vierundzwanzig Jahren. Damals hatte sich die Krankheit als Schwangerschaft herausgestellt.

Ihr wurde übel. Sie setzte sich auf den Badewannenrand und rechnete nach. Sollte sie tatsächlich ein Kind erwarten, konnte es sowohl von Paul als auch von Bernd sein.

Von wegen, Daniel macht mich zur Großmutter... Vorher werde ich selbst noch mal Mutter, schoss es ihr durch den Sinn. Irgendwann hörte sie ein Klopfen und Bernds Stimme.

»Liebling, alles in Ordnung? Du bist jetzt seit über einer Stunde im Bad. Darf ich reinkommen?«

Mechanisch erhob sie sich vom Wannenrand und öffnete die Tür. Bernd biss gerade in einen Silvesterkrapfen. »Was ist los?«, fragte er mit erschrockenem Blick. »Du bist ja käseweiß...«

Murmelnd starrte Rosalie auf die Bodenfliesen. »Ich... aber es kann nicht sein... unmöglich...«

»Rosalie, mein Schatz, du machst mir Angst, was hast du?«

»Wenn ich mich nicht täusche... bin ich schwanger!«

Bernd benötigte eine Sekunde, dann war die Botschaft angekommen. »Röslein, wie wunderbar.« Er ließ den Rest des Schmalzgebäcks ins Waschbecken fallen, nahm sie in die Arme und wirbelte sie herum. »Dann lass uns endlich heiraten!«

TEIL V
1980–1989

41

Leise summend wiegte Rosalie Paulina in ihren Armen. *Kommt ein Vogerl geflogen… setzt sich nieder auf mein' Fuß…* Meist schlief die Kleine in wenigen Minuten ein, doch heute schreckte ein klirrendes Geräusch sie auf.

»Mein süßes Schätzchen, hab keine Angst, kein Häuserkampf dauert ewig.«

Rosalie hätte es nie für möglich gehalten, sich eines Tages des Hausfriedensbruchs strafbar zu machen. Hausbesetzungen, einerlei, wie marode das Gebäude auch sein mochte, waren nun mal illegal.

Alles begann, nachdem sie in der Apotheke einen dieser Schwangerschaftstests erstanden hatte, die man seit 1978 kaufen konnte. Eine verblüffend einfache Revolution der Früherkennung. Man pinkelte auf einen Teststreifen, und zwei Stunden später zeigte er an, ob man schwanger war. Rosalie war es nicht. Mit zwiespältigen Gefühlen zwischen Enttäuschung und Erleichterung stürzte sie sich in die Synchronisierung eines Films mit dem Hollywoodstar Violet Jones, der sie seit 1955 ein regelmäßiges Einkommen verdankte. Als die Arbeit beendet und kein nächstes Engagement in Sicht war, fühlte sie sich regelrecht trübsinnig. Ein Enkelkind hätte sie aufgemuntert, aber damit war nicht so bald zu rechnen. Daniel war seit einem Jahr als Kameramann fürs ZDF tätig und ständig im Ausland unterwegs. Ihr blieb nur die verhasste Hausarbeit, wobei ihre Laune in den Keller rutschte, sobald sie den Putzlappen auch nur in die Hand nahm.

Da kam Karins Anruf im Sommer 1981 genau im richtigen Moment. »Rosalie, wir brauchen dringend Unterstützung. Du kennst doch die alte Villa, die als Frauenhaus genutzt wird.«

Rosalie erinnerte sich, dort vor ein paar Jahren mit Karin eine Kleiderspende abgeliefert zu haben.

»Bist du in diesem Haus nicht ehrenamtlich engagiert?«

»Genau, und inzwischen sind wir bis unters Dach belegt, und täglich suchen mehr Frauen mit Kindern Schutz vor prügelnden Ehemännern. Ein Frauenhaus reicht längst nicht mehr aus. Immer wieder müssen wir Schutzsuchende abweisen.«

»Wie schrecklich, die armen Frauen, aber was kann ich dabei tun?«

»Du hast ein Auto, im Moment auch kein Engagement, und ich habe mir überlegt, ob du nicht ein wenig durch die Gegend fahren könntest, um leerstehende Objekte auszukundschaften, die wir besetzen könnten.«

Rosalie war sofort bereit mitzumachen. Sie hatte den Häuserkampf über die Medienberichte verfolgt, die ausführlich über die Kahlschlagsanierungen informierten. Auch Kreuzberg war das Opfer skrupelloser Bauspekulanten geworden, und die städtischen Wohnungsbaugesellschaften trieben ebenfalls die Entmietungen voran. Strom und Wasser wurden abgestellt, die Abwasserleitungen verstopft oder Löcher in Dächer gehackt, um durch eindringendes Regenwasser den Verfall zu beschleunigen. Waren alle Bewohner ausgezogen, wurden Öfen und Toiletten zerschlagen, sämtliche noch intakten Leitungen demoliert und Fenster zugemauert. Die Altbauten mit ihren vormals günstigen Mieten sollten Neubauten mit Luxuswohnungen weichen, um mehr Profit zu erwirtschaften. So führte die systematische Vernichtung bezahlbaren Wohnraums zwangsläufig zu Wohnungsnot. Vor allem junge Leute waren es leid, mit tausend anderen um die wenigen bezahlbaren Wohnungen zu kämpfen.

An einem Sonntag, dem einzigen Tag der Woche, an dem

Bernd Zeit hatte, unterhielten sie sich darüber. Bernd war vor zwei Jahren zum Rektor seiner Schule aufgestiegen, was nicht nur mehr Verantwortung, sondern auch mehr Arbeit bedeutete. An den Wochentagen verließ er um sechs das Haus, kam spätabends zurück und saß oft bis weit nach Mitternacht über Papieren. Seit Langem tauschten sie nur noch flüchtige Zärtlichkeiten aus, und Rosalie erinnerte sich nur undeutlich, wann sie zuletzt miteinander geschlafen hatten. Wenn sie ehrlich war, musste sie sich eingestehen, dass sie eher wie Freunde, aber nicht wie Liebende miteinander umgingen.

Bernd hörte aufmerksam zu. »Ich weiß von den Aktionen. Mittlerweile sollen über einhundertsechzig Häuser besetzt sein, davon allein achtzig in Kreuzberg. Und ihr wollt also ein abbruchreifes Haus besetzen und dort einziehen, ohne Wasser und Strom?«

»Warum nicht?«, entgegnete Rosalie und fügte provokant hinzu: »Auch Frauen können aktiv werden. Eine Gruppe lesbischer Frauen hat es im Alleingang geschafft und das Gebäude inzwischen gekauft.«

»Mag sein, dass manche dieser Feldzüge glücken«, räumte Bernd ein, während er Rührei mit gebratenem Speck auf die Gabel häufte. »Aber meiner Meinung nach ist es gefährlich. Wie wollt ihr euch gegen die Polizeigewalt wehren? Teilweise gehen die mit aller Härte vor. Türen einzurammen gehört zu den harmloseren Aktionen. Erinnere dich an die Demonstration vor zwei Jahren, als bei einem Polizeieinsatz ein junger Mann unter einen Bus lief und dabei ums Leben kam. Womöglich verhaftet man euch.«

»Ja, ich weiß«, gab Rosalie zu. »Aber warum gleich mit der Katastrophe rechnen? Selbst ein paar Tage Knast sind lächerlich gegen die Qualen, die manche Frauen erdulden müssen. Im Vergleich dazu lebe ich im Luxus, bin gesund, und keiner schlägt mich, wenn ich den Abwasch stehen oder das Essen anbrennen lasse. Ich fühle mich einfach verpflichtet zu helfen.« Sie suchte seinen Blick, hoffte auf Zustimmung.

Bernd legte das Besteck auf den Teller. Eindringlich, beinahe streng sah er sie mit seinen dunkelgrünen Augen an. »Meine Sympathie gehört den Feministinnen, und ich bin immer auf der Seite aller Menschen, die unter Gewalt leiden. Es liegt mir auch fern, darüber zu streiten. Aber es bleibt riskant. Du solltest es dir gut überlegen.«

Rosalie hatte sich längst entschlossen. Für sie hörten sich Bernds Argumente so an, als wäre er lediglich um ihre Sicherheit besorgt. Kein Wort, ob er sie groß vermissen würde, wenn sie Monate in solch einem Haus wohnen würde.

Kreuzberger Nächte sind lang von den Gebrüdern Blattschuss erklang im Autoradio, als Rosalie mit ihrem VW-Käfer durch die Straßen kurvte, um ein passendes Gebäude ausfindig zu machen. Es war schwierig zu erkennen, wo noch nicht alles kurz und klein geschlagen und vor allem das Dach unversehrt war. Waren die Wände erst mal durchnässt, vom Hausschwamm durchdrungen oder tragende Balken voller Holzwürmer, war das Gebäude nicht mehr zu retten.

Ein viergeschossiges Anwesen am Kreuzberger Mariannenplatz, dessen Verputz wie bei all diesen Häusern stark beschädigt und mit Graffiti beschmiert war, gefiel ihr auf Anhieb. Mutig wagte sie sich an die Haustür. Verschlossen. Ebenso das Ladengeschäft, dessen Tür mit Holzlatten vernagelt war.

Rosalie notierte sich die Adresse und kam wenig später mit Verena und Eva, zwei Frauen aus der autonomen Frauengruppe, zurück.

Verena, eine zarte Schönheit mit blonden Locken und grünen Augen, war während ihres Architekturstudiums schwanger geworden. Der Vater des Kindes, ein älterer wohlhabender Zahnarzt, war extrem eifersüchtig und hatte sie nach der Hochzeit in einen goldenen Käfig im fünften Stock gesperrt, aus dem es kein Entkommen gab. Das Telefon wurde mit einem Schloss blockiert, er kümmerte sich um die Einkäufe, und wenn sie seine in Hannover lebenden Eltern und die von Verena in Hamburg anrief, geschah das nur in seinem Beisein. Niemand schöpfte Verdacht, und Verena fand einfach keine Möglichkeit, ihre Eltern um Hilfe zu bitten. Als er eines Sonntags von einer reichen Privatpatientin gerufen wurde, vergaß er die Tür abzuschließen. Verena packte die inzwischen einjährige Tochter, floh aus der Wohnung und suchte Unterschlupf im Frauenhaus.

Die zupackende Eva mit den muskulösen Armen und der roten Fransenfrisur war Mitglied einer Selbsthilfegruppe von Frauen, die nach einer Vergewaltigung schwanger geworden waren und das Kind ausgetragen hatten. Sie war vierzehn und noch Schülerin, als sie ihren Zustand bemerkte – im sechsten Monat. Später holte sie den Schulabschluss nach und fand eine Lehrstelle in einer Klempnerei. Mit einundzwanzig lebten sie und die inzwischen sechsjährige Tochter noch immer bei den Eltern in der Gropiusstadt, weil sie mit dem kleinen Gesellenlohn einfach keine bezahlbare Wohnung fand.

»Es geht nichts über Ersatzschlüssel«, grinste Eva, als sie das simple Schloss der Haustür nach wenigen Sekunden mit einem Dietrich geöffnet hatte.

Ein paar Mäuse, vielleicht waren es auch Ratten, huschten aus dem herumliegenden schimmeligen Abfall, es roch nach Müllkippe, Urin und angekokeltem Holz. Ein rostiges Scherengitter an der Treppe versperrte den Zugang nach oben. Eva knackte auch dieses mit einem Lächeln.

Vorsichtig betraten sie die mit Bauschutt bedeckten Holzstufen, von denen einige derart laut knarrten, als würde die gesamte Treppe im nächsten Augenblick einstürzen.

In der ersten Etage entdeckten sie zwei Vier-Zimmer-Wohnungen mit riesigen Küchen. Auch hier schlug ihnen ein scheußlicher Geruch entgegen. Die Ursache war ein Taubenkadaver, schlimmstenfalls aber auch Schimmelpilze.

Eifrig hackten Verena und Eva an unterschiedlichen Stellen Löcher in die Wände, konnten aber keinen Schimmel unter dem Verputz entdecken.

Im obersten Stockwerk durchmaß Verena die Räume mit Schritten und schätzte die Wohnungsgrößen auf ungefähr hundertfünfzig Quadratmeter. »Acht Wohnungen«, jubelte sie. »Wisst ihr, wie viele Frauen hier Platz fänden?«

»'ne Menge, aber leider müssten sie ohne Wasser auskommen.« Eva drehte am rostigen Hahn über dem alten gusseisernen Küchenbecken, der lediglich quietschte.

Auch die fehlenden Ofenrohre zu den Küchenherden und den Kanonenöfen in den Wohnzimmern wirkten ernüchternd. Mut machte einzig die unbeschädigte Toilette in der ersten Wohnung. Den größten Freudenschrei löste jedoch das weitgehend unbeschädigte Dach aus.

Danach war es keine Frage mehr, ob sie das Haus in Beschlag nehmen sollten, sondern nur, wer bereit war zur Besetzung. Wie die Zufuhr von Strom und Wasser organisiert werden konnte, hatten sie von anderen Hausbesetzern erfahren. Die Szene half sich untereinander mit Tipps und Tricks.

»Ich kann sofort einziehen«, sagte Rosalie, begierig, sich als Instand(be)setzerin in den großen Kampf zu stürzen. Sie fürchtete sich nicht vor Unbequemlichkeiten, in Theos Bandenkeller hatte sie 1945 ähnlich »komfortabel« gelebt. Sie war zu jeder Aktion bereit, solange sie ihre Erinnerung betäubte, damit sie ihr gebrochenes Herz nicht spürte.

Zusammen mit fünfzehn Frauen der autonomen Frauengruppe bemalten sie als Erstes ein Bettlaken mit dem Slogan *Dieses Haus ist von Frauen besetzt,* hängten es als äußeres Zeichen aus dem Fenster und verteilten zusätzlich Flugblätter in der Nachbarschaft, um die Anwohner von ihrem Vorhaben zu unterrichten.

»Ick finde det jut, wat ihr macht. Jede leere Wohnung ist für uns Tante-Emma-Läden 'ne Katastrophe«, erklärte die Inhaberin eines Ladens, die ihnen Toilettenbenutzung und Wasser anbot. »Keene Mieter – keene Kunden, keen Verdienst, und schon kreist der Pleitegeier überm Kiez.«

Rosalie zog mit einer Luftmatratze, Decken und Kissen ein. Zusammen machten sie es sich in der am wenigsten zerstörten Wohnung in der ersten Etage gemütlich. Henry, der handwerklich geschickt war, bot Hilfe bei den Instandsetzungsarbeiten an. Doch die Frauen wollten unter keinen Umständen Männer im Haus haben, nicht einmal, um sie als Arbeiter »auszunutzen«.

Anfangs wuschen sie sich nur notdürftig in Eimern und Schüsseln, bis das Wasser wieder sprudelte. Zum Frühstück verzehrten sie Zwieback, in zimmerwarme Milch getaucht, zum Mittagessen belegte Brote und Obst. Sie mussten auf Kaffee verzichten und tranken Limo oder Wasser aus Flaschen. Nach knapp drei Monaten gab es wieder Strom, und die erste Küche war so weit instandgesetzt, dass man kochen und das Geschirr spülen konnte. Das Leben auf der Großbaustelle wurde mit jedem Tag und jeder Tasse Kaffee leichter.

Rosalie half den Dreck wegzuräumen, Steine zu schleppen und Mörtel anzumischen. Besondere handwerkliche Begabungen hatte sie nicht zu bieten, aber keine Arbeit war ihr zu schmutzig oder zu schwer. Am liebsten kümmerte sie sich um die kleine Paulina. Manchmal, wenn sie das niedliche Kind mit dem blonden Schopf betrachtete, zog sich ihr Herz zusammen. Obwohl die schweißtreibende Arbeit sie vom Nachdenken abhielt, würde die verwundete Stelle in ihrem Herzen bis zum Ende ihres Lebens schmerzen. Selbst flüchtige Gedanken an Paul weckten Erinnerungen an ihr letztes Beisammensein, an ihr Liebesnest im Hochhaus, an leidenschaftliche Nächte, an eine Liebe, die es nie hätte geben dürfen.

Draußen waren die hämmernden Geräusche verstummt. Rosalie bettete Paulina in einen mit Decken gepolsterten Waschkorb, wo sie bald eingeschlafen war.

Kurz darauf öffnete sich die Tür, und Verena trat ein, mal nicht wie üblich in Latzhosen und Shirt, sondern in einem bunten Sommerkleid, Riemchensandalen und mit hochgesteckten Haaren.

Rosalie legte den Finger auf den Mund.

Verena durchquerte das Zimmer auf Zehenspitzen, beugte sich über die schlafende Paulina und strich ihr sanft über das Köpfchen.

»Es gibt Neuigkeiten«, flüsterte sie. »Komm mit nach nebenan...«

Sie ließen die Tür einen Spalt breit offen und gingen in die Küche, wo Verena eine Zigarette rauchen wollte. Der Raum war wesentlich größer als Agathes Wohnküche, aber in der Ecke stand der gleiche gusseiserne Kohleherd mit dem seitlichen Wassertank. An die gebrauchten Stühle, zwei aneinandergestellte Tische und zwei Sofas waren sie über die Materialspendenkartei gekommen. Wer etwas zu verschenken hatte, ließ sich in eine Liste eintragen, die bis ins wohlhabende Zehlendorf reichte. Große Teile der Berliner Bevölkerung sympathisierten mit den Besetzern, unterstützten sie mit gebrauchten Möbeln, Geschirr und sogar Baumaterialien. Vor manchen Häusern existierten regelrechte Sammelstellen, an denen Spenden abgelegt wurden. Nur der übergroße Kühlschrank war neu, den hatte Rosalie spendiert, als es in den Sommermonaten wochenlang unerträglich heiß gewesen war. Bauarbeiten waren schon bei normalen Temperaturen kein Spaziergang, aber bei teilweisen vierzig Grad fühlte es sich an, als schmölzen sogar die Gehirnzellen, und Lebensmittel verdarben bei dem Tropenwetter schneller, als man sie aus dem Laden nach Hause schaffen konnte.

»Die Hitze ist einfach mörderisch.« Verena ließ sich auf eines der Sofas fallen und streifte die Sandalen von den Füßen. »Ich bin so froh, dass du dich um die Kleine gekümmert hast, es wäre eine Qual gewesen, hätte ich sie mitnehmen müssen.«

»Du weißt doch, wie gern ich sie habe... Aber erzähl, wie war's auf dem Bezirksamt?«

»Klasse, ich habe zufällig eine ehemalige Studienkollegin getroffen.« Verena kramte eine Schachtel Zigaretten aus der schmalen Umhängetasche. »Sie hat mir bestätigt, dass einige Besetzungen inzwischen durch Mietverträge legalisiert und andere Anwesen gekauft wurden.«

Während Rosalie Apfelsaft und Wasser aus dem Kühlschrank holte, füllte sich die Küche mit schwitzenden Frauen, die sich alle nach Abkühlung sehnten. »Es könnte also auch für uns klappen?« Rosalie stellte die Flaschen auf dem Holztisch ab.

»Ja, das hoffe ich sehr.« Verena nahm einen tiefen Zug von der Zigarette.

»Worum geht's?«, fragte Eva, die in ihren abgeschnittenen Hosen wie ein Schulmädchen aussah.

»Um die Verhandlungen via Berliner Senat mit dem Eigentümer«, erklärte Verena. »Und im Moment... nun ja... lässt sich nichts Negatives berichten.«

»Hier.« Rosalie reichte Verena eines der Gläser und setzte sich neben sie auf das Sofa. »Höre ich da Zweifel in deiner Stimme?«

Verena leerte das Glas in einem Zug. »Solange die Sache nicht in trockenen Tüchern ist, sollten wir noch nicht feiern. Erst wenn die Tinte auf den Verträgen trocken ist.«

»Wird schon schiefgehen«, winkte Ilona ab, eine Journalistin in Rosalies Alter.

Ilona hatte in den 68er-Jahren aufgrund eines Artikels Kontakt zu der autonomen Frauenbewegung aufgenommen. Sie glaubte an Frauenpower und engagierte sich in verschiedenen Projekten. Zusammen mit Rotraud, die lange bei einem Anwalt für Vertragsrecht gearbeitet hatte, unterstützten sie Verena bei den Vertragsverhandlungen. Trotzdem wusste niemand vorherzusagen, wie lange es dauern würde, bis ihre Situation geklärt wäre.

Eines Sonntagmittags im Oktober 1982 tauchte Bernd unerwartet auf. Rosalie kam gerade mit der kleinen Paulina vom Spielplatz und sah ihn vor dem Haus auf der Stange seines Fahrrads sitzen. Ob er mich vermisst?, überlegte sie. Die Ernüchterung kam, als er ihr nach kurzem »Hallo?« den Grund seines Besuchs verriet: Das Synchronstudio hatte angerufen, um ihr eine der weiblichen Hauptrollen in einer Serie um eine amerikanische Öldynastie anzubieten.

»Bernd, wie lieb, dass du selbst vorbeikommst.« Rosalie betrachtete ihn möglichst unauffällig. Er trug einen rostfarbenen Cordanzug, darunter einen sandfarbenen Rollkragenpulli, und die Brille auf seiner Nase war ebenso neu wie der modische Anzug.

»Na ja, ihr habt ja immer noch kein Telefon, oder?«

»Nein, leider nicht...«

»In Amerika wurde gerade ein mobiles Telefon erfunden, wäre vielleicht was für euch, muss nicht mal an der Wand angeschlossen werden. Man telefoniert über Funk. Kostet allerdings die Kleinigkeit von viertausend Dollar.«

Rosalie starrte ihn an. Wollte er sie veräppeln? »Und wie geht es dir so, als Strohwitwer?«, wechselte sie das Thema.

»Danke«, antwortete er abweisend.

Rosalie suchte seinen Blick, doch er lächelte der kleinen Paulina zu. Eine schmerzhafte Fremdheit überkam sie. Als würden sie sich kaum kennen. Als hätten sie gerade mal ein paar Monate miteinander verbracht.

»Ich kann dich ja leider nicht ins Haus bitten«, entschuldigte sie sich.

Bernd winkte ab. »Hab sowieso keine Zeit. Zu Hause wartet ein Stoß Hefte auf mich.« Schwungvoll stieg er auf das Rad. »Ach, und wenn du mal am Wochenende Zeit hast, schreib mir 'ne Postkarte, ich würde gerne was Wichtiges mit dir bereden.« Damit trat er in die Pedale und radelte davon.

Verwirrt blickte Rosalie ihm nach. Was war so wichtig, dass er quasi einen Termin vereinbaren wollte?

Im Grunde wollte sie es nicht wissen, wollte die mahnende Stimme verdrängen, die ihr leise zuflüsterte, dass die Ehe mit Bernd vorbei war. Dass es ein Fehler gewesen war, in jener Silvesternacht »Ja« gesagt zu haben. Erleichtert nahm sie das Angebot der Synchronfirma an. War glücklich, sich aus Zeitgründen vor der Aussprache mit Bernd drücken zu können, tagsüber nach Lankwitz zu fahren und am Abend auf die »Baustelle« zurückzukehren.

Auf der es sichtlich voranging. Die Haustür war abschließbar, die Klingelanlage repariert, Briefkästen montiert. Im ersten Stock standen Blumentöpfe in den Fenstern, in der Küche war eine freistehende Badewanne montiert worden, denn bislang hatten sie nur dort Wasser, und wenn es mit dem Einbau der Heizungen noch vor dem Winter klappte, konnte man beinahe von Luxussanierung reden.

Nur die Verhandlungen mit dem Bauamt zogen sich in die Länge. Schuld war die Äußerung eines Politikers, der eine Reihe besetzter Häuser als »kriminelle Fluchtburgen« bezeichnet und sie gewaltsam hatte räumen lassen. Auf diese Weise hatte er die Unterzeichnung einiger unterschriftsreifer Verträge verhindert.

Rotraud und Verena kamen ebenso enttäuscht wie wütend von einer Verhandlung zurück.

»Plötzlich herrscht im Senat die Meinung, ein Haus, in dem nur Frauen leben, brächte zwangsläufig Probleme mit sich, die unter Umständen nicht zu kontrollieren seien«, berichtete Rotraud.

Verena hatte Tränen in den Augen, als sie einen der Gründe wiedergab: »Enttäuschte Männer seien gewaltbereit und handgreifliche Ausraster nicht vorhersehbar.«

»Na, die scheinen es ja ganz genau zu wissen«, kommentierte Ilona diese Wendung.

Verena zerquetschte wütend ihre Zigarette im Aschenbecher. »Saubermänner sind oft die Schlimmsten.«

Eine erfolgreiche Unterschriftenaktion in den umliegenden Häusern und Läden sowie ein detaillierter Finanzierungsplan für den Kauf des Hauses veränderten das Verhandlungsklima endlich zum Positiven.

Im Frühjahr 1983 war es schließlich so weit. Während die Gründergruppe den Kaufvertrag für das Anwesen unterschrieb, traf Rosalie sich mit Bernd.

42

Erschöpft lehnte sich Emma an Pauls Schulter. Wie jeden Tag besuchte er sie nach dem Großmarkt und brachte frisches Obst und Lesestoff. Emma las die Illustrierten oder Zeitungen nur sehr selten selbst, dazu fehlte es ihr an Konzentration, aber sie genoss es, wenn Paul ihr vorlas. Trotz des inzwischen fünften, von mehrmonatigen Pausen unterbrochenen Aufenthaltes in Nervenkliniken und Sanatorien wollte diese unendliche Traurigkeit einfach nicht von ihr ablassen. Sieben Jahre lang hatte sie in diversen Einrichtungen alles versucht, um den Verlust ihres geliebten Sohnes zu verwinden, hatte kiloweise Psychopharmaka geschluckt, Gesprächskreise absolviert, Therapien durchlaufen, getöpfert, gemalt, geturnt und verbissen gekämpft. Oft war sie als geheilt entlassen worden, doch nach wenigen Wochen hatte die Trauer sie jedes Mal wieder fest im Griff. Um sie herum war fast immer Nacht; an guten Tagen umhüllte sie nur grauer Nebel, helle, sonnige Stunden aber gehörten der Vergangenheit an. Einzig Pauls Besuche durchdrangen die Düsternis für kurze Zeit.

»Hast du schon das Neueste gehört?« Pauls Frage holte sie in die Gegenwart. »Die Großmarkthalle soll saniert werden. Der Stadtrat hat den Plänen zugestimmt. Ob und wann das Ganze dann tatsächlich stattfindet, bis dahin fließt noch jede Menge Wasser die Isar runter. Erinnerst du dich an unsere erste Begegnung...« Er lächelte sie liebevoll an. »Du hattest einen weiten Rock an und eine weiße Bluse und sahst so hübsch aus.«

»Hmm...«

»Ich soll dir liebe Grüße von deiner Schwester ausrichten«, sagte Paul, wohl in dem Versuch, mit ihr eine Unterhaltung zu führen, die sich nicht um den Tod drehte.

Emmas Schwester und ihr Mann hatten den Feinkostladen Ende 1978 übernommen, nachdem drei Spezialisten der Meinung waren, Emmas Genesung würde eine sehr lange Zeit in Anspruch nehmen.

»Wie geht's im Laden?«, fragte Emma aus reiner Höflichkeit. Im Grunde interessierte es sie nicht wirklich. Egal, wie viele Millionen das Geschäft abwarf, kein Geld der Welt brachte Friedrich zurück.

»Hervorragend. Auch das Catering- und Partygeschäft läuft wieder wie...« Er hielt inne und räusperte sich, dann fuhr er fort. »Der neueste Renner ist Mozzarella, du weißt, dieser Weichkäse aus der Milch des Wasserbüffels. Auf Tomatenscheiben, beträufelt mit einer Sauce aus Balsamicoessig und Olivenöl, belegt mit Basilikumblättern. Diese Kombination darf auf keiner Veranstaltung fehlen, sie ist *der* Inbegriff der mondänen Speisen. Man könnte meinen, die Schickimickis ernähren sich ausschließlich davon«, erklärte Paul lachend. »Deine Schwester hofft natürlich, dass du bald zurückkehrst und... na ja, den Laden wieder übernimmst oder sie wenigstens unterstützt. Sie sagt, du hättest einfach immer die besten Ideen gehabt. Der Meinung bin ich übrigens auch.«

»Ja«, sagte Emma, um jeder Diskussion zu entgehen.

»Hör mal...« Paul hatte den Wirtschaftsteil der *Süddeutschen Zeitung* aufgeschlagen. »Eine beängstigende Meldung zum Thema Glykolwein-Skandal... Erinnerst du dich, dass wir vor ein paar Tagen über diese österreichischen Winzer gesprochen haben, die ihren Weinen Frostschutzmittel zugesetzt haben?«

»Hmm...« Emma hob den Kopf und blinzelte durch die sattgrünen Kastanienblätter in die Sonne. Bald ist der Sommer vorbei, dachte sie müde. Dann fallen die Blätter, die Natur stirbt, und die Welt versinkt in Schwarz-Weiß.

»Inzwischen haben sie nachgewiesen«, fuhr Paul fort, »dass auch deutsche Weinabfüller ihre einheimischen Weine mit denen aus Österreich versetzt haben. Insgesamt hat man vier Millionen Liter gepanschten Wein beschlagnahmt. Vier Millionen! Die Weinpanscher müssen sich jetzt vor Gericht verantworten. Also für mich ist das eine Riesensauerei.«

Emma seufzte. »Wieso unternimmt denn keiner was gegen diese Verbrecher, wenn bekannt ist, wo und wann die tätig werden?«

»Wie gesagt, das ist bereits geschehen«, antwortete Paul. »Schätze mal, der Schaden für die österreichische Weinwirtschaft ist kaum zu beziffern. Die Italiener lachen sich ins Fäustchen, die haben nämlich nicht gepanscht, sagt unser Großmarkt-Mario, und ich glaube ihm.«

Emma schloss die Augen. Die Sonne verzog sich wieder hinter diese schwarze Wolkenwand, alle Farben verschwanden, die Blätter des Baumes waren mit einem Mal dunkelgrau, und auch die Vögel hatten aufgehört zu singen. Emma hielt sich die Ohren zu. Da, wieder dieses Klingeln, ähnlich dem Weihnachtsglöckchen, mit dem sie Friedrich zur Bescherung gerufen hatten. Wenige Sekunden später hörte sie ihn rufen: »Mama... Mama... Mama...« Er war in einem düsteren Keller gefangen, in den kein Lichtstrahl eindrang. »Ich bin müde«, sagte sie.

Paul ließ die Zeitung sinken. »Hast du nicht gut geschlafen?«

»Doch, schon...«

»Dann lass uns noch ein wenig hier sitzen, es hat in den letzten Wochen so viel geregnet, und heute ist es ausnahmsweise mal schön, kein Wölkchen am Himmel.« Paul blätterte wieder in der Zeitung. »Hier... das interessiert dich bestimmt...«

Wie aus weiter Ferne hörte sie Paul über die neueste Pariser Herbstmode reden. Über wadenlange Röcke, Jacken aus weichen karierten Wollstoffen, fußlose Strumpfhosen mit Leopardenmuster und bodenlange Trenchcoats mit dicken Schulterpolstern. Und über einen Paradiesvogel namens Jean-Paul Gaultier, der meinte, vierzig Jahre nach Ende des Zweiten Weltkrieges sollten auch Männer Röcke tragen.

Paul schlug die Seiten zusammen und drehte sich seiner Frau zu. »Was hältst du davon, wenn wir ein bisschen was einkaufen? Du bist doch immer mit der neuesten Mode gegangen, und vielleicht möchtest du mal wieder etwas Farbiges tragen.«

Emma rang nach Luft. Sie wusste, dass Paul auf ihre Trauerkleider anspielte. Aber sollte sie so tun, als wäre nichts geschehen, und in bunten Fähnchen an Friedrichs Grab stehen? »Ich brauche nichts Neues, aber ich möchte auf den Friedhof.«

»Wir waren uns doch einig, dass wir Fritz morgen an seinem Geburtstag besuchen«, erinnerte Paul sie, »und du weißt, was der Arzt gesagt hat. Fritz ist in deinem Herzen, auch wenn du nicht an seinem Grab stehst.«

»Die Bank ist unbequem, und mir ist kalt…« Emma zog die schwarze Strickjacke über dem schwarzen Kleid enger.

»Ja, für Juni ist es viel zu kühl«, stimmte Paul ihr zu. »Aber wenn wie heute mal die Sonne scheint, sollte man es ausnutzen.«

Emma verlangte dennoch, in ihr Zimmer zurückzukehren, um sich vor dem Abendessen noch auszuruhen.

Paul verabschiedete sich von Emma vor ihrer Tür mit einem Kuss auf ihre Wange. Anschließend suchte er Dr. Lindner auf. Emma war seit einem halben Jahr in dieser hochgelobten Privatklinik für Neurologie und Psychiatrie, aber er hatte keine Veränderung zum Besseren bemerkt. Dass sie ihn in den Garten begleitete und manchmal wenigstens halbwegs sinnvoll auf seine Fragen antwortete, stand in keinem Verhältnis zu den Kosten, die der anerkannte Seelenklempner dafür berechnete.

Und längst nicht alle Kosten wurden von der Kasse übernommen. Um keine Schulden machen zu müssen, hatte er das Haus seiner Adoptiveltern verkauft. Für ihn allein wäre es ohnehin viel zu groß gewesen.

»Herr Doktor, ich mache mir ernsthaft Sorgen um meine Frau«, begann Paul vorsichtig.

Dr. Lindner bot Paul einen der hellbraunen Polstersessel an, der so bequem aussah, als könne er jegliche Probleme schlucken, und deutete auf eine silberne Box. »Wenn Sie rauchen möchten, bedienen Sie sich bitte, Herr Hummel... Aber zur Sorge besteht kein Anlass. Ihre Frau befindet sich definitiv auf dem Wege der Besserung...«

»Das finde ich nicht«, unterbrach Paul ihn ungehalten. »Vorhin habe ich versucht, sie mit einem Artikel über Mode auf andere Gedanken zu bringen. Früher hat sie sich brennend dafür interessiert, heute wollte sie wieder nur auf den Friedhof. Wie eigentlich jeden Tag. Nennen Sie das Besserung?«

»Nun...« Nervös griff Dr. Lindner selbst nach der Zigarettenbox. »Ich verstehe Ihre Bedenken...«

Paul zweifelte an Lindners Verständnis. »Ach ja?«

Der Arzt zog die Stirn in Falten, während er sich eine Zigarette anzündete. »Bitte, haben Sie noch ein wenig Geduld, Herr Hummel, ein Trauma kann langwierig sein. Nicht zuletzt ist die Mitarbeit der Patienten ausschlaggebend...«

»Wie soll ich das verstehen?«

»Nun...« Dr. Lindner nahm einen tiefen Zug. »Zur absolut notwendigen medikamentösen Behandlung fällt der Gesprächstherapie eine ebenso wichtige Rolle zu. Wie Sie wissen, konnten wir Ihre Frau nur sehr schwer dafür begeistern...«

»Womöglich ist es der falsche Ansatz«, sagte Paul in der Hoffnung, dass der Arzt darauf einging und Näheres preisgeben würde.

»Nein, nein, es geht voran, Herr Hummel, es geht voran.«

Paul glaubte ihm kein Wort. Und wenn dieser Lindner zehnmal eine Leuchte auf seinem Gebiet war, vielleicht fand er jemanden, der weniger *leuchtete*, aber Emma wirklich helfen konnte.

Am nächsten Morgen informierte die leitende Nachtschwester ihre junge Kollegin vom Tagesteam über eine ruhige Nacht ohne besondere Vorkommnisse. Dass sie einen Schlafwandler wieder ins Bett verfrachtet, einer Randaliererin Beruhigungspillen und sich selbst zwei von den rosaroten Hallo-Wach-Bonbons verabreicht hatte, war genauso normal wie der tägliche Sonnenaufgang. Heute zwar verdeckt von einer dichten Wolkenschicht, aber die Sonne war da, so sicher wie sie jetzt eine von den blauen Pillen einwerfen würde, um sich für die nächste Nacht auszuschlafen.

»Wie geht es Frau Hummel?«, fragte die Tagesschwester. Sie war in der Nähe von Feinkost Nusser aufgewachsen und hatte als Kind täglich ihre Nase an die verlockend dekorierten Schaufenster gedrückt.

»Sie schläft noch, jedenfalls lag sie friedlich im Bett, als ich vor einer Stunde nachgesehen habe. Gestern Abend hat sie wie immer ihre Ration für die Nacht bekommen, auf die sie ja sehr gut anspricht.«

»Ich wundere mich, dass die Dinger noch wirken. Seit sie hier ist, schluckt sie jeden Abend zwei Schlaftabletten, eigentlich müsste sie doch längst abhängig sein.«

»Zerbrich dir darüber nicht dein hübsches Köpfchen, das ist Sache des Arztes«, winkte die übergewichtige Nachtschwester ab. »Solange eine Patientin nachts nicht durch die Flure geistert, ist doch alles in Butter.«

Die beiden Lernschwestern, die kurz darauf das Frühstück servieren wollten, fanden Emma noch immer schlafend in ihrem Bett.

Als sie die Vorhänge zurückgezogen hatten und Frau Hummel weder auf »Guten Morgen, wir bringen das Frühstück« noch auf sanftes Wachrütteln reagierte, schrillte die Alarmglocke durch die »DP«, wie man intern die Etage der Depressionspatienten bezeichnete.

Doktor Lindner eilte mit wehendem Kittel durch die Gänge und war kaum eine Minute später an Ort und Stelle. Nach dem routinierten Griff an den Puls und dem Heben der Augenlider musste er feststellen, die Patientin »verloren« zu haben. Aber wodurch? Ein Infarkt? Oder etwa...

Er versagte sich den ketzerischen Gedanken an eine Selbsttötung, würde er doch sein eigenes Versagen beinhalten. Ganz zu schweigen von dem Skandal und dem daraus folgenden Schaden für seinen Ruf, den ein Suizid zwangsläufig bedeutete. Es musste eine plausible Erklärung geben. Schließlich war Frau Hummel keine zwanzig mehr und hatte einige Kilo Übergewicht. Das Infarktrisiko Nummer eins.

»Ist die Nachtschwester noch da?«, wandte er sich an die junge Schwester der Tagesschicht, die während der ganzen Zeit im Zimmer gestanden und auf Anweisungen gewartet hatte.

»Ich schätze, im Personalzimmer, sie wird sich gerade umziehen.«

»Wären Sie so freundlich, sie in mein Sprechzimmer zu bitten... Sie kommen bitte auch dazu... und bringen Sie die Listen der Medikamentenvergabe mit«, sagte Dr. Lindner und zog das Deckbett über Emma. Als er sich zum Gehen wandte, rollte eine Flasche Wodka unter dem Bett hervor. Er bückte sich danach, entdeckte zwei Pillen, die er sofort als die in der Klinik üblichen Schlaftabletten identifizierte, fluchte leise »Verdammt« und versperrte den Raum mit seinem Generalschlüssel.

An seinem Schreibtisch zündete er sich sofort eine Zigarette an. Es war der erste Todesfall überhaupt in seiner Klinik, dementsprechend nervös war er. In seinem Haus wurde nicht gestorben. Punktum.

»Bei mir hat alles seine Richtigkeit, ich arbeite nur nach Ihren Anweisungen«, versicherte die Nachtschwester auf Dr. Lindners unterschwellig vorwurfsvolle Frage, ob Frau Hummel in letzter Zeit nach mehr Schlaftabletten verlangt habe. »Und geklaut kann sie auch keine haben, denn ich vermisse keine Pillen.«

Die Kontrolle der Bestände mit ihren Auflistungen ergab tatsächlich keinerlei Unstimmigkeiten.

Die Tagesschwester hatte eine andere mögliche Erklärung. »Es kommt immer wieder vor, dass Patienten ihre Pillen in den Backentaschen sammeln«, erklärte die Tagesschwester.

Die Nachtschwester unterdrückte ein Gähnen. »Wir überwachen zwar die Einnahme der Medikamente, trotzdem gelingt es manchen Patienten, die Pillen nicht zu schlucken. Die werden dann wieder ausgespuckt und…« Sie hielt sich die Hand vor den Mund und gähnte. »Entschuldigung… für den ›großen Sprung‹ verwahrt.«

Auf die »Nacht ohne Vorkommnisse« folgte ein Tag höchster Anspannung. Untersuchungen wurden eingeleitet, eine Obduktion angeordnet und Emmas Tod schließlich als Suizid durch Schlaftabletten in Kombination mit Alkohol festgestellt. In der Nachttischschublade hatte man ein Rezept für Schlaftabletten gefunden, ausgestellt von einem der jungen Ärzte. Offensichtlich besserte der sein mageres Anfängergehalt mit dergleichen »Gefälligkeiten« auf. Auch ein an Paul adressiertes Kuvert hatte in der Schublade gelegen, darin ein kurzer Abschiedsbrief, datiert auf den 13. Juni 1985, jenen Tag, an dem Friedrich 21 Jahre alt geworden wäre.

Verzeih mir, Paul, ohne Fritzchen kann ich nicht weiterleben.

43

»Die großen Seuchen«, las Paul auf dem Titelblatt eines Magazins. Vor Kurzem war eine tödliche Immunschwäche namens AIDS entdeckt worden. Auch in Deutschland waren erste Fälle dieser mysteriösen Infektion bekannt geworden, an der angeblich nur Homosexuelle erkrankten. Paul schlug das Heft auf und blätterte weiter zu einem Artikel, der die Verschmutzung des Trinkwassers behandelte. Mancherorts sei es derart hoch mit Schadstoffen belastet, dass es ungenießbar sei. Als Hauptverursacher wurde die übermäßige nitrathaltige Düngung in der Landwirtschaft genannt. Die Bauern steigerten ihre Erträge um jeden Preis, den am Ende wie immer der Verbraucher zahlte. Ob Joschka Fischer von den *Grünen*, der vor zwei Jahren in Turnschuhen als neuer Umweltminister vereidigt worden war, endlich etwas gegen diese Sauerei unternehmen würde?

Paul legte das Heft zurück auf den Beistelltisch. Definitiv die falsche Lektüre für ein Wartezimmer. Wenn er darüber nachdachte, seinen Kunden belastetes Obst und Gemüse zu verkaufen, wenn auch unabsichtlich, fühlte er sich auch ohne verseuchtes Trinkwasser elend genug. Seit Tagen plagten ihn Kopf- und Gliederschmerzen, die heute Morgen kaum noch zu ertragen waren. Trotz Schlaftabletten und der abendlichen Überdosis Whisky schlief er seit Monaten nur noch wenig und war tagsüber dementsprechend müde. Er wünschte sich eine kräftige Dosis Antibiotika, die ihm wieder auf die Beine half.

»Herr Hummel, freut mich, Sie endlich mal wiederzusehen«,

begrüßte der Internist ihn und monierte indirekt auch die überfällige Generaluntersuchung.

»Es gab Wichtigeres als mein Befinden«, entgegnete Paul ausweichend. Er hatte keine Lust, die Todesfälle in seiner Familie als Grund zu benennen.

Eine Stunde später hatte eine Praxishilfe diverse Röhrchen mit seinem Blut gefüllt, der Arzt ihn ausreichend abgehört, abgeklopft und ausgefragt. »Die Ergebnisse der Blutuntersuchung kann ich Ihnen dann nächste Woche mitteilen«, erklärte er und entließ ihn mit einer Frage, die Paul sich selbst stellen sollte: »Wollen Sie weiterleben oder weitertrinken?«

Paul fuhr zurück auf den Großmarkt, wo er bei dem italienischen Großhändler *Andretta*, der 1912 zu den Mitbegründern der Großmarkthalle gehört hatte, eine Flasche *Lambrusco* besorgte. Der Wein war für Wilma, er hatte den Arzt verstanden. Wilma liebte den leichten, perlenden Rotwein und war der Meinung, mit siebenundachtzig dürfe sie ab und zu mal einen zwitschern.

Paul besuchte seine Adoptivmutter regelmäßig in der Seniorenresidenz. Wilmas Probleme mit der Hüfte waren längst ausgeheilt, und sie erfreute sich bester Gesundheit, abgesehen von der ewigen Last mit ihrer Zahnprothese. Sie nahm rege an den geselligen Abenden teil, die das Heim wöchentlich veranstaltete. Doch nichts munterte sie so auf wie Pauls Besuche und die neuesten Berichte vom Großmarkt.

Die Markthallen feierten nach dem fünfzigsten Jubiläum im Jahr 1962 nun das fünfundsiebzigste, zu dem Paul jeden Freitag besondere Angebote offerierte und den Gewinn trotz der Rabatte erhöhte. Nur die Arbeit wurde nicht weniger. Daran änderten auch die Gabelstapler nichts, die jegliches Schleppen ersparten. Zahlreiche Arbeitsabläufe waren durch die Sanierung der Großmarkthalle, der Kellerräume sowie der Heizungsanlagen und des Neubaus des Tunnels zum LKW-Platz erleichtert worden. Dafür begann die Arbeit nun um drei Uhr morgens, und zwölf Arbeitsstunden waren keine Seltenheit. Trotzdem schleppte er sich täglich zu Wilma, wo es dann manchmal vorkam, dass er unterm Satz auf dem Sofa einschlief.

Wilma bewohnte einen mittelgroßen Raum mit eingebautem Kleiderschrank und Duschbad. Das Zimmer lag in der dritten Etage, war groß genug für ein französisches Bett, in dem immer ein zweites Kopfkissen für Albert lag, als würde er sich jederzeit dazulegen. An der Wand gegenüber, drei Schritte vom Fußende entfernt, stand eine antike Schubladenkommode, die sie aus dem Haus mitgenommen hatte. Darauf ein Fernsehgerät, das es ihr erlaubte, auch im Liegen zuzusehen. Heute saß sie in Alberts ehemaligem Ohrensessel neben der Zweisitzer-Couch, vor dem ein gekachelter Couchtisch stand.

»Was hat der Arzt gesagt? Woher kommen deine ständigen Kopfschmerzen? Muss ich mir Sorgen machen?«, überfiel sie Paul sofort mit Fragen.

Paul umarmte sie. »Grüß dich, Mama. Wie du siehst, lebe ich noch. Die endgültigen Ergebnisse erhalte ich erst in drei Tagen, aber ich soll mit dem Alkohol aufpassen.«

»Gut, dann gibt's heute Tee«, verfügte sie.

Die Nachmittagssonne erlaubte es ihnen, den Tee auf dem kleinen Balkon zu trinken. Paul erzählte von dem neuen Kollegen namens Computer. »Der kann nicht nur Briefe schreiben und rechnen, sondern auch noch die Buchhaltung erledigen. Er wird niemals krank, braucht keinen Urlaub und verlangt kein Weihnachtsgeld. Vorausgesetzt, man weiß ihn zu bedienen. Die Sekretärin hat dafür extra einen Computerkurs besucht und kennt jetzt alle Tricks.«

»Mei, so einen Kollegen hätten wir auch gerne gehabt. Nach dem Krieg hatten wir ja nicht mal eine Schreibmaschine, mussten mit der Hand schreiben und alles im Kopf ausrechnen«, sinnierte Wilma und ließ dieser kleinen Anekdote noch andere

Ereignisse aus den beschwerlichen Aufbauzeiten in den ersten Nachkriegsjahren folgen.

Paul liebte Wilmas Geschichten, auch wenn er viele kannte, doch heute war es ihm wegen dieser verdammten Kopfschmerzen und Schwindelanfälle unmöglich zuzuhören. Früher als gewöhnlich verabschiedete er sich und fuhr in seine Wohnung. Nach der großen Katastrophe, wie er Friedrichs und Emmas Tod im Stillen nannte, war er ins Arabellahochhaus umgezogen, an den Ort, an dem er mit Sarah glücklich gewesen war. Wenn ihn die Sehnsucht quälte, schrieb er lange Briefe an sie und schickte sie doch nie ab. Zu groß war die Furcht, eine abweisende Antwort zu erhalten. Lieber verharrte er in der Illusion, eines Tages würde das Schicksal sie vereinen.

Emmas Schwester hatte den Feinkostladen samt Mietshaus und damit auch die große Wohnung über dem Laden geerbt. Die Schwiegereltern waren sichtlich froh gewesen, ihn endlich loszuwerden. Ihrer Meinung nach trug er die alleinige Schuld am Tod ihres Enkels und ihrer Tochter.

Einmal wöchentlich besuchte er Emma und Friedrich auf dem Nordfriedhof, einmal seinen Vater und die Blumen-Oma auf dem Ostfriedhof. Fühlte Wilma sich gesund genug, begleitete sie Paul, anschließend speisten sie in den Gaststätten oder Restaurants, die Wilma noch aus ihrer aktiven Zeit kannte. Und zur Wiesn musste es eine Fischsemmel von der Fischer-Vroni sein. Sonntags, am einzigen freien Tag der Woche, träumte Paul auf der Wohnlandschaft davon, Sarah eines Tages wieder in seinen Armen zu halten. Für immer.

Diese bittersüße Fantasie ließ ihn die Realität ertragen. Eine Weile verdrängte er sogar die Untersuchungsergebnisse, die er abfragen sollte. Wochen später erinnerte er sich und meldete sich telefonisch in der Praxis.

»Ich möchte Sie noch einmal zu mir bitten, um eine endgültige Diagnose stellen zu können«, sagte der Internist, und auf Pauls Drängen murmelte er: »Es gab ein unklares Ergebnis, aber nach weiteren Tests wissen wir Genaueres.«

»Noch mehr Blut abnehmen?« Paul hatte die Nadel in schmerzhafter Erinnerung.

»Nein, nein, es handelt sich um eine neuartige Methode, die sogenannte Computertomografie. Ein gerade auf den Markt gekommenes Gerät, das exakte Diagnosen erstellt.«

»Ein neuartiges Gerät?«, wiederholte Paul voller Misstrauen. Er hatte wenig Lust, sich als Versuchskaninchen zur Verfügung zu stellen.

»Eine Art Röhre, in die sich der Patient hineinlegt...«

Bei dem Wort »Röhre« schaltete Paul auf Durchzug. Zu sehr erinnerte es ihn an den röhrenartigen Keller, aus dem er als Einziger entkommen war. Es kostete ihn keine Sekunde zu entscheiden, beim nächsten Schmerzanfall lieber wieder auf die bewährte Mixtur aus Tabletten und Whisky zurückzugreifen.

Die nächsten Monate bekämpfte Paul die Kopfschmerzen, Magenkrämpfe und Schwindelanfälle mit einer immer höheren Dosis an Alkohol und Pillen. Wilma war es, die ihn auf seine Blässe ansprach.

»Kommst denn gar nicht mehr an die frische Luft, Paul?«

»Es ist halt immer viel zu tun«, wiegelte er ab. »Außerdem ist es bereits November und zu kalt, um...« Plötzliche Übelkeit ließ ihn stocken und ins Bad laufen.

Benommen sank er auf den Kunststoffhocker in der Dusche. Sein Herz raste, sein Magen krampfte sich zusammen, und er bekam kaum noch Luft. Plötzlich wackelte der Hocker, ihm wurde schwarz vor Augen, und aus weiter Entfernung hörte er jemanden nach ihm rufen.

»Paul, Paul...«

Die Schmerzen waren wie weggeblasen. Erleichtert blinzelte er in die Helligkeit. Aber wieso lag er nicht in Wilmas Duschbad, sondern in einem schmalen Bett unter einer dünnen weißen Decke? Sein Blick fiel auf eine kahle Wand. Das waren keine Badezimmerkacheln. Als er den Kopf zur Seite drehte, sah er Wilma auf einem Stuhl dicht neben dem Bett sitzen. Sie wirkte besorgt, nur das dunkelblaue Kostüm und der kleine Hut auf den kurzen weißen Haaren vermittelten den Eindruck, sie wolle ausgehen.

Paul versuchte sich aufzurichten. Ein stechender Schmerz in der Hand ließ ihn zurück auf das weiße Kissen sinken. Vorsichtig tastete er nach der Stelle. Eine Nadel steckte in seinem Handrücken, daran ein Schlauch, der zu einer Infusion führte.

»Paul, Paul... wie fühlst du dich?«

Er hörte die Angst in Wilmas Stimme.

»Was ist los... Wo...?«

»Du bist im Krankenhaus.« Wilma legte eine Hand auf seinen Arm und streichelte ihn sanft. »Du wurdest ohnmächtig... wenn du allein gewesen wärst...« Sie atmete schwer. »Ich mag es mir gar nicht ausmalen... Zum Glück konnte ich den Notarzt rufen.«

»Wieso Klinik?«

»Dein Herz-Kreislauf-System hat versagt«, erklärte Wilma und drückte den Rufknopf, der über Pauls Kopf baumelte. »Genauer kann es der Professor erklären, ich hab mir die komplizierten Wörter nicht gemerkt.«

Kurz darauf sah sich Paul von zwei Schwestern in hellblauen Uniformen und einem Facharzt im weißen Kittel umringt.

»Sie hatten Glück, Herr Hummel, dass Ihre Mutter in der Nähe war«, begann Professor Biermann, nachdem Paul ihm versichert hatte, er fühle sich nicht krank. »Bedauerlicherweise kann ich Sie nicht entlassen, die Infusion bringt Ihnen zwar kurzzeitige Besserung, aber nach einem Telefonat mit Ihrem Hausarzt und den ersten Tests besteht Verdacht auf Nierenversagen. Das ist allerdings nur eine vorläufige Diagnose. Im CT werden wir Genaueres herausfinden.«

Gleichgültig lag Paul am nächsten Tag in der Computerröhre. Eine Beruhigungsspritze hatte seine Angst betäubt. Nach weiteren Blutentnahmen, Messungen und einer ausführlichen Anamnese erfuhr Paul, woran er litt.

»Terminale Niereninsuffizienz, Stadium fünf. Das heißt: Ihre Nieren arbeiten noch zu etwa zehn Prozent. Aber hier kommt die gute Nachricht«, ergänzte der Professor. »Sie werden *nicht* sterben. Eines Tages natürlich schon, wie wir alle, aber nicht heute, nicht morgen und auch nicht übermorgen.«

Paul atmete auf. Während der Zeit in dieser scheußlichen Röhre hatte er bereits mit dem Leben abgeschlossen und in Gedanken einen letzten Brief an Sarah geschrieben. Nun schöpfte er neue Hoffnung. »Wann kann ich die Klinik wieder verlassen?«

Der Spezialist blickte ihn bedauernd an. »Tut mir leid, Herr Hummel, denn nun folgt die schlechte Nachricht. Ich vermute, dass der über Jahrzehnte erhöhte Alkoholkonsum beziehungsweise Medikamentenmissbrauch Ihre Nieren irreparabel geschädigt hat. Weiter erfuhr ich von Ihrem Hausarzt, dass Sie als Kind Fleckfieber hatten. Schwere Nierenschäden sind eine der Spätfolgen dieses Fiebers. Mit ein paar Pillen wird es leider nicht getan sein.«

Paul glaubte ihm nicht. Er hatte keine Schmerzen, was also sollte das Gerede von irreparablen Nieren? »Und was verordnen Sie statt Pillen?«

»In dieser letzten Phase der Krankheit bleiben nur zwei Möglichkeiten, die Sie vor dem Tod bewahren: lebenslange Dialyse oder eine Nierentransplantation. Und ich will ehrlich sein: Für Letztere stehen die Chancen nicht sonderlich gut, um nicht zu sagen, miserabel. Organspender sind seltener als Rosen im Schnee. Es sei denn…« Der Mediziner nahm seine Brille ab und rieb sich über die Nasenwurzel.

Der Begriff Organspende hatte Paul einen Ladung Adrenalin durch die Adern gejagt. »Warum zögern Sie?«

»Es sei denn, wir finden enge Familienangehörige, die sich zu einer Nierenspende bereit erklären. Aber auch dann wäre nicht gesagt, dass die Nieren kompatibel wären.«

»Also sterbe ich doch?« Paul empfand die widersprüchliche Erklärung des Professors nicht gerade als aufmunternd. Seine Familie beschränkte sich auf Wilma – abgesehen von Sarah, aber er würde sie niemals um eine Niere bitten.

Professor Biermann hob die Hände, als stünde der Tod persönlich vor ihm und er könnte ihn mal eben aus dem Zimmer schieben. »Nicht doch, nicht doch, immer schön der Reihe nach, Herr Hummel. Ich sprach von *zwei* lebensrettenden Maßnahmen. Die Sache mit der Spenderniere vergessen wir erst mal und kümmern uns um eine ›künstliche Niere‹. Sobald Sie wieder auf den Beinen sind, kriegen wir den Rest auch noch geregelt.«

Was Paul am nächsten Tag von Professor Biermann über die sogenannte Dialyse erfuhr, klang nur unwesentlich schwieriger als die Handhabung eines Gabelstaplers.

Biermann hatte einen Stuhl an Pauls Krankenbett gezogen, es sich bequem gemacht und spielte nun lässig mit der Brille in seinen Händen. »Zuerst legen wir einen Dialyseshunt. Laienhaft ausgedrückt handelt es sich dabei um eine künstliche Verbindung zwischen Vene und Arterie, um die Dialyseschläuche anschließen zu können. Das wird in einer kleinen Operation erledigt, reine Routine. Über diese Schläuche wird dann Ihr Blut abgepumpt, gewaschen und wieder zurückgeführt. Der Shunt kann allerdings erst rund sechs Wochen nach der OP zum ersten Mal punktiert, also benutzt werden. Bis dahin spülen wir Ihr Blut über die Halsvene mittels eines Katheters.«

Trotz des freundschaftlichen Tonfalls und der Bemühungen des Arztes, das Fachchinesisch aufs Notwendigste zu reduzieren, erwies sich allein schon das Zuhören als Tortur. »Wann werde ich wieder entlassen?«

Biermann wechselte das übergeschlagene Bein. »Je nachdem, wie gut alles verheilt. Sechs bis acht Wochen.«

»Acht Wochen!«, wiederholte Paul geschockt. »Ich habe einen Betrieb zu leiten und kann unmöglich so lange hier rumliegen...«

»Bitte, beruhigen Sie sich, Herr Hummel«, entgegnete der Arzt mit sanfter Stimme. »Ich weiß, es klingt alles sehr dramatisch und nach der totalen Lebensveränderung. Aber vorerst haben wir leider keine Alternative.«

Paul verstand die Andeutung. »Also gut. Und wie geht es weiter?«

»Kaum der Rede wert«, behauptete Biermann. »Sie kommen drei- bis viermal die Woche zur Dialyse in die Klinik. Der Dialysator benötigt etwa sechs, maximal sieben Stunden für die Blutwäsche. In der Zeit können Sie sich ausruhen oder lesen.« Biermann nickte lässig, als handle es sich um einen Urlaubstag. »Auf jeden Fall werden Sie nichts spüren. Sobald sich das Ganze eingespielt hat, nach weiteren sechs bis acht Wochen, werden Sie entlassen und können ein ganz normales Leben führen.«

Paul wusste nicht, wie Biermanns »normales Leben« aussah, aber jeden zweiten Tag an einer Maschine zu hängen, um zu überleben, empfand er alles andere als normal. »Was geschieht, wenn ich die Behandlung verweigere?«

Verblüfft zog Biermann die Augenbrauen hoch und beugte sich nach vorn zu Paul. »Herr Hummel, was sind denn das für absonderliche Fragen? Sie dürfen sich glücklich schätzen, dass wir inzwischen jedem Patienten einen Dialyseplatz anbieten können. Es ist noch gar nicht lange her, als wir in den Siebzigerjahren nur einen einzigen Dialyseplatz für fünf Betroffene hatten. Da hieß es entscheiden, wer von den fünfen überleben durfte und wer nicht.«

»Das beantwortet nicht meine Frage, Herr Professor«, erwiderte Paul. »Also, was geschieht ohne diese Maschine?«

Biermann runzelte die Stirn, als habe Paul ein Tabuthema angesprochen.

»Ich wüsste es gerne.«

»Nun ... Sie erleiden in wenigen Tagen eine Harnvergiftung, werden müde, verlieren das Bewusstsein und dämmern hinüber.«

Klingt nach einem schönen Tod, dachte Paul. Er fürchtete sich nicht, es wäre eher eine Erlösung aus seinem traurigen Dasein. Ohne Sarah hatte das Leben sowieso keinen Sinn. Er funktionierte nur, weil es von ihm erwartet wurde.

»Aber das vergessen Sie mal ganz schnell wieder«, sagte Biermann im fröhlichen Plauderton. »Jetzt fangen wir erst mal mit der Behandlung an, und den Rest kriegen wir dann schon hin. Mit Geduld und Zuversicht wird Ihr Leben bald wieder lebenswert, versprochen.«

Während der amerikanische Präsident Ronald Reagan im Juni 1987 am Brandenburger Tor dem russischen Machthaber Gorbatschow über die Berliner Mauer »Tear down this wall!« zurief, beobachtete Paul zum ersten Mal, wie sein vergiftetes Blut in den Dialysator gepumpt und gereinigt wieder zurückgeführt wurde. Völlig schmerzfrei, wie versprochen. Euphorisch schmiedete er Zukunftspläne. Er musste nicht sterben, bekam eine neue Chance und wollte so bald als möglich nach Berlin fahren, Sarah suchen und ihr berichten, dass Emma gestorben sei. Dass er sich bis zu ihrem letzten Tag um sie gekümmert habe, aber nun frei sei und sie endlich glücklich werden könnten.

Ziemlich genau ein Jahr später dämmerte Paul apathisch wie nach jeder siebenstündigen Blutwäsche auf dem Klinikbett vor sich hin. Anfangs hatte er tatsächlich geglaubt, eines Tages wieder *normal* leben zu können. War optimistisch gewesen und hatte gedacht, sich an den Anblick seines seltsam verformten Unterarms zu gewöhnen. An diese eingepflanzten Verbindungen zwischen Arterie und Vene, die unter seiner Haut hervorquollen wie zwei extrem dicke Spargelstangen. Hatte auf das Verschwinden der Nebenwirkungen gehofft, die regelmäßig nach der Behandlung auftraten: Muskelkrämpfe, deren Ursache die dem Körper entzogenen Mineralien waren. Migräne, gegen die er starke Schmerzmittel einnahm, welche wiederum Magenkrämpfe auslösten. Übelkeit als Folge des Blutdruckabfalls. Dazu die Rückenschmerzen, der Juckreiz am ganzen Körper und das langweilige salzlose Essen. Aber was ihn bis an den Rand des Wahnsinns trieb, war der andauernde unerträgliche Durst, noch viel quälender als beim Holzhacken im Waisenhaus unter sengender Sonne.

Er war ein schwerkranker Mann. In dieser Verfassung nach Berlin zu fahren war schlicht unmöglich. Sarah musste doch annehmen, er suche eine Pflegerin.

Arbeitsfähig war er höchstens stundenweise, und das auch nur im Büro. Schwere Lasten zu heben war gefährlich wegen des Shunts. Ständige Vorsicht war geboten, um ihn nicht zu verletzen oder zu verschmutzen. Oft fühlte er sich eher tot als lebendig. Er war froh, noch unter die Dusche zu dürfen.

Seit Wochen beschäftigte ihn der Gedanke, was mit dem Großhandel geschehen sollte, wenn er trotz aller ärztlichen Kunst sterben würde. Die Firma war gesund, hatte 1973 die Ölkrise und die darauffolgende wirtschaftliche Rezession überlebt. Er und seine Angestellten hatten durchgehalten, als 1986 in Tschernobyl ein defekter Reaktor eine Nuklearkatastrophe ausgelöst hatte und tonnenweise hochbelastetes Frischgemüse entsorgt werden musste. Als niemand wusste, wie es weitergehen würde. Als Wilma ihm Mut machte mit Erinnerungen an die Nachkriegszeit, die weitaus schwieriger gewesen sei. Doch

Wilma war inzwischen zu alt, um den Laden wieder zu übernehmen. Wie schnell der Ernstfall eintreten konnte, hatte er erst vergangene Woche erlebt. Eine Einstichstelle am Shunt hatte sich entzündet, und die darauffolgende Blutvergiftung war trotz hochdosierter Antibiotika kaum in den Griff zu kriegen gewesen. Stundenlang war er dem Tod nahe gewesen. Von der versprochenen Normalität war er so weit entfernt wie von einem Leben mit Sarah. Nur während der Dialyse, wenn er vor sich hin dämmerte, lag sie in seinen Armen. In dieser Zeit verzehrte er sich in Sehnsucht nach ihr, nach ihrem Körper, nach ihrer Stimme. Wünschte sich so sehr, ihr noch einmal sagen zu können, wie sehr er sie liebte. Im wachen Zustand dankte er allen Göttern, dass sie ihn nicht sehen konnte, diesen jämmerlichen Haufen Haut und Knochen.

»Paul ... hörst du mich?«

Träge öffnete er die Augen. Wilma saß neben dem Bett. »Mutti«, krächzte er wegen der trockenen Kehle.

Wilma reichte ihm das Wasserglas vom Nachttisch. »Hier, nimm einen kleinen Schluck.«

Dankbar befeuchtete Paul seine Zunge. Was für ein himmlisches Gefühl, wenn die Zunge wenigstens einen Moment lang nicht am Gaumen klebte. Das ewige Kaugummikauen half zwar ein wenig gegen den Durst, dafür schmerzten die Kiefer.

»Ich hab mit dem Professor geredet, er meint, auch wenn ich schon ziemlich alt bin, wäre eine Organspende möglich.«

»Kommt nicht infrage«, wehrte Paul ab. »Es ist ein großer Eingriff, und wenn du ihn nicht überlebst, würde ich mir ewig vorwerfen, dich ins Grab gebracht zu haben.«

»Aber dann hätte ich auf meine alten Tage noch eine große Tat vollbracht. Davon abgesehen würde ich nicht mal was merken. Einschlafen und fertig – ein wahrhaft königlicher Tod. Vielleicht treffe ich ja Albert wieder.« Die Vorstellung, vom

Operationstisch nicht wieder aufzustehen, schien Wilma nicht zu schrecken.

»Ich will deine Niere nicht und damit Schluss«, betonte Paul noch einmal.

Wilma ignorierte Pauls Protest und unterzog sich stattdessen den nötigen Bluttests, um enttäuscht zu vernehmen, dass sie als Spenderin nicht infrage kam.

Paul war erleichtert. »Es geht doch ganz gut mit der Dialyse«, behauptete er. »Und solange mich kein Pfarrer mit frommen Sprüchen belästigt, wie gestern, werde ich durchhalten, bis sich ein geeigneter Spender findet.«

Wilma rückte ihren Stuhl näher an das Dialysebett. »Das kann zehn, fünfzehn oder noch mehr Jahre dauern.«

»Woher willst du das denn wissen?«

»Vom Professor«, antwortete Wilma. »Und ich ertrage es einfach nicht mehr zuzusehen, wie du leidest.« Sie kramte ein Taschentuch hervor und putzte sich umständlich die Nase. »Deshalb habe ich überlegt...« Umständlich steckte sie das Taschentuch zurück in die Handtasche. »... ob dir deine Schwester vielleicht helfen kann. Wo ist Rosalie? Ihr seid doch bestimmt in Kontakt geblieben, oder?«

Paul erstarrte. Wilma den Namen der verstoßenen Tochter aussprechen zu hören grenzte an ein Wunder. Er hatte immer noch ihre zornbebende Stimme im Ohr, mit der sie Rosalie damals verwünscht hatte. Wie sie ihm verboten hatte, jemals wieder den Namen »dieses schamlosen Weibsbildes« zu erwähnen.

»Na gut, wenn du es nicht weißt, werde ich sie suchen«, sagte Wilma resolut, als Paul nicht antwortete.

»Hast du vergessen, was damals geschehen ist?« Er war laut geworden. »Wie gemein ihr sie behandelt habt?«

»Nein.« Fast unmerklich schüttelte Wilma den Kopf. »Und heute schäme ich mich dafür. Es war falsch, sie zu verurteilen, und ich würde alles tun, um es rückgängig zu machen. Auf

Knien würde ich sie um Verzeihung bitten, weil ich die noch aus der Nazizeit stammenden Moralvorstellungen nicht angezweifelt und einfach akzeptiert habe. Du weißt doch auch, wie engstirnig die Gesellschaft war. Uns Frauen war einfach alles verboten, sogar auf der Straße zu rauchen galt als anrüchig. Da wurde man angeschaut, als würde man auf den Strich gehen. Und ein uneheliches Kind war eine Schande für die ganze Familie.« Verlegen strich sie ihren Rock glatt.

Paul starrte auf ihre Hand, zählte die Altersflecken und versuchte, sich an Sarahs Adresse zu erinnern. Sie hatte ihm verraten, wo sie mit dem Vater ihres Sohnes lebte, aber im Moment herrschte totale Leere in seinem Hirn. »Ich weiß wirklich nicht, wo sie ist. Und trotz deiner Reue fände ich es unverschämt, sie nach Jahren...« Er musste husten, sein Hals war trocken, und das Reden strengte ihn sehr an.

»Paul, bitte, es geht um dein Leben...«

»Nein!«, protestierte Paul so entschieden, wie er es in seinem geschwächten Zustand vermochte. »Wie würdest du dich fühlen, nach dreißig Jahren Funkstille um eine Niere gebeten zu werden?«

44

Sanfte Wellen schwappten ans Ufer. Ein leiser Wind kräuselte die Wasseroberfläche. Möwen zogen kreischend ihre Runden.

Schwach atmend lag er in ihren Armen, die Augen geschlossen, als würde er schlafen.

»Hab keine Angst, ich bleibe für immer bei dir«, sagte sie.

Zärtlich drückte er ihre Hand. »Ich liebe dich so sehr, mehr als ich sagen...« Er stöhnte, sein Körper bäumte sich auf wie unter starken Schmerzen.

Rosalies Atem flatterte. Ihre Augen füllten sich mit Tränen. Hemmungslos schluchzte sie auf.

»Stopp! Stopp!« Henrys Stimme unterbrach die Szene. Der Film wurde angehalten, und das junge Liebespaar auf der Leinwand erstarrte. »Weine doch nicht, Rosalie«, rief Henry ihr zu. »Ich wollte dir die Szene nur in voller Länge zeigen, weil du dich vorhin zu sehr nach abgebrühter Krankenschwester angehört hast. Versuche es bitte etwas mitfühlender. Der Mann wird sterben, soll aber Hoffnung schöpfen. In Ordnung?«

»Ja, natürlich... tut mir leid wegen des Aussetzers«, entschuldigte sich Rosalie.

»Kein Problem, wir machen es einfach noch mal.«

Rosalie rückte den Kopfhörer zurecht, atmete tief durch und begann auf der Vier mit ihrem Text. Noch ehe sie zu Ende gesprochen hatte, wurde sie erneut von Emotionen geschüttelt. Dieses junge verliebte Paar am Strand weckte schmerzhafte Erinnerungen an jenen Nachmittag mit Paul am Chiemsee. Als sie nach der Radiomeldung voller Hoffnung in eine gemeinsame Zukunft gestürmt waren, die sich bald in Tränen aufgelöst hatte.

Schließlich gelang es ihr, die letzte Szene der Ölbaron-Serie doch noch ohne Weinkrampf zu synchronisieren. Dafür weinte der Himmel, als sie sich auf den Heimweg begab. Die Scheibenwischer hatten Mühe, die Wasserflut zu beseitigen. Und wie immer, wenn sie bei Regen im Auto saß, tauchten quälende Bilder vor ihrem inneren Auge auf. Erinnerungen an den Abend nach der Tanzstunde, als Paul sie zum ersten Mal geküsst hatte.

Lautes Hupen holte Rosalie aus ihren Gedanken. Erschrocken warf sie einen Blick in den Rückspiegel. Der Fahrer in dem Mercedes hinter ihr gestikulierte wild in Richtung Ampel. Sie stand auf Grün. Entschuldigend hob sie die Hand, trat aufs Gas und bog bald in die Kantstraße ein. Nahe ihrer Wohnung fand sie einen Parkplatz.

Hier lebte sie seit 1985. Davor war sie bei Trudi in jenen zwei Zimmern untergekommen, die sie schon mit Daniel bewohnt hatte. Auslöser war das Gespräch mit Bernd gewesen. Noch heute spürte sie, wie entsetzt sie gewesen war über seine abweisende Art, trotz des Rotweins und der Spaghetti, die er gekocht hatte. Als sie sich jetzt daran erinnerte, kam es ihr wie eine Henkersmahlzeit vor...

»Weißt du eigentlich, wie lange du schon in diesem besetzten Haus lebst?«, fragte er sie in kühlem Lehrerton.

»Ich glaube seit Mai '82«, antwortete sie, als wäre sie seine Schülerin.

»Ganz genau, und jetzt haben wir April, also fast ein ganzes Jahr.« Er sah sie flüchtig an, widmete sich aber sofort wieder den Nudeln auf seinem Teller. »Hast du dich in dieser langen Zeit einmal gefragt, wie es mir dabei geht?«

»Aber du wusstest doch, wie lange solche Hausbesetzungen dauern, und warst auf der Seite der Menschen, die unter Gewalt leiden. Ich war der Meinung...«

»Ich finde, du warst egoistisch«, unterbrach er sie frostig. »Unsere Ehe hat dich nicht mehr als das Schwarze unterm Fingernagel interessiert. Oder warum bist du kein einziges Mal nach Hause gekommen?«

»Weil…« Sie senkte den Kopf. Ihr war bewusst, dass sie davongelaufen war, aber es offen zuzugeben war schwer.

»Auch wenn du es nicht ausssprichst, du empfindest nichts mehr für mich.« Er griff nach dem vollen Glas und leerte es in einem Zug.

»Es tut mir leid.« Ihre Hände zitterten. Sie fühlte sich scheußlich, Bernd recht geben zu müssen. Die Hausbesetzung war eine unausgesprochene, aber höchst willkommene Ausrede gewesen, nicht mehr mit ihm leben zu müssen. Seine Zärtlichkeiten nicht mehr abwehren zu müssen. Sich davonstehlen zu können.

»Ich bedauere es ebenso.« Bernd goss sich Wein nach. Auch seine Hand zitterte, wie Rosalie bemerkte. »Und was sollen wir…« Das Läuten des Telefons unterbrach ihn. Er entschuldigte sich und ging in den Flur, wo der Apparat auf einem Tischchen stand. Nachdem er sich gemeldet hatte, sagte er laut: »Ilse, wie schön, dass du anrufst.«

Offensichtlich sollte sie das Gespräch mitbekommen. Als er an den Tisch zurückkehrte, sprach Rosalie ihn drauf an: »Eine Kollegin?«

»Eine Freundin«, sagte er in einem Tonfall, der verdeutlichte, dass es »seine« Freundin war.

Sie verzichtete auf die »große Aussprache«, packte noch am selben Tag den Rest ihrer persönlichen Sachen und versprach, sie demnächst abzuholen. Ein paar Wochen blieb sie noch im Haus am Mariannenplatz, und als ihre Mithilfe nicht mehr nötig war, zog sie zu Trudi. Dort würde sie noch heute leben, wenn Trudi sich nicht verliebt hätte und heiraten wollte. Einen jüngeren Mann, der zwei Kinder mit in die Ehe brachte und mit dem sie bis heute glücklich war.

Über ein Zeitungsinserat hatte Rosalie schließlich die luxuriöse Vier-Zimmer-Wohnung mit Marmorbad und Loggia nach Süden gefunden. Zugegeben, als Single hundertzwanzig Quadratmeter zu bewohnen war ziemlich dekadent, aber seit Daniel als Kameramann fast das ganze Jahr unterwegs war, wohnte er bei seinen Abstechern nach Berlin bei ihr, wenn er keine Freundin hatte.

Im Hausflur traf sie auf den Postboten, der gerade einen Stapel Briefe sortierte.

»Tach auch, schöne Frau«, grüßte er heiter und drückte ihr eine Postkarte in die Hand. »Det is allet.«

Es war die lang ersehnte Karte von Daniel, der vor zwei Wochen nach Afghanistan geflogen war, um dort eine Dokumentation über das Leben nach dem Krieg zu drehen. Letztes Jahr im April 1988 war mit dem Genfer Abkommen der Abzug der sowjetischen Truppen vereinbart worden. Nun hofften alle auf Frieden. Rosalie hoffte, dass die Vereinbarungen auch eingehalten wurden und ihr Sohn unbeschadet zurückkehrte. *Wir sind gut gelandet, Kuss Daniel* stand auf der Ansichtskarte, die eine karge Berglandschaft zeigte.

Erleichtert über die gute Nachricht, stieg sie in die erste Etage hinauf. Vor der Wohnungstür vernahm sie das Schrillen des Telefons. Noch ehe sie aufgeschlossen hatte, verstummte es. Auf dem neuartigen Anrufbeantworter, den sie sich vor Kurzem angeschafft hatte, war leider keine Nachricht hinterlassen worden. Wie auch? Sie hatte vergessen, ihn einzuschalten.

Mist verdammter, fluchte sie und überlegte, wer sie hatte erreichen wollen. »Das Studio sicher nicht«, murmelte sie halblaut, während sie ihren Trenchcoat auszog und an die Garderobe hing. Von dort kam sie ja gerade. Als sie bei einer Tasse Tee Daniels Karte noch einmal las, fiel ihr auf, dass ein Datum fehlte und er auch nicht erwähnte, wo er gelandet war. Vermutlich auf dem Flughafen, aber es konnte auch »im Hotel« bedeuten. Vielleicht war er in Eile gewesen und hatte sich kurz fassen müssen. Oder war der Anruf von Daniel? Womöglich war er krank geworden? Sie wusste nicht, welche gesundheitlichen Gefahren in solch einem fremden Land lauerten, doch allein bei dem Gedanken tauchten Bilder eines apathisch im Bett liegenden Daniels vor ihrem inneren Auge auf. Unruhig lief sie durch die Wohnung, hob mehrmals prüfend den Telefonhörer ab, um sich des Freitons zu vergewissern und sich schließlich zu sagen, es könnte auch Trudi oder eine der Frauen vom Mariannenplatz gewesen sein, mit denen sie noch Kontakt hatte. Und wenn Daniel tatsächlich in Schwierigkeiten steckte, würde er sich wieder melden.

Nach einem heißen Bad, das sie beruhigt hatte, saß sie in einem geblümten Schlafanzug mit einem Berg Kissen im Rücken, vor dem Fernseher. Aufatmend verfolgte sie die Bilder aus Afghanistan, als das Telefon erneut klingelte. Eilig stellte sie den Ton leiser und meldete sich: »Ricks.«

»Verzeihen Sie die späte Störung, ich bin auf der Suche nach Frau Rosalie Hummel...«

Auch nach über dreißig Jahren erkannte Rosalie die Stimme sofort. Antworten konnte sie nicht, denn ihr erster Gedanke galt Paul. Eine Welle der Angst kroch von ihrem Magen hoch zum Brustkorb und drückte ihren Hals zu.

»Hallo, sind Sie noch da?«

»Ja«, antwortete Rosalie endlich. »Ich bin am Apparat.«

»Hier ist Wilma, deine...«

Rosalie war nun ganz sicher, dass sie wegen Paul anrief. Wilma klang nicht, als läge sie selbst im Sterben und wolle ihr am Ende ihres Lebens verzeihen. »Was ist mit Paul?«, platzte sie heraus, ohne sich lange mit Höflichkeiten aufzuhalten.

»Es geht ihm nicht gut«, antwortete Wilma und berichtete atemlos, was geschehen war. »Bitte, Rosalie, bitte«, flehte sie am Ende, »auch wenn du mir nicht verzeihen kannst, rette deinen Bruder...«

Nach einer schlaflosen Nacht voller Ängste und Sorgen stieg Rosalie in München-Riem aus dem Flugzeug. An der Gepäckausgabe drängelte sie sich unhöflich durch die Mitreisenden und trieb dann den Taxifahrer zur Eile an. »Ins Rechts der Isar, so schnell wie möglich.« Dort angekommen, hätte sie beinahe ihren Koffer im Taxi vergessen, derart überstürzt wollte sie zu Paul rennen.

Kaum hatte Rosalie die Klinik betreten, packte sie die Panik, zu spät zu kommen.

Im Laufschritt durchquerte sie das hallenartige Foyer, auf dessen Steinfußboden die Absätze ihrer halbhohen Pumps wie Schüsse knallten. Kostbare fünfzehn Minuten vergingen, ehe sie sich in dem weitläufigen Uniklinikum mit seinen zahllosen Stationen zurechtfand. Etliche Male verlief sie sich, bis sie endlich die private Intensivstation fand. Als sie durch eine Glastür trat, verfiel sie ins Schneckentempo. Sie wusste, in welchem Zimmer Paul lag, wollte aber zuerst mit dem behandelnden Professor sprechen, wie Wilma vorgeschlagen hatte. Davor fürchtete sie sich noch mehr als vor der Begegnung mit Paul.

In einer Fensternische entdeckte sie eine weiße Gartenbank, die offensichtlich für wartende Besucher gedacht war. Nur einen Moment Luft holen, beschloss sie und setzte sich. Die Ungeduld, die sie seit dem Gespräch mit Wilma durch die letzten Stunden getrieben hatte, wich lähmender Angst. Um sich zu beruhigen, kramte sie einen Spiegel aus ihrer Handtasche und nahm die Sonnenbrille ab, die sie wegen ihrer rot geweinten Augen trug. Heute Morgen waren sie so geschwollen gewesen, dass kein Make-up der Welt über die tränenreichen Stunden hätte hinwegtäuschen können. Die Schwellungen waren etwas zurückgegangen, trotzdem sah sie erschöpft aus und fühlte sich wie hundert. Der helle Pullover mit den Fledermausärmeln, der gut zu der braunen Wildlederhose passte, machte sie blass, wie sie jetzt im Tageslicht feststellte. Ihr Haar, das sie inzwischen kinnlang trug, wirkte strähnig, obwohl es frisch gewaschen war. Sich auf einer Station mit Schwerstkranken zu frisieren verbot sich von selbst, doch gegen das Auffrischen des hellroten Lippenstifts war vermutlich nichts einzuwenden.

Den Lippenstift noch in der Hand, sah sie aus den Augenwinkeln einen Mann im weißen Kittel aus einem Zimmer treten. Fahrig verstaute sie die Utensilien in der schwarzen Wildlederhandtasche und erhob sich. »Verzeihung«, sprach sie den Mann an. »Ich bin auf der Suche nach Professor Biermann.«

»Am Ende des Flurs, rechts, sein Name steht an der Tür.«

Rosalies Herz raste vor Aufregung, als sie an die Tür des Arztes klopfte und ein »Ja, bitte« sie zum Eintreten aufforderte.

Zögernd drückte sie die Klinke hinunter und blieb noch im Türrahmen stehen.

Es war kein besonders großer Raum, aber durch zwei Fenster über Eck sehr hell. Zwischen den Fenstern, die Wandecke im Rücken, stand ein hellgrauer Schreibtisch, an dem ein dunkelhaariger Mittvierziger saß und Rosalie freundlich durch seine randlose Brille anblickte.

»Rosalie Ricks«, sagte sie.

Der Professor erhob sich. »Die Halbschwester von Herrn Hummel, ich weiß Bescheid. Biermann.« Er streckte ihr die Hand entgegen.

Rosalie stellte ihren kleinen Koffer ab. »Tut mir leid, wenn ich so einfach reinplatze…«

»Aber nicht doch«, unterbrach er sie. »Bitte, nehmen Sie Platz.« Er wies auf den Stuhl, der vor seinem Schreibtisch stand. »Darf ich Ihnen etwas anbieten? Ich sehe, Sie kommen direkt vom…«

»Flughafen«, ergänzte Rosalie und bat um ein Glas Wasser.

Der Arzt griff nach dem Telefon, sprach mit einer Schwester Ulla und bat um Mineralwasser. »Ihre Frau Mutter hat Sie bereits unterrichtet, wie es um Ihren Bruder steht?«, wandte er sich dann an Rosalie.

Rosalie nickte. »Ja, er benötigt eine Nierentransplantation...« Sie stockte. Sollte sie ihr Geheimnis verraten?

»Wenn Sie Fragen haben, bitte.«

Es klopfte, gleich darauf trat eine junge Schwester ein, die ein Mineralwasser und zwei Gläser auf einem Tablett brachte.

Als sie gegangen war, fragte Rosalie: »Es bleibt doch alles unter uns, ich meine, egal, was ich Ihnen erzähle, fällt doch unter das Arztgeheimnis?«

»Selbstverständlich.«

»Niemand darf etwas von dem erfahren, was ich Ihnen jetzt erzähle. Nicht einmal mein Bruder.« Kaum ausgesprochen, kam sie sich paranoid vor, doch es war ihr wichtig, das zu klären.

»Selbstverständlich«, versicherte der Professor erneut, während er die Gläser füllte und sie gespannt musterte.

»Danke.« Rosalie nahm einen großen Schluck von dem Wasser. »Um gleich mit der Tür ins Haus zu fallen: Wir sind keine Geschwister und auch keine Halbgeschwister«, begann sie und erzählte ihm in Kurzfassung, wie es dazu gekommen war. »Doch solange unsere Adoptivmutter lebt, soll es dabei bleiben. Ich weiß nicht, wie sie reagieren würde und ob unser jahrzehntelanges Schweigen sie am Ende so sehr aufregen würde, dass sie... nun... ich denke, Sie verstehen meine Sorge.«

»Was für eine ergreifende Geschichte«, sagte der Professor, der aufmerksam zugehört hatte. »Aber Sie können ganz beruhigt sein. Nichts, was hier drin gesprochen wird, verlässt diesen Raum. Und auch ich werde mich nicht lange mit Erläuterungen aufhalten, sondern Sie direkt fragen, ob Sie trotzdem zu einer Organspende bereit wären?«

»Ja, sofort... wenn ich als Nichtverwandte...«

»Das spielt heutzutage keine Rolle mehr, inzwischen zählt

allein die Verträglichkeit der Blutgruppen«, erklärte der Arzt. »Um das festzustellen, benötigen wir lediglich einen Bluttest. Erst wenn der positiv ausfällt, käme es zu weiteren Untersuchungen.«

Rosalie war zutiefst erleichtert. Wenn möglich, würde sie sich sofort unters Messer legen. Aber was, wenn sie nicht geeignet war?, fragte sie sich im Stillen und fand einen Atemzug später die Antwort. Daniel. Bisher hatte sie Pauls Sohn noch nicht erwähnt. »Aber wenn...«, setzte sie an, um dem Arzt von Daniel zu erzählen, überlegte es sich aber anders und formulierte eilig um. »Ich wollte sagen, *wann* soll die Operation stattfinden?«

»Sobald sich Ihr Bruder, dabei belassen wir es offiziell, erholt hat.«

Rosalie verstand nicht. »Was meinen Sie mit *erholt?* Ich dachte, ohne Transplantation wird er nicht gesund.«

»Wie Sie ja bereits wissen, arbeiten die Nieren Ihres Bruders nur noch mit zehn Prozent Eigenleistung, die nicht ausreicht, um das Blut zu reinigen. Deshalb wird sein Blut jeden zweiten Tag mittels einer künstlichen Niere gewaschen. Leider kam es von Anfang an immer wieder zu Komplikationen wie einer Sepsis, also einer Blutvergiftung. Vor einigen Tagen war es dann ein Gefäßverschluss aufgrund einer inoperablen Thrombose, wir mussten einen komplett neuen Shunt legen. Und bis dieser zum Einsatz kommen kann, vergehen noch fünf Wochen, weshalb vorübergehend ein sogenannter großlumiger Venenkatheter implantiert wurde, über den dialysiert wird. Allerdings bedeutet das stationären Klinikaufenthalt...«

Rosalie hatte gespannt zugehört, begriff aber die medizinische Bedeutung der Worte nicht. Doch an der besorgten Miene des Professors war unschwer zu erkennen, dass Paul in Lebensgefahr schwebte. »Wann soll der Bluttest gemacht werden?«

»Wenn es Ihnen passt, können wir das jetzt gleich erledigen«, antwortete der Professor. »Das Ergebnis haben wir dann noch heute.«

Erleichtert stimmte Rosalie zu. Der Arzt begleitete sie ins Schwesternzimmer, wo ihr einige Röhrchen Blut abgenommen wurden. Dann endlich durfte sie zu Paul.

Zögernd stand sie vor der Tür, überlegte, was sie sagen sollte. Fünf Jahre waren seit dem letzten Treffen vergangen, und jeden Tag hatte sie sich nach ihm gesehnt, sich ein Wiedersehen vorgestellt. Aber nicht einmal in ihren schlimmsten Albträumen fand es in einer Klinik statt. Und trotz Biermanns aufmunternder Worte fürchtete sie nun, bei Pauls Anblick in Tränen auszubrechen. Der Arzt hatte ihr diesen Katheter beschrieben und sie auf den Anblick vorbereitet. Sie atmete tief durch, klopfte kräftig und drückte entschlossen auf die Klinke.

Bestürzt blieb sie in der Tür stehen. Paul lag allein in einem hellen Zimmer, halb aufgerichtet in einem quer zum Eingang stehenden Krankenhausbett mit verstellbarem Kopfende. Unzählige Schläuche führten von seinem Hals zu einer leise surrenden Maschine mit Knöpfen und Blinklichtern, die auf der anderen Seite des Bettes stand. Paul hatte die Augen geschlossen, ihr Eintreten aber wohl gehört. Langsam drehte er den Kopf in ihre Richtung und sah sie schlaftrunken an.

»Hallo, Paul«, brachte Rosalie krächzend hervor und musste sich sehr zusammenreißen, um nicht zu weinen. Sie war zutiefst erschüttert, wie abgemagert und blass er aussah. Seine Wangen waren eingefallen, die Augen von dunklen Ringen umgeben, und unter dem grauen Sweatshirt, das er zu einer dunklen Sporthose trug, zeichneten sich deutlich die Schlüsselbeine ab.

»Sarah«, flüsterte er mit einem Anflug von Lächeln und hob müde eine Hand.

Sie setzte den Koffer ab und war in drei Schritten bei ihm. Vorsichtig nahm sie seine Hand. »Wilma hat mich angerufen«, sagte sie, weil ihr einfach nichts Klügeres einfiel.

»Eintausendachthundertundzweiundsechzig Tage und fünf Stunden«, sagte er leise. »So lange habe ich auf dich gewartet.«

Rosalie vermochte ihre Tränen nicht länger zurückzuhalten. Schluchzend setzte sie sich auf den Besucherstuhl und führte seine Hand an ihre Wange. »Ich habe dich so unendlich vermisst.«

Pauls Hand zitterte vor Aufregung und Glück. Und obwohl er wütend auf Wilma war, weil Sarah ihn nun doch in diesem jämmerlichen Zustand sah, wäre er vor Freude am liebsten aus dem Bett gesprungen. Aber diese verdammte Kunstniere hielt ihn an sich gefesselt wie einen Gefangenen. Verhinderte, dass er sie küssen oder auch nur umarmen konnte.

So blieb ihm nichts, als ihre Hand zu halten. Lange saß Sarah einfach neben seinem Bett und fragte, ob er Schmerzen habe. Nein, ihm tat nichts weh, abgesehen von diesem grausamen Durst fühlte er sich so euphorisch wie lange nicht. Sarahs Nähe war alles, was er sich wünschte. Nie war ihm das so bewusst geworden wie in dem Moment, als sie das Zimmer betreten hatte.

In Dreißig-Minuten-Intervallen störte eine Schwester, um seinen Blutdruck zu messen und zu überprüfen, ob der Katheter noch richtig saß und der Dialysator reibungslos funktionierte. »Vertrauen ist gut, Kontrolle ist sicher«, scherzte sie lächelnd.

Die gleichmäßigen Pumpgeräusche des durch die Schläuche gurgelnden Bluts waren einschläfernd. Ungewollt sackte Paul immer wieder kurz weg, und wenn er Sarah dann tatsächlich neben dem Bett sitzen sah, war er überglücklich. Er wollte ihr so vieles sagen, hatte aber nicht die Kraft, lange zu reden oder zuzuhören.

Es war bereits dunkel, als die Krankenschwester Paul von

den Schläuchen befreite und den Venenzugang mit einem sterilen Verband versorgte. Die Show, wie sie sich den Mundschutz anlegte, in die Einweghandschuhe schlüpfte und ihre Arme bis über die Ellbogen mit Desinfektionsmittel einrieb, schreckte ihn längst nicht mehr. Als er endlich befreit war, fühlte er sich plötzlich so lebendig wie seit Monaten nicht mehr. So euphorisch, als habe die Maschine ihm reines Adrenalin durch die Adern gejagt, als sei selbst das Unerreichbare möglich: ein Leben mit Sarah. Noch etwas zittrig setzte er sich auf. »Ich werde schnell duschen und dann...«

»Darfst du denn das Zimmer verlassen?«, unterbrach sie ihn. »Der Professor meinte, wegen dieses... dieses Dings da...«, sie deutete auf seinen Hals, »solltest du permanent überwacht werden.«

»Nur während der Dialyse, ansonsten darf ich ein ganz normales Leben führen«, lachte Paul verwegen, nahm sanft ihren Kopf in seine Hände und küsste sie zärtlich. Ihm war wirklich nicht danach, mit Sarah in einem Krankenzimmer zu bleiben. Wo sie ihn mitleidig ansah und traurig wurde. Ihm am Ende vielleicht auch noch ihre Niere anbot. »Ich ziehe mir schnell was anderes an, und dann verlassen wir diesen traurigen Ort. Außerdem möchte ich allein sein mit dir.« Er nahm Anzug, Hemd, Schuhe und Wäsche aus dem Schrank. »Lauf bloß nicht weg«, sagte er, bevor er im angrenzenden Badezimmer verschwand.

Er duschte vorsichtig um den Verband herum, zog sich an, und als er in die Schuhe schlüpfte, fühlte er sich wieder wie ein Mann und nicht nur wie ein hilfloser Kranker. Selbst wenn es nur für einen Abend war. Und wenn es die letzten Stunden seines Lebens wären, er würde es nicht bedauern.

»Wohin?«, fragte Rosalie, als er mit der einen Hand nach ihrer und mit der anderen nach dem Koffer griff.

»Nach Hause«, sagte Paul.

»Oh, Paul...« Mit Tränen in den Augen sah sie ihn an. »Wie sehr habe ich mich danach gesehnt, das von dir zu hören.«

Übermütig wie zwei Kinder, die einen Streich aushecken, verließen sie die Klinik, stiegen in ein Taxi, und Paul sagte zum Fahrer: »Arabellahochhaus.«

45

Selig lag Rosalie in Pauls Armen auf der Wohnlandschaft. Sie hatten im Hotelrestaurant gegessen und mit einem Schluck Champagner auf ihr Wiedersehen angestoßen. Jetzt zermarterte Rosalie sich das Gehirn, wie sie Paul von Daniel erzählen sollte.

»Ich muss dir was sagen«, begann sie, doch Paul verschloss ihren Mund mit einem Kuss.

»Ich auch«, sagte er anschließend. »Ich liebe dich mehr als mein Leben, und deshalb hätte ich deine Niere niemals angenommen. Ich weiß nämlich, warum du hier bist.«

Rosalie löste sich aus seiner Umarmung. »Du hast gar nicht geschlafen, als ich an deinem Bett saß und der Professor mit der Nachricht kam, dass unsere Blutgruppen nicht übereinstimmen?«

Er zog sie wieder an sich. »Nein, nur gedöst. Aber das ist alles unwichtig, für mich zählt nur, dass wir endlich wieder zusammen sind.«

»Für mich zählst auch nur du«, warf Rosalie ein, »und deshalb will ich, dass du lebst.«

»Wie du siehst, lebe ich und fühle mich prächtig, seit du bei mir bist.« Fordernd wanderte seine Hand unter ihren Pulli, während er sie küsste.

Vorsichtig schob sie ihn von sich weg. »Warte«, sagte sie, trotz der Sehnsucht nach seinen Liebkosungen und danach, mit ihm zu schlafen, falls es überhaupt möglich war in seinem geschwächten Zustand. Aber sie musste ihm jetzt unbedingt von Daniel erzählen.

»Was ist los?«

»Ich...« Ihr Blick fiel auf die Polaroidfotos an der Wand, die sie bei ihrem ersten Besuch in diesem Apartment voneinander geschossen hatten. »Ich muss dir was zeigen.« Sie griff nach ihrer Handtasche auf dem Boden, kramte nach dem Filofax und zog mit zitternden Händen ein Foto aus der Extrahülle. »Hier.«

Paul betrachtete es. »Wer soll das sein? Etwa dein Exmann? Oder bist du doch nicht geschieden, wie du vorhin erzählt hast?«

Er meint es sicher sarkastisch, dachte Rosalie, vernahm aber auch unterschwellige Furcht. Abwechselnd wurde ihr heiß und kalt. Sie atmete tief ein, sah ihm direkt in die Augen und sagte: »Ich habe dich nicht belogen, ich bin wirklich geschieden«, bekräftigte sie. »Und das... das ist unser Sohn Daniel, vor ungefähr einem Jahr.« Nun war es raus.

Gleichermaßen fassungslos wie ungläubig starrte Paul von dem Foto zu Rosalie und wieder auf das Foto. Endlich schien er zu erkennen, dass der darauf abgebildete Mann eine jüngere Ausgabe von ihm war. Er richtete sich auf, sah sie fassungslos an.

»Unser Sohn!« Seine Stimme überschlug sich, er schnappte nach Luft, lief rot an. »Du warst also damals...«

»Ja, schwanger von dir...« So sehnlichst wie noch nie zuvor wünschte sie sich, die Zeit zurückdrehen zu können. Eine neue Chance zu bekommen. Alle Lügen auszulöschen.

»Warum...« Paul keuchte, atmete stoßweise, schrie sie an. »Warum hast du mich...« Seine Stimme versagte, er stand auf und schleppte sich in die Kochnische.

»Es tut mir leid...« Sie senkte den Kopf. Viele Male hatte sie sich erklärende Sätze zurechtgelegt, aber jetzt wollte ihr nicht ein einziger einfallen. »Bitte, Paul, es tut mir unendlich leid... verzeih mir...«

Paul kam mit einem Glas zurück, dessen Boden knapp mit Wasser bedeckt war. Vorsichtig nahm er einen winzigen Schluck. »Unser beider Leben wäre komplett anders verlaufen, wenn ich gewusst hätte, dass du... dass wir ein Kind bekommen werden...«

»Ich weiß, und es tut mir unendlich leid, aber ich hatte einfach schreckliche Angst.«

Paul setzte sich auf die Polsterkante. »Wovor, Sarah, wovor? Warum hattest du kein Vertrauen zu mir?«

»Hätte ich dir von der Schwangerschaft erzählt...«

»Hätte ich mich dazu bekannt!« Er fuhr hoch, musterte sie von oben herab und begann nervös auf und ab zu laufen.

»Und genau davor hatte ich solche Angst. Alle Welt glaubte doch, wir wären Geschwister. Offiziell sind wir es immer noch. Unsere wahre Geschichte hätten alle nur für eine lächerliche Ausrede gehalten. Wir wären der Inzucht bezichtigt worden. Ich bin mir nicht einmal sicher, ob Wilma heute die Wahrheit verkraften würde. Wir wären vielleicht beide im Gefängnis gelandet. Und die Eltern womöglich der Kuppelei angeklagt worden. Das Kind war unter ihrem Dach gezeugt worden.«

Paul blieb vor ihr stehen. »Du übertreibst...«

»Im Gegenteil«, beharrte Rosalie. »Erinnere dich doch, wie grauenvoll spießig die Nachkriegsjahre waren. In fast allen Köpfen steckte noch die Ideologie der Nazis. Jeder fürchtete sich davor, gegen vermeintlich moralische Werte zu verstoßen. Händchen halten auf der Straße war verpönt, Küssen sowieso – und Frauen mit einem unehelichen Kind wurden wie Aussätzige behandelt. Stell dir doch nur vor, was es für ein Skandal gewesen wäre, wir als Geschwister. Die Eltern haben mich verstoßen und hätten auch dich davongejagt. Die Behörden hätten uns das Kind weggenommen und es in ein Waisenhaus gesteckt.«

»Es will mir trotzdem nicht in den Kopf...« Er stand nun

wieder in der Kochnische, drehte den Wasserhahn auf und hielt seine Hände darunter.

»Ich habe wochenlang darüber nachgedacht, aber um dich zu schützen, gab es keine andere Lösung, als es dir zu verschweigen.«

Paul drehte das Wasser ab. »Aber ich bin der Vater, und ich hätte dich, hätte uns beschützt. Mir wäre eine Lösung eingefallen. Ganz bestimmt.«

»Und wenn nicht?« Herausfordernd sah sie ihn an. »Unzählige Male habe ich mir gesagt, dass dieses Kind vielleicht alles ist, was ich jemals von dir haben werde, dass ich es behalten möchte und kein Risiko eingehen werde. Allein die Vorstellung, dass es von sadistischen Ordensfrauen erzogen würde, hat mich wahnsinnig gemacht...«

Paul kam hinter dem hohen Tresen hervor. »Aber warum hast du mich bis heute belogen? Vierunddreißig Jahre lang! Wenn ich an die Nacht im Bayerischen Hof denke... damals hättest du es mir sagen *müssen*.«

»Damals hast du mir von deinen Sorgen um Friedrich erzählt, es war der falsche Zeitpunkt«, erinnerte sie ihn. »Und als er...« Rosalie stockte, suchte nach passenden Worten.

»Umkam?«

Rosalie nickte. »Ich war mitschuldig an seinem Tod, genau wie ich es dir geschrieben habe. Ich hatte kein Recht, einen toten Sohn mit einem lebenden zu ersetzen. Ganz zu schweigen von Emma, für die es doppelt schmerzlich gewesen wäre.«

»Emma?« Fassungslos riss er die Augen auf. »Wieso hast du nicht an mich gedacht? Es hätte mich getröstet!«

Die halbe Nacht stritten sie weiter, wo es doch für jede Erklärung zu spät war.

»Wo ist er, warum hast du ihn nicht mitgebracht?«, wollte Paul schließlich wissen. »Ich will ihn kennenlernen!«

»Er ist Kameramann«, antwortete Rosalie und erzählte, welche Schule er besucht und wo er studiert hatte. »Daniel ist sehr erfolgreich, dreht gerade in Afghanistan, und soweit ich mich erinnere, war von drei Monaten Arbeit die Rede. Aber ich werde versuchen, ihn zu erreichen.« Dass sie auch Daniel erst alle Lügen gestehen musste, verschwieg sie ebenso wie dass sie hoffte, er wäre als Nierenspender geeignet. Dazu war noch Zeit, wenn sie ihn gefunden hatte.

Pauls Gesichtszüge entspannten sich mehr und mehr, je länger er zuhörte. »Ich kann es kaum erwarten, ihn in meine Arme zu schließen.« Versöhnlich zog er sie an sich. »Endlich sind wir eine Familie, wie wir es uns immer gewünscht haben. Wie der Wind u...« Er brach mitten im Wort ab und krümmte sich wie unter heftigen Schmerzen. Als er sich wenig später übergeben musste, fuhr Rosalie sofort mit ihm in die Klinik.

Dr. Biermann beruhigte sie mit der Erklärung: »Es handelt sich um sogenannte Dialysekopfschmerzen, die sich anfühlen, als würde sein Kopf aufgeschnitten. Leider eine immer wiederkehrende Komplikation infolge des Blutdruckabfalls. Meist treten sie bereits während der Blutwäsche auf, manchmal erst Stunden später. Bedauerlicherweise hat Ihr Bruder immer wieder damit zu kämpfen. Und die verabreichten starken Schmerzmittel...« Er nahm seine Brille ab und rieb sich die Nasenwurzel. »Nun... leider haben Medikamente Nebenwirkungen, und die sind oft genauso heftig wie die Krankheit selbst.«

Die nächsten Tage verbrachte Rosalie unzählige Stunden am Krankenbett und versuchte, Paul mit kleinen Anekdoten aus Daniels Kindheit aufzuheitern. Die restlichen Stunden suchte sie nach ihm.

Daniel war fürs ZDF unterwegs, sie selbst kannte niemanden bei diesem Sender. Henry hingegen hatte unzählige Kontakte zu den Redakteuren, und binnen weniger Stunden hatte er die Produktionsfirma herausgefunden.

Während Rosalie von einer unwilligen Assistentin zur nächsten verbunden, jeweils von einem Tag auf den anderen vertröstet oder mit versprochenen Rückrufen hingehalten wurde, begann sie vor Ungeduld an den Nägeln zu kauen, sich die Haare einzeln auszureißen und sich auf die Lippe zu beißen, bis es blutete. »Das Land am Hindukusch ist nicht gerade berühmt für seine telefonische Vernetzung«, hatte eine der Assistentinnen geflötet. Um wenigstens die Adressen oder Telefonnummern der Hotels zu erhalten, die von Deutschland aus gebucht worden waren, scheute Rosalie sich nicht, auf die Es-geht-um-Leben-oder-Tod-Tränendrüse zu drücken. Mit der gewünschten Wirkung. »Das Team fährt mit dem Auto durch die ehemals umkämpften Gebiete. Die Chancen, Herrn Ricks zu erreichen, sind also minimal.«

Als sie selbst in den jeweiligen Hotels anrief, nervte die schlechte Verbindung mit abwechselndem Knacken oder Rauschen wie in der Pionierzeit des Telefons. Nicht nur die Verständigung war schwierig, auch das abenteuerliche Englisch brachte Rosalie an den Rand der Verzweiflung. Ihre Englischkenntnisse hatten sich durch Schularbeiten mit Daniel verbessert, und im Synchronstudio waren Anglizismen längst an der Tagesordnung. Die »Schleifen« hießen jetzt »Takes«, aus der Schnittmeisterin war eine Cutterin geworden, und die Takes wurden auf Englisch angezählt. Rosalie beherrschte die Sprache keineswegs perfekt, aber nach Mr. Ricks zu fragen war keine Kunst.

Als sie Daniel nach unzähligen Versuchen immer noch nicht gefunden hatte, schickte sie Telegramme an alle drei Hotels. Keines wurde beantwortet.

Drei Wochen waren mittlerweile vergangen, ohne eine Spur von Daniel. Rosalie war am Ende ihrer Weisheit, wäre am liebsten selbst nach Afghanistan geflogen und hätte jede Wüste durchquert, um ihn aufzustöbern.

Pauls Zustand hatte sich aufgrund einer neuerlichen Infektion verschlechtert. Verzweifelt bat Rosalie den Professor um eine ehrliche Antwort auf die Frage, wie lange Paul noch ohne Nierenspende durchhalten könne. Daniel hatte sie noch nicht erwähnt, womöglich strich man Paul sonst von der Warteliste für Organspenden.

»Einige Patienten leben jahrzehntelang an der Dialyse«, versuchte Professor Biermann sie zu beruhigen. »Aber genaue Prognosen kann niemand geben.«

»Verstehe«, entgegnete Rosalie enttäuscht. »Mir erscheint er an manchen Tagen derart verzweifelt, als habe er allen Lebensmut verloren...«

»Reden Sie mit Ihrem Bruder, machen Sie ihm Hoffnung auf eine Genesung, auf ein neues Leben, auf die Erfüllung seiner Wünsche«, riet er.

Rosalie sackte in sich zusammen. Lügen, nichts als Lügen, dachte sie deprimiert. Mein gesamtes Leben ist eine einzige Lüge.

»Selbst wenn Sie lügen, ist es nicht strafbar«, sagte der Professor, als ahne er ihre Skrupel. »Für einen geliebten Menschen wäre mir keine Lüge zu groß und auch keine Lüge zu banal, um ihn aufzumuntern, ihm Schmerzen zu erleichtern oder ihm am Ende die Angst vor dem Sterben zu nehmen. Aber bitte«, fügte er nach einer kurzen Pause hinzu: »Verhindern Sie das eigenmächtige Verlassen der Klinik. Das provoziert Infektionen.«

»Keine Lüge zu groß«, sagte sich Rosalie später, als ihre Gedanken nach Berlin ins Jahr 1955 zurückwanderten. Überdeutlich sah sie sich den verhängnisvollen Lügenbrief an Paul schreiben. Damals hatte sie begonnen zu lügen. Warum also jetzt damit aufhören, wenn es ihr sozusagen ärztlich verordnet wurde?

Auf einem neutralen Blatt Papier begann sie zu schreiben:

KABUL, MÄRZ 1989

HALLO, MAMA

WIR SIND GUT ANGEKOMMEN UND WERDEN UNS MORGEN SOFORT INS ABENTEUER STÜRZEN. DRÜCK UNS DIE DAUMEN FÜR GUTES WETTER UND MACH DIR BITTE KEINE SORGEN, WENN DU DIE NÄCHSTEN WOCHEN NICHTS VON MIR HÖRST. ICH WERDE DIR REGELMÄSSIG SCHREIBEN UND HOFFE, DIE BRIEFE ODER POSTKARTEN – FALLS ICH WELCHE AUFTREIBE – AUCH IRGENDWO EINWERFEN ODER ABGEBEN ZU KÖNNEN.

KUSS, DANIEL

Ohne Skrupel überreichte sie Paul den Brief. »Hier, von deinem Sohn. Meine Nachbarin hat einen Schlüssel zu meiner Wohnung und mir die Post nachgeschickt.« Paul kannte Daniels Schrift nicht, warum also sollte er zweifeln?

Paul las ihn mit leuchtenden Augen. »Schreibt er immer in Großbuchstaben?«

»Ja, immer, seit dem Studium«, antwortete Rosalie, diesmal ohne lügen zu müssen. »Dein Sohn hat so seine Eigenarten.«

Der gefälschte Brief blieb die einzige Post von Daniel, obwohl Rosalie inzwischen mit ihrer Nachbarin telefoniert und sie gebeten hatte, regelmäßig nachzuschauen.

Aber die wenigen Zeilen wirkten wie ein Wundermittel. Paul verkraftete die anstrengende Blutwäsche nun sehr viel leichter, und auch der Professor war zuversichtlich.

Wenige Tage später kam der neu implantierte Gefäßzugang wieder zum Einsatz.

»Sobald sich alles eingespielt hat und du die Klinik verlassen darfst, verreisen wir«, sagte Rosalie, als sie Paul während der Blutwäsche Gesellschaft leistete. »Der Professor meinte, innerhalb Deutschlands wäre es kein Problem, da einige Kliniken sogenannte Gast-Dialysen anbieten. Man muss sich nur rechtzeitig anmelden.«

»An die Ostsee...«, sagte Paul, ohne die Augen zu öffnen. »Mit dir im Sand sitzen und dem Wellenrauschen zuhören.«

Rosalie küsste ihn sanft auf die Wange. Endlich ein Zeichen von Lebensfreude. Die ständige Müdigkeit schien nachzulassen. »Wie wär's, wenn ich mich darum kümmere?«

Er öffnete die Augen. »Ja, aber erst möchte ich Daniel kennenlernen, vielleicht kann er uns begleiten. Familienurlaub am Meer...« Verträumt blickte er aus dem Fenster, als wäre es der letzte Wunsch eines Sterbenden.

Gerührt schluckte Rosalie die aufkommenden Tränen hinunter. Auch sie wünschte sich nichts mehr, als mit ihren beiden Männern irgendwo aufs Meer zu blicken, Wellen zu zählen und einfach nur glücklich zu sein. Sie waren beide erst Mitte fünfzig, vielleicht hatte das Schicksal endlich ein Einsehen, und alles würde gut.

Einen Tag vor Pauls angekündigter Entlassung fühlte er sich plötzlich wieder sehr schwach und wollte nur liegen. Der Blutdruck sank weit unter normal. Wenig später kamen Fieber und Schüttelfrost dazu. Sein Herz begann zu rasen, die Atmung wurde schwach. Blut wurde abgenommen, Blutkulturen angelegt, Untersuchungen angeordnet.

»Eine neuerliche Infektion am Gefäßzugang, infolgedessen es zu einer Staphylokokkensepsis kam«, erklärte Biermann, nachdem er die Laborwerte erhalten hatte. »Aber machen Sie sich keine Sorgen, wir werden mit hochdosierten Antibiotika dagegen ankämpfen.«

Rosalie wollte dem Arzt gerne glauben, doch seine angespannte Miene strafte ihn Lügen. Auch er rechnete mit dem Ernstfall.

Während draußen die Natur von der Frühlingssonne zu neuem Leben erweckt wurde, hatte Rosalie keinen Blick für die ersten zartgrünen Blätter an den Bäumen. Sie bangte um das Leben ihrer großen Liebe und wich nicht von Pauls Bett, egal, wie oft der Arzt oder die Schwestern sie nach Hause schickten, damit sie sich ausschlafen sollte. Erst nach zwei durchwachten Tagen und Nächten gönnte sie sich eine Pause. Zehn Stunden später saß sie wieder an Pauls Bett. Sie wollte da sein, wenn er wach wurde. Wollte ihn aufmuntern. Von dem Leben erzählen, das sie miteinander führen würden.

»Ich war mit Wilma auf dem Großmarkt und hab mir alles angesehen«, fabulierte sie ins Blaue. »Unfassbar, was du aufgebaut hast. Wilma meinte, du würdest über einen Verkauf nachdenken. Aber wenn ich in München bleibe, können wir den Betrieb auch zusammen weiterführen. Ich bin mit allem einverstanden, was dich glücklich macht, mein Liebling.«

»Sarah«, flüsterte er leise und lächelte zufrieden, als habe er ihr genau zugehört.

Nach drei Tagen glaubte Biermann, die Medikamente würden anschlagen. Rosalie verließ das Krankenzimmer dennoch nicht länger als notwendig.

»Wo ... warst ... du?«, fragte er atemlos, als sie wieder bei ihm war.

»Zu Hause, nur rasch duschen und mich umziehen«, antwortete sie. »Und weißt du was?« Sie rückte den Besucherstuhl an sein Bett, setzte sich und nahm seine Hand. »Ich habe Daniel erreicht. Er kommt bald zurück ... und dann habe ich mir überlegt, dass wir eine größere Wohnung brauchen. Auf Dauer treten wir uns in diesem einen Zimmer doch auf die Füße. Was meinst du, soll ich mich im Arabellahochhaus nach was Größerem umsehen?«

Er drehte den Kopf zu ihr, hob die Hand, bewegte die Lippen, aber Rosalie konnte nicht verstehen, was er sagte. Entgegen Professor Biermanns Meinung kam er ihr heute schwächer vor als gestern.

»Sarah ... halt mich fest ...«

Sie nahm seine Hand. »Ich bin hier, mein Liebling«, sagte sie, bekam aber keine Antwort. Starr vor Angst drückte sie den Notrufknopf.

Schwester Erna erschien, überprüfte mit geübten Handgriffen die Infusion und versprach, den Professor zu verständigen.

Unerwartet schlug Paul die Augen auf. »Ich ... friere«, stammelte er.

Rosalie sah sich nach einer zweiten Decke um, fand aber keine. Kurz entschlossen legte sie sich neben ihn ins Bett, schob vorsichtig einen Arm unter seine Schultern und legte ihm den anderen über die Brust, um ihn zu wärmen. »Draußen ist schon richtig Frühling. Bald reifen die ersten Erdbeeren ... erinnerst du dich noch an unsere gestohlenen Stunden in den Kühlräumen?«

»Erdbeeren ...«

»Im Winter«, ergänzte Rosalie.

Pauls Atem wurde schneller. »Sarah ... ich werde ... dich immer lieben ...«, brachte er keuchend hervor.

Noch ehe Rosalie nachfragen konnte, was er meinte, fiel sein Kopf zur Seite.

»Bleib bei mir«, flehte sie. »Du musst doch deinen Sohn kennenlernen. Liebling ... Paul ...«

Doch er antwortete nicht, bewegte sich nicht und schien auch nicht mehr zu atmen. Panik erfasste Rosalie. Sie drückte den Rufknopf, rief um Hilfe und rannte aus dem Zimmer, um im Flur nach dem Arzt zu suchen.

Wenige Sekunden später kam Professor Biermann im Laufschritt an. Hinter ihm Schwester Erna, die Rosalie mit einer beruhigenden Geste bat, ein wenig zur Seite zu treten.

Starr vor Angst verzog sich Rosalie in eine Zimmerecke, als könnten die Wände sie vor dem schrillen Pfeifton in ihren Ohren schützen. In schmerzhafter Lautstärke überlagerte das Pfeifen die professionell-ruhigen Anweisungen des Arztes an die Krankenschwester. Wie durch eine dicke Decke drangen medizinische Begriffe zu ihr, deren Bedeutung sie nicht verstand.

»Was ist mit ihm?«, fragte sie immer wieder.

Eine Ewigkeit schien vergangen zu sein, als Schwester Erna leise das Zimmer verließ und Professor Biermann zu ihr trat. »Es tut mir sehr leid…«

Rosalie blickte ihn ungläubig an. Diese Worte hatte sie selbst einmal gesagt, in der Rolle einer Ärztin, die einem Ehemann den Tod seiner Frau mitteilte. Sie wusste, was Biermanns Worte bedeuteten, doch glauben wollte sie ihm nicht. Sie stellte auch keine Fragen, eilte nur zu Paul.

Zaghaft tastete sie nach seiner Hand. Sie war nicht kalt wie die eines Toten. Ein wenig kühler, das schon, aber auch ihre Hände waren kalt vor Angst.

»Liebling«, flüsterte sie. »Wach auf, ich will dir von der Reise an die Ostsee erzählen, die ich organisiert habe.« Sanft streichelte sie seine Wange. Zog die Decke über die Schultern, hielt einen Moment inne – wo waren die Elektroden, die seinen Herzschlag überwachten? Sie blickte sich nach dem Professor um. Er hatte den Raum verlassen. Sie war allein im Zimmer. Allein mit dem Mann, der ihr alles bedeutete. Der sie nie wieder in die Arme nehmen würde. Der ihr nie wieder sagen würde, wie sehr er sie liebte. Der gegangen war. Für immer.

Die Gewissheit traf sie wie ein Messerstich ins Herz. Paul war tot. Langsam breitete sich der Schmerz aus, packte sie und zog sie in ein tiefes schwarzes Loch, aus dem es kein Entkommen gab. Weinend blieb sie bei ihm. Vermochte sich nicht zu trennen. Als gäbe es eine allerletzte Chance. Als könnten ihre Tränenströme ihn zurückholen.

Erst als die Abendsonne hinter den Dächern verschwand, klopfte es leise an der Tür. Sekunden danach betrat Schwester Erna den Raum. Behutsam sprach sie auf Rosalie ein und überreichte ihr ein Kuvert. »Diesen Brief hat er mir für Sie gegeben.«

April 1989

Meine geliebte Sarah,
in den letzten Stunden meines Lebens glaube ich ganz fest daran, dass unsere Liebe die Ewigkeit überwindet. Ich habe Angst zu sterben, möchte bei Dir bleiben, mit Dir leben, aber ich spüre es mit jedem schwachen Schlag meines Herzens, dass mich mein Körper im Stich lassen wird. Doch Liebe ist das Gegengefühl von Angst, und mit der Liebe zu Dir im Herzen fürchte ich den Tod nicht.
Weine nicht, wenn ich gegangen bin, es ist nur mein müder Körper, der es nicht geschafft hat.
Vergiss mich nicht, meine geliebte Sarah, aber weine nicht, wenn Du an mich denkst.
Halte Dein Gesicht in den Regen, jeder Tropfen ist ein Kuss von mir.
Lass Dein Haar im Wind flattern, es sind meine Hände, die es streicheln.
Fühle die heiße Sommersonne auf Deiner Haut, es ist mein Körper, der Deinen erhitzt.
Höre den Amseln zu, wenn sie ihr Abendlied singen, sie erzählen von meiner Liebe zu Dir.
Schließe die Augen, wenn Du traurig bist, und erinnere Dich an den Tag, als wir lachend in »unserem Meer« schwammen.
Weine nicht, wenn Du an mich denkst, meine geliebte Sarah.

In ewiger Liebe, Dein Paul

46

1990

Paul und Sarah
Wir gehören zusammen wie der Wind und das Meer

Zwei Namen in goldenen Buchstaben auf einem schlichten Grabstein aus weißem Marmor. Wenigstens im Tod wollte Rosalie wieder Sarah sein, als die sie auf die Welt gekommen war.

Bei allen Besuchen, wenn Daniel ein Steinchen auf den Grabstein seiner Eltern legte, erinnerte er sich an die letzten Tage mit seiner Mutter. Als sie im Flanellhemd seines Vaters in den Kissen lag, ihm das Taschenmesser seines Großvaters schenkte, den alten Koffer mit den Papieren der Familie Greve und das Foto der echten Geschwister zeigte und von ihrem Schicksal erzählte. Sie bat um Verzeihung, ihn bis zu ihrem letzten Tag belogen zu haben, weil sie fürchtete, er würde sich ewig vorwerfen, nicht erreichbar gewesen zu sein. Auch wenn er als Spender vielleicht nicht infrage gekommen wäre.

Hier, wo sie nun endlich für immer vereint waren, spürte Daniel, wie verzweifelt sie gewesen war, ihre große Liebe in dem Moment zu verlieren, als es keine Hindernisse mehr gab. Als sie nichts mehr für Paul hatte tun können. Nur noch ihm beistehen.

Nach Pauls Tod war sie von Berlin nach München in das Hochhaus-Apartment gezogen, an dessen Tür Sarah Silbermann stand, wo sie sich ihm nahe fühlte, wo sie glücklich gewesen waren. Sie schmiedete Pläne, im nächsten Sommer nach Pommern zu reisen, den Gutshof der Greves zu suchen und im Meer zu baden, wie sie es gemeinsam als Familie geplant hatten. Doch wenige Monate später fing sie sich einen aggressiven Grippevirus ein, der sich zu einer schweren Lungenentzündung entwickelte, die sie nicht überlebte.

Der Arzt meinte, ihr Herz sei zu schwach gewesen.

Daniel glaubte, ihr Herz war gebrochen, ohne Paul wollte sie nicht weiterleben.

Danksagung

Ein herzliches Dankeschön an Gerhard Göpel, der so freundlich war, mir von den Anfängen in der durch den Zweiten Weltkrieg zu achtzig Prozent zerstörten Großmarkthalle zu erzählen. Seinen aufschlussreichen, spannenden Erinnerungen verdanke ich zahlreiche Details, die ich in keinem Buch gefunden hätte.

Ein großes Dankeschön für die Beratung zum Thema Synchronstudio gebührt meiner Freundin Barbara von Weitershausen, die den Beruf der Filmeditorin erlernt hat, als er noch Schnittmeisterin hieß.

Ich bedanke mich bei Andrea Wildgruber für die wundervolle Zusammenarbeit, bei Eléonore Delair für den konstruktiven Gedankenaustausch zur Plotverfeinerung und bei Angela Kuepper für das einfühlsame Lektorat.

Und nicht zuletzt bei allen Lesern, die meine Geschichten mögen und es mir ermöglichen, meinen Traum zu leben.

Leseprobe

aus »Glück und Glas«
von Lilli Beck

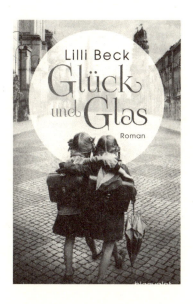

Erschienen im Blanvalet Verlag

1969

»See me, feel me, touch me...«

Heiser klang die Stimme des Sängers durch den Flur, über dessen abgetretenes Parkett sich eine Linie achtlos verstreuter Kleidungsstücke zog. Ein buntes Blumenkleid schmiegte sich an eine konservativ geschnittene dunkle Popelinhose, metallisch glänzende Plateauschuhe paarten sich mit klassischen schwarzen Schnürschuhen, zarte hellblaue Spitzenunterwäsche zierte ein schwarzes Batisthemd, über dem sich eine gestreifte Krawatte ringelte. Die Spur ungezügelter Begierde endete im Badezimmer, wo tropfende Kerzen auf Chianti-Flaschen ein sanftes Licht auf die weißen Kacheln warfen, sich der süßliche Duft von Sandelholz-Räucherstäbchen mit dem würzigen Aroma von Marihuana und der exotischen Note eines schweren Parfüms vermischte. Wo leises Stöhnen von Leidenschaft zeugte.

»...touch me...«

Glücklich seufzend lehnte sich Moon an seine Brust, zündete sich einen Joint an und inhalierte tief. »Ich *liebe* diesen Song von *The Who*«, flüsterte sie heiser beim Ausatmen des Rauchs. »Er war *das* Highlight in Woodstock... Ich wollte, ich wäre dabei gewesen...«

»Ich *liebe* es, dich zu berühren und in meinen Armen zu halten...« Sachte schob er mit der freien Hand eine rote Haarsträhne zur Seite und fuhr mit den Fingern entlang der vollendet geschwungenen Halslinie hinunter zu ihren Brüsten. »Es will mir einfach nicht in den Kopf, wieso sich die schönste Frau der Welt mit einem Unwürdigen wie mir abgibt.«

Leise kichernd sah sie dem aufsteigenden Rauch nach. »Du bist stoned, *Unwürdiger*.«

»Das auch, aber viel mehr bin ich berauscht von meiner Liebe zu dir. Dem Glück, dir begegnet zu sein. Der Gewissheit, dass du mich auch liebst.« Er zog an dem Joint, den sie ihm an die Lippen hielt. »Ich würde alles dafür geben, die Zeit anhalten zu können...«, sagte er. »»Zum Augenblicke dürft' ich sagen: Verweile doch, du bist so schön...'«

»Wie lieb von dir, wo du Patschuli-Schaumbäder gar nicht magst.« Entrückt blickte sie den Rauchkringeln nach, die sich im Raum verflüchtigten.

»Glücklicherweise ist vorhin eine Menge von dem stinkenden Zeug über den Wannenrand geschwappt«, erwiderte er schelmisch.

Sie schmiegte sich in seine Arme, um sich einen Herzschlag später abrupt von ihm zu lösen, sich umzudrehen und ihn aus hellgrünen Augen anzufunkeln. »Was für eine schräge Idee! Würden wir für alle Ewigkeit in dieser Badewanne bleiben, wäre ich bald ein altes, schrumpeliges Weib. Ich würde keine Fotoaufträge mehr erhalten und wieder arm sein.«

»Nein, mein süßes, widerspenstiges Dummchen, du würdest auf ewig so jung und überirdisch schön bleiben wie in diesem Augenblick. Aber das war nur ein Zitat aus dem *Faust* von Goethe...« Er packte sie lachend, zog sie an sich und küsste sie mit schmerzhaftem Begehren.

Machtlos gegen seine Zärtlichkeiten, nach denen sie sich in jeder Sekunde ohne ihn verzehrte, ließ sie die Marihuanazigarette über den Wannenrand fallen. Lautlos verlosch sie in der Wasserlache.

Als sie sich endlich voneinander gelöst hatten, sagte sie

schmollend: »Ich bin kein Dummchen, obwohl ich weder studiert habe noch Goethe-Zitate kenne. Wenn überhaupt, bin ich eine *Widerspenstige*, woran ich aber völlig unschuldig bin. Es liegt nämlich an meinem Namen, genauer gesagt, an seiner Bedeutung.« Sie griff über den Wannenrand zu dem Stuhl, auf dem eine Schachtel Gitanes und das Feuerzeug lagen. »Magst du auch?«

Kopfschüttelnd lehnte er die angebotene Zigarette ab. »Lass hören, meine süße esoterische Göttin, was dein Name mit deinem Charakter zu tun hat.«

»Nun bist du der Dumme«, trumpfte sie auf und küsste ihn flüchtig auf die glatt rasierte Wange.

»Von dir lass ich mich gerne aufklären, geliebte Lehrerin.«

Vergnügt blinzelte sie ihn an. »Das Dope macht dich albern. Also, pass auf: Marion besteht aus zwei Silben, Mar und Ion. Erstere geht zurück auf den Wortstamm Mare, das Meer, die zweite auf Ion, elektrisch geladene Teilchen. Also Wasser und Feuer, die ...«

»... die wohl größten Gegensätze überhaupt«, unterbrach er sie. »Bis hierhin habe ich verstanden. Und weiter?«

»Ist doch logisch ...« Sie zündete die Zigarette an. »Ich werde sozusagen von zwei Naturgewalten zerrissen, bin also eine Widerspenstige, in deren Natur es liegt, aufmüpfig zu sein. Eine harte Bürde, kann ich dir verraten. Während meiner Schulzeit hatte ich unter dieser Eigenschaft reichlich zu leiden. Nicht zuletzt deshalb war ich so froh über die Änderung meines Vornamens in Moon.«

»Nomen est omen.« Zärtlich blickte er ihr in die Augen. »Aber egal, ob *Marion* oder *Moon*, für mich bedeuten beide Namen unendliches Glück. Küsse aus dem siebten Himmel. Atemlose Leidenschaft. Verbunden mit dieser Wohnung, in der wir uns lieben. Wo wir Musik hören, bei illegalen Joints alle

Probleme vergessen und von der Zukunft träumen, in der es nur dich und mich gibt.«

»Unsere Liebesinsel ohne Raum und Zeit«, ergänzte sie verträumt.

»Für immer und ewig.« Er schlang erneut die Arme um sie, wiegte sie wie ein Kind, während sie ihre Zigarette genoss. »Ob wir auf dieser Liebesinsel auch etwas zu essen finden?«, fragte er nach einer Weile. »Das Dope macht mich jedes Mal hungrig.«

»Mich auch…« Sie löste sich aus seinen Armen. »Außerdem ist das Wasser längst kalt…«

Eingehüllt in ein großes Handtuch saß sie wenig später in der geräumigen Wohnküche an einem kleinen Bistrotisch. Eine weitere Zigarette zwischen den grazilen Fingern, beobachtete sie, wie er Brote bestrich, Essiggurken zu Fächern aufschnitt und ihr den Imbiss auf einem Holzbrett servierte.

»Notfalls könntest du auch als Kellner arbeiten«, sagte sie. »Du würdest ein Vermögen an Trinkgeldern kassieren.«

Er lachte. »Wenn ich nackt wäre, so wie jetzt, garantiert.«

Gierig griff sie nach einem der Brote und biss mit großem Appetit hinein. »Hmm… hast du eigentlich niemals Angst?«, fragte sie kauend.

»Wovor?« Er sah sie verwundert an.

»Davor, dass wir bestraft werden für unsere Liebe.«

»Bestraft?«

»Ja. Denn jedes Glück hat seinen Preis…«

1

München, 7. Mai 2015

Moon nahm den zartrosa Karton in Empfang, bezahlte den Boten und geizte nicht mit Trinkgeld. Seit sie selbst lange Zeit für einen Hungerlohn hatte schuften müssen, war sie großzügig, wann immer es ihre Mittel erlaubten. Aber wohin jetzt mit der kostbaren Lieferung in dem vorherrschenden Chaos? Am besten in den Kühlschrank! Sollte die Temperatur tatsächlich wie vorhergesagt steigen, war er der sicherste Ort für die empfindliche Köstlichkeit.

Zu gern hätte sie sogleich ein Stück davon verspeist oder zumindest eine der Marzipanrosen genascht. Wie 1949, als sie und Lore ihren gemeinsamen vierten Geburtstag gefeiert hatten. Vieles aus ihrer entbehrungsreichen Kindheit hatte sie erfolgreich verdrängt oder völlig vergessen. Doch an diesen einen Tag erinnerte sie sich noch sehr deutlich. Aber welches Kind, das in den ersten Lebensjahren mehr gehungert als sich satt gegessen hatte, würde je den Moment vergessen, in dem es das erste Mal ein Traumgebilde aus Buttercreme erblickt hatte? Ein Konditorenwerk aus köstlicher, fetter Creme, die sich in geschwungenen Ranken um den Tortenrand wand und deren rosettenartige Kringel von kandierten Kirschen gekrönt waren. Noch heute spürte sie den unvergleichlich zarten Schmelz auf der Zunge, der nach Überleben geschmeckt hatte. Seit damals konnte sie keinem noch so mächtigen Gebäck widerstehen. Aber sie würde sich beherrschen. Sie wollte die Geburtstagstorte mit Lore anschneiden. Das war über die Jahrzehnte zu einem festen Ritual geworden. Neben der unvermeidlichen Frage, ob Lore wieder nur ein Ministück essen würde, aus Angst zuzunehmen, gehörte auch das gemeinsame Auspusten der Kerzen dazu sowie die Beschwörungsformel »Glück und Glas, wie leicht bricht das«, die sich leider viel zu häufig in ihrem Leben bewahrheitet hatte.

Die Torte war sicher verstaut, als das antike schwarze Bakelit-Telefon läutete. Das schrille Geräusch drang wie eine Stimme aus der Vergangenheit in Moons Erinnerungen. Beinahe schmerzhaft laut hallte es durch die 150 Quadratmeter große Vier-Zimmer-Altbauwohnung. Vor Kurzem erst war sie in ihre Heimatstadt München zurückgekehrt und hier eingezogen. Den antiquierten Apparat hatte sie mit einigen Möbeln übernommen, aber nicht damit gerechnet, dass er noch angeschlossen wäre. Ihr konnte der Anruf nicht gelten, denn außer Lore wusste niemand von ihrem Umzug, und die besaß nur ihre Handynummer.

Moon hetzte in den Flur, wo der Apparat auf dem Sideboard stand, und meldete sich mit »Neubauer«.

»Hallo, mein Name ist Walter Tanner, ich bin Galerist und betreute sämtliche Werke des Künstlers...« In schnellem, amerikanisch gefärbtem Deutsch erklärte er sein Anliegen. Er schien anzunehmen, sie wüsste, weshalb er anrief.

»Tut mir leid, Sie haben sich wohl verwählt«, sagte sie, als es ihr endlich gelang, seinen Redeschwall zu unterbrechen. »Ich wohne erst seit wenigen Tagen in dieser Wohnung und hatte noch keine Zeit, den Anschluss umzumelden.«

»Nein, nein, wenn Sie Frau Neubauer sind, habe ich die richtige Nummer gewählt«, entgegnete er und erklärte, nun etwas langsamer: »Es handelt sich um das Testament von Sky, und es wäre wichtig, dass wir uns baldmöglichst treffen.«

»Ich bedaure außerordentlich«, sagte sie und gab ausweichend das Umzugschaos als Grund an. »Zudem erwarte ich Handwerker, und Sie können sich vermutlich vorstellen, dass ich die Termine nicht absagen möchte. Aber nächste Woche sehr gerne.«

»Natürlich verstehe ich Ihre Situation«, entgegnete er höflich. »Doch die Angelegenheit ist wirklich dringend, auch in Ihrem Interesse. Es dauert höchstens eine halbe Stunde.«

»Nun ... wenn das so ist«, antwortete Moon zögernd, »Dann würde ich Sie um eine Telefonnummer bitten, unter der ich Sie erreichen kann. Sobald die Reparaturen erledigt wurden, melde ich mich. In etwa zwei Stunden.«

Ausgerechnet für heute hatte sich der Telefontechniker angekündigt, um einen zeitgemäßen digitalen Anschluss zu installieren. Und der Installateur hatte versprochen, die maroden Wasserhähne im Bad zu reparieren, aus denen das Wasser nur tröpfelte. Momentan gab es lediglich in der Küche fließend warmes Wasser. Zwischen den beiden Terminen hatte sie weiter auspacken wollen, um die chaotischen Räume in ein vorzeigbares Zuhause zu gestalten, bevor sie sich den finalen Vorbereitungen für die Geburtstagsfeier widmen wollte. Schwierig, in dem engen Zeitplan Raum für einen weiteren Termin zu finden. Auch wenn sie sich über die Neuigkeiten freute, sie waren schließlich eine tolle Geburtstagsüberraschung. Nach all den Geschehnissen und den darauffolgenden Jahrzehnten der Funkstille hatte Sky sie in seinem Testament bedacht! Immer noch fassungslos beäugte sie sich in dem halbblinden Spiegel über der Kommode. Eine alte Frau blickte ihr entgegen. Ihr Porzellanteint war für eine Siebzigjährige noch relativ makellos, dennoch nicht von Falten verschont geblieben. Ihr ehemals kupferfarbenes Haar fiel wie eh und je in wild gelockter Fülle über die Schultern, war aber längst silbergrau geworden. Sie war schlank geblieben, und die beim Umzug wiedergefundene, dreißig Jahre alte Jeans passte noch. Seit sie zu den »Silberellas« gehörte, wie ihr guter Freund Karl Grauhaarige immer genannt hatte, bevorzugte sie farbenfrohe Kleidung wie den sonnengelben Baumwollpulli, den sie heute trug. Eine Lage unterschiedlich langer Silberketten mit Anhängern diente als Ersatz für die schmerzlich vermissten Zigaretten, wenn sie mal wieder nicht wusste, wohin mit den Händen. Auf Make-up verzichtete sie, seit sie nicht mehr vor der Kamera stand. Manchmal benutzte sie einen kräftigen Lippenstift, und zu besonderen Gelegenheiten betonte sie ihre Augen mit Wimperntusche. Aber weder Schminke noch teure Cremes vermochten die Spuren eines ereignisreichen Lebens zu kaschieren. Siebzig Jahre waren eine sehr, sehr lange Zeit.

Zusammen mit ihrer besten Freundin Lore feierte sie heute den Einhundertvierzigsten. Schade, dass sie nicht ebenso viele Kerzen auf die Torte stecken konnten. Sie würden einem kleinen Fackelzug gleichen. Lore, die Realistische, würde sagen: »So viele Kerzen haben auf einem normalgroßen Kuchen gar keinen Platz. Und die erste Flamme wäre mit Sicherheit verloschen, wenn die letzte Kerze brennen würde.« Eine für jedes Jahrzehnt musste genügen, auch wenn das Moons Ansicht nach ein mickriger Ersatz war für all die erfüllten, schwierig-schönen Jahre, die sie beide seit jenen Tagen im Mai 1945 verband.

2

München, 7. Mai 1945

Elsa vergaß den ziehenden Schmerz im Rücken für einen Atemzug, als Veronika in die Großküche stürmte.

»Der Krieg ist aus!«, jubelte die Chefköchin der Frauenklinik in der Maistraße. »Hoffentlich erhalten wir jetzt wieder ausreichend Nahrungsmittel, um den Kranken stärkende Mahlzeiten zubereiten zu können.«

Elsa hingegen hoffte, endlich wieder ruhig schlafen zu können, keine Nächte mehr in Schutzkellern ausharren zu müssen und ein gesundes Kind zu gebären. Auch wenn sie diesem Tag voller Angst entgegensah.

»Die deutschen Streitkräfte haben heute bedingungslos kapituliert«, berichtete Veronika weiter. »Und auf dem Marienplatz sitzen unsere ›freundlichen Feinde‹ in ihren Jeeps und verteilen Schokolade.«

Elsa wusste aus dem Radio, dass am 30. April 1945 amerikanische Panzer durch München gerollt waren. Und dass am heutigen Tag die bedingungslose Kapitulation der deutschen Wehrmacht im Obersten Hauptquartier der Alliierten Expeditionsstreitkräfte in Reims unterzeichnet wurde. In der ersten Woche nach dem sich abzeichnenden Kriegsende hatte sich die Bevölkerung noch zurückgehalten mit Jubelrufen. Zu lange hatte der grausame Krieg gedauert, und wie Elsa hatte kaum jemand geglaubt, dass es tatsächlich vorbei wäre mit dem Hunger, der Angst ums nackte Leben und der ungewissen Zukunft. Doch jeder Tag, der ohne Sirenengeheul verstrich, und jede Nacht, die die Menschen im eigenen Bett verbringen durften, ließ sie mehr und mehr an den Frieden glauben. Tage, an denen keine Bomben fielen, an denen die eigene Wohnung unversehrt blieb, schürten die Hoffnung auf ein normales Leben. Auf ein Leben, in dem jeder wieder seiner Arbeit nachgehen, Pläne schmieden und eine Familie gründen konnte. An solchen Tagen begann sie wie alle Menschen um sie herum von einer besseren Zukunft zu träumen.

Elsa zog die Hände aus dem Spülwasser und wischte sich eine Locke ihres dunklen Haars aus dem Gesicht, die unter dem Häubchen hervorgerutscht war. Sie wäre am liebsten sofort zum Marienplatz gerannt, um sich selbst von der unglaublichen Neuigkeit zu überzeugen. Doch es war bald so weit, das spürte sie an den stärker werdenden Wehen, und sie durfte die Klinik nicht verlassen.

»Es sind die Amis«, sagte Gerlinde, eine ledige Spülerin, die wie Elsa in der Klinikküche arbeitete. »Schwarze Männer sind auch dabei. Wenn sie lachen, sieht man ihre schneeweißen Zähne.«

Gerlinde war wie Elsa eine »Hausschwangere« und diente als Anschauungs- und Studienobjekt für Studenten und Hebammenschülerinnen. Dazu wurden sie einige Wochen vor der Entbindung in die Klinik aufgenommen, bekamen regelmäßig zu essen und hatten ein Dach über dem Kopf. Als Gegenleistung entrichteten sie bis zur Entbindung leichtere Arbeiten in der Küche, der Näherei oder der Wäscherei – und mussten ihre Kinder vor Gaffern auf die Welt bringen. Für unverheiratete oder auch ausgebombte, mittellose Frauen ohne Familie, Arbeit und ohne Krankenversicherung war dies die einzige Möglichkeit, nicht zwischen brennenden Trümmern gebären und das Neugeborene in Lumpen hüllen zu müssen.

Elsa hatte nach dem Tod ihres drei Monate alten Sohnes im Sommer 1942 so sehr auf neuen Nachwuchs gehofft. Im Oktober 1944, als ihr Mann Erich nach einer verheilten Verletzung wieder »kriegsverwendungsfähig« geschrieben wurde und zurück an die Ostfront musste, hatte sie gespürt, dass sich ihre Hoffnungen erfüllten. Anfang Dezember war dann ihre Zweizimmerwohnung nahe dem Schlachthof, wo Erich in Friedenszeiten gearbeitet hatte, vollkommen zerstört worden. Zu der Zeit verlor sie auch ihre Stelle als Schneiderin. Danach hatte sie den Haushalt der wohlhabenden Frau von Pöcking versorgt, die sich ihrer erbarmt und sie beim Eingemachten in der Speisekammer hatte schlafen lassen. Am 9. April war auch dieses Haus den Bomben zum Opfer gefallen und die Frau Gräfin dabei ums Leben gekommen. Die Gnädige hatte unter dem Jaulen des Voralarms Pelze und Schmuck zusammengerafft, es aber nicht mehr in den Schutzraum geschafft. Mit den nutzlosen Wertsachen in den Armen war sie von herabfallenden Trümmern erschlagen worden.

Verstört war Elsa nach dem Bombenangriff mit ihrem Notkoffer und dem alten Kinderwagen aus dem Luftschutzkeller gekrochen. Getrieben vom Überlebensinstinkt, hatte sie ohne nachzudenken zwischen den brennenden Ruinen nach Essen gesucht und lediglich ein unversehrtes Weckglas mit Erdbeeren gefunden. In diesem Moment hatte sie ihr Kind gespürt. Es wollte leben. Auch Elsa wollte weiterleben. Diesen grausamen Krieg überleben. Aber es war ein bitterkalter Frühling, und in ihrem Zustand mit nichts als einem Glas eingemachter Erdbeeren auf der Straße leben zu müssen, hätte es den Tod bedeuten können. Weinend war sie an unzähligen Leichen vorbei über vom Feuer aufgeweichte, streckenweise glühend heiße Teerstraßen gelaufen, nicht wissend, wohin. Irgendwann hatte sie sich an einen Litfaßsäulenanschlag in der

Leseprobe aus »Glück und Glas«

Nähe der Frauenklinik in der Maistraße erinnert und sich mit letzter Kraft dorthin geschleppt. Doch der Krieg hatte auch das Krankenhaus nicht verschont. Sämtliche Fensterscheiben waren durch den Druck der Bombenangriffe zersplittert und notdürftig mit Pappe oder Decken verhängt, während vom Dach nur noch Fragmente zu erkennen waren. Es war ihr wie ein Wunder erschienen, dass sie nicht abgewiesen worden war. Erleichtert hatte sie die ebenso peinlichen wie schmerzhaften Untersuchungen durchgestanden, an ihr Kind gedacht und die Zähne zusammengebissen.

Jetzt spürte sie wieder ein starkes Ziehen im Rücken. Es war eine sehr heftige Kontraktion, und es fühlte sich so an, als wollte ihr Kind im nächsten Augenblick auf die Welt kommen. Auf eine Welt in Trümmern. In die Arme einer Mutter, die nicht einmal ein ordentliches Paar Schuhe besaß. An ihren Füßen steckten ein ramponierter brauner Halbschuh, der ausgetreten war, und ein etwas besserer, aber viel zu kleiner, schwarzer Schnürschuh, der bei jedem Schritt höllisch schmerzte.

»Trödel nicht, Elsa, die Teller spülen sich nicht von allein«, mahnte die Chefköchin ungeduldig und musterte sie gleichzeitig mit prüfendem Blick. »Oder bist schon so weit?« Sie war eine aufmerksame Beobachterin, der offensichtlich nicht entgangen war, dass Elsa sich den Rücken rieb. »Hast du schon Wehen? Soll ich die Hebamme rufen?«

»Nein, nein, es ist noch lang nicht so weit«, versicherte Elsa eilig und schüttelte den Kopf. »Ich muss nur dringend aufs Klo.« Das war gelogen und auch wieder nicht. Die Wehen waren in den letzten Stunden stärker geworden und kamen in immer kürzeren Abständen. Es dauerte nicht mehr lange, das wusste sie von der ersten Geburt. Nur mit allergrößter Anstrengung war es ihr gelungen, während der Arbeitszeit darüber hinwegzuatmen und nicht laut aufzustöhnen.

»Dann verschwinde«, sagte die Köchin, die ein mitfühlendes Herz für die bedauernswerten Hausschwangeren hatte.

Elsa bedankte sich und lief, so schnell die ungleichen Schuhe es zuließen, aus der Küche. Die Bewegung tat ihr gut, die Wehen wurden etwas erträglicher. Der Druck auf die Blase nicht. Sie musste eine Toilette finden. Sofort. Danach würde sie sich überlegen, was sie tun wollte. Aber auf keinen Fall würde sie sich im Zimmer der Hausschwangeren in ihr Bett legen, um sich ein wenig auszuruhen. Dort wurde kontrolliert, und die Hebammen ließen sich nicht täuschen. Sie würden nachsehen, wie weit der Muttermund geöffnet war, und wissen, dass es bald so weit sein würde. Das bedeutete die sofortige Verlegung in den Hörsaal, zu den Gaffern.

Keuchend schleppte Elsa sich die endlosen Flure entlang, ängstlich darauf bedacht, sich nicht an den zersplitterten Fensterscheiben zu verletzen. Die fensterlosen Gänge wiederum waren dicht belegt mit vor sich hin dämmernden Kranken und wimmernden Verwundeten, die sie wegen ihres weißen Kittels für eine Krankenschwester hielten und hilfesuchend die Hände nach ihr ausstreckten.

Endlich fand sie eine Toilette, in der sich niemand aufhielt. Aufatmend streichelte sie über den hart gewordenen Bauch und flüsterte: »Du bist ein Glückskind.« Nachdem sie sich erleichtert hatte, wusch sie sich überall gründlich, so gut es über dem Waschbecken möglich war. Noch während sie ihr glühend heißes Gesicht mit kaltem Wasser kühlte, beschloss sie, ihr Kind lieber allein auf die Welt zu bringen, als sich mit gespreizten Beinen vor die Hebammenschülerinnen und Studenten zu legen. Die vielen Untersuchungen in den vergangenen Wochen, die bohrenden Blicke und ungeschickten Hände der Anfänger waren demütigend genug gewesen. Es war ihre zweite Geburt, irgendwie würde sie es schon schaffen. Sie musste nur einen Ort finden, wo sie liegen konnte. Vielleicht in einer der Kammern, wo Putzmittel und Wäsche aufbewahrt wurden. Darin fände sie bestimmt auch ein sauberes Leintuch, um das Neugeborene einzuwickeln. Wenn alles vorbei war, würde sie behaupten, es sei eine Sturzgeburt gewesen. Eine solche hatte sie zu Hause auf dem Bauernhof einmal bei einer Magd miterlebt. Wenn nötig, konnte sie alle Einzelheiten dazu liefern.

Bevor sie die Toilette verließ, nahm sie das Kopftuch ab und zog die Schürze aus, um nicht von einer der Schwestern als Küchenhilfe erkannt zu werden. Sie wickelte beides zu einem Packen zusammen und hastete weiter. Aber so weit sie auch lief, sie fand keinen Wirtschaftsraum. Sie hätte nicht sagen können, wie lange sie sich schon durch die endlosen Gänge und verschiedenen Stockwerke schleppte. Der inzwischen eingetretenen Dämmerung nach zu schließen war sie den ganzen Nachmittag unterwegs gewesen. Ihr Blick irrte durch den leeren Flur vor ihr. Hier standen keine Betten, sie schien sich auf die Privatstation verirrt zu haben.

Eine besonders starke Wehe ließ Elsa aufstöhnen. Mit aller Kraft stemmte sie sich gegen die Wand, doch vergebens. Der übermächtige Schmerz ließ sie leise wimmernd auf den Fußboden sinken. Wenn jetzt jemand vorbeikäme, wäre ihr Versteckspiel umsonst gewesen. Hechelnd erduldete sie den sich ausbreitenden Schmerz. Die Wehe ebbte genau in dem Moment ab, als sie Stimmen vernahm. Männerstimmen. Mühsam rappelte sie sich auf, presste das Kittelpäckchen vor den steinharten Bauch und zwang sich zu einem möglichst normalen Schritttempo. Die Stimmen kamen näher. Schemenhaft erkannte sie zwei Männer in hellen Kitteln. Es mussten Ärzte oder Pfleger sein. Auf jeden Fall bedeuteten sie Gefahr, aber weit und breit war keine Abzweigung, die sie hätte nehmen können. Der einzige Ausweg war die Flucht in eines der Krankenzimmer. Um diese Zeit schliefen die meisten Patienten bereits, vielleicht konnte sie sich irgendwo leise hineinschleichen und dort für ein paar Minuten verstecken. Das nächste rettende Zimmer war nur einen Schritt entfernt. Vorsichtig drückte sie die Klinke nach unten, öffnete die Tür und spähte hinein. Sie sah nur zwei Betten, eines am Fenster, das andere dicht an der Tür. Sie war tatsächlich auf der Privatstation. Darauf konnte sie jetzt allerdings keine Rücksicht nehmen, denn die Männer kamen näher. Auf Zehenspitzen schlüpfte sie in den Raum, schloss die Tür so sachte wie möglich und lauschte in die Stille.

»Schwester?«

Elsa fuhr herum und blinzelte in das plötzlich aufflackernde Licht. Eine junge blonde Frau lag in den weißen Kissen und starrte sie aus großen blauen Augen an.

»Entschuldigung...«, hauchte Elsa.

Die Stimmen auf dem Flur waren nun ganz deutlich. Die Männer mussten sich direkt vor der Tür unterhalten.

»Bitte, verraten Sie mich nicht«, flehte Elsa verzweifelt und legte eine Hand auf ihren Leib. »Ich muss mich verstecken...« Die nächste Wehe unterbrach ihre Erklärung. Sie biss sich in die Hand, um nicht laut aufzustöhnen.

Die Frau starrte von Elsas Bauch in ihr schmerzverzerrtes Gesicht, flüsterte: »Dort«, und wies mit der Hand auf das leere Bett am Fenster.

Es klopfte. Ihre Retterin löschte das Licht. Elsa schaffte es gerade noch, sich auf den Boden zu legen und unter das Bett zu kriechen. Unbeweglich lag sie da, wagte kaum zu atmen oder sich auch nur einen Zentimeter zu bewegen. Da wurde die Tür auch schon geöffnet, jemand brummelte: »Und?«, eine andere Stimme entgegnete leise: »Alles ruhig«, worauf sich die Tür wieder schloss.

Bange Sekunden verstrichen, bis Elsa die Frau leise sagen hörte: »Sie sind weg.«

Elsa robbte unter dem Bettgestell hervor und hangelte sich mühsam hoch. »Danke, vielen, vielen Dank. Sie haben mir ...«, sagte sie, bevor ihr schwarz vor Augen wurde.

Elsa wusste nicht, wie lange sie ohnmächtig gewesen war. Als sie wieder zu sich kam, konnte sie sich kaum bewegen, nur spüren, dass sie auf dem Rücken lag und zugedeckt war. Lag sie in einem Bett? Nein. Es fühlte sich eher an, als wäre sie verschüttet worden. Als läge sie unter Trümmern. Ihr ganzer Körper schmerzte entsetzlich. Ängstlich tastete sie nach ihrem Bauch. Er war flacher, fühlte sich hart an. Weiter unten spürte sie einen Verband. Sie stöhnte unter ihrer eigenen Berührung auf. Es tat höllisch weh. Was war geschehen? Hatte sie entbunden? Wo war das Kind? War es gesund? Am Leben? Blinzelnd versuchte sie sich zu orientieren. Sie erkannte einen hellen Raum. Leises Gemurmel drang zu ihr. Langsam drehte sie den Kopf nach beiden Seiten. Sie lag in einem Krankenzimmer mit mindestens sechs Betten, soweit sie das im Liegen erkennen konnte. Und sie hatte Durst. Schrecklichen Durst. Ihre Lippen fühlten sich ausgetrocknet an, die Zunge war pelzig und brannte, als habe sie tagelang nicht einen Schluck Wasser getrunken.

»Na, aufgewacht?«, fragte eine weibliche Stimme.

Gleich darauf tauchte ein rundliches Gesicht auf, und sie sah eine Krankenschwester in weißer Uniform mit einer Haube auf dem Kopf.

Elsa wollte fragen, was mit ihr und dem Kind geschehen war, brachte aber nur ein kratziges »Wo?« zustande.

»Es ist ein Mädchen.« Die Schwester lächelte schmallippig. »Sie ist gesund und munter. Ziemlich mager, kaum zweieinhalb Kilo schwer, aber so mickrig sind in diesen Zeiten alle Neugeborenen. Dafür hat sie sehr lange Beine und viele Haare. Leider sind sie rot!«

Elsa schwirrte der Kopf. Hatte sie richtig verstanden? Sie hatte ein Mädchen geboren. Ein bedauernswertes Geschöpf mit roten Haaren. Es war ihr unmöglich, sich zu konzentrieren. »Ich ... habe ... Durst«, stammelte sie.

Die Schwester nickte und entfernte sich. Wenig später kam sie mit einem Schnabelbecher zurück und flößte ihr eine Flüssigkeit ein, die nach ungesüßtem Kamillentee schmeckte.

Der quälende Durst verschwand. »Wo bin ich hier?«

»In der Frauenklinik in der Maistraße, und ich bin Schwester Gottelinde«, sagte die Weißgekleidete und erklärte, was geschehen war. Nachdem Elsa ohnmächtig geworden war, habe eine Patientin die Notklingel betätigt. Danach war sie in den Kreißsaal gebracht worden, wo die Ärzte nach kurzer Untersuchung einen Kaiserschnitt angeordnet hätten. Sie habe viel Blut verloren, eine große Narbe, daher rührten die Schmerzen, und sehr lange geschlafen.

Ängstlich blickte Elsa sie an. »Und mein Kind?«

»Vollkommen gesund, bis auf die roten Haare. Ihr Mädel ist auf der Säuglingsstation«, erklärte die Schwester. »Ruhen Sie sich erst mal aus, wenn es Ihnen besser geht, dürfen Sie es sehen.«

Elsa schloss die Augen. Sie hätte nicht sagen können, ob sie glücklich war oder traurig. Sie war nur müde, unendlich müde – und froh, es überstanden zu haben. Auch wenn sie nicht wusste, wo sie nach der Entlassung unterkommen, wie sie das Baby ernähren oder wie sie ohne Geld und eine Bleibe überleben sollte. Trotz der Sorgen und Zukunftsängste fiel sie in einen erlösenden Dämmerschlaf.

»Wie geht es Ihnen?«

Elsa hörte die besorgte Frage wie aus weiter Ferne. Als sie die Augen erneut öffnete, sah sie eine junge Frau an ihrem Bett sitzen. Sie musste wie sie Mitte zwanzig sein, trug einen dunkelblauen Morgenmantel mit weißem Blumenmuster. Das halblange dunkelblonde Haar war in hübsche Locken gelegt, als käme sie aus Friedenszeiten, in denen Frauen sich beim Friseur Wellen legen ließen. War sie auch eine Hausschwangere? Kannten sie sich aus dem Kreißsaal?

»Möchten Sie etwas trinken?« Die Besucherin erhob sich, griff nach der Schnabeltasse, die auf dem Nachtkästchen stand, gab ihr einen Schluck und fragte: »Erinnern Sie sich nicht an mich?«

Gierig sog Elsa den kalt gewordenen Tee ein. »Vielen Dank... Aber ich weiß leider nicht...«

Die Frau beugte sich über sie und flüsterte ihr ins Ohr: »Sie kamen vorgestern Nacht in mein Zimmer...«

Erschrocken blickte sich Elsa nach der Schwester um.

Die Besucherin blinzelte ihr zu. »Keine Angst, ich habe gesagt, Sie hätten sich verlaufen... Ich heiße Hilde Lemberg... einige Stunden nach Ihnen habe ich auch mit einem Mädchen entbunden«, redete sie weiter. »Wir werden es auf den Namen Hannelore taufen lassen. Und wie heißt Ihre Kleine?«

»Meinem Mann gefällt Marion...«, begann Elsa. Dann fiel ihr ein, dass sie der Dame zu großem Dank verpflichtet war. »Ich heiße Elsa Neubauer, Sie haben mir und meinem Kind das Leben gerettet. Wie kann ich das wiedergutmachen?« Dass sie auf der Flucht vor den Schülerinnen und Studenten gewesen war, verschwieg sie lieber.

»Das war doch selbstverständlich.« Hilde legte ihre Hand auf Elsas Arm. »Besuchen Sie mich doch mal, wenn Sie entlassen werden. Sicher hat es etwas zu bedeuten, dass uns die tragischen Umstände ausgerechnet am Kriegsende zusammengeführt haben. Und unsere Mädchen in den Frieden hineingeboren wurden, wie Botschafterinnen, die eine neue Zeit verkünden. Das sollten wir ein klein wenig feiern.« Sie lächelte. »Wir wohnen in der Herthastraße, in der Nähe des Nymphenburger Schlossparks. Hier, ich habe die genaue Adresse aufgeschrieben.« Sie legte einen Zettel auf den Nachttisch.

»Herthastraße, Nähe Schlosspark«, wiederholte Elsa, und vor ihrem geistigen Auge erschien ein wunderschönes Haus mit Garten, in dem lachende Kinder spielten. Was für eine heilsame Vorstellung, dachte sie lächelnd. »Vielen Dank für die Einladung, ich komme gerne.«

»Das genügt für heute«, ertönte aus dem Hintergrund die strenge Anweisung. Sekunden später rauschte die Schwester heran und wies mit unmissverständlicher Miene auf das Ende der Besuchszeit hin.

Hilde Lemberg wiederholte ihre Einladung und verabschiedete sich fröhlich winkend mit: »Bis bald, Elsa«, als befände sich das Land in paradiesischen Friedenszeiten, wo man eine liebe Freundin zu Kaffee und Kuchen einlud.

»Bis bald«, sagte auch Elsa und nahm sich fest vor, Hilde Lemberg eines Tages zu besuchen.

Die allgemeine Notsituation, die mangelnde medizinische Versorgung und das auch für Kranke rationierte Essen ließen Elsas Kaiserschnitt nur langsam heilen. Es dauerte drei Wochen, doch sie war glücklich, ihre vollständige Genesung im Wochenbett abwarten zu dürfen. Besseres und mehr Essen hatte sie sich mit dem einzigen Schmuck erkauft, den sie besaß: einem Granatherz an silberner Kette, das Erich ihr damals zur Geburt ihres Sohnes geschenkt hatte. Doch wie hätte ihr Körper sonst genügend Milch für ihr kleines Mädchen gehabt? Marion war so entsetzlich mager, dass Elsa mehr als einmal um das Leben ihres Kindes fürchtete. Hätte man ihren Schmuck nicht akzeptiert und sie nicht auf der Entbindungsstation behalten, die Kleine hätte nicht überlebt. Dem Entlassungstag sah sie mit gemischten Gefühlen entgegen. Nach wie vor wusste sie nicht, wohin. Sie besaß nichts mehr, das sie gegen eine Unterkunft hätte eintauschen können. Ihre wenigen Kleider in einem Koffer, der geflochtene Korbkinderwagen und die Babywäsche von ihrem verstorbenen Sohn waren ihre gesamte Habe. Zu gerne hätte sie Hilde Lemberg besucht, doch mit leeren Händen bei ihrer Retterin aufzutauchen war beschämend.

Die Sonne schien, und es war immer noch Frieden, als Elsa schließlich die Klinik verlassen musste und auf die Straße trat. Große Zuversicht spürte sie jedoch nicht, als sie mit dem Kind im Wagen die Lindwurmstraße entlang Richtung Sendlinger Tor lief. Sie achtete nicht auf die Ruinen, umrundete die zahlreichen Bombenlöcher und versuchte, die beißenden Gerüche nach verwesenden Leichen zu ignorieren. Sie wollte möglichst schnell zum Marienplatz, wo die Amis Süßigkeiten verteilten, wie Besucher erzählt hatten. Schokolade! Das wäre das passende Geschenk, um sich bei Hilde Lemberg zu bedanken. Wie lange hatte sie solch eine Köstlichkeit nicht mehr genossen? Sie erinnerte sich an eine Tafel, die Erich ihr 1943 zu Weihnachten geschenkt hatte. Ob er überhaupt noch lebte? Den Gedanken an seinen möglichen Tod verdrängte sie. Lieber dachte sie an seinen letzten Brief vom Januar, als sie noch in der Zweizimmerwohnung gewohnt und jeden Abend für seine gesunde Rückkehr gebetet hatte. Als die Wehrmacht am 1. September 1939 in Polen einmarschiert war, war laut verkündet worden, dass die Soldaten bis Weihnachten wieder zu Hause wären. Niemand hatte ahnen können, dass Hitler mit diesem Überfall die ganze Welt ins Verderben stürzen würde.

Elsa musste nur die Augen schließen, und sie sah Erichs krakelige Schrift vor sich, die ihr verriet, wie sehr er sich mit dem Schreiben abgemüht hatte. Den Inhalt des Briefes konnte sie auswendig aufsagen:

Meine liebe Elsa,
Du hättest meinen Freudensprung sehen sollen, als ich die freudige Nachricht gelesen habe. Es wird ein Bub, da bin ich mir ganz sicher. Wir wollen ihn Moritz nennen. Das beiliegende Pferd habe ich für ihn geschnitzt, hoffentlich kommt es heil an. Aber wenn's doch ein Mäderl wird, was Gott verhüten möge, dann nennen wir es halt Marion nach meiner Schwester.
Pass immer gut auf Dich auf und iss ordentlich, die gnädigste Frau Gräfin hat ja genug, sie wird Dir schon was abgeben. Wie es mir im Felde ergeht, darüber könnte ich viel schreiben. Doch es sind hässliche Geschichten, und Papier ist knapp, deshalb beschränke ich mich auf das Wichtigste. Ich freue mich schon auf den Frieden, und auf Dich natürlich. Wenn es Dir möglich ist, schicke mir bitte ein Paar Wollsocken und lange Unterhosen. Es ist bitterkalt hier im Felde, da braucht Dein Mann was Warmes.

Es grüßt Dich Erich, Dein lieber Mann

Das Holzpferdchen war angekommen, und sie hatte ihm ein Paar Wollsocken gestrickt, aber ob er die erhalten hatte, wusste sie nicht. Ihre späteren Briefe waren unbeantwortet geblieben. Sie unterdrückte ihre Angst, dass er vielleicht verwundet worden war. Versagte sich, daran zu denken, warum keine Antwort kam oder wie es ihm ging. Innerlich hielt sie daran fest, dass er am Leben war und seine Briefe in den Kriegswirren verloren gegangen waren. Ob sie ihm von seiner Tochter schreiben sollte? Würde er auch ein Mädchen lieben können? Würde er sich trotzdem freuen? Mit diesen bangen Gedanken schob sie den Kinderwagen die von Fliegerangriffen aufgerissene Straße entlang, Schuttbergen und Bombenlöchern ausweichend. Überall nur Ruinen und Zerstörung, so weit das Auge reichte. Gab es überhaupt noch intakte Häuser? Wie lange würde es dauern, bis alles wieder aufgebaut war? Vermutlich Jahrzehnte, womöglich ein Menschenleben lang. »In welch eine Zukunft habe ich dich hineingeboren, mein armes, armes Kind«, flüsterte sie weinend, beugte sich über die schlafende Marion und drückte ihr einen sanften Kuss auf die Stirn. Wie sollte es nur weitergehen in diesen Notzeiten, in denen niemand genug zu essen hatte? Wie lange würde sie noch Milch haben? Wie lange würde sie ihr Kind ernähren können? Wo würden sie unterkommen?

Mehrmaliges Hupen schreckte sie auf. Die Kleine schlug die Augen auf und begann zu weinen. Abrupt blieb Elsa stehen, sah sich ängstlich nach einem Versteck um. In den Ruinen? Dort waren einige Frauen dabei, den Schutt wegzuschaufeln. Doch da hielt bereits ein offener Jeep dicht neben ihr. Zwei schwarze Männer in Uniform mit kahl geschorenen Köpfen lachten sie an.

»*Hey, sweet Mama!*«

Das mussten die »freundlichen Feinde« sein, von denen Veronika erzählt hatte. Sie wirkten nicht bedrohlich. Aber es kursierten auch Geschichten von Vergewaltigungen. Nervös wischte sie sich die Tränen von den Wangen, lächelte unsicher und wollte ihren Weg fortsetzen, als einer der beiden ausstieg und sich über den Korbwagen beugte.

»*Cute baby*«, sagte er und hielt ihr eine Dose sowie etwas Weißes, Längliches entgegen. »*For you.*«

Als sie es nicht sofort annahm, legte er die beiden Dinge in den Kinderwagen, stieg wieder in den Jeep und fuhr mit seinem Kumpel winkend davon. Das Baby beruhigte sich, Elsa atmete erleichtert auf und betrachtete neugierig die Geschenke. In der Dose war Fleisch! Sie konnte es kaum fassen, doch es war deutlich an dem Aufkleber zu erkennen. Ein Hochgefühl durchströmte sie, als hielte sie ein Vermögen in der Hand. Behutsam versteckte sie die Dose unter Marions Decke, als wäre es eine zerbrechliche Kostbarkeit. Das andere Geschenk passte in ihre Hand. »Gum«, las sie halblaut, konnte sich aber nichts darunter vorstellen. Verbargen sich in dem weißen Papier etwa Zigaretten? Nein, deren Verpackungen sahen anders aus. Es roch auch nicht nach Tabak. Möglicherweise überdeckte der allgegenwärtige Gestank aus den Ruinen nach Verbranntem und Verwesung feinere Düfte. Aber was auch immer sie da in Händen hielt, es ließe sich bestimmt für etwas eintauschen. Mit neu erwachtem Mut blinzelte sie in die Sonne. Es war Frieden, und es konnte nur, ach was, es würde ganz sicher besser werden. Alles war besser, als stundenlang im Luftschutzkeller auszuharren, beständig in der Angst, das Gebäude könnte über einem einstürzen oder die Wucht der Mineneinschläge einem die Lunge zerreißen.

Elsa beschloss, direkt in die Herthastraße zu laufen, um sich bei Hilde Lemberg zu bedanken. Es war ein weiter, beschwerlicher Weg; mit dem quietschenden Kinderwagen galt es, die Bombenkrater zu umrunden oder den mit Bündeln beladenen Menschen auszuweichen, die offensichtlich ebenso wenig wussten, wohin. Aber trotz der ungleichen Schuhe, die sie jeden Schritt schmerzhaft spüren ließen, wollte sie sich davon überzeugen, ob das Haus mit dem Garten tatsächlich existierte, das sie sich im Wochenbett erträumt hatte. Möglicherweise war es nichts als eine Wunschvorstellung, aber wovon sollte eine Obdachlose wie sie sonst träumen?

Erschöpft kam sie am frühen Abend in der Herthastraße an. Sie war die Nymphenburger Straße entlanggegangen, hatte einige Male pausiert, sich bettelnder, kriegsversehrter Soldaten erwehrt oder einen ruhigen Platz in den brandgeschwärzten Ruinen gesucht, um dem Kind die Brust zu geben und es notdürftig zu wickeln. Es schien fast unmöglich, sich in der Steinwüste zurechtzufinden, in den Überresten die altbekannten Häuser wiederzuerkennen, geschweige denn, die einfachen Holzkreuze zu ignorieren, die Tote unter den Trümmern anzeigten. Und es zerriss ihr das Herz, den bettelnden, abgemagerten Kindern nichts geben zu können.

Schließlich kam sie vor dem Haus Nummer 31 an. Es war ein zweistöckiges gelbes Gebäude mit großen Dachgauben, leicht vergilbten Holzläden an den Fenstern und einem Balkon auf Säulen, der den Eingang überdachte. Das Anwesen war umgeben von einem grün gestrichenen Lattenzaun, hinter dem sie blühende Obstbäume und pickende Hühner auf der Rasenfläche erblickte. Das Haus war nicht so prächtig wie in ihrer Fantasie, verfügte aber über eine breite Freitreppe zum Eingang und war, abgesehen von wenigen zerbrochenen Fensterscheiben, vollkommen unversehrt.

Sie war im Paradies angekommen.

3

München, Weihnachten 1948

Hilde Lemberg musterte den übersichtlichen Inhalt ihres Kleiderschranks und überlegte, welches von den warmen Stücken sie entbehren konnte. Obwohl sie beständig etwas verschenkte, besaß sie immer noch drei Pullover, zwei Strickjacken, fünf Wollröcke, zwei Skihosen, Handschuhe, Mützen und Schals. Einiges davon wollte sie an das Rote Kreuz weitergeben. Es war ihr unerträglich, jeden Tag aufs Neue zu hören, wie sehr die Menschen drei Jahre nach Kriegsende immer noch Not und Hunger litten. Nur wer amerikanische Zigaretten auftreiben konnte und mutig genug war, sich auf die Schwarzmärkte zu wagen, bekam, wonach ihm gelüstete, sogar das begehrte Schweineschmalz in Dosen. Die weniger Glücklichen mussten sich auf Hamsterfahrt ins Münchner Umland begeben oder mit den 950 Kalorien begnügen, die es pro Tag mithilfe der Lebensmittelkarten gab. Im Winter reichte das kaum zum Überleben. Beinahe noch katastrophaler war die Wohnungsnot. Nicht alle durch die Bomben obdachlos gewordenen Bewohner fanden Unterschlupf bei Verwandten. Die meisten wurden in Baracken einquartiert oder bei Fremden zwangseingewiesen. Weder die fast vollständig zerstörte historische Altstadt noch die unbewohnbaren Wohnhäuser waren wieder aufgebaut worden. Es würde Jahrzehnte dauern, obwohl sich Tausende Freiwillige bemühten, die Trümmer mit bloßen Händen wegzuschaffen. Nur wenige lebten im eigenen unversehrten Haus mit Garten, in dem sie Gemüse anpflanzen und sogar ein paar Hühner halten konnten, so wie ihre Familie. Friedrich, ihr Ehemann, hatte 1944 seinen Bruder mit Frau und den beiden Kindern aufgenommen. Die vier hatten ihre Wohnung durch einen Bombenangriff verloren und bis Ende 1947 im Haus gewohnt. Trotz der räumlichen Enge wegen der Verwandtschaft war Hilde Lemberg dankbar für ihr privilegiertes Leben. Geboren und aufgewachsen in einem wohlhabenden Elternhaus mit Personal und durch ihre Verheiratung mit dem Schuhfabrikanten Lemberg junior gesellschaftlich aufgestiegen, kannte sie weder Hunger noch wirtschaftliche Not. Erst in den letzten beiden Kriegsjahren, als die Materiallieferungen für die Schuhherstellung ins Stocken geraten war, hatten sie Angestellte entlassen müssen. Die Fabrikation war schließlich zum Stillstand gekommen, und es waren karge Zeiten angebrochen. Im letzten Kriegsjahr, als sie das Dienstmädchen nicht mehr hatten bezahlen können, war dieses über Nacht verschwunden, nicht ohne vorher noch die Speisekammer leer zu räumen.

Hilde bemühte sich fortan nach Kräften, das große Haus mit dem Salon, den sechs Schlafzimmern, den zwei Bädern, der Wohnküche und die für ihren Schwiegervater ausgebaute Dachwohnung allein sauber zu halten. Doch die Pflege der wertvollen antiken Einrichtung, das Ausklopfen der Perserteppiche und die mühsame Wäschepflege war eine kaum zu bewältigende Plage. Sie bereute, nie kochen gelernt zu haben, und hoffte täglich, ihr Mann möge über ihre rudimentären Kochkünste hinwegsehen. Auch über den Anbau von Gemüse wusste sie lediglich, dass es in der Erde wuchs. Als sie guter Hoffnung war, hamsterte ihr Schwiegervater Butter, Mehl und zwei Kisten Zigaretten. Dem Hamstergut und einem Paar ihrer schönsten Schuhe verdankte sie das luxuriöse Klinikbett und die Erster-Klasse-Geburt. Ihre glückliche Lage war ihr einmal mehr bewusst geworden, als die von Wehen gezeichnete Elsa Schutz in ihrem Krankenzimmer gesucht hatte.

Nie würde sie vergessen, wie Elsa drei Wochen später glücklich gelächelt hatte, als sie ihr das Gartentor geöffnet hatte. Anscheinend hatte sie damit gerechnet, doch abgewiesen zu werden, dabei war Hildes Einladung ernst gemeint. Von der Krankenschwester hatte sie von Elsas Schicksal als Hausschwangere erfahren und war zutiefst erschüttert gewesen. Sie selbst hatte drei Tage lang mit mäßigen Wehen im Klinikbett gelegen, denn Lorchen wollte einfach nicht schlüpfen, wie ihr Mann es ausdrückte. Als ahne das Ungeborene, in welchem Zustand es die Welt vorfinden würde. Friedrich hatte gescherzt, das kleine Lorchen fürchte sich vielmehr vor den abenteuerlichen Kochkünsten ihrer Mutter. Als Friedrich von Elsas Situation, ihrer Arbeits- und Wohnungssuche erfuhr und hörte, dass sie kochen konnte und bereits im Haushalt tätig gewesen war, rief er: »Sie schickt uns der Himmel«, und bot ihr spontan eine Stelle als Haushälterin in der Villa an. Es sei ein großes Haus, seine Frau käme nicht damit zurecht. Hilde wusste, dass er großes Mitleid mit der obdachlosen Elsa hatte. So war allen geholfen. Elsa nahm die Stelle nur zu gern an, und zur Feier verspeisten sie gemeinsam die Dose Corned Beef mit Bratkartoffeln und ein paar Eiern zum Abendessen.

Anfangs bestand Elsas Lohn aus dem Dienstbotenzimmer im Souterrain, neuen passenden Schuhen, einigen abgelegten Kleidern von Hilde, Babywäsche für die kleine Marion und natürlich Essen. Hilde war es peinlich, sie nur mit Naturalien bezahlen zu können, Elsa dagegen war überglücklich, ihr Kind nicht zu fremden Menschen oder in ein Heim geben zu müssen. Seit der Währungsreform am 20. Juni erhielt Elsa zusätzlich 20 Mark für ihre Dienste.

Hilde war über die Maßen erleichtert, in Elsa eine tatkräftige

Hilfe und in der kleinen Marion eine Spielgefährtin für ihre Tochter gefunden zu haben. Elsas erfinderischen Kochkünsten und den Hühnern ihres Schwiegervaters war es zu verdanken, dass sie den quälend langen Hungerwinter 1946/1947 überlebt hatten. Jener Winter war der kälteste und längste des Jahrhunderts. Im vorangegangenen heißen, trockenen Sommer waren die Ernteerträge noch unter den bescheidenen Erwartungen ausgefallen. Die Versorgungslage verschlechterte sich von Woche zu Woche. Es gab einfach nichts zu essen. Alle hungerten, waren klapperdürr, und das tägliche Leben war geprägt vom stundenlangen Anstehen nach Lebensmitteln oder der Suche nach Brennmaterial. Hilde beobachtete immer wieder, wie die Leute in den Schuttbergen nach Fenster-, Türrahmen oder Parkettdielen wühlten, die wertvoller waren als Gold, denn durch die tägliche Stromabschaltung war man auf Holzfeuer angewiesen. Hilde war dem Himmel jeden Tag aufs Neue dankbar, dass er ihr Elsa geschickt hatte. Staunend beobachtete sie, wie die patente junge Frau zusammen mit ihrem Schwiegervater eine Kochkiste zimmerte, in der Kartoffeln nach kurzem Aufkochen über Stunden garten. Und den Grießbrei für die Kinder stellte sie zum Aufquellen einfach in die Babybettchen, die zugleich schön warm wurden. Mit Schaudern hörte sie beim Anstehen nach Brot die Geschichten von ungeheizten Wohnungen, in denen die Federbetten so klamm waren, dass sie nicht mehr wärmten. Man erzählte sich auch von Tellern, die im Küchenschrank mit einer Eisschicht zusammenklebten, und von eingefrorenen Wasserleitungen. Der Weiße Tod forderte in Europa Hunderttausende Opfer. Der Boden war wochenlang derartig durchgefroren, dass die bedauernswerten Toten nicht einmal beerdigt werden konnten.

In diesen entbehrungsreichen Jahren kümmerte sich Hilde um die beiden kleinen Mädchen, während Elsa den Haushalt versorgte, Hildes alte Kleider für die Kinder umarbeitete, Essen kochte oder auf dem Schwarzmarkt in der Möhlstraße das Familiensilber gegen Lebensmittel eintauschte. Und wenn sie erfolglos zurückkam, zauberte sie aus einer einzigen Kartoffel, einer halben Zwiebel und gesammelten Kräutern eine köstliche Suppe. Sonntags gab es falsches Beefsteak aus eingeweichtem, ausgedrücktem Brot, das mit klein geschnittenen Zwiebeln, Kräutern und Gewürzen vermengt, in Mehl gewälzt und im Rohr gebacken wurde. Nachmittags tranken sie Kaffee aus gerösteten Bucheckern, dazu gab es Grießplätzchen. Und letztes Weihnachten hatte Elsa falsches Marzipan aus Kartoffeln und Puderzucker hergestellt.

Dieses Jahr würden sie nun endlich wieder mit einem richtigen Tannenbaum, echten Butterplätzchen und einigen Geschenken feiern. Seit der Währungsreform war die größte Not vorbei. Friedrich hatte Leder und lang entbehrte Arbeitsmaterialien erhalten. Die Schuhproduktion war seitdem in vollem Gange, und die finanzielle Lage hatte sich merklich verbessert. Auch die Schaufenster waren über Nacht mit den herrlichsten Dingen gefüllt. Doch am glücklichsten war Hilde, weil sie ihr Haar nicht mehr mühsam selbst waschen musste, sondern sich wieder die lang vermissten Friseurbesuche und eine luxuriöse Maniküre leisten konnte. Der Coiffeur im Hotel Bayerischer Hof hatte ihr schulterlanges Haar auf Kinnlänge geschnitten, es platinblond gefärbt, aufgedreht und asymmetrisch aus dem Gesicht gekämmt, wie es jetzt bei den großen Hollywooddiven Mode war. Genau so trugen es Jean Harlow und Marlene Dietrich, und Hilde fühlte sich mindestens glamourös wie ein Filmstar seit ihrem letzten Friseurbesuch.

An Heiligabend versammelten sich alle zum Mittagessen am Küchentisch. Es gab Steckrübensuppe und Brot mit guter Butter, die Elsa gegen Babykleidung eingetauscht hatte. Am Abend würden sie Sauerkraut mit Bratkartoffeln essen, dazu für jeden ein Paar knuspriger Bratwürstchen. Und am ersten Feiertag würde endlich wieder eine Gans im Rohr brutzeln.

Nach der Suppe wechselte die Familie ins Wohnzimmer, um dem »Christkind« beim Schmücken des Tannenbaums zu helfen. Hilde zündete die letzte Kerze am Adventskranz an, und Opa Lemberg heizte den Kamin ein. Als Friedrich aus der Fabrik nach Hause kam, wechselte der Hausherr den Anzug gegen eine abgetragene Hose, um den ersten Friedensweihnachtsbaum zurechtzusägen. Zwei, drei Fehlversuche später war er zwar um einige Zentimeter kürzer, aber er passte in den gusseisernen Baumständer. »Meine handwerklichen Fähigkeiten sind ziemlich stümperhaft«, gab er freimütig zu.

»Immerhin steht er gerade«, kommentierte Hilde, die zufrieden das Werk ihres Ehemanns betrachtete.

»Und die Aktion ist ohne Blutvergießen abgelaufen«, scherzte Friedrich, während er sich die Hände rieb.

Im Radio wurden nicht nur besinnliche deutsche, sondern auch fröhlichere amerikanische Weihnachtslieder gespielt. Bing Crosby sang *Jingle Bells,* und Hannelore hüpfte Hand in Hand mit Marion durch den Salon. Später las Opa Lemberg den Kindern Weihnachtsgeschichten vor. Elsa sortierte schweigend die verhedderten Lamettafäden. Hilde ahnte, warum sie so still war. Elsa wartete sehnlichst auf Post von Erich, der nach den letzten Informationen in russischer Gefangenschaft war.

»Schön vorsichtig«, ermahnte Hilde die Mädchen, als sie den Baumschmuck ausgepackt hatte und die beiden je eine bunte Kugel zu ihrem Mann tragen durften, der traditionell das Schmücken übernahm. Anschließend steckte sie die wenigen noch aus Friedenszeiten übrigen Bienenwachskerzen in die Halterungen und verteilte gemeinsam mit Elsa die Lamettafäden.

Leseprobe aus »Glück und Glas«

»Papi, kommt jetzt endlich das Christkind?«, wollte Hannelore wissen, die seit Tagen ungeduldig war.

»Erst, wenn es dunkel geworden ist«, erklärte Friedrich Lemberg seiner Tochter zum wiederholten Male.

Hildes Schwiegervater beschäftigte die Kinder nach dem Vorlesen noch eine Weile mit dem Aufbau der Weihnachtskrippe. Danach schlug er vor, die inzwischen neu angeschafften Hühner zu füttern und jedem einen Namen zu geben, was auf große Begeisterung stieß. Ihr Mann begab sich ins Bad, um sich für die Bescherung zu rasieren. Hilde und Elsa bestückten noch die gezackten Pappteller mit den selbst gebackenen Plätzchen, je einer Apfelsine und einigen Schokokringeln. Anschließend machten sie sich gemeinsam ans Aufräumen.

»Du bist schon den ganzen Tag so nachdenklich«, sagte Hilde, als sie auf dem Dachboden den Karton für die Weihnachtskugeln in einem ausgedienten Schrank verstauten.

»Mir fehlt nichts. Es ist nur«, antwortete Elsa zögernd, bevor sie den Grund ihrer Schweigsamkeit verriet. »Ich habe einen Brief bekommen...«

Hilde begriff sofort, dass es wohl keine guten Neuigkeiten waren. »Ist dein Mann am Leben?«

»Ja, das schon... aber...« Elsa griff in die Tasche ihrer Kittelschürze und zog einen schmuddeligen Briefumschlag heraus, den sie Hilde reichte. »Du kannst ihn gerne lesen.«

Hilde nahm das Kuvert entgegen, holte den einmal gefalteten Zettel heraus und las mit klopfendem Herzen:

Meine liebe Frau!
Seit der letzten Post im Sommer bin ich ohne Nachricht von euch. Hoffentlich geht es euch besser als mir. Ich habe mich verletzt, bin aber arbeitsfähig, wie bei einer der regelmäßig stattfindenden Routineuntersuchungen festgestellt wurde.

Leseprobe aus »Glück und Glas«

▬▬▬▬▬▬▬▬▬▬▬▬▬▬▬▬▬▬▬▬▬▬
▬▬▬▬▬▬▬▬▬▬▬▬▬▬▬▬▬▬▬▬▬▬
▬▬▬▬▬▬▬▬▬▬▬▬▬▬▬▬▬ Hauptsache, ihr seid am Leben und gesund. Wohnst Du noch bei der Familie, die Dich aufgenommen hat? Behandeln sie Dich gut, und musst Du nicht zu schwer schuften? Das geröstete Brot in dem Päckchen hat mir gut geschmeckt, die Zigaretten natürlich auch. Ich darf jeden Monat ein Paket erhalten, wenn es Dir möglich ist, schicke mir bitte noch mehr Zigaretten, denn damit kann ich alles ertauschen, was ich benötige. Leider ist Papier zu knapp, um lange Briefe zu schreiben. Ich hoffe, bald wieder von Euch zu hören. Bleibt gesund und vergesst mich nicht.
Viele Grüße von Deinem Mann Erich

Hilde steckte den Brief zurück in den Umschlag und gab ihn Elsa. »Mach dir nicht so viele Gedanken, wir werden reichlich Zigaretten besorgen, selbst wenn wir dafür auf etwas verzichten müssen«, versprach sie, um Elsa zu trösten. Dass auch sie besorgt war, wollte sie nicht zugeben.

Elsa sah sie fragend an. »Glaubst du wirklich, dass es ihm gut geht? Die zensierten Stellen machen mir Angst ... man hört so viel über die Schikanen, denen die Gefangenen ausgesetzt sind. In Russland soll es besonders grausam sein ...« Sie stockte. Tränen liefen über ihre Wangen.

Tröstend legte Hilde den Arm um Elsas Schultern. »Nicht verzagen, Elsa. Wir schicken ihm ein großes Paket, du schreibst ihm, dass es euch gut geht und dass ihr gesund seid, das wird ihn trösten und ihm die Kraft geben, alles zu überstehen, bis er endlich aus der Gefangenschaft entlassen wird.«

4

München, 7. Mai 2015

Moon band sich das Haar mit einem dicken Gummi im Nacken zusammen und holte tief Luft, bevor sie den Geschirrkarton durch die nach Osten liegende Küche schob. Noch glich der Raum einer Rumpelkammer, doch sie wollte ihn schnellstens in eine gemütliche Wohnküche verwandeln, in der sie mit Lore die Sonne genießen konnte. Wie in den meisten Altbauwohnungen gab es vor der Küche einen kleinen Balkon für Blumen oder Kräuter, der groß genug war für einen Minitisch mit zwei Stühlen. Sollte es am Abend noch warm genug sein, würden Lore und sie dort mit einem Glas Champagner auf die Zukunft anstoßen. Wie auch immer diese aussehen mochte. Sie hatte sich abgewöhnt zu planen, kam es doch meist anders, als man es sich wünschte. Und mit siebzig stand man garantiert schon näher am Grab als an einem lebensverändernden Ereignis. Oder etwa nicht?

Irgendwo klingelte ein Telefon. Bis sie registrierte, dass es ihr Handy war, und sie es in einer der Jackentaschen aufgestöbert hatte, war der Apparat verstummt. Ein Rückruf war nicht möglich, der Anrufer hatte die Nummer unterdrückt. Hoffentlich war es nicht der Installateur, der sie ein weiteres Mal vertrösten wollte, überlegte Moon. Sie wollte Lore so gerne in einer repräsentativen Wohnung empfangen, und die Freundin hatte versprochen, möglichst zum Mittagessen, spätestens aber am

Nachmittag zu Kaffee und Torte zu erscheinen. Sicherheitshalber würde sie den Klempner selbst kontaktieren und sich den Termin bestätigen lassen. Doch es blieb bei der guten Absicht. In seinem Büro war der Anrufbeantworter eingeschaltet, und seine Mobilnummer hatte er ihr nie verraten.

Sie fragte sich, ob Lore sie vielleicht hatte erreichen wollen. Immerhin war es möglich, dass sie ihre Handynummer unterdrückte, warum auch immer. Moon wählte ihre Nummer, erreichte aber nur die Mailbox. »Hi, Lore, ich bin's... Hast du mich angerufen? Ich hab mein Handy nicht so schnell gefunden... Ich bin in der neuen Wohnung und freue mich auf unsere kleine Geburtstagsparty... Bis später!«

Moon griff nach dem alten, roten Album, das sie beim Auspacken der Handtücher gefunden und während des Telefonats im Blick gehabt hatte. Darin waren Bilder aus ihrer Kindheit gesammelt. Leider existierte kein einziges Babyfoto von ihr. Zu gerne hätte sie gewusst, wie sie als Einjährige ausgesehen hatte. Aus den spärlichen Erzählungen ihrer Mutter wusste sie nur, dass sie mit einem dichten roten Haarschopf zur Welt gekommen war. In den spießigen Nachkriegszeiten ein unverzeihlicher Schönheitsmakel, gleichbedeutend mit einer ansteckenden Krankheit, was sie vor allem in der Schulzeit leidvoll zu spüren bekommen hatte.

Bedächtig öffnete sie das Album. Brüchiges Transparentpapier mit eingeprägtem Spinnennetzmuster bedeckte die erste Seite. Vorsichtig blätterte sie um. Auf schwarzem Karton klebte ein Schwarz-Weiß-Foto mit weißem Zackenrand: Lore und sie in hübschen Sommerkleidern. *Juli 1949* stand in weißer Schrift unter dem Bild. Im Hintergrund die unscharfen Umrisse ihrer beider Mütter. Sommernachmittage in Lembergs Garten mit Badespaß in einer Zinkwanne... das waren unbeschwerte Stunden gewesen, in denen sie vergessen hatte, wie sehr ihre Mutter und sie auf die Güte der Lembergs angewiesen waren.

Bewusst hatte sie diese lebensbedrohliche Zeit nicht erlebt, aber sie fürchtete Hunger und Kälte nach wie vor mehr als alles andere. Ihr Körper schien diese Gefühle wie auf einer Festplatte gespeichert zu haben. Allein der Gedanke an eisige Temperaturen ließ sie frösteln. Unwillkürlich griff sie nach der Strickjacke, die über dem Küchenstuhl hing, als fühle sie die grausame Kälte jener Hungerwinter aufs Neue. Dabei hatten sie dank der Stellung ihrer Mutter bei Lembergs gar nicht so schrecklich gehungert wie andere Menschen. Ihre Mutter hatte Gemüsebeete angelegt, Opa Lemberg hielt Hasen und auch ein paar Hühner, die im Sommer im Garten herumliefen. Am Abend wurde das Federvieh eingesammelt und für die Nacht im Keller eingesperrt, damit keiner es klaute. Lores Großvater schlief manchmal sogar bei den Tieren. Und dennoch hatte es an allem gefehlt, und sie sah sich in der Erinnerung dünne Einbrennsuppe ohne ein einziges Fettauge löffeln, bitteres Löwenzahngemüse essen oder trockene Brotrinden kauen. Erst nach der Währungsreform, so hatte ihre Mutter erzählt, war es besser geworden. Lächelnd erinnerte sie sich an die Holzroller, die Lore und sie zu Weihnachten bekommen hatten.

Mit gemischten Gefühlen blätterte sie zur nächsten Seite. Ein Foto, das sie und Lore in hübschen Karokleidern zeigte, beide mit weißen Schürzen, riesigen Haarschleifen und selbst gebastelten Schultüten aus bemaltem Packpapier.

Moons Augen füllten sich mit Tränen, als sie die Beschriftung las: *Schulanfang 1951*. Die Tage davor würde sie nie vergessen. Ihr Vater war ein halbes Jahr vorher aus langer russischer Kriegsgefangenschaft zurückgekehrt. Mit seiner Heimkehr veränderte sich ihr Leben dramatisch, und nicht nur zum Guten…

Leseprobe aus »Glück und Glas«

Wenn Sie wissen möchten, wie es weitergeht, lesen Sie

Lilli Beck
Glück und Glas

ISBN 978-3-7341-0470-1 / ISBN 978-3-641-17124-7 (E-Book)

Blanvalet Verlag